魅丽文化 花火工作室

凤唳九天

RENASCENCE

（上）

晓云——著

東方出版中心

图书在版编目（CIP）数据

凤唳九天 / 晓云著 . -- 上海 : 东方出版中心，2019.9

ISBN 978-7-5473-1518-7

Ⅰ . ①凤… Ⅱ . ①晓… Ⅲ . ①长篇小说 – 中国 – 当代 Ⅳ . ① I247.5

中国版本图书馆 CIP 数据核字 (2019) 第 159085 号

《凤唳九天》

出版发行： 东方出版中心
地　　址： 上海市仙霞路 345 号
电　　话： （021）62417400
邮政编码： 200336
经　　销 全国新华书店
印　　刷 湖南凌宇纸品有限公司
开　　本 880mm × 1230mm 1/32
印　　张 19.5
版　　次 2019 年 9 月第 1 版
字　　数 637 千字
书　　号 ISBN 978-7-5473-1518-7
定　　价 69.80 元

东方出版中心邮购部 电话：（021）52069798

目录

目录

第一章

太阳初升，大雾未散，高山峻岭之下两军对垒，踏起沙尘滚滚。

夜君清身穿将军战袍，策马立于万军当头，身后“大楚”的旗帜在阵阵鼓声中彰显国威。大蜀主帅夏墉率军对峙，迭声高喊——大楚战神又有何惧，今日夏墉愿倾我大蜀精锐兵力，直取夜君清首级，以祭我数万死难将士！

夜君清双眸深敛，藐然一笑，再以手为令，抬臂一挥，两方千军万马伴随着呐喊，于瞬间奔腾，展开血战厮杀。

铁甲的撞击，狰狞的面孔，带血的刀刃，痛苦的号叫，弥漫的硝烟，整个战场笼罩在一种原始搏杀的惨烈气氛中。夜君清浴血奋战，以一敌众，神勇无比，只是大蜀兵力多了几倍，交战之下，大楚渐有颓势。

不远处的奔雷被重重包围，身上已伤痕累累，陷入死战。夜君清奋力将周遭几人斩于剑下，策马而上，到达奔雷身边，几个起落，瞬间解了劣势。

夏墉见状，立即纵马上前，趁夜君清不备，快速地掷出飞刀，飞刀在阳光下闪耀着寒光，眨眼之间，便悄无声息地没入夜君清的体内。

夜君清猝不及防，口吐鲜血，直直坠下马去，在即将落地的一刹那，忽然右脚轻点地面，左脚钩起马镫翻身上马，口中喊了一声“撤”，遂率领军队剩余人马向前方峡谷冲去。

夏墉见夜君清苟延残喘，大喜，双腿一夹马肚子，率军追击。哪知刚进峡谷，就中了埋伏。只见峡谷两侧楚军手持火箭，虎视眈眈，蓄势待发。

夏墉大感不妙，还没来得及喊撤退，夜君清已一声令下。刹那间，除了万箭齐发之外，还有硕大的滚木纷纷砸在大蜀士兵的头上。夜君清更是不顾伤势纵马而上，于乱军中一剑斩下夏墉头颅。

那面风中猎猎招展的“大蜀”旗帜，终于轰然倒地。

大楚皇宫气势恢宏，无数宫殿连成片，宛如直达云霄的巍巍山脉。因正值交战期间，皇宫内处处都见持长枪把守的禁卫军，尤其是大楚皇后的宫殿，被禁卫军重重包围着，不留一丝缝隙。

姚莫心坐在软榻上，华服之下的肚子微挺，手中的茶杯正要往嘴边送，忽然一下没拿稳，茶杯落地而碎。

姚莫心怔怔地看着地上，低喃道：“君清……”

自夜君清上战场之后，她的心就没定下来过。

侍女半夏突然推门而入，脸上是惊慌之色，她一边跑向姚莫心，一边疾呼道：“娘娘，不好了不好了！外面传来消息，肃亲王他……”

话未说完，姚莫心一惊，起身快走了几步，连忙问道：“君清如何？”

半夏掩面哭啼：“肃亲王与大蜀一役，那夏墉竟卑鄙无耻，使用小人手段将肃亲王斩于马下……”

姚莫心有些失神，脚下踉跄几步，伸手扶住东西才堪堪稳住，但也仅是一瞬，很快便发现了不对劲的地方。

她盯着正好奇探看自己神色的半夏，全身放松下来，伸手戳了戳她的脑门：“死丫头，又敢蒙我，看来本宫真是把你惯坏了。”

半夏见自己已被戳穿，俏皮地吐了吐舌头：“呃……娘娘是如何看出来的？”

姚莫心并未看她，来回踱着步回道：“其一，自是方才你的表现，你虽极力做到一脸惊慌，脚步却并未错乱，说明你心知结果并无碍，后来你在陈述君清遇难时，因欺骗我而内疚不敢直视，只好掩面做戏，可你的身体却下意识地微弓僵硬，鬓边出汗，喉结微动，吞咽唾沫，这些都表示你在撒谎。”

即使知道自家娘娘聪慧，半夏依旧很佩服：“那其二呢？”

姚莫心坐回榻上，端起另一个茶杯，轻抿了一口：“其二，你若了解君清何以会被誉为战神，自然会懂得他最擅兵行诡道。”她略微停顿了下，继续说道：“夏墉此次率精锐之师与君清一战，敌军数倍于他，正面硬杠绝非上策。那夏墉数次败于君清，眼看有翻盘之势，焉有不追之理，所以我猜君清定是以身做饵，引君入瓮，由此得以大败夏军。”

半夏越发崇拜自家娘娘了："都说一孕傻三年，娘娘怎的没傻呢？您猜得半分不差。"

姚莫心放下茶杯，一脸慈爱地抚着肚子："怎的没傻？若不是怀了仲儿，这几日又微染风寒、混混沌沌，也不至于刚开始被你骗了去。"

半夏笑道："娘娘分明是担忧肃亲王安危，关心则乱了。奴婢就说嘛，娘娘又不是石头做的人，肃亲王对您一片赤诚，还痴心不悔，甘愿为您出生入死，甚至连皇位都可以……"

姚莫心脸色一变，厉声道："越发没规矩了，这些话也能信口胡说？"

半夏立即下跪请罪："奴婢该死，是奴婢一时忘形胡说了。"

姚莫心知道半夏是为她不值。可她已经成为大楚的皇后，今生今世终究是她欠了君清，无可偿还了，若有来世，她必将此心付与君清。只是现在外面流传着一些谣言，令她与肃亲王之间的坦坦荡荡变成了不足与外人道。

姚莫心叹道："你不必为我不值，结发为夫妻，恩爱两不疑。鸿弈虽因谣言罚我禁足，不还是每日派人送安胎药来关切？是，如今鸿弈越发像个帝王了，令人捉摸不透，可就连本宫不也囿于皇后的身份？有时候想想，还真怀念以前的我，恣意潇洒，无拘无束，像个女魔头。"

半夏有些泄气："人心向左，娘娘果然还是偏心陛下的。"

姚莫心哄道："好了，若是本宫没算错，君清应该很快便会回京，等他归来，那些谣言早就烟消云散了。"

半夏问道："肃亲王刚打了胜仗，身负重伤，怎会很快回京？"

姚莫心没回话，只淡淡地笑了笑。

御书房内，夜鸿弈坐于上首，神色沉稳，太监总管安炳山垂首站在他身后左侧。他一得到夜君清胜利的消息，便宣丞相姚震霆进宫觐见，除此之外，姚莫心一事他还需安抚一下姚震霆。

他看着立于下首的姚震霆，淡然笑道："想必姚相已经知晓朕召回肃亲王的用意了。"

姚震霆恭敬地回道："是。当世九州大陆三国并立，虽以我大楚为首，国势最盛，但西有大蜀，南有南疆，无一不想一统天下，展鸿鹄之志，是以各国表面虽安守一方，实则暗流涌动，变幻莫测。此次大蜀虽败，可再想进一步，便要掂量掂量了。”

夜鸿弈起身，走到一幅军事地图前站定。地图上以精炼的笔锋绘出了九州大陆各地烽烟乍起的画面，似能从中窥见几国都在蠢蠢欲动，借机想要分一杯羹，对大楚呈包围之势。

夜鸿弈沉声道：“不错！现在各国局势微妙，牵一发而动全身，若朕想打破这个平衡歼灭大蜀，南疆必定不会做梁上燕，届时大楚便成了出头鸟，几面受敌。因此，肃亲王镇守边疆反而岌岌可危，朕也是想让他回京疗养。”

姚震霆若有所思地垂下眼皮，奉承道：“陛下圣明。”

夜鸿弈踱步至姚震霆跟前，有些踟蹰，但沉默片刻，还是问道：“还有一事，朕下令禁足莫心……”

话未说完，便定睛看着姚震霆。

姚震霆立即躬身回道：“臣明白陛下的苦心。臣乃一国丞相，我姚门三女，又出了一后一妃，这等风光犹如烈火烹油，自然会招致他人的非议与构陷。陛下此举正是为臣一家降降温。”

夜鸿弈眼眸隐晦不明，拍拍姚震霆的肩：“爱卿知朕。放心，莫心陪朕君临天下，朕定许她凤翱九天。”

纵使夜鸿弈自称因为担忧夜君清，所以才招他回京疗养，但边疆上下士兵有谁不知夜鸿弈真正的用意。

奔雷端着常服站在一旁，看着夜君清胸膛半敞，露出结实的肌肉，伤口上缠的布巾已满是血渍。他一脸不忿，又不敢过于顶撞，只喃喃自语道：“王爷刚打了个大胜仗，伤都未养好，便被急招回京，就这么放心不下咱们吗？那位未免太过不近人情……”

夜君清伸手拿过常服，冷冷地瞪了一眼：“废话越来越多了。”

奔雷急道：“卑职还不是担心您路上有个闪失。”

夜君清回道：“能让本王出现闪失的人怕是还未出生。”

奔雷想也未想，立即接口戳穿：“皇后娘娘不就是一个吗？”

夜君清一时被噎住，索性强行回道：“你真的废话很多。”

奔雷见好就收，闭上嘴巴，上前帮夜君清把衣服穿好。

夜君清穿着完毕，看到端盘上的玉佩，小心翼翼地拿起，亲自佩戴在身上，然后大步迈出帅帐，吩咐道：“带一队卫兵即可，恐有大蜀残兵报复。”

奔雷应声跟上。

夜君清素来行事凌厉果决，从安排所有事宜至出发不过半个时辰便全部弄妥，整日策马扬鞭下来，日落西山之时，已到达二十公里外。

在夜君清的意料之中，他们身后始终有尾巴紧追不舍，妄图将他们斩杀于此地。奔雷驱马赶上，与夜君清并排前行。因夜君清有伤在身，且皇命难违，两人商量之后，夜君清决定由山林小路先行一步，奔雷与其他人料理完尾巴再与之会合。

某个不知名的山洞里，数名死士杀手站成一排，一名大蜀将领右手掌灯，左手拿着一幅夜君清的画像递给他们查看。

大蜀将领说道：“夜君清与我大蜀不共戴天，不除掉他，大蜀十年内再无翻身的机会。此刻他重伤在身，正是要他命的时候！”

众人振臂高呼：“是！”

微弱的油灯光线，照在了画像上夜君清随身佩戴的玉佩上。众人牢牢记住他的特征，将画像揉成一团，紧握在手，匆匆没入夜色之中。

夜色中的大楚皇宫金碧辉煌，寻不到一处黑暗之地。

姚莫心坐在灯下，手持绣花针，亲手缝制着婴儿的小衣衫，还不时轻声细语地跟仲儿聊天。半夏伺候在旁，也在缝缝补补。

姚莫心柔声道：“仲儿，今日该讲到你小姨母了。她叫莫婉，你没来之前，娘亲最疼爱的就是她了，把她宠得性情单纯至极，她还被人误会是痴傻儿。也不知道有我这么个姐姐，对她来说是幸还是不幸？”

半夏抬头看着自家娘娘，笑道：“娘娘说笑了，有您这样的亲姐姐，那是天大的幸事。奴婢看，您是想三小姐了吧？”

姚莫心放下衣衫，叹道：“是啊！说来有好些时日没见了，也不知她如今好不好，会不会被人欺负。”

说着说着，姚莫心竟鼻子一酸，她是真的想这个三妹妹了。

半夏见状亲昵地打趣道：“娘娘自打有孕，就性情大变，好容易伤春悲秋啊！”

姚莫心扑哧笑出声，娇嗔道：“去去去，本宫分明是因风寒鼻子不通。

还敢取笑，看来本宫真是把你惯坏了！”

半夏怔怔地看着姚莫心：“奴婢自打跟娘娘进宫，好久没看到您这副模样了。”

姚莫心流露出难得的娇俏，吐吐舌头，主仆二人相视一笑，其乐融融。

姚莫心不知道的是，宫门外，刘醒驾着一辆马车，停在了宫门前，车内坐着的是她心心念念的三妹姚莫婉。

刘醒掀开车帘，提醒道：“三小姐，到了。”

说完搀扶着姚莫婉下了马车。

姚莫婉一脸单纯，好奇地打量着宫门，心里有些胆怯。

刘醒问道：“这些年您连府门都没迈出过一步，怎么突然急着要进宫啊？”

姚莫婉顿了顿，答道：“莫婉找姐姐有要事……”然后递给刘醒一块令牌，“你帮我跟他们讲，我要去找姐姐。”

刘醒接过令牌，直接往侍卫眼前一递，同时说道：“姚府三小姐前来觐见皇后娘娘。”

侍卫仔细瞧了瞧令牌，确定是真的后，拱手说道：“两位请跟我来。”

刘醒正想跟上，哪知姚莫婉忽然说道：“刘醒，你先回府候着吧，之后姐姐会安顿我的。”

刘醒虽担忧，但不得不从：“那三小姐一切小心！”继而又对侍卫笑着说道，“麻烦侍卫大哥带路了。”

姚莫婉点点头，跟着侍卫往宫门内走去，她并未注意到远处有个人一直在窥看着她的动向。

宫内某条长廊上，一行人脚步打破了寂静。安炳山带着两名太监，捧着一个食盒，逐渐逼近皇后宫殿。片刻后，得到通报的安炳山进入宫殿内。

姚莫心坐在桌旁，看着安炳山小心翼翼地打开食盒，笑道：“辛苦安总管亲自跑一趟了，少了你，鸿弈身边就没可心的人了。”

安炳山原本躬着的身子又往下躬了几分：“皇后娘娘折杀老奴了，陛下宁肯自己身边无人，也要尽着您哪！”

姚莫心问道：“陛下近日龙体安好？”

安炳山恭敬地捧出药碗，奉与姚莫心，回道：“娘娘宽心，都好。”说着想起什么似的，“瞧老奴这记性，陛下要老奴带句话，说这段时日委屈娘娘了，还有一句诗，是与君远……”

姚莫心截了话头：“与君远相知，不道云海深？请安总管代本宫回禀陛下，本宫既与他心意相通，又怎会不懂他的苦衷？”

姚莫心说完，笑笑，伸手接过药碗，一饮而尽。

一旁的半夏见姚莫心皱了皱眉，连忙奉上一盘蜜饯：“娘娘可是苦到了？清清口吧。”

姚莫心回道：“想是本宫被这风寒搅得连味觉都丧失了，这安胎药竟比往日难喝许多。”

安炳山担心地喊道：“娘娘？”

姚莫心忽然觉得不适，但她也没多想，只放松了身体，任由自己靠在桌边，挥了挥手：“无碍，安公公去忙吧。”

安炳山道了一声告退，便收起食盒，往宫门外退去。哪知退至一半，不过刚转身，一声惨叫猛地响起，再一回头，只见姚莫心脸色惨白，痛苦地捂着小腹，华服下方已是一摊血迹。

姚莫心惨呼道：“仲儿！我的仲儿！快救我的孩子！”

一时之间，这座寝殿内，弥漫着一股血腥之味。

半夏已然慌了神，牢牢搀着姚莫心，嘴里念叨着：“宣太医！快宣太医！”

姚莫心深吸一口气，强迫自己镇定下来，指着安炳山道：“你，快去请陛下来！”

安炳山连连回了几个“是”字，连滚带爬地打开宫门，再一脚踹向门口的两个太监，指挥他们去找太医，自己则跑向御书房。

半夏想将姚莫心扶到床边，却被姚莫心一把狠狠抓住了手。

她用尽全身仅剩的力气，咬牙切齿道：“有人想害本宫！”

半夏已经语不着调了：“娘娘，您说什么？谁要害您？怎么会？！让奴婢扶您到床上……”

姚莫心急切不已，她特意支开安炳山，就为了争取这最后一点时间。万般无奈下，她伸手抽了半夏一耳光，迫使半夏冷静下来：“没时间了！你忘了本宫懂医术吗？我能感觉到仲儿已经保不住了！半夏，接下来我说的每句话，你都要记好！”

半夏呆呆地点点头，泪流满面：“娘娘……”

姚莫心脸色惨白地躺在床上，血顺着她的裙襦流淌而下，几乎要浸到床榻之中。迷迷糊糊之间，她竟听到了姚莫婉的声音，那声音由远而近，似乎成了真实之音。

门外姚莫婉喊道：“姐姐，你在哪？莫婉发现了窦氏的……”

刚踏进寝宫的姚莫婉，瞬间被眼前的场景吓呆了，未说完的话哽在喉咙里，没了声。她踉跄着扑到床边，抓起姚莫心的手，满是哭腔地问道：“姐姐，你怎么了？这是怎么了？”

姚莫心虚弱地睁开眼睛，见居然是姚莫婉，脸上布满了担忧，她急着想起身，催促道：“你怎么来了？快走！皇宫很不安全，快回家待着！一定要寸步不离地跟在爹爹身边，快走！”

姚莫婉不明所以地听着，反拉住了姚莫心的手臂，她怎么能在姐姐病成这样的时候离开？

令她们万万没想到的是，两臂相接之时，姚莫心手臂的皮肤下突然闪了一点银光，银光自上而下地蠕动，忽而从手腕处钻出，于空中扑扇着翅膀，落下一片银色的光点。

两人正凝神地望着，灵虫忽然快速地旋转，银色的光点瞬间将两人包裹住。一时狂风四起，灵虫射出两道寒光，将整个寝宫内照得通亮，异常刺眼。紧接着，两道寒光在两人头顶上汇合，化作一道银线，连接着两人。

灵虫来到汇合处，在银线之间来回飞舞着，两人顿时面露痛苦之色，脑海中更有各种场景闪过，随后两人浑身一震，同时晕了过去。灵虫也在此时停止了飞舞，落至姚莫婉的手臂上，钻了进去。

半盏茶之后，姚莫心头痛欲裂地醒过来，她慢慢睁开眼睛，第一时间想到的是究竟是何人敢害她的孩子。她支撑着起身，看到床上竟然躺着另一个姚莫心，大惊失色，不管不顾地就往身上摸，唯恐自己已经变成了一缕灵魂。

她不敢置信道：“难道本宫已经死了？不！不……”

她跌跌撞撞地爬下床，不经意间扭头看到一旁镜子里自己的脸，更是极度震惊！她的脸，她的衣着，无一不彰显着这人是姚莫婉，可为何……

这具有着姚莫婉容貌、姚莫心内心的躯体，慢慢地抚上了脸：“为何本宫变成了莫婉？还是说，我的记忆到了莫婉身体里？这到底是怎么回事？方才那银光又是什么……难道因为那个现象，我们记忆互换了？”

姚莫心摇晃着自己的身体，企图唤醒姚莫婉，却发现姚莫婉已陷入昏迷。她转头看到桌子上的药碗，思索片刻后，瞬间做了决定。

现下皇宫对她来说，是避之唯恐不及之地，既然老天爷给了她这次机会，让她可借着姚莫婉的身体逃出皇宫，她就不能坐以待毙，再赔上莫婉的性命。她俯下身，透过自己的身体，轻轻地抚摸着姚莫婉，她告诉姚莫婉，一定要等她回来救她。

御书房内，夜鸿弈伏于案边，显得心事重重。姚震霆退下后，他就没离开过御书房，他不在乎他说出口的种种理由，也不在乎那些人是不是真的相信了，他只要天下人清清楚楚、明明白白地知道，自他坐上皇位起，他就永远是这大楚的皇！只是，除了皇位，他还想要被他尊为皇后的那个女人的心。

夜鸿弈沉思之际，宫门突然被撞开，他不耐烦地呵斥道：“朕早已下令，若非肃亲王或皇后的消息，谁也不许打扰！”

话音刚落，安炳山连滚带爬地喊道：“是皇后娘娘，皇后娘娘出事了！”

夜鸿弈震惊而起，匆匆往外赶去，急到连案上的书籍通通被衣袖带到了地上都没察觉到。

好在当初安排住处时，夜鸿弈有意让姚莫心住在离御书房不远的宫殿，此时疾步而走，用时竟比平日里缩减了一半，不过片刻，便赶到了皇后宫殿。

他一踏进宫殿，就看到姚莫心脸色惨白地躺在床上，双眼紧闭，陷入昏迷。几名太医围着她救治，均是表情严肃，满头大汗，一人在她手腕处施针，一人指挥宫女给她灌药。

夜鸿弈焦急地在房内来回踱步，看着一盆盆的血水从床边端走，正烦躁之际，门外传来太监的通报声，丽妃、宸妃、淑妃全部到达。三位娘娘一进门，就给夜鸿弈行礼。

夜鸿弈转身，不耐烦道：“免了免了，你们来做什么？”

众人起身，姚素鸾上前一步，一副焦急悲切之色：“臣妾听闻妹妹凤体有碍，急得不得了，恨不能代她受难，所以赶忙过来瞧瞧。”

说话间，桓采儿亦是满脸焦急担忧，王沁若却微微流露出不屑。

桓采儿犹豫片刻，跟着问道："臣妾也是，娘娘究竟如何不好了？"

夜鸿弈心痛不已："朕也想知道，莫心究竟是如何不好了！"

姚素鸾宽慰道："陛下宽心，有您这真龙天子护佑，妹妹定当平安无虞！"

这时，一名太医上前，浑身发着抖，颤颤巍巍地禀告："陛下，臣等无能，纵是全力救治，依然没能保住龙嗣，娘娘小产了。"

众人大惊失色，夜鸿弈面色痛苦，几乎站立不稳，猛然抓住那名太医。

他的语气里有质问，但更多的是痛心："那皇后状况如何？朕就只求莫心平安！"

太医越发恐惧了："娘娘她……"

姚素鸾厉声问道："妹妹到底如何了？！"

太医小声回道："娘娘突发血崩，恐怕……恐怕命不久矣，臣等已无力回天。"

姚素鸾闻言眼皮一翻，几乎要晕过去，宫女连忙上前一步，扶她到一旁休息。

此时门外忽然传来轰隆轰隆的雷声，震在每个人的心里更增惊心之感。

夜鸿弈怒吼道："无力回天？朕乃天子，朕意便是天意！朕不许她死，还不快去救人！"

太医瘫软在地，嗫嚅着不敢说话。

夜鸿弈气急，一脚踹开太医，抢到姚莫心床前，将她搂进怀里，眼泪喷涌而出："莫心，莫心！你睁眼看看朕！莫心吾妻，朕不许你死！莫心……"

殿内大乱时，半夏悄悄回来，站到众人身后，见状心知主子命不久矣，含泪默默对姚莫心点点头，示意事已办好。

因着夜鸿弈的连声呼喊，殿内一片哀号，不少人都在默默啜泣。其中姚素鸾泪如雨下，桓采儿默默拿帕子揩泪，只有王沁若以帕子遮面，悄悄打了个哈欠。

另一名太医向前迈步，为姚莫心诊脉，他感到脉象十分蹊跷，又翻了翻她的眼皮，之后转身对夜鸿弈说道："禀陛下，娘娘眼下脉象似有若无，极其微弱，但又有规律地律动，似还有生命体征……"

夜鸿弈精神一振，起身连连问道："你是说莫心还有救？那她何时能苏醒？”

太医回道：“臣无能，这等脉象竟见所未见。究竟何时苏醒，臣也无法断言，只能看天意了。”

夜鸿弈厉声道：“纵是天要收她，朕也要逆天而行！不管你用什么办法，朕都要她活着！”

太医不敢多说，只能俯首称是。

夜鸿弈缓缓神，问道：“查出来没有，皇后究竟为何暴病血崩？”

太医小心翼翼地打量了一下周遭，欲言又止：“这……”

夜鸿弈挥手喝退宫女太监等若干闲杂人等，只余太医、众妃。

他紧盯太医眼睛，浑身上下笼罩着一股戾气：“告诉朕，难道真是有人刻意加害于她？”

太医实话实说：“娘娘在孕中，身子虽较寻常弱些，但从脉象和血崩症状来看，确是中毒之兆无疑。臣听闻娘娘此前曾服下一碗安胎药……”

众人大惊失色。夜鸿弈证实心中猜测，当即雷霆震怒，眼中怒火射向周围人等。

只见姚素鸾扑到姚莫心身上，哭得梨花带雨，情真意切：“中毒？我可怜的妹妹，究竟是何人这样丧心病狂，竟敢对皇后下毒手？莫心……”

桓采儿震惊之余，反应过来什么，立即跪下求旨：“陛下，想来必是那碗安胎药有问题，不如从它着手查起，接触过那药的人一应都有嫌疑！”

王沁若漫不经心地听着二人说话，仿佛漠不关心，忽见夜鸿弈正盯着自己，赶忙表态：“是是，宸妃所言不错，不止接触过那药的人，皇后宫内的宫女太监，也通通脱不了干系！”

夜鸿弈默默审视三大后妃的表现，神色隐晦不明，只冷冷吐出几个字：“铁血兵团何在？”

话音刚落，殿内几道人影一闪，已有两名暗卫现身，跪在他面前。

夜鸿弈面无表情地道：“给朕查！”

暗卫留下一个“是”字，立即消失得无影无踪。

这时，安炳山忽然从门外而进，他躬身走到夜鸿弈面前，禀告道：“启禀皇上，方才京城守备派人来报，按照行程肃亲王本该戌时过防，但如今已至子时依旧没有消息，似是失联了。”

王沁若闻言，脸上顿现担忧之色，纤纤白指更是不停地绞着手帕。

夜鸿弈无比震惊："什么？速速遣人找寻肃亲王的踪迹，务必给朕找到！"

安炳山"嗻"了一声便退下了。

夜鸿弈怀抱着姚莫心，忧虑重重地望向窗外那轮血月。

这边皇后殿内黑云笼罩，风雨欲来，另一边姚莫婉急急忙忙出了宫门，一刻都不敢停歇，飞快地奔跑着。突然有人从背后偷偷跟上，待贴近姚莫婉时，猛然抬手击在姚莫婉的后颈，姚莫婉顿时晕厥了过去。淡淡月光下，那个人竟是在宫外偷窥姚莫婉的人。

很快，一辆马车驶来，黑衣人立即将姚莫婉掳上了马车，再猛地一挥鞭子，马车疾驰如飞，朝着与皇宫相反的方向而去。

约莫半个时辰，这辆马车到达了荒郊野外。除了之前的那个黑衣人，马车周围又多了几个黑衣人，他们进入马车内，将姚莫婉抬下车，放在地上，姚莫婉显然已陷入昏迷多时。

黑衣人甲拔剑对准了姚莫婉，慢慢逼近。这时，一道闪电忽然亮起，照亮了姚莫婉的脸，黑衣人乙立即上前推开黑衣人甲，蹲下身，抬手勾起了姚莫婉的下巴，眼中闪着淫邪之光。

黑衣人乙道："怪漂亮的小美人儿，到底是谁要杀她？"

黑衣人甲回："拿人钱财替人消灾，别瞎打听，管好你的嘴！"

黑衣人乙瘪瘪嘴："这等姿色，别浪费啊！"

说着，黑衣人乙竟真的慢慢俯身，挑开了姚莫婉胸前的衣服。

姚莫婉就是在这个时候醒过来的，她脑海里交织着各种场景，令她头痛欲裂。她以手肘撑地，支撑着起身，还没来得及确认自己身在何处，却发现上半身衣襟半敞，肌肤若隐若现，还有红肿淤痕，再环顾四周，竟被几名眼中流露艳羡之色的黑衣人围着。

姚莫婉眸光如炬，冷冷勾唇，抬手就是一耳光："尔等何人，胆敢对本宫不敬！你们受谁指派来加害本宫？"

黑衣人面面相觑，集体嘲笑起来。黑衣人甲说道："本宫？看来传言不假，果真是个傻子。"

黑衣人乙跟着道："小娘子，对你不敬又当如何啊？"

姚莫婉一边暗自观察逃跑的方向，一边迎合着回道："按大楚律，对皇后不敬当诛九族，凌迟处死！若你们现在将本宫送回，本宫非但饶你们不死，还许你们荣华富贵！"

众人当她痴言，笑得更狂妄了，也不再理会，直接向她步步逼近。

姚莫婉愕然，再顾不得许多，瞄准两个黑衣人之间的一处空隙，猛地冲过去，拼尽全身的力量往前跑，边跑边呼叫。黑衣人措手不及，转身再追，竟真的被姚莫婉跑开了几丈远。

不远处策马扬鞭疾驰赶路的夜君清忽然听到远处传来女子的呼救声，立即勒马停下，皱眉倾听，待辨别出方向时，毫不犹豫地转向驱马前去。

姚莫婉慌不择路，竟跑到一处悬崖边，悬崖下是万丈深渊，姚莫婉猛地停步。她转身看到黑衣人狞笑着向自己逼近，绝望地闭上了双眼，准备跳崖赴死。

这时，一阵马蹄声传来，姚莫婉猛然睁开眼，只见夜君清犹如神兵天降一般策马扬尘而来。姚莫婉恍如做梦，不敢置信，她狠狠闭了闭眼又睁开，终于相信眼前的人就是夜君清。

她不知何时已满脸泪痕，急呼道："君清救我！"

一瞬间，夜君清眼前似乎出现了姚莫心的幻影，他看到姚莫心的急切，听到姚莫心的呼救。他想也未想，径直驱马上前，想要解救姚莫心，结果待近了，才发现居然是一名陌生女子。可几名黑衣人已持剑上前，将夜君清围住。夜君清索性飞身下马，与黑衣人展开打斗。

姚莫婉焦灼地看着夜君清奋不顾身战斗的身影，一名被夜君清打飞的黑衣人趁之不备，将她推向了万丈深渊。姚莫婉只来得及大声呼喊一句"君清"。

此时夜君清已将众人打倒，正好目睹姚莫婉坠崖一幕，立即飞身过去救她，但为时已晚，惯性作用下，二人一同坠落悬崖。

夜君清将姚莫婉紧紧地抱在怀中，在地上翻滚了一圈又一圈，在某个地方，姚莫婉的脑袋忽然撞到了一块石头，在石头上留下了鲜红的血渍。

也不知过了多久，天空泛起鱼肚白，光亮透入破庙之中。姚莫婉躺在草席上，悠悠醒转，她头痛欲裂地起身，一低头，竟发现自己一副被人轻薄过的样子，再看看周遭，发现不远处躺着一个长发掩面、瞧不清长相的男人。

姚莫婉眼眸微敛："淫贼，找死！"

突然，夜君清动了一下，似乎开始醒来，姚莫婉连忙屏息躺下，意图给他一击。夜君清捂着伤口起身，蹒跚着来到姚莫婉跟前，伸手在她鼻子下探了探，松了口气，转身想出去找水喝。

趁此时机，姚莫婉抬腿就是狠狠一踢，夜君清毫无防备之下，被她踹得踉跄一跌。姚莫婉立即扑了上去，一屁股坐在他身上，从身后压制住他，姚莫婉语速飞快地开骂："淫贼，胆敢污我清白！这是何地？你是谁？你从何处把我掳来的？速速交代，饶你不死！"

"等等。"夜君清一头雾水，愕然不已，"我掳了你，污你清白？我还想问你，你到底是何人！你我此前素不相识，昨夜怎会知晓在下的名字？"

姚莫婉目光飞速地扫过夜君清全身，越看越是疑惑，不禁脱口而出："你还想赖账不成？你脚蹬官靴，身穿蜀锦，玉佩傍身，品相不凡，衣着看布料和款式并非有钱就能买到的，似是高门贵族。"

夜君清听着姚莫婉的一通分析，同样疑惑不已，却越听越有熟悉之感。正欲开口，又听姚莫婉说道："不对，你若是权贵官员，对我一介弱女子下手，岂不罪加一等？"

"你，弱女子？"夜君清哭笑不得，扭头用眼神示意二人现在的姿势。

姚莫婉乍见之下，发现他容颜十分俊朗，不禁怔了一怔。趁此空当，夜君清一个翻身，反将她压制在了身下。

姚莫婉气急败坏地嚷道："可恶！居然使美男计，你这淫贼太过奸诈！长这么好看，干点什么不好，竟然去做淫贼！小人，就算你长得再好看，也还是个小人！"

夜君清闻言几乎气出内伤，嫌她聒噪，一手捂住了她的嘴。姚莫婉嘴里呜呜咽咽，双眼使劲瞪向他。

夜君清厉声道："听着，不管你在耍什么花招，别再装傻充楞，明白就眨眨眼。"

姚莫婉眼珠一转，决定不吃眼前亏，当即眨了眨眼。

夜君清问道："你究竟是何人，为何会知晓在下姓名？"

问完，夜君清便松开了手，等着姚莫婉回答。

姚莫婉的嘴得了空，立即问道："我知道你的姓名？这就说明我之前认识你啊！那你叫什么？家住何处……”

夜君清只好再度捂住了她的嘴，无奈地道：“昨夜发生的事，你当真什么也不记得？”

姚莫婉立即作可怜状，委屈巴巴地眨眨眼。夜君清见她不像说谎，当下感觉棘手起来，沉思片刻后又说道：“我现在放开你，先警告你，别废话！”

夜君清放开了她，坐到一边休息。姚莫婉当即爬起来，一肚子疑问刚想开口，夜君清一个眼刀飞来，顿时讪讪。

夜君清叹了口气，将昨晚发生的事一一说了出来。

末了，他再度叹了口气，说道：“我将你从崖底抱至这破庙，还将唯一的草席让了给你，哪知你一醒来竟偷袭我。”

姚莫婉听在耳里，看上去似乎有那么一丝不好意思。

另一处，那批大蜀杀手分拨追踪而来，两人在崖底发现几块带血的石头，互相使眼神示意。两名杀手盯着草丛，循着血迹，一路向破庙处逼近。

破庙内，夜君清无语地仰头看天，憋着一肚子气又无法发作。

半晌，他低头问道：“你这又是做什么？放开！”

顺着夜君清的视线往下，只见姚莫婉正坐在地上抱着他的大腿不放，并且耍赖似的回道：“不放，不放，就不放！”

夜君清忍了又忍：“你我素不相识，从此大路朝天，各走一边，有何不可？”

姚莫婉不管：“你不能就这么不管我了吧，你得对我负责！”

夜君清反问：“凭何负责？在下已将昨夜所有原委和盘托出，我不过一时善举救了你而已！”

姚莫婉据理力争道：“那我不管，你自己都说了，昨夜坠崖前我喊了你的名字，毫无疑问此前我是认识你的。我现在什么都想不起来，只有跟着你，我才有可能记起从前事！你不负责，谁负？”

夜君清已经开始咬牙了：“你这是恩将仇报！”

姚莫婉一听，故意打量一番，笑着道：“难道你还想以身相许？也不是不可以。”

夜君清气急，想硬摆脱她，拔腿走了几步，姚莫婉依然不撒手，跟着拱了几步。忽然，夜君清耳朵微动，发现屋外有异动，当即捂住姚莫婉的嘴巴将她壁咚在墙上。姚莫婉误以为他要对自己做什么，有些含羞带怯。

夜君清凑近姚莫婉耳旁，低声问道：“你到底招惹了多少人？”

这时，几名杀手从房顶落下，长剑直指夜君清，冲他杀来，口中还喊着“夜君清，今日便是你的死期！”

姚莫婉抬眸瞅夜君清，戏谑道：“你到底招惹了多少人？原来你叫夜君清，名字还挺好听的。”

夜君清来不及回嘴，杀手已杀来，只好边搂着她，边持剑加入战斗。夜君清身法优美，怀抱着姚莫婉如同舞蹈一般，翩若惊鸿，宛若游龙。几回合下来，已有两人倒地。

两人耳鬓厮磨之际，姚莫婉心跳加速全程如花痴一般注视着他，以至于忘了脚下动作，随惯性转了几个圈，笨拙地扑向了杀手们手中的剑。

眼看着一把剑刺来，姚莫婉躲避不及，这时她眼前银光一闪，剑被夜君清格住了一半，但他身怀重伤，力有不及，剑锋一截正刺在他胸膛的旧伤上，顿时血迹再度浸满衣襟。夜君清重重倒在地上，姚莫婉见状大惊，忙扑到他身边，想扶起他。

其余杀手见状，将两人团团围住。

夜君清忽然厉声对姚莫婉说道：“与你无关，赶紧走！”

姚莫婉也不回话，情急之下，捡起夜君清掉落在地的剑，怯怯地挡在他身前与刺客对峙，想要将他护住。

第二章

破庙内，姚莫婉面对着大蜀众多杀手，情急之下，拿起剑怯怯地挡在夜君清身前与刺客对峙。

夜君清担忧姚莫婉的安危，厉声道：“你走了才能不妨碍我，听见没有！”

眼见着杀手逐渐逼近，别无他法的姚莫婉突然开了口：“等等！小女子与各位大哥无冤无仇，你们要杀的是他，只要你们不殃及无辜，我绝不妨碍各位办事。”

说完，姚莫婉当真闪到一旁，将一直护在身后的夜君清露了出来。杀手们对姚莫婉没有兴趣，在夜君清毫无惧色的表情之下慢慢围向他。

姚莫婉见无人再注意到她，猛地一剑斩断了固定在一旁柱子上的麻绳，麻绳于瞬间断成两截，悬挂在屋顶上的烛台快速落下，正好砸在杀手身上。

姚莫婉连忙冲过去扶起夜君清，口中喊道：“快走！”

只是姚莫婉扶着夜君清终究有些吃力，两人刚起身没走几步，姚莫婉脚下一个趔趄，被一具尸体差点绊倒在地。这时一名杀手爬起来持刀冲过来，就在刀距离姚莫婉脑袋只差几毫米时，夜君清拼着全身力气，单掌抓住了刀刃。

姚莫婉争分夺秒，反手挥剑，直接将杀手斩杀于剑下，然后再扶起力竭单膝跪地的夜君清赶紧离开破庙。

夜君清胸前浸满了血迹，呼吸开始急促起来，就连眼前也逐渐模糊了。姚莫婉一边搀扶着夜君清蹒跚地走着，一边自言自语道：“如今这世上我只认得你一人，你若死了，我可真是叫天天不应，叫地地不灵了。”

话音刚落，夜君清竟身子一软，倒在了地上。

姚莫婉瞪大了眼睛，深深怀疑自己是不是一语成谶。

她蹲下身，伸出手指戳了戳夜君清，然后再探了探鼻息，等感觉到了微弱的气息后，她松了口气，然后再艰难地将夜君清背到树旁放下。她犹豫了一下，最终还是扯开了夜君清的衣服，她看着那血肉模糊、似乎快要化脓的伤口，眉头始终皱着。

她不停地念叨着："完了完了，伤得这么重，这血再流下去，你怕是要变树肥了，怎么办，怎么办……"

姚莫婉念着念着，脑子里忽然想起了一些片断，她在片断中看到了一个凉亭，有人坐在石凳上看医书，医书上正好画着一棵草的图形，同时还有一个女人背身站着，那个女人在说这是白首乌，味甘，可消炎止血。

姚莫婉下意识地开始找那棵草，最后幸运地在不远处找到了，她拔了一根，伸出舌头尝了尝，不由得惊了："真是甜的！难道那是我的记忆？"

但此刻她顾不了那么多了，救人要紧。她立即将草细细磨碎，敷在夜君清的伤口处，然后从裙摆处撕下布条替他包扎。等全部弄好之后，再次背起夜君清，艰难地一步一步往可以逃生的方向走去。

大楚皇宫内，王沁若正在弹奏古筝，侍女彩蝶捧着礼服，走进来请安。

王沁若抬头瞧了一眼，说道："你来得正好，帮本宫听听技艺如何，君清表弟最喜欢这首曲子了，等他回来，本宫一定要亲自弹给他听。"

彩蝶面露难色，犹豫不决道："可娘娘不是听说肃亲王直到如今都没有任何消息，会不会……"

王沁若心一慌，手下一乱，琴弦竟生生绷断了。她怔了一会儿，有些恼怒："不许乌鸦嘴，君清可是战神，怎会有事？"

彩蝶本就因说错话，担心被惩罚，闻言立即附和道："是奴婢说错话了。"

王沁若这时才看向彩蝶手中捧着的礼服。

彩蝶紧走两步，递上衣服："这是尚衣局按照娘娘的要求做的新衣裳。"

王沁若脸上顿时换上了笑意，她站起来，打开衣服欣赏了一番，然后迫不及待地道："快，替本宫更衣。"

彩蝶自然上前伺候王沁若穿上，王沁若本就长得美，在衣服的衬托下，显得更美了。彩蝶夸道："娘娘穿上这衣服可真好看，就像仙女一样。"

王沁若转着圈圈，左右抬手看着衣袖，喜道："还记得小时候他最喜欢这个颜色，待他归来，本宫便要穿着这身去见他。"

主仆二人在殿内自得其乐，却偏偏有不速之客忽然到来。姚素鸾带着侍女彩萤慢悠悠地走了进来，边走边说道："淑妃好心情啊！"

王沁若神色一敛，敷衍地行了个礼："什么风把丽妃吹到我这儿来了。"

说话间，姚素鸾已经走到了王沁若身边，她上下打量着王沁若，还伸手摸了摸衣服："皇后暴病，宫中上下皆悲不自胜，唯有淑妃还能有这般好心情。怎么，如此迫不及待地庆贺了？"

王沁若不甘示弱，直接回道："丽妃会错意了，只不过是彩蝶见本宫近日过度忧伤，想讨本宫欢心罢了。说到庆贺，不应该是丽妃吗？身为皇后的嫡长姐，却处处屈居于庶妹之下，而今皇后暴病，压在头上的重石岂不是终于不复存在了？"

姚素鸾怒道："放肆！本宫与皇后姐妹情深，岂容你无端猜测、肆意挑拨！"

王沁若没忍住，笑了出来："哈哈哈，好一个姐妹情深，这番话丽妃还是留在皇上面前说吧，免得引我发笑。"

姚素鸾回道："血口喷人自是不需要成本，说来，加害皇后之人还未寻到，待妹妹醒来，淑妃记得自求多福。"

王沁若敛了笑，有些不屑："本宫乃清白之躯，丽妃还是多操心自己好了。"

姚素鸾死死盯着王沁若，终究还是带着彩萤离开了，王沁若看着她的背影，翻了个白眼。

而她们口中的皇后，昏睡在床上，人事不省。夜鸿弈守在床边，手上盘着一块玉佩，眼睛却望着姚莫心，陷入了回忆。那时他还未成为这大楚君主，只能在一个民院中迎娶姚莫心。

院子中放着一张桌子，桌子上盖着红布、摆着红烛，姚莫心一身大红喜服，很是欣喜地上下打量自己，夜鸿弈也穿着喜服，丰神俊秀地立在她身侧。

姚莫心见夜鸿弈瞧着自己，问道："为何这样看着我？是我穿这身衣服不好看么？"

夜鸿弈摇摇头："我是在想，我夜鸿弈何德何能，能娶到你这样惊才绝艳的妻子。"他上前握住姚莫心的双手，说得真情实意："对不起，莫心，如今我只能给你一个这样仓促简陋的婚礼，没有明媒正娶、十里红装，没有人祝福道贺，甚至不被承认……"

姚莫心截住话头："我不在乎，今日与你私许终身，来日不管你成王抑或成寇，哪怕沦为贩夫走卒，莫心必生死相随。"

夜鸿弈笑道："好！莫心，从今日起，你就是我的结发妻子。若来日我荣登大宝，必许你为后，你我凤凰于飞，共翱九天！"语气里是从未有过的坚定。

姚莫心深情地望着夜鸿弈："好。"

夜鸿弈为姚莫心盖上盖头，将一条红绸放入她手中，牵着她来到红桌前，两人跪于蒲垫上，抬头遥望九天，共许誓言。

夜鸿弈道："我夜鸿弈，请天地神明见证，自今日起，与莫心结为夫妻，一生一世，倾心相待，无论祸福，永不相弃。"

姚莫心跟着道："我姚莫心，请天地神明见证，与夜鸿弈结为夫妻，一生一世，倾心相待，无论祸福，永不相弃。"

说完，两人三叩首，入了洞房。

喜房内有些简陋，只有红烛轻轻摇曳着。姚莫心盖着红盖头坐在床上，夜鸿弈站在她面前，伸手想要去掀开红盖头，却又情怯，紧张了起来，几次要碰到那红盖头，却都收回了手。

姚莫心忽然一把掀开了红盖头，看向夜鸿弈，俏皮地道："我还有话想说。"

夜鸿弈笑道："好，你说。"

姚莫心正色道："方才我们已对天地神明立誓，成了结发夫妻，倾心相待，一生不弃。可若是有一天，你疑了我，厌弃了我，负了我呢？"

夜鸿弈刮刮她的鼻尖，失笑道："怎会？我好不容易才得此贤妻，怎会疑你、厌你、负你？"

姚莫心不依，撒娇道："人家就是想知道嘛！"

夜鸿弈见状，也认真起来，他收敛神色，指天誓日："日后，若我有一丝疑你厌你弃你，就让上天罚我从此失去你，这便是对我今生今世最大的惩罚。"

姚莫心展开笑颜，点头道："好，我信你。你若失去我这样的好姑娘，定会后悔终生的。"

夜鸿弈跟着点点头，手轻轻地从她眼睛上滑下，迫使她闭上眼睛，姚莫心还没反应过来，夜鸿弈已低头吻住了她。烛影摇曳，光影模糊，旖旎了一室春光。

而如今却……

夜鸿弈泪流满面地抓着姚莫心的手放在自己脸颊边，喃喃自语道："莫心，这难道便是上天对朕的惩罚？"

这时，安炳山忽然走进来，跪在地上像是有事禀告，夜鸿弈连忙敛了悲痛，示意安炳山开口。

安炳山说道："启禀皇上，还是没有肃亲王的消息。"

夜鸿弈嗯了一声，回道："继续找，另外传朕口谕，加强京城守备，一有消息立刻回报。"

说罢，便摆摆手，示意安炳山退下，之后，千面从一旁的屏风后闪出，跪地听从夜鸿弈的吩咐。

夜鸿弈看了一眼，问道："皇后中毒暴病一事，依你之见应当从何查起？"

千面把话在心里绕了几圈，确定无误之后，方才回道："那碗安胎药的确蹊跷，属下打算从皇后暴病前所接触过的人和物查起。"

夜鸿弈点点头："所有与那碗药接触过的人不过都是些宫女太监，毒害一国之后，如此疯狂、如此胆大包天，这些奴才有这个能耐吗？"

千面回道："陛下的意思属下明白，这些小角色背后必有幕后主使。"

夜鸿弈一时没回话，沉默了半晌，忽然问道："你对后宫三大妃怎么看？"

千面俯首，磕了个头："属下只相信证据，不敢妄加揣测。"

夜鸿弈回道："如此，朕便放心了。一国之后被毒害，此事太过耸人听闻，朕已下令封锁消息，对外宣称皇后病重，所以，查案务必秘密进行，不露声色。"

千面回道："属下明白，只是……"再三犹豫之后，还是说了出来："安总管当日是最直接接触那碗药的人。"

夜鸿弈想了会儿，说道："安炳山跟随朕多年，不宜明审，朕会亲自询问，你退下吧。"

千面垂首回道："是。"

与此同时，大楚皇宫的某个角落里，半夏正在走着，发觉身后有人跟踪，于是加快了脚步，走过一转角处停下向后探看，发现无人时正准备舒一口气，眼前忽然出现了一个暗卫。另外，一些宫女和太监也在宫中各处被暗卫秘密抓捕了。

夜幕降临之时，夜鸿弈来到了宫内的某处走廊上，一直守在门外等着伺候的安炳山立即提着灯笼跟上了，来往的奴才们见了夜鸿弈纷纷跪下行礼。

夜鸿弈开口问道："肃亲王可有消息？"

安炳山回道："回皇上，还是没有消息。"

夜鸿弈若有所思，忽然瞧见天上飘起了一片孔明灯。孔明灯缓缓升至半空中，星星点点，与天上的明星连成片，入眼如画。

夜鸿弈问道："怎么回事？"

安炳山回道："回皇上，民间百姓得知皇后娘娘病重，纷纷用孔明灯向上天祈福。"

夜鸿弈的脸上露出了一丝笑容："皇后可真得人心啊！"

这时，一旁一名小太监递上了一张字条，安炳山接过后呈递给了夜鸿弈，字条上只有一句话：一干人等俱押，将连夜审问。

夜鸿弈将字条合上，脸上的一丝笑意褪得干干净净，安炳山提着灯笼靠近，打开灯罩，夜鸿弈捏着字条慢慢靠近，几乎是瞬间，火焰便吞噬了字条。

夜鸿弈冷声道："安炳山，当日是你为皇后送了那碗药，也是最直接的嫌疑人。你可知，朕为何不让他们审你？"

安炳山闻言，一脸惊慌，立即跪地，声音里都掺杂了恐惧："老奴明白，是皇上开恩护着老奴，老奴绝不敢隐瞒。"

夜鸿弈问道："朕问你，你一路送药，中途可有异常？"

安炳山磕了一个头："皇上明察，事关皇后，当日老奴从太医院取药之后，不敢有丝毫耽搁，中途无任何异常，小福子、小禄子可为老奴作证。若真是老奴做了手脚，岂会将这嫌疑引到自己身上。"

夜鸿弈思索片刻，点头道："你的忠心朕是知道的，不必惊慌，在前带路，去皇后那里。"

安炳山顿时松了口气，连声道谢皇上，而后站了起来，拿着灯笼为夜鸿弈照亮脚下的路。

郊外岔路口，火辣的太阳当空照着，姚莫婉喘着大气，背着夜君清艰难前行。行至一棵大树下时，姚莫婉实在没了力气，她让夜君清靠着树席地而坐，再摘了一片树叶卷成杯形，倒入清水，喂给夜君清喝。

她碎碎念道："累死了，以今时今日我对你的大恩，来日你能如何报答我啊？”

话音刚落，夜君清身子一歪，压在了姚莫婉的身上，姚莫婉看着他俊朗的脸庞咽了咽口水，心跳也加速起来，她看着看着，忽然戏精上身。

姚莫婉娇羞地道：“啊，你说什么？你要以身相许为报？长得倒是挺好看，身材也不错，但本姑娘可不是那么肤浅的人，我考虑考虑吧。”

姚莫婉捂着嘴笑起来，这时，她一扭头看到远处一队黑衣人策马而来，忙想背起夜君清赶路，可刚走几步两人就摔倒在地。就在这时，一个猎户驱车迎面而来，姚莫婉冲过去跪在了路中间，猎户赶紧停车。

姚莫婉不停磕头，求道：“老人家，求求你救救我们。”

猎户是个老人家，看上去非常朴实，就是一般的村民打扮。他下车扶起姚莫婉，问道：“姑娘，出什么事了？”

姚莫婉眼珠一转，抹起了不存在的眼泪：“我们被恶人追杀，夫君为保护我身受重伤，逃到此处，实在是无处遁形，您要是不救，我们可真就没命了。”

猎户看了看昏迷的夜君清，还有身后即将追来的那伙黑衣人，迟疑道：“可是，以我这马车的速度，怕是他们很快便能赶上啊！”

姚莫婉想了想：“我有办法。”

她将办法告知猎户后，从夜君清的怀里搜出最后一块银子，作为补偿给了猎户。片刻之后，众杀手策马而来，只剩猎户站在马车旁，马儿和夜君清、姚莫婉已不见踪影。

杀手们翻身下马，剑尘直接拔刀架在猎户的脖子上，逼问道：“你可看见一男一女从这儿路过！”

猎户立即求饶：“各位英雄饶命啊，刚刚有一男一女抢了我的马，往那个方向去了。”

猎户指了指一个方向，剑尘和众杀手顺着看向地面的马蹄印。等到众杀手正要翻身上马追赶，剑尘却谨慎地伸手阻止众人，仔细检查了下马车发现确实没有异常，这才带着众人去追赶。

待众杀手没影儿了，猎户赶忙跑到一边的树丛旁，轻声呼唤：“他们走了，姑娘，出来吧。”

姚莫婉从树丛中冒出头来，看向一旁还在昏迷的夜君清，舒了口气。她看着夜君清，轻笑道：“又救了你一命，看你怎么谢我。”

另一边，奔雷甩开那些他引走的杀手后，带着众士兵寻找到了破庙，仔细勘查着横七竖八的杀手尸体，甚至包括那些剑与装束等各种细节。

奔雷同众人说道："你们看，这些人的手掌和虎口皆覆厚茧，应是长期握刀劈砍所致，很有可能是军人，衣服虽是寻常罩袍，但却交领右衽，并非我大楚百姓的着衣习惯，所用武器的刀尖又是柳叶形，而大楚境内都是水滴形，所以依这三点我敢断定，他们应该是上次逃掉的大蜀杀手。"

士兵甲怒道："越境埋伏，他们真是狗胆包天！"

奔雷又说道："这里面没有他们的头领，所以恐怕王爷还在被追杀，咱们必须加快速度，保护王爷。"

正好士兵乙巡视完毕，拿着一片衣角走了过来，他递给奔雷。奔雷接过一看，正是夜君清衣服上的布料。他即刻命令道："加派人手，沿路搜索！"

猎户家的侧房里，夜君清躺在榻上昏睡着，或许是因为终于有个安定的栖身之所，夜君清脸色看上去好多了，姚莫婉坐在榻边细细照顾着。猎户夫妻一走进来，姚莫婉便立即起身，单膝跪在地上。

她诚恳地说道："老人家真是菩萨心肠，今日您救命之恩，定当涌泉相报。"

猎户连忙扶起姚莫婉："都是苦命人，什么报不报恩的。"

猎户妻子跟着回道："说来，你们小夫妻怎么就惹上了那帮恶霸呢？"

姚莫婉叹了口气，瞪大的眼睛里很快就泛起了泪光："说来话长，是这样的，我们俩本是恩爱夫妻，谁承想俺们乡里的土豪看上了我，要强抢我为妾，我们夫妻俩只得走为上计，这才惹来杀身之祸。我可怜的夫君哟，你要是有个三长两短，留娘子我一人如何独活……"

说到最后，姚莫婉已经夸张地伏在夜君清身上假号，谁料一抬眼，却看到夜君清不知何时已经醒来，正目光不善地盯着自己。

夜君清冷冷地吐出两个字："娘子？"

姚莫婉心虚地捂住他的嘴，心念一转，干脆利落地答应下来："哎，我在我在！夫君你好好休息，咱们这次遇上好人家了，你别担心噢，乖。"

姚莫婉一边说一边死死捂着夜君清的嘴，拼命给他使眼色，夜君清有口难言，只能恨恨地等着姚莫婉松手。

另一边，猎户夫妇已是义愤填膺，猎户更是拍了拍桌子，说道："真是目无王法！两位莫怕，我们这儿地处深山，人迹罕至，他们轻易是找不到的，安心住下养好伤再走也不迟。”

姚莫婉连连点头，再看向夜君清，猛然一惊，原来他被自己捂住口鼻闭气太久，又晕了过去。姚莫婉探探他的鼻息，忍不住恶作剧式地偷笑。

之后，猎户妻端来了饭菜递给姚莫婉，姚莫婉从汤中闻到了车前草的香味，她知道此物治疗刀剑伤最好了，便让猎户妻告诉她车前草在哪采摘的。她熬好了药，一勺一勺喂给夜君清服下，然后突发奇想自己尝了尝，皱着脸说了一句“好苦”。

忽然，姚莫婉觉得此番情景十分熟悉，脑中的画面也跟着出现，她好像又“看”到了她失去的记忆片断，那时她还是真正的姚莫心。

在某个院子中，也是这样的一个白天，夜君清靠在柱子上，望向屋外地上的两只嬉戏的小鸟。姚莫心端着药走了过来，让夜君清服下。

夜君清接过碗，叹道：“唉，鸟比人自在多了，不必被世事所困，也不必在意天地之界，翱翔长空，无忧无虑。”

姚莫心安慰道：“只可惜命不可改，你身为皇家子嗣，身上便背负了逃不脱的宿命，既然如此，何不各安天命。”

夜君清看向姚莫心，问道：“身居庙堂，高处不胜寒哪，那你的天命呢？”

姚莫心愣了一下：“我？”而后反应过来：“身为大楚女子，天命大抵是相夫教子罢了。”

夜君清回道：“可你并非寻常女子，我知道，你有你的抱负追求。其实，以你的才学本事，若能涉猎朝野政事，当是大楚之幸。”

姚莫心笑道：“女子为官，在大楚毕竟未有先例。可若能有那么一天，我定会竭尽所能，辅佐明君，予人楚太平盛世。”

夜君清闻言却表情苦涩，在内心问姚莫心，她口中期待的明君，是在说他吗？他见姚莫心看着自己，忙喝了一口药掩饰道：“这是我喝过最苦的药。”

“良药苦口呢，”说完，姚莫心拿过勺子喝了一口，说道，“我陪你一起苦。”

画面定格在最后两人相视一笑的情意里。

而姚莫婉则被这番情景肉麻得一激灵，她手一抖，不慎将药洒在了夜君清身上，再赶紧伸手去擦，却发觉夜君清浑身发热。她连忙打开夜君清胸前的纱布，发现伤口处已经溃烂，若再不请大夫，怕是命不久矣。她万分着急，起身就往外走，正好碰上猎户迎面走入，便立即让猎户去请一个大夫回来。

猎户一听，转身就去请大夫，不过片刻，猎户便请来了一位山野大夫，大夫望闻问切之后，姚莫婉着急地问道：“大夫，他多久可以痊愈？”

大夫摇摇头：“很难说，伤口倒是包扎好了，只是他失血过多导致气脉紊乱，以在下的医术实在无能为力啊！”

姚莫婉思索片刻，问道：“气脉紊乱……那大夫您可否为他施针灸舒缓气脉？”

大夫脸上显得很为难：“姑娘不瞒你说，以他的失血状况，这针灸需得精准认穴定位，不然无法凝血，情况更糟。小老儿不过是个山野郎中，哪有这样高明的本事？”

大夫说完就开始收拾行囊欲走，姚莫婉思来想去，突然抓起夜君清腰间的玉佩并扯下来，同时拉住了大夫。她恳求道：“大夫，您看这玉佩的品相，能换不少银子，就算是您的酬劳，还求您替他施针。”

大夫仔细看了看玉佩，面露喜色，然后收入怀中，只是嘴上仍然说道：“能不能治好，我可不能保证啊！”

大夫拿出针灸包摊开，顺手抽出一根银针，颤颤巍巍地找穴位扎了下去，没想到却扎歪了，只得拔出来重扎，几番下去，大夫额头上竟渗出了密密麻麻的汗珠。姚莫婉看得着急，说了一句我来吧，便伸手夺过针，她捻着针，闭目冥想片刻，然后毫不犹豫地在某个穴位上下了针，那大夫在旁边观看着，震惊于姚莫婉的专业程度。

等到姚莫婉全部施针完毕，大夫问道：“既然姑娘自己就是医女，还请我过来做什么？”

姚莫婉看着手中的银针，喃喃道：“我是医女？”

大夫笑道：“可不，姑娘小小年纪，医术本事犹在我之上啊，不简单！这几瓶金疮药就算我送你们的，在下告辞了。”

大夫将药放在桌子上，收拾行囊走出门去，姚莫婉依旧沉浸在惊异中，她一时半会儿不能确信她是否真的是医女。

这边夜君清终于得到了彻底的救治，另一边大楚皇宫，皇后寝宫内却乱成了一锅粥。夜鸿弈在众人簇拥下来到皇后宫外时，看见一名侍女守在门口，有些鬼鬼祟祟，等侍女看见夜鸿弈之后，更是一脸惊慌，仓皇着跪下了。

夜鸿弈问道："丽妃的侍女怎么在这儿？丽妃在皇后宫中？"

侍女哆嗦着回道："女婢……女婢不知。"

夜鸿弈瞬间疾言厉色道："你要是不知，那你为何会在此？！"

侍女抖得更加厉害了，不停地边磕头边说道："皇上饶命！皇上饶命！"

夜鸿弈内心焦虑不安，索性快步走入皇后殿内。他不过堪堪踏进殿内，眼前便见一个巫师正在跳大神，姚素鸾也在旁边，正在用一把匕首割自己的手腕。

夜鸿弈大吼道："住手！"

众人看到夜鸿弈，纷纷跪下请安。

夜鸿弈只当没见到，快步走到姚素鸾身边，问道："丽妃，你这是做什么？！"

姚素鸾掩饰着将手藏到背后，弱弱地回道："臣妾是来关心妹妹的。"

夜鸿弈一把拽过姚素鸾的手腕，看着流血的伤口，质问道："这就是你所谓的关心？还嫌后宫不够乱吗？莫心需要静养！"

姚素鸾顿时楚楚可怜地道："臣妾知错，还请皇上责罚。"

彩莺见状，斗胆说了一句："皇上误会娘娘了，娘娘为了皇后的病，打听来了一个巫法，不惜亲自割肉为引，请巫师作法，娘娘也是一片好心啊！"

夜鸿弈顿时暴怒道："荒谬！来人哪，把这个妖言惑众的巫师拖出去斩了！"

几名侍卫闻声走进，不顾巫师拼命求饶，架起巫师就往外拖去。这时安炳山递上一块方巾，夜鸿弈接过捂住姚素鸾的伤口，顺势将她扶了起来，语气也缓和了许多："朕知你和莫心姐妹情深，可这是何苦，以后不要听信这些邪术了。"

姚素鸾点点头，眼睛里含着泪："自妹妹暴病后，皇上就忧思难解，臣妾实在是心疼您和妹妹，一心只想如何能让妹妹病愈，哪怕是拿我自己的命来换。"

夜鸿弈更加搂紧了姚素鸾，拍了拍姚素鸾的背，看向远处叹息一声，说道："素鸾，你有心了。朕定会不惜一切代价医好莫心。"

夜君清在姚莫婉的殷殷期盼下，慢慢睁开了眼睛。姚莫婉刚把换下来的纱布扔掉，一回头见到夜君清正看着自己，不由得露出一脸惊喜。

她眉开眼笑地说道：“你终于醒了！”

夜君清挣扎着想坐起来，问道：“你救了我？”

姚莫婉一脸骄傲地表示：“自然！是我背着你逃走，躲过追杀，又帮你治伤，要是没有我，你早死了八百回了！”

夜君清在姚莫婉说话时，碰到了腰间，发现玉佩没了，于是四处翻找着。姚莫婉看在眼里，解释道：“你是在找玉佩？刚才我当药费给大夫了。”

夜君清气噎，怒道：“你！你可知这玉佩对我有多重要？岂能随意处置！”

姚莫婉一头雾水：“不用玉佩如何有钱请大夫？一块破玉佩，难道比你命还重要？”

夜君清毫不犹豫地回了一个“是”字，然后欲下床去追，却因太过着急而摔倒在地，姚莫婉连忙上前扶住，急道：“伤刚缝好，大夫说了不能乱动！”

夜君清锲而不舍：“我必须把玉佩追回来。”

姚莫婉将夜君清扶到床上继续躺着，半赌气地说道：“好了，不就是玉佩嘛，我去帮你要回来！”

也不给夜君清反应的时间，姚莫婉说完便冲出了房间。茫茫夜色中，姚莫婉沿着大夫走时的路边跑边喊大夫，可哪里还有大夫的身影？她累到只能停下来稍作休息，一边气得跺脚，一边说道：“这大晚上的我上哪儿找去！大——啊——”

话还未说完，姚莫婉忽然踩到一个石头，脚一滑，她摔入了一旁的荆棘之中。等到她费尽千辛万苦从荆棘之中爬出来，再返回猎户家时，夜君清已经坐在桌子边吃饭补充体力了，猎户陪坐在一旁。

她在门外正好听到猎户对夜君清说：“公子，不得不说你家娘子真不简单啊！这段时间，你俩又要逃命，又要治伤，全是她在照顾你，就没闲下来过，为了你可真算得上智计百出了。这么好的姑娘，可要好好珍惜啊！”

姚莫婉重重地推开门，气呼呼地走了进来，身上是破衣烂衫，胳膊上也尽是荆棘的划伤，十分狼狈。

姚莫婉本想发火，但因着猎户在旁，立刻转换了语气，上去喊道：“夫君啊！”

夜君清一阵恶寒，愣愣地观看她的表演。

猎户摸不着头脑，问道：“姑娘，你这是怎么了？”

姚莫婉做害羞状："还不是为了给我家夫君找药，滚到了荆棘丛里，人家好辛苦噢……"

姚莫婉一边说一边冲过来想抱住夜君清撒娇，谁知脚下一打滑，整个人即将跌倒在地，她眼疾手快，立即拽住了夜君清的衣角，本以为夜君清会将自己接住，没想到夜君清却轻轻一拽衣服，默默往旁边挪了一步，任由姚莫婉狼狈地呈大字形扑倒在地。

夜君清"解释"道："久病无力，让娘子受苦了。"

姚莫婉黑着脸，又无法发作，只好默默自行爬起来。猎户很有眼力见儿地起身离开了，走时不但把门关上了，还说了一句时候不早了，两位也早些歇息吧。

姚莫婉憋着气，看着夜君清一脸冷漠地说道："玉佩没追回来，深更半夜的我上哪儿找他啊！"

夜君清叹了口气，道了一声算了，又真诚地说道："这段时间劳你费心了，谢谢！"

姚莫婉生气的情绪缓和了下来："这还像句人话。那个，吃完了没？吃完了该歇息了。"

之前猎户说歇息的时候，两人还没什么感觉，当事人一说，立刻有一种暧昧的感觉，偏偏他们两个又不是真夫妻，一下面面相觑，面色凝重了起来，这份凝重延续到了两人回到房间，坐到了床上。

夜君清咳嗽一声，率先打破尴尬："你睡床上吧，我打地铺。"

姚莫婉立即回道："别，夫君体虚无力，若是伤势加重，岂不害我守寡？"

夜君清瞟了一眼姚莫婉："收起你的演技，这儿没其他人，别再那么称呼我，还有，你坐过的床，我不想睡。"

姚莫婉顿时气不打一处来："你真是好心当成驴肝肺，爱睡不睡！"

她直接搬了椅子搭了床，横躺在上面，一边开始假装打呼噜，一边偷瞄夜君清的动静。夜君清叹了口气，翻身上床躺下，闭目准备入睡。姚莫婉是真心想让夜君清睡床上的，但是偷瞄到他心安理得的模样，不禁又来了气，心里止不住地开始念叨：还睡着了？死夜君清，臭夜君清，世上怎会有你这么讨人厌的家伙！他这么讨厌，你还总提他干吗？警告你，不许再念叨夜君清了！哎呀，怎么又提他了……

姚莫婉气呼呼地翻了个身，谁知没翻好，竟掉下了椅子。躺在床上的夜君清悄悄勾起了一抹淡笑。就在这时，房外忽然传来猎户妻子的脚步声和话音，猎户妻子道：山里天冷，给他们加床被子。

姚莫婉眼看就要穿帮，情急之下一跃跳到床上，还压到了夜君清身上，不巧，正好压到了夜君清的伤口，夜君清闷哼了一声，面露痛色。

姚莫婉应声道："大娘，进来吧。"

猎户妻推门进来，看到姚莫婉压在夜君清身上，片刻都不敢耽误，将被子放到床上就立即离开了。猎户妻一离开，夜君清再也忍耐不住，干净利落地一脚将姚莫婉踹下了床。

两人更是异口同声地问对方："你到底想怎样！"

姚莫婉捂着屁股站起来，顿时来了气，不管不顾直接上了床，瞪着夜君清说道："本姑娘今晚就要睡这儿了！你也哪儿都不许去，以你这个身子睡一宿地铺非得发热不可，我可没钱给你治病！"

夜君清往后退了几步，正色道："不可，男女授受不亲。"

姚莫婉顺手拿过旁边桌上的地瓜，用地瓜隔了一道界线："你倒想得美，谁要跟你授受，就这么睡！"

一夜安睡，天色已蒙蒙亮，夜君清率先醒来，低头看到怀中的姚莫婉，姚莫婉还紧紧攥着他的前襟，不禁尴尬至极，想悄悄抽出被压住的胳膊，姚莫婉迷糊中嘟囔了几句，挪了挪位置，反而贴得更紧了。夜君清抽了许久，好不容易抽出胳膊，想悄悄起身，哪知刚跨过姚莫婉身体，姚莫婉便在睡梦中翻了个身，夜君清连忙手脚撑着床，悬于姚莫婉身体的上空，两人来了个面对面，仅隔毫厘之遥。夜君清松了口气，翻身将手脚收回，刚要下床，不料姚莫婉又一个翻身，将胳膊和腿压在他身上，将他压了回去。

夜君清看着姚莫婉，莫名想笑，心里冒出一句：这个笨女人！算了，敌不动我不动。

夜君清索性闭目装睡，将他压在身下的姚莫婉却偷偷睁眼，一副少女心雀跃的坏笑，她就是不信治不了夜君清！时间一分一秒地过去，两人陷入了长久的装睡对峙中，内心天人交战，想法无数。

夜君清心想，还不醒？难道是诈术？

姚莫婉心想，诈的就是你，你不动，我怎能动？不就是比耐力嘛！

夜君清又心想，抱歉，恐怕要让你失望了，我还没输过。

姚莫婉也心想，你这家伙，有点本事啊！我不能输！

两人一动不动，手臂双双发麻，就连肚子也饿得咕咕响，这时，门外传来了猎户妻的声音，两人同时觉得猎户妻的声音犹如天籁。

猎户妻说道：“姑娘，公子，起来吃饭了。”

两人如获赦令，再也装不下去了，同时翻身起床，还同声回道：“来了！”

为了掩饰尴尬，两个人想装作什么事都没发生，但是手忙脚乱出卖了他们，他们一会儿碰了脑袋，一会儿穿错鞋子，更加尴尬了。

时间就在两人一来一往中悄悄溜走了，有时是桌上摆着山野饭菜，姚莫婉和夜君清对坐，两个人当着猎户夫妻的面，铆着劲假惺惺地为对方夹菜。有时炉灶里燃着火星，一阵烟雾腾腾升起，夜君清拉着风箱，呛得眼泪鼻涕直流，姚莫婉看不过去了，把他赶到一边，自己开始拉风箱，再抬头时已变成了花脸，两人看着对方忍不住嗤笑又极力掩饰着。有时又是姚莫婉扶着夜君清走动做康复训练时，姚莫婉恶作剧心起，故意想绊夜君清，不料却被他反绊了一下，两人不经意间距离凑得很近，随后反应过来，顿时一阵不自在，立即各自转身向相反方向走去……时间溜走之后，带来的不仅是夜君清伤势渐好，还有他跟姚莫婉的关系在不知不觉中缓和了许多，能自然相处，一起嬉戏了。

只是他们不知道，在小镇一个破烂简陋的酒馆内，两名大蜀杀手看到了大夫挂在腰间的玉佩，他们拿刀抵着大夫的脖子，逼迫着大夫带他们去找姚莫婉。浑然不觉的姚莫婉跟夜君清正在林中散步。

林中草地上遍布着一些不知名的小花，姚莫婉兴致盎然，蹲下身闻了闻花香，夜君清站在一旁，带着笑意问道：“喜欢这花？”

姚莫婉摇摇头，起身回道：“并非爱花之人。”

夜君清有些诧异：“还有女人不爱花？”

姚莫婉笑道：“女人说爱花，其实爱的不过是送花之人。”

夜君清若有所思，似在回想往事，不禁涩从心头起。

姚莫婉也不在意夜君清没回话，自己伸了个懒腰，又道：“你看这山野人间，不必被世事所困，也不必在意天地之界，只有你我，在此聊度此生倒也不错。”

夜君清闻言，浑身一震，姚莫心曾经也站在他身旁，说过这一模一样的话，他愣愣地看着眼前的姚莫婉，失了神，明明有着不同的外貌，为什么也能重叠在一起。

姚莫婉挥手在他眼前晃了晃，问他："如今我失去记忆，无姓名，也无家人，你送我一个名字可好？"

夜君清回过神，沉思片刻，回道："就叫念心，如何？"

姚莫婉不停地念叨着"念心，念心"，念到最后，很是欣喜："真好听，我有名字了！"

夜君清转身看着姚莫婉，忽然问道："为什么要救我？对于你来说，我只是个知道名字的陌生人而已。"

姚莫婉毫不犹豫地回道："因为你是我的人啊！"

脱口而出之后，姚莫婉立即反应过来，又红着脸解释道："你别误会啊，我是说，如今你是我在这世间唯一的羁绊，况且你的命也是我救的，所以……哎呀，你明白了吧？"

夜君清咳嗽了一声，回道："时间不早了，回去吧。"

姚莫婉看着夜君清不自在的模样，调皮地吐了吐舌头，然后跟了上去。然而等到他们回到猎户家时，猎户夫妻已经双双被杀死躺在地上了，他们正大惊着想上去一探究竟，一众杀手便从两旁飞出。

剑尘持剑大吼道："杀夜君清者，赏黄金百两！"

夜君清冷哼一声，用力拉过姚莫婉，将姚莫婉拥入怀中，他冷冰冰地看着众杀手，安慰姚莫婉的语气却暖到不能再暖，他说："有我在，莫怕。"

几乎是刹那间，姚莫婉的脑中闪过了一模一样的片断，同样是夜君清将她护在怀中，对她说"有我在，莫怕"，只是片断中的她，模样与现在的模样完全不同。但她已完全想了起来，想起了在大楚皇宫发生的一切，想起了她其实是姚莫心。

姚莫婉回过神来，越发抱紧夜君清，深情地看着他。

她说："君清，我想起来了！"

第三章

蜀国杀手们团团围住夜君清与姚莫婉，夜君清将姚莫婉护在怀里，他听到姚莫婉说她想起来了，奈何现在不是细细询问的时刻。

剑尘上前一步，大喝一声：“夜君清，你已经没有退路了，还不束手受死！”

夜君清冷哼道：“我夜君清的生死，还轮不到你来作主。”

剑尘怒道：“死到临头还口出狂言，大楚战神，不过如此！”

姚莫婉闻言顿时看向夜君清，两眼放光，一脸崇拜：“你居然还是大楚战神？哇哦，有点帅！”

原本异常紧张的气氛，陡然扭转。夜君清皱眉问道：“不是恢复记忆了么？”

姚莫婉一愣，有些不好意思：“呃，只有一丢丢……”

被当成空气的剑尘不耐烦了：“好一对苦命鸳鸯，这就送你们去地府慢慢腻歪！”

杀手们集体持剑向前，包围圈又缩小了，姚莫婉也从地上捡起一把剑，靠在夜君清背后，同时对夜君清说道：“战神，想想办法啊，你我生不同衾，死却同穴，也太悲惨了点。”

夜君清未答话，依旧将姚莫婉护在身后，与众杀手周旋大战，迅速斩杀了几人。此时，忽然几支箭射入几名杀手胸膛，夜君清一看，是奔雷带着手下赶到，他们冲进来便与剩下的杀手厮杀。

待仅剩剑尘一人存活时，奔雷单膝跪下，说道：“属下来迟，请王爷降罪！”

王爷这两个字又让姚莫婉震惊了一番。

夜君清将奔雷扶起，又做手势制止了企图拿下剑尘的手下，他独自与剑尘展开决斗，他要让所有敌人都输得心服口服！不出任何意外，夜君清最终制服了剑尘。

剑尘绝望地闭上眼睛，抬起脑袋，意图借着夜君清的剑自尽，夜君清却及时收了剑，剑尘睁开眼睛，一脸错愕。

夜君清说道："带句话给你主子，想杀本王战场见，别用这种下三烂的手段。"

剑尘犹豫着问道："你……真不杀我？"

剑尘扔掉手中的剑，冷声道："剑尘叩谢大恩。大楚战神，原来如此！"

剑尘迅速骑上马绝尘而去，姚莫婉被夜君清的气度折服，一脸花痴地望着他，口中呢喃道："似乎比方才更帅了许多。"

奔雷恨恨道："王爷，就这么放了，也太便宜他了！"

夜君清看向奔雷，解释了一下："抓了也无用，蜀国定会抵赖，此事到此为止。"

奔雷点点头，招了招手，其中一个手下双手捧着衣服走了过来，这么多日未曾换衣服，夜君清立即让奔雷伺候自己换上。奔雷一边给夜君清更衣，转脸看见姚莫婉还在犯花痴，顿时一脸八卦地问她是谁。姚莫婉闻言故作羞怯，等着夜君清介绍自己，结果夜君清却一脸嫌弃地说不认识。

姚莫婉眉一竖，怒道："不认识？王爷是吧？大楚战神是吧？夜君清，你忘了昨夜本姑娘是怎么对你的？你居然换了衣服就翻脸不认人！"

众人顿时石化，夜君清更是穿上衣服也不是，脱下衣服也不是，姚莫婉想了想，干脆主动对奔雷打招呼。

"小女子念心，正是你家王爷的救命恩人，由于种种原因，"姚莫婉顿了顿，降低了声量，探身凑近奔雷，"没错，就是你想的那个。此后海角天涯，我必追随他到底，说吧，咱们接下来去哪儿？"

奔雷依旧石化状，慢慢地、慢慢地扭头看向自家王爷，只见夜君清尴尬地咳嗽了一声，犹豫不决地说道："就……带她回府好生安置吧。"

姚莫婉解决了安身之所，立即走到猎户夫妻尸身旁跪下，眼含热泪哀悼："对不起，是我们连累二位了，二位的大恩，我们来世再报。"

夜君清跟着走过去，也跪了下去："不想你还是有心肝的。"

姚莫婉哽咽道："这个时候，我不想跟你斗嘴，是我们惹下的祸端，人家何其无辜。"

夜君清不再言语，二人一同恭敬地磕了几个头。起身之后，夜君清吩咐奔雷务必好好安葬猎户夫妻。他正准备离开此地时，忽然发现地上的玉佩，赶忙拾起，如获至宝般地吹了吹上面的灰尘。

大楚皇宫，一派雄伟壮丽，伴随着洪大的钟声，姚震霆带领着群官按品级于殿上就位，夜鸿弈缓缓从后殿走出，走至龙椅前入座。

文武百官在典仪唱赞下大礼参拜："万岁万岁万万岁！"

夜鸿弈微微抬手，脸上带着一丝笑容："众卿平身，开始议事吧。"

有老臣出列启奏，夜鸿弈准了之后，老臣说道："当年先帝在位时，为保江山永固，让陛下和肃亲王分管近卫军和边军，如今陛下已承继大统，为社稷，臣奏请陛下收回边军兵权，以重万年之统，系四海之心。"

朝堂上众臣面面相觑，此时桓横站出来反驳："肃亲王刚终结蜀国一役，战功赫赫，将士皆心向之，且不说如今边境上蜀国、南疆皆虎视中原，此刻肃亲王尚未归京，我等便在此讨论收回兵权，岂不令将士寒心，令军心不稳？"

夜鸿弈面色深沉，不露悲喜，看向姚震霆："姚相，依你看，两位大人孰是孰非？"

姚震霆分别看了两位大人，小心翼翼地回道："两位大人是三朝元老，自然皆是为大楚社稷忧思，无所谓对错。臣认为应当等肃亲王回京再议此事。"

夜鸿弈笑道："姚相果然有颗玲珑心，谁也没沾边，谁也没得罪！"

桓横道："臣听闻肃亲王早已抵达京城关隘，却迟迟未入京，不知生死。谁能想到，堂堂大楚战神没有倒在敌人剑下，却倒在了自家国门之内！"

老臣听闻，怒道："你这是何意，难不成是大楚人对肃亲王下了黑手？"

桓横扫视四周，沉声道："说不准就在这朝堂之上！"

此言一出，震惊四方，众臣子顿时议论纷纷起来，夜鸿弈面色也越来越阴沉。就在这时，夜君清突然走入大殿，向夜鸿弈跪下行礼。

夜君清道："臣夜君清参见皇上！未能按时回京复命，还引得流言纷纷，臣罪该万死！"

夜鸿弈神色一震，立刻快步下殿，亲自扶起夜君清："快起来，回来就好！此番肃亲王对夏墉作战有功，朕必得给你大加封赏！"

有大臣说道："皇上，肃亲王已位列诸王之首，实在晋无可晋啊！"

夜君清也跟着说道："为皇上分忧解难乃臣分内之事，无须赏赐，臣谢皇上好意。"

夜鸿弈回道："朕知你向来淡泊，你立下煊赫之功，朕若无动于衷，岂不让天下人言朕寡恩？肃亲王既已回京，便好好安养两年，朕决意再封你为神威大将军，不必推辞了。"

夜君清只得跪下，磕头谢恩："臣谢皇上封赏。今后定当鞠躬尽瘁，死而后已，辅佐陛下振兴大楚。"

夜鸿弈笑道："你我兄弟二人齐心协力，大楚定会长治久安。"

说完，夜鸿弈便亲自携着夜君清的手往殿上走去，姚震霆看到夜君清捂着胸口，暗暗皱了眉。

另一边，王沁若在寝宫内一脸焦虑地双手合十祈祷，祈祷菩萨保佑她的表弟夜君清平安无事。这时，彩蝶急急忙忙地跑了进来，嘴里喊着娘娘。

王沁若立即迎了上去："怎么样？"

彩蝶回道："肃亲王已经回来了，刚刚还上了朝，只是听奔雷说好像受了伤。"

王沁若瞬间慌了："啊，受了伤？伤哪了？严不严重？"

彩蝶摇摇头道："这个女婢没问。"

王沁若恨铁不成钢，敲了一下彩蝶的脑袋："你这个榆木脑袋，最重要的都没问清楚！"

彩蝶有些委屈："奴婢是怕娘娘担心，所以……"

王沁若挥挥手，直接让彩蝶去拿皇上赐给她的金创药，等到彩蝶送到她手里，她接过就立即跑了出去。

彩蝶追着劝道："娘娘，后妃与臣子相见不合情理，您千万勿要冒失啊！"

王沁若头也不回地回道："傻子，世人皆知我与君清自小感情甚笃，又都认定本宫是个冒失性子，我若不现身，才惹人疑窦呢！本宫既然敢为，自然早就想到托词了。"

彩蝶劝不住，只能快步跟上王沁若的步伐。恰好姚素鸾正和侍女彩萤在散步，看到前方王沁若笑着跑了出去。

彩萤疑道："那不是淑妃娘娘嘛，为何如此匆忙，连随行侍女都没带。"

姚素鸾也奇道："前几日还闭门不出，茶水不进，今日心情倒好。"又看了眼方向，继续道："她那是去御书房的方向？"

彩萤回道："肃亲王刚刚回京，此刻正与皇上在御书房议事。"

姚素鸾笑道："本宫说呢，原是急着去见他。"

彩萤凑近姚素鸾，低声说道："淑妃娘娘该不会……"

姚素鸾忽然停下脚步，冷眼扫向彩萤："胆子越来越大了，本宫看你迟早会因这张嘴丢了性命。"

彩萤赶紧低下头："奴婢知错。"

姚素鸾叹了一口气："想来肃亲王还不知道皇后暴病的消息，这下恐怕兄弟俩又要因她起波澜了。"

暂且还不知道皇后病重的夜君清和夜鸿弈对坐在御书房的桌前，夜君清说完这段时日的遭遇后，夜鸿弈大怒，拍桌而起。他道："岂有此理，蜀国竟敢在大楚境内刺杀重臣！如今使节正与蜀国商定战后协议，朕定会让他们付出代价！"

夜君清回道："任凭皇上处置。"

夜鸿弈点点头，坐回位子上，说道："朕本打算让你好生安养，只是眼下秋猎在即，事关祭祀宗庙、国之运势，皇家安全防备，外人朕放心不下，朕准备交予你负责。"

夜君清离开座位，单膝跪地，接旨道："臣弟定以命相护，保皇兄周全！"

夜鸿弈居高临下地看着夜君清，犹豫了几番，最终还是说出口了："还有件事，朕须得知会三弟，是关于莫心的。"

夜君清依旧保持着接旨的动作，没有抬头，但暗暗攥紧的拳头，显示了他的紧张："皇后她……"

夜鸿弈说道："前几日莫心暴病不醒，疑似中毒。"

夜君清大惊站起："暴病中毒？为何会这样！"然后忽然意识到自己已失态，连忙行礼道，"此乃后宫之事，臣相信皇兄会查出真相。"

夜鸿弈安抚道："你放心，朕绝不会让莫心受委屈。"

夜君清强压下内心的担忧，哑声回道："那臣弟去准备秋猎之事了。"

夜鸿弈挥挥手："去吧。"

等夜君清的身影彻底离开御书房内时，夜鸿弈敲了下桌子，暗卫瞬间从房顶落下跪地。

皇宫里某条走廊上，夜君清悲伤不已，摇摇晃晃地走着，眼前闪过姚莫心的笑容。那时姚莫心已经成为皇后，夜君清一身战甲，陪着姚莫心走在长廊中，姚莫心不顾来往宫女、太监投来的异样眼光，对他说，她已备下他最爱喝的桃花酿，等他得胜归来，再一同痛饮庆功酒。他记得他苦笑着回说如今身份有别，只怕不是那么方便相见了。姚莫心听闻，转身看着他，说他居然也这样认为，语气里满是惊讶。他立即否决，道明只是怕给她带来麻烦。姚莫心笑道，说他们乃是君子之交，坦坦荡荡，何惧流言。说完之后，姚莫心又补了一句，说她可是姚莫心啊，有什么人能为难得了她？姚莫心说这句话时，她脸上明亮的笑颜，令夜君清记到此时此刻仍然不愿忘，也只有他知道，在听到姚莫心暴病时，他的内心有多痛苦。

夜君清步伐蹒跚着走到宫门处，王沁若已经等候多时了，她一看到夜君清走过来，连忙迎了上去，嘴里喊着君清表弟。

夜君清闻言站定，抱拳道："参见淑妃娘娘。"

王沁若说道："听闻你失踪，你不知道我有多担心，你受伤了？伤哪儿了？我看看。"

说完，王沁若便上前，伸手在夜君清身上上下摸索，夜君清立即往后退了一步，恭敬道："多谢娘娘体恤，臣无碍。"

王沁若看着夜君清的眼神浮上了一抹哀怨："你我青梅竹马，一同长大，情意深厚，如今表弟却要这样与我生分了，连声姐姐都不愿叫了吗？"

夜君清叹气道："是，表姐。表姐自小对我关爱有加，君清感激在心，但你如今既已为妃，与我身份有别，自然不可再像从前一般。"

王沁若急切地向前一步："你是不是还在介意当初我入宫为妃一事？你明明知道当年我同意入宫是为了什么……"

夜君清又叹了口气："若是君清从前让表姐误会了什么，我向你道歉。"

王沁若有些怒了，更加急切，什么话都说了出来："你莫要再说这些话来气我。若不是当年夺嫡时，父亲糊涂站错了队，我何至于会为了保全家人进宫为妃！小时候，娘与姨母总说要将我许给你的！"

夜君清回道："表姐慎言，那不过是从前长辈间的玩笑话罢了。我从来都只当你是表姐，别无他意。"

王沁若顿时像没了线后飘飘落地的风筝，说不出的低落。她低声喃喃道："可我却从来都当了真。罢了罢了，咱们多日不见，君清难道就没什么话要对我说吗？"

夜君清想了想，回道："有一事，你可知皇后为何暴病？她如今伤情如何？为何人所害？"

王沁若瞬间黑脸，怒道："皇后，皇后，皇后，难道如今你还在想着她？"

夜君清苦笑道："君清只是关心而已，既然表姐不愿告知，君清就此告退。"

夜君清作了个揖离开，王沁若望着他的背影怒意满盈，猛地将金创药砸碎在地。

姚震霆下了朝回到府中，刚踏进庭院，窦香兰关切地迎了上来，她边帮姚震霆脱下官帽朝服，边问道："老爷，莫心如今情况如何了？"

姚震霆叹息着摇摇头："依旧昏迷不醒，不知何时才能痊愈。"

窦香兰捻了捻佛珠："妾身整日为莫心礼佛祈福，可这情势依旧不能好转，莫婉也离奇失踪不知去向，老爷，如今咱们姚家可就只剩下素鸾这一个女儿了。"

姚震霆看了窦香兰片刻，揣摩她的用意，问道："夫人此言究竟何意？"

窦香兰回道："妾身是想说，为了咱们姚家，当务之急，只能是指点素鸾尽快拿下后位了。"

姚震霆又问："究竟是为了姚家，还是为了你窦家？"

窦香兰笑道："姚家还是窦家，又有什么分别？横竖咱们是一家人。如今莫心暴病不知生死，后宫诸妃蠢蠢欲动，肥水不流外人田，素鸾毕竟也是你的女儿，总不能以后眼睁睁看着她被别人压一头吧？"

姚震霆看了一眼窦香兰："妇人之见。今日肃亲王刚刚归朝，你以为他得知莫心离奇暴病，能坐以待毙、善罢甘休吗？他身上还有暗伤，颇有内情。如今形势如此复杂，夺后位就是往火坑里跳，徒增嫌疑。"

窦香兰回道："老爷，妾身提醒你，肃亲王功高震主、树大招风，又一向对世家门阀颇多看法，我窦家首当其冲，咱们最好别跟他扯上什么关系。”

姚震霆苦笑：“是啊，你窦家为重，为夫记得。”

说话间，窦香兰已拿着官帽朝服向内堂走去，姚震霆摇摇头，本想进内堂，最后还是身形一转，走向了后院。

后院有一间颇为简单素雅的房间，乃是莫离的房间，她坐在床边独自落着泪，听见门口有动静，抬头去瞧，见是姚震霆，立即问莫心可有消息。

姚震霆摇头回道：“我今日去太医院问了，依旧没有好转。”

莫离追问道：“那莫婉呢？”

姚震霆依旧摇摇头，莫离顿时泪如雨下，哭喊道：“我可怜的女儿啊，一个暴病，一个失踪，老天，我是作了什么孽，为何偏偏是我！”

姚震霆心痛万分，愧疚道：“莫离，都怪为夫无能，没能保护好你们。”

莫离泪眼婆娑地看着姚震霆：“我受多少委屈，吃多少苦都不怕，只要两个女儿平安。震霆，你答应我，一定要把莫婉找回来。”

姚震霆向前拥住莫离，也跟着湿了眼眶：“我答应你，答应你。”

被姚震霆与莫离牵挂在心的姚莫婉此时正在肃亲王府内，她伸了个大大的懒腰，然后站起身，背着手开始自言自语地分析。

她边想边道：“就目前的线索来看，我通晓医术，且与夜君清熟识，那出身定不会是寻常医馆，也许有可能是宫中的医药世家？可太医那么多，我会是哪家的女儿……”

姚莫婉叹了口气，坐在椅子上，就在这时，有人敲了敲门，下一秒，姚莫婉就听到管家的声音：“念心姑娘，王爷叮嘱我为您准备了一些衣服和食物。”

姚莫婉立刻坐正回道：“进来吧。”

管家推开门，身后还跟着丫环们，丫环们手里端着各种衣服和食物鱼贯而入，看得姚莫婉目瞪口呆。

她指着这些东西问：“这……这是一点？”

管家低着头回道：“若念心姑娘不喜欢，小人再换一批。”

姚莫婉立即摇头道：“不用了，不用了。”

管家恭敬道：“王爷知道姑娘有伤在身，特意令我给姑娘炖了金丝燕窝补补身子。”

姚莫婉窃喜道："他还挺贴心嘛，良心发现了？"

管家回道："那我留一个丫环伺候，您有事吩咐她就行。"

管家说完，便领着其余人离开。姚莫婉冲那个被留下来的丫环招了招手，丫环怯怯地不敢动，姚莫婉直接走过去，按住丫环的肩膀让她坐下，说道："坐吧，一起吃点东西，这么多我一个人可吃不完。"

丫环连忙拒绝："还是姑娘自己用吧，我是下人，怎敢跟姑娘同桌吃饭。"

姚莫婉满不在乎："什么下人不下人的，我如今连自己是谁都不知道，恐怕身世还不如你呢！咱们都是平等的，放心吃吧，出了事我替你担着。"

姚莫婉拿起点心给丫环，示意她吃，丫环咬了一口，露出真诚的微笑。姚莫婉问道："欸，妹妹，你家王爷可有妻妾？"

丫环摇头道："王爷未曾娶妻纳妾，我们大家暗地里都替他着急，盼着能早日迎来一位王妃呢！"

姚莫婉若有所思，然后一阵窃喜，想入非非："原来如此。"

因着秋猎防备部署之事，夜君清带着奔雷去了军中，一众将领在军帐中纷纷跪地参见王爷，夜君清抬手让众将领起身。

奔雷走过去，亲昵地捶了将领甲一拳："你小子是不是偷懒了，近日有些发福啊！"

将领甲上下看了一下自己，回道："岂敢偷懒，不曾有一刻懈怠，我等期盼王爷甚久，终于等来您得胜回朝了。"

夜君清纠正了将领："是期盼王命甚久吧，身为臣子，自当为皇上效命。"

将领甲假装抽了自己几下："瞧我这张嘴，该打该打。"

夜君清笑道："好了，还是先做要紧之事。"

奔雷立即将一张羊皮地形图在桌上铺开，夜君清在地图上指指点点，开始部署："西兰围场，西高东低，西边的丘陵我派探子探过，只有这儿、这儿、这儿三个地方可翻越，每处我需要一千人把守。东边是一片树林，与围场仅一河之隔，也是最薄弱的地方，边界过长，无法彻底封锁，所以我需要一千骑兵，两百五十人一队，组成流动哨来回巡逻。"

将领甲问道："王爷，那其余的三千人留作何用？"

奔雷替夜君清回道："这你就别管了，王爷会在出发前下达指令。"

将领甲抱拳道："是，那我等就下去准备了。"

夜君清点点头，等到众将领全部退下后，坐到了椅子上，他看向奔雷问道："那位姑娘在府中住得可还习惯？"

奔雷笑道："赞不绝口。"顿了顿，又问道，"王爷对这女子如此上心，难道果真动了情？"

夜君清回道："报恩罢了，以及隐隐觉得她像一个人。"

奔雷好奇地问道："谁？"

夜君清想了想，摇了摇脑袋，似乎想将那重叠的人影移出脑海，他回道："没什么，是我想多了，备马回府吧。"

奔雷道了声"是"，便走出了营帐。夜君清拿出玉佩，眼神深沉，心里唯一的念头便是一定要让加害姚莫心的人血债血偿。

肃亲王府里，对一切感到新鲜的姚莫婉在各处观赏玩耍，她走到假山处，正四处闲看着，脚下一绊，身体直直往假山上靠去，却意外推开了一扇门，她好奇地进入门内，顺着一小段走道来到了一个像书房的房间。书房四周全是书，一面墙壁上挂着一幅女子画像。

姚莫婉分析道："书房为何要藏在如此隐秘之处，一定有猫腻。"

她边走边看，走到书桌处，发现桌上摆着一张纸，上面写着藏头诗，遂念道："思及伊人赋凄凉，心底骤雨结愁肠。念念不忘情未央，心愿余生君安康。"

姚莫婉琢磨片刻，用手指点着每句诗的开头，又道："思、心、念、心……看起来倒像是在写我，只是笔端为何如此苦涩？难道从前我伤过他的心？也不对啊，那他为何不记得我？"

姚莫婉苦恼地陷入思索，刚一抬起头，看到墙上那幅姚莫心的画像，于是走了过去仔细观看，忽然感觉头痛无比，无数画面在脑中闪过。画面里一个画师正在给画像里的女子作画，画作其余部分皆已完成，只留了脸未画，画师在等着女子露出笑容，偏偏女子自从与皇上争执过后，就不曾再露过笑脸。这时夜君清走了过来，姚莫心抬头一看，瞬间露出了微笑，画师激动地捕捉了下来。

画面消失后，姚莫婉头痛不已，脚下一软，手不自觉地抓住了姚莫心的画跌倒在地，恰好将画撕成两半落在了地上。就在此时，夜君清推门而入，一眼就看到了地上一分为二的画像，他怒极了，上去抓住姚莫婉的手，将她狠狠压在墙上。

姚莫婉挣扎道：“松手，你弄疼我了。”

夜君清指着画像，恶狠狠地说道：“你可知此画对我有多重要！若不是你曾救过我，如今你已经是个死人了。”

姚莫婉软了语气，道歉道：“对不起，我是无意的。”

夜君清松开她，指向门口：“走，别再让我看见你！”

姚莫婉顿时来气了：“我已经道过歉了，一张破画至于么？画是死的，人是活的，你因为这么个死人……”

“死人”两个字让夜君清瞬间雷霆震怒：“来人，给她备好盘缠，逐出府去！”

两个侍卫走了进来，架起姚莫婉往外拉，姚莫婉一边挣扎一边骂道：“夜君清，你忘恩负义！夜君清……”

夜君清从头至尾充耳不闻，他捡起地上的画像，心痛万分地一拳拳打在墙上，流出鲜血：“难道这就是天意？注定你我此生不复相见。”

呢喃声逐渐消逝，直至谁也听不到，谁也无法知道。

姚莫婉被侍卫直接扔出了王府，一同落地的还有一个包袱，姚莫婉起身就想冲进去，冲到一半，侍卫索性拔刀拦住她，她看了看刀，选择了站在门口大声喊叫：“夜君清，你给我出来！夜君清，你这个忘恩负义的小人！”

嗓子都快喊破了，连夜君清的影子都没见到，姚莫婉气得跺脚，坐在门口的石阶上想办法。这时，一个菜贩挑着一担子菜走到王府门口，侍卫翻看了几下菜篮，便放了行。

姚莫婉瞧在眼里，心念一转，去换了一身舞女服饰再回到王府门口，她脸上蒙着面纱，胸有成竹地往门里走。

侍卫拦住她，问道：“干什么的？”

姚莫婉凑到侍卫耳旁，低声说道：“是肃亲王召我来以舞助兴，速速放我通行，扰了王爷雅兴，我们都得被……”

说完，姚莫婉还做了个抹脖子的动作。

侍卫笑着点点头，说出的话却是：“王爷从不近女色，更不会召什么舞伎，你以为戴个面纱就能蒙混过关？去去去……”

姚莫婉愣了一下，不近女色？不纳妻妾？夜君清该不会有龙阳之好吧！她想着想着，不禁一阵恶寒。

之后，试图翻后院院墙进入王府又失败的姚莫婉被激起了好胜心，她站在一个面摊前，脚踩凳子，手里拿着勺子敲打着铁锅，来往行人瞧着热闹，逐渐聚集起来，将她围在中间。

姚莫婉清了清嗓子，喊道："各位父老乡亲，小女子遭逢恶人，还请诸位辨辨曲直，评评公道，替小女子做主啊！"

有百姓问道："姑娘，你遇到了什么难处？"

姚莫婉抱拳道："这位大爷问得好，今日我便要为大家揭穿堂堂大楚战神的真面目。"

又有百姓问道："你说的可是肃亲王？"

姚莫婉佯装悲壮道："不错，正是肃亲王夜君清！诸位且听小女子细细道来。话说那是一个月黑风高的夜晚，我被歹人掳走，当我醒来时，却发现自己衣冠不整地躺在夜君清身旁，我的清白之躯就此被他染指……"

姚莫婉说着说着，还戏精上身，掩面做哭泣状。众百姓震惊不已，倒吸一口凉气，开始议论纷纷，聚集的人也越来越多。站在王府门口的侍卫见状，转身去禀报王爷了。

姚莫婉擦了擦眼泪，一脸悲愤地继续说道："我一个弱女子失了清白，唯有就此跟了他，谁知夜君清却是那负心薄幸郎，狠心将我抛弃不说，还赶我出府，不给我留一条活路。各位乡亲父老，我知道他是王爷，家大势大，我一介平民如何能与权贵抗衡，只求诸位一定要为我做主啊……"

第一个问问题的百姓怀疑道："可是以姑娘的姿色，肃亲王不至于要强行染指吧？"

姚莫婉愣住了："啊？"

第二个问问题的百姓说道："说不定是王爷的口味比较独特呢？"

姚莫婉顿时黑了脸："什么？不是，你们什么眼神啊？"

另一个百姓抓住了重点："这不是重点，人家姑娘总不至于拿自己清白来污蔑王爷吧？"

就在百姓议论纷纷时，夜君清终于走了出来，他在百姓异样的眼光中，走到姚莫婉面前，冷声道："随我入府。"

姚莫婉不依："你一句话就赶我出府，如今一句话又想让我回去？除非你道歉。"

夜君清不言不语，一把将姚莫婉扛到肩膀上，大步往王府走去，姚莫婉不停地扭动挣扎，奈何丝毫没用。侍卫们则赔着笑驱散人群，告诉众人夜君清只是跟这位姑娘闹了些误会，以及姑娘脑子不太好。

夜君清一路把姚莫婉扛到她之前住的房间内，将她放回地上，沉声道："你这种不知羞的女子见所未见，居然不惜赔上自己的清白。"

姚莫婉双手抱胸看着夜君清："反正我失忆了，外面那些人都不认识，光脚的不怕穿鞋的，你奈我何？"

夜君清拿她没办法，叹了口气："你若想留下，一不得擅自走动，二不得肆意妄言，三不得不分尊卑。"

姚莫婉内心暗喜，但嘴上仍然死撑道："谁说我非要留下了？"

夜君清一字一句地道："记住，我只给你一次机会。"

夜君清说完，转身走出了门，姚莫婉对着他的背影做了个鬼脸，有些得意："横什么横，还不是乖乖请我回来了？"

深夜，大楚皇宫笼罩在黑暗中，夜君清一袭黑衣翻上墙头，密切观察着侍卫的走向，等巡逻侍卫离开，夜君清瞬息间，立即翻下墙头，闪身没入宫门内。他的目的地很清楚，大楚皇后寝宫。

他悄无声息地打开一扇窗户，翻身进入，却只远远地看着躺在榻上的姚莫心，并不靠近。他与姚莫心之间的距离，早就已经一个天涯一个海角了。待他解了思愁，确定姚莫心还活着之后，便想离开。哪知刚转身，脚下忽然踢断了一根肉眼难辨的天蚕丝，一张大网从天而降罩住了夜君清，紧跟着，门外出现了铁血兵团的人影，听到了脚步声……御书房内，暗卫千面跪在夜鸿弈身前回禀，说被天蚕丝网困住的刺客跑了，而能割断天蚕丝网的武器只有玄铁之剑。夜鸿弈听完，摆了摆手，示意千面离开。他走到窗边，看向挂在天上的月亮，他知道夜君清有一把玄铁之剑，也知道了夜君清还是忘不了姚莫心。

成功逃脱的夜君清负伤回到王府房间内，他脱下夜行服，露出了胸膛上的伤口，正在自己用金创药擦拭时，姚莫婉忽然推门而入。

夜君清急忙拿衣服遮盖自己："你干吗？"

姚莫婉回道："我是来和你商量约法三章的……"话还没说完，她眼尖看到了衣服上的血渍："你……受伤了？"

夜君清冷漠道："与你无关。"

姚莫婉却自行走到他身边，一把掀开了他遮住的衣服，调侃道："用得着遮羞吗？我又不是没看过，我帮你上药。"

不知怎么了，夜君清没反抗，他顺从地让姚莫婉接过他手里的金创药，看着她专业地帮他处理伤口，一时入了神。等回过神，他忽然说道："你是第二个敢如此对我的女人。"

姚莫婉顺口问道："那第一个是谁？"

这时，奔雷忽然出现在门口，他看到眼前的一幕，立刻捂住眼睛转身往外走，边走还边说："没看见，我什么都没看见。"

夜君清叫住了他："回来！但说无妨。"

奔雷又转身回到门口："没什么，就是禀告王爷，秋猎卫队已集结完毕，明日辰时出发。"

姚莫婉处理完伤口，闻言放下药往外走去，夜君清穿上衣服，看着姚莫婉的背影，说了一句："明日起，若再犯任何一条，别怪我不容你。"

姚莫婉回道："哦，知道了。"

次日，肃亲王府门口锦旗飘扬，侍卫列着队等候，夜君清一身戎装，威风凛凛走了出来，卫队同时行礼，口呼参见王爷。夜君清翻身上马后，扫视了一圈队伍，穿着士兵服混在队伍中的姚莫婉立即低下头，避免夜君清看到自己。夜君清大手一招，示意出发，队伍瞬间浩浩荡荡地往猎场而去。

夜君清到达猎场之后，夜鸿弈在几千骑铁血兵团士兵的护卫下也来到了猎场。一望无际的猎场，中间一条蜿蜒如蛇的河流，夜君清与夜鸿弈勒马停驻，看向远方，卫队紧跟两侧，以防随时有变故，卫队之后，还有偷偷隐藏着的姚莫婉。

夜鸿弈先开了口："论骑射，三弟向来是皇室第一人，朕在你面前也要甘拜下风。"

夜君清谦虚道："皇上日理万机，行天下之大道，臣弟一介武夫，实在不值一提。”

夜鸿弈拿出腰间的玉佩，看向夜君清问道：“重回故地，可想起当年往事？当年你我与莫心初次相见就在此地。”

夜君清抬头看向玉佩，缓缓点头，他不曾忘记与莫心相处时的每一点每一滴，时至今日，他仍然能详细地记起所有事。

那年秋猎，是场盛大的宴会，饮酒歌舞，摔跤比武，热闹非凡。先皇坐于席上，周围坐着文武大臣和大臣已到适龄婚嫁的女儿们。夜鸿弈与夜君清，以及另外两名皇子上前参拜父皇。

先皇笑道：“起来吧。今日秋猎大典，朕也想借此机会替你们四个择选王妃。你们看看，这可都是咱们大楚士族门阀家的适龄女儿，喜欢谁便将你们的弓交予她手中。”

话音刚落，另两名皇子已各自冲着找寻的目标过去了。夜鸿弈和夜君清相视一笑，扫视一圈，同时将目光定格在了姚莫心身上，于是同时抓起弓飞身来到她身旁，两人齐齐一惊，先皇倒是大笑出声。

先皇看向姚震霆，说道：“姚相养的好女儿啊，朕两个儿子都看上了。这样吧，值此秋猎，姚姑娘芳心归属谁，你们就各凭本事了。”

夜鸿弈抱拳回道：“儿臣遵命。”

号角响起，夜君清与夜鸿弈同时骑马冲出，策马奔腾间，猎物纷纷逃窜。夜君清英姿勃发，看中了一只鹿，瞄准间却发现它已怀有身孕，他摇摇头及时收起了弓箭。身后紧随而来的夜鸿弈却直接对准母鹿，毫不犹豫将它射杀了。

夜鸿弈与夜君清带着猎物来到姚莫心面前，夜鸿弈正准备呈上弯弓，姚莫心却突然起身，从腰间掏出一件玉佩，两人都期待地看着她，谁知姚莫心却忽然将玉佩一分为二，给了两人一人一个。

她缓缓说道：“为我一女争，只得朝夕相伴，为天下苍生争，则可得昌盛永安，这块同心玉赠予两位殿下，还望两位殿下肝胆相照，齐心协力，振兴我大楚。”

姚莫心的这番话，令夜鸿弈与夜君清大感意外，这样的女子，这样的见识，哪怕是宫内女子，都尚且不及。

先皇满意地笑了，众大臣纷纷点头，先皇举起酒杯说道：“好，说得好，振兴大楚！”

先皇一饮而尽，大臣纷纷跪地，喊道：“吾皇万岁万岁万万岁！”

姚莫心对二人行了个礼，转身走到一旁，夜君清和夜鸿弈看着她的背影皆有些心动。这种心动，延续至今日，只增不减，不灭不消。

夜鸿弈收起玉佩，说道：“说来，朕与莫心终成眷属，还要多谢你成全。”

夜君清笑道：“皇上与皇后本就是两情相悦，何来成全。”

一直在留心两人谈话的姚莫婉，听了个真切，气到跺脚：“莫心……念心……你把我当替身啊？好你个夜君清！”

话音刚落，不小心一脚踩到一块石头，整个人瞬间往前倒去，前面的侍卫措手不及，推搡之下，也跟着纷纷倒地不起。夜君清回头一看，正好看到无处藏身的姚莫婉，顿时一惊。

领将见状，忙抽了姚莫婉一鞭：“胆敢乱我军阵，拖下去杖罚五十！”

夜君清阻止道：“慢着！这是我王府侍卫，本王亲自行刑以儆效尤，奔雷，你先护送皇上离开此处。”

夜鸿弈回头看了姚莫婉一眼，皱起眉头，然后策马离开了。

夜君清驱马来到姚莫婉身边，下马，将她拉到一旁，怒道：“这么想死？”

姚莫婉气道：“对！我问你，你给我起名念心，是不是因为皇后叫莫心？”

夜君清懒得解释，直接回道：“你说是便是。”

姚莫婉伸手指道：“你——”

夜君清翻身上马，留下一句“你若寻死，大可自去，否则，就乖乖回王府”便离开了。

不过多时，秋猎便正式开始了。

侍卫从笼中放出了猎物，夜鸿弈与夜君清各自骑着马率卫队深入围场，两人弯起大弓，策马奔腾，追得猎物纷纷逃窜。突然，夜君清胯下的马匹似有异动，他神色一凛，环顾四周，发现周围树丛中有身影。

夜君清立即拔剑怒吼道：“有刺客，保护皇上！”

几乎是刹那间，林间深处一支利箭破空而来，直直射向夜鸿弈，夜鸿弈一时不备，手臂被擦伤。又有一支箭射来，夜君清飞身扑去，在离自己毫厘之处，已然用手指夹住，心念一转，用力将利箭戳到了自己的手臂中。

这时，护卫队匆匆赶至，将两人围在中间，而后层层保护着夜鸿弈离开。

之后，营帐内，夜鸿弈正襟危坐，流血的手臂已被太医包扎完毕，众大臣依序而站，夜君清跪地禀告道：“皇上，那刺客行刺不成，已尽数畏罪自毙。臣弟护卫不力，自请责罚。”

李大人质疑道：“肃亲王一向滴水不漏，陛下才将安全防备任务交予你，怎么偏偏此次竟有刺客大摇大摆行刺？难不成是你授意？”

桓横立即维护道：“荒唐！肃亲王为救皇上挡箭受伤，怎会跟刺客一案有关？你此言是何居心，莫非想挑拨离间？”

李大人哼道：“秋猎防备肃亲王一手负责，若想安插刺客易如反掌，总之此事蹊跷，皇上定要查明真相。”

夜君清回道：“皇上，臣弟已封锁现场，是非曲直，一查便知。”他看向大臣甲，继续说道：“李大人此言差矣，本王若有异心，何必选在自己一手负责的围场，那岂不是陷自己于水火？”

李大人一时语噎，无话可说。

就在这时，两名侍卫押着姚莫婉走进营帐，并启禀夜鸿弈道：“启禀皇上，此人形迹可疑，或许与刺客有关。”

夜鸿弈怒而说道：“朕要看看，是谁这么急想要了朕的命！”

姚莫婉奋力挣扎道：“放开，放开我，我不是刺客！”

挣扎间，姚莫婉的头盔落地，青丝如瀑倾泻，暴露了女儿身。

第四章

姚莫婉被侍卫按在地上动弹不得，即便拼命挣扎，也只是螳臂当车而已，夜君清站在一旁，双手暗暗攥成拳，自己都未曾发觉他有多担心。

夜鸿弈看向肃亲王，笑着质问道："肃亲王，卫队中混入了个女人，你都未曾察觉？"

夜君清正要解释，就有唯恐天下不乱的大臣急急说道："若说肃亲王未曾察觉，任是谁也不信。"而后看向姚莫婉，逼问道，"说，你与肃亲王有何干系，可是他委派进来的奸细！"

桓横愤愤地替夜君清辩解道："无凭无据，妄加揣测，意图挑拨离间皇上和王爷，其心可诛！"

夜鸿弈盯着姚莫婉，冷冷问道："朕问你，混入卫队、私闯猎场所求为何，受何人指派？"

姚莫婉听出几人话语间暗藏的机锋，瞟了夜君清几眼，心念一转，忽然作悲伤状伏地不起："小女子的确是为肃亲王而来！"

此言一出，众人俱是一惊，纷纷看向夜君清，大臣更是激动地上前一步，语气里难掩欣喜："你承认是受肃亲王指派行谋逆之事了？"

姚莫婉故作吃惊道："谋逆？小女子不知大人所言何意，难道肃亲王还存有谋逆之心？好哇，夜君清，今日你罪责难逃！小女子此行是特地告御状揭发肃亲王行不仁不义之事，还请皇上作主！"

夜鸿弈问道："哦，肃亲王有何不仁不义之举？"

姚莫婉伏地听闻此话偷偷笑了笑，随后又假装抹泪，抬起头指向夜君清："当初民女九死一生才从歹人手中救下王爷性命，俗话说救命之恩，当涌泉相报，谁知……谁知王爷视我为累赘，屡次三番欲逐我出府，这难道是仁义之举？民女素闻皇上英明神武，抱诚守真，才出此下策，求皇上替我做主！”

姚莫婉一番言论，令夜君清攥紧的手松了下来，只是众大臣面面相觑，暗暗皱眉，大臣怀疑地看向姚莫婉，不死心地问道：“你闯下大祸却只为这等琐事？莫不是故意顾左右而言他，为肃亲王开脱！”

姚莫婉看向大臣，回道：“琐事？都关系到我的命运生活了，这不是天大的事？！这位大人好生奇怪，好像巴不得我给肃亲王扣上一顶大帽子唯恐天下不乱似的。这似乎不是为人臣子的本分吧？何况有皇上圣断，您瞎操什么心哪。”

大臣被噎住了：“你……哼，牙尖嘴利！”

夜鸿弈有些忍俊不禁，随后正色看向夜君清问道：“三弟，这位姑娘可是你和朕说过的救命恩人？”

夜君清冷冷地看了眼正捂脸偷偷向他得意挑眉的姚莫婉，回道：“回皇上，正是。”

夜鸿弈又问：“这位姑娘所言是否属实？”

夜君清回道：“臣弟独居王府，确实多有不便。”

夜鸿弈笑道：“大楚以仁义治天下，三弟乃皇族更当如此，此事若传出去，岂不是令天下人不齿？”随后看向姚莫婉，安抚道：“姑娘不必担心，此事朕替你作主。三弟，往后要好生照看，莫坏了皇家名声。”

夜君清跪下回道：“臣弟遵旨！”

姚莫婉立即跟着回道：“皇上隆恩，民女感恩戴德！”

夜君清走到姚莫婉身旁，扶起她，手中暗暗使劲，捏得姚莫婉脸上一阵扭曲，说出的话却是：“姑娘请起，本王日后会好好待你。”

姚莫婉也不示弱，起身时故意踩到夜君清的脚：“那就麻烦王爷了。”

夜鸿弈冷眼旁观着两人的一来一回，千面从旁低声提醒道：“皇上，此女身份可疑，连卑职都未能查出她的来历，看她似乎与肃亲王关系非同寻常，大为反常，是否单独留下询问一番？”

夜鸿弈沉默片刻，想了想，而后看向姚莫婉，笑道：“听三弟说姑娘医术超群，不如留下替朕看看伤口，医治一番。其他人先下去吧，今日之事，朕稍后自有决断。”

夜君清和众大臣纷纷作揖，道了声“臣告退”之后，便一一退出了夜鸿弈的营帐。夜君清临退出之际，还瞪了一眼姚莫婉，却被姚莫婉瞪了回来。

营帐外，奔雷迎上了夜君清，问道："王爷，念心姑娘怎么跑到这猎场来了？"

夜君清想着想着，露出了笑意："胆大机灵，临危不惧，居然能一石二鸟，既帮本王在皇上面前解了围，又摆了我一道。"

奔雷打趣道："这么厉害啊！没想到除了皇后，还有别的女人能制住王爷。"

夜君清瞪了瞪奔雷："口无遮拦，回府领一次责罚。"

奔雷立即低下头："是，王爷……只是今日刺客之事……"

夜君清回道："领本王去现场，还有，把守在各处的协领都召回来。"

奔雷担忧地道："可是王爷你的伤……"

夜君清摆摆手示意不要多说，随后两人策马来到夜鸿弈被刺伤的现场，两人正欲走进，却被侍卫拦住。

夜君清停下步伐，听侍卫说道："参见王爷，皇上已吩咐封锁此地，任何人不得擅入。"

奔雷怒道："王爷你也敢拦，我看你脑袋不想要了！"

夜君清伸手拦住了奔雷，自己说道："皇上遇刺，兹事体大，容不得半刻耽误，若是因你贻误时机，毁了刺客留下的痕迹，导致查不出真相，就算你有十个脑袋，也不够砍的。"

侍卫思索了会儿，抱拳低头道："王爷恕罪。"

而后侧身相让，放夜君清和奔雷走了进去。夜君清循着地上的脚印来到一棵树下，示意奔雷上树看看。奔雷点点头，飞身上树，发现树干上有被绳索勒过的痕迹，再伸手摸了摸周围，翻身下了树。

奔雷说道："王爷，那树干被绳子勒过，而且奇怪的是，除了勒痕，旁处皆有露水。"

就在这时，远处四五名协领策马而来，到达夜君清面前时，皆下马行礼。夜君清看向各位协领，说道："刺客案想必各位已有所耳闻，本王只想知道，守备期间是否有可疑的人或事？"协领们互相看了看，犹豫不决，夜君清见状补了一句："现在说，总比到了大理寺再说好。"

其中一个协领上前，说道："前夜发生了件离奇之事，一名士兵突然毫无征兆地死了，属下查看过，既无外伤，也无中毒的反应。"

奔雷质问道："这么大的事为何不报！"

协领立即跪下伏地：“属下知错。”

夜君清问道：“尸体现在何处？”

协领回道：“还在营中。”

夜君清转身看向奔雷，下了指令：“你随他去查看尸体，务必找出死因。”

奔雷回了一个“是”字，转身与众协领离开。夜君清向前走了一步，忽然觉得脚下踩到了什么，俯身发现了一枚箭头，夜君清拿在手里看着，若有所思。

营帐内，姚莫婉注视着夜鸿弈的伤口，心中暗暗生疑，但她不多问，只是把疑问压在心里。夜鸿弈低头看着姚莫婉，忽然问道：“朕一直疑惑，你一介弱女子，是如何带着三弟逃脱蜀国精锐死士追杀的？”

姚莫婉伸手拿过纱布，边包扎边回话道：“论武功，无异于以卵击石，可论智慧，再精锐也不过是一介武夫，我只用了声东击西、瞒天过海、暗渡陈仓三计便安然脱身了。”

夜鸿弈笑了笑：“没想到你还有此般智谋，若是个男子，定是大楚栋梁之才啊！”

姚莫婉看了眼夜鸿弈，回道：“依民女陋见，才智之上不分男女，这古有班昭、蔡文姬、卓文君，皆在政坛文坛显名，流传千古，只要能发挥作用，利国利民，哪怕是乡间村妇之言也无妨。”

夜鸿弈听着姚莫婉的话，忽然入了神，姚莫心曾经也说过相似的话。那时候他决心开设女官一职，反对的大臣在御书房门口跪了一片，纷纷呐喊大楚自建国以来，从未有女子为官的先例，说妇人之见卑浅，怎能登大雅之堂，岂不是误国误民！姚莫心向前一步，字字质问众臣，说开设女官乃是大楚揽尽天下之才的好事，怎到了诸位口中便成了祸国殃民的灾事？地位有尊卑，可才智高低无男女之分，只要能尽其才，利国利民，就算是乡间村妇之言又有何妨？

姚莫婉看着夜鸿弈皱眉，一脸严肃，立刻伏地道：“民女失言，还请皇上恕罪。”

夜鸿弈回了神，叠在姚莫婉身上的姚莫心幻象瞬间消失，他摇头苦笑道：“没有，朕只是……只是想到有人曾经和朕说过同样的话。”

姚莫婉在夜鸿弈手臂上系下一个结，转移了话题：“禀皇上，伤口已经包扎好了。”

夜鸿弈点点头，问道："嗯，你叫什么名字？"

姚莫婉回道："民女因坠崖失忆，所以不知姓甚名谁，不过皇上可以唤我念心。"

夜鸿弈大吃一惊，难道眼前的女子是夜君清特意安排接近他的？

这时安炳山走了进来，告诉夜鸿弈大臣们已经在外面候着了，夜鸿弈示意都宣进来。姚莫婉起身站到一旁，看着夜君清跟大臣们纷纷跪地参拜夜鸿弈。

夜鸿弈伸手摆了摆，说道："起来吧，今日猎场一事，念心救治有功，擅闯之事既往不咎，但肃亲王护卫不利，治军不严，况且如今有伤在身，暂且收回兵符，回府静养。"

夜君清与姚莫婉一齐跪地，同时回道："遵旨，谢皇上。"

郊外，夜君清骑马在前，姚莫婉骑马跟在后面，两人一言不发，姚莫婉跟了一会儿，讨好地赶了上去，与夜君清并排而骑。

姚莫婉问道："生气了？"夜君清没有回答，加快了马速，姚莫婉不管不顾，又追了上去，傲娇地表示："今日之事的确是我有错在先，作为补偿，勉为其难替你包扎一下伤口吧。"

夜君清冷冷地回道："不必。"

姚莫婉无奈地问道："好了好了，我道歉行了吧，对不起。你到底怎样才能原谅我？"

夜君清勒马停住，看向姚莫婉，说道："给我一个理由，我为什么要一而再再而三地对你开恩。"

姚莫婉委屈地低下头："因为……因为我救过你的命，而且我不想离开你。"

夜君清听后微有些不自在，故意继续冷面对待她："你已得到圣令，不必离开了，满意了吧？"

姚莫婉嗔道："可圣令又没法融化你的冰块脸，我知道是我违约了，你究竟怎么才肯消气原谅我嘛。"

夜君清回道："要我原谅你，除非这马先答应你！"

话音刚落，马突然嘶吼了一声，姚莫婉扑哧一声笑了出来，连忙说道："你看你看，它答应了！"

夜君清忍着笑，双腿一夹马腹，又加快了速度。姚莫婉口中喊着等等我，也跟着加快了速度。两人一追一赶间，于天色已黑时回到了肃亲王府，一回到王府，夜君清便钻进了书房。

夜君清坐在案前持卷读书，姚莫婉在一旁斟茶递上，夜君清接过，喝了一口，说出“淡了”二字，姚莫婉随即又重新斟了一杯，换来“浓了”二字，第三杯又换来“烫了”二字。

姚莫婉端起三杯都喝了一口，三杯明明都差不多，怒而拍桌道：“你故意刁难我！”

夜君清淡淡回道：“那是你没用心去品，有些细节，是看不出来的，要凭感觉。”

姚莫婉白了夜君清一眼，走开了。夜君清抬头看了眼姚莫婉，又看了看手中的玉佩，不知在想些什么。过了一会儿，姚莫婉用托盘端了一排茶走到夜君清面前，看他还怎么挑毛病！

谁知夜君清冷冷地道：“不渴了。”

姚莫婉气结，指着夜君清“你”了半天，硬是说不出一句话。这时奔雷走了进来，报告士兵突然死亡的事情，夜君清边看书边示意奔雷直接说。

奔雷说道：“我用银针验过那士兵尸体，他喉咙处的银针发黑，可是胃部的银针却未发黑，除此之外并无外伤，属下不解这毒是如何下在他身上的。”

姚莫婉忍不住插嘴道：“毒可以通过气体进入他的身体，那样便会在咽喉处聚集，到不了胃部。”

夜君清分析道：“如此诡谲的下毒手法，看来不是一般人所为。”

奔雷继续说道：“据同队士兵说，他死前于风起谷值岗，后半夜交代其他人去别处巡逻，之后再见他就已然暴毙了，而且他的身世背景也非常干净，查无可查。”

夜君清放下书，细想片刻，说道：“看来，刺客是趁夜通过那个士兵混进来的，然后一直在树上埋伏行刺，两人一死线索立即断得干净利落，幕后之人显然是精心谋划过。”他把他捡到的箭头递给奔雷：“你再看这个箭头。”

奔雷走过去接过箭头仔细查看：“钝的！”

姚莫婉恍然大悟，背着手边走边说：“原来如此，我明白了！今日我给皇上疗伤，发现伤口极浅，像是刺客根本未想下杀手。”

姚莫婉拿过一旁的纸笔，在纸上画下三个小人，分别标明刺客、夜鸿弈和夜君清的位置，又画了条箭道线，画完之后，看向夜君清说道："至于后来那一箭，王爷飞扑相救，无论从哪个角度来看，当时你都能完美避开，却依然受了伤，想来你当时便已看出来了吧，故意中箭以避嫌疑。"

姚莫婉正说得眉飞色舞，转身抬头看到夜君清正冷冷盯着自己，夜君清说道："多话，此等要案也敢胡乱置喙，你有几个脑袋？"

姚莫婉赔着笑道："我瞎猜嘛，猜不中也不至于发火吧，你们聊，我先走了。"

说完，不等夜君清继续说，便立即闪身离开了，只是她端着盘子，偷偷顺走书桌上一张字帖的行为没有被夜君清发现。

奔雷说道："她所言不假，皇上是想借此机会夺了王爷的兵权。"奔雷想了想，急道："王爷，咱们不能坐以待毙啊，要不回边军吧？"

夜君清摇头道："此时回边军便是谋逆。他意在夺权，并不想要本王性命，否则便不会只安排这一个刺客了。况且莫心如今暴病昏迷，情势不明，本王决不能离开。"

奔雷叹道："王爷为了娘娘几乎成了俎上之肉，一步步退让，稍不留神，便会被人剁成肉泥。真不知道您到底图什么？"

夜君清看了一眼奔雷，说道："这种话本王以后不想再听见。"继而问道："让你查的事，可有眉目？"

奔雷回道："属下本想从皇后身边的人查起，可蹊跷的是，所有与皇后有关的宫女和太监都消失了。"

"或许他也在查，"夜君清吩咐道，"这样，你从后宫的三大妃着手，看能不能找到线索。另外，吩咐下去，全府上下务必隐忍低调，切记不可轻举妄动。"

奔雷道了声"是"，便退下了。夜君清看向手中的玉佩，暗自发誓，一定会揪出害姚莫心的人，让他百倍奉还。

夜君清猜得没错，夜鸿弈一直都在调查。大楚皇宫地牢内，昏暗不堪，遍布着鼠弹筝、老虎凳、水刑、灌鼻、钉指等各种各样的酷刑刑具，一些宫女太监正在暗卫们的操纵下受刑，传来此起彼伏的惨叫声，夜鸿弈坐在众人身后冷眼旁观着这一幕。

半夏被强迫灌水到肚胀如鼓，暗卫将她放在地上，大力踩踏胃部令她呕吐，千面不耐烦地吹了吹手指甲，说道："本官还未见过受了水落石出之刑还不肯松口之人，看来是真的说不出来什么了。”

千面又走到另一个太监面前，捂住了鼻子，只见那人被绑在一把椅子上，暗卫拿两盏油灯直射着他眼睛。那太监已极度疲劳，一打瞌睡暗卫就照脸狠抽一巴掌。

暗卫低头说明道：“大人，照您的吩咐一天只给一碗水，他已经两日未曾合眼进食了。”

千面凑近太监，亲切地道：“听说人十日不睡会死，三日不睡会疯，本官倒是也没亲眼见过，就靠你长眼了，我等得起。”

太监眼底闪过一丝恐惧：“招招招，奴才招！”

夜鸿弈这才有些激动，急步走了过去，抬手止住了众人施刑的举动。

千面立刻说道：“把你知道的都说出来！”

太监边回忆，边惶恐地说道：“奴才是负责为皇后熬药的，一直小心谨慎，当日因为内急，又一时不见轮值的小太监小寿子，便擅自离开药炉片刻，或许是这空当出了事？大概是酉时三刻。”

夜鸿弈追问道：“可发现可疑之人或事物？”

太监摇摇头道：“奴才回来时，四下无人，一切也并无异样。”

夜鸿弈怒道：“继续审，直到他们想起来有何异样为止！”

夜鸿弈转身离开，身后又传来此起彼伏的惨叫声。而皇宫的另一边，姚素鸾心事重重地坐在案边，一旁侍女上了杯茶，姚素鸾刚抿了一口便被烫到，茶杯掉落在地，侍女立即跪地请求娘娘恕罪。

彩萤训斥道：“这么烫让娘娘怎么喝？还不快下去！”

侍女赶紧收拾好地上的碎瓷片退下了。

彩萤靠近姚素鸾问道：“娘娘今日忧思难安，可是因为听闻皇上围猎时与肃亲王带来的那女人相聊甚欢？”

姚素鸾叹气道：“这么多年，皇上心里只有莫心，都未曾对本宫笑过几次，还不如一个不知名的丫头，能讨得圣上欢心。”

彩萤安慰道：“娘娘，那丫头有如蝼蚁，怎配跟您相提并论？您要是不高兴，随时可以捏死她。”

姚素鸾摇摇头道：“你可知肃亲王府向来无女眷出入，那女人竟能正大光明住入王府，还被带去围猎，她的身份一定不简单。”

彩萤忽然想起什么似的，说道：“娘娘，眼前最重要的是后日回门之事，这可关乎往后姚家和窦家在朝中的地位啊！”

姚素鸾双手紧紧握住椅把，又叹了口气：“此事娘已带话给本宫了，可眼下莫心重病，皇上又怎会离宫呢？只怕多半还会嫌本宫多事吧。”

肃亲王府内，姚莫婉伏在案边，比着夜君清那张字帖，在纸上临摹写下他的名字。夜君清忽然推门而入，姚莫婉见了立刻放下笔，捂住纸。

她抬头看着夜君清问道：“你怎么来了？”

夜君清眼睛一眯，从姚莫婉指缝中看到她在纸上写下的名字，调侃道：“本王竟不知，府上还来了个小偷。”

姚莫婉一脸无辜的表情：“王爷未免用词不当哦，借和窃可是有本质区别的，这字帖既然还在你府上就不算失窃吧？”

夜君清正经问道：“为何临摹本王的名字？”

姚莫婉傲娇地回道：“闲来无事，随便学学，没犯法吧？”

夜君清指着名字说道：“犯了本王的家法，名字都被你写坏了，磨墨。”

姚莫婉嘟嘟囔囔地不情愿地磨着墨，夜君清拿起毛笔，蘸了蘸墨，在纸上力道十足地写下了“夜君清”三字。

姚莫婉一看，当即挤开夜君清坐到桌前，拿起笔，拉过他的手掌放在自己手上：“那你亲自教我写呗。”

夜君清的胸膛贴在她的背上，微微有些不自在，一时半会儿没动静。姚莫婉抬头后仰，催促了一声，夜君清才定定神，抓着姚莫婉的手，在纸上又写下了“念心”二字，他刚松开手，姚莫婉却直接在两人的名字中间画了个心形。

夜君清疑道：“这是何意？”

姚莫婉神秘地笑笑，将那张宣纸放在蜡烛外焰上一烤，两个名字上面的墨迹显形，原来是一封契约书。

姚莫婉看着契约书，得意地念道：“契约书，念心奉旨为肃亲王府中人，凡是念心有求，夜君清必应。念心永远是对的，若她真的错了，也一定是夜君清导致的，绝不能吼她、骂她、抛弃她。”末了，还指着名字问道：“你不觉得这两个名字放在一起很顺眼吗？”

夜君清一把抽走了契约书，回道：“不觉得，无聊！何况这种契约书根本不能生效！”

姚莫婉伸手去夺契约书："还我，还我！怎么就不能生效了，是不是你亲手署名的？"

姚莫婉边说，边绕着夜君清抢夺契约，意外把夜君清压在了墙上，一个不稳，姚莫婉环住夜君清的脖子向后倒去，夜君清为救她，倾身环住她的腰，一个身体向下一个身体向上，两人嘴唇瞬间相贴，互相瞪大了眼睛四目相对。夜君清回过神来，撒开了双手，姚莫婉扑通一下，大咧咧地摔在了地上。

两人尴尬地异口同声道："我不是故意的。"

姚莫婉爬起身，忙把那份契约揣入怀中，看到窗外忽然飘起了孔明灯，立刻转移话题道："哇，你看，好美啊！今天是什么日子，为何有这么多灯？"

夜君清跟着看向窗外，回道："今日东市灯会。"

姚莫婉试探性地摆出撒娇状凑到夜君清身边，夜君清立刻站开，不等姚莫婉问出口，便说道："人多，不去！"

然而下一刻，夜君清还是跟着姚莫婉出现在了东市灯会上。城内张灯结彩，挂满了各式各样的灯笼，小商小贩沿街叫卖，有表演喷火的，有表演杂技的，人来人往热闹非凡。姚莫婉咬着个糖人，如鱼得水地穿行其中，被繁华热闹吸引了眼光，看见什么都觉得新奇。

姚莫婉兴致盎然地停留在一处卖面具的摊位前，看着桌上放着各式各样色彩鲜艳的面具，夜君清一脸嫌弃地站在一旁，可是看着看着，他忽然看到一个方相氏面具，不由自主地伸手去拿，谁知姚莫婉也看上了方相氏面具，两人手碰到了一起，俱是一愣。夜君清缩回了手，默默相让。

姚莫婉爱不释手地拿起面具，自顾自地戴起来，问道："这是什么面具？面目似熊，还长了四只黄金眼睛……"

夜君清说明道："这是方相氏，据传是民间驱疫避邪的神祇。"他顺手指着另外几个面具一一介绍道："这是昆仑奴，这是夜叉，这是般若……每年大楚灯会，这些面具都是最时兴的玩意儿。"

姚莫婉喜道："真有意思，不过，你怎会知道这些？"

夜君清没回话，淡淡看向远处。他同夜鸿弈也一起逛过灯会，他们双双试戴了一个方相氏面具，因着两人衣着相似，又戴着同款面具，商贩还笑两人看起来像是双生子。之后夜鸿弈索性跟夜君清买了同样的方相氏面具，夜君清问为何要买一模一样的，夜鸿弈笑道，这心头好正如爱美之心，人皆有之，既然你喜欢，我也有意，那就索性都要了它。

商贩的声音拉回了夜君清的思绪："这位公子一听就是行家，咱们大楚灯会，讲究就全在面具上。姑娘，何不趁过节买两个面具，赶赶热闹？"

姚莫婉豪爽道："买买买！老板，就要这两个面具，这位公子会跟你结账。"

姚莫婉转身笑意盈盈地看着夜君清，夜君清面色不悦地结了账，扭脸就见姚莫婉又跑到了一间灯谜铺子前，只好跟了上去。

灯谜铺老板看着姚莫婉二人，问道："二位想猜哪个谜吊？猜中有奖！"

姚莫婉走到架子前，拿起了一个谜吊，只见谜吊上写着：画时圆，写时方，冬时短，夏时长，打一个字。

姚莫婉把谜吊递到夜君清面前："我猜到了。这样，给你个机会，你先说。"

夜君清想也未想，回道："日。"

姚莫婉笑开了，夸奖道："算你聪明，和我想的一样。"

老板佩服道："公子可真是聪明啊，一猜就中。不瞒二位说，这谜面看起来简单，其实囊括了形和意，放这儿两年了，都没人猜出来。"

姚莫婉不依了："老板你怎么光夸他，不夸我啊！"

夜君清吐槽道："城墙拐弯都没你脸皮厚。"

老板忽视了姚莫婉的话，拿了一只老虎花灯出来，递给了夜君清，说道："这是二位赢的彩头。"

夜君清伸手接过，转手便极其自然地递给了姚莫婉，姚莫婉笑着接过，把玩着花灯，嘴里惊呼道："怎么会有这么可爱的花灯！"

夜君清有些嫌弃："幼稚。"

姚莫婉倾身凑近夜君清，调侃道："幼稚？幼稚你还给我？"

夜君清偏过头，不自在地回道："我是看它和你挺像的，虎头虎脑，非常适合你。"

姚莫婉哼道："虎头虎脑不好吗？我可不想像你一样冷若冰霜，看着都会浑身颤抖。"说完，还故意对着老虎花灯问道："小老虎，你说是不是？"

夜君清懒得理她，直接转身离开了灯谜铺，姚莫婉捧着老虎花灯对夜君清的背影做了个鬼脸。片刻后，由于人群拥挤，两人彼此失散。姚莫婉在水流般的人群中来回转头，到处找不到夜君清的身影，只好自己闲逛。

人群围成一个圈，一名十余岁的小女孩和一个五六岁的小男孩跪在地上，旁边草席里卷着一具中年男人的尸体，只露出一小截脸。姚莫婉挤到人群前排，兴致勃勃地围观着这三人。

小女孩声泪俱下地道："我一家三口从钱塘老家逃难来到京城，谁知爹爹前日不幸感染伤寒去世了。我和弟弟举目无亲，只盼各位大爷、大娘、哥哥、姐姐发发善心，给个安葬费，求求你们了。"

群众顿时议论纷纷，躲在人群中的几个人贩子出声带节奏："真是可怜见儿的，可怜可怜人家吧，大家一起出点钱啊！"

姚莫婉全神贯注地观察着那具尸体，只见他面色惨白发青，隐约还可以闻到混合着"酸腐、香茅草、茶梗"的味道，姚莫婉顿时明白过来，嘴角不禁凝起一抹笑，居然有人敢在她面前招摇撞骗。

一名围观群众同情心起，掏出一个银锞子递给小女孩："姑娘，这些钱足够你殓葬令尊了……"

话未说完，姚莫婉突然伸手抢过银子，阻止道："等等！"

好心群众震惊道："你……你这人这是做什么？"

姚莫婉将银子塞回那人手里，说道："发善心也要发对地方好吧，待会儿你便会感激我为你省了笔银子，不必谢了。"

好心群众问道："你什么意思？"

姚莫婉不答，反而踱步围着小女孩转了一圈，而后问小女孩："姑娘是荆州人氏？"

小女孩眼神微转，点了点头。

姚莫婉又问道："你说令尊乃是患了伤寒过世的？"

这次小女孩开口回答了："是。"

姚莫婉紧盯着小姑娘，脱口而出："你说谎！若真是伤寒，死前伏邪不能外透，面色会呈紫赤色，甚而发黑，皮肤上还会形成一种玫瑰状丘疹，然而这具尸身面色却惨白发青，并无伤寒患者特定面容，且他并非前日死亡，而是有一段时日了，因此你们才会用香茅草、茶梗来吸臭，掩盖尸身上的酸腐气味。"

小女孩神情一变，迅速向人群看了一眼，以衣袖擦泪，片刻后泪如雨下，看上去极度凄惨："我说错日子了，爹爹的确是前几日过世的。可姐姐说爹爹并非伤寒过世，我就不懂了，都是大夫说的，难道是遇到了骗子？爹爹，你死得好惨啊！”

姚莫婉冷哼道：“反应倒快，竟能自圆其说。只可惜，这个人并非你生身父亲！”

听了此话，举座皆惊，人群顿时炸开了锅，几名人贩子脸色突变，小女孩不禁也缩了缩身子。

姚莫婉继续说道：“你说你是荆州人氏，荆州盛产火麻布，而你身上所着却是京城平民中流行穿的云霞布，试问令尊重病，你怎会有闲暇跑去买衣服？我乍一识破，你顷刻间便泪如雨下，看似父女情深，可你眉宇间并无哀容，小姑娘演戏不走心啊！你身上有股淡淡的酸味，想必是袖子上涂了催泪的白醋吧？”

小女孩顿时慌了，结巴着“我”了半天，最后指向人群中的人贩子，向姚莫婉求救道：“姐姐救我！是他们教我这样说的，我和弟弟是被他们拐来的！姐姐救救我们吧！”

姚莫婉吃了一惊，感觉有些棘手了。这时，夜君清不知何时已站在了人群后，眼神中流露欣赏之色，想看看姚莫婉如何处理。

几名人贩子互相交换了一下眼神，露出阴狠的表情，为首一人做了个除掉的手势，随后群众纷纷散开，人贩子围了过来，将姚莫婉与两个小孩围在了中间。

姚莫婉把两个孩子护在身后，一边拿起面前的瓶瓶罐罐扔向人贩子，一边想带着孩子跑路，奈何却无路可逃。

为首的人贩子哈哈笑道：“想跑？这样，我大人不计小人过，只要你陪我一晚，今天的事就算了。”

人贩子说着便伸手去摸姚莫婉的脸，姚莫婉偏头躲过，再迅速抓着人贩子的手，狠狠咬了一口。

人贩子痛得缩回手，怒道：“敬酒不吃吃罚酒，抓起来！”

千钧一发之际，夜君清飞身而来，唰唰唰几下，便将围在姚莫婉面前的几个人贩子踢倒在地，他顺手抱起女孩子，说了声快走，姚莫婉见状，立即抱起年龄较小的男孩子，跟着夜君清跑了出去。片刻后，夜君清拉着姚莫婉，带着两个小孩子跑到了灯楼的二楼，匆忙间姚莫婉看到有一个柜子，便将两个小孩藏了进去，叮嘱他们千万别出声。

紧随而来的人贩子，在楼梯间看到姚莫婉露出的半个身子，立即追了上去。一时之间，姚莫婉与夜君清跑到了灯楼的阁楼顶，为首的人贩子带着人将他们两个团团围住。

人贩子得意道：“看你们往哪跑。”

夜君清踢倒冲向自己的两个人贩子，踩上栏杆，向姚莫婉伸出手，轻声道：“相信我。”

姚莫婉笑着抓住夜君清的手，夜君清用力一拽将她拉入怀中，随后抓着挂花灯的绳子滑了下去，两人在空中如同飞翔一般，遍览璀璨灯火美景。夜君清低头看着在自己怀中兴奋的姚莫婉，好像又看到了姚莫心，并勾起了与姚莫心当年的灯会回忆。

那时候姚莫心抓到一个行骗的女人，正抓着女人，要将女人带去见官。人群中有三个男人朝姚莫心处看去，领头的朝周遭使了使眼神，另两人围了过去，猛地一推，将姚莫心推入了河中，姚莫心在水里不断翻滚挣扎着。不远处正好看见的夜君清，当机立断，以腰带做滑索，以一旁的挂绳做支撑，飞身顺势滑到姚莫心落水的位置，将她拽起，双双滑向对岸，落到地上。夜君清竟滴水不沾。

夜君清拍打了几下姚莫心的脸，见无反应，只好对她施展了人工呼吸，几下之后，姚莫心胸膛有了起伏，似要苏醒。她慢慢睁开眼，眼前是夜君清朦胧的身影与面具。夜君清见那几人正往人群中隐匿逃遁，赶忙戴上面具飞身离去追查。待姚莫心彻底醒转时，模糊中只看到了夜君清离去的背影。

夜君清追寻犯罪同伙的踪迹而去，没留意到身后一个十字路口处，姚莫心浑身湿透，正在到处寻人，两人命运般地失之交臂互相错过了……而姚莫心蓦然回首，灯火阑珊处，她发现前方出现了一个跟“恩公”同款面具和造型的身影，于是扒开人群冲了过去，揪住了那人的衣领，并且一把掀开了面具。她只觉得面前一片暖光，面具下的容貌令她惊为天人。

夜鸿弈惊呆地望着她，刚毅的面颊上徐徐绽放出一抹柔和的笑容：“姚姑娘，是你？自猎场一别，不想还有重逢之日。”

姚莫心有些惊喜：“竟然是你，二皇……夜公子。”

远处，夜君清经过缠斗抓住一名罪犯，押着他走，正好看到夜鸿弈与姚莫心相谈甚欢的一幕，愣在当场。

夜君清和姚莫婉旋转着落地，姚莫婉见夜君清愣神，于是伸手在他眼前晃了晃。夜君清缓过神来，这才发现怀里抱着姚莫婉，立刻将姚莫婉放了下来，这时一队巡逻士兵赶来。

巡逻士兵呵斥道：“何人在此造次！”

夜君清转过身，冷冷掏出一块令牌，巡逻士兵见状赶紧跪地叩见夜君清。夜君清看了一眼身后跟上的人贩子，指挥着巡逻士兵去抓人。

姚莫婉突然想起那两个孩子，正要冲上灯楼，夜君清伸手挡住了她，姚莫婉问道：“干吗？他们那么可怜，我不能再让他们遭罪了！”

夜君清难得地温柔道：“不必担心，我会着人将他们接入慈幼堂照看。”

姚莫婉放心了：“那就好，那就好，你总算做了件好事了。咦，不对，你怎么突然转性啦？居然没骂我多管闲事？”

夜君清回道：“若是她，绝不会袖手旁观，恐怕还会比你更大胆跳脱。”

姚莫婉捂住耳朵：“又说姚莫心？我不听，我不听！”

姚莫婉独自向前走去，夜君清微笑着摇头，快步跟上她，二人并肩，走在璀璨灯火之下。

回到王府时，则变成了夜君清走在前面，姚莫婉跟在后面。

姚莫婉絮叨道：“君清，以后我们经常出去逛逛好不好，好多地方我都想去呢！还有，刚才救的那两个孩子，有时间就去探望他们，不然孤孤单单的好可怜……”

夜君清无言地向前走，姚莫婉边说边追。夜君清走进自己房门，然后直接关上了门，姚莫婉没留神撞在了门上。

姚莫婉气道：“夜君清，什么意思啊你！”

夜君清的声音传了出来：“本王乏了。”

姚莫婉跺脚道：“这个人什么都好，就是变脸比翻书还快，有点变态！”

夜君清的声音又传了出来：“本王没聋。”

姚莫婉猛地捂住了嘴巴，讪讪地蹑手蹑脚离开。

第五章

街道上行人来回穿梭着，各色小贩的叫卖声四起，夜君清在街上行走着，在某个烧饼铺内，姚莫婉悄悄地探头探脑，看着夜君清的背影得意地笑了笑。就在这时，夜君清突然回头看向后方，姚莫婉立即扒着炉子蹲下隐藏行迹。

下一秒，姚莫婉扭头看到一旁烧饼铺老板正目瞪口呆地看着自己，还竖起了大拇指，以为他在夸自己，不好意思地笑笑："这点手段算不得什么的，不值一夸。"

老板回道："高，实在是高，佩服佩服，姑娘是何处习得铁砂掌的？"

姚莫婉一头雾水："铁砂掌？"她疑惑地看看自己的手，这才反应过来，立刻被烫得跳了起来："烫烫烫烫！"

她看到旁边有一桶水，立即在老板的大笑声中把手放进了水里解烫。解完烫之后，她远远地看见夜君清走进了茶水铺，边盯着他边准备靠过去，忽然被一个路过的轿子挡住了视线，再一看夜君清不见了，姚莫婉忙追了上去。

姚莫婉匆匆来到茶水铺，问茶水铺老板："方才进了铺子的那位白衣公子，他去哪儿了？"

老板端上了一碗茶水，笑着递给姚莫婉："那位公子让我带句话，说你跟这么久了，也该渴了，他请客。"

姚莫婉怒道："好你个夜君清，原来你早就发现了，故意遛我玩呢！"

姚莫婉端起水仰头一饮而尽，重重将茶碗放在桌上，带着怒气跑到了一个书画摊子前，递给老板几枚铜钱，就着面前铺好的一张纸，提笔凝神，煞有介事地作画。

之后她拿着画像在大街上问着过路人有没有见过夜君清，一位公子看了眼画像，怀疑地盯着她，问她："姑娘，你确定你要寻的，真的是个人？"

姚莫婉诧异道："不会吧，有那么难以辨认吗？"

姚莫婉怀疑地看向手中夜君清的画像，只见画风幼稚清奇，嘴歪眼斜，十分不堪入目。那公子像看神经病一般看着她撇撇嘴，赶忙走开了。姚莫婉有些沮丧，就在这时，一个舔着糖葫芦的小孩拉住了姚莫婉的衣角。

小孩说道："姐姐，我见过这个人，他往东大街去了。"

姚莫婉惊喜地摸摸孩子的头："你真的认出来了？可是一个高高帅帅的白衣公子？"

小孩确定地点点头。

姚莫婉得意地道："我就知道，明明人家的画技没有那么差嘛！谢谢你了，小朋友！"

说完，姚莫婉便往小孩说的那个方向赶了过去。小孩见她走远，转身举着糖葫芦对远处的夜君清招招手，夜君清转身向着与姚莫婉相反的方向走去。

某个树林里，一只酒壶被高高抛起，一身锦衣、头戴斗笠的寒锦衣接住酒壶，边骑马边豪饮。他胯下那匹好马拉着辆板车，板车上是两个敞开盖子的箱子，里面全是黄金。有群劫匪蹲在树后，观察着寒锦衣的一举一动，二当家觉得碰见个傻子，走大运了，一声令下，劫匪们纷纷掏出刀跟着二当家朝寒锦衣冲了过去。

寒锦衣耳朵动了动，听见动静，手抚上剑柄，静候着劫匪们的出现。下一刻，二当家带着人冲出，众劫匪纷纷散开，将寒锦衣围了起来。

二当家笑里藏刀道："兄弟，对不住了，今天你这两箱金子我们收了。"

寒锦衣喝了一口酒，问道："好大的口气，你们可知我是谁？"

二当家回道："我管你他娘的是谁，就算是天王老子，这两箱黄金我也要定了，要钱还是留命，你选一个。"

寒锦衣完全不在乎，甚至还打了个哈欠："何苦呢，就算你有本事拿走，最后也得乖乖给老子送回来。少废话，来，砍我。"

二当家伸手一挥："敬酒不吃吃罚酒，兄弟们，上！"

劫匪们呼喊着冲了过去，砍向马上的寒锦衣，寒锦衣随即腾空而起，落下时踩着两个劫匪的肩膀，喝了一口酒，两名劫匪随即挥刀砍去，寒锦衣翻身而下，两名劫匪互相砍了一刀。二当家见状冲向寒锦衣，寒锦衣花式护酒壶，连抽二当家嘴巴，二当家痛得捂着脸，劫匪乙去帮劫匪甲，寒锦衣终于拔剑，然后一顿快速挥剑，再看劫匪乙全身只剩裤衩，羞得捂住下体。

寒锦衣仰头把酒喝完，砸在地上，道了声痛快，然后从板车上抽出麻绳，在劫匪中边打边穿行，随后用力一拉，劫匪们瞬间被束缚到了一起，寒锦衣掏出剑，架在了二当家脖子上，逼迫二当家带路去寨子里。

大当家正在寨子里饮酒作乐，忽然一个匪徒急匆匆地跑了进来，他跑到大当家面前，上气不接下气地道："大哥，一个戴斗笠的人绑了二当家和几个兄弟进了寨子。"

大当家怒道："何人如此嚣张，活腻了！"

大当家拿起鬼头刀，正要往外走，寒锦衣已经押着人走了进来，匪徒们瞬间将寒锦衣围在中间。大当家看到寒锦衣，上下一打量，随后看到了他腰间的金牌，吓得跪地浑身颤抖。

大当家求饶道："拜见贼王，小的有眼无珠，还请贼王饶命！"

二当家呢喃道："贼……贼王韩金？"

二当家腿一软晕了过去，其余兄弟纷纷跪下，寒锦衣脱下斗笠，露出俊朗的脸庞，缓缓走到大当家面前，然后脚踩在大当家的肩膀上，掸了掸鞋面上的灰，淡淡道："盗亦有道，你的人坏了规矩，可是要屠寨的。"

大当家伏地道："小的知错，求贼王给条活路！"

寒锦衣收回脚，吩咐道："去，把板车上的箱子搬进来。"

大当家忙不迭地爬起来，吩咐众匪徒去搬箱子。寒锦衣走到寨主的座位坐下，拿过酒壶仰头豪饮，他看着大当家说道："给你们个活命的机会，此次入京我要办两件事，其一，便是盗天下三宝之首的九龙杯，需要借你的人一用。"

大当家胆怯道："九龙杯……这九龙杯可是在皇宫之中，守备森严，怕是不好下手啊！"

寒锦衣好整以暇地问道："怎么，怕了？"

大当家立即回道："赴汤蹈火，在所不辞！只是……不知可有详尽的计划？"

寒锦衣笑笑，指了指箱子："都在里面了。"

大当家走到箱子处，往里一翻，便问道："小的明白了，那贼王说的第二件事是？"

寒锦衣从怀中掏出一枚金钗，金钗在阳光的照射下，发着耀眼的光芒……

大楚皇宫，宫门前，一队侍卫来回巡逻着，远处，大当家和二当家穿着太监的衣服驾驶着一辆马车向宫门而去。

二当家不安地问道：“大哥，这路子行不行啊，被逮住了可是要掉脑袋的。”

大当家回道：“行不行我哪儿知道，不成功，便成仁。”

二当家愣住了：“成仁？我……我还没娶媳妇呢！”

大当家看了一眼二当家：“临阵脱逃，咱们都得死，别废话，贼王吩咐就得办。其他几路兄弟都安排好了吧？”

二当家点点头：“一切照计划。”

大当家进入马车内，打开箱子，从里面拿出被红布包裹的火药，点燃了长长的引线，而后回到座位上，和二当家对视一眼，狠狠一鞭子抽在马屁股上，随后两人跳车滚地远离马车，马车不受控制地直冲宫门而去。

御书房内，夜鸿弈坐在书桌后埋头批奏折，千面走了过来，跪地递上数张画。安炳山跟着递上手帕，夜鸿弈放下手中的笔，接过手帕擦擦手，看向千面。

千面说道：“皇上，请过目。”

夜鸿弈一一观看画上的内容，只见上面全都是夜君清在饮酒作画赏花的场景，夜鸿弈看完之后，问道：“他近日可见了什么人？”

千面回道：“未曾见肃亲王会友。”

夜鸿弈分析道：“被褫夺了兵权，不争不怨，如此安然地接受了，难道是朕多虑了？”又细想片刻，否定了自己的想法：“不，这不是他的行事风格。对了，他有个叫奔雷的下属，也监视起来。”

千面道：“卑职遵旨。”

夜鸿弈收起画，问道：“皇后的事可有眉目？”

千面一一禀告道：“属下从皇后贴身太监口中审出，事发前，后宫三大妃都曾去拜会过皇后。属下还去了太医院调查，发现一件怪事，按规矩皇后所服汤药的药渣应留存五日，但暴病前五日的留存全部离奇消失了。”

夜鸿弈点头道：“继续查，如有必要，可秘密搜查各嫔妃的寝宫。”

千面道了声“是”，即刻退下了。之后姚素鸾求见，夜鸿弈宣了进来，姚素鸾一进门便行了个礼，给皇上请安。

夜鸿弈闭着眼睛休息，问道："丽妃前来，是为了回门省亲之事吧？"

姚素鸾回道："看来臣妾的心思，皇上一眼就看穿了。"

夜鸿弈淡然道："能一眼看出的都不是心思，只有猜中的才是。"

姚素鸾犹豫了几下，还是说道："省亲之事早已定下，本应是我们姐妹俩一同回门，谁知妹妹暴病……臣妾恳请皇上能依旧照后礼操办，一来也算对父母有所慰藉，二来朝中大臣也不会因此看弱姚家。"

夜鸿弈睁开眼睛，看向姚素鸾："丽妃，此事你是为了莫心求，还是为了自己？"

姚素鸾立刻跪下，语气坚决："臣妾绝无私心，只是想替妹妹尽份孝道。此前妹妹一直心心念念想回姚府，皇上也是清楚她的心意的。"

夜鸿弈端起茶，饮了一口，回道："朕知道，那是她的心愿。对了，不知莫心暴病前，丽妃可曾去探望过？她是否有身体不适的症状？"

姚素鸾回道："臣妾确实在事发前看望过，因为妹妹说有些心神不宁，不知是不是怀着仲儿的缘故……"夜鸿弈听到仲儿两字，手一抖，手中的茶洒了些出来，但姚素鸾没有看到，只继续说道："所以臣妾送了些凝神香过去。"

夜鸿弈放下茶杯，示意姚素鸾起身："既然是莫心的心愿，此行省亲，朕会让司礼司筹备。"

姚素鸾强压下内心的欣喜，回道："臣妾替妹妹谢皇上隆恩，那臣妾就不打扰皇上公务，先行告退了。"

姚素鸾转身离开，夜鸿弈叹了口气，盯着姚素鸾的背影，打了个响指，千面出现，他吩咐千面去查查姚素鸾送的凝神香。

就在这时，皇宫内突然传来此起彼伏的爆炸声。千面听清是宫门方向后，大呼护驾，自己则拔刀护在夜鸿弈身前。而夜鸿弈猛然想起姚莫心，唯恐有人对姚莫心不利，让千面带着人速速去保护姚莫心。

策划了这一系列事情的寒锦衣，已成功放倒了珍宝阁内的众侍卫。他头戴遮面斗笠，在阁中四处翻找，并未发现九龙杯，正疑惑时，忽然看到墙壁尽头处孤零零地挂着一幅字画，他走到字画跟前，敲了敲周围墙壁，发现竟是空心的。

寒锦衣几经摸索，转动了一旁的花瓶，墙壁缓缓打开，寒锦衣闪身而入，发现了九龙杯，拿起一旁的烛台照看，杯壁上缓缓显现了一幅地图。他正要离开时，发现一旁的架子上有一锦盒，打开后却发现里面放着一小块金黄色膏状物。

寒锦衣纳闷道："这是何物？藏得如此隐秘。"

珍宝阁外忽然传来侍卫的呼喊声与脚步声："快，围起来，别给他跑了！"

寒锦衣不仅不慌，还故意在闪身离开之际，浮夸地冲外面喊道："告诉大楚皇上，九龙杯借我韩金一用！"

终于摆脱了姚莫婉的夜君清闪身进了一个茶社包间，包间内京城守备已经一身便服在等他了，守备看到夜君清推门而入，忙起身作揖。

夜君清挥挥手，说道："不必多礼，若不是事急，本王也不会如此唐突找你。"

守备回道："王爷哪儿的话，卑职自打在边军任职，便跟着王爷在战场上打滚，立了点功勋才得以升任京城守备，全靠王爷照拂。"

夜君清笑了笑，示意守备坐下。守备坐下后，四处张望了一下，随后凑近夜君清，低声禀告道："王爷交代的事，属下已经查明，窦家长兄窦士明自调任后成了封疆大吏，本应在边疆负责政务，若无调令不得离开。可是前段时间，他却突然秘密便装入京了，并且还未通过城防禁卫等官路，不知所为何事。"

夜君清问道："什么时候？"

守备想了想，回道："约莫是六月初，大概是皇后暴病前半月。"

夜君清端起杯子正要喝茶，闻言顿了一下："本王知道了。"

他细细想着守备所说之事，街上忽然传来嘈杂声，他将窗户打开一条缝，向外张望，正好看到寒锦衣在街上飞奔，身后一群侍卫穷追不舍，这时前方也冲出来了一队侍卫，将寒锦衣围堵在街中央。就在寒锦衣无路可退之时，夜君清忽然出现，与他相战几回合。两人目光交汇间，夜君清向寒锦衣递了个眼神示意，寒锦衣秒懂，随即趁夜君清露出破绽时，将夜君清擒住。

寒锦衣顺手掏出金钗抵在夜君清脖子上："都别过来，否则我杀了他！"

侍卫长发现是肃亲王，不敢让肃亲王受伤，立即下令所有人都闪开。侍卫们纷纷退开让路，寒锦衣一把推开夜君清，随即飞身攀上屋顶离开，众侍卫立即追上去了。

夜君清看着众人离去，忽然有人从背后跳上了他的背，夜君清一扭头，便看到了姚莫婉的笑脸。姚莫婉死死抱着夜君清的脖子，说道："遛了我一上午，这下看你怎么逃！"

夜君清边掰姚莫婉的手，边说道："放手，给我下来！"

姚莫婉搂住不愿意撒手："不放！不放！我告诉你夜君清，这辈子我都不会放手的！"

夜君清怒道："无理取闹，你再不下来，莫怪本王出手。"

偏偏姚莫婉不怕："那你就出手好了呀，谁怕谁！想让我下来，除非你答应让我跟着你。"

夜君清无奈道："你下来，我答应。"

姚莫婉爽快地自他背上跳下，拍了拍手，一脸得意的神情。

夜君清冷冷瞪她一眼："你为何总是这样一厢情愿？你知不知道，有时候一厢情愿也很烦……"

姚莫婉反问道："那你呢？你对姚莫心又何尝不是一厢情愿？你跟我又有何分别？"夜君清愣住了，只听姚莫婉继续说道："你跟我的分别不过是，我只是你所有相识之人中的一个，无足轻重，但对于我来说，你却是我的唯一。一厢情愿最是伤人，姚莫心之于你，何尝不像是你之于我？是我一厢情愿，是我烦，不好意思，本姑娘的脸皮现在又变薄了。"

姚莫婉转身离开，夜君清叹了口气，转身向相反方向走去，两人背对背走着，姚莫婉和夜君清回头看彼此，但错过了四目相视的时机。姚莫婉内心正渐渐绝望时，手臂忽然被人抓住，她一回头，发现是夜君清。

夜君清冷冷地道："随本王去吧。"他见姚莫婉露出得逞的笑意，又补了一句："别无他意，只是皇命难违。"

夜君清说完转身就走，但在姚莫婉看来，夜君清不过是口是心非而已，她心情甚好地跟了上去，与夜君清一同离开。

而寒锦衣正在树林之中，与商队头领会合了，他掏出九龙杯递给商队头领，叮嘱道："将此物带回莽原，交给管家，妥帖收藏。此事关系重大，务必小心谨慎。"

商队头领接过九龙杯，回道："城主放心，保证完成任务。"

姚府内堂，刘醒指挥着下人们擦家具打扫卫生，正在为姚素鸾回府省亲做准备。姚震霆走了进来，刘醒迎了上去，喊了声老爷，姚震霆点头，问准备得如何了。

刘醒回道：“一应物品都按最高规格准备了，只是……大夫人吩咐明日省亲，二夫人近期忧思过重，不宜出来面圣，那二夫人的首饰礼服……”

姚震霆眼神复杂，说道：“这……大夫人所言也不无道理，只是圣驾光临，二夫人又是皇后生母，岂有不到场之理？该准备的准备，大夫人那儿我去说。”

刘醒回道：“是，老爷。”

刘醒退下之后，莫离正好找姚震霆有事，从门外走了进来。

姚震霆看到莫离，立即迎了上去，说道：“来，莫离，坐下说。”

莫离刚要坐下，想了想，最终还是站在了一旁：“妾还是站着吧，按规矩来，多一事不如少一事。”

姚震霆叹了口气：“这么多年真是苦了你，对不起，都怪我无能。”

莫离安慰道：“老爷不必自责，读书人寒窗十年，哪个不想出仕，而今你身居高位，自然有难言的苦衷，有些事也是身不由己，我明白。”

姚震霆拍了拍莫离的手：“我知道你是为了莫婉的事而来，可到处都没有消息。”

提起姚莫婉，莫离就开始掉眼泪：“一想到莫婉如今不知身在何处，是死是活，我这心里就跟针扎了一样疼。老爷，求你一定要再派人出去找找。”

话音刚落，窦香兰走了进来，也没给姚震霆请安问好，直接在主座上坐下。她看了一眼莫离，开口就是捅刀子：“莫离，莫婉骤然失踪，老爷和我屡次三番派人去找都音信全无。你这个做娘的，素日也应当多关心一下女儿，会不会她当真是与人私奔了呢？”

莫离闻言大惊，立即跪在窦香兰面前：“夫人，莫婉素日胆小寡言，大门不出，二门不迈，与府中人都绝少接触，何况是外人呢？私奔这种事是绝不可能的。”

窦香兰看向姚震霆，笑道：“你看你，都是自家姐妹，何必在老爷面前做这等伏低示小的姿态呢？好像我素日委屈了你似的。”

莫离慌忙道：“没有没有，妾身绝不是这个意思。求夫人开恩，再派人去寻寻吧。”

窦香兰微微倾身，看着莫离道：“不是我不愿意，而是事有轻重缓急，明日皇上和素鸾便回门省亲了，眼下应当以此为重啊！莫婉吉人自有天相，你也不必过分忧心了。快起来吧。”

莫离却不敢起身，咚咚磕了几个头，恳求道：“求大夫人再派人去寻寻。”

窦香兰笑笑：“我已好话说尽，眼下不是时候，过后自然会再去寻她。你这么一直跪着，可是在逼迫为难于我？老爷，你看这……”

姚震霆看到莫离低三下四有些于心不忍，他上去将莫离扶起，保证道：“莫离，起来。待省亲一事过后，必定会再去寻找莫婉的。”

莫离只好顺着姚震霆慢慢站起来，她不知道的是，她日夜担心的姚莫婉此时已和夜君清出现在了姚府大门口。

正在门口打扫的汀月瞧见了姚莫婉，震惊到连手里的花盆都没拿稳，掉在地上摔了个粉碎。汀月一边冲上去，一边喊着“三小姐，三小姐”。

姚莫婉看了看夜君清，挤眉弄眼道：“三小姐？难不成是你的别称？”

刘醒也看到姚莫婉了，他也跟着汀月冲了上去：“三小姐你可回来了，老爷和二夫人都急死了！”

汀月更是激动地抱住姚莫婉，然后上下摸着她的脸，喜极而泣道：“真的是三小姐！三小姐你去哪儿了？你看你都瘦了！”

夜君清震惊道：“你是……姚府三小姐？”

一脸蒙圈的姚莫婉推开汀月，看向夜君清说道：“这是你安排的？想摆脱我就直说，还大费周章地安排一出认亲，真是不择手段！”

汀月奇怪地道：“三小姐，你受了什么刺激，怎么连家都不记得了？”

刘醒欣喜地朝内堂喊，姚莫婉回来了。莫离刚走到院子中，就看到汀月拉着姚莫婉跑了进来，莫离哭着跑去抱住姚莫婉。

莫离甚感安慰，哭着道：“娘就知道你没事！娘就知道你没事！你从小就没出过家门，跑哪儿去了，娘都要急死了。”

姚莫婉一脸疑惑地问道：“娘？”

姚震霆站在后面，不住地说道：“回来就好，回来就好啊！闺女啊，你骤然失踪，你娘可是日夜为你祈祷，差点哭坏了眼睛。”

姚莫婉看向姚震霆，迟疑地问道：“你是……我爹？”随即又解释道：“我……我什么都不记得了。”

莫离震惊道：“不记得？怎么会不记得？”

姚莫婉回道：“我不知道之前遇到了什么事，也不知自己是谁。”

窦香兰看到姚莫婉脸色微微一变，有些吃惊，随后走了过来，换上喜色说道：“莫婉，你可算回来了！老天保佑，平安回来就好，为了你失踪之事，我与你爹可没少操心，好在老天有眼，把你送了回来。”

姚莫婉迟疑着问道：“这位是？”

窦香兰试探性地问道：“傻孩子，怎么连嫡母都不认得了？”

姚莫婉茫然道：“嫡母？我什么也不知道……”

姚莫婉的脑袋突然有些疼痛起来，姚震霆见状，连忙吩咐刘醒与汀月扶姚莫婉回房休养，莫离也跟着一起去了。姚莫婉回头看了眼夜君清，见他对自己点点头，这才安心。

姚震霆和窦香兰走到夜君清面前擦了擦眼泪，姚震霆说道：“王爷见笑了。”

夜君清摇摇头，示意没事。

姚震霆问道：“为何莫婉会与王爷同行？”

夜君清看了一眼窦香兰，而后说道：“姚相，借一步说话。”

姚莫婉四处打量着房间内的布置，拿起一个绣了一半的帕子端详，莫离拉着她的手，让她在自己旁边坐下。

莫离看着姚莫婉，温柔问道：“这是你从前居住的房间，可想起什么没有？”见姚莫婉摇了摇头，又急忙安抚道，“没事没事，娘慢慢帮你回忆。方才你爹和大夫人都见过了，你还有两个姐姐，一个是大夫人所生的嫡长女姚素鸾，如今是丽妃，还有一个是你一母同胞的亲姐姐，大楚皇后，姚莫心。”

姚莫婉又震惊了：“姚莫心？她是我亲姐姐？”

莫离点点头，脸上显露悲伤之色：“只可惜如今莫心暴病，长睡不醒。往日她是最爱护你的，以至于把你宠得性情单纯，不通人情，还被人误传是痴傻儿呢！你自打听了这些流言，就大门不出二门不迈了。”

姚莫婉指着自己问道：“我，痴傻儿？那个……娘，你真的确定这人是我？”

这时，汀月端着桂花糕走了进来，她将桂花糕放在桌子上，对姚莫婉笑道：“三小姐，我准备了你最爱吃的桂花糕。”

姚莫婉拿起一块，吃了一口，立刻吐了出来：“什么味道，我原来居然喜欢吃这个？”

汀月回道：“对啊，三小姐每日能吃满满一盘呢！”

姚莫婉捂着鼻子说道："快端走，闻着味道，我就受不了。"

汀月赶紧端了出去，满心都在疑惑她的三小姐怎么连口味都变了。

姚莫婉忽然想到一件事，连忙问道："对了对了，那我此前与肃亲王还有皇上，是什么关系？"

莫离回道："你从未见过他们啊！你自小安静内敛，不爱与外人接触，后来终日躲在房里，又未入宫，怎会与他们有交集？"

姚莫婉细想片刻，觉得不对："那我脑子里这些记忆是……"

姚莫婉闭上眼，想想清楚，一时间竟头痛不已，于是抬手捶了脑袋几下。莫离心疼地抓住姚莫婉的手，劝道："别着急，往后日子长着呢，慢慢来。"

姚莫婉又问道："娘，那位大夫人，见到我之后总感觉怪怪的，看似慈眉善目、满脸喜色，可眼睛里实则无半分喜悦，简直太假了。她素日里对你可好？"

莫离掩饰道："很好很好，好孩子别胡乱猜测。"

姚莫婉满脸疑窦地看着她，发现莫离不自觉地抚摸头部，忙伸手跟着摸了摸，手上沾染了星星点点血迹，顿时大惊。莫离躲闪不及，姚莫婉拨开她的头发查看，只见头皮上密布着一些极为细小的针眼，有的地方还凝起了血珠。

姚莫婉问道："这是怎么回事！"

莫离连忙说道："是娘做活的时候不小心扎到了。"

姚莫婉怒道："不可能，这分明是针刑！此人心思歹毒，扎在头皮上，既能让人痛苦不堪，又不留下任何痕迹。娘，你告诉我，到底怎么回事！难道……是大夫人做的？"

莫离恐惧地站起身："不，不是！别瞎猜，你听娘的话，别再追问了！"

姚莫婉气极了，站起身就要往外走："不行，我必须为你讨个公道！"

莫离又怕又急，无计可施下说道："你若再这样，就立即出府，娘就当没有你这个女儿！"

姚莫婉只得坐下，叹道："我听话就是了。"

另一边，姚府花园，夜君清和姚震霆边散步边叙话。待到夜君清将他与姚莫婉的际遇一一说清楚时，姚震霆恍然大悟道："原来如此，莫婉竟能与王爷有此番际遇，真乃我姚家大幸。只是莫婉从前一向不与外人接触，从未树敌，谁会暗害于她呢？"

夜君清回道："说来，莫婉失踪和莫心暴病是在同一日，两者之间或许有什么联系，本王今日正是为此而来。不知姚相可曾听说窦夫人长兄窦士明，此前曾秘密入京一事？"

姚震霆惊道："秘密入京？他执政一方，若无调令如何能离境？难道是皇上暗召他归京？"

夜君清确定道："姚相果真不知？"

姚震霆回道："内人六月初回了趟娘家，难道与此事有关？可她为何连老夫也瞒着？"

夜君清稍稍安抚道："本王也是道听途说，听不真切，姚相不必过于挂怀。"

姚震霆有些忧虑："若此事当真，肃亲王可记得，当年先帝在位时，为铲除大将军王平而秘召果亲王入京一事。"

夜君清心思微转，看向他，姚震霆忽然失口般笑了笑，道："老了，老了，总会因话思故，唠叨些旧事。"

大楚皇宫内，姚素鸾一身华服端坐在宫中主位上，身旁堆满了礼品。

彩萤一边理着礼品，一边同姚素鸾说道："娘娘，后宫除了淑妃娘娘和宸妃娘娘，其他嫔妃都来道贺过，我看她们根本没把娘娘放在眼里。"

姚素鸾淡然道："不急。"

话音刚落，桓采儿和王沁若两人正好走了进来，身后还跟着手捧礼物的侍女们。桓采儿示意身后的侍女把盒子捧上来，彩萤接过，打开给姚素鸾看，是一件祥云花纹的丝绸罩袍。

姚素鸾笑道："绣得真好，妹妹费心了。"

桓采儿笑了笑，行了个礼。王沁若跟着把礼物交给彩萤，姚素鸾揭开外面的布，发现里面是一只鸟，遂问道："淑妃，你送本宫一只鸟是何意？"

王沁若回道："本宫是想提醒丽妃，这凡鸟就是凡鸟，飞上枝头也成不了凤凰。"

姚素鸾笑道："淑妃可真会说笑，本宫何时想做凤凰了？"

王沁若看着姚素鸾，一字一句地道："丽妃省亲，行皇后礼制，如此僭越，想必早有取代之心了吧。"

姚素鸾走下主位，慢慢靠近王沁若，轻声道："淑妃妹妹，别以为本宫软弱可欺。你若再这般血口喷人，挑拨离间，待皇后醒来，定饶不了你。”

王沁若冷笑道：“软弱可欺？丽妃总爱这样说笑。好啊，那我们走着瞧，看最后是谁饶不了谁。”

这边姚素鸾与王沁若四目相对，互露杀气。另一边，夜鸿弈与千面在御书房商讨事宜。夜鸿弈坐在椅子上，千面跪在下首。

千面禀告道：“皇上今日让臣验的凝神香，并无问题。”

夜鸿弈思索片刻，忽然起身：“明日朕将离宫，宫中守卫定然薄弱许多，这样，你命人散布一个消息，就说天牢里关押的那批人里有人吐露了一些线索，务必将此话传到后宫那些嫔妃耳朵中去。还有，莫心宫里明面上撤掉一批侍卫，暗地里要密不透风，明白吗？”

千面立刻明白夜鸿弈的用意：“皇上是想等那人自投罗网？”

夜鸿弈点点头回道：“若朕猜得不错，该有动作了。”停顿片刻，又继续说道：“还有，今日闯宫盗宝之人，自称韩金，他是何人？”

千面详细说道：“江湖中传说，他是天下贼王，此人一向神龙见首不见尾，没人知其真实身份。据侍卫回禀，他们在追捕时，那韩金居然劫持了肃亲王，这才让他跑了。”

夜鸿弈面目阴沉，忽然笑了：“堂堂大楚战神竟会被人劫持，这样的戏码，谁能相信。”

千面问道：“皇上怀疑此事是肃亲王授意？”

夜鸿弈回道：“朕心里有数，那九龙杯事关天下机密，派人追查那韩金！”

夜幕降临，姚府花园里，夜君清正在饮茶，姚莫婉走了过来夺下夜君清手中的茶杯一饮而尽，随后放下茶杯说道：“我娘说，姐姐暴病和我失踪是同一天发生的，这绝不是巧合，所以我一定要为姐姐也为了自己查出真相。不如我们联手查案？”

夜君清拒绝道：“不必了，本王一人足矣。说来，你既已寻到家人，知道了身世，便不该赖在我王府了。”

姚莫婉在另一张椅子上坐下：“你就这么想让我走？我走了，谁来哄你、黏你、关心你、照顾你？你别忘了，你我可是立下过契约的。”

夜君清回道：“那契约本就不作数。你走了，本王求之不得。”

姚莫婉恼道：“你说两句好听的话能死啊？那我问你，你既然这么不在意我，为何一而再再而三地救我？”

夜君清看向姚莫婉，说道：“或许只是因为你像一个人吧，别无他意。”

姚莫婉追问道：“你是说，我姐姐姚莫心？你对我好，都是因为她？”

夜君清顿了顿，半晌回道：“是。”

姚莫婉失落不已，叹了口气，往自己喝尽的茶杯里又倒了些许茶水，而后举杯对夜君清说道：“既然如此，这杯茶，就当作你与念心的诀别吧，从明天开始，我便是姚莫婉了。”

夜君清顿了顿，最后还是端起茶杯与姚莫婉碰杯，两人一饮而尽。

姚莫婉回到房间内，躺在床上翻来覆去睡不着，脑海里不断地闪过与夜君清相处的点点滴滴。就在这时，一个黑影闪入房间，姚莫婉眼神微动，趁黑影摸上床时，一把掀起被子将他蒙住，并用枕头打砸黑影。

姚莫婉边打边道：“居然采到你姑奶奶头上了！来——”

话未说完，却反被黑影挣脱开了，黑影一把捂住姚莫婉的嘴，低声道：“莫婉，是我！寒锦衣，你的未婚夫婿！”

第六章

寒锦衣小心翼翼地从怀里掏出一枚金钗，递到姚莫婉面前，转而满眼期待地注视着她的回应，渴望着姚莫婉能想起些什么。这枚金钗是姚莫婉亲手赠予他的，只是姚莫婉蹙着眉仔细观察着，却一点印象也没有。寒锦衣别无他法，只能对姚莫婉细细道来。

前些日子，寒锦衣受夜君清所托，偷偷潜入姚府，在姚府各处搜寻着一本账簿，最后寒锦衣终于在某个偏房内的隐蔽地柜里找到一本账簿，他翻开一看，果然记载着与各个官员买卖官职的账目，数额之大令寒锦衣都颇为震惊。只是，那地柜中的机关忽然被自动触发，铃声四响，紧接着大批家丁涌进偏房拔剑向寒锦衣刺去，寒锦衣奋力抵抗，手臂不慎被刺伤，情急之下他将书桌掀翻，飞身逃走，但找到的账簿也因此遗落了。

寒锦衣说完，姚莫婉疑惑地问道："夜君清为什么要让你来调查窦家？"

寒锦衣回道："如今大楚世家门阀坐大，在朝堂上形成了一条利益链，自窦氏长兄窦士明一跃成为封疆大吏之后，下面官职买卖成风，甚至还有人将黑手伸向了军饷，夜君清执掌边军时察觉到端倪，便委托我前来调查。我与他是多年挚友，自然是义不容辞。只可惜不小心暴露了行踪，没能拿到证据。"

解了疑问的姚莫婉示意寒锦衣把事情说全，于是寒锦衣继续徐徐道来。那日寒锦衣捂着受伤的手臂向府外跑去，听到四面逐渐向自己聚来的脚步声与火光时，一头钻进了一间颇为简陋的卧房，这间卧房正好是姚莫婉所住。就在寒锦衣俯身藏在桌子下，紧张地听着屋外的动静时，姚莫婉忽然玩笑似的捂住了他的双眼。寒锦衣一个激灵，拔剑转身就把剑刃架在了姚莫婉的脖子上，一抬头却看到姚莫婉正一脸单纯地注视着自己。屋外响起脚步声，姚莫婉拉着寒锦衣的手，将他带至里屋，一起藏匿于被褥之下，二人距离近得几乎连对方的心跳都能听见，四目相对之间，情愫暗生。

姚莫婉不信，小声辩驳道："藏进了被子里！我我我……怎么会干出这种事！"

寒锦衣急忙解释道："我怎会骗你？那日就是在这屋内，你我相谈甚欢，一见倾心，我决意要对你负责，你也亲口认定此生非我不嫁！"

姚莫婉有些心虚："抱歉，你说的这些，我真的什么都想不起来……"

寒锦衣一听，立马一把握住姚莫婉的手："想不起来也罢，现在你我重新认识一次。我寒锦衣，公开身份乃万皇城城主，暗面身份是贼王韩金，无论你变成何等模样，我都愿意娶你为妻。"

姚莫婉略显尴尬，甩开寒锦衣的手，起身背对着寒锦衣："如今不是你愿不愿意的问题，而是我对此前发生的一切都一无所知，我连自己是谁都还未弄清楚，何谈与你这样一个……素未相识的人结为夫妻？"

寒锦衣不管，坚定道："婉儿，不管你何时才能记起，我都愿意等，哪怕此生都只能这样，我寒锦衣也会对你好一辈子！"

姚莫婉眼看这一时半会儿也解释不清楚，无奈地叹口气，为了化解尴尬，霸气十足地一把搂过寒锦衣的肩膀，称兄道弟起来，寒锦衣被姚莫婉一反常态的举动吓了一跳。

姚莫婉说道："寒公子，你与我……不，过去的我，可能的确是互相钟情，可那个我已经永远成为过去。你是个好人，我不愿意继续浪费你的感情。说实话，自我失忆之后，我已与另一位公子同生共死，患难与共，小女子如今已心有所属，自然再不能草率地与你结为夫妻。"

寒锦衣强忍伤心地问道："那这位公子是否同样倾心于你？"

姚莫婉略显尴尬，她顿了顿，强行回道："那是自然！凭本小姐的姿色，谁会拒绝我？"

寒锦衣又问："你与他是否已定下婚约？"

姚莫婉连忙说道："婚姻大事，自是不能儿戏。"

寒锦衣正欲继续询问，姚莫婉却一把将自己手中的金钗还给寒锦衣，作势要请他离开。她见寒锦衣不动，索性更直接一点说道："寒公子，我已经说得很明白了，这金钗我再留在身上有失妥帖，麻烦你将它收回，扔了也好毁了也罢，随你处置。"

寒锦衣坚决不接金钗，只回道：“不！婉儿，我相信你总有一天会记起一切，到那日，我再来娶你！我寒锦衣这辈子就认定你了！”

寒锦衣说罢，含着泪凝视了一会儿姚莫婉，便飞身跃出。姚莫婉看着窗外寒锦衣离去的身影，叹了口气。

清晨，伴随着逐渐升起的朝阳，下人们在庭院中忙碌地清扫，连廊亭扶手上的一丝灰尘也不放过。姚莫婉从卧房内走出，微睁着双眼迎着朝阳用力伸了个懒腰。她见到如此热闹之景，一下子兴奋起来，跑到庭院中央四处观望。

姚莫婉看到下人们端着的蔬果美食，走到其中一名下人的身边，拍了拍他的肩膀，而后另一只手悄无声息地伸向了下人手中的鲍鱼。

下人鞠躬问道：“三小姐，有何吩咐？”

姚莫婉摇摇头，笑道：“没事，赶紧去忙吧。”

待下人离去之后，姚莫婉拿出刚刚顺走的鲍鱼，满足地啃了起来。下一秒，她看到不远处的走廊上站着夜君清与奔雷，立马咽下鲍鱼，胡乱擦了擦嘴，屁颠屁颠地迎了上去。

夜君清站在奔雷面前，压低声音向奔雷下令道：“这两日宫中守卫薄弱，必须把握好这个时机，本王就待在姚府以避嫌疑，顺便打探一些线索。”

奔雷回禀道：“是，属下即刻出发！”

夜君清叮嘱道：“务必小心行事，切勿暴露。”

奔雷走后，夜君清正欲离开，一转身却被突然出现在面前的姚莫婉吓了一跳。

姚莫婉窃喜道：“口口声声说不在意我，一大早大驾光临我姚府有何贵干？”

夜君清思虑片刻，决定不暴露他来姚府的真正目的，遂回道：“你在我府上叨扰良久，就不兴我拿个利息？你我总归算是朋友吧？”

姚莫婉回道：“朋友间讲究的是坦诚相待，你我之间从何谈起啊？不对，你这冷面阎罗突然亲近起来，事出反常必有妖，你该不会是……因为皇上要大驾光临，随口拿我当幌子吧？”

夜君清一怔，隐下不安神色：“你怎知今日皇上要来？本王记得，昨日并未有人提起。”

姚莫婉分析道：“今日这一大清早的，整个姚府上下都在忙前忙后，菜式清一色都是高规格，下人们的服饰通通焕然一新。就连那间多日不曾使用的大小姐卧房也收拾得妥妥帖帖。除了皇上和我那嫡姐回门省亲，我想不出还有什么事了。”

夜君清倒是没想到姚莫婉能说得头头是道，他愣了一下，调侃道：“明知如此，你还这副尊容，也不好好收拾收拾，不怕给姚府丢脸？”

姚莫婉正要反驳，却看到夜君清注意到了她头上的那枚金钗，夜君清猛然想起，那日在街上，寒锦衣拿来抵在他脖子上的金钗正是这枚。

姚莫婉担心夜君清产生误解，急忙结结巴巴地解释起来：“呀，这个……你千万别误会，昨夜寒锦衣突然造访，我才得知此前与他的渊源，不过那都是我失忆前的事了……”末了，又再三保证道：“你放心，我跟他……”

夜君清也不知怎么了，忽然又冷冰冰了，他打断姚莫婉的话，说道：“没兴趣知道，本王只是觉得这钗子甚是丑陋，并无他意。”

夜君清说完，毫不犹豫地转身离去，留下姚莫婉在原地拔下金钗气得直跺脚。直到姚素鸾与夜鸿弈声势浩荡地带着仪仗队与护卫队出现在姚府，姚莫婉与夜君清才再次见面。

夜鸿弈看到夜君清也在姚府，便问道：“肃亲王在姚府所为何事？”

夜君清回道：“臣弟是有些私事要办，一时耽搁了。”

夜鸿弈眼中满含深究之色，又不便追问，只好点了点头。而姚素鸾一见母亲，眼中便忽地满含泪水，楚楚可怜地与窦香兰相拥。窦香兰却见不得女儿如此娇弱委屈之态，只得在言语之间略带严厉地小心提醒：“丽妃娘娘，此举稍有失态，令妾身甚是惶恐。”

夜鸿弈替姚素鸾说道：“爱妃思母心切，尽情抒发情绪便是，无须多虑。”

姚震霆抱拳笑道：“皇上日理万机，还对娘娘关爱有加，实属姚家之幸啊！”

夜鸿弈回道：“说到幸事，朕倒觉得，窦家最近才是幸事多多。如今窦士明在边疆北庭执政一方，不止在当地深得民心，连朝堂上大臣都纷纷附庸，可谓为窦家挣足了面子啊！窦氏，你说是吗？”

窦香兰闻言立马惊慌失措，示意姚震霆接话，姚震霆却置若罔闻，不为所动。一旁的夜君清也感到些许意外，抬头看向夜鸿弈。

夜鸿弈转身问夜君清：“肃亲王，如今边疆之地多有将领及世家权贵拥兵自重、霸山称王之举，不知你对此有何政见？”

夜君清谨慎地回道：“回皇上，臣弟一介武夫，对政事并无过多见地。”

听到夜君清此番回答，窦香兰与姚震霆暗暗松了口气。内堂一隅，姚莫婉正蹲守在暗处，偷听着众人的言论，她见夜君清如此示弱，十分不屑地轻“哼”一声，一下子便从角落冲了出来。众人看到姚莫婉忽然出现，纷纷一惊。

姚莫婉看着稍显惊讶的夜君清，轻轻翻了个白眼，胸有成竹地接下了话头：“如今大楚的许多地方大员，基本是世家门阀升任，享有贵族特权，且权力的交接皆为世袭制，权力世代相传，逐渐累积，发展为割据势力也是必然。小女不才，可也知道，若中央朝廷紧抓军权和财政，对地方实施军政分离，剥夺贵族特权，地方大员便造不起风浪，中央集权自然得以加强。”

姚莫婉说罢，立马转向夜君清，面露得意炫耀之色。众人被她这番回答吓得不轻，窦香兰与姚素鸾暗暗对视，满脸意外，都对姚莫婉这反常的表现感到疑惑。

夜鸿弈看着姚莫婉，神色之间显得格外惊喜，转而看向夜君清，问道：“这位姑娘好生眼熟，可是那日在猎场为朕疗伤之人？肃亲王，她为何也会出现在姚府？”

夜君清回道：“臣前不久刚刚得知，她正是姚家的三小姐，这才将她送回了姚府。”

夜鸿弈非常惊喜，问姚莫婉道：“你是莫心的妹妹？她时常提及的莫婉？”

姚莫婉点头回道：“回皇上，正是。”

姚震霆看到女儿如此莽撞，连忙挺身将姚莫婉拦在身后：“启禀皇上，小女此前遭遇意外，导致意识混乱，记忆模糊，如有出言不逊，还请皇上见谅！”

夜鸿弈安抚道：“爱卿大可不必担心，朕倒觉得莫婉姑娘的观点大胆且新奇，令朕颇为受用。想来，此前也只有莫心能与朕论政了。”

姚莫婉一听，更加窃喜了，朝着夜君清嘚瑟，夜君清假装不看她，满脸无可奈何，悄然握住玉佩低下头。此时，窦香兰在一旁，暗暗面露凶光地盯着姚莫婉。

事后，夜君清将姚莫婉匆匆拉到一旁，冷冰冰地瞪着姚莫婉，姚莫婉仍然是一脸得意之色地说道：“干吗？是被我的才华折服对我心生不轨，还是恼羞成怒想要打击报复？”

夜君清半怒半劝道："本王劝你以后还是谨言慎行为妙，今日这种乱议朝政之举，绝不可再犯！"

姚莫婉了然道："看来是后者了，怎么？你乐意藏巧于拙、谨小慎微，我却不愿意，崭露锋芒有何不可？"

夜君清急道："这姚府没你想象的那么简单，一不小心便可能惹来大祸。女子议政，更是大忌！你切不可像莫心一般……"

这番话令姚莫婉彻底怒了："女子为何就不可？难道女子就该在家相夫教子，就该遵守三从四德，就该无才是德？"

一瞬间，夜君清像是被这句话击中，脑中回想起姚莫心曾经说过的话，姚莫心说她所说句句在理，为什么只因她是女人就不许她说？女子无才便是德，到底是何人定下这等规矩？

夜君清语气稍微软了下来："本王好意提醒，不信也罢。"

两人争执不下，只能不欢而散。到了夜晚，姚莫婉趴在窗前，看着窗外月色满脸纠结，她在想寒锦衣说夜君清委托他前来姚府调查的事，不禁暗想，或许夜君清的确是一片好意。

姚莫婉轻叹一声，索性起身走出卧房，来到庭院内。月色正浓，庭院内一片静谧，姚莫婉一路径直往门口走去，忽然听到一个声音唤她莫婉姑娘。

姚莫婉转身看向声音来源处，只见夜鸿弈摇着折扇，从凉亭中缓缓走出，俊俏的五官在月光的映衬下显得格外好看。她上前俯了俯身："民女参见皇上。"

夜鸿弈笑道："这庭院内除了你我之外并无他人，不必多礼。"

姚莫婉起身回道："是，敢问皇上怎会独自一人在这庭院内赏月？"

夜鸿弈调侃道："独自？那你又是何人呢？"夜鸿弈见姚莫婉面露羞涩之意，便转移了话题："今日你在内堂所言，字句之间有理有据，倒是颇有几分你姐姐的样子。这些政见可是莫心教授于你？"

姚莫婉尴尬道："大致……也许是吧。皇上知道小女失忆了，所以对姐姐的印象也不复存在，一时间无法回答皇上的疑问。"

夜鸿弈想起姚莫心，嘴角泛起一丝无奈的笑意："朕听你说过。不过依莫心的性格，过去当是没少在你面前显露自己的学识，你这些政见估摸也是耳濡目染学来的。"

姚莫婉好奇地问道："那姐姐是个什么样的人？"

夜鸿弈望向月亮，仿佛姚莫心就在那里，他缓缓说道："莫心她……大概是这世间我所见过最聪慧的女子了，智计谋略不输男儿，她也从不怯于崭露锋芒，胸怀天下，灿若星子，志愿以女子之身惊艳万里河山。可她若是固执起来，朕也拿她没有一点儿办法。"

姚莫心在御书房前长跪不起，面色虚弱，双手却始终捧着奏折，字字句句质问夜鸿弈，说今日贪腐不除，坐视他们坐大，何来大楚盛世可言？她恳求夜鸿弈为了社稷苍生，彻查贪腐案！夜鸿弈又无奈又心疼姚莫心，不顾大臣放声呼喊堂堂大楚帝王竟昏庸到让一个女人议政，是天要亡大楚之兆，最终还是下令严办严惩贪官污吏。

姚莫婉听着夜鸿弈对姚莫心的描述，一时间竟觉得有些熟悉："这样听来，姐姐真是个了不起的女子。"

夜鸿弈轻叹道："她本不是寻常女子，后宫的胭脂水粉，无上尊荣，又怎会是她所求？朝中甚至有如此传言，'得姚莫心者得天下'，她的光芒无法掩盖。只可惜，现在莫心暴病昏迷，不知能否渡过此次难关……"

姚莫婉见状，欲给予夜鸿弈些许安慰，一时间竟忘了君臣之礼，忽略了两人的距离，她靠近夜鸿弈道："皇上放心，小女与姐姐心灵相惜，我有预感，姐姐定会平安无事！"

夜鸿弈看着忽然凑近的姚莫婉，她眉宇间与莫心的相似，竟让他一下慌了神，忍不住抬起手伸向姚莫婉的面庞。

他们两个不知道的是，不远处的走廊上，窦香兰和姚素鸾目睹了一切，她们看到夜鸿弈伸了手，也看到夜鸿弈忽然停下，稍显尴尬地收回了手。

窦香兰奇怪道："这个傻子自从回来之后，竟然像变了个人，耍起手段来，颇有她那亲姐姐的风范，真真是一母同胞。"

姚素鸾低喃道："他从来没那样看过我。先是莫心，又是莫婉……"

窦香兰恶狠狠地盯着两人的举动，把握十足道："乖女儿，别难过，娘绝不会让她得逞的。"

次日，老管家正欲出门办事，夜君清跟了上去，叫住管家。

夜君清问道："老管家，您这是预备去何处？"

管家回道："回王爷，老奴正要去药房取几钱祛风寒的药。"

夜君清回道："本王也正准备去集市，由老管家替我指指路了。"

管家点点头，正欲跟夜君清踏出姚府大门，不料夜君清却忽然被人紧紧抱住了胳膊，夜君清回头一看，果不其然，姚莫婉正一脸讨好地看着自己。

夜君清无奈道："姚莫婉，你……你这又是要做什么？"

姚莫婉回得理所当然："随你出门啊，你不是来探望我的嘛！"随即又压低声音道："想拿我当幌子，得付利息啊！"转瞬间，又高声说道："君清，那日是我不对，是我把你好心当作驴肝肺，你可千万不要对我心生嫌隙哟！"

夜君清看到管家正掩面偷笑，觉得实在是丢脸，欲发怒又只好克制道："不知姑娘所说何事，能否给在下一点空间让我仔细琢磨琢磨？"

姚莫婉不依不饶道："那我就当王爷已经原谅我了！王爷要去何处，我也要……"

这时，莫离出现了，她拯救了夜君清。姚莫婉见莫离从庭院走过来，瞬间换了另一副面孔，她不仅收敛了手上的动作，还礼貌地向夜君清屈身行礼。

莫离在参见夜君清之后，拉起姚莫婉的手，对姚莫婉说道："大夫人说找你有要事详谈，快随我过去。"

姚莫婉瘪着嘴偷偷看了看身旁的夜君清，不情愿地随母亲向庭院走去。庭院中，窦香兰已经在等候了，姚莫婉在窦香兰身边找了个石椅便要坐下，莫离急忙把姚莫婉拉起身，恭恭敬敬地站在窦香兰面前。

姚莫婉行礼道："见过大夫人。"

窦香兰看着莫离，笑道："莫离，婉儿一向痴痴傻傻的，好在相貌尚可，随她爹，出落得水灵。"

莫离谦虚道："是，婉儿年纪尚小，这模样还未定型……"

窦香兰直接打断道："年纪不小了，依我看，还是赶紧找个门当户对的人家嫁了吧。"

姚莫婉震惊道："我就知道，你没安好心！"

窦香兰又看向姚莫婉，问道："莫婉，这过去的事，你是当真不记得了？"

姚莫婉嗤之以鼻："这不是明知故问嘛，大夫人明知这种情况，还让我嫁人？你总算暴露真面目了吧！"

莫离见姚莫婉情绪激动，赶紧将她拦在身后："婉儿住嘴！夫人，婉儿如今神志还未恢复，而且这匆匆忙忙的，怕是也来不及寻合适人家。"

窦香兰回道："这你就不必操心了，此前我早已为她定下了婚约，南门守备家的赵公子与莫婉年纪相仿，再合适不过了。若不趁着她如今有几分姿色，恐怕嫁人之事就要耽误了。”

姚莫婉怒道：“不嫁！说什么也不嫁！”

窦香兰笑道：“这就由不得你了，今晚人家就会登门拜访，趁着皇上和丽妃都在，说不定皇上一高兴，金口一开，给你们小两口指个婚，那可是无上荣耀啊！”

姚莫婉冷哼道：“这份荣耀，我宁可不要！”

说罢，姚莫婉怒气冲冲地就要起身离开，窦香兰立即质问莫离道：“这就是你管教的好女儿？！”

窦香兰说着，扬起右手用力向莫离的脸扇去，就在窦香兰的巴掌即将落在莫离脸上的瞬间，姚莫婉转身一把将其手腕抓住：“别为难我娘，不就是见个面嘛，我今晚到场便是！”

另一边，姚管家在药房里清点药品，夜君清倚在柜台旁安静等候，药房小二让管家在取药清单上签字。夜君清见管家在一旁忙活，手里全是大包小包的药材，便提出帮忙。夜君清拿起清单，正准备签名，却注意到取药记录上，有一行正签着窦香兰的名字，取的药材为：麻黄、葛根、紫苏叶。

夜君清略感蹊跷，好奇地问小二道：“请问这些药材都是做何用的？”

小二探头一看，回道：“噢，这些啊，都是些治风寒、咳嗽的寻常药材。”

夜君清仔细看着清单，喃喃自语道：“寻常药材？”

离开药店之后，夜君清与管家走在街上，两人手中都提着几袋药材。

姚管家叹道：“这药材一日比一日贵，也不知道穷苦人家要是生个病该如何是好。”

夜君清看着街上来来往往的行人，回道：“要是如今官家之人都有您这份善心，百姓的日子也不至于这么苦。”

姚管家谦虚道：“王爷夸奖了。”

夜君清忽然问道：“姚管家，平日这姚府的药材，都是您一个人来药铺取吗？”

姚管家点头回道：“对，基本上都是我，府上莫夫人精通医术，照顾周到，府里少有人生病。”

夜君清试探性地问道：“我看那清单上，窦夫人好像也去过一次药铺？”

姚管家想了片刻，回道：“是，前些日子，丽妃似乎生了什么急病，窦夫人曾亲自去过一趟宫中为其送药。”

夜君清细问道：“前些日子？具体是何时？”

姚管家回道：“约莫是六月吧，皇后病倒前不久。但是老奴想替大夫人去送，可大夫人执意亲自前往，看上去甚是焦急。”

夜君清点点头，开始就管家的话细细思索起来，等他回到姚府，正与姚管家寒暄告辞时，却忽然感觉后脑勺被一颗小石子砸中。夜君清不以为然，继续向院内走去，结果没走两步，又一颗小石子飞来砸中他的脸。

夜君清忍无可忍，径直冲到庭院里，一把揪出了藏在其中的姚莫婉，厉声呵斥：“你到底想干什么？！”

姚莫婉立马双手合十置于胸前，可怜巴巴地看着他：“我有要事相求，如今只有你能助我脱离苦海了，可不可以稍微发点善心呢？”

夜君清毫不犹豫地回道：“善心？对你没有。”

姚莫婉拉住夜君清的衣袖，说道：“正如你所言，大夫人果然居心不良，欲图加害于我！”

夜君清试探性地问道：“她如何加害你？”

姚莫婉当夜君清为救命稻草般：“看吧看吧，你果然还是担心我的安危嘛！”

夜君清愣了片刻，说道：“少说废话！”

姚莫婉瘪瘪嘴，恨恨道：“我现在才知道窦氏的狠毒！她……她强逼我跟一个丑八怪成亲！”

原本提起精神想得知些许信息的夜君清，一下子被姚莫婉的回答弄得有些哭笑不得，他调侃道：“本王倒觉得，她这是在发善心做善事。”

姚莫婉强烈反驳道：“你说什么胡话！”

夜君清继续调侃道：“难得有人愿意收了你这个自作聪明又莽撞的女魔头，难道还不是做善事？过了这村可就没这店了！”

姚莫婉直气到跺脚，指着夜君清说道：“好，有你后悔的时候！”

夜幕降临，姚府上下一行人站在门口，迎接南门守备一家三口的到来。等到南门守备走到内堂，见到夜鸿弈、姚素鸾、夜君清坐在上席时，忙激动地恭敬行礼。

南门守备道：“臣南门守备赵昭，参见皇上、丽妃娘娘、肃亲王。”

夜鸿弈挥手回道："平身吧。朕听窦氏提及令郎已与姚家小女定下婚约，朕虽在此省亲客居，也不能搅了好事。让朕瞧瞧，令郎配不配得上姚家姑娘。"

南门守备忙将儿子推上前，恭敬道："这是犬子赵平，与姚姑娘同岁，八字又极其相宜，实在是天生的缘分啊！"

众人纷纷看向赵平，入目的人有着又短又粗的双腿，还有圆滚滚的大肚皮与数不清层数的下巴，以及头顶仅存的几根顽强的头发。

夜鸿弈只差没倒吸一口凉气："令郎……与姚姑娘同岁？"

南门守备回道："回皇上，正是正是。"随即问姚震霆道："姚相，哪位是姚姑娘？"

姚震霆内心已经否了赵平，却只能说道："莫婉，出来见客吧。"

众人向门口望去，陡然一惊，集体石化，只见姚莫婉身着奇装异服，化着媒婆式大浓妆大咧咧地出现了，赵平瞧见了，立即一脸苦意地拽了拽赵夫人的衣袖，赵夫人忙制止他。夜君清有些忍俊不禁，好奇地观望她接下来的动作。

窦香兰想发火又克制住道："婉儿，怎的这样装扮，太失礼了！"

汀月连忙回道："大夫人知道的，小姐一向如此啊，您今日不是还说她痴痴傻傻的嘛！"

赵平低下头，悄声对赵夫人说道："娘，傻子，真是个傻子。"

赵夫人悄声安抚道："乖，娶了这傻子，以后你可就是皇亲国戚了。"

南门守备言不由衷道："想必这位姑娘就是莫婉姑娘了，果然生得十分……娇美！这是犬子赵平，啊，这样看倒是一对金童玉女啊！"

姚莫婉用几乎绝望的眼神打量着面前的赵平，双手顿时有些不听使唤，硬撑着挤出一个难看的笑想吓退他，果然，赵平见到了，被吓得一激灵。夜君清和夜鸿弈看在眼里，都有些忍俊不禁。

等到晚餐结束，赵家的热情明显减弱。姚莫婉决心乘胜追击，打开食盒猛吃了一盘糕点之后，便给汀月使眼色，自己则双眼一闭，向地上扑了过去，佯装晕了。

汀月立即接上戏，语带急切地说道："小姐，小姐，你怎么了？怎么晕了！"

众人惊起，瞬间围到姚莫婉与汀月身边。夜君清正在姚莫婉身边查看时，忽然被姚莫婉悄悄捏了下手指，顿时明白了过来。

夜鸿弈问道："发生了何事？莫婉姑娘怎么了？"

汀月哭诉道："小姐刚刚吃了赵公子带来的糕点，突然就晕倒了。该不会……该不会这糕点有问题吧？"随即看向赵平，哭得更厉害了，"赵公子就算嫌弃我家小姐，也不至于这样害她吧？"

赵平傻傻地惊慌不已："我没有，我没有，糕点怎会有问题？糕点是我娘准备的，该不是娘你……"

话未说完，赵夫人气得掐了赵平一把，说道："你这傻儿子，娘打尽主意要为你娶回姚姑娘，怎会害她？"

窦香兰暗暗冷笑着看姚莫婉演这一出戏，走出来说道："没事，妾身有办法。"

窦香兰说完，直接拔下头上的钗子，走到姚莫婉身边，在她身上狠插了下去。姚莫婉一下没忍住，猛地坐了起来，连连呼痛。

窦香兰冷冷一笑："好了，想必婉儿今日也不会随便晕倒了。"

姚震霆看出女儿的心思，轻叹一声，转而向南门守备抱拳道："二位，今日小女的身体状况实在不佳，与令郎的婚事，日后再议吧。"

窦香兰连忙说道："老爷，婉儿没事，这分明是误会一场，糕点也没问题，咱们还是继续议亲吧，早点定个日子。"

姚莫婉正要忍痛继续抗议，夜君清的声音却先行一步响起："皇兄，臣弟有一言不知当讲不当讲。"

夜鸿弈笑道："直言无妨。"

夜君清回道："臣弟此前偶然救得姚姑娘，深知其伤势之重，实在是不适宜即刻成婚。今日她这一系列的胡闹之举，似乎是有意抗拒这门婚事，皇兄何不成人之美，既然二人互无情意，不如替其解除婚约，也可避免一段孽缘。"

夜鸿弈轻轻点头，转而走近姚莫婉，好奇地问道："肃亲王所言，可是属实？"姚莫婉猛地坐起，可怜巴巴地连连点头认可，夜鸿弈满脸宠溺地注视着她，继续道："今日你一言一行，朕也看在眼里，你这令人头疼的本事，倒真有几分莫心年轻时的风范，古灵精怪，伶俐万分。既然如此，朕便赐你一项特权，允你今后自行择婿，如何？"

姚莫婉大喜道："谢皇上！"

窦香兰看着两人的亲昵举止，自知不妙，恨得紧紧攥住了拳头，与姚素鸾对视了一眼。就在这时，安炳山突然脚下生风地直接进入内堂。

安炳山跪下道："启禀皇上，宫中千面大人传来消息，刚刚在皇后宫中捉到凶嫌一名，正欲对皇后图谋不轨，还请皇上速速回宫。"

众人齐齐大惊失色，夜鸿弈立即道："起驾回宫！"

夜君清顿时面色紧张起来，为姚莫心和奔雷担心不已，忽然上前请愿道："臣弟请求护送皇兄一同回宫！"

夜鸿弈未想到夜君清会出此言，片刻之间四目相对，各怀心思。而大楚皇宫内，一个黑影偷藏在城门之后，趁守卫不备之时，飞身越过城墙，黑影在宫殿楼阁之间敏捷地穿梭，逐渐靠近姚莫心的寝宫。等到了姚莫心寝宫时，黑影不留声响地将守卫逐一放倒，闪身进入殿内，黑影看着床上昏睡的姚莫心，逐渐逼近。

第七章

夜鸿弈以守护姚府安全为由命令夜君清留下，而后自己步伐沉重，急匆匆地赶回了宫里。姚莫心昏迷在床，毫无意识，口中却不断地流出鲜血，各位太医与奴仆们在床边来来去去，神色着急地处理着姚莫心的伤势。

夜鸿弈坐在床边，将姚莫心半抱在怀里，心痛万分地喊道："莫心！莫心！"

太医颤颤巍巍地跪下，禀报病情道："娘娘自中毒之后，久处昏迷之中，经过长时间的调养救治，还是无法将毒素排出，如今已奄奄一息，娘娘恐怕是……撑不过今夜了……"

夜鸿弈一听大怒，指着太医道："废物！都是一群废物！"

这时，一名暗卫上前跪下禀报道："启禀皇上，我等从嫌犯身上搜到了剧毒之物断肠草，此人也已认罪，听候皇上发落。"

夜鸿弈瞬间狂怒道："通通给朕退下！"

众人一听，纷纷哆嗦着退下了，独留夜鸿弈与姚莫心两人。夜鸿弈紧紧抱着姚莫心，眼含热泪，见姚莫心口中涌出的鲜血越来越多，颤抖着伸出双手想要替姚莫心擦拭干净，可是怎么都无法擦净，他悲伤得几乎肝肠寸断，眼泪止不住地落下。

他哑声呼唤道："莫心……你看看我，朕不许你死！你究竟要朕怎么做，你才肯醒来……莫心……朕还未能与你共翱九天，你能不能为了朕，再挺过这一关……"

屋外忽然狂风大作，雷声阵阵，倾盆大雨骤然间覆盖了整座皇宫，似乎也在痛哭姚莫心的逝去，而夜鸿弈则在暴雨中，带着极度的愤怒与伤心赶去了地牢。

地牢四处挂满了可怖的刑具，地面上还残留着新鲜的血液，一名婢女被捆住双手吊挂在木桩之上，身上遍布伤痕，已然是一副奄奄一息的模样。

千面手持鞭子狠狠抽打在婢女身上，呵斥道："大胆奴才，还不快向皇上招供幕后主使！"

婢女虚弱地抬起头看向夜鸿弈，缓缓说道："皇上，皇上饶命！奴婢招了，是……是李贵人，她因皇后娘娘铁腕严治后宫，多次受罚而日渐失宠，深引为恨，这才指使……指使奴婢给皇后娘娘下毒。求皇上明察，奴婢只是听从李贵人的吩咐，身不由己啊……"

夜鸿弈冷冷地看着婢女，咬牙切齿道："来人，立刻将李贵人拿下，押至地牢！"

不多时，暗卫将李贵人架入地牢，一把扔在了夜鸿弈面前，紧接着向夜鸿弈呈上一个小药瓶，这小药瓶正是从李贵人宫里搜出来的，经确定是断肠草无疑。

李贵人趴在地上瑟瑟发抖，嘴里却不放过一丝希望地问道："皇上……皇上为何要这样对待臣妾，臣妾不知所犯何事。"

夜鸿弈将药瓶重重砸碎在地，清脆的响声把李贵人吓得一颤，她听到夜鸿弈一字一句地问她："你还不知道自己所犯何罪吗？"

李贵人心死，匍匐着往前一把抱住夜鸿弈的腿，痛哭流涕道："求皇上恕罪！臣妾知错了！求皇上开恩！"

夜鸿弈恨道："你毒害皇后，简直是丧心病狂，狗胆包天！你还敢求朕开恩？！"

李贵人立即回道："皇上，臣妾是被这奴才的闲言碎语所蛊惑，才一时鬼迷心窍对娘娘不敬，求皇上饶臣妾一命，臣妾以后再也不敢了！"

夜鸿弈道："贱人，你可知皇后虽严治后宫施惩于你，却从未在朕面前说过你半分不是！是朕不喜你的性子这才日渐远之！你竟恩将仇报，一而再再而三地加害于她！"

李贵人慌乱地解释道："再三？臣妾不知皇上何意，臣妾只是这次一时糊涂，但此前皇后暴病昏迷并不关臣妾的事啊！"

夜鸿弈大怒道："事到如今你还敢抵赖？！"

一旁的暗卫直接用水将婢女泼醒，婢女缓缓睁开眼睛，虚弱地看向李贵人："娘娘，奴婢实在是受不住这大刑，已经……都招了。"

这时，千面呈上半袋桑寄生药材，说道："卑职已查明，李贵人娘家正是负责供给皇家内库药材的，皇上请看，这剩余的半包桑寄生品相上佳，从外观看并无异，但实际上是被浸了马钱子剧毒晾干而成。起初卑职并未往这方面动疑心，查出李贵人之后，才想通此关节。"

夜鸿弈问道："内库药材……可这药，她如何能确保一定会送到皇后那里？"

千面回道："这味桑寄生最主要的功效便是安胎元、补肝肾，当时后宫中只有皇后怀有龙胎，兹事体大，皇上又特意关照过，因此内库里所有品相上上之选的安胎药材，只会送到皇后处。下毒之人必是拿准了这一点。"

紧跟着，另一个暗卫又将一名太监从旁边押了出来，扔在李贵人面前，李贵人听到太监说道："奴才作证，李贵人在皇后娘娘病发前不久，曾专门到药材库叮嘱奴才务必择选最最上等的药材送予皇后安胎。"

夜鸿弈对李贵人怒目而视，李贵人惊慌不已，立即解释道："臣妾的确去关照过那批药材，可那是因为淑妃娘娘提醒我，皇后龙胎要紧，万一药材不佳反会牵连了娘家……皇上，这药材如何会浸了毒，臣妾是真的不知道啊！说不定，说不定是淑妃她……"

夜鸿弈冷声问道："你是说，这是淑妃嫁祸于你了？死到临头还敢胡乱攀咬！你怕牵扯娘家是吗？！好，即刻下旨将李氏满门抄斩！"

李贵人死死抱着夜鸿弈的大腿，哭着求饶，暗卫直接一把将李贵人拉下，夜鸿弈拂袖而去，任凭李贵人的哭喊声逐渐远去。

深夜，姚府仍然灯火通明，夜君清与姚府上下全部聚在内堂焦急等候。姚莫婉站在莫离身边，安慰地搂着她。

姚莫婉说道："娘，别担心，姐姐吉人自有天相，出不了什么事的。"

姚震霆也哽咽着安慰道："莫离，你再这么熬下去，我担心你身体吃不消。咱们莫心一定会没事的。"

莫离一言不发，只眼含热泪，痛苦地摇了摇头。而夜君清则不停地在屋内来回踱步，望向屋外，脸上露出姚莫婉从未见过的焦急之态。这时，屋外忽然一个身影从屋檐上落下，走近一看，正是奔雷。夜君清急忙上前，刚准备开口，看了一眼身旁的姚莫婉，于是将奔雷带至屋外。

夜君清急着问道："听闻宫内捉到嫌犯，本王还以为是你失手被捕了，到底怎么回事？"

奔雷回道："其实就差那么一点，属下也落入埋伏了。"

当夜，奔雷潜伏在皇后宫殿屋檐上，正当他准备偷偷潜入时，屋内忽然传来一阵骚动，奔雷迅速退后藏起来，紧接着，他看见一群暗卫将一名婢女拿下，押出了门，那名婢女就是李贵人的贴身婢女。

奔雷说完之后，夜君清震惊道："投毒？那现在莫心情况如何！"

奔雷回道："王爷，冷静一点。娘娘……恐怕撑不过今晚了……"

夜君清大急，直直往外闯，奔雷扑了上去，死死抱住夜君清，阻止道："王爷，没有皇上的旨意，您若强行闯宫只会自毁长城啊！"

夜君清怒道："滚开！我若连自己所爱之人都守不住，世间还有何事值得牵挂！"

夜君清最终还是挣脱了奔雷的钳制，但是在他猛地往外冲的时候，姚莫婉忽然大吼道："你站住，夜君清！你就算不在意自己，难道也不在意姐姐死后还要背负着与肃亲王不干不净的污名吗？！此时此刻，你就算是为了姐姐，也必须挺住！"

话音刚落，夜君清突然大哭又大笑起来，一时间急火攻心，生生口吐鲜血晕厥过去。姚莫婉慌张上前，大呼夜君清的名字，立即和奔雷一起把他扶到屋内。

清晨，天色渐起，一夜的雨水过后，天色仍然稍显阴沉，姚莫婉趴在夜君清床头，等到她迷糊地睁开双眼时，夜君清已经不见踪影。她起身走到庭院内，看见夜君清憔悴地站在不远处，她走上前去，站在夜君清背后，脸上全是担心的神色。

她问道："你的身子……好些了吗？"

夜君清置若罔闻，沉默不语，这时，一个宫廷侍卫推门而入，引起了姚府上下的注意，众人纷纷上去，夜君清也迅速冲了上去。

侍卫道："丞相姚震霆、肃亲王夜君清听旨！"

姚震霆与夜君清一起跪下道："臣在。"

侍卫道："昨夜皇后不幸薨逝，皇上下旨召肃亲王与姚府一家即刻入宫，以善后事。"

所有人大惊，姚震霆悲伤落泪，莫离则当即头脑发晕，被下人赶紧扶进了屋。姚莫婉走到夜君清身边，正欲开口安慰，夜君清却丝毫没有注意到她，与她擦肩而过，夺门而去，留下她独自在原地暗自神伤。

皇宫内，四处悬挂着白布，姚莫心的灵柩放置在宫殿的中央，灵柩前，祈福的蜡烛忽明忽暗，夜君清带着姚府一行人身着素服走上前。莫离见到姚莫心灵柩的瞬间，便一下跌坐在地，姚震霆也是掩面不愿再看，和姚莫婉一同扶起她。

莫离哭道："我的心儿，你怎么都没和娘说一声……就走了呢……"

姚震霆哽咽着安慰道："莫离，心儿已去，你我白发人送黑发人本是大伤，你千万要注意身子。"

夜君清沉默不语地望着灵柩，慢慢走近，他强忍着眼泪，俯下身去抚了抚面前的灵柩，逐渐握紧拳头，青筋暴起。忽然，里屋传来一阵嘈杂的声音，紧接着夜鸿弈步履沉重地走了进来，姚震霆等人速速上前行礼，夜鸿弈伸手示意免礼。

夜鸿弈伤痛地道："姚相与夫人不必多礼，是朕没能保护好莫心，才让你们承受失女之痛。至于那下毒手的元凶李贵人，朕已下令将其满门抄斩，以儆效尤。"

姚莫婉疑惑地问道："敢问皇上，那李贵人是如何下的毒手？还有没有同党？"

夜鸿弈有些疲惫地道："具体案情经过你可询问千面或安总管，朕实在心伤无力再陈述一番了。"

姚莫婉还想追问，姚震霆忙拉住她："小女失言，陛下恕罪，微臣惶恐，娘娘能得皇上如此厚爱，已是姚家之大幸……"

莫离忽然走到夜鸿弈面前，跪下说道："皇上，臣妇有一事相求。"

夜鸿弈回道："姚夫人请讲。"

莫离哭道："娘娘入殓以前，不知能否容臣妇再看她一眼……"

夜鸿弈沉痛地闭上双眼："莫心遭奸人残害，去时已是……只怕夫人看了徒增伤心。以朕之见，与其让美丽成零，不如将莫心生前最美的容颜留存在记忆中吧。”

莫离一声哀号，伤心欲绝地退下。姚莫婉内心沉重，暗暗生疑，目光始终停留在灵柩上。

夜鸿弈转身看向夜君清说道：“皇后的葬礼，朕已经安排下去了，朕定要让她走得风风光光，只是皇后骤然薨逝，九州四海皆震，各国派了使节在入殓仪式之后前来悼念，到时招待贵宾一事就交由你来处理了。”

夜君清努力克制住自己的情绪，镇定上前，回道：“是……是，臣定当竭力完成。”

姚莫婉看着夜君清心不在焉地接旨，赶紧上前站在了夜君清身边，求夜鸿弈道：“皇上，我作为莫心的妹妹，也想在娘娘最后一程为她尽尽心，能否让我一同帮忙招待使节，也正好为肃亲王搭把手。”

夜鸿弈看着有些走神的夜君清，直接回道：“那就这么定了，有劳莫婉姑娘了。”

姚莫婉一边应允着夜鸿弈，一边看着夜君清，眼里尽是担心。到了姚莫心出殡那天，天色阴沉，似乎即将下雨，夜君清无力地站在郊外一个小山坡上，伤痛地看向远处，只见皇后出殡队伍浩浩荡荡地出发了，走在最前面的是引幡人，仪仗队紧随其后，他们举着各种兵器、幡旗和各式各样的纸扎或绸缎制作的“烧活”，声势浩大。夜君清看着看着，身子开始摇摇晃晃，几乎站立不稳，眼角悄无声息地滑落下一滴眼泪。

之后，夜君清便与姚莫婉处理着各国使节到来的事宜，大臣告知夜君清，南疆晗月公主将携长风公主一同前来，并且将在四日后大约午时抵达大楚境内。待到大臣询问夜君清大蜀的饮食习惯时，夜君清仍旧在走神，仿若一具没有灵魂的躯壳。

夜君清正欲离开皇宫回府时，身后姚莫婉快步跟上，不断地喊夜君清，她见夜君清没有反应，索性上前一把拉住了他，问道：“这几日你一直心不在焉，漏洞百出。堂堂肃亲王，何时竟成了一个毫无责任心之人？”夜君清沉默不语，她又继续道：“我明白你的心情，毕竟皇后也是我的亲姐姐。可姐姐已经逝去了，即便你再伤痛悲苦，她也无法活过来，你到底什么时候才肯明白？”

夜君清听到提起姚莫心，终开了口，冷声道：“在下并未寻求相助，姚姑娘大可不必多管闲事。”

姚莫婉怒道：“我多管闲事？夜君清，你还有没有良心啊，我还不是怕你误了姐姐的身后事，到时候又平白惹出事端来！”

夜君清淡淡回道：“姚姑娘请便。”

说罢，夜君清便冷漠地转身就走，徒留姚莫婉一人在原地气到跺脚，发誓她绝对不再帮夜君清。然而到了晚上，姚莫婉还是出现在了肃亲王府门口，她来来回回多次，看了看手里的访楚使节清单，重重地叹了口气，像是下定了决心，大步踏入。

姚莫婉一边絮絮叨叨，要不是看在姐姐的面子上，她才不会来，一边推开了夜君清的书房门走了进去。只是屋内空空荡荡，夜君清并不在，桌子上放着那日她不小心撕毁的皇后画像。最后姚莫婉终于在庭院内的石柱旁寻到夜君清。

夜君清倚着石柱，脸色通红，满面醉意，身边倾倒着几个空空的酒壶。他拿起一壶酒向口中倒去，发现已空空如也，遂将酒壶重重摔了出去，正好碎在姚莫婉的脚下。

夜君清呢喃道：“你我一在天之涯，一在地之角，你生时影不与我形相依，连死后魂也不与我梦相接……莫心……”

姚莫婉皱着眉，径直走到夜君清面前，夺过他手中刚刚拿起的另一把酒壶，斥道：“夜君清，不要再胡闹了！”

夜君清神色模糊，怔怔地看着眼前的姚莫婉，眼前忽然闪过姚莫心的脸，恍惚之间，夜君清伸手将姚莫婉搂入怀中，温柔又小心翼翼地将她抱紧。姚莫婉猝不及防，愣在了夜君清的怀中，耳边传来咚咚的心跳声，也不知是自己的还是来自夜君清的。她听到夜君清迷糊着说道：“我答应你，再也不胡闹了！我每天都在竭尽全力克制自己对你的感情，可……我越是努力，就越发思念你。这一次可不可以不要再离开我了！”

姚莫婉情至深处，一下子感动莫名，涨红了脸，羞涩地回应道：“君清，我答应你，以后再也不会离开你了。”

夜君清抚上了姚莫婉的脸：“我还以为此生再也见不到你了……莫心，我好想你……”

姚莫婉听到此处，脸色一变，用力想要挣脱他的怀抱，不料却被夜君清捉住双臂，一下吻上了她的双唇。姚莫婉紧皱的眉头渐渐舒展开，连原本胡乱挥舞的双手也不自觉地贴上了他的后背，然而下一刻，夜君清忽然松开了手，全身失去了力气滑落下去，姚莫婉大惊，发现他的身体滚烫，急忙扶起他向屋内走去。

姚莫婉将夜君清扶到床上躺下，然后褪下他上半身的衣服，拿来水和毛巾，温柔地擦拭着他的身体替他降温，直到早晨，夜君清才缓缓醒来。他见姚莫婉正睡姿豪放地趴在自己裸露的胸膛上，猛地起身，姚莫婉毫无防备，一下滚到了地上，发出一声惨叫。

夜君清震惊道："你……你怎会在本王的床上？"

姚莫婉从地上坐起，摸着生疼的手臂，有些委屈："我替你辛苦了一夜，一醒来就翻脸不认账？"

夜君清问道："辛苦了一夜……此话何意？"

姚莫婉听着夜君清慌张的语气，一下便会了意，瞬间装腔作势地假装哭道："你不会什么都忘了吧？昨夜你喝得酩酊大醉，我好意照料，怎知你突然兽性大发，一把将我按倒在床，我小小一名弱女子哪敌得过你的力气，自然只能任由你……"

话未说完，夜君清便打断道："住嘴！"又忽然意识到自己太过粗鲁，转而放缓了语气，"昨夜之事……你所言当真？"

姚莫婉回道："句句属实！"

夜君清沉思片刻，说道："既然如此，本王定会负责，还你清白。"

姚莫婉刚要得意，却见夜君清随手拿过一把利剑就要向右手砍去，顿时惊恐不已，急忙抓住他的手，阻止道："你这是做什么！"

夜君清回道："我酒后犯下大错，亏欠了你，如今只能以此还你清白！"

姚莫婉气结，用力抱住夜君清的手："你——好，我说实话，昨夜什么都没发生，你感染了风寒，我照顾了你一夜罢了。"

夜君清大怒，气得将利剑直指姚莫婉："你怎可这样戏弄本王！"

姚莫婉又怒又委屈："就算是真的，你犯得着这样自残吗？难道我就这么不堪吗？难道除了姚莫心，这世上再没有什么值得你动心动念的人、事、物了吗？"

夜君清激动得大吼道："不要跟我提莫心！莫心已经不在了，刀没有捅在你心里，你永远也不可能感同身受，当然可以在这里轻飘飘地说些大道理！”

姚莫婉气急，情绪也逐渐激动起来：“夜君清，你给我清醒一点！你到底要消沉到什么时候，难道就打算这么自暴自弃一辈子？人死不能复生，难道姐姐不在了，你就要随她而去吗？你让姐姐在天之灵如何安心？你以为这样的你，是她希望看到的吗？”

夜君清怔住了，跌坐回床上，回道：“她希望我捧他为君拱手祝福，我做到了；她希望我保家卫国，不坠青云之志，我也做到了；她希望我兄弟和睦，不起争端，我还是做到了！可她走了，我所做的这一切，她再也看不到了！是，我是从未拥有过她，可这一次，却是彻彻底底失去了她！”

姚莫婉严肃认真地说道：“夜君清，我知道姐姐对你而言有多特别，也知道她在你心里永远无可取代。可是，伤心过后，请你好好活着，她不会愿意看到你这样消沉的，别让她在天之灵还不安心。还有，我会一直在你身边陪你度过，哪怕……哪怕是做姐姐的替身。别再说你不需要，需不需要是你的事，我心甘情愿做这些，却是我的事。”

说罢，姚莫婉便转身离去。夜君清深受触动，手中利剑也掉落在床，夜君清看着她的背影，陷入沉思。之后，随着时间的流逝，夜君清再见姚莫心的画像，悲恸已缓和许多，而姚莫婉一边陪在莫离身边，替她扎针，照顾她的身子，一边陪着夜君清处理各国使节的事情。

夜君清威风凛凛地站在城门口迎接使节，姚莫婉溜到他身边，与他并肩而立。夜君清淡淡地看了她一眼，便迅速转过头去。

下一秒，夜君清忽然说道：“这些日子，谢谢了！”

姚莫婉有些意外：“等等……你刚刚是在谢我？”

夜君清别扭道：“没听见就算了。”

姚莫婉兴奋地道：“听到了，听到了！不过一句话就想把我打发了，是不是小气了点？”

夜君清不予理睬，姚莫婉翻了个白眼，瘪了瘪嘴。

这时，众南疆使节赶到，晗月公主携长风公主缓缓迈入城门，一见夜君清，急忙行礼。姚莫婉在一旁打量着晗月公主，觉得晗月公主既温柔又稳重。

晗月说道：“参见王爷，多日不见，王爷看上去似乎消瘦了很多。”

夜君清回道：“承蒙晗月公主关心，公主不顾路途遥远、舟车劳顿，前来大楚相送，本王不胜感激。”

晗月回道：“王爷言重了。”转身看向姚莫婉，问道：“这位是？”

夜君清介绍道：“这位是皇后娘娘的妹妹，姚府的三小姐姚莫婉。”

姚莫婉俯了俯身：“小女见过晗月公主。”

晗月回道：“难怪，看着和莫心有几分相似。我与莫心生前情同姐妹，只可惜……莫心骤然薨逝，来不及见她最后一面……”

姚莫婉见晗月公主就要落泪，急忙安慰道：“公主切莫过度伤心，姐姐在天之灵有知，会体谅的。”

晗月点点头道：“姚姑娘所言甚是，对了，这是我的侄女段……婷婷？婷婷？”

晗月公主一回头没发现段婷婷，再一看，段婷婷已然凑到了夜君清身旁，向他直眨巴着自己亮晶晶的大眼睛。

段婷婷兴奋地道：“君清哥哥，我们总算又见面了！”

夜君清愣住，问道：“你是？”

段婷婷一脸委屈道：“啊，你不记得我了？亏我这几年一直记挂着你！”

多年前，两军交战之际，有士兵使计抓住了段婷婷，那士兵扬言就是南疆害得他家破人亡，要将段婷婷作为人质要挟南疆王，甚至要直接杀了段婷婷。后来是夜君清听到吵嚷声，走出营帐，命令士兵放了段婷婷，他夜君清打胜仗向来靠的是实力，赢得光明正大，根本无需人质。正是这一段，让段婷婷芳心暗许，记了夜君清多年。

夜君清抱拳道：“原来是长风公主。”

段婷婷夸赞道：“君清哥哥，几年不见，你又英俊了许多欸！”

晗月走了过来，喊了声婷婷，段婷婷羞红了脸，立即躲到晗月身后，小声地让晗月帮她去问夜君清有没有娶妻。

姚莫婉看情况不对，赶紧上前拦在了夜君清面前，说道：“公主舟车劳顿，不如还是先回使臣馆歇息。”

段婷婷不理睬姚莫婉，只顾对夜君清道：“君清哥哥，凭借本公主多年养蛊算命的经验来看，你与我的八字，似乎很是般配！”

姚莫婉疑惑道："养蛊？这又是什么江湖技艺？在下倒还未见识过蛊虫。要不，公主先让我见识见识？"

段婷婷轻哼道："你又是谁啊？我们南疆之宝，岂是你想看就能看的？"

夜君清被这两位女子吵得不行，为避聒噪，赶紧说道："姚姑娘，本王看你与长风公主甚是投缘，不如就由你送她们前往使臣馆歇息吧，本王还要去招待大蜀使臣，有劳了。"

而后，溜之大吉。

前往使臣馆的路上，姚莫婉和段婷婷互看不顺眼，等到姚莫婉听到段婷婷让晗月去向她的父皇提夜君清时，姚莫婉忍不住了。

姚莫婉看向段婷婷，坚定地说道："不可，绝对不可！"

段婷婷反问道："为何不可？"

姚莫婉回道："你不知道，肃亲王他……早已心有所属。"

段婷婷全然不在乎："那又怎样，只要姑姑帮我给他下个情蛊就行了啊！"

姚莫婉问道："下了又如何？"

段婷婷得意道："这你就不知道了吧，只要中了情蛊，肃亲王便会忘掉旧情，不顾一切地钟情于本公主。"

姚莫婉气急转身，却无意间将段婷婷挤到了草丛里，段婷婷脚下趔趄，差点摔倒，气鼓鼓地一脚上去就踩住了姚莫婉的裙尾，姚莫婉没站稳，一下向前扑倒在地。站在旁边的晗月赶紧上前将姚莫婉扶起，却意外地在姚莫婉的手腕上感受到了蛊虫，她惊讶万分，瞪大双眼看着姚莫婉……这蛊虫是同心蛊，是她之前来大楚皇宫时，让姚莫心喝下的，这同心蛊的母蛊她从小养在身体里，一旦子蛊进入姚莫心的身体，她便能感知姚莫心的气息与灵魂，并且无论姚莫心变成什么样子，去到何处，她都能够有所感应。

晗月公主正欲上前询问姚莫婉，偏偏一名礼官在这时走了过来，姚莫婉揉着屁股从地上爬了起来，正愁如何摆脱段婷婷，于是顺势就将护送一责推给了礼官，然后逃之夭夭去找夜君清。

夜君清正好与大蜀国使节告辞，见到姚莫婉便问道："两位公主安顿好了？"

姚莫婉回道："半路遇上了礼官，就交给礼官了。你说，这长风公主，小小年纪，竟一点儿不害臊，不懂礼数。"

姚莫婉说完，偷瞄着夜君清的反应，夜君清面无表情地回道："这番形容倒是似曾相识，和某人大同小异。"

姚莫婉不理睬夜君清的调侃，又试探性地问道："那你觉得长风公主如何啊？"

夜君清挑眉道："方才你不是已经说过了吗？"

姚莫婉理所当然地说道："我是我，你是你，谁知道你们男人会不会眼瞎喜欢这种痴傻小可爱呢！"

夜君清哦了一声，回道："本王对聒噪的女人向来没什么兴趣。"

姚莫婉窃喜，转念细细一想，笑容开始逐渐凝固，有些沮丧。

夜君清没有想到，段婷婷竟然直接对夜鸿弈道明了她心属他，更愿意嫁给他，让两国关系更近一步。

晗月闻言，急忙制止道："婷婷，两国和亲事大，怎能如此草率，实在是有失妥当！"

段婷婷气鼓鼓地道："姑姑这话说起来怎么和父皇一样！"

夜鸿弈更是面露不悦，他看着夜君清说道："此事涉及两国，的确不能儿戏。不想肃亲王倒是好本事，这一时半会儿，竟能靠上南疆这棵大树，你可是也有联姻之意了？"

夜君清急忙跪下解释道："皇上，臣弟绝无娶亲之意，更非联姻人选，请皇上明鉴。"

就在这时，安炳山上前，小声在夜鸿弈耳边禀报了什么事，夜鸿弈闻言明显很惊讶，将目光落在了夜君清身上，片刻之后，夜鸿弈以还有政务要处理，让诸位使节先行退下。

段婷婷不死心，跟在夜君清身后问："君清哥哥，你为何不肯联姻嘛？"

夜君清淡淡道："本王方才已表明过意思了。"

段婷婷还欲纠缠，姚莫婉从不远处走来，见状立即上前，一把拉开段婷婷："长风公主，您身为王室公主，怎可主动投怀送抱？"

段婷婷哼道："我父皇才没告诉我当个公主还要装模作样呢！"

姚莫婉说道："既然肃亲王无意联姻，便不要再行纠缠了。"

段婷婷反驳道："关你什么事啊？这么关心，难不成你对肃亲王不怀好意？"

姚莫婉一把拉过夜君清的手臂，紧紧搂住，小鸟依人般凑到了他的怀里，还抓着夜君清的手揽在自己腰上。夜君清瞬间紧张，想要挣脱，姚莫婉却挤眉弄眼地向他使了个眼色。

姚莫婉得意道："你看清楚，是他对我不怀好意！你不是想知道肃亲王为何不肯联姻吗？现在明白了？"

段婷婷瞪大了眼睛，一脸委屈看向夜君清，问道："君清哥哥，这是真的吗？"

夜君清刚想否认，姚莫婉却用尽全身力气握住了他的手，看向他的眼神里除了暗示，还流露一丝紧张。夜君清一转念，主动伸手将姚莫婉搂得更紧了："长风公主，本王一介武夫实非佳偶，联姻一事……就请作罢了吧。"

段婷婷气鼓鼓地瞪向姚莫婉，满脸可怜巴巴地上前一步，正欲发作，晗月公主见状忙上前解围："婷婷，够了，本宫不许你再这样失礼！还请肃亲王见谅，不与婷婷计较。你与姚姑娘好一对才子佳人，正是般配。"

姚莫婉窃喜，偷偷抓住夜君清的手掌，眼里溢满幸福，夜君清恍惚之间，觉得她格外可爱，竟产生了一丝心动，任由她与自己十指相扣，没有撒开。段婷婷见状扭脸转身离开，晗月追着段婷婷离去，就在这时，突然一个人影从凉亭顶跃下，落在二人跟前，吓了姚莫婉一跳，愣过神才发现是一脸委屈的寒锦衣，姚莫婉和夜君清赶忙分开。

寒锦衣看着姚莫婉问道："方才我都听到了，你与君清兄之间，当真互相喜欢？"

姚莫婉喜道："自然是真的！寒公子，你与君清本是好友，我之前没有直说，是怕伤了你们的手足情谊。君清，正好不如就在这里，向寒公子解释清楚吧，免得耽误了人家。"

姚莫婉胸有成竹，满脸小女人的娇羞，伸手就要去牵夜君清的手，却被他推开："是要解释清楚，姚姑娘，方才多谢你帮本王解围。若因在下冒失，令你有所误解，还请见谅。"

姚莫婉震惊道："你……你什么意思？你刚刚明明……"

夜君清回道："如今在寒兄面前，自然不必再继续做戏。"

姚莫婉委屈道："那方才，你所说所做都只是做戏而已吗？"

姚莫婉红着眼圈，直直地看着他，四目相对间，夜君清竟有一丝心疼，犹豫之后，转而看向寒锦衣说道："是。寒兄不必多虑，本王与姚姑娘不过是好友而已。"

姚莫婉气道："好友？好，今日之事，就算是你欠我的情分，下一回，我定要你还回来！更要你心甘情愿地承认我！"

姚莫婉强忍着眼泪转身离去，即将走出庭院时，身后却传来一阵嘈杂的脚步声，一队侍卫忽然出现在此，直奔夜君清，将他团团围住。一名侍卫上前将夜君清押下。

侍卫说道："肃亲王，你私通蜀国，图谋篡位，现如今皇上下令以谋逆之罪将你捉拿审问！"

姚莫婉猛然回头，只见夜君清被侍卫带走的背影，顿时满脸震惊。

第八章

夜鸿弈端坐于龙椅之上，双手按在天子剑的握柄上，怒目而视着正前方，姚震霆位居前列，身后是众位大臣与各国的使节，所有人都面面相觑却不敢出声。侍卫将夜君清带入大殿，一众大臣都侧目看去，疑惑之下开始窃窃私语。

夜鸿弈一见到夜君清，便将桌上的文书扔到夜君清的面前，大臣吓得纷纷跪下，夜鸿弈指着夜君清怒道："逆臣！"

夜君清微微皱眉道："臣弟不知何罪之有。"

夜鸿弈指着地上的文书说道："你自己看！"

夜君清捡起文书，细细看完，脸色逐渐凝重起来："皇上，此文书绝非臣弟所写，臣弟戍边多年，与蜀国势同水火，怎会里通外国，写就这等谋逆之言！"

夜鸿弈起身大怒道："朕与你一同长大，难道你的笔迹，朕还认不出来吗？！"

夜君清回道："这笔迹的确相似，定是有人模仿欲加陷害。"

夜君清看向站在一旁的蜀国使节，使节抬头看了看夜君清，随后走了出来，笑道："肃亲王可真是贵人多忘事，昨日才登门拜访，今日便不记得了？"

昨日夜君清的确招待了蜀国使节，更是见到了之前在猎户家放过的剑尘，剑尘将夜君清迎入蜀国使节馆内，并且递上了一颗夜明珠给夜君清欣赏，夜君清看过之后，随即落座，与使节寒暄了一会儿。只是他没有想到，在他离开之后，有侍卫拿着一份文书递给了使节，使节看过之后，想了想，将文书夹在了装夜明珠的锦盒之中。

夜君清回过神来，怒道："原来你引本王看那贡礼，早存了加害之心！"

蜀国使节慢慢说道："肃亲王此言差矣，我请王爷观看贡礼，是望两国修好尽弃前嫌。只是这文书的确是王爷走后，从锦盒中搜出来的。”

夜鸿弈攥着天子剑暗暗使劲，走近夜君清狠狠说道：“多少次，朕收到密奏，参你在边关私入蜀国，朕忍了，参你收买人心挪用军费，朕也忍了，不想你竟变本加厉，胆敢在朕的眼皮底下，意图谋逆！你说，朕还有何理由不杀你！”

夜君清跪在地上，一字一句道：“臣弟与皇上共处二十余载，现如今仅凭一纸伪造文书、几句诬蔑妄言便让兄弟情义荡然无存……”他抬头看向夜鸿弈：“臣绝无背叛皇上之心，此生此世没有，永生永世也不会有，臣不惧生死，只请皇上能开恩让臣将一身清白留于人世间。”

夜鸿弈眼睛有些湿润，可终究还是狠心将剑架在了夜君清的脖子上：“你扪心自问，你此生是否真清白！”

晗月公主忽然走出：“皇上，此事虽与我南疆无关，但确有蹊跷，不吐不快。蜀国素来虎视中原，肃亲王身为大楚战神，若真反叛，那是天大好事，蜀国怎会一反常态将他往外推呢？个中缘由，还请皇上三思。”

蜀国使节立即说道：“我蜀国与南疆并无太大怨仇，晗月公主怎能含沙射影，中伤蜀国！”

夜鸿弈看着已然闭上眼睛的夜君清，眼里尽是复杂，他举起了天子剑，停在空中，最终还是把剑扔在了地上，怒吼道：“来人！将肃亲王褫夺衣冠，打入天牢待审！”

夜鸿弈转身闭上眼睛，夜君清站了起来，被侍卫押了下去。

夜鸿弈叹气道：“姚相留下，其他人都散了吧。”

大臣和各国使节纷纷离开，姚震霆上前一步说道：“皇上，容臣斗胆一言，肃亲王若是真谋逆，罪无可赦，可倘若是蜀国的反间计，那……”

夜鸿弈转身看向姚震霆，问道：“肃亲王谋逆案，非同小可，朕准备择一重臣与你共同查办，不知姚相意下如何？”

姚震霆疑惑地问道：“皇上所说的重臣是……”

姚莫婉匆匆跑进肃亲王府，找到奔雷，告诉奔雷夜君清被夜鸿弈以谋逆之罪抓起来了，要奔雷快想办法救夜君清。两人正在商量时，大门外忽然传来拍门声，紧接着，响起了千面的声音。姚莫婉暗道坏了，让奔雷拖住千面他们，自己则转身往夜君清书房跑。

姚莫婉冲进书房，扯下盖在书架上的布帘铺在地上，随后把墙上字画、书架和书桌上一应关于莫心的物件尽数扔在布帘之中。她慌乱之下把一旁的一个盒子撞倒在地，内有一幅画和匕首。姚莫婉捡起发现那幅画是此前自己撕破的那张，看着精致的匕首愣了一下，但很快将两物装了进去，打包起来背在身上，跑了出去。

门外的千面已然吩咐侍卫将门撞开，侍卫抬来一根粗长的滚木，开始蓄力往门上撞，片刻之后，门发出了吱呀声。

这时，姚莫婉背着包裹匆匆跑来，冲奔雷说道："该收的我都收了，咱们快撤吧。"

奔雷回道："姚姑娘，后院的假山后有个暗道，你快从那儿出去。"

姚莫婉问道："你不跟我一起走？"

奔雷摇头道："我必须留下拖延时间，再说我若是走了，岂不是让王爷落下口实？"

话音刚落，门上的横木已经断开，堵门的府兵纷纷倒地。

奔雷催促道："姚姑娘，再不走就来不及了！"

姚莫婉无奈地回道："好，你千万小心。"

奔雷回了一句让姚莫婉一定要救夜君清之后，府门瞬间轰然倒地，千面带着侍卫冲了进来，将奔雷和府兵团团围住。

奔雷怒道："无皇上谕旨，胆敢擅闯王府禁地，你们还有没有王法！"

千面掏出令牌递到奔雷眼前："睁大眼睛好好看看，这就是王法！给我搜！"

奔雷被侍卫锁住脖子扣在地上，其余侍卫分散跑进王府，片刻过后，将一应文书、箱子等物抬到院中。

姚莫婉从暗道出来，左右探看之后，见无人便快步走了出去，哪知刚转过一个街角，便看到眼前有两个侍卫迎面而来，当下强装镇定迎面走去。姚莫婉本以为相安无事，结果街口两名侍卫跑来指着姚莫婉，要将姚莫婉抓起来。

姚莫婉听见后立刻狂奔着逃跑，侍卫在后面追。她跑着跑着，不小心摔了一跤，眼见身后侍卫即将追到，赶紧将路上摆着的杂物推倒，以期拦住来人，随后转过一个街角，正在街道向后探看时，忽然一双手捂住姚莫婉的嘴将她拉进一间民房，关上门。侍卫赶来，见四下无人，便往前追去了。

地牢内，姚震霆来到审问间，却见已经有一个身穿朝服的人坐在座位上了，他走过去，那人正好转过头，居然是窦士明。

两人稍微寒暄过后，姚震霆面色凝重地坐下："老夫此前听闻了些风言风语，说窦都护秘密入京，如今看来是确有其事了。"

窦士明回道："皇命在身，不敢怠慢，便匆忙入京，还未来得及拜会姚相和妹妹。"

姚震霆说道："皇上既然令窦都护与我共同审理肃亲王一案，我等务必替皇上分忧，将此事查个水落石出。"

窦士明端起茶递给姚震霆，满脸真诚地提议道："姚相，你我是亲家，有些话，我就直说了。此前在边疆军政分离，我掌管政务，肃亲王掌管军务，如今他虽已无军权在身，但边军由谁来接管可都一直悬而未决。若是能被我收入囊中，从此你我在朝中便是强强联合，还有谁敢不服。"

姚震霆接过茶又放回桌子上，笑道："我可没窦都护那般雄心，只想做好分内之事，老了便致仕归隐山林，乐得清闲。"

窦士明凑到姚震霆耳边，压低声音说道："妹夫，皇上为何让我来协审此案，你还不明白吗？切莫站错队啊！"

姚震霆没回话，正好暗卫将夜君清押了过来，夜君清看到窦士明有些惊讶，窦士明则有些得意，他看着夜君清说道："昔日在边疆王爷不屑于我，而今却沦为阶下囚，生死就在我一念之间，真是世事如棋，令人唏嘘啊！"

夜君清冷哼一声："是啊，世事如棋局，不到终盘，谁能料到谁是最后的赢家。"

姚震霆插嘴问道："肃亲王，文书一事，有何隐情，不妨如实道来。"

窦士明回道："欸，姚相，这案还未审，你怎知有隐情？肃亲王，这文书上的笔迹与你的如出一辙，人证物证俱在，就不要希图狡辩了。"

夜君清说道："该说的，本王在朝堂上都说了。"

窦士明冷声道："国法无情，既然肃亲王如此执迷不悟，就休怪我替皇上执法了，来人，杖三十！"

姚震霆看着走过来的暗卫，立即阻止道："等等！窦都护，这怕是不妥吧，朝中规定，刑不上大夫，更何况是王爷之尊。"

窦士明反问道："将死之人，是不是王爷还重要吗？"

夜君清说道："姚相不必多言，本王清白一身，想要屈打成招，痴心妄想。"

窦士明听完，示意暗卫将夜君清押在长椅上，开始执行杖刑。

除了姚莫婉万分担忧夜君清之外，王沁若也非常担忧夜君清，她命令彩蝶去打探消息，得知肃亲王府也被封了。

王沁若在宫中焦急地踱步，边走边喃喃自语道："被封了？动作竟如此之快，蜀国，谋逆文书，窦士明……"

王沁若忽然想到了什么，脑子一晕，脚步有些不稳，彩蝶连忙上前扶住："没事吧，娘娘？"

王沁若急道："君清此次怕是凶多吉少了，快，扶本宫去求皇上。"

彩蝶扶着王沁若往外走到门口，晗月公主忽然出现，拦住了她，她问道："你是……晗月公主？"

晗月公主点点头道："是。肃亲王已身陷囹圄，若是皇上因娘娘之言对您与王爷的关系起疑，无异于抱薪救火。"

王沁若思索片刻，说道："此事与你无关，本宫自有办法！"

说完，王沁若便转身准备离开，晗月公主立即道："我有一策可保肃亲王暂安。"

王沁若转回身疑惑地看向晗月公主，待晗月公主同她说完良策之后，她便立即去了御花园找夜鸿弈，夜鸿弈正在玩掷壶。

王沁若一身华服走到夜鸿弈面前，行三拜九叩大礼，夜鸿弈疑惑地问道："淑妃这是……"

王沁若起身笑道："臣妾恭喜皇上，贺喜皇上。"

夜鸿弈问道："何喜之有？"

王沁若说道："肃亲王私通敌国，下狱待死，而窦都护英明神武，往后在边关集军政大权于一身，定会对皇上感恩戴德，安心守边，助皇上振兴大楚。"

夜鸿弈皱了皱眉，反问道："淑妃觉得这是喜事？陪朕散散步。"

王沁若露出一丝微笑："臣妾遵命。"

捂住姚莫婉嘴巴将姚莫婉拖入民屋之中的人正是寒锦衣。

寒锦衣看着姚莫婉解释道："君清被捕之后你就不见了，想来是去王府通知奔雷，所以便寻来了，事出突然，刚才吓到你也是无奈之举。”

姚莫婉拱手回道：“谢寒兄出手相救，我得赶紧想办法救君清，先走一步。”

姚莫婉拿起桌上的包裹正要走，被寒锦衣拉住：“你想好如何救他了吗？这样仓皇出去，不得要领，岂不是白白浪费时间。”

姚莫婉想了想，又坐回椅子上，指着包裹道：“君清平日里一应墨宝都在这里面了，我相信这文书不是君清所写，只要能拿到谋逆文书，再以平日的墨迹比对，定能发现其中纰漏。”

寒锦衣眼神里闪过一丝调皮：“那文书可是归档在了大理寺，那里守备森严，别说人，就是苍蝇也飞不进去，若是没有我这般功夫，旁人怕是进不去啊！”

姚莫婉听出寒锦衣在显摆，插着手问道：“这样啊，依寒兄之意，怕是我只能有求于你咯？”

寒锦衣笑了笑：“那就看婉儿开不开这个口了。”

姚莫婉说道：“想要我求你是吧？没门！大不了豁出这条命去抢！”

姚莫婉拿起桌上的包裹就要走，寒锦衣只好拦住她，妥协道：“好好好，我去，今日戌时，南城客栈东厢房见。”

两人分开之后，姚莫婉回了姚府，姚震霆与窦士明也从地牢回到了姚府，正坐在一起品茶，窦香兰一见到窦士明就提及姚素鸾的事，被窦士明以皇后大殓未久，言此事尚早为由打断了，窦香兰正欲继续说些什么的时候，姚莫婉跑了进来。

姚震霆看到姚莫婉，说道：“莫婉，还不快拜见你舅舅。”

姚莫婉欠了欠身：“莫婉见过舅舅。”

窦士明哦了一声，回道：“你便是那个目无尊长的姚莫婉。”

姚莫婉回道：“莫婉不知舅舅此言何意。”

窦士明起身，慢慢走向姚莫婉，警告道：“我知你与肃亲王关系甚密，可如今他身陷囹圄，靠山已倒，往后若再如此，姚府便容不得你。”

姚莫婉单膝跪地道：“莫婉知错。舅舅身为大楚封疆大吏，今日不惜放下公务特来姚府教导，莫婉感激涕零，素闻舅舅爱国明大义，从不会搬弄是非、争权夺利，更不会陷他人于不义，铮铮傲骨堪比庆父，德高望重堪比伯嚭，真英雄也！”

窦士明听完姚莫婉的话有些得意："好了好了，我虽不能比肩先贤，但他们的大道大义，我还是心向往之的。"

姚莫婉捂嘴一笑，窦香兰随即小声说道："大哥，这伯嚭和庆父都是不世出的奸臣。"

窦士明怒道："你胆敢羞辱我！"

姚莫婉解释道："舅舅息怒，小女才疏学浅，有错意之处，还请见谅。"

窦士明正要发作，被姚震霆打断："莫婉你怎敢对舅舅出言不逊！刘醒，汀月，将三小姐关入偏房闭门思过！"

姚莫婉虽然不依不饶，但还是架不住姚震霆的威严，只得跟刘醒与汀月离开，前往偏房。大约半个时辰之后，姚震霆推开了偏房的门，姚莫婉见了他便气呼呼地背过身。

姚震霆只得解释道："莫婉啊，我知道你生爹的气，方才爹也是为了保护你，这窦士明是个阴险之人，生怕你会惹怒他，招来祸端啊！"

姚莫婉转过身来，回道："爹，我不是生你的气，而是气他们窦氏一门欺人太甚。我听说如今爹和窦都护主审肃亲王谋逆案，求爹救王爷一命。"

姚震霆叹了口气："唉，爹何尝不想呢！可皇上命窦士明同审，是想利用他牵制我，皇上本就忌惮肃亲王，若是有罪，皇上与窦士明各取所需，可若无罪，便能借此机会挖出支持王爷的潜在势力，日后便可剪除羽翼，恐怕爹也会因此遭难，这一箭双雕之计，实在让爹为难。"

姚莫婉抓住姚震霆的手，说道："爹身为丞相，位登百官之首，却处处为窦氏所压，徒有虚名，百年之后，世人绝不会记住一个碌碌无为的丞相。现如今肃亲王遭难，事关大楚安危，况且有肃亲王在，窦氏还有所忌惮，若真让窦士明得逞，往后爹该如何自处？"

姚震霆皱起眉头回道："若想救肃亲王，必须让窦士明退出主审之位，我方可秉公执法，否则王爷恐怕性命堪忧。"

姚莫婉想了想，抬头看着姚震霆说道："爹，我有办法，请你带我入宫。"

姚震霆想了办法带姚莫婉入宫，而姚莫婉入宫的第一件事便是去南疆使节馆找了晗月公主，晗月公主正在与段婷婷聊天，而晗月公主告诉王沁若的办法便是让王沁若提醒夜鸿弈，若夜君清死，窦士明便会大权在握，成为更大的隐患，晗月公主知道夜鸿弈是个聪明人，定会权衡个中利弊。

姚莫婉一身男装走入，段婷婷一见便想把姚莫婉推出去，嘴里说道："是你？你来干什么，这里不欢迎你。”

晗月公主阻止道：“婷婷不得无礼。莫婉姑娘穿成这样，想必是有急事吧？”

姚莫婉点点头，正色道：“素闻南疆蛊术卓群，望晗月公主借蛊虫一用，莫婉想借蛊虫救肃亲王。”

晗月公主问道：“不知莫婉姑娘所要是哪种蛊虫？”

姚莫婉回道：“可令人暂时丧失行动能力的。”

晗月公主看向段婷婷说道：“照莫婉姑娘说的，拿给她。”

段婷婷哦了一声，不悦地转身去拿蛊虫了。

晗月公主又问道：“冒昧问一句，莫婉姑娘准备用在谁身上，我好给蛊虫施咒。”

姚莫婉只回了三个字：“窦士明。”

姚莫婉得到蛊虫之后，立刻回了姚府，待到夜间时摸到了客房，此时窦士明已在床上酣睡，地上散落着酒壶等物。姚莫婉蹑手蹑脚地关上门，走到窦士明身旁，打开小瓮置于他鼻下，蛊虫顺利地钻入他的鼻孔。窦士明感到不适，摸了摸鼻子，而姚莫婉忽然听到屋外传来脚步声，立刻转身躲进了衣柜之中。

她看到窦香兰推开门，走到床边，同窦士明说道：“大哥，素鸾后位一事不能再等了，再拖又不知道会生什么变故，尤其是这个姚莫婉，不但和皇上、肃亲王关系微妙，而且自从回来之后，像变了个人，谁知失忆是真是假，万一再想起之前……唉，留着始终是个祸害，不如趁着肃亲王不在，把她除掉算了。”窦香兰说了半天，见窦士明毫无反应，于是用手戳了戳窦士明：“大哥，说了半天你听没听啊？”

见窦士明毫无反应，甚至还打起呼来，窦香兰无奈地摇摇头，拿起被子给窦士明盖上后转身离开。姚莫婉从衣柜中走出，呢喃道：“难道我此前失踪一事，与窦氏有关？”

这边姚莫婉夜探窦士明房间，那边夜鸿弈去了地牢看望夜君清。夜君清在牢中静坐冥想时，牢门忽然被打开，夜鸿弈走了进来。

夜鸿弈问道：“三弟是在忏悔，还是在苦思脱身之策啊？”

夜君清睁开眼睛，见是夜鸿弈，立刻行礼道：“臣弟参见皇上。”

夜鸿弈回道："这里没外人，就不必拘束了，看来没少挨刑，这里不比你的王府，不习惯吧？"

夜君清语气坚定道："只要能还臣弟清白，就算是受百刑，遭千刃，也在所不辞。"

夜鸿弈看着桌上的糟糠和浊酒，伸手拿起一个放入口中嚼了嚼，随后皱着眉又喝了口酒，说道："还记得你我及冠之年，随父皇征战，不料被叛军劫了粮道，每日能吃些糟糠就心满意足了，那时吃饱是唯一的欲望，可如今，每个人的欲望都不断地膨胀，包括你。"

夜君清说道："臣弟唯一的欲望，便是助皇上做九州之主。"

夜鸿弈反问道："是助朕，还是你想做？"

夜君清回道："皇上还是耿耿于怀那份文书，臣弟斗胆一问，皇兄内心愿意相信我，还是他们？"

夜鸿弈叹了口气，看向那个小小的窗口："朕很想相信你，可人证物证俱在，你让朕如何抉择？三弟啊，你可知，你的存在便是在每时每刻提醒朕，当初朕这皇位是如何得来的。"

夜君清直接跪下说道："既然如此，君让臣死臣不得不死，皇上下令处死我吧。"

夜鸿弈转过头看着夜君清说道："你我手足一场，只要你肯认错，朕会轻罚你。"

夜君清回道："臣弟宁愿身死，也不愿背上千古骂名。"

夜鸿弈点点头，指着夜君清连续说了三四个"好"字，既然夜君清不领情，他也没必要再废话，直接转身离开了地牢。夜鸿弈离开不久，奔雷被扔进了隔壁的牢房。

夜君清扒着牢门问道："奔雷，没事吧？"

奔雷回道："没事王爷，死不了。"

夜君清又问道："莫婉可安好？"

奔雷回道："姚姑娘在侍卫来之前，便从暗道逃走了。"

夜君清舒了口气，对奔雷说道："恐怕这次在劫难逃了，奔雷，害你与本王一同赴死，心有惭愧。"

奔雷说道："奔雷只求服侍王爷左右，王爷在哪儿，奔雷就在哪儿，希望下辈子还能追随王爷。"

夜君清立即道："下辈子别服侍本王了，与我做兄弟吧。"

奔雷瞬间笑了："好。"

与此同时，寒锦衣已经潜伏在了大理寺门口，他看着门前来来回回的巡逻侍卫，吐掉了口中的香，随后戴上面罩，趁着侍卫换班的间隙，立刻闪身潜入档案库。他以最快的速度在香炉中插上一炷香，四处翻找着，找了片刻，终于找到了谋逆一案的卷宗以及文书，随后将秘制药水洒在上面，用小刀小心翼翼地揭下一层，就在他将一层纸卷卷入羊皮纸中时，千面忽然推门而入，那一瞬间，寒锦衣惊恐地转头看去，迅速躲进了某个隔档间。千面四处探看，发现无人，随后走在两个架子中间，慢慢抽出刀，一个隔档一个隔档地看，到了最后一个隔档，千面看到黑色布料的一角，猛地绕过去拿刀一削，结果等他走近才发现是黑布盖着的记录簿，于是松了口气，离开了档案库。

算是死里逃生的寒锦衣离开档案库之后，立即来到了与姚莫婉约好的客栈，姚莫婉在屋里来回踱步，听到三声敲门后，立即打开门将寒锦衣迎了进来。

寒锦衣从怀里掏出羊皮纸铺开，对姚莫婉说道："你快看看，是不是夜君清的笔迹。"

姚莫婉仔细查看着，在结尾处看到了夜君清的签名，随后从怀里拿出当时二人写就的契约做比对，肯定道："夜君清的签名从不会如此工整，定不是他所写。"

寒锦衣点头道："单从这一点，不足以证明他无罪啊！你再看看文书的内容。"

姚莫婉拿出夜君清平日里写的诗词，对比道："这……这二者的笔迹也差太多了吧。"

寒锦衣想了想，说道："这些诗词乃是草书，并非官方文书字体，无法作为证据参考！坏了，明日午时便要公审了。"

姚莫婉坚定道："我一定会想办法在明日公审前拿到文书！"说完，她忽然看到寒锦衣手臂上的衣服被血染红了，震惊地问道："你……受伤了？"

寒锦衣不在乎道："小伤，无碍。"

姚莫婉立即道："我给你包扎一下。"

姚莫婉从衣角处扯下一条布，帮寒锦衣包扎胳膊，寒锦衣看着姚莫婉，满眼都是爱，他问道："婉儿，难道你真的宁愿爱一个心有所属之人，也不愿与我在一起吗？"

姚莫婉头都没抬，回道："人生大抵不过七十载，难得能寻得真爱之人，既然我遇见了，就算是飞蛾扑火，也要一试，寒兄的情，还是另寻他人托付吧。"

寒锦衣又说道："婉儿之言深得我心，这也正是我所想，那……若你我此生无缘，我约定你的来世可好？"

姚莫婉调侃着回道："那我可不能保证，若你来世是个小猫小狗怎么办，就算不是，也要足够英俊才行。"

寒锦衣笑了笑，没有回话，既然他此生不能与姚莫婉在一起，那就让他守着护着姚莫婉好了，他心甘情愿。

次日，姚莫婉在宫门前来回徘徊，想找个理由进宫，无奈被侍卫拦下，别无他法的时候，正好被晗月公主看见，晗月公主走到姚莫婉身边，拿出令牌，以姚莫婉是她请的大夫为由，顺利助姚莫婉进了宫。进宫之后，姚莫婉立即拜别了晗月公主，去了王沁若的宫殿。

王沁若若有所思地坐在屏风后翻看夜君清的画像，听到姚莫婉的声音传了过来："淑妃娘娘，民女姚莫婉求见娘娘！"

王沁若顿时站起身，想见她，转念又坐下了，对彩蝶道："她就是那个总死缠着君清的姚莫婉？彩蝶，去把她打发走，本宫不想见这个人。"

彩蝶得令，忙走到门口对着姚莫婉没好气地说道："娘娘出去了，你走吧。"

姚莫婉不管不顾，伸手推开彩蝶和侍女的阻拦，硬闯进了宫殿，她见无人，便四下寻找，最后发现了屏风之下露出的锦鞋，遂说道："民女姚莫婉参见淑妃娘娘。我知道娘娘是君清的表姐，如今他身陷囹圄，还望娘娘出手相助！"

王沁若闻言走出屏风，仔细打量着姚莫婉，冷冷一笑道："你就是姚莫婉？姚莫心的妹妹？"姚莫婉感受到了王沁若的敌意，只回了"正是"两个字，王沁若又质问道："君清自从招惹了你们姚家姐妹，便一而再再而三地惹上麻烦，你还敢来见本宫？"

姚莫婉回道："莫婉不知娘娘在说什么。若说有什么招惹，娘娘应该去问君清为何，而不是问我。"

王沁若又气又怒道："好一个牙尖嘴利的丫头，难怪骗得君清团团转！

本宫问你，那日你与君清对南疆公主所言互相生情，可是真的？！君清当真倾心于你？！”

姚莫婉看向王沁若因紧张而绞着的手指，突然反应过来：“原来娘娘你对君清……难怪娘娘对我抱有这样大的敌意。此事暂且不提，还请娘娘先顾念与君清姐弟之情，出手相助！”

王沁若质问道：“大胆！你有什么资格来要求本宫？本宫不信，难道没有你，君清就不能脱险了吗？你走，马上离开这里！”

姚莫婉急道：“君清此刻涉嫌里通外国，正是危急万分的时刻，还请娘娘相助啊！”她见王沁若冷着脸不说话，又道：“我知娘娘怨我、恨我，也明白娘娘寂寞地眷恋着君清的心境，但爱一个人不是在失去的时候才追悔莫及，是哪怕明知眼前是万丈悬崖，也愿意为了他纵身一跃。我愿为了君清抛下脸面前来相求，娘娘难道却会因为我而不愿出手相助君清？若是如此，便是我姚莫婉错看娘娘了。”

王沁若何尝不想救君清，何尝不知道姚莫婉说的是正确的，她流下眼泪回道：“你要本宫如何帮你？”

姚莫婉回道：“入天牢，见君清一面，我爹因审理此案需避嫌，眼下只有敦亲王能办到。”

王沁若点头道：“你走吧，只要能救君清，我愿与你联手。此事本宫会让父亲安排。”

王沁若说到做到，让敦亲王安排了姚莫婉进入天牢见了夜君清一面，她看着夜君清憔悴的模样，几欲落泪。

她坚定道：“君清，你放心，我定会为你洗脱冤屈，救你出去。”

夜君清叹道：“本王尚不能自证清白，你又如何能做到？莫婉，别管本王了，千万别被卷入此事。”

姚莫婉不依：“别说了，我需要借你与边关互通的官方文书一用，你放在何处了？”

夜君清看着姚莫婉，深深地凝视着她，而后回道：“文书？在我府中暗室，来。”

姚莫婉凑近夜君清，夜君清附在她耳边，细细地告诉姚莫婉一切，甚至把他视若珍宝的玉佩也送给了姚莫婉，告诉姚莫婉，这是她姐姐给他的唯一信物，若是他没死，再还给他。只是驾马在街道上飞驰，暗暗发誓一定要救夜君清的姚莫婉不知道，当夜君清手戴镣铐，被侍卫押着缓缓前去公审场时，夜君清抬头看了一眼太阳，露出微笑，心里想的是，他与莫心很快就能相见了。

公审场，浑厚磅礴的鼓声响起，号角声此起彼伏，皇宫侍卫整齐地肃立两侧，夜鸿弈端坐在中央，大臣和使节纷纷走来跪地行礼。夜鸿弈挥挥手，示意全部起身，而后千面凑近夜鸿弈，告诉夜鸿弈窦士明身体有恙，恐无法前来主审。夜鸿弈点点头，决定让姚震霆直接开始，就不等窦士明了。

暗卫随后将夜君清押上台，迫使夜君清跪在地上，姚震霆问夜君清："那封蜀国使节呈上的谋逆文书，肃亲王可看过？"

夜君清回道："看了。"

姚震霆又问："那肃亲王是否能证明这文书内的笔迹与肃亲王的手迹不同？"

夜君清苦笑道："不能。"

记录官在旁一一记录了下来，夜鸿弈听见夜君清的回答之后，闭上眼睛叹了口气。就在这时，寒锦衣与姚莫婉驱马而来，冲散了侍卫，身后侍卫立即扑了上来想要阻止他们，寒锦衣让姚莫婉迅速去广场，他来断后。

姚震霆大声道："既然王爷无法自证清白，那只能以罪论处，按大楚律，当枭首示众，诸公可有异议？"

段婷婷在一旁焦急不已，欲冲上前去，却被晗月公主拉住，众大臣则纷纷高呼谋逆之臣，其罪当诛！夜君清露出无奈的笑，姚震霆抬头示意肃静，剑尘站在蜀国使节身旁，满脸担忧地看着夜君清，手慢慢扶上剑。

姚震霆拿起令箭和罪书跪地，捧到夜鸿弈面前："请皇上终裁。"

夜鸿弈看了看夜君清，，叹了口气，随即抓起令箭扔在地上，喝道："斩！"

刽子手缓缓举起大刀，正要落下时，姚莫婉忽然冲了出来。姚震霆见是姚莫婉，心头一紧，唯恐自家姑娘也落得一个被砍头的下场。

姚莫婉冲夜鸿弈喊道："皇上，肃亲王谋逆一案有冤情啊！"

夜鸿弈命令侍卫放姚莫婉上来，略显激动道："有何证据？"

姚莫婉回道："小女可证明肃亲王的谋逆文书是歹人伪造。"

姚莫婉从怀中掏出两份文书，一份是谋逆文书，一份是夜君清平日里与边关互通的文书，上面有对比之后画的圈。

姚莫婉继续道："谋逆文书看似与肃亲王的字迹十分相像，但是，肃亲王平日喜欢写筋书，行笔时，总会在笔画开头不经意地用力，所以显得墨浓而略圆，可是这份文书的笔画开头锐利而偏淡，所以我敢断定，此文书是伪造的！”

安炳山接过姚莫婉手中的两份文书，呈到夜鸿弈面前，蜀国使节笑着走出来，问姚莫婉道：“那敢问姑娘，你手里这份谋逆文书是从何处得来？”

姚莫婉支支吾吾地回道：“是……是从大理寺档案库的谋逆文书揭背而来。”

蜀国使节冷笑道：“哼，且不说姑娘私闯司法重地，恐怕这谋逆文书都有调包之嫌啊！”

夜鸿弈也问道：“莫婉姑娘，这你又作何解释？”

姚莫婉慢慢低下头，嘴角露出一丝微笑：“好，既然使节说此谋逆文书有假，那小女敢问，使节是否详尽记得文书的内容。”

蜀国使节得意道：“如此重要之物，自然牢记于心，文书内容尽是肃亲王谋逆之言，我当日看完后，便立刻呈上。”

姚莫婉向夜鸿弈行礼，说道：“小女恳请皇上，借谋逆文书原本一用。”

夜鸿弈批准之后，姚震霆将谋逆文书递过，姚莫婉转身走到蜀国使节面前递了过去，说道：“小女恳请使节将文书内容读出，看是否有出入。”

蜀国使节念道：“大楚皇帝夜鸿弈，饕餮放横，伤化虐民，残贤害善，涂炭生灵，为君子所不齿，今……”

蜀国使节忽然停了下来，姚莫婉笑了笑，夺过文书示众，说道：“少了几个字是吧，方才我将谋逆文书藏于袖中，给使节的不过是行酒令而已，如果没说错，使节是行伍出身，根本就不识大楚的字，还敢说当日看完后便呈给皇上。”

蜀国使节擦了擦额头上的汗：“是我记错了，当日是随从看完告知于我。”

姚莫婉从怀中掏出一份供词，说道：“我这里还有一份供词，剑尘，你可否保证供词中所说句句属实。”

剑尘回道：“绝无虚言。”

这份供词是某日剑尘以肃亲王曾高抬贵手，饶了他一命为由主动送给姚莫婉的，包括使节乃行伍出身、不识大楚的字也是他告诉姚莫婉的。

蜀国使节大怒，直视剑尘道：“你这叛国贼，胆敢背弃国土，联合外人诬陷于我！你胡写了些什么？！”

姚震霆看完供词后，看向蜀国使节问道："供词上说，你入京后便花了五十金寻了书法造诣极深的无柳先生伪造肃亲王笔迹，可有此事？"

蜀国使节嘶吼道："一派胡言！那封文书若要伪造至少需要三日，事发时我刚抵达大楚一日，如何来得及！"

姚震霆了然于胸，问道："哦，你怎知伪造文书需要三日时间？"

蜀国使节大惊，深知失言，步步后退，剑尘上前一步说道："皇上，这封伪造文书是使节从蜀国带来的，所以他知道详尽过程，在下绝无虚言。肃亲王，自古忠义不能两全，在下报了你大恩，却有负于故国，就此拜别！"

剑尘当即自刎谢罪，众人震惊闭眼，姚莫婉忍着酸楚上前跪地道："皇上，刚刚蜀国使臣和剑尘之言大家都听到了。如今物证齐备，人证还是蜀国人，足以证明肃亲王是冤枉的！"

夜鸿弈拍案而起，震怒道："好大的胆，竟敢离间我大楚君臣！来人，将蜀国使节悉数处斩，并向蜀国君主追责！还不快给肃亲王松绑！"

侍卫冲向蜀国使节，将他围捕，而姚莫婉喜极而泣，走向已松绑的夜君清时，眼前忽然一阵晕眩，夜君清赶紧上前搂住，不住地喊着姚莫婉的名字。

次日，姚莫婉在肃亲王府醒来，她缓缓睁开眼睛，看着在榻前悉心照顾自己的夜君清，将玉佩递给他，说道："姐姐的玉佩，还你，咱们约定好的。"

夜君清看了看玉佩，将玉佩收起，姚莫婉又问道："君清，我只想问你，到了如今，你难道还把我当成姐姐的替身吗？"

夜君清连连摇头："你身上虽有莫心的影子，但在本王眼里，你早就不是莫心的替身了。"

姚莫婉听闻，立刻激动地起身抱住夜君清："君清，你知道我等你这句话，等了多久！"

就在这时，寒锦衣忽然焦急地推门而入，看到眼前二人相拥一幕，愣住了。

第九章

寒锦衣的出现，让夜君清赶紧推开了姚莫婉，寒锦衣也撇过头去假装不看他们。寒锦衣本来想说不打扰他们两个，但夜君清表示无妨，有事直说。

寒锦衣走入，看到姚莫婉的脸色依旧有些苍白，心疼不已，关心道："婉儿，你的身子如何了？要不要紧？不如我再请名医来诊一诊。"

姚莫婉回道："多谢寒兄关心！不过是劳累了些。"

寒锦衣点点头，说道："对了，婉儿，我刚从宫里回来，晗月公主似有什么不适，定要请你去为她看病。可依你现在的情形……我还是派人传话，替你回绝了吧。"

姚莫婉回道："不要紧，我身体已无大碍，这就收拾准备入宫。"

她正准备下床收拾一下，就听夜君清忽然说道："自己都照顾不好，顾及别人起来倒积极得很。"

姚莫婉走到夜君清身边，满脸期待地问夜君清："既然你这么担心我，不如陪我一同入宫？"

夜君清耳根微红道："本王哪有担心你？"

姚莫婉故意道："哎，万一我要是在路上出了什么意外……"

姚莫婉偷瞄着夜君清的反应，却只看见他又恢复了冷冰冰的表情："若要入宫就快些去，千万别耽误了时辰。我与寒兄还有要事商量，就不送了。"

姚莫婉一听，有些委屈地走出了屋子，随后寒锦衣与夜君清去了书房，夜君清看了看屋外，谨慎地将书房门合上。

寒锦衣问道："君清兄，你刚刚出狱，这么着急叫我过来，所为何事？"

夜君清回道："此次蜀国污蔑本王的谋逆案，其他人等的反应寒兄应该有所目睹。"

寒锦衣知道夜君清说的是谁，立即问道："你是说窦士明？"

夜君清点点头："没错，或许他与这次阴谋无关，但他想置本王于死地的心思已昭然若揭。"

寒锦衣捶桌怒道："这窦士明实在是太过歹毒！明明你已无军权在身，他为何还不罢休！"

夜君清详细说道："本王戍边多年，与边军那是战场上一同打过滚，有过命的情谊，纵使被褫夺军权，他人一时也很难真正接管，除非本王死。这一次他没能得逞，日后迟早还会下手。还有……"

寒锦衣接道："还有你之前暗中调查窦氏一事，或许他也已经有所发觉？"

夜君清"嗯"了一声，回道："恐怕如此，所以寒兄，此前拜托你调查一事……"

寒锦衣保证道："君清兄放心，我寒锦衣一定帮你查个水落石出！"

姚莫婉带着汀月走在街头，一脸失落，费劲地揣摩着夜君清说在他眼里，她早就不是莫心替身了到底是什么意思。

她问汀月道："汀月，你说，这男人怎会比女子还更难以捉摸！"

汀月想了想，回道："汀月觉得，倒不是难以捉摸，是不是小姐您对自己太不自信了，所以才没法儿确定对方的心意？"

姚莫婉有些心虚："我？我才没有呢！论姿色、论才华，我哪点……哪点比姐姐差呢……"

姚莫婉越说越小声，闷闷不乐低头走着，丝毫没有注意到身后有人暗暗跟踪。忽然，一个花盆从天而降，朝着姚莫婉砸去。汀月眼疾手快一把将姚莫婉推开，眼看花盆就要砸在她身上时，人群中一名男子飞身而起，将汀月一把抱起。花盆坠落在地，啪的一下摔了个粉碎。奔雷抬头看着刚刚花盆坠落的方向，一个黑影一闪而过，疑惑地皱起了眉。

姚莫婉从地上爬起来，直奔汀月和奔雷："汀月，你没事吧？汀月！"

汀月定睛看向奔雷近在咫尺的脸庞，一时间竟有些愣神，直到姚莫婉问第二遍，才回道："啊，我我我……我没事。"

姚莫婉说道："谁让你这么冒失？！要不是奔雷及时出现，你这个脑袋大概已经开花了！"

汀月回道："奴婢也是一时心急……"

看着汀月还惊魂未定的样子，姚莫婉搂过她轻轻拍了拍她的后背，看向奔雷，问道："话说，奔雷你怎么会在这儿？夜君清不是在王府吗？"

奔雷顿了顿，回道："属下就是顺路。"

姚莫婉看着奔雷闪躲的眼神，坏笑起来："我知道了！是不是夜君清担心我，所以让你暗中来保护我？"

奔雷语无伦次道："不是，不是！王爷吩咐了绝不能让您……不不，和王爷一点关系都没有！"

汀月替奔雷解了围："三小姐，要不是奔雷公子，奴婢估计已经不省人事了，快别为难人家了。"

姚莫婉看着汀月着急的模样，又坏笑起来："那不然，你是为了保护汀月而来？"

姚莫婉一说，汀月和奔雷通通羞红了脸，低下头去，姚莫婉挑了挑眉，笑着向前走去，汀月和奔雷在后跟上。

姚莫婉独自一人进了宫，正要迈入晗月公主的住处，忽然一个木盒从房梁上降落，落在姚莫婉面前，盒子自动打开了，一只肥硕可怖的蛊虫出现在盒内。姚莫婉丝毫没有被吓到，紧紧盯着这只蛊虫眨巴着眼睛。

段婷婷从一旁蹦了出来，气鼓鼓地看着姚莫婉，将盒子收回，说道："你你你，你这个女人怎么回事！"

姚莫婉说道："药材里千奇百怪的虫子多的是，本姑娘早就见多了，只不过活的倒是第一次见，不知长风公主是什么意思？难道是要送我份见面礼？"

段婷婷哼道："你还别说，本公主还真为你准备了一份厚礼。"说着，段婷婷从袖内取出一颗珠子："前些日子姚姑娘各处奔走，似乎惹上了晦气，元气大伤，本公主为你特意准备了一颗南疆珍贵的定心蛊。"

姚莫婉直接拒绝道："如此厚礼，莫婉恐怕担待不起吧。公主放心，昨夜肃亲王体贴入微，照顾了小女子一整夜，现在身子已无大碍！"

段婷婷一听，急红了眼，强忍着怒意说道："本公主说什么来着，你身上不干不净的，你就不要客气了，快服下这颗定心蛊，保证药到病除，包治百病！"

说着，段婷婷准备冲到姚莫婉面前亲自动手，姚莫婉一闪躲，段婷婷重心一偏，狠狠地摔趴在地。段婷婷在地上疼得直龇牙，在小婢女的搀扶下缓缓起身，忽然小婢女指着段婷婷的脸尖叫起来，让段婷婷摸自己的脸。

段婷婷一摸，发现自己脸上冒起了一片红色的小疹子，这才知道不小心服下了蛊虫，中了自己的蛊毒，急得几乎要哭出来："来人，把姚莫婉给我拿下！"

晗月公主从屋内走出来，一下将段婷婷喝住，让她不得无礼，段婷婷委屈巴巴地走到晗月身边，指着姚莫婉说道："姑姑，你看她……"

晗月回道："被自己养的蛊虫反噬，说明你功力还远远不够，你回房好好反省，三个时辰之后才准出来！"

晗月直接带着姚莫婉进了屋，留下段婷婷在屋外气得直跺脚。晗月牵着姚莫婉，温柔举止，让姚莫婉整个人都显得格外小心翼翼，连步子都生怕迈大了。

晗月替段婷婷请罪道："婷婷年幼无知，胡闹之处还请姚姑娘见谅。"

姚莫婉摆摆手道："没事没事，只不过，长风公主的脸……真的不要紧吗？"

晗月笑道："不过是些恶作剧的蛊虫而已，两三个时辰便会消退的。"

姚莫婉跟着笑道："这南疆蛊虫只从书本上读过，今日倒是头一回见识。"

晗月看向姚莫婉，正色道："姚姑娘可曾听说过同心蛊？"她见姚莫婉摇头，又解释道："被我族人下了同心蛊之人，便能互相感受到彼此的存在，只要其中一个人的灵魂尚在，另一个人就能准确感知到。"

姚莫婉见晗月公主认真地看着自己，一时不知道该作何反应，尴尬道："这么一说，倒是挺神奇的。"

晗月公主索性转移了话题，说明了请姚莫婉过来的缘由："噢，前些日子听宫里的人说，姚姑娘医术精湛，今日就有劳姚姑娘了。"

姚莫婉跟着晗月公主一同坐下，替晗月公主诊了诊脉，问道："不知晗月公主近期身体感觉有何不适？"

晗月回道："就是有些头昏、眼花，时不时还有些干呕。"

姚莫婉奇怪道："可是公主的脉象平稳，并无异相啊！"

晗月把另一只手递了上去，说道："要不，你再换只手试试！"

姚莫婉捋了捋袖子，正要抓住晗月的手腕，晗月却定睛发现她手臂上忽隐忽现的蛊虫印记，立马激动地一把抓住姚莫婉的手，欲掀起她的袖子仔细观察，姚莫婉吓了一大跳，赶紧把手抽离开。

晗月下定了决心，站起身径直走到姚莫婉面前，伸手去摸她的脸想查看是否易容，姚莫婉终于爆发，紧张得接连向后退了好几步，声音都开始结巴："公……公主，还请恕小女并无磨镜之好。"

瞬间，晗月也被姚莫婉这一句大喊惊得愣在原地，她看着面前姚莫婉表情惶恐，紧紧捂住自己胸口衣物的样子，"扑哧"一声笑了出来："磨镜之好，哈哈，亏你想得出来。"

姚莫婉尴尬道："公主，你到底是何意……"

晗月察觉到自己的失态，赶紧平静下来，说道："本宫恐怕是病糊涂了，姚姑娘继续看病即可。"

片刻过后，姚莫婉替晗月诊治完毕，并给晗月开了个药方子，而后说道："公主并无大碍，想来是水土不服罢了，我去给公主抓几服调养药就行了。"

晗月点点头道："有劳姚姑娘了。"姚莫婉起身，正要告辞，晗月又立即说道："姚姑娘，有一事我一直想要问你，你与肃亲王，可到了要谈婚论嫁的地步？"

姚莫婉害羞道："呃，公主怎么突然问起这个……小女与肃亲王，还并未想那么长远。"

晗月看着姚莫婉的样子，越发觉得她与姚莫心相似，忍不住皱起了眉。她曾问过姚莫心，说夜鸿弈与夜君清俱是浊世佳公子，可想好选哪一个了。姚莫心当时羞红了脸的样子，与此刻近在眼前的姚莫婉一模一样。

待晗月将她与姚莫心的感情说给姚莫婉知晓后，姚莫婉才懂了晗月刚才一系列的举动是什么意思，也跟姚莫心一样，晗月让姚莫心唤她姐姐，而她则唤姚莫婉为婉儿。

姚莫婉拿着药方，来到太医院的药房柜台前，正按照方子仔细清点着面前的药材，这时，她听见药房内部，传来两个太医对话的声音，其中一个太医提到了皇后娘娘死前的模样真的很惨。姚莫婉探着身子使劲凑近听，却仍然听不大清楚，她看了看身边，药房内空空荡荡，柜台里边刚好放着一件药童服，索性往柜台内一个翻身，拿起了衣服。

转眼间，姚莫婉便是一身药童打扮，她默默走到了两位太医身边，立马被叫住让抓药。姚莫婉顺从地接过药方，一边抓着药，一边听着两个太医的对话。

太医乙说道："当时皇后娘娘小产时，口里直吐鲜血，全身还起一大片红疹子，痛苦得直叫唤，吓得温太医都在旁边直冒汗。"

太医甲问道："啧啧，查出来是什么毒没？"

太医乙回道："单凭诊脉哪能那么确定，后来听李太医说，大概是马钱子一类的毒物。"

太医甲倒抽了一口气："这李贵人也真是狠毒，后来在她殿内搜出来的断肠草，也是能使人毙命的剧毒。"

姚莫婉听到此处，手里的动作骤然停止，眉头紧缩暗暗生疑，待她想清楚之后，她面色凝重地来到御书房外，全然不顾门口把守的侍卫，直冲冲地向屋里冲去。

侍卫立即举剑将姚莫婉拦下："来者何人？"

姚莫婉大声道："陛下！有关皇后娘娘暴病一案，小女子发现了些许蹊跷！"

侍卫正要将姚莫婉拿下时，门内传来夜鸿弈让姚莫婉进来的回复，姚莫婉快步走进御书房内，在夜鸿弈面前跪下，将自己的疑惑一一说出。

夜鸿弈边执笔作画边问道："你是说，莫心所中之毒不止一种？"

姚莫婉点头道："是，娘娘服用的若是马钱子，只会身体麻痹，不至于口吐鲜血，那小产难道是因为中毒引发？还有还有，她身上的红疹更是蹊跷，这分明是几种毒物相加之后的反应。凶手没必要下这么多种毒啊，所以我怀疑，除了李贵人，还有其他凶嫌！"

夜鸿弈回道："当日莫心暴病之后，一应作案证据皆已失踪，太医的判断有些许差错也是情理之中。"

姚莫婉肯定道："可是从李贵人殿中搜到的断肠草确实是确凿证据，按陛下所说，娘娘中毒后容貌尽毁，但是按断肠草的药性，根本不至于此！"

夜鸿弈停顿，手中的画笔停在半空中："你的心情朕能理解，但此案终结，莫心已故去，就让她安心长眠吧，莫婉姑娘不必继续纠结于此。"

姚莫婉执著道："可是——"

夜鸿弈忽然怒道："够了！不必再多说了，朕决不许任何人再打扰莫心！"

姚莫婉疲惫地回姚府，一边捶着自己的肩膀，一边拖着沉重的步子迈进姚府，突然，院内传来的夜君清的声音让她停下了脚步。

夜君清在问汀月："汀月姑娘，莫婉今日还未回府吗？"

汀月回道："回王爷，小姐进了宫之后，就打发汀月回府休息了，一整日都没回来过。"

夜君清回了一个"嗯"字，转身正要离开，却被身后忽然出现的姚莫婉吓了一跳。

姚莫婉凑近夜君清，笑着问道："一日未见，就这么想我吗？"

夜君清回道："前些日子的案件多亏莫婉相帮，本王特意过来感谢。"

姚莫婉笑意更深了："白天让奔雷暗中保护我不说，现在又这样着急来找我，口是心非是病，得治！"

一旁的汀月忍不住偷笑，夜君清狠狠瞪了一眼奔雷，又看向姚莫婉说道："那你这自作多情的毛病，是不是也得找人治治？"

夜君清欲走，姚莫婉急忙追上前去，却不小心被脚下的石头绊了一跤，眼看着就要摔倒。夜君清回身，敏捷地把她扶在怀里。两人四目相对，姚莫婉羞红了脸，又忍不住一点点凑近，就在这时，夜君清掏出一个袋子递到她面前，阻挡她的脸。

夜君清说道："冒冒失失，拿去补补身子。"姚莫婉打开袋子，尽是些灵芝、人参之类的补药，感动不已，又听夜君清说道："也不知宫中有什么这样吸引你，既然身子还没养好，就安安心心在府上养病。"

姚莫婉忽然想起什么，犹豫地问夜君清道："夜君清，万一……我是说万一，你发现姐姐的命案，其实凶手另有其人，你会如何？"

夜君清情绪激动起来："若是如此，本王就算冒天下之大不韪，就算拼着一死也要为她报仇！你是不是发现了什么？"

姚莫婉立即否认道："没有没有……都说了只是假设而已，还不是你今早说些替身什么的，才让我胡思乱想嘛！"

夜君清恢复了冷淡，说道："以后不要再拿莫心做假设。"

说罢，夜君清直接转身离开了姚府。

姚莫婉定了定心，像是决定了什么，突然扭头往门外走去。

……

姚莫婉悄悄来到皇后宫外，却发现此处仍然有不少侍卫严加看守，赶紧在大殿一侧藏起来。心中想着：明明姐姐已经下葬，为何还要派这么多侍卫看守？

姚莫婉掏出一枚烟饼，点燃后扔向了大殿一侧。看到燃起的烟火，几名侍卫立马跑了过来："好像什么东西烧着了，快去看看！"

趁着侍卫离开的空隙，姚莫婉从另一侧绕至门口，快速溜了进去。待姚莫婉蹑手蹑脚进入殿中，发现此处仍然保持着有人居住时的模样，物品摆放有序，一尘不染。她小心地四处搜寻着，突然发现一面墙壁上有一块玉佩的凹印，想起夜君清手中那块玉佩，好奇地小心翼翼地走近。等她伸手触碰那个玉佩凹印之后，一道暗门缓缓打开，似乎里面还别有洞天。

姚莫婉心脏几乎要跳到嗓子眼，好奇心使得她朝着暗门走近。就在她即将走进暗门的时候，身后突然出现了一个人，一掌将她击中，姚莫婉头脑一阵眩晕，昏倒在地。

……

许久之后，等姚莫婉晕晕乎乎地坐起身，这才发现自己正处在御书房中，身边站着暗卫和千面，面前之人正是夜鸿弈。姚莫婉立马恭恭敬敬跪立起来："参……参见皇上。"

夜鸿弈问道："为何你会在皇后宫里？"

姚莫婉皱着眉小心回道："小女……就是有些思念姐姐，想去找找她生前的物件。"

夜鸿弈便道："私闯皇宫已是大罪，你还要欺君罪加一等？"

姚莫婉立刻回道："我说实话！我就是想从姐姐那找些线索……之前姐姐的病症明明就……小女相信，只要顺着这几条线往下查，肯定能查出新的线索。"

夜鸿弈当即便有些不悦："朕已经让你不要再执着于此案，为何你还要以身试法！为什么还要朕说第二遍，这些也说明不了什么！你这是要违抗旨意吗？"

姚莫婉只好说："小女不是有意违抗陛下，只不过此案蹊跷颇多，皇上，您仔细想想，一个人的行事风格，如同笔迹一般，一旦定了型，是很难改的。姐姐暴病之时，那下毒之人分明极为缜密远虑、心机深沉，若真是那李贵人，这次为何就如此轻易露了马脚。我只想还姐姐一个清白！"

夜鸿弈沉思片刻，最终还是招来侍卫，示意将姚莫婉赶出宫。姚莫婉拼命挣扎着，自然抵不过几个大汉，忽然之间，她抬头看向夜鸿弈："为什么陛下不敢面对姐姐真正的死因？放开我！陛下，难道您对姐姐的真情都只是说说而已吗？！"

"住口！"夜鸿弈扬手示意侍卫停下，直直走向姚莫婉，俯身与她对视，怒道，"朕对莫心的情感，岂是你能质疑的？！"

"那陛下一定也不愿意眼睁睁看着姐姐含冤而死。"

夜鸿弈看着姚莫婉坚定的眼神，拂袖站起，背对着姚莫婉，犹豫片刻，朝千面示意："把朕的令牌给她。"

侍卫立刻给姚莫婉递上一个令牌，上面有皇上手令的字样，只听夜鸿弈道："你拿着朕的令牌，便可自由出入宫中任何地方。朕给你七日时间，若是没有收获，日后再莫插手胡闹。"

姚莫婉顿时兴奋道："小女子定会给陛下一个交代！"

恰好姚素鸾带着婢女向御书房走来，却突然看到远处姚莫婉兴致冲冲地从御书房出来。姚素鸾顿时面露不悦，站定片刻，端着羹汤走入屋内来到夜鸿弈身边，笑道："陛下，天色已晚还在辛劳，注意身子啊，臣妾为您熬了些补汤。"

"放下吧。"

姚素鸾停下手中的动作，面露尴尬，委屈道："陛下不趁热喝吗？"

夜鸿弈淡淡道："爱妃今日先退下吧，朕还有要事要办。"

姚素鸾只好委屈地应声退下，手心却暗暗将汤勺紧紧攥住。

另一边姚府中，窦香兰读完一封密信，气愤地将信纸向桌上一摔，焦急地看向窦士明："这个姚莫婉的手段真是越来越厉害了，居然还进宫去勾引皇上！大哥，如今正是立后的关键时期，绝不能让她坏了素鸾的机会。"

窦士明却疑惑道："上回夜君清一案，就是她暗中插手坏了我的好事。我以为她的目的是肃亲王，没想到竟是皇上？"

窦香兰气愤道："哼，这姐妹俩啊，全都是水性杨花的狐媚子，四处留情！"

窦士明便道："不过当务之急，还是得想办法先除掉夜君清这只拦路虎，如今他紧咬着我不放，一天不除，你大哥我在这位子上就多一分危险，更别说助力素鸾了。"

窦香兰当即道："可这姚莫婉也不能不除啊！"

窦士明若有所思，片刻后道："既然这姚莫婉与夜君清的关系非同寻常，不如好好利用利用。若是从姚莫婉下手，岂不一举两得？"

屋顶上，寒锦衣潜伏着，听着窦氏兄妹的对话，神色越发紧张，许久之后，才飞身离去。

南疆使臣馆里，姚莫婉走进房门，浑然没有了第一次前来的拘谨，随手拿起桌上的苹果就咬了一大口，嘟囔道："哎，姐姐你说，男人都在想些什么？"

晗月听见姚莫婉的抱怨，一下便明白了她的心思，转而调侃起来："看来我们婉儿与肃亲王之间，是遇到什么难题了？直说便是，姐姐一定替你保密。"

姚莫婉便委屈道："其实，我和他之间，并未确定心意。准确来说，是夜君清还未接受我。"

"可是你们上回不是……姐姐看得出来，你是真心喜欢夜君清。"

姚莫婉立刻打断她："哎呀，上回只不过是为他解围。一片真心又有何用，夜君清对莫心姐姐不也是一片真心？"

晗月见姚莫婉十分失落，很是心疼，像是想起了什么，从枕边掏出一个精致可爱的香囊："在我们南疆，凡是女子向男子表达情意，都会送上一个亲手缝制的香囊。你不是想弄清楚他的心意吗？何不先认真地表达自己的感情？"

姚莫婉道："夜君清那个冰块脸，只怕看都不会看一眼，怎会收下呢？"

"收不收，你先做了便知。来，我教你。"说罢，晗月拿出针线与香叶，在桌前摊开，手把手教着姚莫婉一针一线缝制。姚莫婉看着手里的针线，忽然眼前竟闪过一个同样是在缝制香囊的画面，却是另一个女人的手，她一惊，手里的针一偏，不小心扎到了手。

"怎么了！"

"没什么，就是恍惚间感觉，好像我之前也曾做过这事儿似的。"姚莫婉吹了吹自己被扎伤的指尖，继续缝制了起来。

肃亲王府中，书房内，门窗紧闭，夜君清表情严肃，沉吟道："莫婉？"

寒锦衣在一旁点点头："对，窦氏兄妹俩知道自己没法轻易除掉你，又察觉君清兄你与婉儿的关系不一般，便想到了从她下手。而且……而且窦氏似乎在担心皇上与婉儿走得太近，会影响到丽妃立后一事。"

夜君清眼神微动："皇兄吗？"

一旁奔雷想起了什么，上前向夜君清禀报道："王爷，前几日您让属下暗中护送姚姑娘时，当日途中也出了岔子，似乎一直有人在暗中跟踪姚姑娘，还推下花盆险些砸中她。"

"为何现在才报？"

"属下失职，那人身手实在是太快，属下一时也无法确认。"

"看来此前莫婉揭穿蜀国阴谋一事，确实太过张扬。如今除了窦士明，可能还有别人也在紧盯着她的一举一动。"

寒锦衣在一旁叮嘱道："君清兄，无论如何，你都必须保护好婉儿。"

夜君清心中有数，若有所思。

夜色撩人，夏虫窸窸窣窣直叫唤，惹得姚莫婉心绪更为紧张焦急，来回踱步，看着香囊自言自语："要是你一会儿还摆出冰块脸，我立即把这个香囊扔掉，绝不给你！"

却不想夜君清突然出现："你说要把什么扔掉？"

姚莫婉一紧张，香囊掉落在地上，夜君清拾起，举高了仔细观看。姚莫婉在一旁丝毫够不着，着急道："还给我！还给我！"

夜君清便问道："好端端的香囊，为何要扔掉？"

姚莫婉道："我的东西，我想怎么处置就怎么处置，还我！"

夜君清突然笑道："难不成，这是你自己绣的？也是，看这针脚和裁边，还真不怎么样，确实像是你的手艺。"

姚莫婉一下跃起，生气地抢过香囊："又不是给你的，废话那么多！"

夜君清却道："那是给谁的？难道是寒兄？"

姚莫婉转过身去不敢看夜君清，嘟囔道："你管呢，不过是在晗月姐姐那，随手做来消磨时间的东西。"

夜君清在后面说道："我还以为你特意前来，是有什么重要的东西要给本王。"

姚莫婉顿时紧张起来："其实……要是你喜欢，就送给你好了。"

“你刚刚不是说，并没有要送给本王吗？”夜君清看着姚莫婉犹豫的样子，努力克制住笑意。忽然他发现庭院的角落，一个黑影正暗暗盯着这边。夜君清一惊，欲出手，却瞬间冷静下来，收回了目光。

姚莫婉背着身，犹豫了片刻，终于鼓足勇气开了口：“好啦，其实本来就是要送你的！我就是想认真问问你,那日你所说的话,是不是……愿意……愿意接纳我的意思？”

却听见夜君清语气骤然冰冷道：“你凭什么觉得本王会收下你的香囊？”

姚莫婉顿时愣住：“凭什么？夜君清……”

夜君清却刻意放大声音道：“住口，本王的名字是你能直接叫的吗？姚姑娘，在下感激你相救之义，所以才任由你胡作非为，甚至出入我王府。但是请你记住，今后我们互不相欠，以后最好想清楚自己的身份，绝不要再做如此逾越之举！”

“你——夜君清！你是不是神经病……”

夜君清完全不听姚莫婉说什么，一把抓过香囊，扔了出去：“这种东西，本王根本看不上眼。”

说完，夜君清头也不回地离开了庭院。姚莫婉强忍着眼泪，看着夜君清离去的身影，将香囊一脚踢开，离开了肃亲王府。

这头夜君清走进屋内，看着屋外姚莫婉离开的背影，以及偷偷跟上前去的黑影，急忙唤来奔雷：“跟过去，看看到底是何人。小心行事，切记保护好莫婉。”

趁着夜色，黑衣人飞檐走壁，一路跟踪姚莫婉至巷口。眼看姚莫婉转了个弯正要跟上前去，肩膀忽然被奔雷用力抓住。黑影猛地挣脱，掏出匕首，向着奔雷刺去。奔雷和黑衣人过招，发现这人很是陌生，二人打斗间，奔雷抓向黑衣人脸部，却看到他下巴脱落了一小块面皮。趁着奔雷疑惑之时，黑衣人将其一掌击伤，朝着与姚莫婉相反的方向飞身逃走了。

漆黑寂静的姚府，月光洒在庭院的石板上，打更的下人们哈欠连天，准备收工回屋睡觉。屋内，姚莫婉坐在地上，软塌塌地倚在床边，手执酒壶，一个劲儿地往口中倒酒：“互不相欠？呵，我姚莫婉从来不曾欠你夜君清！”

说着，姚莫婉将手中的空酒杯摔了出去，抱住双膝，埋头轻声啜泣。

肃亲王府中，夜君清来回踱步，神色紧张，不停地向屋外探望，这时奔雷推开书房门，走了进来，夜君清立马迎了上去："人呢？"

奔雷拱手道："属下无能，还是让他逃了。"

夜君清便道："我说姚莫婉！她怎么样？"

奔雷回道："王爷放心，姚姑娘已经安全回到姚府。"

夜君清顿时舒了口气："可曾看到那人的真面目？"

奔雷摇摇头，道："属下与他交手时，发现此人武功奇诡，似乎还易了容。"

夜君清立刻想到了："奇诡、易容……本王记得，当世排名第一的易容高手，就隐藏在深宫之中，正是铁血军团都尉千面。"

奔雷惊讶道："千面？他是皇上的人，属下不明白，为何皇上会对姚姑娘不利？"

夜君清却面色凝重道："皇兄对莫婉……大概有其他的心思吧。奔雷，时辰不早了，你先退下吧。"

"是。"奔雷正准备走，又想起来什么，转头向夜君清禀报道，"王爷，姚姑娘的香囊，要不要……"

夜君清一听，还未等奔雷说完，便冲出了书房，可他在庭院内四处翻找了许久，草丛里、石椅下，通通没有找到。许久之后，他才注意到池塘水面上有什么东西正漂浮着，定睛一看，正是姚莫婉的香囊，夜君清没有丝毫犹豫，纵身跳进了水中。

第二日，姚莫婉刚走到内侍局门口，便被两名侍卫拦下，姚莫婉掏出夜鸿弈的令牌，侍卫这才放行。远处，夜君清和奔雷远远走来，姚莫婉冷冰冰地看了他一眼。夜君清想上前，又止住了步伐。两人短暂地四目相对，姚莫婉赶紧挪开了目光，表情不愉，加速穿过廊庭，直奔屋内。

屋内，一排排的书架上，摆满了密密麻麻的簿子，姚莫婉小心地搜寻着，指尖在一本本名册前滑过，最终停在了一本写着"皇后宫"的名册上。姚莫婉欣喜地翻开名册，却发现事发后一干人等已被关押，但均未注明具体地点，觉得此事更为蹊跷，眉头紧锁，心想：事发之后一应人等全都被关押了，可为何他们之后的去向却没有记录？

姚莫婉正思索着，丝毫没有注意到身后危险悄然而至。"咔嗒"一声，一个黑影突然将门反锁。姚莫婉反应过来，发现怎么都打不开门锁。这时一阵浓烟飘入，姚莫婉才发现屋内已经燃起了火焰。

她当即大急："来人啊，有人在外面吗？快把门打开！"

却不知内侍局大门外，几名侍卫已经不知被谁放倒，昏倒在地。

这头夜君清站在城门下，正准备出宫，忽然身旁的侍卫指着内侍局的方向大声呼喊起来："那边好像失火了！是内侍局，快过去看看！"

夜君清和奔雷顺着侍卫指的方向看去，奔雷在夜君清耳边小声提醒道："王爷，刚刚姚姑娘似乎是去内侍局了。"

夜君清表情骤然变得慌张起来，二话不说，直接向着失火的方向狂奔而去。

内侍局里，姚莫婉再度被烟呛醒，睁开眼时，身边已经是火势凶猛。一个个书架在自己身边坍塌，姚莫婉已经是浑身乏力，刚要起身却又摔倒在地。正在危急时刻，夜君清破门而入，表情紧张焦急："姚莫婉！"

姚莫婉眼神迷离，模糊中仿佛看到了夜君清的身影。就在夜君清即将跑到姚莫婉身边时，一根燃烧的横梁坠落，朝夜君清的方向砸了过去。

姚莫婉用尽最后一丝力气，惊声尖叫起来："君清！"

紧接着，另一根横梁从空中落下……

第十章

夜君清只觉背后一阵剧痛，后背已被烧红的房梁烫得焦黑，但他没空思考这些。两根主梁相继落下，瞬间遮挡了门口的去路。浓烟滚滚，凶猛的火势向着两人的方向蔓延开来，如一条翻搅于乌云中的火龙，要将人侵吞殆尽。

“君清！”

姚莫婉跌跌撞撞地爬起来，用尽全身力气搀扶着他站起来。对视的那一刻，她的眼泪不受控制地落了下来。

她责问夜君清：“明明说过要与我桥归桥路归路，你又来做什么，赶着来与我一同赴死吗？”

“现在不是说这些的时候，咳咳……”夜君清忍着背上疼痛，怜爱地安抚莫婉，“逃出生天要紧！”

“我们还逃得掉吗？”

姚莫婉环顾左右，唯一可以逃生的通道已被吞噬，逃出去的可能性微乎其微。并且此刻，莫婉心中在意的，早已无关生死，她只想听夜君清给她一个答案。

姚莫婉说：“……夜君清，难道临死前，你也不愿意跟我交底讲几句真心话吗？不然就算到了黄泉碧落，我终不会死心！”

莫婉的神情，倔强又执着。这个总是有着几分俏皮、几分灵气、几分小慧黠的小小女子，深深触动了夜君清的心。

其实心中，早有答案了，不是吗？其实……

“本王从前的确仰慕爱重莫心。”夜君清犹豫片刻，轻轻叹息，“不想这一路走来，却是你与我同生共死，已是千帆过尽。莫婉，若是你我……”

就在君清准备推心置腹，将心中所想尽数告诉莫婉之时，突然听到门外响起一串脚步声，奔雷的呼喊紧随而至，传入耳际。

“王爷、莫婉姑娘，属下来迟！你们在吗？”

夜君清精神一振，立即回道：“本王在！速速救火！”

莫婉此时关切的却不是能否出去，她马上就要得到那个答案了，唾手可得，怎肯放弃！

“若是什么？！”

姚莫婉急切地看着夜君清。

“是！你们几个，快救火啊！快用水龙，快！”

回答她的，却只有门外奔雷焦急救援的声音。

屋外水龙发射，火势顿时小了许多。夜君清拉起姚莫婉想往外冲，不料却被她甩开了手。

姚莫婉怒气冲冲地质问：“刚才你没说完，若是什么？！”

夜君清无奈地道：“别任性，还是先出去了再说！”

“不！”姚莫婉在房内站定，“这次我偏要任性，你不说我不走，谁知出去了你会不会又变卦。”

房外火势虽然被控制，房内浓烟却越发呛烈，夜君清眼见劝她不过，只能轻叹道：好，莫婉……对不起了！

夜君清突然出手点了莫婉的昏睡穴，在她晕过去的同时，迅速扛起她向房外冲去。

与此同时，同样烟雾缭绕的另一个房间内，则是一派安宁静怡之气。

御书房的瑞脑销金炉里，正焚烧出一缕似兰似麝的淡雅清香。夜鸿弈侧卧在榻上闭目小寐，烟气飘摇，本是助眠之用，却让他睡得并不安稳，满头大汗，眉头紧锁，已是坠入一场梦境。

梦中的夜鸿弈，看到姚莫心摸着肚子自言自语。他满腔爱意，急走到姚莫心身后，从背后搂住她。姚莫心转过身来，两人相视一笑，那一刻的甜蜜，真是醉人。

可惜好景不长，夜鸿弈忽然在姚莫心身后看到了夜君清。几乎是下意识地，他赶忙将姚莫心护在身后，与夜君清对峙。夜君清却一脸惊慌抬手指向姚莫心，夜鸿弈转头看去，发现姚莫心已捂着肚子躺在了血泊中。夜鸿弈刚想上前，却发现自己手里拿着一把带血的匕首。夜君清上前争夺匕首，夜鸿弈大惊之下，却将他误杀！

看着双双倒在地上的两个人，夜鸿弈惊慌地丢下刀，不住向后退去。

“莫心！”

夜鸿弈沉浸在梦魇中，痛苦得想要握紧什么，却只握到满手的空气。

夜鸿弈惊醒坐了起来，大口喘息着，久久难平。

安炳山一直候在外间，听到动静以后赶忙走上前来，轻声道：“皇上又梦魇了。”

夜鸿弈点点头，面色苍白得几乎现了一些病态。

安炳山躬身扶起夜鸿弈，劝说道：“皇上近日常常梦寐惊悸，待会儿老奴吩咐太医院准备几服安神汤可好？”

夜鸿弈疲惫地坐在椅子上，一手捏着眉心定神，一手摆了摆。

“罢了罢了，朕这是心病，服再多药也是徒劳。对了，肃亲王伤势如何了？”

安炳山听后回禀道：“回皇上，虽伤及肤肉，但并无性命之忧。”

夜鸿弈叹了口气，将目光落在袅袅生烟的香炉上，晦暗不明地说：“朕即位以来，至亲至爱相继离朕而去，如今唯有肃亲王尚在，世人皆羡皇帝九五至尊，安富极荣，君临天下，又有几个人能明白这孤家寡人的空悲凉。”

安炳山亦叹了口气：“老奴何尝不明白皇上的苦衷，执掌天下，自然要左右权衡，顾全大局。”

“是啊！”夜鸿弈以手支头，眉心轻蹙道，“朕与肃亲王若是平民之子，定是两肋插刀的好兄弟，无奈生在帝王家，不为执棋人，便为阶下囚。算了不说这个，皇宫大内骤然走水，千面可查出幕后之人……”

正自说着，有传话太监于门外报：“淑妃娘娘求见！”

夜鸿弈向安炳山抬了抬手。安炳山会意，立即走出去迎进了王沁若。

王沁若着一袭华锦，俏挽乌鬟，步履似有几分匆忙，向夜鸿弈行礼道：“臣妾拜见皇上。”

夜鸿弈知她定是听到了什么消息，微一抬手，示意王沁若起身。

王沁若果然单刀直入道：“臣妾听闻皇宫骤然走水，肃亲王蹊跷受伤一事，料想皇上定会为此心烦意乱，特来探望。”

夜鸿弈不动声色地笑了一下。

“淑妃有心了。”夜鸿弈随即对安炳山道，“赐座。”

王沁若刚想坐下，门外再次传来太监的声音：“丽妃娘娘求见！”

夜鸿弈笑了笑，颇有几分兴味地看向王沁若：“丽妃也来了，你们姐妹俩可是约好了？”

王沁若尴尬地笑了笑，眼睛一转，恰与此时走入内室的姚素鸾对视。姚素鸾显然也没有想到王沁若在此，皱了皱眉随即行礼：“臣妾拜见皇上。”

“起来吧。”夜鸿弈挑眉，“丽妃难不成也是来关心走水一案和肃亲王伤势的？”

姚素鸾一怔，心知夜鸿弈有此一问，必然是有人提前用了这个由头。于是思索片刻，娇笑道：“非也，臣妾听闻皇上近日梦寐惊悸，不由殷殷垂念特来问候，至于肃亲王……臣妾乃后宫嫔妃，只心系皇上一人，哪儿有旁的心思在外臣身上呢？莫非淑妃妹妹是牵念肃亲王了？”

姚素鸾言毕，抬眼看向王沁若。王沁若果然一脸惊怒，心里说好你个姚素鸾，上来就与我不痛快！但是任王沁若心中如何想要将姚素鸾千刀万剐，脸上仍然要装作不动声色，飞速反应道：“丽妃此言差矣，皇上知情多义，怎会不忧心骨肉手足的伤势呢？倒是姐姐你，似乎对莫婉妹妹受伤一事毫不在意。不过说来也是，皇后与莫婉并非丽妃的嫡亲姐妹，所谓姐妹情深，大抵也是逢场作戏，流于形式罢了。”

姚素鸾被王沁若反将一军，自然也“不甘落人后”，换作一副楚楚可怜、泪盈于眶的娇柔模样，一面看向王沁若：“淑妃，你怎能如此诋毁离间我姚家姐妹亲情？”一面向夜鸿弈轻喃道：“皇上，若是皇后尚在人世，必会为臣妾鸣冤叫屈！”

莫心是夜鸿弈心里最难舍的，想到方才那段梦，想到莫心，夜鸿弈叹了口气，忽觉有些乏了。

“好了，丽妃和淑妃对朕的一片真心，朕知道了。”

他惯于粉饰太平，懒于在争风的美人之间选下一个胜者。因为真正的胜者早已在心上，剩下的这些，都是“其他”。

夜鸿弈吩咐安炳山。

“传朕旨意，各赏金一百，玉如意一对，翡翠、珍珠、镯子二十。”随后又道，“备车銮，起驾去肃亲王府。”

淑妃、丽妃未能分出胜负，却也不敢再斗嘴，跪地谢恩，及至夜鸿弈走远，才缓缓露出“本相”。

王沁若对姚素鸾露出一脸不屑又得意的笑容，姚素鸾捏紧手中帕子，显露几分阴沉。

斯人已逝，活着的人，才是真的来日方长。

肃亲王府里，夜君清有点无奈地半裸着坐在床上，后背有几处烧伤，正值“新鲜”，因此看上去颇为狰狞。

然而狰狞的新鲜伤痕，却没能得到软语温情。“睡醒”后的姚莫婉一边没好气地为他包扎伤口，一边开始查后账。

“果然不出我所料，又变卦是吧？点我昏睡穴是吧？夜君清，你到底是不是男人？捧出真心，坦诚相见就这么难吗？”

她是不是应该庆幸，夜君清只会点睡穴不会点“迷糊穴”？不然，按照他这种缩头乌龟性格，肯定巴不得她把今天的事忘得一干二净！

夜君清本来坐得笔直，听到这通低吼以后，眼神开始躲闪。没想到什么好主意，最终决定故作疼痛发出“嘶”的声音转移姚莫婉的注意力。

“嘶。”

“疼也给我忍着！”姚莫婉胸口堆着一口上不来下不去的气，对着夜君清的后背撒野道，“谁要你那样不管不顾去救我的？”

活是个小夜叉。

夜君清忍不住轻笑道：“难道本王救你也是错了？”

莫婉叹了口气，心知负气的另一原因是担心他有闪失。

后背上的伤，像两道印进心里的沟壑，弯弯曲曲，勾勾绕绕。姚莫婉瞪着夜君清身上的“沟渠”道：“若是我福大命大逃脱得救，你却有了个三长两短，你可想过我后半生要如何度过？”

夜君清失笑，侧头笑看莫婉：“凭啥你就是福大命大，而本王却有三长两短？这是什么逻辑？”

姚莫婉随即一指他的一身伤：“这不就是嘛！”

夜君清竟被堵得无言以对，越琢磨越似有理，笑着点点头。

伤口包扎好后，姚莫婉坐到了床上与他面对面。有些话，她一定要看着他，一字一句地叮嘱。

莫婉说：“夜君清，你我可是签过契约的，答应我，今后无论怎样，我们都要留着条命前来见彼此。”

夜君清看着姚莫婉，缓缓露出一个微笑，点点头。

他知道她的意思。

他又何尝不是呢？听到内侍局走水时，他的心都快跳出来了。

不过，此时提到内侍局，夜君清不由疑惑道：“对了，本王还没问你，为何会去内侍局？你刚到就骤然走水，如此蹊跷，可是有人冲你去的？”

“我……我去给你端盆水擦擦身子！”

姚莫婉听后面色一僵，支支吾吾，就要出去，夜君清哪里肯放她走，伸手一拉追问道：“到底怎么回事？”

姚莫婉本就心慌意乱，夜君清不轻不重地一扯，正让她一个不稳，扑在夜君清身上。四目相对的那一刻，心跳如擂鼓的悸动，如藤蔓枝头盛开的迤逦繁花在二人心头炸开，芳香四溢，情意正浓。姚莫婉情不自禁凑了上去，就在两人的双唇快要相碰之时，寒锦衣忽然没头没脑地闯进来。

“君清兄，你伤势可好？”

繁花没开就谢了，姚莫婉和夜君清赶紧分开。

夜君清神色如常地道：“无碍，方才莫婉替本王包扎过了。”

寒锦衣点点头，故意意味深长地说：“那我就放心了，欸，没打扰到你们吧？”

“没有，来得正是时候！”姚莫婉冷着脸就往外面走，待靠近寒锦衣身边时，低声道，“一到关键时刻，你就来捣乱，阴魂不散！”

寒锦衣耸了耸肩，露出一抹得意的表情。

姚莫婉知道他进来必然是有要事同夜君清商量，因此也没做停留，自去杂物房归置药品去了。杂物房在姚莫婉醒来之后就被洗劫过一次。洗劫之人，乃姚莫婉本尊。她那时并不知晓夜君清伤势如何，焦急之下，草药都忘记归位了。

奔雷从门外走到里面，看到姚莫婉正将盆和药品回归原位，怕突然进去会惊到她，于是敲了敲门。

姚莫婉转过身：“奔雷。”

奔雷点了点头，询问道：“莫婉姑娘，王爷伤势可好了？”

提到受伤一事，莫婉便觉分外愧疚，面带愧色地道：“还好都是皮外伤，我已经处理过了。唉，这次是我连累了他。”

“那就好。”奔雷倒从未将莫婉当作外人，直来直去地说，“莫婉姑娘无须自责，既然你是王爷的女人，王爷理当要护你周全。”

姚莫婉听后差点原地“摔死”，迅速解释道：“谁是他女人了！我还没答应呢！奔雷，你搞清楚状况，现在是你们王爷不可救药地爱我，所以要不要他当我的男人，还得我说了算。”

奔雷捂着嘴偷笑：“好好好，莫婉姑娘说得对。”

姚莫婉看奔雷的行为，明显是不信。谁让她倒追夜君清追得尽人皆知呢！不过这事儿不急着掰扯明白，早晚她要把夜君清拿下！

但是在此之前，她需要弄明白一件事。

莫婉对奔雷说：“你来得正好，我心里有个疑问很久了。奔雷，你告诉我，为何我姐姐当初选择了皇上而不是君清？”

按说，姐姐跟君清，才更应该是一对的。

奔雷早知莫婉会有此一问，事实上，就算莫婉不问，他也准备将当年的事说出来，以便早日解开二人之间的心结。

“也许这就是冥冥之中自有定数吧，当年……”

奔雷叹了口气，眼前画面一转，似又回到那时那年。

“相恨不如潮有信，相思始觉海非深，纵然情深，奈何缘浅，君既不久娶亲，便好生相待发妻，从此以往，勿复相思，相思与君绝。”

简陋民居中，姚莫心坐在书桌前，伏案写信。字句之间，皆是绝笔。静坐良久，姚莫心将信合上，看着烛光，眼眶微红。泪早该流干了，何必此时再生眷恋？

这般劝说着自己，姚莫心反手擦了擦眼角，毅然拿起桌子上的包袱。正欲离开之际，忽然门外传来了夜君清的拍门声。

“莫心！莫心！你可是在这里？”

“君清？”

姚莫心一惊，脚下踟蹰不定。她知道他来找她的目的是什么，但是结果，她给不起。

屋外大雨滂沱，雷鸣阵阵。夜君清满身湿透，站在门口不停地拍门，他知道她在里面，他知道她在逃避他。

但是他想要见她，想要告诉她一些话，想……太多太多的想念和怜惜，驻扎在夜君清的心头。

就在这时门忽然打开了，姚莫心走了出来。

“莫心。”

夜君清正要上前，被姚莫心拦住。

“君清，别再向前了！”

夜君清见她形容憔悴，心中顿时大恸，他对姚莫心说：“我知道你因皇兄大婚而痛彻心扉，可是莫心，他不要你，我夜君清要！他舍弃不掉的东西，我夜君清可以舍！”

姚莫心亦是万分痛苦，哀伤地看着夜君清道：“君清，你的心意，我领了，可我既已将真心托付给了他，便再无二心可予你，忘了我吧。你是大楚皇子，未来极享荣华，甚至可能荣登大宝，为了我，不值得。”

姚莫心正要转身，夜君清忽然抓住她的手腕。

“江山权势与你两相权衡，我定会娶你！莫心，无论未来你想远走天涯也好，想归隐田园也好，我都随你去！”

姚莫心痛苦地闭上眼睛，慢慢推开夜君清的手，转过身。心如漂泊在湖面上的一叶青萍，狂风大作，孤独无力。

有些爱是她不想舍而不能不舍的。有些情，是她无法偿，亦不能偿之劫。

姚莫心对夜君清说：“我既选择了鸿弈，你我之间便再无可能，我不愿看到你们兄弟之间为了我反目，而且我不能容忍自己，做一个云心水性的女人。”

夜君清心痛地问：“为什么？我是没有如他一般早早袒露爱意，难道错过了，便是一生？为什么是他，而不是我？”

他不甘，不舍，更多的是不解！

难道真的就因为夜鸿弈比他早说了一句爱她？

姚莫心看着夜君清，擦擦眼泪，叹息道：“人皆有命，缘分天定，自从那年灯会，我因多管闲事被人相害，他戴着一款方相氏面具从天而降救下了我，从此后我这一颗芳心便许了他，情根深种。”

“灯会？！”

夜君清整个人如遭雷击，身心皆感受到一种来自命运的愚弄，他苦涩地倒退了两步。

“灯会……竟是从那时开始，一切都错了，一切都错了！莫心，你知不知道，那个人其实并非……”

当年救下姚莫心，为她渡气的人分明是他啊！可是姚莫心却偏偏错认了夜鸿弈，在茫茫人海中，揭下了他哥哥的面具。

“莫心！”

夜君清上前一步，决定一定要将事情说清楚。未料到，夜鸿弈竟然在这时赶了过来。

“三弟！”

二人回头，只见夜鸿弈一身喜服出现。夜鸿弈看向夜君清的神色极其复杂，似乎有阻止他开口之意。

果然，他先于夜君清前急急说道：“三弟，其实我一直知晓你对莫心的心思，你也从来不是夺爱之人，可是二哥也有不得已的苦衷。父皇下旨指婚，人为大势所逼，我无法抗旨，然而在我心里，结发妻子只会是莫心。今夜本是我大婚之喜，但我也能舍弃一切而来。”说到此处，夜鸿弈将目光转向姚莫心，真挚地道：“莫心，我来问你，此时此刻此地，你可愿与我结发为夫妻？”

姚莫心呆住了，没有想到夜鸿弈竟然会在最终舍弃掉那一切，更没有想到，他竟然会出现在此时此地。眼泪不可自抑地流出，她是那么爱他。

而此时的夜君清，已经清醒地明白自己再次错失莫心了。恍若被利刃刺穿的疼痛，让他控制不住情绪，转身走向夜鸿弈狠狠打了他一拳。

“君清！”

姚莫心吓得一惊。夜鸿弈却摆摆手，示意莫心不要管。

夜君清说：“这一拳，为了我自己，也为了被你伤害的莫心。这是你欠我的！”

夜鸿弈看着夜君清，眼中闪过一闪即逝的愧色，他说：“是我欠你的。”

姚莫心不知兄弟二人的对话从何而起。而夜君清，决定咽下这口苦楚，既然三个人里注定只有两个人能幸福，那他愿意做那个不幸福的人。

略微定了定神，夜君清对夜鸿弈道：“二哥与莫心从始至终郎情妾意，我只不过是个局外人罢了。从今往后，君清必将恪礼守节，再不打扰。可是请二哥记住，因为她爱你，所以我让你。可若有一日，你负了她伤了她，我夜君清纵是拼掉一切也要为她讨回来！”

他可以看着她幸福，但绝对不能看着她伤心。因为，那会比直接伤他，还痛百倍。

姚莫心听闻此话，已经哭成泪人。夜鸿弈亦抓住夜君清的手，面含愧色地说：“你放心，二哥此生定不负莫心。”

夜君清点点头：“婚礼我这个外人就不参加了，愿二哥和莫心琴瑟在御，莫不静好。”

言罢转身而去，未敢回头。

屋外雨水如注，落在脸上一样的咸湿，分不清哪一滴更苦涩。

身后，夜鸿弈牵着姚莫心的手也转身往内院走去，姚莫心进门前回望了夜君清最后一眼。只见夜君清因悲伤过度踉跄了一下。心在那一刻，是痛的。姚莫心闭上了眼，不忍再看。

这段过往着实压抑，不论是说的人还是听的人，都感同身受地坠入那场雨中。奔雷望着窗外，久久不能回神。

他目睹了全部过程，却从头至尾不能多发一言。那是他们三个人的决定，是他们王爷的决定，他是局外人，很多事情容不得他置喙。

姚莫婉此时已是听得泪流满面，她哀伤地问：“所以，其实当年灯会与姐姐真正结缘之人是君清，只是天意弄人，阴差阳错之间两个人的命运轨迹全被逆转了。”

奔雷看了看莫婉，意有所指地说：“究竟是天意还是人意，还未可知。你可知自那之后，王爷像变了个人，性情变得冷漠寡言，将那份爱深藏在了心底，再没有接受过任何一个女人。”

姚莫婉抹了抹眼泪，心中难以抑制地钝痛：“我在想，若当时皇上没有出现，而姐姐得知了真相，得知其实她的命定之人是君清，她未必不会动情。不知为何，这段故事就像感同身受一般。”

奔雷摇了摇头，相比姚莫婉的心疼，反而露出几分欣慰：“不管怎么说，莫婉姑娘是自皇后之后，王爷第二个能如此相待的女人，话说回来，莫婉姑娘与皇后有时真的很像。”

很像，说不出哪里像。一个人的言谈举止是很难跟另一个人一致的。她们像在骨子里。

姚莫婉笑了笑：“既是一母同胞，嫡亲姐妹，像是自然，只不过，我不想再像姐姐一般，与君清的感情这般坎坷，最后无疾而终。”

可惜结局，至今仍是未知。莫婉不惧未知，只要夜君清敢说爱她，她必然义无反顾。

姚莫婉回到夜君清房门口时，正听到屋中寒锦衣在说窦家的事。推门的手顺势落下，附耳于门上，

寒锦衣的声音随之传来："君清兄，你此前托我查窦氏的事有了眉目。"

内室里，寒锦衣从怀中掏出一份地图，铺在桌上，对夜君清说："这地图便是窦氏从全国敛财的运银线路图。"

夜君清凝神细看，不觉赞赏道："寒兄倒是动作够快，将各处的匪寨连点为线，形成了一张覆盖全国的情报网。"

寒锦衣笑了笑："也多亏此前君清兄点拨，我才想到此处。"

夜君清仔细看了看图，指着图上几处要塞与寒锦衣道："如此看来，窦氏主要是从漕运和边关互通中敛财，如果本王猜得没错，这沿路的大小官员早已被窦氏买通了吧？"

"正是。"寒锦衣说，"他们的账目做得十分工整，查无可查，尤其窦士明主管边关政务，为了敛财无所不用其极，串通一些将领围剿流民，冒充蜀国士兵，领军功费。"

"领军功费？！"

夜君清面色一寒，愤怒道："我大楚将士在前线冲锋陷阵、浴血奋战，只为保大楚万民安宁，有人竟会为了敛财不惜残杀同胞，不诛如何对得起为国捐躯的万千将士！"

寒锦衣亦难平心中愤慨，咬牙切齿道："可恨那窦氏势力盘根错节，还不能暗杀了事！"

"不错，"夜君清蹙眉，缓慢分析道，"贸然诛杀反会打草惊蛇，其党羽定不会坐以待毙，必然会铤而走险，恐令大楚大乱。"

寒锦衣说："君清兄始终心系家国，一心为社稷，只是咱们接下来应当从何查起？"

夜君清抬手在地图上一点。

"京城？"寒锦衣惊诧道。

"对，京城。"夜君清说，"所有赃银皆汇聚于京城，因为这里才是窦氏要花大价钱的地方，只要能将他们贪赃贿赂的详尽账目拿到，我们便可以瓮中捉鳖，将其党羽一网打尽，至于其他人，只需明抚暗抓即可。"

寒锦衣听后连连点头，佩服不已，边收地图边感叹："唉，君清兄才思

高远，为国为民所谋，这才是明君之相，若不是当年与莫心的‘那一夜’，恐怕如今坐于那金銮殿之上的那位……”

“这话止于此。”夜君清打断寒锦衣，“出了这门，寒兄切不可再言。”

寒锦衣笑了笑，知他心中所忌。上面那个猜忌他多年，若是这话传入有心人耳中，势必再造一番文章。

“放心，”寒锦衣道，“你我相识多年，还不了解我的脾性，只是你要千万小心夜鸿弈徇私报复，毕竟当年只差一步之遥便能登上皇位。”

而只差一步的人，对于登顶皇位的人来说，不论忠诚与否，都是他最大的劲敌。

夜君清笑着摇了摇头，劝慰寒锦衣：“寒兄不必担忧，本王自有保全之策。”

房内对话接近尾声，房外“旁听”的姚莫婉却疑惑得自言自语起来。

“那一夜，君清和姐姐到底发生了什么，居然能让江山易主。”

正自思索之间，忽然听到一声尖细的传唱。

“皇上驾到！”

姚莫婉转过身，与夜鸿弈面面相觑。莫婉迎上前去，向缓缓走来的夜鸿弈行了一礼：“参见皇上。”

“起来吧。”

对于夜鸿弈的突然造访，姚莫婉并不惊讶。毕竟出事的是他的弟弟，哥哥亲自探望，是何等合情合理、兄友弟恭的和美之事。可惜这世上的很多事情都只流于表而不及里，且房内尚有一个寒锦衣，夜鸿弈见了，又要徒增疑虑。

夜鸿弈正欲推门而入之时，被姚莫婉不动声色地拦了一下。

“皇上且慢，现在还不能进去。”

“哦？”夜鸿弈微微侧头，“为何？”

姚莫婉波澜不惊地回道：“王爷虽未伤及筋骨，却烧损肤肉，此刻大夫正为他刮肉疗伤，场面有些血腥，小女医家出身尚不能直视，恐皇上见了会引起不适。”

房中寒锦衣和夜君清都听到莫婉的话，君清随即打出手势，示意锦衣配合演戏。

寒锦衣挤眉弄眼地一挑眉，迅速换作老者声音道：“王爷再忍片刻，老夫已经刮去一半腐肉，尚有三寸之肤便可完成。”

这般说着，拿起桌子上一杯清水，又将四宝旁所置朱墨掺杂些许进去。

夜君清见到“血水”已成，方道：“大夫施刀便是，本王受得住。”

寒锦衣这时又以手比刀在夜君清身上划了一下，夜君清也配合发出闷哼。

一扇窗户的白纸上溅起了点点“血色”。

夜鸿弈神色淡淡地瞥了一眼，对姚莫婉道：“也罢，既然如此，那莫婉姑娘随朕走走吧，待肃亲王刮肉疗伤完再来。”

姚莫婉见夜鸿弈信以为真，不好推辞，便俯身道：“那……小女子恭敬不如从命，承皇上屈尊之恩。”

夜鸿弈与姚莫婉在花园中缓步而行，清风暖阳并不在各自眼里。

夜鸿弈道：“莫婉姑娘，此次你去内侍局之后骤然走水……”

“皇上，”莫婉恰在此时抬头，“小女正想向您禀明此事，当时我刚到内侍局便被人关在房内，然后便蹊跷走水，这足以印证我的猜测，有人不想让我查出什么来。”

夜鸿弈点了点头：“朕跟你有同样的猜测，此事的确疑点重重。只是走水事发之后，负责监库的太监便畏罪自缢，朕让千面查了，已是雁过无痕。”

姚莫婉眼神中跃起一抹倔强：“有人为了阻止我，不惜背后搞鬼捅刀，可他们太不了解我了，前路越是艰难险阻，我便越不会放弃。”

夜鸿弈看着她坚毅的脸，不由得宠溺一笑，点点头。

“你可知朕第一次见你，便觉得你像莫心，没想到你不仅拥有她的医术，还具备她的才学和个性，后来在姚府见到你才明白，你是莫心的亲妹妹，像她也就没什么奇怪的了。”

姚莫婉听后有些羡慕道：“皇上每每谈起姐姐时，眼睛里都会发光，原来情至深处果真会溢于言表。”

夜鸿弈笑了笑，只要提到莫心，他便觉得自己是愉悦的。

“彼时朕与莫心两情相悦，朕在想什么要说什么，莫心大多心照神交，这大概就是灵魂相契吧，朕此生怕是再也遇不到如此知我懂我之人了。”

“皇上忘了还有一人，肃亲王。”莫婉道。

“是啊，”夜鸿弈点头，“只可惜发生了一些事后，他便与朕渐行渐远，彼此虽有兄弟之名，可那份情早已缥缈如云烟。”

“绝非如此，”姚莫婉摇了摇头，“王爷若是无情，定不会放弃边军回京赴命，更不会一而再再而三地退让。皇上若是无情，便不会一次次地犹豫徘徊，更没有杀之以绝后患，而是选择了一条最难走的路——试心。”

夜鸿弈闻言停下脚步看向姚莫婉：“都说君心难测，不想你却能看穿几分，可朕不知道这份日渐绵薄的情义，还能束缚彼此多久，朕只希望这天来得迟一点吧。”

姚莫婉双手一摊，叹息道：“唉，或许是小女子见识短浅，皇上与王爷为何不能如同民间兄弟一般开诚布公，纵是千言万语也需口表言诉，若是靠猜，那要等到猴年马月？”

“哈哈，是啊，”夜鸿弈被姚莫婉逗笑，“要不说最是无情帝王家，这猜疑二字便是帝王心术的精髓，若是莫婉姑娘愿意，可常入宫，朕慢慢与你解读。”

姚莫婉连连摆手：“谢皇上好意，可以我心性，大抵是学不周全，就不徒增烦恼了。咱们还是继续散步吧。”

有人安然无恙地散步，自又有人忧心忡忡地叙话。

窦香兰和窦士明坐在房中，均是脸色深沉。二人皆没想到设下那样的陷阱，都能被姚莫婉逃出生天！

窦香兰愤愤不平地一拍桌子：“她倒是命大，又躲过一劫。还好咱们计划周详，宫里没查出什么东西来。”

窦士明见窦香兰气得不轻，随即安抚道：“一时走运罢了，阎王要她三更死，绝不留人到五更。以她如今频频惹事的情势，不愁没有机会，你放心。”

“其他倒无所谓，”窦香兰眉心微皱，“我只怕会给素鸾招惹麻烦。”

窦士明摇摇头，用眼神示意窦香兰冷静下来。

“素鸾是个懂事的孩子，自然不会掺和到这些事里来的。”

与此同时，夜鸿弈和姚莫心的步也散完了。夜鸿弈和安炳山走回夜君清房内，此时奔雷正在伺候夜君清穿衣。夜君清见了夜鸿弈，强忍伤痛欲行礼，被夜鸿弈连忙拦下。

夜鸿弈说：“身上有伤就不必行礼了。”

夜君清没再推辞，顺势道：“谢皇上！”又对奔雷道：“先下去吧。”

房内再无旁人在侧，夜鸿弈端详了夜君清一会儿，笑道：“看来莫婉姑娘深得三弟的怜惜，为了救她，当真是命都不要了。”

夜君清答：“臣弟的伤势并无大碍，莫婉姑娘是皇后亲妹，于情于理臣弟都该出手相救。”

夜鸿弈笑了笑，随后与夜君清并排坐在榻上。

夜鸿弈说：“亲生姐妹最是相像，朕有时觉得，莫婉简直如同莫心再生，看见她便稍感欣慰，三弟可是也做如此想？”

夜君清闻言一惊：“臣弟不敢，皇上谬赞了，姚莫婉如何能同皇后相提并论？”

“朕还不懂三弟？”夜鸿弈垂下头，似真似假地道：“只要言感情之事，定是口是心非，不若朕替你作主，下诏将莫婉姑娘赐给你当王妃如何？”

夜君清连忙起身，惶恐道：“万万不可，臣弟对莫婉姑娘……并非男女之爱，更似兄妹之情，请皇上收回成命。”

夜鸿弈不动声色地审视夜君清片刻，良久方才点头。“好，朕依你。哦对了，”他向外叫来内侍，“安炳山，端上来。”

安炳山随即将药自外而内奉上。

夜鸿弈说：“这是朕命太医院熬制的安伤露，有催愈生血之奇效，三弟赶紧喝了吧。”

夜君清看着碗里的药，愣了愣神，缓缓端起来。

“怎么，怕朕在药里下毒？”

“臣弟谢皇上隆恩。”

夜君清未再犹豫，一口饮下，夜鸿弈随即起身，很满意夜君清的洒脱：“喝完此药静养几日便可痊愈，朕就不扰三弟休息了。”

夜君清上前两步：“臣弟送皇上。”

夜鸿弈摆摆手：“不必，好生养伤吧。”

夜君清一直目送着夜鸿弈的背影，直至确定人已离去，才走到桌前将手指点在自己喉咙处，将方才的药吐在了杯中。

姚莫婉也在此时走了进来，坐在椅子上，十分不悦道：“负心汉，白眼狼。”

夜君清朝她一挑眉：“本王又惹你了？”

他当然惹了！

姚莫婉质问道：“方才皇上要赐婚，为何你要拒绝？原来你并不想给我个结果！”

夜君清神色凝重地摇了摇头：“本王自有考虑，还有，偷听的习惯要适可而止，有些事你还是不知道为好。”

姚莫婉被夜君清气得不轻，站起来颇有些口不择言地道：“是！您是王爷，自然瞧不上我这个无礼任性的小丫头，愿意用江山换得姐姐的一夜，却不愿为我承认感情，是我不识眉眼高低，自作多情了！”

夜君清大怒道：“本王与莫心不是你想的那么肮脏。”

姚莫婉反唇相讥：“那你说，那一夜你与姐姐到底发生了什么？”

“此事你无须知道。”

“你——好，那你永远都别说！再见！”

姚莫婉被夜君清气得心口乍寒，他有多在意莫心，就让她觉得，他有多么不在乎自己。

姚莫婉负气独行在大街上，一路都在数落夜君清：“人面兽心！衣冠禽兽！”

骂得太过投入，未及躲闪，身后一辆板车推过，将姚莫婉挤到一旁。

姚莫婉本就一肚子邪火，大声怒斥道：“欸，没长眼啊！哎哟，我的脚。”板车方才压在了她的脚面上。

姚莫婉蹲在一旁搓脚，心中愤愤难平，直想再冲出几十里路撒出这份怒火。强自起身一瘸一拐刚走出一步，便见一人在她身前蹲了下来。

“上来，我背你。”

“寒锦衣？”姚莫婉有些惊讶地看着他的后背，“你怎么在这儿？”

寒锦衣笑了笑，说：“我正好在大街上闲逛，又正好遇见了你。”

姚莫婉拍拍寒锦衣的背：“起来吧，本姑娘没那么娇气。”

这般说着，径直朝前行去。寒锦衣跟上姚莫婉。

“我正想问你，你在内侍局发生那么大的事，去做什么了？”

“还不是为了查案。”姚莫婉说，“本想去查姐姐暴病后那些消失的侍女和太监去向记录，刚有线索，就被一把火烧了，这不是更蹊跷了？”

寒锦衣思索了一下，道：“这太监侍女关押之处的记录，除了内侍局，还有一处必有存档。”

姚莫婉眼睛一亮：“何处？”

寒锦衣笑了笑，吊儿郎当地说：“大理寺入监库。”

寒锦衣和姚莫婉来到大理寺档案库门口时，遥遥便见左右两边各站着一名侍卫。

姚莫婉思忖片刻，自怀中掏出一枚令牌走到侍卫面前，正色道："我奉皇上谕旨来此调查要案，还请二位放行。"

不想侍卫见过之后，竟是摇头："此令牌只可出入宫闱，除非有皇上手谕，否则不得入司法重地。"

姚莫婉哪里肯甘心，再次将令牌抬起来："欸，你看清楚，这可是皇上御赐的令牌。"

侍卫面上却无半点商量余地："我等也是秉公办事。"

姚莫婉在肃亲王府吃了一顿气，此时又吃了一顿瘪，正欲发作，被寒锦衣眼疾手快地拉到一旁。

寒锦衣道："算了算了，为难他们也没用。"

姚莫婉也冷静下来，叹息道："那可如何是好，再迟一步，恐怕唯一的线索又要中断了。"

话虽这般愁眉不展地说着，脑子却一刻未曾停止思索，片刻之后，姚莫心抬起头笑着看向寒锦衣，一手搭在他肩膀上："又要有劳寒兄出马了。"

寒锦衣闻琴声知雅意，将手搭在姚莫婉另一只肩膀上："婉儿有求，我怎有不应之理。"

而寒兄出马，自然少不了一个"盗"字。

不过须臾，行走中的大理寺卿就被装成瞎子的寒兄给撞了。只需一刹那，便顺利拿到了钥匙。

大理寺守卫森严，寒锦衣和姚莫婉伏在墙头小心探看，直等到一队巡查侍卫离开，方带着姚莫婉翻墙而入，来到入监库门口，打开库门，蹑手蹑脚地走了进去。

库内书卷众多，姚莫婉和寒锦衣在一堆书卷资料中翻找片刻，几乎同时抬头吐出两个字："天牢！"

"但是这天牢可是铁血兵团把守，想要入内比登天还难啊！"

寒锦衣并不赞成姚莫婉冒险，坚持追查下去的莫婉却摇头，坚定道："无妨，我有办法，走。"

姚莫婉总是有点独到的聪慧门路，寒锦衣看着缓缓迎向门口暗卫，大声喊出"我要劫狱"的姚莫婉，越发觉得她迷人。

五名暗卫面面相觑，忽然笑了起来。

“你刚说什么，劫狱？”

说来确实可笑，天牢乃重兵把守之地，姚莫婉一介弱质女流竟然跑来高喊劫狱？姚莫婉为了打消暗卫们的疑惑，点了点头确认道：“没错，我要劫狱！”

暗卫中一名资历较老的懒得理她，直接出言驱赶：“哪儿来的疯婆子，去去去。”

寒锦衣坐于房檐上，并未现身，眼看暗卫要推姚莫婉，马上出手掷出一枚石子，那暗卫瞬间倒地。其余暗卫没有想到对方竟然真有劫狱的本事，见状立刻拔出刀冲了过来。

寒锦衣随即又是几枚石子投出，打伤数人。

此时，一名暗卫头头带人走出，姚莫婉随即示意寒锦衣离开，寒锦衣笑了笑，心知人算是送“到”了，闪身而去。

天牢远处聚集了一些看热闹的太监宫女。

暗卫头头看着眼前倒在地上的暗卫，拔刀走向姚莫婉，刚要到跟前，姚莫婉便假装晕倒，摔在地上。

暗卫头头见此更为气恼，平地一声怒吼：“你们这帮没用的东西，居然被如此柔弱的女子打成这样！来人，把这名女子押入天牢，待我上报千面大人定罪！”

暗卫领命，架起姚莫婉将她拖入牢中，暗卫头头则继续驱散太监和宫女。

“都散了！谁再敢在天牢重地逗留，一并入监！”

另一面肃亲王府里。

夜君清独自一人站在书房中，看着房中关于姚莫心的一应书画，轻轻用手抚摸着，最后叹了口气，全部收了起来，放入柜中。

奔雷疾步走进，对夜君清道：“启禀王爷，您平安的消息已传递到了边军各处，刚刚收到了他们的密文。”

夜君清边收画，边与奔雷道：“密文怎么说。”

奔雷踟蹰了一下，方答：“若是王爷欲戴白帽，便由我安排王爷出城，只要回到边军，各将领定誓死追随您起事。”

“王加一白？”夜君清愤怒道，“难道想让本王背负篡权谋逆的千古骂名吗？你告诉他们，本王传平安消息，是想稳固边军军心，并非意图起事。”

“是。”奔雷应道，“这还有一条，便是联名上书奏请皇上让王爷回边军镇守。”

夜君清转身坐在椅子上。

“罢了，罢了，本王厌倦了这尔虞我诈、勾心斗角的朝堂，与其心为形役，不如和光同尘，所以本王准备奏明皇上，愿放下一切归隐山林，哪怕是为庶民。”

奔雷一怔：“王爷，这……”

夜君清摆摆手：“不必相劝了。还有，留莫婉一人在京城，本王也不安心，若她愿意，本王会带她一起走。”

奔雷面露欣慰之色，叹道：“这么多年，王爷终于释怀了，看来王爷对莫婉姑娘是动了真情，我想这也是皇后愿意看到的。”

夜君清看着手里的玉佩笑而不语，恰在此时寒锦衣忽然闯入，进门便语出惊人。

“君清兄，有一事我思来想去，觉得还是应当告诉你，刚刚莫婉因劫狱被……押入了天牢。”

“劫狱？！”夜君清神色一凛，“胡闹，她为何要劫狱？！”

“这……我也不知。”

“你会不知？”

夜君清瞪了寒锦衣一眼，没再跟他多做纠缠，迅速命奔雷备马，向宫中而去。

与此同时，大楚皇宫一角，正有一项交易在暗中进行着。一名暗卫站在一旁盯梢，另一名在其掩护之下，接过一包毒药。伴随毒约一同递到手中的，是一把黄金。

暗卫与接头人相视一笑。

有钱能使鬼推磨，窦士明一直将此奉为真理。

这把黄金，很快就会发挥它的用途了。

而此时正在大楚皇宫天牢牢房的姚莫婉，尚不知晓一手黄金一手药的交易，正在跟同一间牢中的太监说话：“你是哪个宫的，服侍的是哪位妃子？”

太监蜷缩在角落并不说话。

姚莫婉放缓语速，继续道："我是来救你的，难道你想在这儿待一辈子？"

太监依然不语。

暗卫端着饭菜送进牢房中，对姚莫婉叫嚷道："吃饭了吃饭了。"

太监忽然来了精神一般，不停地跪地磕头："官爷我已经三天没吃饭了，求你赏口饭吃吧！"

"滚滚滚，"暗卫轰他，"不交代点有用的，什么都别想吃！"

太监被暗卫呵斥得连连后退，直守到对方离去才猛地一个箭步冲到饭碗前，拿手抓着饭不停往嘴里塞。

他知道这饭不是给他吃的，但是他饿。

"你慢点，慢点。"姚莫婉无奈地劝说道。

太监眼里只有吃食，狼吞虎咽地吞咽着，却不知为何，忽然掐住脖子在地上不断挣扎，白沫从口中流出。

姚莫婉一惊，立刻上去掐其人中。

"醒醒！来人哪！来人哪！"

暗卫头领带人闻声而来。

"怎么了？"

"他吃了饭便成这样了，"姚莫婉急道，"这是中毒的反应啊，快带他下去救治！"暗卫头领连忙挥手让人将那太监抬走，众人退下。

姚莫婉大急道："喂，你们别走啊，我要换间牢房！喂！"

之前送饭的暗卫用眼神看了她一眼，一面暗恼行动失败，一面隐入人群中。

姚莫婉一筹莫展地环顾牢房四周，她不经意间发现，隔壁牢房角落里还蜷缩着一个宫女。端看面色已是半死不活之态，气息也极其微弱。

姚莫婉赶忙上前查看。

"喂，姑娘，你还好吗？"

半夏虚弱地睁开眼，看见姚莫婉的同时，眼中瞬间闪现一抹希望。姚莫婉见她口中一直喃喃似乎要说什么，连忙伏下身去倾听。

"三小姐……"

姚莫婉惊疑地看着她："你是？"

"我是皇后娘娘的贴身婢女半夏啊，你不记得我了？"

姚莫婉困惑地摇摇头。

“姐姐的婢女？我之前失忆了，好多事都记不得了……”

半夏身体已然虚弱至极，缓了缓神，说出一段让姚莫婉震惊至极的话。

“原以为娘娘暴病的真相再无可靠之人相告，没想到老天有眼，把三小姐送了进来。三小姐，接下来的话，你一定要仔细听清楚了，能不能查出娘娘被谁所害就在此一举！”

夜君清赶到御书房时，夜鸿弈正在握卷读书，安炳山上前请示：“肃亲王求见。”

“肃亲王？”

夜鸿弈面上现出一点疑惑，让安炳山将人请进来。

“臣弟参见皇上。”

“免礼。”夜鸿弈道，“三弟不在府中安心养伤，入宫是为何？”

“臣弟是来求皇上赦免莫婉私闯天牢一罪的。”

夜君清面带忧虑地说明来意，夜鸿弈放下手中的书。

“私闯天牢？”他状似无意地问，“她为何要私闯天牢？”

夜君清颇为无奈地回道：“臣弟不知，想必是个胡闹玩笑。”

夜鸿弈沉思片刻，对夜君清说：“私闯天牢兹事体大，若是朕开了先例，这严刑律法的威严何在，容朕详思片刻，问个仔细，再行决议。三弟先回去吧。”

夜君清心下虽然焦急，但夜鸿弈已然下了逐客令，只得起身告退。

夜鸿弈看着夜君清的背影许久，勾起一抹若有所思的微笑。

“难道姚莫婉已然成了三弟的命门？或许把控住她，便可将三弟攥在手里了。唉，三弟这性子注定要为情所困一生。安炳山。”

“老奴在。”

夜鸿弈说：“传朕旨意，让千面好生招待莫婉，若是伤一根毫毛，朕拿他是问。”

第十一章

“你知道姐姐被谁所害？”

姚莫婉急切地看着半夏。

半夏摇了摇头：“奴婢内心的确有个疑影，只是不敢确认，可我知道关键证据在何处，就是那碗安胎药的药渣！”

“药渣……”莫婉呢喃着，疑惑地看向她，“原来在你这？那你为何不将此事告知皇上？”

半夏仍是摇头，眼神飘向远处，幽幽地说：“那段时期皇上和娘娘之间正生龃龉，而且娘娘暴病当日……”

半夏脑中闪回那日的场景。

“有人想害我！”

那天，半夏刚准备将姚莫心扶到床上歇下，二人刚进内室，她便被姚莫心狠狠握住了手腕。

半夏吓傻了，当时她们四面临敌，腹中又有皇嗣，最担心的就是被人暗中谋害，不由慌乱道：“娘娘，您说什么？谁要害您？怎么会？奴婢还是扶您到床上慢慢……”

姚莫心急切不已，眼见半夏慌了神，扬手抽了她一记耳光，迫使她冷静下来。

莫心说：“没时间了！你忘了我懂医术吗？我能感觉到这孩子已经保不住了。半夏，接下来我说的每句话，你都要记好！”

“那碗安胎药有问题，你速去将药渣藏匿起来，今日来宫中的三妃都有可能是害我之人，至于皇上……我不确定。待他来后，我会再行试探，到时若是我唤其鸿弈，你便将那药渣交予他处置，若是我唤其皇上……咳咳咳。”

说到最后一句，姚莫心心灰意冷地摇了摇头。

半夏带着哭腔不住点头：“娘娘，奴婢明白，奴婢这就去办！”

半夏言至此伤心处，心痛地落下泪来。

“所以，当日姐姐唤了什么？”姚莫婉追问道。

半夏停顿片刻，说：“皇上。”

“那……也就是说，”姚莫婉惊慌地道，“姐姐到了生命的最后时刻也是怀疑皇上的！”

半夏点点头：“李贵人不过是个替罪羊，那名指认她的婢女，与王沁若贴身大婢彩蝶是远亲，宫里几乎没人知道此事，我也是偶然得知。”

姚莫婉看向半夏：“这我也猜到了，可是为何皇上会令我查此事，难道……”

半夏摇摇头，等她细细思索。姚莫婉心中千头万绪，好不容易镇定下来，仍是觉得千丝难解，只能先从残留的证据入手。

莫婉说：“时间不多了，半夏，你所说的那份药渣现在何处？”

半夏示意姚莫婉凑近，二人耳语一番，耳语完毕之后，姚莫婉问道：“姐姐殿后的花园里，还有什么更明显的标志吗？”

半夏方才所说的埋藏之地太笼统了，莫婉需要一些更具体的线索。

“月季！”半夏经由莫婉引导，也似福至心灵，“我记得当时整个花园内只有一株月季，便匆匆埋在了下面。”

大楚皇宫天牢外，夜君清已驻足许久了，门外有几名暗卫正在把守。恰逢那名中毒太监从门内抬出，夜君清面露犹疑之色，上前询问道：“怎么回事？”

暗卫见是夜君清，忙躬身回道：“肃亲王，这人抢了姚姑娘的牢饭，刚吃下便中毒倒下了。幸好医治及时，不然他当即便会丧命。”

“中毒？！”夜君清神色一震，“你是说那牢饭本来是给姚莫婉的？”

暗卫老实回道：“是。”

夜君清神情凝重地微微思量片刻，突然转身向天牢门内冲去。众暗卫连忙阻拦道：“肃亲王，无皇上谕旨，任何人不得擅入！”

夜君清又如何不知天牢不得擅入？只是姚莫婉刚刚进去便险遭毒害，再等下去，不知还会再逢什么样的诡诈暗算。

夜君清眉心越皱越紧，一通闪转腾挪，迅速冲破了暗卫们的防线，冲进了天牢。

暗卫大叫一声："不好了，千面大人，肃亲王闯天牢了！"

姚莫婉闻言，惊讶地转头看去，正看到夜君清不顾狱卒的阻拦强行走了进来。

狱卒一路追挡："肃亲王，您不能进去！"

"让开。"夜君清脸上已现怒意。

"夜君清！"姚莫婉欢喜地叫道。

看到姚莫婉的身影，夜君清心头一紧，迈开大步径直向她走过去，隔着牢门上上下下地打量。

姚莫婉问："你怎么来了？！"

夜君清没有回答，反问道："你……可还好？没有中毒吧？可有人对你用刑？"

"没有……我没事。"

夜君清见她如此说，才松下一口气："没事便好。"

姚莫婉又问："你入天牢只为了问我这些？"

"对。"

姚莫婉因为这句没有停顿的答案，感觉一阵甜蜜，低头轻笑。这时夜君清看向一旁的半夏，神色一怔，突然认出她："半夏？你是半夏？你居然到了天牢？"

半夏今日一连得见两位旧人，心中感慨万分，嗫嚅道："肃亲王还记得奴婢……娘娘出事之后，奴婢便被关在了这里。肃亲王，您一定要为我家娘娘做主啊！"

"做主？"夜君清面露疑惑，"不是已经……"

姚莫婉听到二人对话，紧张不已，一面强行打断，一面暗暗给半夏使眼色："半夏还不知道，皇上已下令处置了元凶，姐姐在天之灵终得安息。"

半夏心领神会不再回话。夜君清微有怀疑，却也没再追问下去。因为就在他们说话的当口，他的身后忽然涌出一群暗卫，将他围了起来。夜君清转身拔剑，将他们逼退。眼看暗卫们再要上前，千面及时赶到，从人群中走上前来，示意其他人收手。

千面质问夜君清道："如此明目张胆地闯入天牢，肃亲王难道是要劫狱不成？"

夜君清冷笑："你哪只狗眼看到本王要劫狱？"

千面语塞，又不敢跟夜君清正面冲突，只能放缓态度道："擅闯天牢重地是什么后果，想必您十分清楚，王爷，还请跟卑职走一趟。"

"王爷！"

姚莫婉吓得一惊，夜君清眼神示意姚莫婉不用担心，转身走到千面前头出了牢门。

他来此只为确定她安全，至于擅入天牢之事，他自有应对之策。

御书房内，千面在夜鸿弈面前单膝跪地，将肃亲王擅入天牢一事一五一十汇报完毕。王沁若恰在夜鸿弈处，听闻此言，难免暗中焦急。

夜鸿弈说："他确有劫狱之举？"

千面证实道："肃亲王的确是冲姚莫婉而来，至于劫狱与否，就看他如何辩驳了。"

"皇上，"王沁若见势不妙，一面为其开脱，一面将脏水泼到姚莫婉身上，"臣妾颇有疑惑，肃亲王一向为人沉稳，会不会是被姚莫婉施了什么狐媚之术，才会做出这等意外之举呢？"

夜鸿弈看了看王沁若："爱妃何出此言？"

王沁若答："臣妾听闻姚莫婉与晗月公主私交甚好，南疆向来以奇诡蛊术闻名于世，或者是姚莫婉学了什么邪术蛊惑也未可知啊！依臣妾之见，倒是应当立即审问姚莫婉！"

夜鸿弈犹豫片刻，示意千面先将夜君清带到自己面前。

"朕万万没想到，一向沉稳的肃亲王竟会如此莽撞！"夜鸿弈刚见到夜君清便面带薄怒地质问道，"你自己说，你所犯何罪？"

夜君清答："擅闯天牢，当以大刑伺候，罪重者可当即处死。"

夜鸿弈背过身去，冷然道："天牢重地，岂能容你如此胡闹！你当真以为朕不敢治你？"

夜君清躬身请罪："皇上降罪，臣弟甘愿领受，只是还有一事相告。"

“难道还是姚莫婉？”夜鸿弈问。

夜君清迟疑片刻，回道：“是，臣擅闯天牢，只是因为听闻天牢内竟发生了一些骇人之举。千面大人，不知您是否有所耳闻？”

天牢发生命案，千面却未上报，本就有疏忽之嫌。千面没想到夜君清会知晓这件事，慌忙跪到地上回禀道：“卑职不知肃亲王所言何事。”

夜君清没有立时揭穿千面，而是将所见之事一五一十地说了出来。夜君清说：“一嫌犯在误食了姚莫婉的牢饭之后，便中毒昏迷了，天牢重地当如铜墙铁壁，本应对进出之物严格排查，结果竟发生如此大的纰漏，实在是骇人听闻。”

夜鸿弈猛然转身：“你是说，有人竟想在朕的天牢里加害姚莫婉？”

夜君清答：“臣弟不敢擅自揣测，皇上可询问千面大人，究竟是疏忽大意了，还是有意为之呢？”

“千面！”夜鸿弈厉喝道，“可有此事！”

千面吓得面色惨白，良久方吞吞吐吐地道：“确有……此事，皇上，请恕臣一时疏忽！具体缘由，还未查明。”

夜君清顺势说道：“皇上要如何处置姚莫婉，臣弟不敢过问，只是若她再在天牢待下去，恐怕很快便小命不保，这应当也不是皇上希望看到的吧？”

夜鸿弈面带不悦地紧紧盯着夜君清，他这是以此为由，反将了他一军。

夜鸿弈道：“你三番五次为她求情，究竟为何？”

夜君清顿了顿，诚心诚意回道：“臣弟种种逾矩行径，只为报恩，除此之外，绝无他意。”

夜鸿弈没说话，眼中忽明忽暗，不知在思索着什么。王沁若脸色阴沉，心中嫉恨极了姚莫婉，不知夜鸿弈打算如何处置夜君清，又知晓此时无法再为夜君清辩驳，只能悄悄捏紧了帕子。

大楚皇宫天牢中，自夜君清被带走以后，姚莫婉亦是坐立难安。一番焦急之后，终于被她发现一名好说话的暗卫，连忙扒拉在牢门上，死死揪住对方的衣服，一脸讨好地求情。

“大哥，看在我替你诊过脉的分上，你就告诉我肃亲王被带到哪去了吧！”

暗卫被她磨得无法，一面四顾，一面小声耳语道："听说王爷被直接带到皇上那去了，擅闯天牢本就是重罪，皇上又因为此事大怒，说是要严惩。"

姚莫婉心头一惊："那那那……会有什么后果？"

暗卫摇摇头："估计啊，不是大刑就是死罪喽。"

"死罪？！"姚莫婉震惊道，"不不不，我决不能让他再因我受罚！大哥，你帮我求个旨意好不好，就说我要见皇上！"

暗卫至此再不能由着她胡闹了，厉斥一声："大胆，皇上岂是你想见就见的！"

暗卫甩开姚莫婉的手，欲转身离去。姚莫婉见状，迅速从腰间的布包中取出一枚银针，眼看就要向他后颈的穴位刺去，恰在这时，夜君清和千面迈着大步走进牢房，姚莫婉见状连忙将银针收了回去。

暗卫迅速拦上前去，阻拦道："王爷，您不能进去。"

夜君清看向一旁的千面，千面一脸阴沉地向那名暗卫说道："皇上下令，立即释放姚莫婉。"

暗卫听后面露惊慌之色，连忙应承道："是是是，属下这就去开门。"

姚莫婉怔怔地看着眼前的夜君清，有些蒙了，直接傻在了当场。

"你……你怎么……"

夜君清笑道："本王看你这般活蹦乱跳的，想必是能够自行出宫吧。"

姚莫婉心中一动，装模作样地扶额，佯装虚弱，顺势倒在了夜君清的怀里："不知刚才是不是中了什么毒……"

话音未落，就被夜君清一把抱起向天牢外走去。不知道是不是故意逗她，姚莫婉感觉夜君清迈步时略有不稳，不禁小声嘟囔道："我有那么重吗？"

夜君清瞪她一眼，姚莫婉乖乖闭嘴，心里溢满小甜蜜，靠在他怀里心如小鹿乱撞地笑了。

夜君清抱着姚莫婉，在众目睽睽之下，一路阔步向宫外走去。姚莫婉偷偷睁开眼，看他坚毅的侧脸，怕他发现，孩子气地闭上眼睛，又偷看一眼。

二人皆不自知，眼前这一幕，尽数落入姚素鸾和彩萤眼中。

彩萤盯着姚莫婉的身影，阴阳怪气地说："奴婢听闻皇上不仅免了肃亲王擅闯天牢的重罪，还将姚莫婉一并释放，也不知道姚莫婉是用了什么迷魂计，连皇上都愿意为她坏规矩。"

姚素鸾死死盯着夜君清与姚莫婉踏出宫门的身影，心中恨极了，姚莫婉跟姚莫心一样，有了一个还不够，连另一个也要抢吗？

夜君清一路将姚莫婉从天牢抱回肃亲王府卧室，他随手一扔，直接把姚莫婉扔到了床上。姚莫婉故作娇弱之态，一边偷瞄着夜君清的反应，一边抱怨道："好歹我也是受了牢狱之灾，就不能怜香惜玉一点嘛！哎哟，我这里好疼，这儿也疼，还有这儿、这儿，我恐怕真是病了。"

夜君清眉毛一挑，似笑非笑地道："哦，我见你方才不是精神得很吗？"

姚莫婉面颊一红，支吾着道："那还不是……还不是担心你嘛……"

夜君清见姚莫婉一脸委屈，不免起了逗弄之心，忽然倾身贴近，顺势扣住她的双手。姚莫婉一下子没反应过来，看着眼前近在咫尺的夜君清，呼吸跟着一窒。

"你你你……你这是要做什么？"

"不是病了吗？"夜君清伸手摸向姚莫婉肩头，"你刚才说哪儿疼来着？这儿，还是这儿？"

"我我我我……我好像又不疼了。等等，夜君清……你不会是要乘人之危吧……"

"乘人之危？"夜君清慵懒一笑，"是啊，某人总是到处宣扬本王是个乘人之危的登徒子，本王徒有其名，倒是真的很吃亏啊！"

姚莫婉下意识地往后缩："你冷静点啊，我还没做好准备！"

夜君清看着姚莫婉一脸紧张、双眼紧闭的样子，忍俊不禁，拉过一旁的被子帮她盖上："做好什么准备？本王只是要帮你盖下被子，你脑子里都在想些什么？似乎有点邪恶呢！"

姚莫婉眼皮一松，恼羞成怒地扭过脸去。夜君清好笑地问道："你是在失望吗？"

"错觉！"莫婉立即发声，"绝对是错觉！没有的事！"

正无地自容时，却感觉到夜君清温柔地摸了摸自己的头。

"还好你没事。"

夜君清的音色低沉温润，听得莫婉一阵心动。她知道他是在乎她的，她知道……

"对了对了，"莫婉突然忆起之前的事，抬起脸来问夜君清，"皇上怎么赦免我们的？”

怎么赦免的……

夜君清眼神微动，眼前再次浮现夜鸿弈咄咄逼人的脸。

夜鸿弈说：“姚莫婉差点小命不保，也算是受到教训和惩罚了，朕可以放了她。只是你，身为堂堂亲王，罔顾律法，擅闯天牢，若朕不追究，岂不是视律法为无物？！何以正天下？！”

“朕不会施刑于你，你便自除朝服衣冠，跪于宫门前思过两个时辰，也让满朝臣子看看，堂堂肃亲王是何等的胡闹妄为！”

夜君清心知夜鸿弈是要挫一挫他的锐气，并不辩驳，直接行礼告辞，转身离去。

皇宫门口，他脱下朝服衣冠只着内袍，跪在门外，周围大臣太监来来往往，纷纷对他侧目，议论之声此起彼伏。日头毒辣，夜君清笔直地跪满两个时辰，经由太监搀扶才能起身。

这些都不能跟姚莫婉提及，姚莫婉坐在床头，看着夜君清恍神的模样，继续追问：“皇上到底说什么啊？”

夜君清回过神来，轻轻一笑：“不过是些边疆政务上的事罢了。”他顿了顿，忽然神情严肃地看着姚莫婉问道：“若是，你所爱之人决意放下身份与过往，带你去过另一种完全不同的平凡市井生活，你可愿意和他一起离开？”

姚莫婉理解了夜君清话中深意，眼神闪动。这是夜君清给她的答案，张口便想说我当然愿意。可话未说出口，脑海中忽然回荡起半夏的话——能不能查出娘娘被谁所害就在此一举！

姚莫婉看着夜君清，在心中默默地回答：我愿意！只是在此之前，我还有一件更重要的事情，待事情解决之后，我定会不顾一切地随他一同离开！

而姚府内，窦香兰与窦士明对坐在书房内，再次现出一抹忧思，这种忧思近段时日常常困扰着他们。

窦香兰问道：“不是已经都办妥了吗？为何那姚莫婉安然无恙，还被放出了天牢？”

窦士明看着焦躁的窦香兰，叹了口气：“东西是送到了没错，可惜被一个太监坏了事。”

“这么好的机会，居然就这么白白丢了！”窦香兰的食指在桌面上敲打着，“大哥，我看姚莫婉最近频繁出入宫廷，上次还去了内侍局，会不会是在暗中调查……”

窦士明脸上现出一样的忧虑：“不怕一万，就怕万一。”

“那我们如何是好啊？”窦香兰急道，“我最近眼皮直跳。”

窦士明此时没心思安慰窦香兰，神色凝重地道：“宫里有素鸾替咱们盯着。那她在姚府里的一举一动，你可都得好好看紧了。”

窦香兰连连点头。

就在窦氏兄妹头昏脑涨之时，令他们头疼无比的姚莫婉正穿过重重宫殿，来到姚莫心皇后宫殿后方的宫墙之下，一眼便看到了半夏所说的小花园。

姚莫婉记得半夏说过，匆匆将药渣埋于一株月季之下。但是环顾四周植物，却发现一整片花园种的都是月季！

“这可从何处寻起。”

姚莫婉焦急地翻找着，余光看到不远处忽然走来两个刚刚修剪完花草的太监，赶紧藏身于花丛后。

一个太监对其中一个说道：“也是奇怪，你说为何那株月季不论如何施养料，如何修剪，就是长不好。李公公都因这事儿骂了我好几回了，你说，要不然直接把它给拔了如何？”

“那可不行，”另一个连忙道，“听说那是皇后娘娘生前种下的，要是拔了可是会掉脑袋的！”

姚莫婉探着身子，仔细地听着，暗暗心惊，想必药渣藏匿之处正在于此！待他们走远，姚莫婉赶紧顺着他们来的方向找到花丛边，在一片月季中找到了最为矮小萎靡的那一株。环顾四周，确定没有人之后，从花的底部开始挖起，果然顺利翻找出了包好的药渣！

姚莫婉心中狂喜，迅速将药渣藏在腰间，低着头快步朝着宫门走去。眼看就要出宫，一个人却忽然横在了姚莫婉面前，挡住了她的去路。

“姚姑娘不是刚刚受过牢狱之苦，不在府上好好休养，为何又出现在这宫闱之中？”

姚莫婉抬头发现是千面，不禁暗自紧张起来，面上却是一笑：“千面大人似乎忘了，小女此前得了皇上旨意，是可以自由出入宫闱的。”

千面不动声色地说：“本官记得。姚姑娘可是查出什么了？”

“没有，”姚莫婉神色如常地说，“如果有，小女子会直接禀明皇上的。”

千面仔细打量她的神色，目光定格在她腰间，缓缓说道：“姚姑娘可能不知道，最近这宫里经常丢失贵重物件，所以皇上有交代，凡是出入往来的，都要经过本官逐一盘查，还望姚姑娘配合。”

说罢，千面便要去取姚莫婉腰间之物，恰被及时赶到的晗月公主阻拦住。

晗月说：“这女人家的物件，千面大人怕是不方便盘查了吧。”

姚莫婉与千面忙向晗月行礼。晗月一笑，亲昵地搂着姚莫婉道：“莫婉妹妹，上回替我诊病还未来得及谢你，这回婷婷有些不适，又要劳烦你帮忙了。”

晗月拉着姚莫婉欲走，却被千面叫住：“晗月公主请留步，卑职还需查验姚姑娘……”

“千面大人，”晗月冷声道，“倘若长风公主因此耽误了病情，这责任你担得起吗？”

未等千面回应，晗月便拉着姚莫婉离开了，她直接将姚莫婉带到了南疆使节馆内，小心谨慎地确认屋外无人后，连忙将屋门紧闭。

姚莫婉自见到晗月后便彻底放下了一颗心，将包好的药渣在桌上摊开，一面拿起一小簇仔细观察，又放在鼻前轻嗅，接着取出银针在药渣中蘸取测试，不禁眉头紧锁，暗暗纳罕，里面居然有三味毒！

晗月不知莫婉看出了什么，走进来挨着她坐下，口中疑惑道：“婉儿，莫心的死因不是早已证据确凿？连李贵人也已经被指认处死，为何你还在追查此案？”

姚莫婉摇了摇头：“是我自觉其中仍有蹊跷，李贵人恐怕也是受人诬陷，真正的嫌犯或许另有其人，不，远不止一人。”

“你可有证据？”晗月满脸震惊。

“这份药渣便是。”莫婉对晗月说，“当时李贵人娘家负责供给宫中药材库，是有人将这药材浸了马钱子混入其中，这才使李贵人百口莫辩被处死。这其中还有一味剧毒之物，乃是酥清风，绝非我大楚境内所有之物。倘若是一人而为，怎会冒着风险在姐姐的汤药里混入两种截然不同的剧毒？”

晗月说："嫌犯会不会是为了更加稳妥？"

"不。"姚莫婉若有所思地看着药渣，说道，"可我还在药渣中发现了一味附子胶，此药并无毒性，但若是怀胎之人服用过量，便会立马引发胎儿小产。"

"附子胶？！"晗月一惊。

姚莫婉点了点头："姐姐你想，光是马钱子一种毒便可致命，嫌犯为何还要多此一举？这只能证明下毒之人必定是两批甚至三批人马！"

晗月神情凝重地看向姚莫婉："你觉得会是何人想要对莫心下毒手？"

"若是后妃所为，大抵是因爱生恨。"莫婉思索着说，"三妃之中，只桓采儿较为低调。姚素鸾心系皇上，王沁若深爱夜君清，都有可能深恨姐姐夺爱，还有就是——"

"夜鸿弈。"

姚莫婉迟疑着，晗月却先她一步将这个名字说出来，令姚莫婉十分震惊。虽然她也曾疑心过夜鸿弈，但从未如晗月这般笃定过。

姚莫婉震惊地看着晗月："姐姐，你怎么……"

晗月回视姚莫婉，一字一句地道："倘若其中真的有堕胎药，我倒觉得，大有可能是他所为。"

"为何？！"莫婉追问道。

晗月说："因为莫心曾与我讲过，她与夜君清的'那一夜'故事……"

那时，夜鸿弈正被其他皇子围困，叛军已直逼城门。姚莫心孤身一人前去军营寻求夜君清帮助，她不眠不休纵马疾行，刚从马上下来便昏厥了，夜君清将她抱进帅帐中，放于榻上。姚莫心脸上仍挂着泪痕，夜君清在一旁守着她，听到她连梦中所唤的都是鸿弈。

夜君清早知夜鸿弈被困宫中，若无意外，大楚城中即将面临一场混战。夜君清十分清楚姚莫心希望他可以救夜鸿弈，可夜君清亦清楚地知道，一旦救下，大楚江山便真的彻彻底底地易主了。之后悠悠醒转的姚莫心急忙就要下榻，她惊惶悲痛地抓住夜君清的手，凄楚地喊他君清。

夜君清看着焦急万分的姚莫心，强行忍住悲伤，轻声道："你赶了这么久的路，原是为了帮他求救兵？"

他多希望，她如此心急如焚之态，是纯粹为了来见他。

可姚莫心偏偏不肯骗他，斩钉截铁地说：“是，心儿要护他，也要维护大楚基业、百姓安宁，如今正是夺嫡关键时刻，大楚期待一个明君！”

“明君？”夜君清摇摇头道，“大楚不见得只会有他一个明君。”

姚莫心一愣，近乎恳求地道：“鸿弈已是我的夫君，他所愿便是我所愿，只要我能为他做到。君清，且当我求你，你是大楚战神，若你旗帜鲜明支持鸿弈登基，天下莫敢不从！”

夜君清露出一抹苦笑：“是啊，他是你夫君。可倘若我不救他，他死了呢？”

“那莫心必定追随他而去！”

姚莫心坚定的眼神刺得夜君清心中一痛。

“原来错过了，便真的是一生。”

姚莫心道：“对不起，君清，除了你，我不知道还能找谁相助。”

夜君清轻轻摇了摇头：“莫心，永远不要跟我说对不起。我夜君清决意护你一世周全，便是一世，矢志不渝。”

姚莫心听后又是感动又是痛苦地捂住了脸，失声痛哭。

就在这时，奔雷突然从帐外冲入，阻拦道：“王爷，您真要救他？！先皇虽未明诏传位何人，可朝野上下心知肚明，他是属意于您的！外面无数将士和王公贵胄一心一意盘算着要拥您为帝，您真要把这唾手可得的皇位赠予他人？！”

夜君清想也未想，训斥道：“退下！”

“王爷，您真要为了这个女人……”

“本王让你退下！”

奔雷愤愤不平地退下，夜君清看向姚莫心，笑道：“你知道的，我本就向往闲云野鹤，朝野纷争不适合我。我既已答应，便不会反悔。只是莫心，你要答应我一个要求。”

姚莫心猛然抬头看向夜君清。

夜君清为了姚莫心，连江山都肯拱手相让，却因为这一夜之约，留下诸多诟病，让姚莫心深陷谣言之中而不得解脱。直到姚莫心身怀六甲，与如愿坐稳龙位的夜鸿弈发生过几次争吵之时，夜鸿弈终是开始怀疑，姚莫心腹中胎儿究竟是不是自己的。

屋内瓷器碎了一地，愤怒中的姚莫心满眼受伤地看着夜鸿弈的背影，质问道："我任凭谣言四起，通通选择视而不见，可我没有想到，鸿弈，居然连你也要来试探我？！"

夜鸿弈没有回头，只淡淡问道："朕不过是无心之问，为何皇后要这般发怒？"

姚莫心心中犹如针刺："皇上唤我皇后，这是要与我生分了吗？好，那日若不是为了救皇上，臣妾何苦要去以命相求肃亲王出兵？"

夜鸿弈背影一僵，随即转过身来，急切逼近道："那你能否说得清楚，那一夜里，你与他之间到底发生了什么？"

姚莫心说："臣妾……不过是替肃亲王完成了一幅画作！"

夜鸿弈不信，充满怒意地质问道："作画？呵，作画？难道朕要昭告天下，那晚不过是作画而已？谁会相信？"

姚莫心心痛欲裂地盯着夜鸿弈："鸿弈，外人不信便罢了，可你不该不信！我若与他真有什么，如今你安能稳稳坐于这龙椅之上？"

夜鸿弈猛然抬起姚莫心的下巴，却看见她眼底含满了泪水，最终放手作罢："我信你，只是如今宫内流言纷纷，你有孕在身，还是少出去吧，免得生气伤身。朕……得空再来看你。"

说罢，就此转身离去，徒留姚莫心失神地跌坐在椅子上。

南疆使节馆中，"啪"的一声，姚莫婉将一只花瓶撞落在地，神情恍惚。转述完一切的晗月注意到姚莫婉的手被划伤了，连忙上前，焦急道："婉儿，你的手！"

姚莫婉这才注意到伤口正渗着鲜血，疼得她直皱眉。

晗月叱她："想什么呢？这么不小心！"

姚莫婉说："我相信姐姐。"

"你说什么？"

晗月因为莫婉这句不着边际的话，略显困惑地歪了下头。

姚莫婉说："不知为何，我对姐姐的情感总是有种莫名的感同身受。算了，或许只是同胞姐妹之间的心灵相惜吧。"

晗月双目闪动，突然出言道："婉儿，你还记不记得上回我和你说的同心蛊？被下过同心蛊的人，只要灵魂尚在，另一人定能有所感知。”

姚莫婉闻言点头：“姐姐为何又提起此事，婉儿不明白。”

晗月说：“我曾在莫心生前替她施下此蛊，可令我百思不得其解的是，虽然得知莫心离世，我对她的感知却从未消散！”

“可是姐姐已经……”

“若是莫心真的死了，蛊虫也会随之死亡，”晗月焦急地打断姚莫婉的话，“可我，却在你身上发现了莫心的蛊虫。”

晗月说着一边将莫婉的衣袖撩起，再将自己胳膊露出，两个一模一样的蛊虫印记迅速显现。

晗月说：“婉儿你听着，现在只有两种可能，要么，你就是莫心。”

“怎么会……不，这不可能！”

“若你不是，”晗月给出了一个让莫婉震惊无比的答案，“那就是说，莫心根本没有死！”

是夜，姚莫婉拖着疲惫的身躯回到姚府，脑中不断闪回近日来的蹊跷之事，一会儿是姚莫心宫中母亲带着哭腔的祈求，一会儿是夜鸿弈婉转的拒绝。

“娘娘入殓以前，不知能否容臣妇再看她一眼……”

夜鸿弈沉痛地闭上双眼：“莫心遭奸人残害，去时已是……只怕夫人看了徒增伤心。以朕之见，与其让美丽成零，不如将莫心生前最美的容颜留存在记忆中吧。”

一下子又是御书房内，夜鸿弈拒绝莫婉追查此案。

“你的心情朕能理解，但此案终结，莫心已故去，就让她安心长眠吧，莫婉姑娘不必继续纠结于此。”

“可是——”

“够了！不必再多说了，朕决不许任何人再打扰莫心！”

再一下，是她在假山处伸手触碰的那个玉佩凹印。

还有今天，那包摊开在桌上的药渣，那包具有三味毒药的药渣，以及晗月紧随其后的那句：“倘若其中真的有堕胎药，我倒觉得，大有可能是他所为。”

“婉儿你听着，现在只有两种可能，要么，你就是莫心。”

“不，这不可能！”

“若你不是，那就是说，莫心根本没有死！”

想到这些，姚莫婉面色越发凝重，抬头朝自己的卧房看去，发现里面竟然亮着烛火。

姚莫婉推门进屋，看见莫离正在桌前强撑着倦意，面前还摆着鸡汤，显然已经等候多时。

姚莫婉拿起薄被为莫离盖上，虽然已经十分轻手轻脚，仍然惊醒了莫离。

“婉儿，你可算是回来了。”

“娘。”莫婉笑眯眯地看着莫离。

莫离无奈地摇了摇头：“你看这都什么时辰了，娘给你熬的鸡汤都温了好几回了。来，快把汤趁热喝了。”

姚莫婉看着莫离小心翼翼替自己盛汤的模样，眼眶微湿，嗅进一大口香气。

莫离一面将汤送到她面前，一面责备道：“也不知道这宫里有什么好的，让你天天往里跑。”

姚莫婉调皮地眨眨眼：“南疆的晗月公主前来大楚之后，身子总有些水土不服，便时常叫我去帮她诊病。娘，你放心，晗月公主对我关照有加，待我就如同待亲妹妹一般，婉儿受不了委屈的！”

莫离叹息：“说起来也怪，你自小就不愿意跟着我学药理，反倒是失忆之后，诊起病来越来越像那么回事了。”

姚莫婉将脸从汤碗中抬起来：“这不正说明了，婉儿有天赋嘛！”

“是是是，你啊，倒也的确有几分心儿的架势。”

莫离虽然是打趣的样子，但提到姚莫心，却难免有几分伤感。

姚莫婉放下手中鸡汤，面带犹豫地试探道：“娘，连你也觉得我和姐姐越来越像吗？”

莫离温柔地抚摸着姚莫婉的面颊。

“傻姑娘，你是你，心儿是心儿。但是不管是你还是心儿，都是娘的心头肉。”

姚莫婉心底一暖，一把钻进莫离的怀里，将她抱紧。这个动作却不小心弄疼了莫离，她下意识地捂住了自己的肩膀。

姚莫婉吓了一跳，顺着莫离的手看去，稍稍掀开她的衣服，却发现不少青紫的痕迹。

“这是怎么回事？”莫婉惊讶道，“窦香兰又欺负你了，是不是？这个蛇蝎心肠的毒妇！迟早有一天我会让她尝到报应！”

姚莫婉一边拿来热手帕替莫离热敷伤病之处。

莫离生怕莫婉做出什么事来，轻叱道：“婉儿，她毕竟是这姚府内的当家主母，切莫冲动！”

“娘，这窦香兰不仅在姚府横行霸道，还连同窦氏一族进行官职买卖、贪赃贿赂的污糟之事！”

姚莫婉声音越来越大，急得莫离拍桌：“住嘴，这种事情瞎说不得！”

“我没有瞎说。”姚莫婉说，“待我拿到了证据，迟早有一天，定会让她彻底败露。”

“证据？”莫离见她不似口无遮拦地胡说，追问道，“什么证据？”

“他们买卖官职、贪赃贿赂的账簿。”

“你可曾亲眼见过？”

姚莫婉思忖片刻，道：“在我失忆前，应当是见过。”

莫离像是想到了什么，忽然惊慌起来。

“此前你遭受失踪遇险，难道是——婉儿，你答应娘，在拿到铁证之前，绝不允许轻举妄动！”

她已经失去一个女儿了，不想再因此失去姚莫婉。

姚莫婉看着莫离紧张的样子，知道她所思所虑，顺从地点了点头。

母女二人皆不知道，她们窃窃私语的身影被烛光映在了窗影之上。她们的对话也被窦香兰派来的嬷嬷听个正着。

姚莫婉总觉得坐立不安，待母亲走后，神情恍惚地走到了姚莫心宫外。莫婉不知道来这里做什么，无意识中便走到了这里。

宫外原本静怡，却突然疾步走出一群打扮奇特的巫医。姚莫婉赶忙闪身在旁，暗暗惊异。

巫医？为何巫医会从姐姐宫中出来？

脑中忽然闪出一块玉佩凹印，一道暗门缓缓打开，似乎里面还别有洞天。

姚莫婉猛地瞪大双眼，忽然意识到什么，确认巫医离去之后，悄悄向宫内潜去。

姚莫婉四处寻找着上次墙壁处所见的那块玉佩凹印。站在墙壁前，她紧张得深吸一口气，下定决心一般伸手，最终触碰到机关。

暗门，打开了。

姚莫婉缓缓走进那道门，小心翼翼地沿着台阶，进入地宫之中，眼前的事物让她震惊万分！

只见姚莫心此时此刻仍然保留着原来的容貌和面色，被放置于一副水晶冰棺之中，如同沉睡了一般，周身摆满了巫医施咒的法器。

“莫心！”

姚莫婉不禁将自己的嘴用力捂住，极力克制住自己的震惊。

在看到姚莫心身体的那一刹那，所有的记忆如排山倒海般袭来。莫婉只觉一阵晕眩，脑中残影不断。画面从姚莫心与夜鸿弈、夜君清三人间初见、甜蜜、大婚，直至争吵、反目、分离、死亡。一个个画面拼接出一个完整的故事。

姚莫心的面庞与姚莫婉合而为一，化作姚莫婉此时此刻震惊无比的神情。

她怔怔地看着水晶棺中熟悉的面容，缓缓吐出一句话：“我就是姚莫心！”

第十二章

姚莫婉慢步走在甬道上，双眼空洞无神，走路已经步履蹒跚，眼眶中泪珠隐现，忽觉头部一阵剧痛，脑中闪过的一幕幕画面，无一不诛心。

“为什么让我记起来？”姚莫婉面带痛苦地望向虚空。

是的，她记起来了。记起当年大楚皇宫中，初为人母的喜悦。那时，她还是姚莫心，即便孕期反应强烈，依然坚持亲手给她的仲儿缝制小衣服。

记得她欢欣雀跃地前往御书房，刻意让侍卫不要行礼，屏退左右，却在无意中看到她心爱的男人将令牌交到安炳山手中，神色凝重地说：“仲儿再有三月便要出生了，可朕每每想到这吕不韦与赵姬之疑，心中总是多有不安。”

那一刻的心痛与愤怒是无以复加的，她紧紧攥住衣服，万万没有想到，自己心爱的男人竟然动了废后之心。她不动声色地悄悄离去，仍在暗暗希冀，他只是一时听信了外界传言，终还会信她。但是很快，他就用实际行动告诉她，不要再妄想了！

夜鸿弈手抓着桌上的奏折，以一种委婉的方式，痛苦万分地看着她说：“莫心，你看看，这些奏折，都是要朕废后的！”

她无动于衷地跪在地上，夜鸿弈仿佛被激怒一般，将奏折拍在桌上，斥责道：“朕说过多少次，后宫莫要干政，你偏偏不听！”

“臣妾所作所为，是为了皇上、为了大楚，并非要做那吕后，那帮迂腐老臣不信，难道皇上也不信？”

她辩驳得甚是平淡，知道万事皆已注定，他早有答案了，包括桌上这些奏折。

夜鸿弈长叹一口气：“为了朕也罢，为了大楚也好，但这大楚是朕一个人的大楚，不需要也不允许旁人干涉朕的权威，往后你好生打理后宫，朝堂之事莫再涉足了。"

她至今记得他离去的姿态，显得他多么的宽容。

脑中画面一闪，再次跳回死前那一晚。她躺在榻上大口大口地吐血，已经说不出话来。夜鸿弈焦急地看着她，榻下依次跪着姚素鸾、王沁若、桓采儿。姚莫心的眼睛从她们脸上一一扫过去，最后是夜鸿弈，每个人都抬头看过来，又故意躲闪着眼神。

"天意弄人，天意弄人啊！"

忆起这些的姚莫婉苦笑着摇了摇头。那些心怀鬼胎的人们，只给她留了一条路，一条不能生只能死的路。

与此同时，不知道姚莫婉便是姚莫心的夜鸿弈正带着几名巫医，从地宫门沿着台阶走至姚莫心的水晶棺边。

巫医上前查看后，照例摇了摇头："皇上，恕臣无能，直到如今娘娘依旧没有苏醒的迹象，我等能做的，也只是维持她身体不腐罢了。"

夜鸿弈看着棺中神色如常，却毫无生气的莫心，愤怒地吼道："滚！没用的东西，都给朕滚！"

巫医面露惊慌之色，纷纷叩首，一哄而散。夜鸿弈缓缓走到水晶棺边，隔着水晶棺抚摸着姚莫心的脸。这一刻的他，确实是痛苦的。

"莫心！莫心！是朕对不起你，朕悔不该当初……莫心……"

夜鸿弈痛苦地敲打着水晶棺，最后趴在水晶棺上失声痛哭。

另一边的肃亲王府内，亦是灯火通明，跟忆起过往的姚莫婉和活在悔恨中的夜鸿弈不同，夜君清的心境从未如此刻这般释怀过。

姚莫心的画像已被修补好，悬挂在墙壁上。夜君清盘腿坐在地上，面前放着一壶酒、两只盏。

夜君清将盏中酒一饮而尽，对着画中的姚莫心道："莫心，以前我总希望能陪在你身边，护你一世。如今倒了了心愿，却是参商永离、人心已变。我从没想到，有一日，我竟也会变，我心里似乎已有了别人，对不起。也许这也是从前的你所希望看到的。"

夜君清再斟满酒，对着姚莫心的画像再度饮下，闭上眼，再睁开眼看向画像，仿佛姚莫心就在眼前。

"莫心，你安心，过往种种我已决定放下，从此我会代你守护她。"

可叹痴心总被错负，放下酒杯微笑的夜君清尚且不知，他的莫婉不在了，真正的莫心，要回来了。

姚府门外，姚莫婉拖着沉重的步伐走到门外，正好撞上风尘仆仆的寒锦衣。

“婉儿！”

姚莫婉猛然回神，眼中射出的凌厉目光，吓了寒锦衣一跳。

“婉儿，你这是……怎么了？”

姚莫婉收回视线，冷冷地道：“本宫无碍。”

“本宫？！”寒锦衣惊讶地看着她，“你究竟是怎么了？怎么今日竟像变了个人？这是刚从宫里回来？可是查出了什么眉目？你别吓我啊！”

经由寒锦衣一番追问，姚莫婉才算镇定下来。她深吸了口气，缓了缓神，环顾左右无人，方示意寒锦衣到一边坐下详谈。

“你可记得我说过的那服安胎药？我已查出那里面有马钱子、酥青风和附子胶三味毒。”

寒锦衣闻言思索了一会儿，方才说道：“酥青风？我记得大楚境内并无此药，那是大蜀皇族用作药引之物，极其珍贵，寻常人不可能拿到，至于这附子胶，我倒是在盗九龙杯时，在宫中的珍宝阁里见过！”

姚莫婉点点头：“若是如此，那就对上了，窦士明总管蜀楚边境政务，与蜀国王公贵胄少不了来往，姐姐暴病前半月窦士明曾秘密入京，这酥青风大抵便是他那时带入京的，凭借他与姚素鸾的关系，可想而知这味药是谁下的了。而附子胶可让孕妇滑胎，况且能将此物藏在珍宝阁的，也只有皇上一人。”

寒锦衣说：“这最后一味马钱子便是那李贵人所下的了？”

姚莫婉摇头：“我已查出李贵人不过是个替罪羊罢了，当时指认她的婢女是王沁若贴身大婢彩蝶的远亲。”

寒锦衣震惊地看向姚莫婉：“我……我知道莫心暴病绝不简单，可是万万没想到，居然是后宫和皇上集体参与的一场阴谋。”

“或许最令人心痛的，莫过于亲手推她下地狱的人，竟是缱绻情浓的爱人和视若亲人的姐妹。”姚莫婉平淡地道，“真是讽刺，可悲啊可悲，自古多情最无用，在权欲争斗面前，感情便是最大的软肋，可惜姐姐到死才明白这个道理。”

姚莫婉背过身去痛苦地闭上眼，寒锦衣走到姚莫婉身后，将手抚在她的肩膀上。

“你也别太难过，事已至此，咱们应当长远计划才是。你有何打算？”

姚莫婉转过头来，眼神锐利如一把利刃。

“复仇。”

寒锦衣觉得今日的莫婉非常不同，一时又说不出哪里不一样。也许是一时之间无法接受姐姐被害的内幕吧。

寒锦衣劝慰道：“事到如今，此事已不单单是后宫，更牵扯到皇上，切不可轻举妄动，否则便会重蹈你姐姐的覆辙！”

“那又如何？”姚莫婉激动地道，“姐姐一片深情竟让他们逼到如此境地，仲儿还未出世，便夭折腹中，他还是个孩子，怎能残忍至此！你不懂这背叛之苦，更不明白这丧子之痛，而今我再次回来，定要他们血染我踏上凤权之路！”

寒锦衣心疼地想要安慰莫婉：“我明白，我知道你现在心里不好受，可是你现在这样，叫人如何能安心。”

手刚伸过去，便被姚莫婉推开了，她道：“别再劝了，我刚才所说的一切，止于你我，别让君清知道，他已为莫心做了太多太多，不该再让他承担这复仇的责任。从今往后，换我来守护他。答应我。”

寒锦衣了然地点点头：“唉，我也有此意，若是君清得知，怕是会不顾一切地杀了他们吧！”

姚莫婉没再向他解释其他缘由，郑重向寒锦衣鞠了一躬：“锦衣，你为我所做的一切，无以为报，谢谢！照顾好君清。”

寒锦衣困惑地看着姚莫婉逐渐远去的背影，越发觉得，她今日有些不寻常。

姚莫婉悲恸地走进院子，恰好被远处的窦香兰看见。窦香兰见她神色有些奇怪，正打算跟上去，却在这时被刘醒叫住，说是老爷让她过去一趟。窦香兰只能看着姚莫婉进门，心中暗暗思忖，等下一定折返回来，探个究竟。

莫离正在屋中挑灯修补衣服，忽然看到姚莫婉推门而入，不禁皱眉问道：“莫婉，怎么才回来？”

姚莫婉看到莫离穿着打了补丁的衣服，立刻难过起来，哭着跑过去投入莫离的怀中。

“娘！”

莫离摸着姚莫婉的头，面带疑虑地问：“怎么了？窦香兰又委屈你了？”

姚莫婉摇摇头，心中百转愁肠，流着泪嗫嚅道：“娘，女儿对不起您，本该是享福的时候，您却还要屈身于陋室，被苦蒙荆，在姚府忍辱负重，是女儿无能，没有尽孝道。”

莫离看着满眼是泪的姚莫婉，心疼地安抚：“怎么说起这些来了？莫婉，娘本就是苦出身，如今这些算得上什么？况且还有你和震霆陪着我，有你们娘就满足了。唉，唯一对不起的就是莫心，千不该万不该，当初就不该同意她入宫，这步步惊心的皇宫，岂是能独善其身的地方。”

姚莫婉抹了抹眼泪坐了起来，拉住莫离的手：“娘，纵使您不允，姐姐也必会入宫，那里有她的爱人和她实现抱负的必经之路。她只是恨，恨那些负了她深情之人，为了一己私欲，竟然不顾爱人和姐妹之情，对她和腹中即将出世的孩子，痛下杀手。”

莫离惊讶地看着莫婉：“你……你是说，莫心是被皇上和姚素鸾所害？”

姚莫婉点点头：“还有王沁若。”

莫离悲伤地闭上眼睛，两行清泪自面上滑下：“权力之下真情何足道哉？震霆与我不就是前车之鉴吗？为了一展前程，宁愿委屈我，迎娶窦香兰为正室，真是悔教夫婿觅封侯。唉，错就错在，我竟相信皇上与莫心会是个例外。”

莫婉苦笑着摇了摇头：“娘，我不曾负过任何人，唯负君清，可既然老天爷给了我机会，为了……莫心和君清，为了枉死的仲儿，纵使前路坎坷，要与天下为敌，也要让罪人得到应有的惩罚，造一个真情不再为权力所困的将来。”

莫离看着眼前的姚莫婉忽然不语，莫心和莫婉都是她的孩子，她了解她们，如同了解自己的左右手一般。莫离与莫婉互相对视片刻，突然一把抱住姚莫婉。

“莫心！你是莫心！虽然是你妹妹的身子，但这些话只有莫心能说得出，娘不会认错的。”

知子莫若母，姚莫婉哀伤地回抱住母亲，在她耳边道：“之前的莫心早就已经死了，而今我只是拥有姐姐记忆的莫婉罢了。为了我们，这个仇我必须报。”

莫离松开手臂，担忧地看着姚莫婉：“不论是莫心还是莫婉，娘只知道现在你是我唯一的女儿，我不许你再去涉险。”

“娘！”姚莫婉激动地说，“若是再胆怯逃避下去，我们终会沦为俎上之肉任人宰割，我要活着，决不要再被害死一次！”

然而，姚莫婉与莫离都没有注意到，去而复返的窦香兰悄悄蹲在门口侧耳偷听起来。

姚莫婉说：“娘，还记得我跟您说过的窦氏那本账簿吗？我猜当日我被人掳走暗害便是因此而起，并且他们到现在也没有找到，否则不会一次次下手相害。劳烦娘代为搜寻一番，若能找到，足以令窦家毁于一旦！”

莫离也知此事是目前最大隐患，想了想点头道：“好，娘必会好好搜寻的。”

窦香兰听见此话神色大变，慌忙蹑手蹑脚地离开了，她找到窦士明时，他正在客房中饮酒。窦香兰闯进来，二话不说将他举起的杯子夺过砸到了地上。

“都什么时候了，还喝！”

窦士明不知道窦香兰哪来这么一股子邪火，气闷道：“大晚上抽什么风啊？这可是二十年陈酿的女儿红。”

话毕，直接拿起酒壶豪饮。

窦香兰也没再劝，一脸怒气地坐到椅子上对窦士明道：“好，你喝，等我们窦家被满门抄斩的时候，看你还有没有命喝。”

“满门抄斩？”窦士明皱了皱眉，追问道，“什么意思？”

窦香兰道：“此前那本遗失的账簿果然是落在了姚莫婉手里，她已经交代莫离去找了！”

窦士明脚步不稳，险些跌倒：“什么？！”

窦香兰面露阴狠之色，与窦士明道：“大哥，要不一不做二不休，咱们把姚莫婉和莫离全都……”

窦香兰做了个抹脖子的动作。

窦士明神色凝重地摆手：“他们的命不打紧，重要的是那本账簿，一日找不到始终是个隐患，这样，从明天开始你给我时刻盯住莫离，一旦她找到，立刻控制住，把账簿夺过来。”

顺藤摸瓜，销毁账簿才是他们最先应该忧心的事。

窦士明面露杀气地说：“想整垮我们窦家，没那么容易！”

第二日清早，肃亲王府书房的窗棂，自斜刺里迎进一束暖阳。夜君清昨夜酒酣，直接在此处歇下，一夜好眠。脸颊被晒得温热，夜君清睡眼惺忪地睁开眼，却看见姚莫婉居然侧卧在旁。脸上感受到的温度，与骄阳无关，竟是她轻抚在他脸上的手。

夜君清被吓得惊坐起来，瞬间清醒：“你……你怎么在这儿？”

“我为何不能在这儿？”

姚莫婉笑看向地上的酒瓶和墙壁上挂着的姚莫心画像。自从决定复仇，她便知道，有些东西再难复还。但是她仍旧想给自己和夜君清一天快活，遂忍住内心酸楚，挤出笑容问道：“看样子，又陪了姐姐一夜？”

夜君清口中欲言又止，焦急想解释，又拉不下面子，含糊不清地道：“不……不是你想的那样。”

姚莫婉笑了笑，随后双手合十闭上眼睛跪在地上，幽幽地说：“姐姐，夜君清他欺骗我的感情，脚踏两只船，明明心里没我，却又总是表现很在意的样子，让我不能离弃，行为实属无耻。”

“你胡说些什么，”夜君清急了，“本王怎会是这种人。”

姚莫婉睁开眼，俏皮地笑了，凑近夜君清，直至呼吸相闻：“你是在否认没有脚踏两只船，还是否认心里没我啊？”

夜君清被她问得语塞：“我……你……你今日好生奇怪。”

姚莫婉说：“暂且不论从前你真情假意，夜君清，这一路上你一直在前面跑，我一直在后面追，真的很累啊！我只想知道，你心里到底有没有我。”

夜君清正色道：“本王心里自然是有……”

“先别急着回答，”姚莫婉打断夜君清的话，“等你今日陪我做完这张清单上面的事，考虑好再回答我也不迟。”

说罢，姚莫婉将一张纸展示在夜君清面前，夜君清接过看了看，狐疑道：“可你为何非要在今天完成这些事？以后我们有的是……时间。”

姚莫婉转过身去，心中一阵绞痛。君清以为他们有的是时间，可惜，时日真的不多了。

姚莫婉不动声色地擦掉眼中泪花，重新绽开笑颜：“你就当我是任性咯，我偏要在今天完成。”

在姚莫婉的清单中，庙会是第一项。熙熙攘攘的人群中，她拉着夜君清的手吃着糖葫芦，并无意外，收获夜君清一脸嫌弃。她笑得前仰后合，又拉着他朝远处挂满红绳的姻缘树而去。红绸飘舞，挂满有情人的姓名，莫婉艳羡不已，拿出一条红绸带写上自己名字，随后把笔交给夜君清。夜君清在情爱一事上向来有些别扭，正准备推脱，被姚莫婉上前强行握住手，写下他的名字，一个笑得俏皮，一个笑得无奈。

两人一同将绸缎带系在了树上，头顶上，绸缎带迎风飘舞，“姚莫婉夜君清”字字清晰。姚莫婉深深望了一会儿，在清单上划去一项，拉着夜君清的手向下一个地点而去。

清风，郊外。

姚莫婉和夜君清站在草地上，端着一盏稍大的孔明灯。两人一左一右在灯上写着字，姚莫婉踮起脚尖想偷看，被夜君清用手指抵住脑门。

姚莫婉撇了撇嘴，看了一眼露出微笑的夜君清，随后又低头继续写。

两人共同举起点着了火的孔明灯，同时松手，孔明灯缓缓飞向天空。就在这一刻，姚莫婉焦急地跑到夜君清那边，想要看他写了什么。

“梦里梦外皆辗转，相忆相思念莫……”

由于最后一个字看不到，姚莫婉急得随着孔明灯的转动而转，却一不小心跌倒在地，夜君清忍俊不禁，伸出手拉起她。姚莫婉白了夜君清一眼，随后大步走开，夜君清无奈地摇摇头，跟了上去。

孔明灯旋转着慢慢升空，一边露出莫婉所书的字——愿与君清生生不离，生死相依；一边慢慢转向另一边，露出了一个“婉”字——梦里梦外皆辗转，相忆相思念莫婉。

姚莫婉和夜君清走到一条岔路口，姚莫婉停了下来，转身看向夜君清。

“君清，你还记得此处吗？”

夜君清微笑着点点头：“当然，若不是你，本王恐怕已遭不测了。”

姚莫婉面朝路口，想到前尘往事，不禁感慨道：“这里是你我第一次生死与共的地方，若不是那次遇险，恐怕至今依旧形同陌路，所以啊，千生百世，缘起缘灭，皆已注定，就像我兜兜转转又回到你的身边，没想到你还在原地等我。”

莫婉说完，深情地看向夜君清。

夜君清面带疑惑，略显不解：“本王与你自此处相识相知，何谈等你一说？”

姚莫婉缓过神来，仓促一笑：“我是想说，当时为了救你，背着你走了一路，半条命都快累没了，此事一直令我耿耿于怀，公平起见，这后面的路，得你背着我走。蹲下蹲下。”

莫婉边说边拍了拍夜君清的背，夜君清无奈地笑了笑，随后蹲下。

郊外山路还算平坦，夜君清背着姚莫婉缓步前行，姚莫婉靠在夜君清的背上，心中溢满苦涩又幸福的甜蜜。

姚莫婉说：“君清，若是莫心此时出现在你面前，你最想对她说什么？”

夜君清思虑片刻，道：“别来无恙。”

“就这些？”

“就这些。”

姚莫婉又问：“那你猜，她会对你说什么？”

夜君清摇头：“不清楚。”

姚莫婉说：“我猜，她应该会说，好久不见。”

夜君清点点头，沉默下来。

莫婉继续道：“你对莫心爱得这般深沉，难道再见到她，就不想挽回甚至得到她吗？”

夜君清轻轻一笑：“我有所念人，隔在远远乡，乡远去不得，无日不瞻望。或许这人间不是所有付出都一定要期待投桃报李吧。”

“那若是她愿意与你共度此生呢？”莫婉追问道。

君清摇摇头：“只可惜她泛起大川，碧波里不是我，所以只要她安好，我愿用一生去守望。”

姚莫婉听得眼眶湿润，突然回想起大楚宫内与半夏的对话。半夏说她就知道娘娘不是石头做的人，肃亲王一片赤诚痴心不悔，甘愿为娘娘出生入死，甚至连皇位都可以拱手相让。那时她回半夏的话是，今生今世终究是她欠了君清，无可偿还，若有来世，她必将此心付与他，日月可鉴。

而如今，姚莫婉泪眼婆娑地在夜君清背上写下一个“好”字。

夜君清微微回首：“你写了什么？”

姚莫婉擦掉眼泪，说道：“没什么，姐姐对你并非无情，只是命运弄人，令你们彼此错过，若是时间可以逆转，我相信姐姐会选择你。”

君清眉心微蹙：“你今日好生古怪，为何总提莫心的事？”

姚莫婉将头靠在他的背上，瓮声瓮气地说："随便说说而已，话说能不能快点，等到了山上，太阳都下山了。"

夜君清嘴角露出微笑，忽然快步跑起来，颠得姚莫婉一惊。

"慢……慢点！夜君清！"

声音由小到大，回荡在空阔山路。快乐亦如此，余音绕梁。

之后，姚莫婉和夜君清一路行至猎户家，在门前，两人行了跪拜礼，祭拜了猎户，再起身时姚莫婉长吸了一口气。

"若当时不强求老人家救我们，或许此时他正与妻子在这山林中，怡然自乐地活着。"

夜君清想到此处，亦是满脸愧色，须臾，从腰间掏出匕首，将手划破。

姚莫婉见状惊呼："君清，你这是做什么？"

夜君清将血洒在周围，郑重道："我夜君清对二老起誓，只要我在一日，便不会让战乱祸及楚国百姓，也绝不让悲剧再次重演，定不负救命之恩。"

夜君清说完，忽然一阵风呼啸而过，似逝者一声慈爱的叹息。姚莫婉激动地抱着夜君清道："君清，二老听见了！"

夜君清与姚莫婉相视一笑，又向林中行去。

"到了。"莫婉轻笑。

夜君清向四周看了看，有些不解："这里是？"

莫婉道："这里对于你来说，不过是一片树林罢了，可是对于我来说，却是关系重大，就在这里我有了第一个名字——念心。"

夜君清笑道："怎么，领本王来此地，是要怨我，自与你相识，便有三心二意之实？"

姚莫婉调皮地眨了眨眼："我没那么小气。起初在这里，你对我只有感恩之心，并无男女之情，现如今，兜兜转转又回到了这里，很奇妙。"

夜君清听完此话抬头看了眼姚莫婉，此时在他的心中只有欢喜。他默默地看着莫婉，对未来充满憧憬，口中却是调侃道："难道你这便满足了？这不过只是起点而已，未来还有一路大好风景，等待你我一同遍览。莫婉，待眼前事了了，你便随我远离朝野纷争，去过自由自在的俗世生活吧。喝最烈的酒，爱最痛快的人，海阔云高快意平生，岂不快哉！"

姚莫婉闻言沉默许久，再难控制心中酸涩，落下泪来。夜君清不明其意，正欲询问，姚莫婉已踮起脚尖吻上了君清。

唇齿交融，混杂两行清泪，似甜蜜，似苦涩。

姚莫婉将眼泪擦去，露出笑容，与夜君清道：“君清，满足我今天最后一个愿望吧！”末了，指向湖的对岸，继续说道：“不知道在那里还能不能听见我说话，你去对岸吧，如果能听见就回答我。”

夜君清看向一湖之隔的对岸，笑着点了点头。他撑着竹筏，渐行渐远，行至湖中时，在姚莫婉的眼中，只剩下了一个小小的人影。

姚莫婉将手拢在唇边，大声道：“君清，你能听见吗？”

湖中的夜君清作出侧耳状。

姚莫婉终是痛哭失声，一湖之隔，她忍着几乎吞噬掉自己的悲伤，嗫嚅道：“君清，对不起！此生我只负了你一次，没想到却葬送了你半生！君清，我很想对你说，如今在我心中你是我的全部，可我还有更重要的事要去做，我不奢求你能原谅我，继续爱我！但余生，我姚莫心只会为你一人而活！”

姚莫婉说完已经哭成泪人，将脸埋进手里啜泣。

“君清，对不起。”

她说了很多次对不起，最后回望了夜君清一眼，大步离去，这一次转身，她便再也不能回头！

待夜君清回来后，发现姚莫婉已经离开了。一湖之隔，纵是耳力再好的人，也难听到那番话。君清心中有些疑惑，想到莫婉平日的古灵精怪，以为只是她的一个恶作剧，四下里寻不到，无奈地摇摇头，笑着离开了。

姚府中，莫离警惕地推门走进某间房内，在屋中四处翻找起来。自从昨日莫心同她说了账簿一事后，她便一直记挂着这件事，想早日找到账簿。重重思索之下，莫离看到挂在墙上的一块姚莫婉所绣的鸳鸯戏水锦绸图。越危险的地方，也许越安全？

莫离出神地看了一会，搬来椅子取下，摸索中发现此锦绸竟是双层，账簿正是夹杂于此！

得到账簿的莫离赶忙将其取出，藏入怀中。不想，刚推门走出去，便被窦香兰和两三个下人围住了。原来，他们一直安插了眼线在暗处盯梢，从莫离走进这间房开始，便被盯上了。莫离刚要喊，下人便立即用布塞住了她的嘴，押了下去。

姚莫婉怎么也没有想到，当她带着红肿的眼睛回到家时，看到的会是莫离瘫倒在地，气绝身亡的样子。她跌跌撞撞地冲过去抱着莫离痛哭，悲愤地大吼道："娘！这到底是怎么回事？娘，您醒醒！"

姚莫婉双目赤红，哭得肝肠寸断，被泪水模糊的视线中，看到莫离身边还有一只打碎的碗。姚莫婉颤抖着双手拾起那个碗，捻了捻里面的残渣，已明白过来，顿时目眦尽裂。

窦香兰却在这时若无其事地走入，看见这一幕故作讶异道："哎呀，怎么一回来就大哭小叫的……莫离？！这是怎么了？"

姚莫婉目露凶光，恶狠狠地盯着她："窦香兰，少装模作样了，一定是你做的！你居然敢这样丧心病狂害死我娘！"

窦香兰面上并无惧意，不急不慢地起身走到姚莫婉跟前，上前就是一巴掌："无凭无据就血口喷人，这一巴掌是让你长点记性，看你还敢乱说！"

姚莫婉拿起碎碗，大声质问道："这是什么？你敢说这碗汤不是你逼我娘喝的？！"

窦香兰淡定地在屋中坐下，笑了笑："是我送给她喝的又如何？我见她平日里劳累，特意令人熬了人参汤给她补补身子，谁知喝了就重病而亡了。要我说啊，她就是下贱的命，用不了高贵的东西，有一句话怎么说来着，叫无福消受，可不就一命呜呼了。"

"窦香兰！"莫婉激动地大骂道，"你这个毒妇！我恨不能将你食肉寝皮。"

"哟——还发狠了，"窦香兰浑不在意地冷笑，"想拿账簿整垮我们窦家，痴心妄想！我窦家在朝中根深蒂固，宫中还有个即将为后的女儿，姚莫婉，就你现在这个样子，拿什么来跟我斗？如今肃亲王已自身难保，我看今后你还有何凭仗！"

账簿已经在她手中，她没了任何顾忌，还会怕个没权没势的小丫头不成。她连杀死小丫头娘这件事，都做得易如反掌。

"窦香兰！我姚莫婉与你不共戴天，定要让你血债血还！"

窦香兰淡笑着看向姚莫婉，桌下的手已悄悄摸向袖子，缓缓抽出一把匕首，正要起身之时，却看见姚莫婉似乎深受刺激，直接癫狂发疯，嘴里竟似孩童一般，哼出了童谣。

姚莫婉看着莫离的尸体，轻轻呢喃："娘，以后婉儿都听您的话，您睡醒觉再理我好不好？嘘，你们不要吵我娘睡觉。"

窦香兰见状一愣，正在犹疑之时，门口突然传来姚震霆的声音。

“这是怎么了？莫离！”

姚震霆冲过去将莫离抱在怀中，发现她早已没了生气。

“莫离！这到底是怎么回事？”

姚莫婉疯癫地笑了笑，抬起一根手指比在唇前。

“爹，您小声点，不要吵醒娘亲。她很累，想多睡一会儿。”

姚震霆见莫婉隐有疯态，惊恐地道：“莫婉！你不要这样……别这样吓唬爹……”

“嘘，不要吵，爹再吵，我就让皇上把爹抓起来。”

姚震霆悲痛欲绝，一天之内一死一“疯”，一阵晕眩，险些跌倒在地：“莫婉啊，莫离……老天爷，我这是造了什么孽！”

窦香兰见状却是安心不少，冷笑一声，将匕首又塞回了袖子里。

莫离当日便下葬了。

姚震霆和姚莫婉坐在莫离的坟冢前。姚莫婉将头依靠在姚震霆肩膀上，似乎还是神志不清的模样。而姚震霆状态呆滞木然，已是心灰意冷之态。

姚震霆对着坟冢说：“莫离，为夫对不住你。”老泪潸然而下，又转向一旁的莫婉，哀痛无比地说：“莫婉，你内心也一定是深怨爹无能，才不愿清醒，就连天上的莫心也必定对爹失望至极。我姚震霆此生几乎全是错误，前半生汲汲营营、贪恋权力，为了前程抛弃发妻，投向窦氏高门，一步错步步错，一辈子忍气吞声，结果却换来家门不幸、妻女惨死！可是莫婉啊，如今窦家势大，只凭我父女二人绝无可能扳倒，爹只求你能平安活着，再不要落得你母亲和姐姐的下场。待日后，爹必定设法给你一个交代！”

姚莫婉低头不语，再抬头时，已恢复了清明，眼神坚定。

“爹，不必您操心，我娘的事，我自会给她一个交代！”

姚震霆惊疑地看向莫婉：“莫婉，你……你没事了？”

姚莫婉嘴角凝出一抹冷笑。窦香兰那时已动了杀念，若她不装疯卖傻，让她以为她已疯癫，只怕她也难逃一死。姚莫婉眼神坚定地对着莫离坟冢连磕三个头，随后起身。任凭姚震霆如何呼喊，也未回头。

“娘，这个仇，女儿一定会报！”

怀揣着浓浓恨意，姚莫婉起身大步离开了。

另一面，在客栈歇了一夜的夜君清正向府中走去，途中遇见奔雷，忽听到他说，莫婉留了封信给他。

夜君清打开信封，发现有一张“契约书”，正是二人当时签下的，还有一封信。

“君清，当你看到这封信的时候，我已经离开了，并非我不爱了，而是爱一个不确定的人太累了，你我之间就这样结束吧，下面这些话请转交给未来陪伴你之人吧！”

夜君清瞳孔骤然一缩，不知莫婉这是何意，二人分明已算相许终身，前日还在山中游玩，为何今日便留下此绝笔？

“君清是个外冷内热的人，所以千万不要因他的冷漠而畏惧不前；他对茶有偏执的要求，为了保险起见不妨多斟几杯；虽说是个王爷，却从未有过女眷，所以几乎不懂男女之情，你一定要主动些，至于何时可有亲密的行为，请参照最后一条；时常与他去市井之地游玩，嘴上会说不喜欢，其实心里还是很愿意去的；他不愿与人说起莫心，这是一个心病，当然也可以借此作为检验他是否喜欢你。”

信上所言，字字诛心，夜君清扔下信件，焦急地冲出王府，在各处寻找呼喊姚莫婉，他遍寻不到，失了神一般蹒跚地走回府，奔雷策马停在一旁。犹豫片刻，方道：“王爷，卑职打探到了，听宫门守卫说，见到莫婉姑娘进宫了。”

夜君清立刻夺过奔雷的马，绝尘而去，她怎么能扔下他？她怎么会扔下他？！

就在夜君清策马直奔皇宫之际，故意模仿以前莫心装扮的姚莫婉，已然走进了夜鸿弈所在的御书房。

姐妹二人本就相像，加之莫婉本就是莫心，刚一进入便让夜鸿弈晃了神，他起身喊道：“莫心！”

姚莫婉跪地，盈盈一拜：“小女姚莫婉拜见皇上。”

夜鸿弈这才意识到自己失态了，缓自案前坐下，感叹道：“原来是莫婉姑娘，朕……朕方才一时晃神，错认了，快快请起。”

姚莫婉缓缓站了起来。

夜鸿弈问道："不知莫婉姑娘来，所为何事？"

姚莫婉平淡地道："皇上难道忘了，今日是姐姐殡天断七之日，小女忧心皇上会因此而生悲情，特来问候。"

"哦？"夜鸿弈警惕地问，"莫婉姑娘从前可不会主动来问候，想必是有求于朕吧？"

姚莫婉答："莫婉确有求于皇上，求皇上予我地位和荣耀，莫婉不甘做一平凡女子。"

夜鸿弈猜出了她的来意，不禁疑惑道："做肃亲王的王妃不也可得到吗？"

姚莫婉缓缓回道："肃亲王再尊贵也是臣子，他所有的尊荣都是您给的，怎可与身为天下之主的皇上相比？"

夜鸿弈沉吟片刻，忽然笑了："这点倒是很像你姐姐，有野心有抱负，也恰恰是朕喜欢莫心的原因，因为她与众不同。你所要的朕都能给，只不过，给朕一个理由，朕为何要答应你？"

姚莫婉说："皇上纵有后宫佳丽三千，也不敌姐姐一人，想必姐姐的死，让皇上的心如缺一角，倍感失落，而我便能填补这缺失的一角。"

夜鸿弈靠在龙椅中，凝视姚莫婉："你很聪明，朕也不得不承认，你与莫心确有七分相似。好，朕便给你一次机会，若你能钩住朕的心，便如你所愿。"

姚莫婉轻轻一笑："谢皇上。"

随后广袖轻舞，在夜鸿弈面前跳了一支莫心常跳的舞。眉眼低垂，一颦一笑，一回眸，皆是莫心的影子。夜鸿弈看着这样的姚莫婉，渐渐入了神。

而夜君清长驱直入，来到御书房求见夜鸿弈时，被安炳山拦在了门外。

安炳山说："肃亲王，皇上正与佳人共度良辰，此时不便接见王爷。"

夜君清神色一凛："佳人？可是姚莫婉？"

安炳山低头沉默不语，不知该如何回话，其实他也暗自惊疑姚莫婉的到来。按说之前，此女分明同肃亲王的关系甚密。

夜君清未再理会安炳山，直接高呼："臣弟夜君清有要事求见皇上！"

姚莫婉听到了夜君清的声音，跪地跟夜鸿弈请旨，愿意自己前去跟夜君清说清楚。她到御书房外，果然见到了夜君清。

她向前行了个礼，面色冷淡地问夜君清："不知王爷到来所为何事？"

夜君清上下打量着姚莫婉的穿着，眼中惊疑不定："你为何要扮成这样？！是皇上威胁你了？"

"王爷无须多问。"

"是你自愿的？"

姚莫婉抬头看了看面带怒色的夜君清，回道："莫婉往后恐不能再陪伴王爷左右，还请王爷善自珍重，勿以为念。"

夜君清深吸一口气，十分火大地转过身去，随后又转过来，从怀里掏出一张契约书，递给姚莫婉："本王不允许你入宫！这是你我亲手所书的，你忘了吗？！"

姚莫婉接过契约看了看，摸了摸，随后撕成碎片抛在空中："现在莫婉与王爷之间再无瓜葛了，往后王爷也不用再为莫婉担惊受怕。"

夜君清没想到姚莫婉会撕毁契约，一把抓住姚莫婉的胳膊，心痛道："莫婉，你实话告诉我，这几日到底发生了什么？你到底为何这样古怪？有什么事我们不能一起承担？你不是已答应本王，远离朝野纷争去过俗世生活了吗？本王现在便带你走！"

夜君清想拉走姚莫婉，可是姚莫婉推开了他的手，她长吸一口气，控制着泪水，与他道："王爷请自重，并无他事，爱如捕风，恨如朝露，却道是人心易变。就连王爷不也对姐姐变心了吗？如今莫婉只是将从前待你心，重新付与了皇上。"

"皇上？"夜君清看着姚莫婉，痛道，"皇上，又是皇上，难道你与本王之前的一切，都是假的？"

"真又如何，假又如何，试问这大楚，有哪个女子不愿做天下之主的女人，而今，既然莫婉能得皇上垂怜，此乃我修来的福分，怎敢拒之。"

夜君清摇头："我不信你是这样谄媚贪欲的女人！"

"事实便是如此。"姚莫婉狠心道，"就当是王爷看错了人吧。"

"你——！"

夜君清怒目瞪着姚莫婉，随后缓缓地松开手，眼圈泛红，心痛得无以复加。

"早知如此绊人心，何如当初莫相识。"

姚莫婉转身走进御书房，夜君清抬头看向她，两人从门缝中互相看了最后一眼，门缓缓关上。门内，姚莫婉痛苦地闭上眼，任眼泪肆虐。门外，夜君清默然落泪。

两日后，姚莫婉正式封妃。夜鸿弈亲自来了姚府一趟，着安炳山宣旨。

姚莫婉、窦香兰、姚震霆等一众家眷纷纷跪在地上。

“奉天承运，皇帝诏曰。姚相三女莫婉，贤良贞静，恭肃仁孝，聪慧机敏，有先皇后之风，兹立为婉妃，与三大妃共掌后宫之事，钦此。”

窦香兰和姚素鸾听后脸色大变，互看一眼惶惶不已。姚震霆伸手接过圣旨，面上并无喜色，满脸担忧地望向姚莫婉。

父女二人相视一眼，叩首谢恩。

夜鸿弈缓步走近，亲切地扶起姚莫婉。此时映在眼中的女人，似莫婉，更似莫心。

“爱妃请起。”

“谢皇上！”

姚莫婉起身站在夜鸿弈身侧，面带微笑地看向他，暗暗隐下眸中一闪即逝的杀气。

第十三章

姚府姚莫婉房中今日布置得分外鲜艳。房内大红喜字如烈焰般夺目，喜气洋洋的红烛，和大红喜床正中，坐着一身凤冠霞帔、典仪装束的姚莫婉。

汀月在旁伺候，突然看到姚莫婉一把掀开了盖头、擦掉口红，顿时大惊失色。

“小姐，肃亲王携迎亲队伍即刻就到了，您还未册封完礼，怎可……”

“一日未完礼，一日便不算是正经夫妻。”姚莫婉冷漠地说，“汀月，你先下去吧，我自己待会儿。”

汀月担忧地望她一眼，只能回道：“是。”

汀月退下后，姚莫婉从枕头下掏出一只跟当初赠予夜君清一模一样的香囊，贴于面上，细嗅香味，眼中现出无限怀恋。泪珠滚落，一面感叹命运多舛，一面将香囊佩戴于腰间。

就在这时，窗外忽地闯入几个黑衣人。姚莫婉惊起，闪身退到一旁，正要呼救，突然感到后颈一阵疼痛，眼前一黑，便晕了过去。等到她悠悠醒转时，她感觉到自己手脚被缚在马车内，马蹄声声，然而她的眼睛被蒙上了黑布，不知往哪儿去。她想了想，用被捆住的双手摸索到腰间的香囊，再用嘴咬开绳结，叼起一枚佩兰叶片，顺着马车窗户缝隙扔了下去。

皇宫礼台之上，夜鸿弈率领姚素鸾、王沁若、桓采儿等众妃，以及姚震霆、窦香兰等姚府人立于台阶顶端，正在等候迎接姚莫婉入宫，进行封妃典仪。

安炳山跌跌撞撞地一路小跑过来，一脸惊恐地说：“皇上，皇上，肃亲王派人传来消息，婉妃突然失踪了！”

众人皆是大惊，唯有姚素鸾暗暗和母亲窦香兰对视，相互交换了一记眼色。

夜鸿弈面色一沉："失踪？！是失踪，还是抗旨不遵出逃？"

姚震霆听闻此言，慌忙求情："皇上，小女绝不会行如此不孝不悌之举……"

"朕在问他！"夜鸿弈厉声打断姚震霆的话。

安炳山连忙回道："据肃亲王回禀，应当是被歹人绑架劫走了。"

夜鸿弈仍然有所疑虑，冷哼道："被歹人劫走……好，既然肃亲王全权负责迎亲护送，朕便在此等着，看肃亲王能否将朕的妃子完好无损地迎回来。安炳山，给诸位看座。"

他倒要看看，这对痴男怨女演的是哪出戏！

一众太监宫女只得搬来椅子、华盖等物品，伺候众人坐下等候。

众人面色皆自不一，夜鸿弈脸上阴晴不定，姚素鸾面上似有喜色，王沁若疑惑猜测，桓采儿微微担忧，姚震霆压抑怒火直瞪向窦香兰，窦香兰却径直扭开了目光。

在众人坐等"看戏"之时，夜君清、寒锦衣、奔雷已携大队人马，策马赶至郊外。奔雷一马当先甩镫下马，在地面上查探马蹄和车辙。

奔雷说："王爷，这条路咱们已经走过了，这伙人一直在兜圈子！"

夜君清瞳仁一缩，目眦尽裂，生怕莫婉会有闪失，恨恨地发号施令："大家速速散开，以烟花为号，分头寻找！"

众人得令，立即向着四面八方分散而去。夜君清猛地一抽马鞭，孤身向着一个方向疾驰而去，寒锦衣赶忙策马跟上他。

郊外野湖，劫持姚莫婉的马车停在了湖心位置，一众黑衣人撑着一排小竹筏行驶其上。姚莫婉依然全身被捆绑不能动弹，被置于一张渔网内，网内放置着许多大石。

窦三看了看四周："就在此处吧，让她落个大婚当日逃跑的罪名，活不见人死不见尸，可以交差了。"

黑衣人对此等差事司空见惯，冷哼一声："杀人不见血，这生意，没劲。"

说完，便猛地揭开她眼上蒙的黑布，明晃晃的阳光直射入眼，姚莫婉缓慢地睁开双眼，打量周边环境。

窦三说："冤有头债有主，既然有人想你死，我等就好好地送你一程。"

姚莫婉望着众人一言不发，突然凄厉地笑了，众黑衣人抬起那渔网连同姚莫婉，一同扔下湖中，扑通一声，水浪四起。姚莫婉身在渔网中，在沉石作用下迅速沉入水下，距离湖面越来越远，眼皮渐渐合上了。三日前的场景步步倒退，现在眼前。

首先，便是她封妃那日，姚素鸾一副委屈模样，泫然欲泣，却硬要表现大度，暗藏玄机地说了一通“贺词”。她对着姚莫婉说道：“恭喜皇上喜得佳人陪伴，恭喜妹妹喜得皇上垂爱，今后你我姐妹同在宫中便可相互照应了。说起来，自从皇后姐姐故去，还是第一次见皇上这样看重哪位女眷呢！想来，也是妹妹酷肖皇后的缘故了。”

夜鸿弈听闻提到姚莫心，顿时脸色微沉，略微松开了姚莫婉的手。

姚莫婉看在眼里，略一沉吟，故作从前谦卑姿态：“姐姐客气了，莫婉与皇后是一母同胞，一同长大，若真有几分酷肖，能一解皇上相思之苦，那也是莫婉莫大的荣幸了。”

姚素鸾显然有些意外，回道：“从前只道妹妹性情耿直，不想竟这般通透，看得开。”

“妹妹毕竟自小便跟在皇后身边耳濡目染，自然想得开些。”

话毕，姚莫婉见夜鸿弈流露释怀之意。窦香兰却见不得她得意，暗地给窦士明使了一记眼色。

窦士明赶忙上前一步，说道：“莫婉这孩子如此讨圣上欢心，甫一进宫便能位列妃位，与素鸾平起平坐，倒真是可喜可贺。”

窦香兰立即附和：“可不是，我们莫婉好福气，这等鲜花着锦的风光，真是姚家之福，别看素鸾进宫这么些年了，也大大不如她呢！”

“哎，为兄知道香兰你偏心疼爱莫婉，只是咱们素鸾是名门嫡女大家闺秀，这些年伺候在皇上身边没有功劳也有苦劳嘛！要我说，姚家三个女儿都是一等一的佳人，这可都多亏了香兰你教导有方啊！”

窦香兰见此连忙掏出帕子擦泪：“唉，可惜莫心故去，三姐妹再不能团聚。想当年在宫里，莫心身边也只有我们素鸾真心实意地体贴亲近她。”

姚莫婉静静地看着二人一唱一和地做戏，渐渐目光如炬。夜鸿弈略一思索，说道：“说来丽妃进宫多年，温良敦厚，贤德持躬，如今六宫无主，位分确实也该晋一晋了。安炳山。”

“老奴在，”安炳山躬身在侧，试探道，“只是这妃位再往上升，不知皇上是要立她为……”

窦香兰和窦士明顿时脸上流露狂喜，期待着夜鸿弈的旨意。姚素鸾虽极力克制，绞着的手指却出卖了她。

夜鸿弈说："回去拟道圣旨，便立丽妃为……丽贵妃吧，暂领六宫之事。窦氏教女有方，赐一品诰命夫人封号。"

姚素鸾听后有一瞬间的失望，片刻后迅速整理神色，和窦香兰一同屈身跪伏领旨。

姚莫婉掩饰嘴角嘲意，上前道贺："恭喜姐姐，恭喜大夫人。"

姚素鸾亦是亲热地挽住她的手，将假情假意进行到底："你我姐妹同喜。"

夜鸿弈点点头，向姚莫婉伸出手："你们先行退下吧，婉儿陪朕走走。"

姚素鸾、窦香兰、窦士明、姚震霆等人退下。姚素鸾回头望去，只见姚莫婉乖巧地将手放在了夜鸿弈手上，本就不平的心，被这一幕深深刺痛。

夜鸿弈牵着姚莫婉的手，扭头看向一旁的安炳山："吩咐下去，三日后便举行封妃典仪。"话毕，又似无意地问，"此刻肃亲王何在？"

姚莫婉听到夜君清的名字，即刻紧张起来。

安炳山回道："说到肃亲王，倒是有些让人意外。最近似有纵情歌舞，醉卧温柔乡之势。"

紧接着，安炳山将安插在王府探子回报的消息一一说了出来。据探子说，肃亲王府内烟气袅袅，有乐姬们抚琴，有舞姬们翩翩起舞，还有美人调香焚之，夜君清依靠在卧榻之上，捧着酒壶豪饮，醉眼迷离地看向为首的一名半纱蒙面舞女，舞女虽只露出一双眼，却极像姚莫婉。然而探子不知道的是，在他们撤下之后，奔雷提示了夜君清，夜君清便立即以乏了为理由让众舞女全部退下了，夜君清倚靠回了卧榻，恢复了冷漠的表情，独自一人抱起酒壶饮酒。

安炳山说的时候，姚莫婉垂目默然，恍若未闻，夜鸿弈一脸沉思，随即一笑："这么说，肃亲王倒是日日快活。"他看向姚莫婉，别有深意地道："婉儿，似乎那日御书房一别，肃亲王便转了性子呢！你可晓得其中缘由？"

姚莫婉稍作沉吟，说道："婉儿恭喜皇上，贺喜皇上。"

"哦？"夜鸿弈挑挑眉毛，"爱妃可否为朕解惑，喜从何来？"

姚莫婉抬起头，认真地说："姐姐曾经跟我说过，一个人突然性情大变，极有可能是遭遇重大刺激，真正认清了自己的无能。而人只有真正认清了自己之后，才不会去觊觎那些本就不属于自己的东西。"

夜鸿弈愣了半晌："这是莫心跟你说过的？"

"是。"姚莫婉说，"所以婉儿恭喜皇上，皇上从前的担忧，尽可化解，从此便可高枕无忧了。"

夜鸿弈温柔地看着姚莫婉，无限感慨地说："莫心果真把你教得很好，希望如你所言，朕也盼着早日安心哪！"

"皇上高瞻远瞩，必能万事顺遂。"

夜鸿弈未置可否地笑笑，一手牵着她散步，另一手覆盖在了她手上，拍了拍。

"政务繁忙，朕便就此回宫了。三日后，朕在宫里等你。"

"是。皇上保重龙体，婉儿恭送皇上。"

夜鸿弈暧昧地一笑："为了你，朕自当保重龙体。"

姚莫婉低头做羞怯状，夜鸿弈情不自禁地发出大笑，带着安炳山离去了。

她缓缓抬头，看着夜鸿弈离去的背影，脸上笑容逐渐消失，恢复冰冷："可是也有一种人，在真正认清了自己之后，会拼尽全力百般翻盘，把原本属于自己的东西，重新拿回来。"

夜鸿弈离开后，姚莫婉回到了姚府自己的房间内，她坐在梳妆台前，对镜梳妆描眉。姚素鸾走进门来，走到姚莫婉身后。莫婉从铜镜中看到身后出现姚素鸾的脸，二人通过铜镜对视片刻，都很沉得住气，谁都没有先开口说话。

姚素鸾柔和地笑笑，接过姚莫婉手中的眉笔，帮她描眉画眼起来。

姚素鸾说："眉如远山含黛，目似秋水横波。妹妹跟莫心果真相似，最是适合这远山黛，难怪皇上喜欢。"

姚莫婉温婉一笑："多谢大姐。可惜婉儿自失忆后忘了许多事，不如大姐讲些莫心的旧事给我听？"

"哦，忘记了？"姚素鸾略有嘲弄地笑了笑，"妹妹的记性倒是时好时坏，刚刚还在皇上面前说，自小跟在皇后身边耳濡目染呢！难道这记性也会看人下菜碟不成？"

姚莫婉叹了口气，说道："大姐又何尝不是呢？不管心里有多意难平，在皇上面前，却总是那样深明大义。"

姚素鸾闻言顿了顿，委屈地发问："为什么？"

姚莫婉不动声色地反问回去："为什么？"

姚素鸾深吸一口气，懒得再装姐妹情深，激动地道："你跟姚莫心一样，明明与夜君清暗通款曲，为何却偏偏要横刀夺爱？你们可以三心二意，可我却真真正正只深爱皇上一人！先是莫心，再是你，为什么都要来抢我夫君？！”

姚莫婉失笑道：“你夫君？”

姚素鸾移开视线，失神地望向窗外：“从始至终，他原本就该是我的夫君，我才是他明媒正娶的正妃啊！就连当年，也是我先遇到他的啊……”

姚素鸾眼神逐渐失焦，仿佛初遇的场景便在眼前。那一年，她带着丫环跪在佛像前祈福、上香、祝祷，礼毕后从大雄宝殿走出。两名公子哥看到她后色心大起，欲行调戏，抓着她不依不饶。夜鸿弈看到这幕，上前一把将她拉了过来，牢牢护在身后，随即掏出令牌呵斥二人。二人吓得跪了下去，连连叩首。

姚素鸾对姚莫婉说：“那时我刚行及笄之礼，去佛寺祈福，是鸿弈及时出现出手相助，让我自此念念不忘，可惜那日之后再难寻踪迹。”

窗外风声渐起，姚素鸾看着摇曳的柳枝轻笑：“有道是挂肠牵心，必有回音，总算上天垂怜，我在围猎大会又遇见了他。”

那场围猎大会便是夜鸿弈与夜君清第一次见到姚莫心的秋猎，姚素鸾当时坐在姚莫心旁边，当她看到夜鸿弈拿着弓向自己方向而来时，激动不已，几乎就要站起身来，谁知却看见他和夜君清同时将弓递给了姚莫心。姚素鸾浑身大震，万分酸楚地看向身边的姚莫心。

姚素鸾此时瞪向姚莫婉，仿佛透过她在看莫心：“当时我开心极了，原来他竟是皇子，我们总算是门当户对、佳缘天定。谁知天意弄人，他却看上了我的庶妹，当时他眼里只有莫心，根本就没注意到我！”

除此之外，姚素鸾还记得，夜鸿弈来姚府拜访时，他与姚莫心互看偷笑，显然早已互有情意了，她神色复杂地看着这一幕，更增酸涩。

姚素鸾怒道：“他与莫心暗中定情，眉目之间全是爱意，我再也忍受不了了。莫心根本不了解他，鸿弈是个有野心有抱负的男人，他想要夺嫡继位，想要成就宏图伟业，就必须争取世家势力支持，而这些只有我能带给他！我苦苦哀求娘和舅舅，晓之以理、动之以情，才终于说动他们，想办法让先皇赐婚于我。”

姚素鸾越说越激动，眼中仿佛再现那日洞房花烛夜，房内一片喜气，她一身嫁衣，头戴大红盖头端坐于床上，暗暗低头轻笑，脸上充满新婚的喜悦娇怯。

夜鸿弈身着喜服醉醺醺地进门来，一旁喜婆端着合卺酒、秤杆等物等候在旁。

夜鸿弈拿起秤杆正欲挑开盖头之时，突然门被推开，一名侍卫在他耳边说了句什么，夜鸿弈大惊站起，立即将秤杆一扔，跑出门去。

姚素鸾惊起，一把掀开盖头，追了两步却见他已离去。门口聚满了看热闹的下人，众人议论纷纷，姚素鸾无力地挥手让众人退下。

红烛几乎燃烧殆尽，合卺酒杯倒在桌上，姚素鸾和衣躺在床上，脸庞清泪流淌。

姚素鸾继续说道："先皇赐婚将我许给鸿弈做正妃，岂料我们大婚当日，莫心出走失踪，鸿弈就这样在众目睽睽之下抛下我而去。没有与夫婿喝合卺酒，没有对剪红烛，没有温言暖语，没有床笫之乐，孤独地和衣而睡，我就这样度过了我的新婚之夜。"

姚素鸾沉浸在往事中，痛苦地闭眼落泪，一旁的姚莫婉一直面无表情地看着她。

姚素鸾说："后来我才知道，就在我大婚被苦苦晾了一夜，受尽流言非议之时，鸿弈却正和莫心私订终身、洞房花烛。所以，在鸿弈心里，他的发妻永远都是姚莫心！那我呢？我又算是什么？！明明我才是他明媒正娶的妻子，可鸿弈继位后便册立莫心为后，我这个名门嫡女却永远沦为了妾室！"

"所以从此你便埋下深恨的种子！"听到这里，莫婉难掩激动，质问道，"难道这就是姚莫心不得不死的真正缘由？！"

姚素鸾痛苦，是因落花有意流水无情！她姚莫心又做错了什么？她当年同夜鸿弈才是两情相悦。难道只因她同夜鸿弈相爱，便活该枉死？！

姚素鸾闻言猛地转身，抓住姚莫婉的手道："此话何意，你知道什么？！"

姚莫婉与姚素鸾对视片刻，互相捕捉对方神情。姚莫婉稳定住情绪，挣脱她的拉扯："我什么都不知道。不过，说起来，你这段故事听起来真是耳熟呢！"

姚素鸾怔了怔，姚莫婉嘲讽地笑了："看来大姐真是忘了，也是，你这种名门嫡女又怎会在意其他小人物的故事呢？说起来，你不过是我娘的翻版罢了。当年我娘何尝不是明媒正娶的发妻，不过因为大夫人的家世，我娘就身份全无，甚至沦为下人，等了半生才被纳为妾室。跟她相比，大姐已经足够幸运了，至少还能好好活着！”

“你到底想说什么？！”姚素鸾一惊。

“我想说，你觉得自己爱得苦楚，可是仔细想想，你和皇上，从始至终不过全都是你一厢情愿罢了！而你却为了这份一厢情愿，生出妄念，一念成魔，不惜去强求。只可惜，爱从来都强求不来。你不觉得，这便叫作一报还一报吗？”

“你住口！”姚素鸾激动起来，“纵是强求不得，我也要成为他身边最重要的那个人！莫心已去，若不是你出现，轮也该轮到我了！他本来已开始渐渐怜取眼前人了！”

姚莫婉冷笑：“是啊，正因如此，我才说，莫心和我娘真的死得很惨。姐姐晚上不会做噩梦吗？”

在莫婉与素鸾争论之时，夜鸿弈也将夜君清请到了宫中。

御书房内，夜鸿弈端坐于书桌后，夜君清进门便要跪地请安，被夜鸿弈笑着拦住，热情招呼道：“三弟总算来了，免了吧。坐。”

夜君清起身坐下，面带歉意道：“刚刚路过御花园看到那十八学士开得正盛，一时贪恋误了脚步，臣弟正想斗胆向皇兄求一株呢！”

夜鸿弈闻言哈哈大笑：“三弟所求，朕岂有不应之理？待会儿便让安炳山着人送到你府上。三弟近日倒真是好兴致，声色犬马安逸无边。怎么，真打算躲清闲了？”

夜君清笑笑，自嘲道：“本就是一介闲人，又何来躲清闲之说？臣弟只想浊酒一壶，抚琴焚香，及时行乐。”

夜鸿弈意有所指地说：“只怕啊，你这安逸的日子要到头了。”

夜君清故作谦卑地询问：“皇兄今日召臣弟前来是——”

“朕已下旨封姚莫婉为婉妃，三日后入宫行册封礼。”

夜鸿弈话毕，仔细打量夜君清的神色，发现他很是淡然，不见任何异常，甚而说道：“皇兄自己喜得佳人，却说臣弟安逸的日子要到头了，这是何道理？”

夜鸿弈爽朗一笑，说道：“你自己猜猜，这是何道理？”

夜君清答：“臣弟愚笨，不敢妄自揣测圣心。”

“朕想听你说，”夜鸿弈别有深意地看着夜君清，“凡是真心之言，但说无妨。”

夜君清顿了顿：“皇兄嫌我躲清闲，自然是有事交与我去办，后又提及婉妃册封礼，难道是想让臣弟担当这迎亲护花使者不成？”

“不错！”夜鸿弈抚掌轻笑。

“皇兄快饶过我吧。”夜君清连连摆手，“臣弟只怕力有不逮，给皇兄添乱。”

“欸，三弟此言差矣。”夜鸿弈亲切地拍了拍夜君清的肩膀，“朕如此安排自有用意。一来，以你肃亲王的身份亲自迎亲，足以证明她在朕心中的地位，也算给了婉妃超凡绝伦的尊荣。二来，你与她总算是相交一场，亲自送她去她该去的地方，便能断绝了他人的非议和念想。岂不是两全其美？”

“两全其美……”夜君清明知夜鸿弈是在试探他，面上仍是一笑，“皇兄总是这样思虑周全。”

“那这般说来，三弟总不会再拒绝朕了吧？”

夜君清沉默片刻，起身叩首领旨：“既然如此，臣弟遵旨，必定不辱使命，送婉妃去她该去的地方。”

夜鸿弈审视地盯着夜君清，含笑点头。

婚前第二日，刘醒捧着放置着嫁衣、首饰的托盘在庭院内穿梭，见窦香兰和姚素鸾迎面走来，赶忙行礼：“见过丽妃娘娘、大夫人。”

窦香兰闻言，阴阳怪气地一挑眉：“丽妃？”

刘醒自知失言，连忙改口道：“是丽贵妃了，请恕小的一时失言，还望大夫人莫要怪罪。”

窦香兰冷哼一声，看向那个托盘，伸手拿起首饰查看，又丢了回去，接着抖开了嫁衣。

刘醒见状面露焦急之色：“大夫人，这是三小姐册封礼上穿戴的礼服，您千万小心，这样下去脸面终究不好看啊！”

窦香兰本就气不顺，闻言更来气，一把打落托盘：“姚府何时轮到你这奴才做主了？！不过是封了个妃而已，狗奴才便也跟着耀武扬威起来了？”

刘醒不卑不亢地道：“即便只是妃子，那也是皇上亲封的。”

气得窦香兰脸色铁青：“好好，胆敢这样顶撞于我！别忘了你的主子是姚家，不是她姚莫婉！”

刘醒回道：“奴才打小就跟在三小姐身边，只有她把我当个人看，她就是奴才的主子。主子的事，那就是天大的事，奴才就是拼得一死，也要护住她的！”

窦香兰被堵得哑口无言，勃然大怒，指向刘醒：“好好好！既然如此，本夫人就成全你这奴才的忠心！横竖莫婉也要进宫了，你便随同入宫继续好好做你的奴才！只是你可知道，这宫里除了皇上，是不能有男人的。来人！”

刘醒深知窦香兰的手段，苍白一笑，无力抗衡，两名家丁迅速将刘醒拖了下去。

刘醒醒过来时，只见一旁的汀月暗自垂泪，姚莫婉站在屋中，看着二人无声地落泪。

姚莫婉说：“都是因为我无能，没保护好他，竟要承受这样的屈辱！”

她此时真的恨极了窦氏，恨极了无能的自己。一定要强大，一定要快些强大起来，才能保护他们！

汀月带着哭腔说：“小姐不要这样讲，奴婢两个的命都是您的。只可怜刘醒，从此便断了刘家香火了。”

姚莫婉哀痛地说：“你们放心，今日之事，我必定会为你们讨回一个公道！”

言罢，脸色阴沉似水地冲出了房间。

姚莫婉坐在书桌前写着什么东西，突然窗外一个黑影闪过，姚莫婉一回头，已看见寒锦衣站到了自己面前，吓了一跳。

“是你。”

寒锦衣一脸酸楚地看着她：“这便是你的计划？入宫为妃？你想复仇我可以帮你，难道只有入宫这一条路？！”

“是，只有这一条路。”

寒锦衣激动地道：“怎会？你想复仇，我这便去把他们全杀了，难道还不能终结一切？”

姚莫婉摇摇头：“锦衣，你何时也变得这样孩子气了？”

寒锦衣转开脸，喃喃道：“面对你的时候。”

姚莫婉叹息道：“锦衣，我要复仇，死对于他们来说，绝对不是最惨痛的代价。我要让他们从云端跌落地狱，受尽罪业审判。何况，我想要保护我想保护的人，就需要至高权力，而这些只有入宫才能得到。一切已成定局，莫要徒劳了。”

寒锦衣看着莫婉，狠狠捶了下墙壁：“我从来没像此刻这样真切感受到自己的无能。”

“不，不怪你，”姚莫婉说，“我已亏欠你太多了。”

寒锦衣哽咽转身道：“我心甘情愿，不稀罕你的亏欠。既然婉儿已做了决定，我也再无话可说，只是你要记着，无论今后有何需要，我寒锦衣随叫随到。”

姚莫婉感动地望着锦衣的背影：“我记着，谢谢！”

“对了，”寒锦衣说，“我刚从他那过来，你知道了吧？夜鸿弈指派他做迎亲使者护你入宫。”

姚莫婉愣了片刻，问道：“他，还好吗？”

寒锦衣叹口气，摇了摇头。

夜君清是真的不好，他坐在书房内，一盏孤灯下，姚莫心的画像影影绰绰，有些幽暗。他从怀里掏出一个帕子铺在桌上，里面是一些纸的碎片，然后就着灯光，细细粘补起来，一点点露出全貌，露出字样。那是之前二人诀别时姚莫婉撕碎的契约书，在她走后，他一片一片将它们拾了回来。夜君清拿着修补好的契约书，看了片刻，仰头饮了杯酒，见面便见吧，不就是做戏，比谁做得像罢了。

大婚之日很快到来。姚府大门被装饰得喜气洋洋，门口铺设开了十丈红毯，往远处延伸出去。夜君清、寒锦衣和奔雷驾马带着卫队和马车来到门口停下。

刘醒垂首道：“王爷稍等，奴才这便去请娘娘。”

夜君清点点头，示意奔雷前去相请，奔雷不情不愿地跟着刘醒进门。片刻后，刘醒和汀月心急火燎地冲出了府门，奔雷随后走出。

“王爷，不好了，不好了，娘娘不见了！”

众人大惊失色，夜君清跳下了马，一把攥住刘醒胳膊：“什么不见了？！说清楚些！”

汀月道：“之前娘娘说想自己待会儿，奴婢就退下了，谁知刚刚再进去，娘娘就不见了！”

奔雷紧随其后道：“王爷，属下查探过了，房里有打斗的痕迹。外面负责守卫的暗桩兄弟也都被放倒了，看来是极其熟悉姚府布置的人做的。”

“这范围可就小了，左不过都是内部人，”夜君清目光如炬，看向汀月，问道，“从你退出房门到发现失踪，大概多久时间？”

汀月回：“约莫有一刻钟左右了。”

夜君清瞳仁一缩，迅速领会其意，吩咐道：“现在还走不远，速速派人禀告皇上一声，咱们即刻追寻！”

奔雷领命而去，夜君清和寒锦衣上马，带着奔雷和卫队策马离去，之后，二人于郊外发现绑匪马车留下的痕迹。

寒锦衣道：“婉儿此刻定是危在旦夕，不然照她的脾性，总该给我们留下追踪的线索才对。”

正在焦急查探之时，突然定住了，拾起前方路面上的一枚干叶片闻了闻，再往前走，又发现了同样散落着的几枚叶片。

夜君清见到此物，话中有话地道：“寒兄当真了解她，这些佩兰香料和赠我那香囊的味道如出一辙，当是她留下的线索。”

寒锦衣欣喜万分地说：“找到了？那还愣着干吗？咱们快追啊！”

夜君清扭头微妙地看了寒锦衣一眼，似乎确定了什么，寒锦衣目光略有闪躲：“你看我干吗？走啊！”

夜君清和寒锦衣打马刚刚赶到湖边，便看到湖中心的一排小竹筏上，众黑衣人抬起那渔网连同姚莫婉扔下湖中，扑通一声，水浪四起。

寒锦衣慌急大叫：“婉儿！”

夜君清再也顾不上其他，径直从马上一跃而起，飞身而去，中途在湖面上足尖一点，再度翻身一跃上了小竹筏。寒锦衣紧随其后，也跳了上来。

此时，只见湖面上的涟漪渐渐趋于平静。

夜君清扫向四周：“寒兄，交给你了，捉活的！”

言罢，不待他回话，已纵身从竹筏跃入湖中。

姚莫婉身在渔网中，在沉石作用下迅速沉入水下，距离湖面越来越远，姚莫婉的眼皮渐渐合上了，已在窒息边缘。突然，姚莫婉睁开眼睛，看到不远处，夜君清向着她奋勇游来。

夜君清用肘间匕首割断渔网，拨开渔网抱住姚莫婉，吻上她的唇，一面向她嘴里渡气，一面拖着她向水面上游去。

大楚皇宫礼台上，夜鸿弈等人仍在静候消息，安炳山一路小跑过来，禀告道："启禀圣上，婉妃找到了。"

众人一听这话，脸色大变，各怀心思。

夜鸿弈神色一凛，问道："在哪？"

"这……"安炳山面露犹豫，"说出来恐惊动圣驾。"

夜鸿弈闻言怒道："让你说你就说！"

安炳山只得据实以告："听说……听说婉妃是被一伙歹人掳走施暴，肃亲王在郊外凌波湖发现婉妃时……她已衣不蔽体，现下肃亲王救了婉妃，正马不停蹄入城返宫。如今全城百姓都传遍了，说……说婉妃是不洁之人……"

"混账！"夜鸿弈勃然大怒。

窦香兰立即现出一副悲痛之色，掏出帕子擦擦眼泪，添油加醋地道："我可怜的莫婉，出了这等羞耻之事，今后要如何为妃，如何在宫里立足啊！"

姚震霆见窦香兰落井下石，强行压抑着怒火道："事实如何还不清楚，再说莫婉为何会被歹人掳走？究竟得罪了谁人？这些都蹊跷得紧，怎能妄下论断！"

夜鸿弈脸色越来越阴沉，手上青筋暴起。

就在这时，一声马鸣长嘶，夜君清纵马带着姚莫婉同乘而归，寒锦衣骑马带着黑衣人首领窦三的尸体随后赶到，引得众人纷纷侧目，议论声起。

夜鸿弈起身看去，姚莫婉身上披着夜君清的披风，裹得较为严实，自行下马跪伏于地。

"皇上，臣妾回来了。"

夜鸿弈遥遥看着她，并未上前，语气有些淡漠，问道："回来就好。到底发生了何事？"

姚莫婉面露委屈之色，嗫嚅道："臣妾突然被一伙歹人掳到郊外，被人绑了沉石，准备沉于湖中不留痕迹，让臣妾落下一个册封当日出逃的罪名。幸而那伙人受命只让臣妾死，臣妾得以保住清白之躯，后来肃亲王和寒城主赶到救下臣妾，这才能够活着回来见到皇上。"

夜鸿弈迅速看向安炳山，责问道："怎与你方才所说出入如此之大？！"

安炳山见状惊惶失措跪倒在地："老奴只听传闻如此，便人云亦云了。老奴该死，皇上恕罪。"

姚莫婉无助地看着夜鸿弈，轻声说："有人一心想臣妾死，自然是要把我踩落凡尘了。"

夜鸿弈这才走下高台，爱怜地上前扶起她，心疼道："爱妃受苦了。"言罢看向夜君清和寒锦衣，质问道，"到底是何人这样恶毒，查清楚没有？！"

夜君清道："臣此前已在姚府布置了重重防卫，能够越过防卫并成功将婉妃掳走的，只能是护卫队和姚府内部人士所为。"

寒锦衣即刻将窦三尸体抛在地上："臣无能，与这伙人交手过后，他们已尽数服毒自尽，只带回了尸身。"

夜鸿弈挥挥手，着千面上前验尸，搜查身上一无所获，随后掀开了那窦三的面罩，检查他的牙齿，发现有颗被嗑开的药丸，仔细查看了下。

千面道："歹人将这药丸置于齿间，嗑开之后剧毒流出，当即便会毙命。只是这味毒极为特殊，我大楚境内并无此药，而是大蜀皇族御用，恐怕只有与大蜀来往之人才能接触得到。"

夜鸿弈问："什么毒？"

"酥青风。"

姚素鸾和窦香兰越听越不对，涌起一股不祥预感。窦香兰此时定睛再看那人面容，失态地低呼了一声。姚震霆注意到后，上前一看，脸色顿时大变："窦三？！"

夜鸿弈道："姚相认识此人？"

姚震霆看了窦香兰一眼，答道："此乃内子娘家远房亲戚，只是数年前突然离家落草为寇。他为何要对莫婉下毒手？难道……难道……是你……"

窦香兰慌忙跪了下去："妾身冤枉！窦三自从干上了杀人越货的买卖，便与我娘家断绝了关系，多年未曾来往，他为何出现在此，妾身也不知啊！皇上明察，妾身冤枉！"

夜鸿弈沉声道："朕记得，窦都护便是总管蜀楚边境政务，倒是与大蜀来往密切。"

姚素鸾见状连忙跪地求情道："皇上明鉴，舅舅与大蜀来往，全是公干，绝无私交啊！这窦三之行径，确实与我母亲、舅舅无关啊！"

寒锦衣顺势说道："可是很多姚府下人都亲耳听到窦夫人说过'只要还未入宫，一切就未成定局，焉知她自己不会惹出什么事来呢'，这又作何解释？"

"这、这……"窦香兰吓得面色惨白，辩解道，"妾身只是随口一说，上述种种全是猜测，岂能当作证据？"

夜鸿弈猛然直视窦香兰："不能当作证据，便能疑罪从无？纵使线索中断，可种种嫌疑皆指向窦氏，朕若不施惩，如何平悠悠之口？安炳山，即刻拟旨，褫夺窦氏一品夫人诰命，赐杖刑五十。"

姚素鸾闻言，跪蹭到夜鸿弈面前，抓住他的袍角轻泣道："皇上恕罪，母亲年事已高，万万受不得这等重刑啊，皇上开恩啊！"

夜鸿弈冷漠地看着姚素鸾："朕若无开恩，就不是这等刑罚了。最好此事与你无关，放手吧，丽贵妃。"

姚素鸾无力地放开手。夜鸿弈爱怜地看向姚莫婉，给她整了整披风，又看向夜君清："肃亲王，你便将接亲等一应物品安顿到婉妃宫中吧。"

几辆放置着各种物品的马车停在宫殿外，太监宫女进进出出搬运物品。姚莫婉站在殿外，看向宫门牌匾，上书"关雎宫"几字。

夜君清站在一旁，也看向这几个字，泛起冷笑："关关雎鸠，在河之洲，窈窕淑女，君子好逑。皇兄对婉妃当真眷顾，不枉婉妃今日苦心安排这一出好戏，寒兄也帮了不少忙吧？！"

姚莫婉猛然转身，看向夜君清，他都知道了？

姚莫婉无力否认，因为这出绑架事件，确实是她精心谋划而出的。

那日寒锦衣来找她，她让寒锦衣帮她做一出绑架戏，寒锦衣先是道她似乎变了许多，紧接着又道只要她想做什么，只管放手去做，只要她想，只要她要，他寒锦衣便会为她掀起滔天巨浪，然后寒锦衣找到了窦三，窦三是无恶不作的小人，他早就想收了他的命。

姚莫婉看向夜君清，有苦难言。夜君清亦是露出一抹苦笑："原来我也只是你计划中的一枚棋子，你确定，这一切都是你想要的？"

姚莫婉没有说话，她看到夜君清酸楚地看着她，听到夜君清跟她说："如果你现在开口，我还会不顾一切带你走。"

姚莫婉心中一动，脚下却如坠磐石。母亲已死，莫心也死了一次，还有刘醒，还有这些年受到的种种压迫与残害，她不能走，不能！

姚莫婉决绝地向夜君清施了一礼："多谢肃亲王，就此拜别。"

夜君清含泪凝视："最卑贱不过感情，最凉薄不过人心。原来这世上真的没什么是改变不了的，忘记一个人很容易，爱上一个人也很容易。先是莫心，再是你，本王都留不住。"

姚莫婉冷笑：“莫心？你保护得了莫心吗？保护得了我吗？要怪，就怪你自己无能，你走不到权力顶端，就没法拥有守住所爱之人的本事！事到如今，我不妨告诉你，从最开始，我接近你便是为了寻求保护，可你却给不了我想要的东西。而你做不到的，你给不了的，皇上却全都可以！这就是你跟他的区别！所以我选了皇上，你懂了吗？！”

夜君清突然含泪笑了起来：“到现在你才肯跟我讲你的心里话。今日我才发现，原来我竟从不了解你。那微臣在此便恭喜娘娘得偿所愿了，臣就此告退了。”

夜君清拱手抱拳，再不回头，阔步离去。

姚莫婉怔怔地看着他离去的身影，泪，无声地落了下来。

“系我一生心，负你千行泪，与君长诀，此生唯愿郎君千岁，平安顺遂。”

这句话，她只能放在心里了。

第十四章

肃亲王府庭院中，夜君清倚靠在卧榻之上，边捧着酒壶豪饮，边望着姚莫婉留下的香囊。

他决绝地念道：“早知如此绊人心，何如当初莫相识。”

他爱过一次，又爱了一次，终不得好结果。若早知是这等结局，当初又何必相识呢？夜君清拿起酒壶仰头饮下，酒从壶中流出，沾湿了衣裳。随后夜君清放下酒壶望向一旁的剑，顺势拔出，在庭院中舞起剑来。另一边，奔雷将寒锦衣领了进来，寒锦衣看到夜君清这般模样，心里颇不是滋味。

奔雷道：“王爷因为那个人整日借酒浇愁，这么下去身体非垮了不可，寒公子可一定要劝劝王爷宽心哪。”

寒锦衣点点头，走向夜君清，劝说道：“别喝了。如今窦氏未除，风云突变，夜鸿弈又虎视眈眈，你明知当下形势不能掉以轻心，却还在此借酒浇愁！”

夜君清推开寒锦衣，将剑入鞘，坐到石凳上：“我只是不明白，为什么她会变成如今这个样子？为争宠不惜曲意逢迎，暗设诡计，连寒兄你，居然也会助纣为虐，帮她做下恶事！”

话毕，仍去找酒壶，寒锦衣劈手夺过酒壶，叹了口气，随后坐在一旁：“婉儿的确变了许多，只是她也有她不得已的苦衷。”

“苦衷？”夜君清苦笑道，“有何苦衷是寒兄可以明了，我却不能知道的？”

寒锦衣想到当日姚莫婉坚决不让夜君清卷进来的话，不禁摇头，呢喃道：“你不知道我有多羡慕你，那正说明了，你才是被她放在心尖尖上护着的人。”

“你说什么？”夜君清没听清。

寒锦衣回道："没什么。"

夜君清没再追问，面带忧色地说："只是深宫之中波谲云诡，杀机四伏，莫心尚不能自保，更何况她呢？"

寒锦衣笑了笑道："你还是放不下她，放心，我已从莽原调派了精锐隐卫殷雪入京，往后婉儿的安全就不必担心了。"

夜君清叹了口气，又伸手去拿酒壶，寒锦衣随后跟着开了一壶："今日我陪你共饮，不醉不归，但咱们可说好了，从明天开始你必须振作起来，你可是大楚战神，怎能拘泥于儿女情长，来，干！"

夜君清与寒锦衣相视一笑，仰头饮下。

寒锦衣道："痛快！"

这痛快二字刚刚出口，门口便传来段婷婷的喊声："让开，我要找君清！"

老管家苦口婆心地劝道："王爷正在会客，今日不见旁人。"

寒锦衣放下酒壶一抹嘴，饶有兴致地看向夜君清："唉，我看哪，你此生注定要被情爱纠缠一世了，不扰你桃花，蹭壶酒走了。"

寒锦衣眼中腾起一层倦意，揣了一壶酒，转身从另一边离开，几乎同时段婷婷闯到了庭院。她见庭院中只有夜君清一人，不满地道："你不是说君清在会客嘛？骗我。"

夜君清挥手示意管家退下。管家离开后，段婷婷坐到了夜君清对面，一手支着下巴笑意吟吟地看着他。

夜君清冷漠地同她对视，问道："不知长风公主找本王所为何事？"

"我担心你啊，"段婷婷痴痴地说，"你就是我最重要的事咯。"

"本王无碍，还请长风公主放心，请回吧。"

段婷婷用鼻子嗅了嗅，嗔道："还说没事，身上尽是酒味，那个姚莫婉值得你这样伤怀吗？都说天涯何处无芳草，眼前就有一棵，怎么王爷就是看不见呢？"

夜君清看了一眼含情脉脉的段婷婷，笑了一下："长风公主，你可知为何牛郎与织女纵使一年一会，却依旧恩爱如初吗？"

段婷婷说："因为……他们彼此相爱啊！哎呀，不管他们，反正自从我十五岁那年遇见你之后，就再难相忘。我以为是我小不懂事，可这些年我见识过了许多大好男儿，最后还是觉得，世间始终你最好，我就是喜欢就是爱！"

夜君清背过身去，缓缓说道："若你能想明白这个问题，大概就明白喜欢和爱的区别了，告辞。”言罢，转身离开。

段婷婷急得一面跺脚一面焦急地喊：“欸！到底什么意思啊？姚莫婉不要你，我要！”

院内空无一人，只余满树繁花。

段婷婷狠狠一拂袖：“好你个姚莫婉，我段婷婷喜欢的人，你却这样肆意践踏！”

说完，也自愤愤地去了。

关雎宫卧室内，汀月正为姚莫婉梳头。姚莫婉看着镜中的自己出神，不知在想些什么。 汀月一面为姚莫婉挽髻，一面叹息：“自进宫以来，娘娘就郁郁寡欢再没笑过，您何苦难为自己，偏偏选了条最难的路。”

姚莫婉摇了摇头说道：“诗里说，人生莫作妇人身，百年苦乐由他人。大楚尤其如此，我娘身为丞相夫人尚不能自保，终归是输在了‘权势’二字。这普天之下，最至尊无上的便是皇权，不论是自保还是复仇，我唯有此路可行。我两世辜负君清，活该承受这万箭穿心之苦。”

汀月道：“奴婢倒觉得王爷并不是恨娘娘，而是把爱藏得更深了。”

姚莫婉垂下眼帘，掩下心中酸苦：“我倒宁愿他恨我。汀月，往后你我会面对各种糟污之事，真的想好了要留下吗？如今还有回头的机会。”

汀月坚定地说：“只要娘娘不嫌弃，汀月愿生死相随。”

姚莫婉拍拍她的手，笑道：“好。那你要记住，在宫中要学会三件事，一是装傻，二是忍耐，三是忠诚慎行。最后一件事我倒不担心，忍耐你还需多注意，至于装傻，你本来就傻乎乎的。”

汀月瞪大眼睛道：“我才不傻，娘娘取笑我！”

两人正笑着，门外忽然传来了刘醒的声音，说是安总管到。

安炳山貌似恭敬地上前行礼：“婉妃娘娘，老奴奉皇上旨意给娘娘送些小物件。”

随即拍了拍手，一群宫女太监端着或抬着各式各样的名贵物品鱼贯而入。

汀月只觉一阵眼花缭乱，小声道：“哇，这是小物件？”

姚莫婉面色平静地说：“辛苦安总管跑一趟了，刘醒。”

刘醒会意，即刻拿着银子想递给安炳山，谁知安炳山却伸出一掌推辞，说道：“替皇上办事，本就是老奴分内之事。娘娘的赏赐，老奴不敢，受之有愧。”

姚莫婉也不勉强，笑笑点头：“既然如此，还请安总管替本宫谢皇上恩赐。”

安炳山回道：“老奴定将娘娘的话带到，老奴告退。”

姚莫婉看着不远处安炳山的背影，心里清楚，这安炳山大概是要站队了，他只是不想明里得罪她。她看向夜鸿弈赏赐的东西，心里也清楚，她很快便会成为后宫众矢之的了，她下一步要做的，就是去拜会后宫的诸位娘娘。

而此时，夜鸿弈正在地宫内，抚摸着姚莫心的脸庞。自从将莫婉接入宫中，他便总觉心中有愧，一定要同莫心亲口交代一番。

地宫空旷，只余他一人寂寞之声：“你撒手离世一身轻了，剩我一人拖泥带水地活。莫心，你可知道，我无时无刻不在想你，直到失去了，我才感受到，什么叫作整颗心像空了一般。莫婉已经入宫了，我知道你可能会恨我，恨我背叛了你，可是我看见她就如同看见你一般，有种失而复得的感觉，对不起。”夜鸿弈捂住心口：“我这里的缺口需要她来填补。我发誓会把未来得及给予你的恩宠，都给你妹妹，再不会让她受一点委屈。”

话毕，隔着水晶棺吻上了姚莫心的唇。

姚素鸾自封贵妃那日起，便有了协理六宫之权，后宫无后，虽前段时间因姚莫婉一事，母亲受到杖责失了些面子，但权位上，仍不可撼动。

姚素鸾坐在高位之上，底下站着的桓采儿、王沁若等众妃子相继行礼参拜。

姚素鸾抬手，示意起身：“妹妹们今日来得都挺早啊！”

王沁若道：“如今丽妃变丽贵妃，位列六宫之首，姐妹们理应晨昏定省、拜会请安，再说若不早来，丽贵妃娘娘怪罪下来，恐怕便是婉妃进宫时那等局面了。”

姚素鸾听出王沁若话里有话，面不改色地道：“妹妹说笑了，大家共同侍奉皇上，亲如姐妹，本宫怎会怪罪自家妹妹。”

桓采儿顺势道：“那往后就承蒙丽贵妃娘娘关怀了。”

姚素鸾点点头道：“好了，都坐吧。”

王沁若坐于下首之尊，各位嫔妃分坐两旁，姚素鸾扫视了一圈，说道：“如今婉妃初初进宫，往后大家要同心同德，切记莫要欺生。只是……婉妃怎么还没到？”

王才人不是滋味地说：“贵妃娘娘有所不知，妹妹方才见安总管带人端着一堆珍稀宝物往关雎宫去了，大概正受皇上赏赐呢！”

姚素鸾面不改色地笑道：“妹妹真是好福气，刚一进宫便尽得皇上偏爱，就连本宫当初也从未有过这等待遇呢，似乎能得皇上这般恩宠的也只有先皇后了。”

众嫔妃顿时在底下议论纷纷。

舒婕妤说：“我入宫这么久，所得赏赐还不及婉妃的一半。”

惠昭仪跟着道：“再怎么说也是刚入宫的嫔妃，依礼必须前来拜会，这不是明摆着不把贵妃娘娘放在眼里嘛！”

舒婕妤附和道：“就是就是，这么恃宠生娇，不懂规矩，往后岂不是要压我们一头。”

王沁若抿了口茶开始说话，众妃子连忙安静下来。

王沁若说：“各位妹妹就这样在背后嚼舌根，传到婉妃耳朵里事小，要是传到皇上那儿，龙颜大怒，怕是贵妃也保不了你们，本宫没说错吧，丽贵妃娘娘。”

王沁若这番话，显然有敲打姚素鸾之意。姚素鸾理了理袖口，漫不经心地道：“婉妃刚入宫便极享恩宠，应该替她高兴才是。至于礼节，婉妃刚入宫，很多事情并不了解，也怪本宫这个做姐姐的失职。”

桓采儿不想横生枝节，忙做和事佬：“丽贵妃娘娘言重了，妹妹猜想婉妃绝非有意如此，定会当面向诸位娘娘致歉。”

说话间，门外传来太监的声音，说是婉妃娘娘到。

姚莫婉走进来，向姚素鸾、王沁若等妃子行礼：“婉妃拜见各位姐姐。”

姚素鸾笑意更浓，殷切抬手道：“总算把妹妹盼来了，方才听说皇上今日厚赏了婉妃，本宫甚是高兴。”

姚莫婉说：“皇上今日所赏，妹妹自知受之有愧，理应共享才是，所以特意挑了些绝佳宝物作为见面礼，往后如有不周到之处，还请诸位姐姐海涵。”

姚莫婉言罢挥手，汀月带人捧着各式的锦缎走到各妃子面前，众人欣喜地挑起宝物来。一太监端起一个托盘，走到王沁若面前。

王沁若不咸不淡地道：“本宫就不收了，拿人手短，还人情倒不打紧，可若利用人情做垫脚石，岂不是自讨麻烦。”

入座时，姚莫婉看了一眼王沁若，没有说话。

众妃请安，不过是个形式，稍坐片刻，众妃便以不敢继续叨扰贵妃为由，起身告退。待众妃一一离开之后，彩萤愤愤不平地说道：“娘娘，这婉妃刚入宫便尽得皇上恩宠，还如此懂得收买人心，只怕一朝得势，便会影响娘娘在后宫的地位。”

姚素鸾抬手，在她的搀扶下缓步而行：“这后宫里何谈地位，高处不胜寒的道理不是谁都明白，可惜了我的好姐姐莫心。婉妃酷肖皇后，这是她最大的优势，却也是最大的劣势。眼下本宫只管蛰伏，等着她自己错漏百出便好。”

彩萤阴沉一笑：“娘娘果然深谋远虑。”

姚素鸾又道：“别辜负了婉妃的一片好意，刚才她不是送了物件？你去挑几件，就当本宫赏你的。”

这边彩萤兴高采烈地谢过姚素鸾后，就去挑选绝佳物件了。另一边姚莫婉与汀月刚踏出姚素鸾寝宫，便被王沁若喊住。

王沁若问道：“婉妃，可否赏脸去本宫宫中一叙。”

姚莫婉微微一笑道：“姐姐既然开了口，我岂敢不从。”

王沁若率先走到前面：“随本宫来吧。”

姚莫婉和汀月互相看了一眼，随后跟了上去。令姚莫婉与汀月未想到的是，不过刚刚踏入宫内，王沁若便转身打了姚莫婉一巴掌。

汀月立即上前一步，似要质问王沁若，姚莫婉立即阻止了汀月，随后自己跪下，不卑不亢地问：“妹妹不知犯了什么错，惹姐姐这般生气。”

王沁若说：“你应该明白，本宫这巴掌是替谁打的。”

姚莫婉垂首顺从道：“姐姐打得是，妹妹自知有愧。”

王沁若见姚莫婉如此乖觉，心中愤懑倒是随着这一巴掌消散了不少，于是说道：“起来吧，既然本宫私愤已泄，便聊聊关乎你生死的大事，坐吧。”

姚莫婉随王沁若进宫内落座，侍女端来了两杯茶。

王沁若说：“姚素鸾的野心和为人，想必你已经领略到了，现如今你如此得宠，定会成为她的眼中钉，以她现在的位置想除掉你，如同捏死一只蚂蚁。”

姚莫婉故作谦卑地说道：“还请姐姐为我指一条明路。”

王沁若边打量着她，边说道：“这后宫里其他人都是些平庸之辈，而你不一样，是个聪明人，应该明白与其坐以待毙，不如先发制人的道理。”

姚莫婉摇头道：“只怕我没有这般才智，拖累了姐姐。”

王沁若说：“皇上对你的恩宠便是你最大的优势，只要你我联手，往后这后宫就是我们的。”

姚莫婉问道：“姐姐想做这后宫之主？”

王沁若笑了笑：“本宫本无心权欲，只是身在其中不得不为。眼下窦氏一门势力日盛，我父亲敦亲王与窦氏积怨已久，新仇旧恨加身，若是将来姚素鸾执掌凤印，试问这朝中何人能与之抗衡，唯有这皇后的权力，才可保得家门周全。”

姚莫婉连忙起身，表明立场道：“妹妹愚钝，愿供姐姐驱使。”

王沁若示意她落座，端起面前的茶杯抿了一口：“那你我便以茶盟誓，往后同进同退。”

姚莫婉端起茶示意，随后闻了闻，皱了皱眉，但王沁若还在一旁盯着她，她只得在王沁若一脸深不可测的笑意中，将这杯茶一口饮尽。

两人离开王沁若宫中后，行至无人的走廊时，汀月不解地问道：“娘娘，同居妃位，您为何要如此低声下气？”

汀月实在替自家娘娘鸣不平，凭什么要受王沁若那一巴掌的气！

姚莫婉道：“你忘了，我和你说过在后宫要学会忍耐。”

汀月听话地点点头道：“不过方才她所说的联合，也算好事，至少还有个帮手。”

姚莫婉撸起袖子给汀月看，只见胳膊上起了一片红疹，她冷笑道：“后宫哪有联合一说，不过是想把我当枪使罢了，你可知那杯茶里被下了毒……”

汀月惊呼道：“娘娘无事吧？”

姚莫婉摇摇头道：“无碍，这毒性轻微，并不致命，只会令人不适几日罢了。”

汀月又不解了：“那娘娘明知如此，为何还要饮下？”

姚莫婉叹息一声道：“她是想借此试探我的忠心，我自然要陪她做戏。”

汀月回道：“那也……”

话未说完，姚莫婉忽然压低声音道：“嘘，有人一直在跟着我们，别回头！”

而后，姚莫婉拉着汀月转过一个弯，闪身躲进了一间屋子，却不料，竟在房内看到桓采儿与皇甫俊休，双方都大吃一惊。

皇甫俊休见状立刻拔剑架在了姚莫婉脖子上，被桓采儿拦住，她忙道：“慢着，在此杀人，惊动了侍卫，你我就算有十个脑袋也不够砍的。”

皇甫俊休面露杀气道：“不杀，万一走漏风声，死的可就是你我了。”

姚莫婉淡定道：“采儿，皇甫俊休，好久不见。”

桓采儿和皇甫俊休再度一惊，抬眼看她，桓采儿颤抖着问道：“你……你刚进宫，如何得知他的名字？难道你知道我们的事？”

姚莫婉说道：“人间自是有情痴，这世上爱而不得，屈服于现实委身旁人的，不只是你一个。你放心，我既能体会，自不会揭露。”

桓采儿愣了下，拍了拍皇甫的手，皇甫把剑收起。

桓采儿追问道：“是莫心告诉你的？”

姚莫婉点了点头，似在回忆往事：“姐姐若在，怕是你们也不必这般麻烦才得以相见。”

桓采儿亦是满脸感慨：“是啊，想当初你姐姐在的时候……”

夜鸿弈即位时急需桓横的军权支持，所以桓采儿才与夜鸿弈达成契约入了宫，待一年后夜鸿弈大权在握之时，便找个理由送桓采儿离宫去西域，还她自由之身。只是刚刚入宫的桓采儿依旧是将军府大小姐的性子，她又与皇甫俊休青梅竹马，若不是因为身份差别、门户不当，她怎会与皇甫俊休生生被拆散？她在宫内时时刻刻都不自在，快把她烦闷死了，她便央求着姚莫心，让姚莫心帮她安排与皇甫俊休见面。姚莫心耐不住她，便让皇甫俊休以商议后宫护卫事宜为由，来到寝宫内与她见面，也正是这次见面，桓采儿送了一个她亲手做的剑穗给皇甫俊休。

可如今，曾为她遮风挡雨、守护幸福的莫心却不在了。

桓采儿回身看着姚莫婉，叹道：“若不是姐姐，我和俊休怕是久难再见，受尽相思苦，只可惜……唉。”

姚莫婉道：“姐姐未能完成之事，我都会尽力完成。只是你这般单纯心善的人，在后宫很难独善其身，这么下去也不是办法，若是时机成熟，还是尽快逃离这是非之地。”

桓采儿面带忧愁地叹息道：“我何尝不想呢！”

皇甫俊休揽住桓采儿的肩膀，疼惜道：“采儿，等我安排妥当了，就接你走。”他转身看向姚莫婉，继续说道：“此事还望婉妃守信，替我二人保密。”

姚莫婉点头道：“当然，只是方才我来的路上被人跟踪，这里已经不安全了，我先出去确认无人你们再出来。”

说完，姚莫婉和汀月便悄悄将门打开了一条缝，探出脑袋警惕地向四周张望，待确定安全后在门上敲了几下，随即离开。桓采儿和皇甫接到信号，紧跟着离开。片刻后，那个跟踪姚莫婉的身影闪身而出，还在地上捡起了一个剑穗。

南疆使节馆内，晗月公主正在桌前握卷阅读，段婷婷气呼呼推门而入，拿起桌上的杯子一饮而尽，愤愤将杯子放下。

晗月笑了笑，好奇道：“谁这么大胆，居然敢惹到你？”

段婷婷恨声道：“还不是肃亲王，今日我好心好意去安慰他，却吃了个闭门羹。”

晗月挑挑眉，回道：“既然肃亲王不喜欢你，何必自讨没趣呢？”

“才不是呢！”段婷婷娇憨地撒娇道，“姑姑，我这么可爱，怎会有人不喜欢我嘛！”

晗月公主宠溺地捏捏她的小脸，笑道：“好好好，你最可爱。不过咱们在大楚耽搁太久了，皇兄来信催咱们启程回南疆呢！”

“我不回去嘛，”段婷婷立刻说，“我好不容易才跑来大楚见他，还未得手，怎能回去？都怪那个姚莫婉攀龙附凤，伤了君清的心，他才无心念及我。”

晗月公主闻言面色一冷：“不准这样说莫婉，她不是你想的那种人，她定有苦衷的。”

段婷婷不听，拉住晗月公主的手，撒娇道：“姑姑，我才是你的亲侄女，你反倒向着外人说话，都不安慰安慰我。”

晗月公主摸了摸段婷婷的头，知道她只是小孩子心性，一面起身，一面道：“好啦，乖，你好好歇着，我得先去关雎宫一趟。”

段婷婷思索片刻，立即说道：“关雎宫？反正闲来无事，一个人待着也闷得慌，姑姑带我一起去嘛，好不好？”

晗月被她磨得无法，只得同意：“好吧好吧，真是拿你没办法。”

段婷婷朝晗月公主傻笑，随后两人走了出去，朝关雎宫方向走去。姚莫婉和汀月刚走进宫内，便看到段婷婷和晗月公主坐在正堂内等待。

姚莫婉迎上前去，招呼道："晗月姐姐，你怎么来了？"

晗月公主故意调侃道："怎么，成了婉妃这门槛就高了，还不能来见你了。"

"姐姐说笑了，"姚莫婉笑了笑，"汀月，去准备茶水。"

汀月转身离开后，段婷婷忽然行起大礼，她故意放大动作，高声道："参见婉妃娘娘，恭喜娘娘如愿以偿，攀上枝头变凤凰，之前若有冒犯之处，还请娘娘多多包涵。"

"婷婷！"晗月呵斥她。

段婷婷收敛起身，不悦地坐下。

姚莫婉轻笑道："长风公主定是在生我的气吧。"

段婷婷冷哼道："我哪敢生娘娘的气啊？现在娘娘可是宠妃，极尽荣光，哪像君清那个傻子，整日借酒浇愁，为了不值得的人黯然神伤。"

姚莫婉听完此话脸色一沉，恰逢汀月端着茶水走了过来，方自收起情绪。

晗月公主道："婷婷，我与婉妃有事聊，你去旁处逛逛吧。"

段婷婷不情不愿地白了一眼姚莫婉，转身离开。姚莫婉跟着也支走汀月，让汀月去陪长风公主。

晗月见人都走尽，方揣测地看向姚莫婉，问道："到了如今，我究竟要叫你婉儿，还是莫心？"

姚莫婉叹息道："叫什么还重要吗？晗月，不管我是谁，都再无回头路可走。"

晗月公主激动地抱住她，落下泪来："莫心！你是莫心！我就知道，你没有死，果然……到底是怎么回事？你为何会有这番奇遇！"

姚莫婉回抱住晗月回道："我也不知。或许是上天不忍看我惨死，叫我重活一世，翻覆命运。"

晗月公主说："所以你才会进宫复仇？只是你要知道，眼下你的境遇比当时还要艰险百倍，你如何能应付得下来？"

姚莫婉未置可否地摇了摇头道："到了现在这地步，我也只有四个字：见招拆招。"

夜幕逐渐降临时，姚莫婉在宫内一边踱步一边不住地向外探看，她只求夜鸿弈别翻她的绿头牌，但天不遂她意，夜鸿弈最终还是出现在了关雎宫内。姚莫婉上前欠身请安，安炳山示意汀月出去，汀月走出后，安炳山关上了门。

夜鸿弈靠在软榻上，柔声道："爱妃可还习惯？要是缺了什么短了什么，吩咐人知会安总管一声，他自会操办。"

姚莫婉面带羞怯道："谢皇上垂爱，臣妾一切都好。"

夜鸿弈站起身来，展开双臂说道："替朕更衣。"

姚莫婉娇羞地低下头，慢慢靠近，随后去解夜鸿弈的腰带，被他一把抓住手。夜鸿弈暧昧的气息近在咫尺，调侃道："婉妃这么心急。"

姚莫婉故作惶恐地道："臣妾只是不知该如何伺候皇上更衣。"

夜鸿弈笑了笑，抓过姚莫婉的另一只手，放在了自己的脸上："莫心总会这样抚着朕的脸，看着我，然后……"

夜鸿弈慢慢靠近姚莫婉，欲吻下去，姚莫婉却下意识地偏过了头，向后退了几步："皇上，臣妾……臣妾还没准备好。"

夜鸿弈伸手一把揽过她的腰，眉心微蹙："怎么，不愿意？"

姚莫婉不敢惹恼他，轻声细语地道："臣妾有些紧张。"

夜鸿弈伸出另一只手在姚莫婉背上摸索，姚莫婉身子微颤。夜鸿弈眼神迷离，眼前的姚莫婉瞬间幻化成了姚莫心，令他心驰神往。

夜鸿弈呢喃道："难怪身子会那么紧。当年莫心亦是如此，每每御前承欢都略显羞怯，甚是令朕怜惜。"

姚莫婉怯怯地问："臣妾是不是扫皇上兴致了？"

"非也，倒是让朕越发想征服你了。"

夜鸿弈说罢吻上姚莫婉，姚莫婉皱了皱眉。

"可是，臣妾怕是没办法像姐姐那般讨皇上欢心。"

夜鸿弈深嗅着姚莫婉的香气："当时莫心是如何做的，往后朕都会教给你。"

说罢便抱起姚莫婉，大步流星地走向卧室。他将姚莫婉放在床上，手指一勾，床幔纱帐随之落下。随后夜鸿弈脱去上衣，慢慢地靠了过来，缠绵地抚摸着姚莫婉的脸。

姚莫婉紧张得双眼紧闭，微微颤动。

"婉妃害羞的模样，甚是好看，朕定会好好疼爱你。"

夜鸿弈温柔地顺着姚莫婉的脖子，慢慢吻上耳朵。这时，众多毒蛇悄然从窗户爬入，落到地上，纷纷向榻上爬去。一条毒蛇顺着床架游走而上，伺机而动。

夜鸿弈起身撕开姚莫婉的外衣，正要相吻之时，姚莫婉忽然做出十分痛苦的样子，整个身子都蜷缩了起来。

“婉妃，婉妃，怎么了？”夜鸿弈拉开被子，撸起姚莫婉的袖子，发现尽是红疹，大惊失色，连忙道，“朕让太医来。”

就在这时，一条攀上床架的毒蛇吐着信子，冲着夜鸿弈飞来。夜鸿弈余光瞥见，立即伸手抓住蛇尾将它扔了出去，抬头一看，纱帐上尽是毒蛇，赶忙抱起姚莫婉。

夜鸿弈撩开帘子，发现毒蛇遍地，甩手拉倒一旁的烛台将火引上纱帐，蛇被烧得四处躲闪。夜鸿弈抱着姚莫婉欲逃，刚行几步，不料却被毒蛇包围。众蛇纷纷跃来，夜鸿弈侧身闪过，飞身拔出挂在一旁的剑，劈断飞来之蛇，护着姚莫婉冲了出去，安炳山和侍卫等闻声纷纷赶来。

安炳山慌急道：“皇上皇上，您无碍吧！”

夜鸿弈面沉如水，大声质问：“为何宫中突现这样多的毒蛇？”

话音刚落，后宫中尖叫声四起，千面领着侍卫跑来，跪下禀告道：“启禀皇上，关雎宫附近发现大量毒蛇。”

夜鸿弈怒道：“安炳山传太医给婉妃诊病，千面带人清除宫中毒蛇，还有务必查出缘由！”

千面与安炳山忙不迭领命而去。

夜鸿弈面色阴沉地坐在关雎宫的另一个寝室内，姚素鸾、王沁若等众妃跪在地上，太医从卧室中走了出来。

夜鸿弈问道：“婉妃有无大碍？”

太医躬身回道：“皇上，婉妃娘娘只是偶感湿邪，并无大碍。”

夜鸿弈点点头，示意太医下去。

须臾，汀月扶着姚莫婉从卧室中走出。夜鸿弈见姚莫婉要行礼，抬手道：“婉妃身体不适，不必多礼，坐。”

姚莫婉依言坐下：“谢皇上！”

“婉妃，”夜鸿弈看着姚莫婉，温柔地道，“你如实告诉朕，你身上这湿邪，还有宫中突现毒蛇，是否有人加害于你？！大胆地说，朕定会给你做主！”

姚莫婉看了一眼王沁若，王沁若躲开目光，暗暗留神她的说辞。

姚莫婉说："皇上，臣妾自册封那日落水后便身体虚弱、邪毒侵身，不关他人的事。"

"哦？"夜鸿弈仍带狐疑，"那这蛇呢？难道会无缘无故跑到你宫中来不成？"

"这……臣妾实在不知。"

这时，千面忽然从正堂走出，手中托着一颗硕大的蛇头，蛇身分明不在，却还在吐着信子，众妃子吓得纷纷掩面。

千面道："启禀皇上，关睢宫内发现了蛇王头。此物用特殊秘术处理过，可保蛇头不死，方圆百里的蛇闻见蛇王的气息，便能纷纷聚集而来。"

"秘术？！"夜鸿弈问道，"这蛇王头可是在床榻下发现的？"

千面看了眼姚莫婉，答道："正是。"

"婉妃，"夜鸿弈转向姚莫婉，冷声道，"为何此物在你宫里？"

姚莫婉皱了皱眉，回想白日有谁进过她的卧室。她忽然想到下午汀月给段婷婷作陪，却陪"丢"了的事，如此看来，这蛇头便是段婷婷的杰作了。

姚莫婉无法解释，跪在地上含糊道："臣妾……臣妾不知。"

夜鸿弈将她的表现收入眼中，疑心大起："是不知，还是不敢认？"

姚素鸾见状忽然从旁跪到夜鸿弈面前，意有所指地道："皇上，臣妾觉得这蛇患甚是蹊跷，妹妹若有苦衷，当禀明圣上啊！况且，婉妃刚入宫便频频遭劫。"她看向王沁若："好好想想会不会是相识之人加害？"

姚莫婉跪在地上，依旧一言不发。

夜鸿弈边听，边看向姚莫婉躲闪的眼睛，猛地一拍桌子，怒道："都给朕住嘴，滚出去！"

众妃子走后，夜鸿弈走到姚莫婉面前："如果不是你做的，为何不为自己申辩？"

姚莫婉直视夜鸿弈的眼睛："臣妾……相信皇上自会查清真相，还臣妾清白。"

夜鸿弈冷笑一声道："清白？朕差点就忘了，你与夜君清的关系，谁知道你是真心入宫，还是假意接近，替他取朕性命。"

姚莫婉故作委屈地伏地："臣妾冤枉，皇上多虑了。"

夜鸿弈怒道："朕查清楚之前，你不许出关雎宫大门一步！"

夜鸿弈负手走了出去，宫门重重地关上。

肃亲王府的书房内，奔雷正在书房中与夜君清谈论公事。

奔雷说道："王爷，皇上已对边军有所动作，开始逐步撤换都尉一级的武官，如果我们再不行动就来不及了。"

夜君清道："你可知边军为何能战无不胜？因为忠诚。换几个都尉就能服众，想得太简单了。"

奔雷思忖片刻，提议道："王爷，我们在京城，皇上时常探听监视，行动十分不便，不如……"

"最危险的地方才是最安全的，"夜君清摆了摆手，继续说道，"这样才能让他安心，对我们放松警惕。离开京城，怕是有命走，没命回边军。"

两人说话间，寒锦衣忽然冲了进来，急道："不好了，婉儿被皇上软禁了。"

夜君清心下一惊，站起来道："出什么事了？"

寒锦衣说："听说是皇上在关雎宫搜到了蛇王头，怀疑婉儿意图谋害他。"

"蛇王头？"夜君清思索了会儿，向寒锦衣问道，"寒兄可有办法助本王混入宫中？"

寒锦衣点点头，想了个办法助夜君清混入了宫中。而混入宫中的夜君清直接去找了王沁若，王沁若正在宫内抚琴，关雎宫的蛇闹得多么"欢畅"，她抚琴的兴致就有多高昂。

一曲终了，侍立在旁的彩蝶，一边给王沁若送上方巾擦手，一边道："今日宫中有了蛇患，娘娘若是要就寝，奴婢便去焚些驱蛇草。"

王沁若冷哼道："蛇患，依本宫看这分明是人患，那蛇王头我今日一看，似乎是南边的什么邪蛊之术，大概婉妃又把谁给得罪了吧。"

就在这时门忽然被推开，夜君清一袭侍卫服装怒目站在门口，王沁若大惊，问道："君清，你怎么来了？"

夜君清道："我夤夜前来，只为今日莫婉意图谋害皇上一事，不知娘娘可知道内情？"

王沁若面色一冷，反问道："你费尽周折混入宫里找我，原是为了她？"

夜君清默认了。

王沁若苦笑道："那姚莫婉对你如此绝情，你还这样在乎她，值得吗？"

"没什么值不值得，"夜君清道，"本王既知此事，就不会让她含冤受难。恳请娘娘告知实情，是否娘娘所为？"

王沁若大怒道："你我表姐弟一场，从小一起长大，你却这样疑心于我！好，那我便告诉你，不是我做的！"

夜君清审视她片刻："我相信你。君清有一事相求，娘娘在宫中行动方便，又足智多谋，可否求娘娘出手相救。"

王沁若听后更加难受了。她的心总在他身上，他的心却从不曾在她这里。

"夜君清，"王沁若含泪道，"我从小到大，从未见过你求别人，这次居然为了她不惜求我！单凭你这等姿态，我便是能救也不会救！你莫要仗着我对你的感情，这样欺人太甚！"

王沁若说完背过身去擦泪，夜君清见状抱拳道："既然如此，君清就不叨扰了。告辞。"

话毕便要转身离开，王沁若看他真的要走，痛苦不已，心软地喊住夜君清："慢着！我可以帮你救她，不过，你要答应我一件事。"

王沁若见夜君清应了她，便直接去找晗月与段婷婷。与姚莫婉一样，她也猜到了关雎宫闹蛇一事就是段婷婷做的。她安抚晗月与段婷婷道，说她不是来捉凶的，只是想问她们借一物，救姚莫婉脱身。晗月想到姚莫婉的处境，也顾不上王沁若是要救姚莫婉还是害姚莫婉，只能将王沁若要的东西给她。

姚莫婉正在殿内伏案小憩，夜鸿弈悄声走了进来，坐在一旁看她，爱怜地摸摸她的头发。姚莫婉缓缓醒来，看到夜鸿弈赶紧跪下。

"臣妾不知皇上来，失礼了。"

夜鸿弈扶起姚莫婉："爱妃快请起，是朕错怪你了，陷害你的人已经抓到了。"

姚莫婉听后一怔，略有紧张地问："是谁？"

夜鸿弈扶起姚莫婉往外走："随朕来。"

姚莫婉走出门去，看见一具嫔妃尸体躺在地上，不由一惊。

夜鸿弈对姚莫婉道："婉妃，这便是陷害你之人。"

言罢示意千面出示唤蛇铃。

千面解释道："婉妃娘娘，今日暗卫通报见到司嫔鬼鬼祟祟，似乎欲行不轨，继而发现她意图将唤蛇铃扔入池中。属下让文轩阁的学士查过典籍，这蛇王头的行动，只有配合唤蛇铃才能奏效。那司嫔本是异族人士，会些邪术也在情理之中。”

夜鸿弈面带愧色地说：“婉妃受惊了，朕已命人将她白绫赐死。往后这后宫谁再敢打婉妃的主意，只要被朕发现，必杀之。今晚大宴，共庆婉妃入宫之喜，也消消这晦气。”

姚莫婉心中虽有疑虑，却不便表现，只得跪下谢恩。

夜鸿弈爱怜地看着她，自知自己的疑心病委屈了她，不禁安抚道：“昨晚委屈你了，快去歇息吧。”

汀月闻言扶起姚莫婉，姚莫婉忍不住扭头看向那具尸体。等到王沁若来到关雎宫时，她便知道了所有原委。

王沁若说道：“妹妹受惊了吧，今日若不是本宫及时找了那个替死鬼，怕是惨死白绫之下的人便是妹妹了。”

姚莫婉不动声色地道：“原来是姐姐出手相救，谢姐姐救命之恩。”

王沁若一笑，只字未提肃亲王来过之事，单单道：“你我既已联合，便是一条船上的人，本宫又怎会置之不理呢？只是你往后要更谨慎些才是，走错一步，便会落入万丈深渊。还有，在外人面前你我要互相撕咬，这戏才做到足，才能骗到人入套。”

姚莫婉谦卑颔首道：“谢姐姐教诲，妹妹必定谨记于心。”

心中却是暗暗心惊，为了扳倒彼此，她们竟然会下此等狠手。

王沁若不欲久留，留下一句“妹妹怕是一夜未睡，本宫就不扰妹妹休息了”，便转身离开了。姚莫婉看着她的背影，越看越觉得毛骨悚然。

汀月说：“今日真是好险啊！淑妃娘娘出手可真够毒辣的，一下手便是一条人命。”

姚莫婉望着门口出神，呢喃道：“王沁若竟会真心出手救我？这倒是奇事。可怜了司嫔，就这样不明不白地替我死了。汀月，你拿些银两，莫要让她草草下葬。”

蛇王之事后，宫中办了一场家宴，夜鸿弈坐于中间龙椅，姚素鸾和夜君清分坐两侧，众嫔妃则分列左右坐在台下。姚莫婉与王沁若挨坐在一起，暗暗交换神色，表面上却故作不和疏离之态，姚素鸾将此一一看入眼中。

殿中央，乐姬抚琴，舞姬们翩翩起舞。

夜鸿弈笑道：“三弟，你整日拘在王府，甚是无趣，往后可常来宫中陪朕雅玩。”

夜君清笑答：“皇上日理万机，臣弟怕误了国事。”

夜鸿弈一笑：“皇上也是人嘛，无妨无妨。”

言罢，夜鸿弈与夜君清碰杯饮下，夜君清目不斜视，不与姚莫婉眼神接触。夜鸿弈从旁暗暗观察，仍免不了疑心此二人会藕断丝连。

此时舞女舞罢散去，夜鸿弈举杯说道：“今日宴会专为婉妃所办，庆贺她入宫。”

众人闻言起身举杯一饮而尽，夜鸿弈缓步走到殿中间，温柔注视着姚莫婉：“婉妃，过来。”

姚莫婉心下一紧，下意识用余光扫了一眼夜君清。她并不想在夜君清面前与夜鸿弈表现亲昵，但夜鸿弈招手，又无可推脱，只好走了过去，任夜鸿弈搂住自己。

夜鸿弈说：“婉妃是朕最宠爱的女人，不瞒诸位，婉妃一舞翩若惊鸿、美丽动人，颇有皇后遗风。婉妃，可否献舞一曲？”

姚莫婉屈膝行礼，哪里有说“不”的胆量，面上故作娇羞道：“皇上有命，臣妾岂敢不从。”

“好。”夜鸿弈又对王沁若道，“淑妃，朕知你善调古筝，甚是清耳悦心，便从旁为婉妃协奏一曲吧。”

“是，皇上。”

王沁若垂首应下，坐在古筝架前弹奏，姚莫婉便随之翩翩起舞，宫内一时丝竹管乐之声骤起。

夜君清强压住心中不快，一杯杯地饮酒，饮到最后，突然起身：“皇上，臣弟愿为您舞剑助兴。”

“准！”夜鸿弈兴致颇高地一摆手。

千面随即拔出剑给夜君清，夜君清飞身到殿中央，与姚莫婉一剑一舞，互相以舞传情，诉心中忧伤，两人眼神交会又分开。舞罢，夜君清醉倒在地。

夜鸿弈哈哈一笑：“看来三弟今日是尽兴了，来人，送肃亲王下去休息。”

太监随后扶着夜君清走了出去，姚莫婉欠了欠身回到座位上，桓采儿端着酒来庆贺：“婉妃妹妹不仅人长得好看，舞起来竟如翥凤翔鸾一般，煞是美妙。”

姚莫婉谦逊一笑：“姐姐过奖了。”

桓采儿主动举杯敬酒，不想手上一抖，洒了姚莫婉满裙：“哎呀，你瞧我，一喝酒就有些笨拙，婉妃速速去换身衣服吧，皇上那儿，我替你挡着。”

姚莫婉点点头，随一名宫女走了出去。

姚莫婉被宫女领入殿内，挥手让她退下，刚褪下襦裙，忽然发现屏风之后有人。姚莫婉吓得一惊，刚欲呼救，却看见夜君清醉醺醺地走了出来。

夜君清醉酒之下，以为是做梦，呆呆望着这一幕，自嘲地笑笑：“你又来扰我梦境，连做梦都不肯放过我，是不是？”

姚莫婉见他醉眼迷离，脚步虚浮，问道：“君清？你喝醉了，你怎么会在这儿？”

夜君清跌倒在地，姚莫婉走过去抱住他。

夜君清抬眼，望着那熟悉至极的眉眼，反问道：“为何我们会行差步错沦落至此？你有苦衷的吧？你一定是有苦衷的，对不对？”

姚莫婉泪眼涟涟地摇头：“对不起，君清，忘了我吧，就当姚莫婉死了。”

刚刚话毕，夜君清便直接吻了上来。姚莫婉没想到他竟如此孟浪，反应过来之后连忙想要推开他。夜君清却似受了刺激一般，吻得更加急切。咸湿的泪水混杂令人迷醉的酒香，连日来的思念，让姚莫婉沦陷在了这个吻里，手情不自禁地环上他的腰。

突然，姚莫婉清醒过来，及时推开夜君清，跑到门边查看，发现推不开了，顿时大惊，心知他们定是被人暗算了！

姚莫婉使劲晃着夜君清：“夜君清，你给我清醒一点，有人把门锁住了！”

第十五章

平乐殿内，夜君清已清醒许多，他意识到问题的严重性，站起身来去推窗户，发现窗户也被锁住。姚莫婉摸了摸身上湿了的衣服，忆起方才宴上那杯“无意”洒在裙上的酒水，瞬间明白过来，桓采儿是故意的。

夜君清深知夜鸿弈的秉性，若此事坐实，必然饶不过姚莫婉。他心中懊悔一时不察，连累了她，面上却是故作冷漠地道：“到时你全都推给本王，就说我酒后见色起意，欲行不轨，皇上就算要责罚，也只是……”

姚莫婉摇摇头，心里知道，夜君清直至此时仍在拼命护她，内心感动却不能在他面前表现，只得转身，强装默然道：“别说了，不是所有的事都需要你来承担。”

与此同时，大楚皇宫宴客厅内，夜鸿弈眼睛望向空落落的姚莫婉座位，忽然眉头一紧，询问一旁伺候的安炳山：“肃亲王去了何处休息？”

安炳山答道：“回皇上，是平乐殿。”

夜鸿弈向厅外望了一眼，发现方才伺候姚莫婉的宫女竟然自己回来了，不由问道：“朕方才见你不是服侍婉妃去换衣服了，婉妃现在何处？”

宫女一脸惊慌地说：“回皇上，奴婢把婉妃娘娘带到房间后，便离开去取衣服，可是一眨眼的工夫，娘娘就不见了。”

夜鸿弈面色一沉，径直走了出去。众妃子见状，面面相觑，赶忙跟了过去。夜鸿弈带着众妃与侍卫来到平乐殿外，安炳山上前推门，却发现门推不开。

安炳山面带踟蹰，小心翼翼地看着夜鸿弈道：“皇上，这门……似乎是锁上了。”

夜鸿弈面色阴沉，心中隐约涌起一个答案，怒火中烧：“给朕撞开！”

侍卫立即领命上前，撞破门，冲了进去。众人踏入殿内，却只见到姚莫婉倒在地上头上有血，桓采儿与众妃子冲进殿内四处查看，却未发现夜君清的踪影，不由大大疑惑。

夜鸿弈没有想到是这般情境，一面上前抱起姚莫婉，一面唤道："婉妃，婉妃！宣太医！"

就在这时夜君清打着哈欠，从门外走进来，众人俱是一愣。

夜君清眼中仍有醉意，斜靠在门边，疑惑道："出什么事了……婉妃娘娘这是……"

夜鸿弈看向夜君清问道："肃亲王不是在此休息，又去了何处？"

夜君清坦然回视："臣弟方才去殿外走了走，深恐失态想醒醒酒。可是婉妃为何会在此？臣弟若是没有凑巧出去，岂不正好能撞见婉妃？"

夜鸿弈眸色深深地扫向众妃，别有深意地道："只怕有人有意为之。"

王沁若闻言上前，拿出一个小瓶子，轻声道："皇上，婉妃只是晕过去了，臣妾有风油可唤醒。"

夜鸿弈颔首示意，王沁若随即拿着瓶子在姚莫婉鼻子前晃了晃，果然，片刻之后，姚莫婉悠悠醒转。

"婉妃，你醒了，"夜鸿弈柔声道，"可看清是谁害你？"

姚莫婉迷茫地摇摇头，触及伤口，不由扶住额头说道："皇上，臣妾被那宫女领进殿之后，就被人打晕了，其他什么都不记得了。"

夜鸿弈眼中更添怜惜之色，抚慰道："朕不会让你受委屈的。"随即抬头环顾四周妃子，厉声道："朕一定严惩害你之人。"言罢抱着姚莫婉大步离开。

姚莫婉在与夜君清擦肩而过的瞬间，与其深深对视了一眼。就在刚才，他们受困殿中之时，姚莫婉忽然想到当年整修平乐殿时，曾有一条暗道。她在房内四处搜索，果在一隅找到机关将暗道打开了。

她催促道："你快走！"

夜君清见状疑惑不已："当年？你从未进宫，如何得知平乐殿暗道之事？"

姚莫婉顾不得解释其他，连番催促："别问这么多了，再不走来不及了！"

姚莫婉将夜君清推入暗门，关上门后四下查看，捡起一个烛台，咬咬牙，狠心冲自己脑袋上敲了下去。

众人离开后，夜君清望着夜鸿弈怀抱姚莫婉离开，只觉心中无限酸楚。

王沁若见状，走到夜君清身旁，不是滋味地说道："怎么，看见自己心爱的女人躺在别的男人怀里，心痛了？"

夜君清深深看了一眼王沁若，转身欲走，被她上前一步拦住，提醒他别忘了自己的承诺。夜君清顿了顿，毫不犹豫地离开了。

夜鸿弈将姚莫婉拥在怀中，一路抱着她抵达关雎宫内，他将姚莫婉轻放在床上。汀月侍立在旁，拿着手帕上前准备替姚莫婉擦拭伤口，被夜鸿弈拦下，亲自为她清理。

姚莫婉面含歉意地说："这些事情交给汀月来干就好，不必劳烦皇上。"

夜鸿弈道："朕除了是大楚之主，至少也还是你的夫君。"

"夫君？"姚莫婉喃喃。

夜鸿弈挥手示意众人离去，小心翼翼地替她擦拭额头的血迹，姚莫婉疼得往回缩了缩，夜鸿弈缩回了手，流露怜惜之情，问道："是我太用力了吗？"

姚莫婉摇摇头，夜鸿弈更加凑近地朝着姚莫婉的伤口呼气，姚莫婉近距离看着他，脸上流露复杂之色。

夜鸿弈道："方才你在屋里，当真没看见那人面目？"

姚莫婉委屈摇头道："臣妾一进屋便被敲昏在地，实在是没来得及看清。"

夜鸿弈问："有人想诬陷你与肃亲王，你有没有想过为何？"

姚莫婉回头道："恐怕是因为臣妾深受皇上恩宠，这才招致是非吧。"

夜鸿弈盯紧姚莫婉："那不知爱妃能否对得起朕的这份恩宠呢。"

姚莫婉抬头，真挚地说："臣妾对皇上，问心无愧。"

夜鸿弈越凑越近，紧紧地盯着姚莫婉的双眼，像是要把她看穿。原本淡定的姚莫婉竟产生了些许紧张。忽然，夜鸿弈将姚莫婉放倒在床，作势要吻她。

姚莫婉疼得忍不住小声叫了出来，表情痛苦："疼……"

夜鸿弈见她呼痛，才有些不甘心地松开了手，小心地替她盖好了被褥，安抚道："早些休息吧，朕明日再来看你。"

确认夜鸿弈离去后，姚莫婉才从床上坐起，在药箱里拿出药物为自己的伤处上药。

汀月上前，满脸心疼地说："娘娘，要不要奴婢再唤御医来看看。"

姚莫婉摆摆手："不用，我自己下的手，自然是知道轻重的。"

汀月疑道："您自己？可刚刚您跟皇上说……"

姚莫婉有些许无奈地叹了口气，说道："即便说真话，皇上也未必相信，那么，真假又有何区别？"

汀月眉头深锁道："汀月不懂。"

姚莫婉苦笑："你不懂，只因你还不了解皇上。"

一场虚惊过后，姚莫婉躺在床上闭目休息。接连不断的"栽赃"，各路人马的粉墨登场，让她难以轻松安睡。屋外忽然响起些许声响，姚莫婉醒来，谨慎地拿起匕首，站至窗前。细碎的脚步声逐渐逼近，姚莫婉握紧了手里匕首。

一名黑衣人潜入关雎宫，姚莫婉正要向他刺去时，忽然发现来人竟是寒锦衣！原来寒锦衣一直不放心莫婉，又无法正大光明地入宫探视，便连夜赶来询问近况。

姚莫婉深感其情谊，便将近日发生之事尽数告诉寒锦衣。

寒锦衣听完姚莫婉的讲述，无奈地看着她道："我早知你入宫之后，便会是这等局面，如履薄冰，步步惊心，还受了这么多苦！"

姚莫婉不想他太担忧，强作活泼道："这只是开始罢了，好戏还在后头，别担心，我可比你想象的要强得多！"

寒锦衣仍无法放下心来，沉默良久，从胸口处掏出一枚小口笛，递到姚莫婉手中："深宫重地，我不能时刻陪在你身边，答应我，一定要保护好自己。"

"这是？"莫婉不解。

寒锦衣说："如今你身边除了汀月和刘醒，再无他人相助。我已经安排了一名隐卫潜伏在宫内，她叫殷雪，精通隐术，能避人耳目，平日神龙见首不见尾。只要任何时候你吹响这枚口笛，她便会出现，受命于你。"

姚莫婉喜道："这份大礼来得太及时了！这可能是我入宫以来最开心的时刻了。"

姚莫婉兴奋地看着口笛，猛地吹响了它。房内黑影一闪，姚莫婉只见一名黑衣女子赫然站在了自己面前，随后倏地跪在地上，恭敬开口道："属下殷雪，叩见主人！"

姚莫婉惊喜地看着黑衣女子，含笑道："你好，殷雪。"

殷雪垂首，仍是跪地之姿："属下即刻起，以婉妃为尊，主人要属下做什么，属下誓死从命！"

“嗯……”姚莫婉试探地问，“那我让你即刻消失？”

话音刚落，姚莫婉只觉一阵风过，再去看时，眼前已空空如也。

姚莫婉转向寒锦衣，惊喜道：“果真这么神奇！谢谢你啊，锦衣。”

寒锦衣看着姚莫婉脸上流露出难得的孩子气，宠溺地说：“你开心就好。”

桓采儿次日起了个大早，昨夜便无心睡眠，醒来以后更是反复在宫内来回踱步。

婢女彩燕走进屋内，桓采儿急忙上前询问道：“怎么样？”

彩燕将门合上，轻声回禀道：“回娘娘，婉妃自受伤后，一直在关雎宫内休养，皇上今日一早又去探望了。”

桓采儿沉吟片刻，面露不安地问道：“那皇上查出了什么？还有，还有，婉妃可透露什么没有？”

彩燕摇头道：“皇上派人严酷审问了带婉妃前去换衣的冬青，冬青咬死了一概不知，已经……被处死了。但婉妃那儿，奇怪的是，她居然什么也没说。”

桓采儿慌张地跌坐在椅子上，不知该如何是好：“她什么也没说，必定是在酝酿更大的计划。恐怕下一个就是我了。”

这时，屋外发出些许响动，桓采儿紧张地走出卧室，发现门外地上多了一张字条。桓采儿拾起一看，急忙召来婢女，让婢女随她出去一趟。她匆匆来到字条上所写地点，谨慎地打量着四周，看见不远处的皇甫俊休，急忙迎了上去。

皇甫俊休抱住采儿，发现怀中人儿已然哭成一个泪人，久久难以平复，不由焦急道：“采儿不哭，为何这般伤心？”

桓采儿面带愧色，含泪摇头道：“昨日所作所为，有违本性，实在是让我内疚不安，如今婉妃病情不详，那冬青已被处死，我真不知该如何是好。”

皇甫俊休闻言轻声安抚道：“不必担心，你只需装作什么都不知道就好。”

桓采儿啜泣着点点头，又问道：“不过，你今日匆忙唤我过来，实在太过冒险了。”

皇甫俊休神色一怔，诧异道：“怎么回事？！不是你唤我前来的么？”

桓采儿抬头回道：“我分明是收到你的字条，才赶来此处相见的啊！”

正当两人惊讶之时，姚莫婉带着汀月朝着他们走来。

“婉妃！”桓采儿大惊失色。

姚莫婉缓步上前，直视桓采儿道：“皇宫重地，宸妃与皇甫大人这样肆无忌惮，是不是太不把皇上放在眼里了？”

皇甫俊休瞬间将桓采儿护在身后，欲向姚莫婉拔剑。电光石火之间，只见一道黑影闪至眼前，殷雪飞身赶到，将剑一下抵住了皇甫俊休的脖子。

“慢着！”桓采儿强自镇定下来，追问姚莫婉道，“你想做什么？”

“我想做什么？”姚莫婉说，“为何不先问问你自己，对我做了什么。”

桓采儿装作无辜地说道：“本宫不知道你在说什么，没有证据，休要血口喷人！”

姚莫婉叹了口气，看着桓采儿说道：“采儿，事到如今你还不承认？我曾以为这深宫里或许你是唯一不想害我的人，你何时竟变得同其他人一样满口谎话、工于心计？”

“你不也一样？”桓采儿反唇相讥道，“你又有何立场来指责我呢？如今既已进这深宫，何必在我面前自视清高，装模作样，你是什么人，我早已看得清清楚楚！”

姚莫婉隐含失落地说道：“我……好，念在姐妹之情，我给过你机会了，既然你还不愿承认便休怪我无情。”

姚莫婉示意殷雪带走皇甫俊休，皇甫俊休欲反抗，被殷雪轻而易举地制服。

桓采儿见状，吓得跪倒在地，求情道：“事情因我而起，我一人承担便可！你不要伤及无辜。”

姚莫婉逼问道：“那你到底为何这样做？”

桓采儿痛苦不已，倔强地摇了摇头。

姚莫婉说：“将皇甫大人押至御书房！”

桓采儿见姚莫婉全无退让之意，情急之下，一把拔出皇甫俊休的剑，径直往自己脖子上抹去，众人大惊。殷雪眼疾手快，一个手刀砍在桓采儿脖梗儿处，将她砍晕了。姚莫婉立即吩咐殷雪将桓采儿送回寝宫。

片刻过后，皇甫俊休在殿外焦急地来回踱步，看到姚莫婉从殿内走出，急忙迎上前去问道：“婉妃娘娘，采儿如何了？”

姚莫婉神色凝重，回道：“放心，她已无恙。”姚莫婉面带哀伤地望着皇甫俊休问道：“到底采儿为何要陷害本宫？本宫相信她绝非故意要陷我于不利。”

皇甫俊休闻言一声冷哼道：“娘娘不必在此惺惺作态，若不是你，采儿怎会落入这样的境地？”

姚莫婉道：“只要你说出实情，本宫定不会为难采儿。”

皇甫俊休一脸漠然地回视姚莫婉：“此事是卑职一人所为，娘娘要是追究，尽管拿我一人问罪。”

姚莫婉气结，一把揪住皇甫俊休，狠狠地盯住他的双眼，厉声道：“你以为你能护她到几时？他日采儿终究会因你而万劫不复，你现在跟我说实话，我还能救她一命！”

“难道不是娘娘不义在先吗？！”皇甫俊休大声质问道。

“你说什么？！”姚莫婉疑惑地看着皇甫俊休。

三人并不知道，这起事件的症结，全部出在那道尾随姚莫婉的黑影上。

那日，姚莫婉带汀月离开后，皇甫俊休与桓采儿也相继离开，却并不知不小心掉落的剑穗被黑影拾起，而那道黑影便是彩萤！她先是将剑穗递交到姚素鸾手里，继而将房中所见之事，悉数讲与姚素鸾听。

姚素鸾听完，冷笑道：“怪不得宸妃入宫后，从不争风吃醋，更未在后宫兴风作浪。看来她的心思，根本就没在皇上身上。”

彩萤顺势献计道：“娘娘不如趁此机会，将此事禀告皇上，也算是除去一个祸患。”

姚素鸾思忖片刻，摇头道：“不，她既对皇上无心，便对我无碍。不过你方才说，姚莫婉也在场？”

彩萤点点头道：“是，奴婢瞧见婉妃从淑妃宫里出来后，脸上红红的，似乎挨了打，随后就发现了宸妃与皇甫大人的幽会。说来倒也奇怪，奴婢分明看到皇甫大人朝她拔剑，却迟迟未能下手，也不知道婉妃说了什么妖言。”

姚素鸾意味深长地笑了笑，她倒要看看，姚莫婉在宫里树敌这么多，她的那张嘴到底能有多厉害。家宴前夕，姚素鸾刻意请了桓采儿来宫中“做客”。

桓采儿不知姚素鸾心怀鬼胎，热情与之寒暄道：“宸妃见过丽贵妃娘娘。”

姚素鸾亲自上前迎她，笑道：“可算是把采儿妹妹请过来了。”

桓采儿与她相携落座，不疑有他：“能得姐姐的盛情邀请，采儿实在是受宠若惊。”

姚素鸾又笑道：“打你入宫，本宫就喜欢极了你这张嘴，讨人喜爱，也从不惹是生非。就是这平日里，难得见到你一回儿，你既不愿与我等后宫姐妹相聚，皇上那儿更是去得少之又少，不知妹妹整日都在忙些什么？”

桓采儿听到姚素鸾如此问，解释道：“我……前些日子患了风寒，太医不让到处走动，怕把病过给了皇上和姐姐们，妹妹就只好在自己的宫里打发时间了。”

姚素鸾闻言，慢条斯理地拿起桓采儿腰间的飘带，好奇地打量着，问道：“听说妹妹精于女红，难道这些都是你亲手绣的？”

桓采儿回道：“只是些用来打发时间的闲活罢了。”

“是吗？”姚素鸾故作无意地将剑穗递到桓采儿面前，一边注视着她的反应，一边道，“不过本宫近日得一物件，想听听妹妹作何评价。”

桓采儿呼吸一窒，不知姚素鸾是从何处得来，强忍慌张道：“妹妹愚笨，这剑穗一类的物件，实在是接触得少。”

姚素鸾埋头看了一会儿，问道：“本宫倒是觉得，这绣功与你的有几分相似呢！妹妹要不要再仔细看看，这上面绣的是谁的名字？”

桓采儿硬着头皮回道：“皇甫……”

姚素鸾道：“侍卫处的皇甫大人，与妹妹是不是私交甚好？”

桓采儿吓得跌坐在地上，半晌说不出话来。

姚素鸾继续道：“你难道不好奇本宫是从何处得到这剑穗的？”

桓采儿怯怯地摇头，姚素鸾凑到她耳边说了一个名字，桓采儿听后大惊道：“不可能，婉妃不可能这样做！”

“哦？”姚素鸾笑道，“若不是她，这条剑穗怎会落到我手里呢？本宫这个妹妹一向人前人后两副面孔，早已是我娘家府上尽人皆知的事，采儿是太过单纯，才会被她蒙骗。”

话毕，她将桓采儿从地上扶起，柔声问道：“事到如今，你还要与姚莫婉站在一起吗？”

桓采儿一阵心悸，连声道：“妹妹知错了，求丽贵妃娘娘饶命。”

姚素鸾冷笑道：“姚莫婉要你死，本宫却愿意给你一条活路。你只需替我做一件事，本宫定保你无事。”

皇甫俊休说完，与姚莫婉相互一对，方知问题出在了剑穗身上。

姚莫婉恨恨说道："这些日子她故意令我放松警惕，原来背后在打这番借刀杀人的阴险算盘！"旋即又对皇甫俊休道："宫内人心险恶，若我当真要加害你二人，何故还要借丽贵妃的手？我与她虽是姐妹，却有嫡庶之分，自来不和。你二人当年都同我姐姐莫心交好，为何还看不出我们同姚素鸾的渊源？"

皇甫俊休方才大悟，面带愧色道："采儿一时心急，在后宫之中无依无靠，才会被丽贵妃利用，望娘娘海涵。"

姚莫婉轻声叹息道："丽贵妃定是看准了这一点，才敢这样下狠手。只是你们就没想过，她现在能用这种方式对付我，日后就会用更狠的手段除掉采儿，免留后患。皇甫，那剑穗现在在何处？"

皇甫俊休道："还在丽贵妃娘娘手上。"

"汀月，"姚莫婉转过身去，唤来汀月，在她耳边小声交代道，"你现在去后宫传话，告诉其他宫女我与宸妃……"

与此同时，肃亲王府花园里，夜君清独自一人在庭院内烦闷地舞剑，脑中挥之不去的，皆是他与莫婉相拥亲吻，又不得不眼睁睁地看着她被夜鸿弈抱走，擦肩而过的画面。

清风渐起，卷起落叶无数，耳边恍若再次听到姚莫婉说她记得当年整修平乐殿时，曾发现一条暗道。夜君清索性收剑入鞘，满脑子都在想，为何姚莫婉会提及"当年"二字，为何姚莫婉会知道那条暗道。

夜君清正自思忖之时，看到奔雷疾步上前禀报，说是王爷之前在边军的老部下，军需总管凌峰求见。夜君清立即让奔雷将凌峰带至书房内相见，而后自己也赶往书房。

夜君清惊讶地看着凌峰，问道："火药丢失？"

凌峰面带愁容，细细解释道："一批现成的火药，还有一部分炼制火药之用的丹砂和硝石也一同不翼而飞了。"

奔雷站在下首，也是面带惊疑之色，说道："属下分明记得，此前朝中已经明令禁止军营私自炼制黑火药。"

夜君清沉吟片刻，分析道："近几年战乱四起，皇上为加强军火实力，才恢复了军营炼制的权力。而这个任务，正是由军需储备的弟兄们负责。"

凌峰说："此前由您掌管军营之时，炼制之事从未出过半点差错。可没想到窦都护刚刚上任，便出了如此大的纰漏。”

“窦士明？”夜君清一怔，“为何他会插手此事？”

凌峰无奈道：“您被调离边军之后，窦都护开始慢慢染指军营事务，并且越来越强势，前一阵皇上刚刚默许他负责营中的军需储备。”

夜君清冷哼道：“又是窦士明，这未免太过巧合了。这批黑火药有多少？”

凌峰说：“这次发现的量倒不多，可卑职一追查，却发现此前每一批黑火药都有不等数目丢失，加在一起，实在是不可小觑。”

夜君清点点头道：“这么一大批黑火药不知去向，更不知做何用途，的确事关重大。”

凌峰面带忧虑地说：“若是此事被皇上知晓，恐怕整个军营的弟兄们都要受牵连。”

“此事难道不是窦都护之责？”奔雷道。

夜君清摇摇头道：“此事被揭发出来，说不定恰好正中窦士明下怀，让他能够借此机会铲除营中异己。以他如今的权力之大，轻易便可脱身而去，最后遭殃的还是这些弟兄们。”

凌峰沉重地点点头道：“王爷所言，正是卑职所想。所以，此事还望王爷出手相助！”

奔雷见状有些犹豫地凑上前去，小声提醒夜君清：“王爷，以您现在的立场，若是再插手军中之事，恐怕只会被奸人抓住把柄。”

凌峰亦知道此事难处，幽幽叹了口气：“您离开以后，军中那些共患难的弟兄们，没有一日不在等您回来，若是此事无法解决，恐怕……”

夜君清打断凌峰的话，抬脚向门外走去：“此事容不得做太多考虑，奔雷，备马。”

半个时辰后，夜君清携奔雷、凌峰二人行至军营处。门外严防把守，出入者皆需进行严格盘查。夜君清带着奔雷小心地伏在不远处土坡后，观察着军营的方向。

奔雷道：“王爷，我们现在在等什么？”

夜君清回道：“我们在查什么，就是在等什么。要调查这无故失踪的黑火药，无非要搞清楚它的出处、运输，还有最终去处，以现在的情况看，只能从这中间查起。”

奔雷面露不解道：“咱们为何不直接入营调查？”

夜君清看了他一眼，提醒道："你别忘了我现在的身份，若是军营里能查出什么，凌峰也不必费尽周折来托我帮忙了。"

正在二人说话间，一辆马车从军营中疾驰而出，吸引了两人的注意力。车夫经过盘查之时神情慌张，一通检查过后便急匆匆地驾车往前驶去。

奔雷看出端倪，请示道："王爷？"

夜君清摇摇头道："不，是后面那一辆。"

奔雷这才注意到紧接着后面的另一辆马车。

夜君清指着最后一辆马车道："这种类型的马车，不过是运送军中杂货，前一辆马车跑得敏捷轻巧，后一辆却相当吃力。况且同样大小的物件，后一辆车轮留下的车辙痕迹却明显比前一辆深得多。这行囊里头，肯定装了些不寻常的东西。"

配合夜君清的解释，奔雷这才注意到马车车轮在泥土上留下的印记，果然与前一辆有很大区别。夜君清示意奔雷跟上去，而后起身上马，谨慎地朝着马车驶去的方向而去。

市井街头最是人潮拥挤，夜君清与奔雷分散开来，暗暗策马跟随在马车后方。忽然，街头涌入一队送亲人马，将两人的视线扰乱，眼看着马车拐进了一个巷口。夜君清艰难地穿过人群，跑到巷口时，马车早已不见踪影。

焦急之下，夜君清忽然想起凌峰说过，他被调离边军之后，窦都护开始慢慢染指军营事务，并且越来越强势，前一阵皇上刚刚默许他负责营中的军需储备。夜君清片刻不敢耽误，迅速朝着姚府方向而去，果不其然，夜君清在姚府门口见到了那辆马车。

他趁着车夫进府禀报的空当，偷偷将行囊上的布匹掀开，不想入目的却是一堆掩人耳目的废旧兵器。夜君清大惊失色，暗想是不是自己猜错了，之后他眼看窦香兰和姚震霆从姚府庭院内走出来，急忙盖回布匹，匆匆离开。

在夜君清彻查黑火药踪迹之时，姚素鸾殿内亦不太平。

姚素鸾震怒道："她俩居然凑到一块儿去了？"

彩萤据实汇报："自从婉妃进宫之后，就没见谁敢与她来往，可就在刚刚，好几个宫女都看见她俩说笑着回了宸妃娘娘的宫里。"

姚素鸾怒极反笑道："呵，莫婉这张巧嘴的确厉害。"

"可不是嘛，"彩萤愤愤不平地说，"娘娘，上回婉妃能安然逃出设计，反被皇上大大怜惜，会不会就是她们串通好的？"

姚素鸾冷笑道："看来宸妃是非要自寻死路，本宫便给她这个机会。走，随我去见一趟淑妃。"话毕走进殿内，从抽屉里拿出绣有"皇甫"二字的剑穗，塞进怀中，冷漠地看着宫外垂柳，继续道："你记着，宫里没有永远的敌人，也没有永远的朋友。姚莫婉到处树敌，恨她的可不止本宫一个！"

王沁若跟姚素鸾一样，奉行宫中自来无长久敌人一说，因此很愿意作陪，一面命宫女拿出好茶招待，一面试探道："丽贵妃倒是好兴致，居然屈尊光临本宫宫里。"

姚素鸾殷勤一笑，凑近王沁若回道："本宫这次是要给淑妃送一桩礼。"

王沁若秀眉一挑，状似玩笑地问："本宫没听错吧？给我送礼？不会有什么阴谋吧？"

姚素鸾笑了笑，反问王沁若道："妹妹可能听闻了，近日婉妃与宸妃关系甚是亲密。"

"听说了，只是奇怪宸妃向来单纯，怎会与婉妃搞到一起？"

姚素鸾叹息一声道："妹妹有所不知，这个女人可没有想象中的简单。"

王沁若问道："什么意思？"

姚素鸾拿出皇甫俊休的剑穗，递到王沁若面前说道："妹妹可知道侍卫处的皇甫大人？前些日子本宫在宫中见到宸妃与一男子幽会，恰好拾得此男子落下的剑穗，才得知宸妃竟然与皇甫大人早有私情。"

"宸妃与皇甫大人？！"王沁若有一瞬诧异，旋即狐疑地看向姚素鸾，"继续说，那与本宫又有什么关系？"

姚素鸾说道："这两人私通，你猜是谁在暗中襄助？"

王沁若端起茶盏喝了一口："不会恰好就是姚莫婉吧？"

姚素鸾点头回道："只可惜皇上如今因为婉妃对本宫心生嫌隙，无法亲自向他禀报此事，只能眼睁睁看着皇上受人蒙蔽，奸人逍遥。"

王沁若闻言，放下茶盏，恍然大悟道："原来丽贵妃是打算把本宫当枪使，这对我又有什么好处？"

姚素鸾说道："淑妃这性子就是心直口快，不过姚莫婉是大家共同的敌人，大家各有所图，何乐而不为呢？"

姚素鸾言罢，将剑穗递给王沁若。王沁若接过，转身之际，却在脸上绽放一记冷笑。

大楚皇宫射箭场内，夜鸿弈正在练习射箭，王沁若和姚素鸾唐突闯入，惹得夜鸿弈一箭射偏，面露不悦。

夜鸿弈冷冷说道："爱妃难道不知道，朕在射箭时最不喜别人打扰吗？"

姚素鸾连忙告罪："皇上恕罪，只不过，淑妃妹妹实在是有要事禀报。"

夜鸿弈方才抬眼看向二妃，问道："何事？"

王沁若缓步上前，轻声道："近日，臣妾在宫中拾得一物……"

王沁若刚将剑穗掏出，递到夜鸿弈面前，忽然被一声通传打断，说是婉妃娘娘到。夜鸿弈听后露出欣喜之色，急忙越过姚素鸾和王沁若亲自相迎。

"臣妾参见皇上，"在见到二妃时，故露惊讶之色，说道，"巧了，两位姐姐也在！"

夜鸿弈眼含笑意地问："爱妃怎么来了？"

姚莫婉闻言懊恼道："臣妾看最近气象燥热难耐，特意熬了些祛火降燥的羹汤，想拿来给皇上尝尝。不知是不是打扰了皇上？"

夜鸿弈面上一喜："爱妃有心了，正巧丽贵妃、淑妃也在此，不如一同尝尝你的手艺。"

姚素鸾见他二人如此亲腻，强忍酸意，推诿道："臣妾就不必了，妹妹特意为皇上熬的羹汤，姐姐怎么好意思抢呢？"

"姐姐，你就不用客气了！我一直知道你手艺好，还想让你给我提提意见呢！"

姚莫婉为他们盛好汤药，暗中与王沁若传递了个心照不宣的眼神，随后目光落在了桌上的剑穗上，她刚要伸手去拿，却被王沁若抢先一步发现，夺了过去。

王沁若得意地问道："妹妹对这条剑穗这么好奇，难道是见过？"

姚莫婉点点头道："是啊，的确是有些眼熟。"

夜鸿弈这才将视线落回剑穗上："方才淑妃是不是正要说明这条剑穗的来历？"

王沁若答："回皇上，这条剑穗的主人，正是侍卫处皇甫俊休的。那日臣妾在宫内，看见他与宸妃……"

姚莫婉赶在王沁若说完前，故作惊讶地打断道："对，就是皇甫俊休！"

夜鸿弈好奇地看向姚莫婉，问道："你认识他？"

姚莫婉神色如常地点点头："说到这儿，还得好好感谢一下皇甫大人，前日我与采儿姐姐在宫中散步赏花，谁知遇上了一只发狂的小犬，差点咬伤采儿姐姐，多亏了皇甫及时相救，才没有酿成大祸。后来听说，他正是那日弄丢了这个剑穗！”

夜鸿弈疑惑道：“宫内为何会有发狂的犬只？！”

姚莫婉回道：“臣妾也不清楚，大概是不小心跑进宫的野狗吧。”

汀月见状，口无遮拦地回道：“启禀皇上，奴婢记得曾在丽贵妃娘娘宫附近见过那只犬。”

“汀月，住嘴，没人叫你说话。”姚莫婉连忙阻止。

夜鸿弈听明原委，看向姚素鸾，责备道：“朕早就让你好好看管那只畜生，为何还让它在宫中放肆？”

姚素鸾惊得连连摆手，否认道：“不可能，小七绝不会咬人！那日情形也根本不是婉妃形容的这般！淑妃妹妹可为臣妾作证。”

王沁若低眉顺眼地一颔首，目光自姚素鸾身上淡淡扫过，轻声道：“那日……臣妾的确看见一只恶犬袭击了婉妃和宸妃妹妹，那皇甫俊休相救之后，臣妾拾得了这条剑穗，前来禀告皇上，正是想为皇甫俊休请功。”

姚素鸾猛地抬头，看向王沁若，瞬间明白过来，不禁又怒又恐道：“你们两个……你们是何时联起手来的？！皇上，您切勿相信她们啊！”

夜鸿弈不悦道：“那你的意思是，婉妃和淑妃两人所言都是假话？”

姚素鸾说道：“她们是为了隐瞒……”

未待姚素鸾说完，姚莫婉一把拦在她面前，求情道：“皇上，此事已经了结，还请皇上不要再继续追究了。”

姚素鸾见她二人联手，怒火中烧，面上却只能暂唱苦肉计：“婉儿，平日姐姐待你不薄，为何要这样捏造事实加害于我？”

推搡之间抓住了姚莫婉的手臂，姚莫婉表情痛苦地发出一声闷哼。夜鸿弈赶紧上前查看，拉开姚莫婉的衣袖，发现是一道犬齿印记。

夜鸿弈大惊，怒视姚素鸾，说道：“你太令朕失望了！朕命你三日之内，必须将这只畜生送出宫！”

姚素鸾也未能想到，姚莫婉臂上居然有齿痕，惊讶地呆在原地，呢喃道：“怎么会……”

此时，床榻上的桓采儿微微转动着双眼，已然清醒过来。姚莫婉挥手让众人离开，随后小心翼翼地走到屋后打开窗户，轻轻叩了几声。等待多时的皇甫俊休闻声而来，一跃而入，立马冲向了桓采儿。

他看着桓采儿，说道："采儿，是我。"桓采儿虚弱地看着皇甫俊休，想要坐起来，皇甫俊休连忙道："你别动，好好躺着！"

桓采儿眼眶微红，嗫嚅道："我还以为婉妃已经把你带走了。"言罢四下张望，看见一旁姚莫婉，吓得险些再度晕厥过去。

皇甫俊休立即安慰道："采儿，我与婉妃已经弄清楚了事情的来龙去脉，这一切都是丽贵妃从中挑拨。"

"俊休，"桓采儿不可置信地看着他，"怎么连你也被她……"

话音未落，却见姚莫婉拿出剑穗放在了桓采儿面前："如果姐姐还是执意认为我大费周折拿回剑穗，只是为了骗取你的信任，那我也无话可说。"

桓采儿震惊地看着皇甫俊休，皇甫俊休向她点头示意。桓采儿并非愚钝之人，思索片刻，心知是被姚素鸾挑唆了，想到之前种种，羞愧地低下了头。

姚莫婉拍了拍采儿的肩膀："此事丽贵妃绝不会善罢甘休，你们近日别再相见了，一定要小心行事，切莫被她再捉住把柄！"说罢便准备离开，身后却传来桓采儿的声音："莫婉！对不起……还有，谢谢你！"

姚莫婉听后点点头，欣慰地转身离开。她回到关雎宫，如释重负地呼了一口气，随后拿出口笛，唤出隐卫殷雪，吩咐殷雪近日一定要替她好好盯紧姚素鸾，切莫再让她钻了空子。剑穗虽已要回，姚素鸾亦得到教训，但姚莫婉知道，对方一定不会善罢甘休，前路难行，不知还会有怎样的阴谋等待着她，便是今日同她"同仇敌忾"的王沁若，何尝不是自打算盘呢？

大楚皇宫南疆使臣馆内，夜君清行色匆匆地赶到使节馆厅堂，向屋内等候多时的晗月公主行礼。

晗月公主起身相迎，对夜君清道："肃亲王不必多礼，我一得到你的消息，便立马派人将令牌送了过去，王爷今日有何急事？"

夜君清面色沉重地说："本王听闻，南疆有一种对硝石火药味道极为敏感的蛊虫，不知此事是否属实？"

晗月公主点头应道："不错，这类蛊虫通常是一雌一雄，雌虫以硝石朱砂为食，附着于上，并发出信号，雄虫用于追踪定位。"

夜君清露出喜色："太好了，不知公主能否借虫给本王一用？"

晗月公主又道："可是，这种蛊虫多用于兵家战场，此次本宫前来大楚，并未带在身边。"

原本欣喜的夜君清，瞬间变得神色凝重起来。正自无奈之际，忽然段婷婷出现在厅堂门口，得意洋洋地拿着一只小瓶子，朝着夜君清晃了晃。

段婷婷得意地道："肃亲王若是答应做本公主的夫君，这对蛊虫便可拿去！"

晗月公主忙出声呵斥道："婷婷，你又胡说八道！"

段婷婷回道："我这可是赔本买卖，除了这个，还附赠一位南疆公主，王爷可是赚大了！"

夜君清向段婷婷深深拱手："此事事关重大，还望长风公主借本王蛊虫急用。"

段婷婷噘嘴懊恼，也知道此事关系甚重，摆手道："哎呀，算了算了，本公主才不愿趁火打劫，你拿去吧，事后别忘了还给我！"

夜君清伸手接过，含笑道："谢过长风公主，日后本王定当重谢！"

夜君清拿到蛊虫之后，便预备低调出宫，不巧迎头撞上了安炳山，夜君清下意识地将蛊虫往袖内藏了藏。

安炳山行过礼之后，见他行色匆匆，心中不免生疑，问道："王爷今日倒有闲情进宫？"

夜君清面色如常道："哦，晗月公主托本王给她带些外头的东西进宫罢了。"

安炳山点点头道："明白了，那老奴就不打扰王爷了。"

两人礼貌告辞，没有想到的是，就在安炳山转身准备离去之时，夜君清怀里的雌虫竟然悄悄飞出，似乎是探到了什么味道，悄悄落在了安炳山身上。夜君清惊讶之余，看着安炳山的背影，暗暗生疑。

不知雌虫附在自己身上的安炳山赶去了御花园，夜鸿弈正在御花园内散步，繁花似锦，清风徐徐。夜鸿弈感慨道："好像已经有些日子没能这般闲散地在宫中散心了。"

安炳山随侍在侧，轻声道："皇上贤明果决，朝中政务都处理得有条不紊。想必让皇上烦闷忧虑的，还是这后宫之事吧？"

夜鸿弈闻言叹气道："还是安总管懂朕的心思。"

安炳山顺势说道："老奴觉得，自打婉妃娘娘进宫，皇上的精气神都好了不少。”

夜鸿弈面带忧思地摇了摇头：“不过也是从她入宫起，这深宫六院便开始是非不断，隔三岔五地惹出事端。”

安炳山沉吟片刻，踟蹰道：“老奴有一句话不知当讲不当讲？”

夜鸿弈回道：“直言无妨。”

安炳山暗自观察着夜鸿弈的神色，试探着说道：“虽然这婉妃娘娘的确是天真机灵，惹人喜爱，可自从皇后薨逝，一直以来都是丽贵妃娘娘操劳打点三宫六院，如今却被频频处罚，着实是令人心疼娘娘啊！”

夜鸿弈若有所思地点点头：“朕明白她的好，只不过她此次为难婉妃，实在是让朕失望。”

安炳山见夜鸿弈有所松动，继续劝说道：“后宫里妃子全围绕着皇上一人，互相争风吃醋，本就是再寻常不过。娘娘深爱皇上，一向识大体，绝不会做出有伤大雅之事。老奴还记得，当初丽贵妃娘娘为求皇后痊愈，信了巫医，亲自割肉做药引，那番情深意切真是令人动容。”

夜鸿弈一直记着姚素鸾亲自割肉做药引的事，此时安炳山提得正是时候，夜鸿弈一听，面色的确缓和了不少。随后，夜鸿弈去了御书房批奏章处理国事，安炳山则趁这一点空隙去了姚素鸾处。

皇宫某个僻静的走廊处，正焦急等着安炳山的姚素鸾听到身后传来脚步声，便立即回头。她一看是安炳山，赶紧迎了上去。

姚素鸾急切地追问道：“皇上怎么说？”

安炳山知她心急，也不绕圈子，径自送出一颗“定心丸”：“娘娘放心，皇上虽有心病，却有一味药百试百灵。娘娘当是无虞了。”

姚素鸾闻言算是松了一大口气，随即面上一凛，说道：“本宫的爱犬如今已被皇上命人带走，本宫绝不能允许它有半点闪失！”

安炳山回道：“老奴已经安排了人手，先将您的爱犬送回姚府安置几天，定不会出什么问题。”

姚素鸾满意地点点头，笑道：“安总管办事，不止本宫素来放心，母亲和舅舅也一向信任有加，从不需要过多费劲儿。”

安炳山摆手道：“娘娘言过了，咱们可是在同一条船上，老奴自当尽力。”话毕，安炳山仔细观察了四周，凑近了些，轻声道：“还有一事，窦都护托老奴带话，要娘娘务必配合相助。”

姚素鸾小心翼翼地凑近安炳山，跟着压低了声音："你说。"

另一边，隐在角落中的殷雪暗暗听着姚素鸾与安炳山的对话，只是她虽然耳力颇好，却未能听真切二人之后的耳语。待两人分开后，殷雪也轻巧地飞身跃起，不露声色地离开了。

关雎宫内，殷雪跪立在姚莫婉面前回禀探查到的情况，姚莫婉听后十分疑惑："安总管？"

"是，"殷雪道，"丽贵妃这几日受困于宫内，只有安总管频繁与她会面，似乎在帮她打点什么要事。"

姚莫婉暗暗思忖，渐渐明了："从前到如今，姚素鸾三番五次的动作，或许都有安炳山在其中助力，她回回总能脱罪免于责罚，也跟安炳山在皇上面前的求情劝解、暗中操作，脱不了干系。"

殷雪说道："他们在交谈中，还几次提到窦都护的名字，还说什么同一条船上。"

"果然……"姚莫婉神色一凛，"我早就想查出窦氏一族在皇上身边安插的势力，没想到竟是安炳山？！"她起身神色凝重地来回踱步："能让安炳山替自己做事，窦氏必定与他紧紧捆绑着，若从安炳山入手，或许能够一举挖出窦氏的罪证，连根扳倒他们……"

在姚莫婉疑心上安炳山的同时，夜君清已敏捷地避开他人耳目，飞身从屋顶落至安炳山的卧室门前，推门而入。方才，雌虫落至安炳山肩头，他便疑心黑火药一事，必定与他有关。

趁着四下无人，夜君清迅速在屋内仔细翻找，果然从书架上搜得一封密信，打开一看，竟然是一幅从军营到宫廷的路线图，并且落款处，盖的正是窦士明的印章。

"安炳山与窦士明？！"

夜君清谨慎地将信封放回原处，刚准备离开，便被一群黑衣人团团围住了。

第十六章

关雎宫内，姚莫婉坐在桌前饮茶，汀月拿着一封信，慌慌张张地跑进来，说是刚刚收到一封密信。姚莫婉面露惊讶之色，接过信拆开，拿出一张字条，只见上面写着：即刻前往东侧偏殿，不然此人再难相见。记着，一个人来。下一秒，上面的字迹便挥发了，不留任何痕迹。姚莫婉紧接着又从信封里抽出一条从衣服上割下来的布条。姚莫婉觉着有些眼熟，微微皱眉，她记得这件衣服是君清曾穿过的。

“娘娘，”汀月大惊小怪地指着字条道，“上面写了什么？怎么字都不见了？”

姚莫婉淡淡地说：“不过是一种特制墨汁罢了，长时间接触空气便会消失。”

汀月靠近姚莫婉，面带疑惑地问：“这人到底想做什么？会是谁做的？”

“还能是谁？”姚莫婉低头转了两下茶杯，“不过是想引我出去，如此低劣的伎俩，不予理会便可。”

话毕，姚莫婉在余光中看着手中的布条，仍然有些放心不下，索性唤来殷雪，殷雪刚刚入内，便认出了布条的来源。

殷雪说道：“是肃亲王的，两个时辰前我在宫里见过王爷，他身上穿的正是这个纹路的衣服。”

姚莫婉眉心一皱，震惊道：“君清今日入宫了？！”

“是，”殷雪答道，“属下亲眼所见，绝不会有错。”

姚莫婉大惊，看着手中的布条，来不及细思，大步向屋外迈去。

“娘娘，您要去哪？！”汀月急道。

“娘娘要去哪？属下护您前去。”殷雪也上前阻拦。

姚莫婉摆手劝道：“无碍，信上指定我一人前去，我倒要看看他们耍什么花招。若是一个时辰之后我还未回，你们再去也不迟。”说完便朝偏殿去了。

废弃的偏殿年久失修，早已杂草丛生。内里无人打扫，挂满蛛丝，入眼便是腾起的积尘。姚莫婉以为要一通好找，不想，刚一进屋，便看见倒在角落的夜君清，仿佛刻意怕她久寻一般。

姚莫婉心中焦急，连忙冲到近前，一边唤他一边轻拍他的面颊：“君清，醒醒。”姚莫婉在靠近他身前时，闻到一股异味，凑上前去细细闻了闻：“迷迭散？”

姚莫婉连忙从怀中掏出一只小药瓶，放置在夜君清鼻下。夜君清有了反应，恢复了意识，皱眉咳嗽起来，缓缓睁开眼道：“莫婉。”

姚莫婉急道：“这是怎么回事？”

未等她说完，夜君清忽然一把拉过姚莫婉，将她拥入怀中：“莫婉，本王现在就要带你离开这里，答应我，好不好？”

姚莫婉疑惑地打量他：“你怎么突然……”

夜君清温柔地说：“你明明爱的是我，为何要嫁给夜鸿弈？莫婉，我们一起离开这里，去过神仙眷侣的生活，从今往后再也不会有人打扰我们。”

姚莫婉越听越觉得不对劲，拧眉问道：“你到底怎么了，君清，你冷静一点！”

姚莫婉想要推开夜君清，谁知夜君清紧紧抓住姚莫婉，眼看就要吻上去。姚莫婉忽然注意到夜君清的衣服完好无损，察觉出异常，大惊失色，抬手一个巴掌扇在了夜君清脸上。

夜君清捂着脸，心痛欲绝地说：“莫婉，你为何……”

“你不是夜君清！”姚莫婉站起身来，冷漠道。

“莫婉，你是不是糊涂了？”

姚莫婉怒道：“住口，不许这样唤本宫的名字！”

夜君清忽然笑了，冲到姚莫婉面前，轻浮地搂住她的腰：“怎么，本王平日不都是这样唤你，为何现在就不可了？”

姚莫婉用力拒绝，却难以抵抗夜君清的力气。情急之下奋力一踹，夜君清吃痛，姚莫婉趁机从腰间掏出一把早已备好的匕首，刺向夜君清的脸。夜君清的面颊被划破一道，皮肤之下露出另一张面颊。

姚莫婉了然道：“果然是人皮面具，你到底是谁？”

那人见行迹败露，索性揭开人皮，赫然是一个陌生容貌，朝着姚莫婉步步逼近。姚莫婉退无可退，只得放手一搏，猛地将匕首刺向眼前之人，却被对方一把掐住喉咙。

姚莫婉被掐得几乎要窒息，气血上涌，挣扎间慢慢够到柱子旁的烛台，用力砸到假扮之人的头上，训斥道："好大的胆，你是何人，竟敢在宫中行凶，来人哪！"

假扮之人摸了摸头上的血，满不在乎地笑了笑："叫吧，轮值侍卫刚被我打发了，就算喊破喉咙也不会有人来救你。"

姚莫婉瞪着他道："是不是姚素鸾派你来的？"

假扮之人一笑："是又如何，不是又如何，你一个将死之人问那么多干吗？放心，我的刀很快，保证让你死得没有痛苦。"

假扮之人边说话边拔出利刃，劈向姚莫婉。姚莫婉向后撤身钻入桌子，假扮之人一刀砍在了桌子上。姚莫婉趁机一脚踹向那人的膝盖，那人不防，腿一软跪在地上，姚莫婉连忙借机向门口爬去。谁知，刚要开门，假扮之人已一脚将门踹上，再次提起利刃劈向她。

姚莫婉死死抓住他的手，咬了上去，那人吃疼踹开姚莫婉，恶狠狠地转着手腕骂道："你这个女人果然不是吃素的，难怪你的命这么值钱。"

"怕是你有命拿没命花。"姚莫婉厉声道，"你可知杀了本宫有什么后果！届时皇上势必要彻查，幕后主使定会杀你灭口，以免被你攀咬出来！"

假扮之人仿佛听了什么不可思议的笑话，大笑道："待你灰飞烟灭，如何能查得出来？！"

"灰飞烟灭？！"姚莫婉迅速捕捉到一条更为不利的信息，问道，"你什么意思？！"

假扮之人再不理会她，飞身朝她扑了过去。

与此同时，真正的夜君清刚刚摆脱那群黑衣人，走到皇宫一隅。奔雷匆匆赶来，上前请罪，赫然发现夜君清肩头衣物被割去一块布料。

奔雷惊道："您没受伤吧！"

夜君清摆了摆手："安炳山已经有所察觉，才会派人暗中埋伏，幸好本王提前在身上备有暗器才得以脱身。看来那批黑火药确是被窦士明监守自盗，如今已经交由安炳山藏在这深宫之中。"

“安总管？！”奔雷露出意外之色，问道，“那我们现在该怎么做？”

夜君清看了眼身上的蛊虫，对奔雷道：“走，必须趁他转移之前，将他连人带赃一并捉拿！”

自从雌虫飞落至安炳山身上后，夜君清手中雄虫一直发出尖锐的叫声，可惜他四处寻找安炳山的踪迹却不见其人。

这时迎面走来两名侍卫向夜君清行礼，夜君清状似无意地问：“可看见安总管从这儿经过？”

侍卫答道：“回王爷，属下方才见安总管往偏殿去了。”

夜君清点点头，抬脚欲走，忽然听到背后的侍卫在窃窃私语，说他们刚刚才在另一个地方见过夜君清，怎么一会儿工夫又在这儿见到了。

夜君清惊讶地追上前去，问道：“你们说什么？刚才在哪儿见过本王？”

侍卫一脸莫名其妙地说：“王爷不记得了？属下一路巡查而来，中途在偏殿附近见到王爷，还上前问了安，这不行至此处，又遇见了王爷……”

夜君清皱了皱眉头，瞬间意识到什么，迅速赶往偏殿。他不知道，他四处寻找的安炳山此时就藏身在姚莫婉脚下的一处密室里，硝石硫黄正在一个炼丹炉内熊熊燃烧，火花四溅几乎要爆炸。

废弃偏殿外，夜君清身上的雄虫疯狂地鸣叫着，他焦急地跑到偏殿附近查看，试图寻找安炳山的踪迹，忽然听到从偏殿里传来姚莫婉的声音。

“莫婉？”夜君清一脚踹开殿门。姚莫婉跑动中不慎被绊倒在地，假扮之人随后扑上拿刀劈向她，姚莫婉绝望地闭上眼睛，以为命已休矣，可是等了片刻却不见刀落下。

“君清？”姚莫婉睁开眼，发现刀被剑挡住，循着剑看去，看到了夜君清。

夜君清将姚莫婉拉起：“你无碍吧？”

“你怎么在这儿？”姚莫婉惊愕道。

假扮之人见状再次劈刀，夜君清闪身一避，将姚莫婉护在身后，只两招便踹飞了假扮之人，以剑架住：“说，是谁派你来的？为何要假扮我！”

假扮之人眼神躲闪着，一面故作惧意，一面将手伸进怀中：“我的任务只是引她来一并除之，我不认识幕后主使，只有他的亲笔密信，我拿给你。”

假扮之人假意拿密信，实则抽出毒镖，掏出的一瞬间翻身出手射向姚莫婉，夜君清大惊，回身起脚。姚莫婉眼睛里反射出镖回旋而来的倒影。就在接触的一瞬间，夜君清踢飞了那枚镖，镖插在了柱子上。

夜君清抬头一看，假扮之人早已离开，几步上前扶住姚莫婉道：“没事吧？”

姚莫婉躲闪地推开夜君清，向后撤了撤：“本宫没事，谢王爷救命之恩。你……怎会出现在此？”

夜君清知趣地收回手，此时雄虫的叫声已更加疯狂。夜君清这才想起最初来意，对姚莫婉道：“你可见过安炳山来此？！”

姚莫婉摇摇头，忽然觉得有些不对劲，对着屋内猛吸了几口气：“这屋子里怎么一股……”

夜君清神色大变：“是黑火药，快走！”

话毕，夜君清迅速拉着姚莫婉往门口走。就在这时传来一阵巨响，“轰——”整个宫殿都开始震动起来，一股炙热的波浪腾空而起，碎石碎砖飞来，夜君清死死护住姚莫婉扑出门去。

就在废弃偏殿发生爆炸的同时，姚府庭院外的窦香兰已经来来回回踱了不知多少步了。她遥望皇宫方向，内心惴惴，脸上写满不安。她猛一拂袖，匆匆朝窦士明所在的客房而去。窦士明正在桌前左右对弈，一手执黑子，一手执白子，似乎颇有兴致。

窦香兰神色匆匆地走进来，一屁股坐到他的正对面：“大哥，按时辰已经差不多到了，还没有消息传来，若是不能一击得手……”

窦士明头都未抬，在棋盘上放下一枚黑子：“慌什么，沉不住气。肃亲王未免太异想天开，以为我们窦家这么容易就能斗倒，想用黑火药的事置我于死地，却不知道置之死地而后生的道理。”

窦香兰看着棋盘上被黑子吃掉了一大片的白子，仍自忧虑地说：“我明白，黑火药一事尚有回转余地，只是暗杀亲王毕竟非同寻常，而且还是在宫内，总要万无一失才行。”

窦士明笑了笑：“放心，此事我已与咱们的老朋友安大总管联络过了。”

黑火药一事，几人素来是一条绳上的蚂蚱，一荣俱荣，一损俱损。况那安炳山是宫内老人了，还怕出什么大纰漏不成？他们甚至顺带将姚莫婉也一同算计进去了。

届时两人灰飞烟灭，亲王后妃落个私通的骂名，只怕皇上还乐见其成呢！想到之前同安炳山密谋过的计划，窦士明老神在在地再落一子，又将黑子吃了回来。

“此番安排宫中爆炸，一来黑火药之事便可就此掩埋尘封，二来也可铲除姚莫婉和夜君清这两颗眼中钉。”

就在这时，窦士明和窦香兰听见门口一声轻响。

窦香兰吓得大惊：“有人！”

姚府庭院外，暗藏在门口，将屋内对话听得清清楚楚的姚震霆正焦急地往外走，窦士明和窦香兰冲出来，厉声喝止道：“妹夫，你该不会是想去通风报信吧？可惜，晚了，想必此刻宫中正因爆炸案而大乱呢！”

姚震霆停住脚步，转过身怒视窦士明：“这么多年来，老夫忍气吞声，得过且过，不愿与你撕破脸，可是莫婉她是我的亲生骨肉，你们怎能残忍至此！”

“我残忍至此？”窦士明冷哼，“姚相可真是贵人多忘事，难道忘了当年你那丞相之位是怎么得来的，你那些政敌又是如何从朝中烟消云散的？你倒是步步前行，身处高位了，可背后是谁为你行霹雳手段处理脏事？！你，该不会觉得你这双手未染半点血腥吧？”

姚震霆惨笑：“人心似鬼蜮，妄念照人心。老夫前半生汲汲营营，为贪念权力所困，结果害得家门不幸，妻女凋零，报应啊，报应！”

窦香兰见状劝慰道：“老爷，事已至此，就莫说那些没用的。而今你尚有素鸾一女，大哥也是在帮你，帮你专心扶素鸾为后。”

“闭嘴！”姚震霆指着窦香兰怒骂道，“老夫此生最后悔之事，便是违背初心，抛弃发妻娶了你！”

“你——”窦香兰气极。

姚震霆转身欲走，听到身后窦士明警告道：“我可提醒你，窦家倒了，你也别想置身事外。当年那些上不了台面的事，若是一经曝光，你也死罪难逃！好好考虑清楚。”

姚震霆拂袖而去。窦香兰望着姚震霆离去的背影，焦急道：“大哥，若真有那天，你不会真的准备拉老爷下水吧？”

窦士明睨视窦香兰，摇头：“出嫁女就是出嫁女，当了姚家主母，就忘了自己还是窦家女儿了？还体念着夫为妻纲那一套？”

窦香兰垂下头去：“总归这么多年夫妻了，再说素鸾在宫里也还得靠这个丞相父亲撑着台面呢！”

窦士明笑了笑，道：“放心吧，大哥只是诓他罢了。他是个聪明人，不会想不明白的，况且他手上也毫无把柄，奈何不了我们。”

御书房外，夜鸿弈端坐在龙椅上批阅奏折，千面进来回禀说，夜君清近些时日曾私会戍京营将领凌峰。夜鸿弈放下手中的笔，皱了皱眉。他素来疑心颇重，自夜君清回来之后便着人盯梢，现今真得到消息，却又有些踟蹰了。

“先……秘密审问那凌峰，务必问出他们的密会内容。至于肃亲王，加派人手严密监视，若查出有谋逆之实立刻控制。记住，切不可伤他。”

夜鸿弈下达旨意后，忽然听到外面传来爆炸声，夜鸿弈和千面立刻起身走到门口朝外看去。

千面道：“皇上，好像是从西南角传来的。”

夜鸿弈吩咐道：“速速带人，查明爆炸原因。”

千面领命而去，很快去而复返，回禀道：“启禀皇上，卑职已查明，是偏殿忽然发生了爆炸。”

夜鸿弈面露疑惑，询问道：“情况如何？有无死伤？”

“暂无死伤，只是……只是据巡查的侍卫说……”千面吞吞吐吐。

“说什么？”夜鸿弈问。

千面惴惴不安地说：“似乎看到婉妃娘娘和肃亲王去了偏殿。”

夜鸿弈面色一沉，即刻吩咐道：“去，让人把太医院所有当值的太医全都叫去偏殿外面候着，将一众侍卫太监调往偏殿救火！”

“是！”千面离开后，夜鸿弈走到门口停了一下，随后还是走了出去。

废弃偏殿外，姚莫婉迷迷糊糊地醒来，只觉头痛欲裂。屋内浓烟滚滚，难以视物。姚莫婉强忍疼痛，摸索到躺在一旁昏迷的夜君清，焦急唤道：“君清……君清！”

爆炸发生时，夜君清一直以命相护，现在整个背部被碎片划出血痕，看得姚莫婉心疼不已，赶忙用手试探了一下气息，发现尚有喘息，方舒了口气。这时，几名太医和姚素鸾、王沁若等后宫妃子纷纷赶到，于浓烟中看到姚莫婉和夜君清躺在地上。姚莫婉见有人至，慌忙呼救：“太医，救人！快救治肃亲王！”

太医连忙上前施针包扎。姚素鸾则故作疼惜姿态，赶紧上去关怀道：“妹妹你没事吧？这到底是怎么了？你和肃亲王为何会出现在此呢？”

姚莫婉冷笑一声，愤怒地甩开了她的手：“姚素鸾，少在这里假惺惺做戏，不是你设计此局谋害我与君清，还能是谁？！”

姚素鸾面露无辜之色，委屈道：“妹妹在说什么，恕姐姐愚笨，真的听不懂呢！倘若真是有人想害你，只需拿出证据来便是了。除非这证据见不得人，又或者妹妹现身此地乃是为了肃亲王，可是这等隐秘目的又如何能在皇上面前宣之于口呢？”

姚莫婉一愣，回想起当时拿信的场景，确实……

“婉妃！”姚莫婉、姚素鸾蓦然回头，只见夜鸿弈带着众侍卫赶到了。

众妃连忙行礼：“参见皇上，万岁万岁万万岁！”

夜鸿弈恍若未闻，单是看着躺在地上的夜君清和跌坐一旁的姚莫婉，脸色阴沉地问道：“这究竟是怎么回事？！婉妃，你为何会与肃亲王在此？”

姚素鸾似笑非笑地看了一眼躺在地上的夜君清，嘴角溢出一抹冷笑。姚莫婉觉察出了她的意思，心念飞转，应对道：“臣妾私自违背了宫规，还请皇上降罪。”

夜鸿弈冷斥道：“你违背了什么宫规？！”

姚莫婉说：“宫中有规定，不可私燃明火，更不可私自祭拜，可臣妾思念故姐，只好偷偷来此无人偏殿祭拜。谁知却遇上了肃亲王，臣妾正要回避，紧接着爆炸就发生了，肃亲王救下了臣妾。至于肃亲王为何在此，臣妾的确不知情，只有等他苏醒之后，皇上亲自问清缘由了。”

夜鸿弈听后脸色略有好转，这方用眼神示意，让汀月上前将姚莫婉扶起来。王沁若却见不得她如此轻松过关，别有深意地道：“婉妃恰好来此祭拜，恰好遇见了肃亲王，又恰好碰上了爆炸，如此巧合，怕是另有隐情吧？这爆炸未免太过蹊跷，一个不小心，一个王爷一个后妃便可就此殒命了。”

夜鸿弈再度将视线落回姚莫婉身上，追问道：“婉妃，当真是你自己寻来此处，还是有人引你前来？”

姚莫婉答：“臣妾不敢诓瞒陛下，当真是自行前来。”

就在这时，夜君清在太医的医治下醒了过来，看到夜鸿弈：“臣参见皇上……”

“肃亲王！”夜鸿弈面带怒色质问道，“未奉诏入宫还搞得惊天动地，你须得给朕说出个子丑寅卯来！”

夜君清道：“皇上，臣弟进宫的确事出有因，戍京营突发黑火药遗失案，臣弟一路追查，最终发现乃安炳山和窦士明幕后操纵，追踪至此，恰遇婉妃娘娘被……”

姚莫婉顺势接口：“恰遇突然爆炸，王爷便出手救下臣妾。这么说来，王爷追踪的黑火药一事，定然与此次爆炸相关。还请皇上明察！”

夜鸿弈闻言瞪了一眼满头焦黑、匆匆赶来的安炳山：“安炳山，肃亲王所言是否属实，爆炸一事是你所为？”

安炳山赶忙跪下，一副委屈之色：“回皇上，老奴冤枉！老奴本在地宫密室为皇上炼丹，其他一概不知啊！皇上知道，这黑火药的主要配料丹砂、硫黄、硝石，也正是炼制丹药的主要物料。老奴的丹药还在研制期间，每次配比都有细微差别，这差之毫厘便谬以千里，今日乃无意间引发了爆炸，还请皇上责罚！”

此话一出，人群中顿时传出议论之声，众人面面相觑，小声碎语。

“炼丹？难怪安总管如此深得圣心，原来如此！”

“皇上可是为了寻长生之方？”

姚莫婉见议论声渐起，沉声打断道：“安总管此言漏洞重重！皇上，实际上黑火药爆炸，只在瞬间，任何人都不可能从容逃生，而且一旦爆炸，安总管距离丹炉更近，碎片满屋纷飞，没可能肃亲王重伤，而安总管却安然无恙！除非，他事先便知会有爆炸发生，先行走脱了！”

安炳山和姚素鸾没想到姚莫婉洞悉得如此缜密，一瞬间脸色变得极为难看。安炳山连忙找借口解释道：“老奴、老奴是……见当时事态已无法阻止，便急忙躲避，这才保得老命。皇上，老奴虽有失责，但请您看在这丹药快研制成功的分上，饶恕了老奴！”

“皇上……”姚莫婉、夜君清待要细查，被夜鸿弈出言打断，匆匆降下责罚。

“安炳山失职之责，死罪可免活罪难逃，来人，把他拖下去杖责三十。”

几名侍卫听后迅速上前，将安炳山拉下。姚莫婉神色复杂地望向夜鸿弈，隐隐觉得情况绝非这般简单。

夜君清说：“皇上，古往今来，这术士之法、长生神丹都乃无稽之谈。您身为帝王怎可轻信？况且这丹药毒性巨大，恐会伤及龙体啊！”

夜鸿弈面露尴尬之色，大声呵斥道：“肃亲王可是在教朕应当如何为君？

朕要怎么做是朕的事，还轮不到肃亲王从旁指手画脚。倒是你，如今已无军权，却插手军中之事，还擅自入宫调查朕贴身之人，如此胆大妄为，可存了不臣之心？！”

夜君清道：“臣弟不敢。”

“你还有什么不敢的？”

姚莫婉眼看事态越来越糟，急忙走出去，明贬暗助为夜君清开脱道：“皇上说得是。臣妾身为后妃一心只为皇上分忧，今日虽感谢王爷救命之恩，可也有句话想提醒王爷，您身为臣子也应一心顾及君臣之礼，恪守本分，大楚需要皇上这样的明君，但不需要一位辅政大臣。”

夜鸿弈神色稍缓：“爱妃所言，便是朕意。”

桓采儿也忙上前打圆场：“皇上，婉妃今日想必受惊不小，不如让她先行回宫安神吧，毕竟身子要紧。”

夜鸿弈看了眼姚莫婉，又看了眼夜君清：“也好。至于肃亲王，既然你身受重伤，往后就留在宫里好生休养吧，朕会专门为你辟一座宫殿居住。如此，日后也方便朕随时召你商讨国是。”话毕带着一众妃子，拂袖而去。

安炳山受过杖责之后，捂着屁股一步一挪回御书房，向夜鸿弈行礼。夜鸿弈坐于案前批阅奏折，没有理他。

安炳山再次请安，夜鸿弈依旧没有搭理，晾了足有半刻，才放下手中的笔：“你可知罪？”

安炳山跪地叩首：“老奴知罪，今日之事，是老奴办事不周全，若不是皇上圣心仁厚，老奴大概早已身首异处了。”

夜鸿弈靠进龙椅中，睨视安炳山：“难道你就没其他什么要对朕讲吗？”

安炳山心中一沉，连连叩头：“奴才该死，奴才一时糊涂，私自调用军中黑火药，罪不可赦，辜负了皇上对奴才的信任。”

夜鸿弈道：“你服侍朕多年，一直妥帖周全，未曾犯错，这次如此鲁莽妄为，倒不像是你的行事风格，背后是否有隐情，向朕从实道来！”

安炳山看了一眼夜鸿弈，犹犹豫豫地说：“此事……此事奴才不知当讲不当讲。”

“但说无妨。”

安炳山缓了缓神，再行一礼，将来之前想好的一番说辞娓娓道来：“皇上命老奴炼制九转还魂丹以期皇后苏醒，可皇后的情况一日不如一日，老奴怕皇上担心，昼思夜想，大量试验，但此事并不能一蹴而就，手中原料又难以为继，老奴心急之下，便去求窦都护帮忙调用军中材料，谁知欲速不达，酿成大祸。”

夜鸿弈信以为真，恍然大悟道：“那你为何不向朕明说？”

安炳山顺势挤出两行热泪：“老奴深知皇上事事以皇后为重，若是直言皇后病躯，恐令皇上心增忧伤，所以老奴便擅作主张隐下了此事。”

夜鸿弈起身扶起安炳山：“起来吧。你也是想为朕分忧，至于炼丹一事，需要什么，与朕明说便是。记住，绝不可让旁人知道莫心的存在，以及九转还魂丹的事。”

安炳山暗松了一口气，感激涕零地说：“谢皇上隆恩，老奴谨记于心。”言罢，又试探道：“只是，老奴还有一事不明，为何要让人将肃亲王圈禁在宫中？”

夜鸿弈冷冷一笑：“让他活在朕眼皮子底下，总比放在看不见的地方要让人安心得多。”

安炳山垂首，恭维道：“皇上圣明。”

关雎宫正堂内，藏身于御书房外的殷雪，正将夜鸿弈与安炳山在房中的对话，一五一十地回禀给姚莫婉。姚莫婉坐在桌子前，嘴角泛起一抹冷笑：“如此说来，皇上对莫心的执念还真是一道万能护身符。这些人恐怕是觉得，不管犯下什么大错，只要搬出来这道符，便能百试百灵。只可惜……”

汀月伺候在旁，不知莫婉话中深意：“娘娘的意思是……”

姚莫婉垂眸叹息：“只可惜有时候，护身符若是使用不当，反而会成为速效催命符。”

殷雪见莫婉愁眉不展，不由问道：“娘娘还有什么计划需要属下去做？”

姚莫婉摇了摇头：“还不急，先让他们得意一阵子吧。如今君清也身陷囹圄，往后的路，会更加险恶，我必须有所顾忌。殷雪，你可知君清伤势如何？”

殷雪回道：“属下这就前往查看。”

姚莫婉思忖片刻，站起身来：“等等，我想亲自去看望君清。”

“娘娘，万万不可。”汀月阻拦道，“皇上今日已对你与肃亲王心生忌讳，正值敏感时期，娘娘还是别见王爷为好。”

殷雪埋头细思，突然抬头说道：“属下知道关雎宫后，有一条野道能直达肃亲王住处，可避人耳目。”

平乐殿内，在殷雪的协助下，顺利通过暗道进入殿中的姚莫婉，终于见到了昏睡中的夜君清。殿内只余一盏青灯，姚莫婉守在夜君清的榻前，替他将伤口重新擦拭一遍，又再度包扎起来。盖上被子时，姚莫婉看到夜君清手里攥着一只香囊，顿了一下，想要伸手去拿，他却攥得越发紧了。

姚莫婉难过地看着他，轻声呢喃：“君清，彼时执手，欢笑如昨，你予我两生深情，我却负了你两世。你怨我绝情至此，却不知这绝情每每让我锥心刻骨、彻夜难眠。向来情深，奈何缘浅，只恨天意弄人，两生无缘。”

姚莫婉伸手，犹豫了一下，还是抚上了夜君清的脸。这副眉眼，是她日日刻在心头的，怎能舍下，怎舍得舍下。忽然，姚莫婉的手一紧，竟是被睡梦中的夜君清抓住了：“莫婉，是不是你？别再离开。”

姚莫婉叹了口气，慢慢趴在夜君清的胸膛上，落下一行清泪。

“若能有一丝可能，我都不愿再离开一步。纵使万般深情，也只能到此为止。你权当黄粱一梦，梦醒即空。”姚莫婉难过地闭上眼睛。

王沁若宫内今夜亦是灯火通明，一场突如其来的爆炸，让她颇有兴致将其中原委仔细思忖一番。宫内，彩蝶一边为王沁若梳头，一边说：“娘娘，今日肃亲王和婉妃私会不成，反倒差点连命都丢了，往后皇上势必对二人更加猜疑。”

王沁若若有所思地望着铜镜出神：“婉妃今日在皇上面前欲言又止，又与安炳山一番对质，其中必有隐情。”

“娘娘的意思是，这场爆炸的确是人为的？”

王沁若冷笑一声：“本宫从不相信巧合，为何恰逢君清和莫婉私会，正好发生爆炸？哼，依本宫所见，此事最终目的便是要除掉二人。”

彩蝶顺势想了想：“敢在皇上眼皮子底下行凶，会是谁这么大胆？”

王沁若道：“君清入宫是为查探安炳山和窦士明倒运黑火药一事而来，想杀他的应当是他们二人，至于姚莫婉，受皇上百般恩宠，威胁到姚素鸾夺后之路，八成是她办的。”

彩蝶听后面带忧色道：“若真是如此，娘娘还是尽早和婉妃撇清关系吧，这万一连累了娘娘……”

王沁若若无其事地抓起梳妆台上一根钗子把玩：“若真是如此，那本宫便更需要姚莫婉这颗棋子了。欲行联弱抗强之策，本宫需要她站在台前，事成则是弃子，事败更是弃子。”

彩蝶笑应道：“娘娘果然深谋远虑。”

王沁若说：“今日君清所说倒运黑火药一事，绝非安炳山狡辩的那般简单，若能利用此事，打击窦士明，既帮了君清，也可压制姚素鸾。彩蝶，你明日出宫将此事告知父亲，看能否动用京城的关系查到些蛛丝马迹。”

“是，娘娘。那肃亲王……”彩蝶手上梳子不小心扯到了王沁若的头发，王沁若吃痛，叫了一声。

彩蝶一惊，立时跪下道：“娘娘恕罪。”

王沁若摆了摆手：“唉，罢了，也不知君清的伤势如何了，你快去替本宫瞧瞧。”

彩蝶领命而去，徒留王沁若一人烦恼地捏了捏鼻梁。

平乐殿内，自昏睡中醒来的夜君清坐在床上，看着手上熟悉的包扎手法，若有所思地发了许久的呆：“是她来过？”

随即又自嘲地否定，她已经是大楚婉妃，每逢遇见都要想尽一切办法避开，又怎么可能出现在这里，为他包扎。想到此处，夜君清嘲讽地皱了皱眉，忽觉殿门轻动，正是寒锦衣推门而入。

寒锦衣说：“听说你今日被炸了，没缺胳膊少腿吧？”

一面说着，他还一面煞有介事地摸了摸被子。

夜君清笑了笑：“本王若当真伤成那样，寒兄可就得遭殃了，还需照顾本王起居。”

寒锦衣一脸认真地回道：“照顾你何足挂齿，不就是吃喝拉撒、沐浴更衣，在下任你驱使。”

言罢竟当真过来要伺候，被夜君清笑着伸出一只手掌隔开了：“别别。这么晚了，怎么想起本王了？”

寒锦衣吊儿郎当地往床边一靠：“让肃亲王吃了这么大亏，我怎么也要为你查清缘由吧。刚从事故现场回来，你猜我发现了什么？”

提到今日之事，夜君清不由皱眉：“此事绝非偶然，而是人为。”

“没错。”寒锦衣说，“那丹炉里燃烧的根本不是什么丹药，而是已经合成的黑火药，地上还有一道明显的引线痕迹。”

夜君清接口道：“定是安炳山与窦士明联合设局，一来为抢得先机掩盖倒运黑火药一事，二来是借机除掉本王和莫婉。”

寒锦衣点点头："你放心，他们敢炸你和莫婉一回，我十倍还回去，等着听响吧。"

夜君清怕他冲动误事，忙劝阻道："你可千万别冲动，咱们须得细细谋划。"

话音刚落，门外传来彩蝶的声音："肃亲王，奴婢有要事相报。"

夜君清向寒锦衣递了个眼色，寒锦衣衣袂一闪，退入屏风之后："进来吧。"

彩蝶得到应允方走进，向夜君清行礼道："王爷，娘娘让奴婢送些治伤良药，顺便替她带句好。"

夜君清不欲多跟王沁若产生交集，想到之前曾托王沁若解围一事，颇觉烦躁，冷声与彩蝶道："药你拿回去吧，本王并无大碍。还有，回去告诉淑妃娘娘，本王承诺她的事，万死不辞。旁的就不劳她费心了，以免她引火上身。"

彩蝶见他面色冷淡，已下逐客之令，不好多留，只得带着药退了出来。

王沁若宫内，王沁若瞪着去而复返的彩蝶，愤怒地拍案而起："君清他真这么说？"

彩蝶垂首道："一字不差。"

王沁若心如死灰地看着平乐殿方向："看来他是铁了心不愿与我再多羁绊。好啊君清，本宫为你步步筹谋，为你犯下大过，你却毫不领情，心心念念只有姚氏姐俩，走了姚莫心，又来了姚莫婉……呵！"

彩蝶好奇道："娘娘，您到底让肃亲王答应您什么了啊？"

王沁若看向前方，脑中闪现那日她与夜君清的对话。

"我可以帮你救她，不过，你要答应我一件事。"

夜君清闻言转过头来："莫说是一件事，只要能救莫婉，本王愿以命相抵。"

王沁若嘲讽道："你为了莫婉当真连命都可抛！好，这是你说的，你且记住今天这话！"

夜君清答："若负今日之诺言，必遭天谴。娘娘到底要君清答应何事？"

王沁若说："待我想到要求，自会告知于你。"

殿外夜风骤起，一只不知何时落于枝头的雀儿扑扇着翅膀飞远。王沁若脑中的画面被打散，恨恨地收回视线道："本宫做的这一切还不是为他！结果现在姚莫婉无事了，就对本宫这般冷落。”

彩蝶替王沁若不平：“肃亲王真是辜负了娘娘的一片苦心。”

王沁若转身看向她：“辜负？”

她笑了笑：“他辜负得越多，便欠本宫越多。殊不知，本宫的爱是有条件的。”

王沁若言罢，眸色深深地轻叹：“君清，我绝不会让你离开我，更不会放任你与姚莫婉双宿双飞，本宫纵是用尽千般手段，也要得到你！”

关雎宫正堂内，姚莫婉坐在桌前若有所思地发呆，汀月走过来伺候，劝说道：“娘娘，早些歇息吧。”

姚莫婉点点头，刚想前去卧室，忽然听到刘醒通报：“娘娘，丽贵妃娘娘来了。”

姚莫婉不欲与她多缠，刚想让刘醒传话，自己已经歇下了，姚素鸾却已带着彩萤长驱直入走了进来。姚莫婉只得起身行礼：“丽贵妃娘娘金安，不知漏夜前来所为何事？”

姚素鸾面上一派殷勤，单手一抬，示意彩萤将一盒药汤放在了桌子上：“妹妹今日受惊，姐姐真是心疼，特着人熬了服安神药，给妹妹送来。”

姚莫婉看向汤碗，意有所指地说：“姐姐的大礼一份接着一份，真是厚爱妹妹，莫婉要何以为报呢？”

姚素鸾笑了笑：“你我本是姐妹，何必这么客气。只不过往后妹妹说话做事要倍加小心了，后宫之中明枪暗箭防不胜防，姐姐可不想看见妹妹再如莫心一般香消玉殒。”

姚素鸾说话间看向姚莫婉的眼睛。姚莫婉生生压下这口气，自嘲地笑笑：“姐姐说得是，莫婉长记性了，往后定会好好生活下去。可是，姐姐最在意什么呢？皇上的宠爱和依恋，对吧？若是不慎失去了会怎样呢？”

姚素鸾赫然变脸，好不容易才镇定下来，恢复成往日露在人前的端庄之态：“好妹妹，这安神药需趁热喝，凉了可就生毒性了。”

姚莫婉二话不说，端起碗一饮而尽，看着姚素鸾露出微笑。

南疆使节馆内，晗月公主正在饮茶，忽闻门扉轻动，是段婷婷拎着一篮水果气喘吁吁地推门进来了。似乎是渴坏了，她拿起桌上的茶壶仰头便喝，及至半壶水下肚，才擦了擦嘴，放下道：“姑姑，宫里出什么事了？方才见侍卫慌慌忙忙地往外运碎石焦木。”

晗月公主说："近日大楚军中一批黑火药遗失，肃亲王入宫调查此事，不知怎的与莫婉在偏殿遭遇了爆炸。"

"什么？爆炸？"段婷婷一惊，"君清哥哥没事吧！"

晗月公主摇头："受了些轻伤，无性命之忧。"

段婷婷脸上立时显出嫌恶，一面从篮子里拿出一个苹果，一面道："又是姚莫婉，只要有她在，君清哥哥必会遭殃。"

晗月公主叹了口气："这次爆炸未免太过蹊跷，看似有人故意谋害。"

段婷婷忽然将苹果吐了出来："呸呸，这苹果怎么一股异味啊！"

晗月公主疑惑地看了一眼："异味？看起来挺新鲜的呀！"随后拿出一个苹果闻了闻，发现上面有些许黑色的灰，忽然皱起眉头："婷婷，你这篮水果是从何处得来的？"

段婷婷端起茶杯漱了漱口说："今日我出宫游玩，正要乘船野钓，忽然来了三艘大船挡了去路，便上前理论。那船主得知我的身份后，告知这船内是宫中预订的蔬菜花果，便赠了这些给我赔罪。"

晗月公主盯着篮中水果，若有所思道："这股异味正是黑火药的味道，你看这篮子内还有些许残留。你今日去的是哪个码头？那三艘大船会不会正是倒运火药之用？"

段婷婷说："就平芙码头啊！"

晗月公主面色一凛："如此看来二者之间必有联系，需立刻将此事告知肃亲王。"

晗月公主正要起身，被眼疾手快的段婷婷一把按下："姑姑安心歇息，此事交给我去办好了！"

言罢，不待晗月拒绝，她就欢快地跑了出去。

平乐殿内，寒锦衣与夜君清坐在桌前饮茶，一杯热茶下肚，寒锦衣摇了摇头说："你呀，就是被情事羁绊太深，如今莫婉在后宫如履薄冰，你竟也受困于宫中不得出，依我看，再不逃离京城，只怕会为俎上之肉。"

夜君清无意识地敲了敲桌面："逃离……还不是时候，本王还有未了之事。"

寒锦衣一语道破真心："你的未了之事，是指莫婉吧？"

夜君清没有作答。

寒锦衣嗟叹道："你们两个，倒真是一心为对方着想，可再这样下去，只怕互为软肋，受人掣肘。莫婉如今已是皇上的妃子，你这么做又算哪般呢？得不到不说，还会招来猜忌，你说这是何苦。"

夜君清摇了摇头："本王何尝不知呢！"再一细思寒锦衣的话，突觉不对，疑惑道，"等等……什么她为我着想？寒兄此话究竟何意？"

恰在这时，段婷婷直接推门而入，看见寒锦衣和夜君清对坐，一迭声嚷道："君清哥哥，听说你受伤了，伤哪儿了？重不重？"

夜君清推开段婷婷道："长风公主请自重。"

寒锦衣"啧啧"两声，调侃道："这位公主好生无礼，进门不先敲门不说，这儿还有个人呢，招呼也不打。"

段婷婷闻言瞪向寒锦衣，指着他的脑门说："你一个大男人怎么这样斤斤计较啊，真没风度。"

寒锦衣没想到这小丫头片子这么大脾气，气闷道："欸，你——"

"不知长风公主前来所为何事。"夜君清怕他们吵嚷不休，打断二人的对话。

段婷婷闻言一笑，万分得意地看向夜君清："我知道那些倒运的黑火药在何处！"

夜君清眼睛一亮："此话当真！"

段婷婷狠命点头："当然。不过，你要是想知道的话，喃……"

段婷婷把脸凑了过去，指指自己的脸颊，示意夜君清亲她一下。

寒锦看得衣直咂舌："呦，南疆女子果然生猛！"

夜君清向后一退，无奈道："长风公主，男女授受不亲，本王恕难从命。"

寒锦衣素来知道这个南疆公主极其难缠，心念一转，站起来走到段婷婷面前，将脸一伸，故作轻薄地道："他不来，本城主倒是可以勉为其难为你效劳！"

段婷婷立刻退后几步："你干吗？你这流氓，别过来啊！"

寒锦衣步步逼近，笑得甚是纨绔："想让我放过你，那咱们做个交易，说出黑火药去处。"

"你少吓唬人！"段婷婷道，"我才不信你狗胆包天！君清哥哥救我！"

寒锦衣忽然飞身一跃，直接将段婷婷按在了墙边："我还真是狗胆包天，想试试吗？"

话毕作势凑了过来，段婷婷吓了一跳，猛地闭眼高呼："我说，我说，平芙码头有三艘大船，黑火药就藏在船上。"

寒锦衣听到了想要的答案，立即松手放开了段婷婷，一面抱拳赔礼，一面听到夜君清说："寒兄，此事便劳烦你去办了。"

第十七章

寒锦衣带人赶至码头周围后，没有急着露面，而是带兵暗伏在草丛中。树林中，一队形迹可疑的镖行护卫正赶着许多马车朝码头行去。

寒锦衣不动声色地等待时机，待对方接近，忽然带着手下一哄而上，杀了镖行护卫一个措手不及。双方胶着之时，护卫头子反应过来，朝手下大喊一句："快去，把箱中之物烧了！"

手下见状连忙跑向马车。寒锦衣暗叫一声不好，一个纵身，越过数人，直奔护卫手下而去。

护卫手下已经打开了箱子，从怀中掏出火石，寒锦衣正要赶到跟前，却被护卫头子拦住，而护卫手下已用火石点燃了一块马粪，向箱中投去。

寒锦衣见此情况，焦急万分，一个侧身躲过护卫头子一刀，抬脚将其踹倒在地，在马粪将要落入箱子的一瞬间，用手抓住了它。

护卫头子待要起身，脖子已被刀架住。寒锦衣扔下马粪，细查那些箱子，发现上面皆贴有戍京营的封条。

护卫头子心急如焚，厉声怒道："你们是什么人，怎么敢坏了押镖规矩！"

"规矩？"寒锦衣冷笑，"我怎么不知道，偷鸡摸狗之事也有规矩了？"随后神色一凛，喝问头领："这批黑火药，是何人托你们运送？又准备送往何处？"

"我不知道！"

寒锦衣见他死到临头还敢嘴硬，抽出腰间佩剑指向他的脖子："若不说，我现在就杀了你。"

护卫头子笑了笑："大家干的都是刀口舔血的营生，生死早已看淡，更何况我要是说了，你不杀我，旁人也会杀我。"

寒锦衣冷哼："功夫不怎么样，嘴倒是挺硬，我有的是办法让你开口。来人，把他们都押走！"

寒锦衣的手下将护卫队众人押走，并将马车队伍运送的货物一并带走。此次收获颇丰，若无意外，应当可以顺藤摸瓜，查出更有利的线索，然而就在寒锦衣领着一行人行至树林中时，忽然遭到一阵暗箭攻击，护卫头子当场被射杀。

寒锦衣余光瞟到一旁树上一名刺客正要飞身离开，抬脚踢起一块石头，将刺客击落。

"说，是谁派你们来的？"

刺客嘴巴一动，喉咙似乎正咽下一物。寒锦衣见状立刻掐住他的脖子，刺客奋力掰开他的手，一个翻身挣脱开。寒锦衣再次查看时，刺客已经身亡了。

寒锦衣出师不利，带着一头懊恼赶回平乐殿。在交代完事情经过以后，夜君清安抚地拍了拍他的肩膀，随即执笔，思忖片刻，在纸上写了几个名字。最上面是窦士明，最下面是护卫，中间圈了个连接点。

夜君清说："若照寒兄所说，那些形迹可疑的镖行护卫，应当只是执行任务的小卒。第一，他们这等身份不会直接与窦士明接上头，必有个中间人做连接。第二，这么多人在京城活动，若不安排一个合理公开的身份，早就引人注目怀疑。所以，窦士明在京城定然安排了中转站，而且这个地方表面上绝无猫腻，且正大光明。"

寒锦衣听后一拍大腿："要不说咱俩为何投缘相惜呢，君清兄所言，正是我所想。当时我刚抓住他们，就被刺客击杀了，想必他们是做好了万全之策，随时准备抽身。"

夜君清说："活人能逃掉，死人可逃不掉，更不会说谎骗人。为今之计，我们只能从死者身份上寻找突破口了。你去过官府了，怎么说？"

寒锦衣听后叹了口气："那京兆尹极其敷衍，稍一辨认便称这些死者皆不是本地百姓，来自边郊村镇。我请他去核对近日失踪人口，便再三推脱，说是恐怕几天几夜也完不成。我的身份又不足以威慑他去查案，官府这条路是走不通了。"

夜君清将笔放回砚台边上，冷笑道："越是回避，越说明此事背后有蹊跷。不过也不是全无办法，凡走过必留下痕迹，这些人在京城活动应该有一段时日了，绝不可能雁过无痕。”

寒锦衣听出他话里有话：“你的意思是——”

“照着那些死者的画像，私下打听盘查，切莫太过张扬。”

寒锦衣一笑，心知这是接到了一项新命令，对着夜君清调侃道：“你安坐宫中玉口一开，我可就跑断了腿。今夜我这条命可差点交代在那儿了，也不见你关心关心我。”言罢故意捂住胸口，表情痛苦万分。

夜君清从善如流地伸手抚在寒锦衣胸膛上，按了按：“好，本王这就关心你，是这儿疼吗？这样可舒服些了？”手上突然发力狠狠按下：“这样还疼不疼啊！少在这油腔滑调，本王还不了解你的能耐。”

寒锦衣鬼哭狼嚎，夸张大叫：“莫婉救我，夜君清杀人了！”

夜君清听见姚莫婉的名字，便缓缓收回了手，面色稍沉，不知在想些什么。

寒锦衣心知他又闹了心病，撇撇嘴，小心打量他的神色：“呦，连名字都听不得了？”

夜君清沉默许久，看向寒锦衣：“她，还好吗？”

寒锦衣摸摸鼻子：“当是……也好，也不好吧。”

想到莫婉在宫中举步维艰的处境，二人不约而同地叹了一口气，好，则说明君恩正浓；不好……又同时扭头看向对方，互相自嘲地笑了笑。

与此同时，地宫之内，夜鸿弈正坐在水晶冰棺旁，看着姚莫心出神。他每隔一段时间都会来探望，今日更是亲手为她擦拭了一遍身体，仿佛她只是睡得太熟一样。

玉壶美酒在侧，夜鸿弈执杯轻叹：“莫心，你可知道今日是什么日子？”

自然不会有人回答他，他只能自问自答，继续说道：“是你的生辰。若你还在，此刻朕应当正与你同庆贺同欢喜。你知道吗？朕一直不觉得你死了，不过是睡着了罢了，你还在朕身边，朕可以看见你，和你说话，触碰到你的脸。朕知道，也许这是自欺欺人，可朕宁愿活在谎言中，也不愿接受你真的死了。”

夜鸿弈一口气饮下半瓶酒，神色哀伤地看着姚莫心。

“可是今日安炳山告诉朕，你的情况一日不如一日，朕从来都没这么怕过，只怕突然有一天，你就真的离朕而去了。莫心，你再忍耐一段时日，安炳山正加紧研制九转还魂丹，朕就算倾全国之力，也定会让你苏醒过来！”

可惜，这句话并未能让他心下稍安，反而生出浓浓的恐惧，若九转还魂丹亦不能救回莫心，他又该如何？一连灌下几壶烈酒的夜鸿弈忽然无法自持，转身走出地宫，他要去找一个人，一个跟莫心一样的女人，来填补这份空虚。

关雎宫卧室内，姚莫婉已在榻上安睡，忽然被外面一阵嘈杂声惊醒，宫门被重重地推开，夜鸿弈一身酒气闯进殿中，醉意熏熏地叫道："莫心！莫心！快来替朕更衣！"

姚莫婉赶忙下床上前扶住："皇上。"

"不要叫朕皇上。"夜鸿弈盯着她，"莫心从来只会唤朕一声鸿弈。"

姚莫婉深知此时不能激怒他，对答如流道："好……鸿弈，你醉了，臣妾扶你去休息。"

"谁说朕醉了？朕是看见你高兴啊，你可知朕有多想要你！"

夜鸿弈眸色深深地看着面前的姚莫婉，突然长臂一伸将她揽入怀中，垂首便想吻上去。

姚莫婉闪身避开，口中急道："皇上，臣妾……臣妾还没准备好。"

夜鸿弈不管不顾，直接将她抱起丢在床上，放肆亲吻："莫心拒绝朕，连你也敢拒绝！"

手上动作不停，竟要脱她的衣服。姚莫婉用尽全身力气挣扎，委婉哀求："皇上，臣妾今日的确不便。"

"是不便，还是不想？！"夜鸿弈大怒道，"难道你心里还有别人？是谁？夜君清吗？你是朕的女人，朕要你御前承欢，你就必须服从朕！"

酒气上头，夜鸿弈早已没了往日的风度，粗鲁地撕扯开姚莫婉身上的衣服，清瘦细腻的肌肤在眼前展露无遗。夜鸿弈痴痴地看着，越发觉得兴奋，疯狂吻了上去。

"莫心……"

自欺欺人也好，借酒装疯也罢，这一刻的姚莫婉，就是他的莫心！夜鸿弈的力气太大了，姚莫婉拼尽全力也无法抵抗他的侵犯，眼角落下一行热泪，她只能认命。

就像夜鸿弈说的一样，她现在是他的女人，他要她御前承欢，她能不从吗？正当姚莫婉心如死灰之时，贴近她的夜鸿弈也感受到了她的眼泪。他定定地看着她，恍若自眼前再次生出莫心的脸。

他焦急地吻她的眼泪，似是比她还要痛心，同时神志不清地说道："莫心，莫心，不要哭，朕不许你哭，朕曾许诺，要你在我身边，就连泪珠儿都是甜的。朕不要你伤心……”

姚莫婉感受到夜鸿弈的力量有所放松，心念微转，就势挣脱开怀抱，蜷缩到床榻一角，抓紧自己的衣襟大喊道：“姐姐已经死了！她是被歹人生生害死的，连同她的孩子，仲儿连这个世界都尚未走过一遭，便永远离去了。她心里不知有多苦，怎还会甜？如若姐姐在世，此刻她的眼泪怕是已经流干了！”

夜鸿弈被说中痛点，猛然清醒，仓皇后退了一步：“不，不，朕已经惩处了残害莫心的凶手，莫心她……她会明白朕的心意的。”

说完以后他觉察到不对劲，沉声质问企图蒙混过关的姚莫婉：“你三番五次拒绝于朕，如今还刻意提起旧事令朕扫兴，你究竟意欲何为？”

姚莫婉故作伤心地说：“臣妾知道，皇上深爱姐姐难以忘情，臣妾能有这番恩宠际遇，全因有幸与姐姐有几分相似罢了。对皇上来说，臣妾不过是姚莫心的替身而已。”

夜鸿弈眉心一皱，面露不悦地道：“你既然知道，便做好你该做的。当初你进宫之时，不就早已明白朕意了吗？难道，你反悔了？”

姚莫婉说：“皇上想依葫芦画瓢将臣妾打造成又一个姚莫心，可是臣妾却心不甘、情不愿。”

“心不甘，情不愿？”夜鸿弈一把捏起姚莫婉的下巴，怒火中烧。

姚莫婉知道，此时如不给他一个满意的解释，他定然不会善罢甘休，她对着夜鸿弈深深叩了一个头，哽咽道：“姐姐此生，盛极而衰、宠极则辱，大多因备受恩宠所致，可大恩即大仇，莫婉不想再重蹈姐姐的覆辙，是为心不甘；而世间女子又有几人能情愿抹掉自身所有的痕迹，去扮演另一个人的影子替身呢？莫婉亦是凡人，渴求独一无二的情爱，纵是做亲姐姐的替身，也难免会生妒，是为情不愿。”

夜鸿弈没料到她说出这番话，沉默许久，退开一步。

姚莫婉见他有所松动，赶忙上前请罪：“臣妾一时忘形，吐露真心之言，还请皇上饶恕不敬之罪。”

看着哭成一个泪人的姚莫婉，夜鸿弈面带倦色地摆了摆手：“除了莫心，后宫女子没人敢这样跟朕说真话，你很大胆。朕不会再勉强你，但你也不要妄想不属于你的东西。不过你要记住，朕才是天下之主，朕所求所取，还没有得不到的。朕会等着你，心甘情愿地做莫心的替身。”

说完这些之后，夜鸿弈甩开姚莫婉，拂袖而去。姚莫婉知道这次算是躲过去了，望着夜鸿弈大步离去的背影，她精疲力尽地跌坐在地。

夜鸿弈走后，姚莫婉无心睡眠，携汀月走至关雎宫外坐了下来。宫墙巍峨，于月光中落下一片深暗，姚莫婉痴痴地看向平乐殿方向，心中涌出无限悲凉。汀月走到她身边，轻轻替她披了一件披风，轻声说道：“夜里天寒，娘娘小心身子着凉。”

姚莫婉仍自望向殿外，喃喃自语：“明明进宫前已有准备，到了这刻，却还是骗不了自己。平生至爱在眼前，望尽深宫千里远。”

这时，几声钟鸣远远传入耳中，姚莫婉看向钟楼方向，有些恍神。

“为何今日宫内会有钟声？”

汀月说：“回娘娘，今日原是先皇后娘娘的诞辰。听宫里的老人说，皇上曾下令每年这一日都要鸣钟庆贺，直至……”

姚莫婉眼神微动，攥紧了手里的帕子，思绪也随之飘远。

“我怎么连这个也忘了……”

那时，她和夜鸿弈尚是一对璧人，心中既无猜忌也无妒恨，两人自宫楼底下爬至楼顶，遥望满城灯火，似乎与星辰咫尺之隔，一派美好景象。

夜鸿弈指着远处说：“莫心你看，任凭它楚天阔大江流，这片锦绣江山都已归属于朕。”

她靠在他的怀里，亦是满心欢喜：“我知道，鸿弈你的抱负绝不止步于这片江山，而是比大楚更美更广阔的天下，而它们都终将属于你，我的皇。”

夜鸿弈被说中心事，莞尔一笑，在她头顶印下一吻。

“莫心，今日是你生辰，朕已没什么好再给你的，就许你与朕同享江山，共翱九天。”

话毕，夜鸿弈拍拍手，钟楼即刻传来一声声洪大的撞击乐音，随后数朵烟花在夜空绽放，形成凤凰偕飞的图形，姚莫心被那一幕深深地震撼了，及至多年以后的今天，仍似在目。

夜鸿弈说：“凤凰于飞，和鸣铿锵。相传凤凰展翅时，会发出铿锵高音，而后便会冲到万里高天。朕已下令，日后每年此时必鸣钟九九之数，为你庆贺生辰，直至……朕驾鹤西游之日。”

前尘旧事转头空，坐在关雎宫外的姚莫婉垂下眼，似嘲讽似哀伤地说道："犹记那年我如星君如月，流光相皎洁，如今却已星沉月明物是人非。"树影摇曳，隐有人至，姚莫婉听闻响动，看到殷雪入院，招手问道："查到什么了？"

自夜鸿弈走后，她便命殷雪前去查探了一番。他今日的情绪来得有些莫名其妙，她疑心有人对他说了什么。

殷雪面带犹豫地摇了摇头，说："皇上今日什么人也没见，唯独去了皇后娘娘宫里……"

姚莫婉见她面露踟蹰，追问道："他去那做了什么？"

殷雪低声回道："什么也没做，只是将下人通通支开，亲自替皇后娘娘擦拭了身子，然后自斟自饮，看上去……似乎格外忧伤。"

姚莫婉不知，今夜格外悲伤的夜鸿弈在离开关雎宫后，便去了姚素鸾的寝宫。床上一片香艳之色，两道身影抵死纠缠，仿佛要将刚才没有发泄的情绪，一并发泄在另一个人的身上。

事毕后，夜鸿弈疲惫地从姚素鸾身上翻身下来。姚素鸾合拢衣衫，含羞带怯地望了他一会儿，下床端来一碗羹汤。

姚素鸾亲手舀起一勺，满心欢喜地送入夜鸿弈口中，轻声说道："自从皇上上次夸臣妾这里羹汤甚好，臣妾就日日备下，以便等皇上来时便可一品，您尝尝，甚是补气安神。"

夜鸿弈呷下几口，赞许道："嗯，不错。爱妃的手艺又精湛了不少。"

姚素鸾面露喜色，靠在夜鸿弈身边："那就好，臣妾还担心皇上会厌倦了我这味道呢！"

夜鸿弈随手顺了顺她的长发："后厨这种事情，尽管交给下人去做就好，不必如此劳累。"

姚素鸾盈盈一笑："能用佳肴令皇上感觉到愉悦，臣妾就算是做上千百种菜式也不觉得辛苦。"

夜鸿弈看着姚素鸾说："若是后宫嫔妃都能像爱妃这般体贴，朕也不会徒增这么多烦心事了。"言罢示意不喝了。

姚素鸾接过汤碗，放在一边，凑上前去伏在夜鸿弈肩膀上，满是担忧地道："朝中之事臣妾的确是有心无力，但若是后宫之事，臣妾还是能替陛下分忧的。”

夜鸿弈叹了一口气：“现如今有你打理后宫，朕的确省了不少心，也是有劳爱妃了。”

姚素鸾心知夜鸿弈话里有话，小心翼翼地试探道：“听说皇上今夜本是去了关雎宫，却突然来了臣妾这儿，难道是婉妃妹妹惹您心烦了？”

夜鸿弈意味深长地说：“还是爱妃心思细致。”

“那是因为臣妾一心全在皇上身上，自然用心。”姚素鸾故作贤惠地劝说道，“皇上，婉妃妹妹年纪尚小不懂事，但只要耐心教导，他日定会成为一名贤妃。”

夜鸿弈一笑：“朕知道，你与她本是一家人，自然会替她说话。”

姚素鸾说：“婉妃虽是臣妾妹妹，但皇上才是臣妾的天。臣妾一心替陛下着想，绝无私心。只是，以臣妾对妹妹的了解，或许有些拙见能够帮得上陛下。”

“哦？”夜鸿弈眉头一挑，“爱妃直说无妨。”

姚素鸾说：“婉妃生性天真烂漫，不受常规束缚，颇具倔强反骨，陛下越是想要将她抓在手里，或许越会适得其反。倘若陛下适当将其冷落，缩减宫中份例，婉妃受了委屈碰了钉子，届时陛下再对她施以疼爱，这若即若离、一放一收之下，她自然会理解陛下对她最为用心呵护，便会主动依傍了。”言罢看着夜鸿弈沉默思忖，眉头紧皱，复又说道，“陛下若觉得不妥，还请饶恕臣妾多嘴。”

“爱妃之言，也并非无道理。”夜鸿弈拍了拍她的手，“正好近日政事繁忙，朕也无心理会后宫，此事就暂且由你去办吧。”

姚素鸾心中暗喜，面上却是不露声色：“臣妾定当谨慎处理。”

夜鸿弈疲倦地闭上眼睛，很快陷入沉睡。姚素鸾看着他，轻抚着他的脸颊，逐渐露出一抹笑意。

得到夜鸿弈口头应允的姚素鸾，很快开始缩减关雎宫内份例，关雎宫内上下拮据，连随身伺候的人都少了不少。

姚莫婉一连吃了几日粗茶淡饭，面色欠佳，本欲自斟一盏清茶，也失手打翻在地。

汀月闻声而至，急忙上前将她扶住，见她脸色苍白，冷汗直冒，慌忙道：

"娘娘，您不要紧吧？"

姚莫婉虚弱地摆了摆手："没什么大碍，就是有些头昏，怕是近日天气多变所致。"

今日屋内伺候的本该是小弘子，汀月环视一圈没见到人，气得连唤了三声"小弘子"，刘醒闻声匆匆跑进屋里，看到屋内的情况，急忙去收拾地上的碎片。

姚莫婉怕他划手，一面任由汀月将她扶至榻前坐下，一面道："刘醒你不必亲自动手，这些事情让小弘子来做便可。"

刘醒身形一顿："小弘子他……"

姚莫婉见他吞吞吐吐，不由说道："本宫面前知无不言，说吧。"

刘醒只得硬着头皮说："今天一早，还没来得及向娘娘您请示，他便被丽贵妃娘娘要去宫里干活了……走得急，竟连这个月的俸禄都没拿。"

关雎宫的份例每日都在缩减，东西供用不上，现在连人也越走越多了，汀月怒从心中来，恨声骂道："欺人太甚！丽贵妃宫里哪里会缺下人，为何偏要为难我们关雎宫！"

刘醒说："这小弘子也是一肚子坏水，前些日子开始便一个劲儿讨好丽贵妃。"

汀月听后越发不平："平日里娘娘对他不薄，如今竟如此趋炎附势，说走就走，连一句招呼都不打！"

姚莫婉见她越说越急，出言打断道："行了，如今关雎宫这个情境，本宫也无须那么多人伺候，那些不忠心的东西，留在眼前也不清净。"

"可是，娘娘……"

汀月还是咽不下这口气，姚莫婉一抬手，不欲再做争论。

"这个月的俸禄还是给小弘子送去吧，咱们关雎宫不欠着人家。"

汀月虽心有不甘，也只能回道："是。"

因想着姚莫婉这几日气血不足，汀月晚些时候便往内务府去了一趟。府内公公们正在各自忙碌，清点各宫份例。

汀月走到管事的李总管面前，好声好气地说道："李总管，我是关雎宫的汀月。婉妃娘娘近日有些气血不足，想来取些阿胶补补身子。"

李总管听后上下打量了汀月一眼，似笑非笑地道："我看你是脑子糊涂了，阿胶这么珍贵的东西，哪是想取就能取的？”

汀月心知今时不同往日，宫里的人都是看主子脸色行事的，暗自压下不满，强笑道：“我们娘娘进宫时，皇上亲自赏赐下许多，分明交代过关雎宫每月按时来取便可。要不公公您再仔细想想？”

“按时来取，又不是随时来取。”李总管抬手指指外面，“你看看这都什么时候了，阿胶可早就分没了。”

“公公。”汀月近乎哀求道，“我们娘娘真的急需，您能不能再帮我找找？”

李总管充耳不闻，继续忙手中事：“咱们内务府也是受命分配份例，难道还能凭空变出来不成？”

汀月眼见今日拿不到了，当下也不好再留，正准备离开之时，忽然看到丽贵妃屋里的彩萤走了进来。

李总管一见彩萤，立马放下手中活计，上前招呼道：“彩萤姑娘，这是替丽贵妃娘娘来取这个月的月俸来了？”

彩萤无视李总管的殷勤，脸上堆满不耐：“月俸不是月初公公便派人送过去了吗？公公真是贵人多忘事啊！”

李总管被如此数落也不着恼，笑回道：“瞧我这记性，那今日姑娘来是想拿些什么，我这就给你去取来。”

彩萤说：“这不近日季节更替，天气变化无常，娘娘觉得身子有些虚弱，便吩咐我来取些阿胶。”

汀月一听这话，立时回头看向李总管。李总管因方才斩钉截铁地说没有，被汀月盯得很是尴尬，欲言又止道：“这……”

“怎么，丽贵妃娘娘要的，难道不给吗？”彩萤将眼一横，俨然是非拿不可。

李总管讪讪看了汀月一眼，支支吾吾地说：“给，当然得给，只不过最近阿胶存量的确是少之又少，内务府也所剩无几。”

彩萤见他松口，淡淡一笑：“既然有，那就有劳公公了。”语气并不客气。

汀月眼见李公公要去取，走回去问道：“公公，方才我们要，为何就说没有？”

“这……”李总管面露难色，“的确是紧缺得很啊！”

彩萤睨着汀月，意有所指地说：“既然缺，就把暂时用不着的挪来便是了。有些娘娘反正整日也见不着皇上，哪用得着阿胶这么金贵的东西啊，您说是不是？”

汀月本就气不打一处来，听闻此话，冲到彩萤跟前怒道：“你说谁呢？”

彩萤冷哼道：“我还没有指名道姓，有些护主子的狗就开始乱叫了。”

汀月哪肯受这等气，指着彩萤的鼻子说：“你是什么身份，也敢对娘娘出言不逊！”

“啪”的一声，彩萤的巴掌狠狠地落在了汀月的脸上。她惯常专横，自丽妃升为贵妃以后，更加不将旁人放在眼里：“死丫头，按这宫里的资历，还由不得你这样对我说话。来人，把她给我拉走，好好教训一顿！”

几个公公知道彩萤身份不比寻常宫女，听到吩咐后，立即将汀月拉出了内务府。

傍晚时分，汀月带着一身伤回来了，由于不想惊动姚莫婉，悄悄绕开主殿，回了自己房里。坐在床榻边上。手里是颗煮熟的鸡蛋，汀月忍着疼，在面颊上小心地滚着。

屋外传来脚步声，汀月一怔，就见姚莫婉手里拿着什么东西，急匆匆地推门走了进来。汀月生怕她看见脸上的伤，一边向姚莫婉请安，一边偏过身去。

“娘娘怎么来了，是不是汀月耽误了……”

姚莫婉一把将她遮掩的手拿下，直视着她的面颊，直截了当地问：“怎么回事？”

汀月慌忙跪下身去，懊悔道：“汀月鲁莽，不小心顶撞了彩萤。汀月给娘娘丢脸了，请娘娘恕罪。”

姚莫婉一听便知汀月会错了意，摇头叹息：“本宫是说，为何要瞒着不告诉我。”

汀月将唇抿得死死的，眼泪一滴一滴地落下来，嗫嚅道：“奴婢知错了。”

姚莫婉拉着她坐到床上，将带来的膏药拧开，温柔地替汀月敷药：“这是上好的玉颜霜，能快速消肿，还不留痕。”

汀月眼泪不停，姚莫婉将她搂进怀里，揉搓着她的手臂，心疼地说：“是本宫连累了你们。虽然暂时以我的处境，没办法替你出头，但至少也让我这个做主子的，替你做些事吧。”

“娘娘……”

汀月泪眼婆娑地望着姚莫婉，心中溢满感动。

与此同时，正当得意的姚素鸾刚接到前来探望的窦香兰。母女二人亲昵地走入宫内，姚素鸾请窦香兰先坐了，而后坐在她身边，温柔地替窦香兰揉肩。

窦香兰含笑打量了姚素鸾一会儿，忽然笑道："看你近日气色大好，定是陛下对你格外恩宠了。"

姚素鸾最近圣眷正浓，自然心情大好，对着窦香兰娇羞一颔首道："还是娘观察得仔细，最近皇上虽忙于政事，但凡前来后宫，定会来看望素鸾。"

窦香兰点点头，眼中却现出一抹忧思："上回娘送来的助孕汤药可按时服用了？"

姚素鸾说："服了。"

窦香兰转过身来，拍了拍姚素鸾的手："那就好，只要你能尽快怀上龙嗣，纵是姚莫婉成了新宠，也难以撼动你在后宫的地位。欸，倒是有些日子没听你提起她了。"

姚素鸾面带嘲讽地一笑："这婉妃怕是有一阵子没有见过皇上了。"

这个答案让窦香兰有些意外："呵，她这风头之日过去得也太快了些，也好，她总算暂时翻不起什么风浪了。不过素鸾，你千万不能掉以轻心，给她翻身之机。"

"娘，放心，她最近的日子，怕是还没有在姚府时好。"

想到前段时间被这丫头摆了一道，窦香兰突然站起身，对姚素鸾说："既然如此，姚莫婉算是我半个女儿，怎么说也得过去关照关照不是。"

姚素鸾说："平日娘总教我要谋定而后动，怎的今日反倒要直接教训她了……"

窦香兰冷哼："如今大家已撕破脸，阳谋还是阴谋，还有什么区别吗？何况上次她设计陷害于我，娘便心头郁结难舒，患上了心绞痛的毛病。大夫说啊，这口气放不出，这病也难大好。"

"那娘是想——"

姚素鸾与窦香兰交换了一记眼神。

关雎宫内，姚莫婉正在指导汀月做女红。汀月别的活做得都好，唯有女红一事做得分外粗糙笨拙，姚莫婉笑说她拿绣花针的姿势像编筐，正自笑闹间，突然看到姚素鸾与窦香兰二人长驱直入地走了进来。

姚莫婉与汀月停下手里的活，心中讶异，却又不得不立马起身行礼：“婉妃见过丽贵妃姐姐、大夫人。”

窦香兰像是没看到姚莫婉，直接对汀月发难道：“汀月，奴婢之身怎能与娘娘同坐打闹，到了宫中，怎么反倒忘了姚府的规矩？”

汀月吓得一哆嗦，连忙告罪：“奴婢知错了……”

窦香兰径直走进，坐在椅子上，单手支头，仍以过去宅子中主母姿态教育姚莫婉：“这后宫之中得守着规矩办事，怎么这点连我都知道的事情，娘娘却不知道？也难怪这关雎宫冷冷清清，半点生气都没有。”

姚莫婉心知这一母一女是来看她笑话的，挺直背脊，不卑不亢地回敬道：“多谢大夫人关心，莫婉担心这冷清的关雎宫给你染了晦气，若没有什么要事，您还是请回吧。”

姚素鸾见姚莫婉当场“送客”，沉下脸训斥道：“婉妃，你怎能对母亲如此失礼？”

窦香兰却难得没有生气，而是从怀里掏出一只玉镯，递到姚莫婉面前。

窦香兰说：“此物是莫离生前留下的，我嫌它留在姚府晦气，便正好拿来给你。”

姚莫婉伸手要拿，窦香兰却忽然往后一收：“怎么，进宫当了妃子，就连基本的礼数都不懂了？”

姚莫婉皱眉看着她许久，压下一口气道：“谢过大夫人。”

说罢便要伸手去接，窦香兰却一下子松手，玉镯摔在地上，瞬间裂成两半。

窦香兰故作惊讶地道：“哎呀，实在是不小心。人走了不能复生，玉镯碎了，我再赔你一个便是了。”

姚莫婉看着碎掉的玉镯，脑中一遍遍闪回莫离死前的惨状。她已经足够忍让，无奈对方咄咄相逼。她对窦香兰的恨，是年深日久的一根利刺，扎根在心里，一旦被拨动，便难以自持。窦香兰杀了她娘，现在还在拿她娘的遗物“开玩笑”。

好，很好，真的好！

姚莫婉上前一步抓住窦香兰的手腕，猛地朝桌面磕去，窦香兰手腕上的玉镯霎时破碎纷飞。

窦香兰被破碎的玉石划破了胳膊，顿时怒从心头起，抬手狠狠抽了姚莫婉一耳光。姚莫婉毫不犹豫，反手回了一巴掌，落下清脆的一声响。

在场众人都吓了一跳，姚素鸾更是没想到姚莫婉敢还手，厉声喝道：“姚莫婉，你这是干什么！”

挨了一巴掌的窦香兰也是一脸震惊：“你竟敢打我！”

姚莫婉冷冷地看着这对母女，最后将视线落到窦香兰身上：“从今后，你怎样待我，我便怎样回敬你。还有，你不配提起我娘的名字。”

姚素鸾生怕姚莫婉再动手，一面护住窦香兰，一面伸手指向姚莫婉：“婉妃，这里是宫闱，不是市井，你可还记得半分礼仪尊卑！目无尊长，忤逆嫡母，不孝不悌，就算是皇上在此也容不得你！本宫这便罚你在关雎宫前罚跪，没有本宫的命令，不许起身！”

姚素鸾贵为贵妃，又有协理六宫之权，姚莫婉纵使再恨她，也仍要按照她的命令，跪在关雎宫前。

天公不作美，本就不甚晴朗的天空，阴云密布，没过多时便落了一场倾盆大雨。

空荡荡的殿门外，只有姚莫婉一人跪立在此。雨水打湿了衣衫，刺骨的寒冷让她忍不住打了一个寒战。忽然，一把雨伞出现在她头顶，姚莫婉抬头，绵密雨幕中，是夜君清眉头深锁的脸。

“你因何事被责罚？”夜君清问。

“后宫琐事，王爷还是不过问的好。”她转开脸去，不再看他。

夜君清深吸一口气：“后宫本就步步惊心，当时选择入宫，就应当料到如今这般失宠的境地。”

姚莫婉直视前方，淡声回道：“王爷，如今你我之间身份有别，恐怕不适合谈及此事。”

“本王不明白，为何你要执意深陷其中？”

姚莫婉冷冷地说：“这是我自己的选择，如若王爷没什么其他的事，还是请回吧。”

“那你也就当本王自愿在此，不必理会。”

雨水打在姚莫婉的脸颊上，两人就这样静静地立在雨中。有情偏要诉无情，夜君清悄悄看向姚莫婉，满脸怜惜。姚莫婉眼睛的余光中，亦是对夜君清挥之不去的深深眷恋。立在雨中的两个人都不知道，这一幕被站在长廊一侧的王沁若尽数看在眼里。

雨越下越大，风越吹越烈，一旁的彩蝶替她撑着伞，几乎扛不住。

“娘娘，雨越下越大了，小心淋湿了身子……”

王沁若用力将彩蝶推开，伞落在地上，浑身瞬间被大雨湿透。不知脸上是眼泪还是雨水，她红着眼圈，朝着自己的宫阙孤孤单单地走去。她爱的男人，为什么总是将视线放在别的女人身上？

雨幕成帘，王沁若怔怔地望着宫墙外围，轻轻地说了一句：“好想回到那个时候啊！”

那时，她十二岁，夜君清八岁，正是顽皮爱闹、无忧无虑的年纪。她因为弹奏不好古琴而被父亲罚跪，戒尺一下下重重地落在手掌心。她性子倔强，咬紧牙关，无论如何不肯在爹爹面前叫疼。

晚上她偷偷躲在院子里哭，至今记得，蝉鸣阵阵的夏夜傍晚，夜君清挨着她蹲在地上，轻轻要她别哭，他给她带了东西。

那时的夜君清，个子还没有她高，却不知道从哪儿抓来一盒萤火虫，夜色中闪烁在眼前的点点光晕，恍若跌落凡间的星。

“我在后院捕了好久才捕到的，好看吗？”

王沁若看得出神，痴痴地说：“真好看，比我屋里的灯还好看。”

“那送你了！只不过，你别再哭了好吗？”小夜君清小心翼翼地拿起王沁若的手，呼呼吹气，“你爹爹也太心狠了，不过就是把破琴，有这么重要吗？”

“爹爹说了，若是琴都奏不好，别谈入宫做妃子，就连寻常人家的公子都会瞧不上我……”

夜君清眉头一皱，大声说道：“怎么会，在我眼里，沁儿姐姐是最好的！”

王沁若怔怔地看着他：“真的？”

小夜君清点点头：“对啊，平日表姐陪我玩，陪我念书，陪我练剑，除了我娘，沁儿姐姐就是对我最好的人。”

“那往后姐姐一辈子都对你好，好吗？”

小夜君清稚气地点点头。

庭院中萤火虫纷飞，小沁若和小君清追逐打闹，开怀大笑。

“多美好的年纪，多美好的回忆啊！”

一只酒杯从床榻上跌落，摔碎在地，沉浸在回忆中的王沁若侧卧在床榻上，一边手执酒壶，一边望着手中信纸，双眼红肿，溢满了悲伤和委屈。

这是她亲手写给夜君清的信，信的内容刻在心中很多年，经年未变。

王沁若醉眼迷离地念着上面的字："从那时起，我心里就只有你一个人。这些年，我白天想着的人是你，梦里梦着的人也是你。你我青梅竹马、天赐良缘，为何如今却落得如此下场？皇上生生将我们拆散，一个为妃，一个为臣，这我已认命了。如今你却被这样一个下贱女子迷了心志，将你我感情抛之脑后。君清，我再也不愿等了，你必须履行自己的承诺……"

王沁若念到一半，举起酒壶要往嘴里灌，发现空了，用力向地上一摔，大声唤道："彩蝶，快给本宫过来！"彩蝶闻声入内，赶紧将她扶住，却被反手扇了一个巴掌："人呢，君清人呢？"

彩蝶挨了一巴掌也不敢叫屈，跪在地上回道："王爷在平乐殿。"

"废话，本宫当然知道！"

王沁若言罢，突然将手中情信塞到彩蝶手中，催促道："你去给我叫人来，把这封信送到王爷手里！立刻，现在就去！"

彩蝶慌慌张张地一点头，连忙照着王沁若的吩咐跑了出去。

可惜王沁若与夜君清之间，素来是落花有意流水无情，片刻之后，彩蝶复返，等了许久不见消息的王沁若立时问道："君清，君清他来找我了吗？"

就连彩蝶都看出她再等下去也是徒劳，无奈地摇摇头，彩蝶再次劝说道："娘娘，您还是莫要等了，奴婢替您打些热水来，梳洗过后好好歇息吧。"

王沁若跌坐在椅子上，失魂落魄地呢喃："他已经亲口许诺过本宫！无论如何，本宫都不许他食言！纵是用尽千般手段，本宫也会想法得偿所愿，不留余地！"

彩蝶面带不解地问道："娘娘，您的意思是？"

王沁若愤愤起身道："既然他视而不见，那本宫就只好亲自上门提醒了！"

与此同时，冷清僻静的平乐殿内，夜君清正在与匆匆赶回殿内的寒锦衣详谈黑火药一案。

寒锦衣告诉夜君清，上次让他调查的那批死者有消息了，虽然大多数人依旧来路不明，但巧合的是，他们都曾在紫轩商会做过工。

“紫轩商会？”夜君清思忖着这几个字，奇道，“为何本王从未听说过此商会？”

寒锦衣说：“我只知道他们向来低调，还未曾查到有何幕后势力。”

夜君清现在不便离宫，便叮嘱锦衣再去查探一番。送走锦衣之后，夜君清坐在桌前放下书卷，正准备回卧房休息，忽然听见门口传来阵阵脚步声。

王沁若带着一身酒气走进门来，红着眼圈直视着夜君清道：“为何无视我的信？”

夜君清面带迷茫地回道：“我不知表姐在说什么。”他确实没看到王沁若所说的信，夜君清看了看天色又道：“不过你这般唐突跑来平乐殿，若无要紧事，还是早些离开为好。”

王沁若觉得夜君清一定是在敷衍自己，不禁掩面哭道：“若不是你对我视而不见、言而无信在先，我怎会前来？君清，这么多年以来，我没有一日不在盼着你、等着你，这深宫我已经忍够了！带我走，现在就带我离开这儿好吗？”

夜君清皱眉道：“娘娘怕是糊涂了，本王为臣，您为妃嫔，怎能提出这般请求？”

王沁若痴痴上前，抚住心口道：“你是不是还在怪我？当年选择入宫也是沁儿的无奈之举，若不是为了整个敦亲王府，我怎会舍得离你而去！你忘了当年我们说过什么了吗？”

夜君清退开一步，跟王沁若拉开距离：“你为何还不明白，以前，我只将你当作姐姐，现在，也只是皇兄的妃嫔。本王对娘娘，从来就无半点异心。”

“那为何你对姚莫婉就仍然心存侥幸？”王沁若突然出声质问。

夜君清眼神微动，犹豫片刻方道：“娘娘误会了。”

王沁若借着酒意胡搅蛮缠：“不管有没有误会，那日你向我许诺，若我出手相救姚莫婉，便答应我任何要求，即使是你的性命也可以。如今我的要求，就是让你带我离开！”

夜君清说：“本王这条命，娘娘若是想要，拿去便是，绝不会食言。但这个要求，还请娘娘恕我无法兑现。”

王沁若明知他会拒绝，依然哭得泪流满面：“对你来说，与我相爱，难道比舍弃性命还要难吗？”

夜君清以沉默代替了自己的回答。

王沁若绝望地闭上眼睛，努力让自己冷静下来："好，既然你如此绝情，沁儿自不强求。彩蝶！"

彩蝶闻声端上两杯酒，端至王沁若面前，随即退下，王沁若端起酒杯，送到夜君清面前："这两杯酒，就当是你我的诀别。今日饮下，你我之情从此不复存在。"

夜君清看着眼前的酒，半天没有动作。王沁若见他犹豫，顿时泪流满面："难不成你还怕我在酒里下毒，事到如今，你连这也不愿相信我？"

夜君清不欲与她再做争论，为保清净，只好将酒饮下。

另一边，从夜君清处出来的寒锦衣，飞身一跃又转到了关雎宫里。

姚莫婉推开门时，听见屋内房梁之上传来两声轻叩，便心领神会，立马将卧房门关住了。

寒锦衣从房梁上跳下来，上下打量姚莫婉，摇头叹息："不过几日不见，婉儿便清瘦了许多。这关雎宫，为何一下少了这么多下人？"

姚莫婉不欲将后宫的事说与他烦心，一面为他倒了杯茶，一面说道："不过是后宫里寻常的调整，不必担心。"

寒锦衣仍不放心："你若是缺什么、少什么、受了什么委屈，尽管告诉我。"

姚莫婉一笑："行了行了，你不必如此紧张。倒是你，有什么要紧事？"

寒锦衣从怀里掏出一封密信，递到姚莫婉手中："我前去平乐殿与君清兄商议要事，结果在平乐殿外发现一名黑衣人闯入，从他身上截获此密信。"

姚莫婉展信一看，惊愕地发现落款居然是王沁若，遂哭笑不得地对寒锦衣说："是淑妃的情信。"

"情信？"寒锦衣撇了撇嘴，"这也太过胆大妄为，若是被发现了，岂不是雪上加霜？"

姚莫婉闻了闻信纸，只觉酒味冲鼻，心中了然了七分："果然，应当已是大醉迷乱才写下的。王沁若一贯心思深沉，也只有遇上君清的事才会这般理智尽失。"

话毕，姚莫婉唤来汀月，嘱咐她将信收好，切莫落入他人手里。

寒锦衣不由奇道："为什么不直接将它烧了？以免后患。"

"不可。"姚莫婉摇了摇头，意味深长地说，"将它留在手里，日后说不定也可以派上用场。不过今日王沁若的胆子确实太大了一点。”

姚莫婉不知道，今日王沁若的胆子岂止是大了一点，简直就是吃了熊心豹子胆。平乐殿内，喝下那杯“诀别”酒的夜君清很快察觉到不对。面前泪眼婆娑的王沁若逐渐自眼中淡去，取而代之的竟然是姚莫婉的脸。

意识逐渐模糊，眼神也迷离起来，夜君清不住甩头想要清醒，终是徒劳。

“莫婉，你……你怎么在这里？”

夜君清迷茫地握住王沁若的手，猛地将她拉进怀里。

王沁若抚上夜君清的脸，夜君清的意识越发模糊了，看着眼前的“姚莫婉”，控制不住地翻身将她按在身下。

“莫婉，别怕，有我在。”

夜君清动情地慢慢凑近她的唇，王沁若闭上眼睛，眼看就要吻上。就在这时，殷雪带着姚莫婉经由密道推门而入，看着眼前的情景大惊失色，立即上前敲晕了王沁若，反手封住了夜君清的昏睡穴，姚莫婉随后走了进来。

殷雪舒了口气，暗叹，幸亏来得及时，随即拿起桌子上的茶杯闻了闻，对姚莫婉说道：“是迷情粉。没想到皇族中人也使这种下三烂的招！”

姚莫婉坐在床边查看夜君清的手腕，发现上面有一道鲜红的印子，随后摸了摸他的额头。

殷雪说：“看来迷情粉的药力依然在他体内发不出去，虽然点了穴道，却也挺不了多长时间，恐怕醒来后仍会发作，会有性命之忧。那王沁若……”

姚莫婉旋即查看王沁若，发现她手腕并没有红印，说道：“她并未中毒。”

殷雪担忧地看向夜君清：“那王爷怎么办，这迷情粉，传闻似乎只能行房交欢才可解啊！”

姚莫婉始终坐在椅子上沉默不语，似乎内心正在天人交战，片刻后似乎做了什么决定，站起身来对殷雪说：“你将君清穴道解开，再送王沁若回宫安顿。她此番连迷情粉都使上了，留在宫里只怕会惹出更大的乱子，你将她手书那封密信送往敦亲王府，务必要让敦亲王看到。”

殷雪得令，解开夜君清的穴道，带着王沁若以迅雷般的速度消失了。

床榻上，夜君清慢慢恢复了意识，身体却仍旧燥热难耐，扭头看到姚莫婉站在床边褪去外衣，一时不知是梦还是现实。

“莫婉，我……”

姚莫婉用手指挡住夜君清的嘴，随后慢慢松开，轻轻吻了上去。夜君清将她拉入怀中，浑身滚烫如火，哑声低语。

“莫婉，我要亲手给你幸福，别人没资格给，我不甘心就这样放你走。”

姚莫婉看到他神志不清，还在想着给她幸福，无奈地笑了笑，伸手抚住夜君清的脸：“有你这句话，我就算受尽苦楚，心中也无憾了。”

两人深情互望，夜君清情难自持，拉下了姚莫婉的衣服，将她按于身下。绵密而热切的亲吻顺着姚莫婉的脖子一路向下延伸，姚莫婉闭上眼睛……

突然，夜君清停止了动作，身体一动不动地歪了下去。

姚莫婉一惊，翻身坐起，焦急地摇晃他道：“君清，君清，你……你别吓我啊！你若死了，我做这一切为的是谁啊！”

姚莫婉的话迟迟没有得到回应，她吓坏了，连忙伸手去试探气息，不想，刚到鼻子前面，便听到一阵鼾声，姚莫婉愣在当场，陡然松手，舒了一口气的同时，羞恼地用被子盖住了头，气得用双脚乱踢。

……哪有这样也能睡着的人啊！

姚莫婉一直在平乐殿凝望到夜君清醒转，由于一眼便看到了躺在身边的姚莫婉，夜君清一下子惊坐起来。

“莫婉，你怎么在这儿？”

姚莫婉慢慢起身，故意无言地看着他，夜君清皱了皱眉，回忆一瞬间撞回脑海，浮现二人之前种种旖旎场面，猛地抬头看向姚莫婉。

“莫婉，本王该不会对你……”

姚莫婉看着夜君清说：“你中了王沁若的迷情粉，传闻此毒唯有合欢才能解，所以莫婉只好……”

夜君清接口道：“所以是你救了我？那就是说，本王和你已经……”

这个结果让他汗颜，夜君清狠噎了下喉咙，手不由轻颤着，目光不敢直视姚莫婉，不知该如何自处。

姚莫婉深知他的为人，摇头叹道：“莫婉是救了你，不过王爷放心，你我之间并未发生什么。”

“当真无事？”夜君清面露怀疑之色，“你是不是担心我内疚故意撒谎？莫婉你放心，本王会给你交代！”

姚莫婉笑看着夜君清，隐隐起了逗弄之意：“哦，那王爷要如何给我交代？”

夜君清内疚地说："你想要如何，以后本王都随你，绝不反悔！"

姚莫婉看着夜君清"扑哧"一声笑了出来，随后起身穿上外衣："好了，方才我所说都是实情，诚不欺你。只因你中毒尚浅，耽搁太久，药性过了劲儿，我既没被你占便宜，也没占着你的便宜，所以不必放在心上。"

夜君清松了口气："果真？那王沁若那儿……"

"她并无大碍，我已让人将她送了回去。"

夜君清闻言起身走到姚莫婉身旁，扳住她的肩膀，问道："那我问你，你明明将我置于心上，顾虑我的安危，为何宁做违心之举，也不愿回头？"

姚莫婉脸色一沉，被他问出几分慌乱。但她知道此时绝不能认下这句"置于心上"，留下一句"我只为还你之恩，如今我们两清了，互不亏欠。祝你早日脱离这深宫之困，行你应做之事"，便匆匆离去了。

次日清晨，寒锦衣推开殿门进入平乐殿时，见夜君清正拿着香囊陷入沉思，不由问道："在想什么呢？"

夜君清被看中心事，收起香囊，含糊道："哦，没什么。"

寒锦衣知道他定然又在想姚莫婉，想到昨夜的事，寒锦衣犹豫片刻，吞吞吐吐地试探道："听说……昨夜你中毒了？"

夜君清点头："是，莫婉救了我。"

这个答案显然是寒锦衣最不想听到的，当即变了脸色："那岂不是……你们……"

话未说完便被夜君清打断道："我们什么也没发生，那毒药药性过了，自行化解了。"

寒锦衣这才将提上来的一口气放下去，想到刚才自己过于激动，又忙掩饰地一拍夜君清的肩膀："嗨，谁问你这些了。好了，你不还有我嘛，放心，兄弟我保证会陪着你，绝不入宫为妃。"

夜君清见他没个正经，说了句："别闹了。"随即正色道："你今晚去一趟紫轩商会，查查他们的账目，看能不能发现蛛丝马迹。"

寒锦衣嘿嘿一笑："你现在可当真成了诸葛孔明，安坐宫中，运筹帷幄，我倒成跑腿的了。"

夜君清笑了笑，安慰他说："事成之后，我定拿出王府的那罐百年女儿红与你共饮。"

寒锦衣一下来了精神："此话当真？"

"君子一言，驷马难追。"

"好，就这么说定了。"

相较于夜君清醒后的"神清气爽"，王沁若的日子就没那么好过了。昨夜接到姚莫婉派人送来的"情信"的敦亲王，一大早便请旨进宫，以淑妃娘娘母亲病重思女万分为由，请求皇上让她归家几日。因此，当王沁若头疼不已、悠悠醒来之时，得到的消息就是：敦亲王府来报，王妃病危，皇上已经允准您回府探亲。

王沁若一惊而起，不知道自己酒后的那篇胡言乱语已经被放置在敦亲王书房中，一面吩咐彩蝶收拾衣服，一面哀哭道："娘亲——"

第十八章

姚素鸾宫内，姚素鸾坐在正中主位，正在与众妃议事。年中宴会将至，她准备安排一些新鲜花样给众姐妹，尤其是给姚莫婉。

不过这些花样，在浮出水面之前，还需不动声色。看着一众妃嫔，姚素鸾说：“今日本宫召妹妹们前来，是为了年中宴会之事，本宫特地给各宫拨了些银两，供大家采买些新式首饰。”

桓采儿与姚素鸾先后入宫，参与过历届年中宴会，听到姚素鸾做此安排，不由奇道：“姐姐，往年都是先皇后全权操办，如今姐姐领六宫之事，为何不依照旧制行事。”

姚素鸾早知有人会有此一问，对着桓采儿温和一笑，解释道：“本宫若是一手操办，不合大家心意，岂不就是独断专行了。这样各自采买，妹妹们便可依据喜好行事不是？”

桓采儿想了想，点头道：“还是姐姐想得周全。”

舒婕妤是今年新抬进宫的，听说规矩有变，略有些紧张地起身行了个礼：“贵妃娘娘，妾身刚入宫，还不知这年中宴会有哪些要特别注意的规矩？”

坐在她上首的惠昭仪接过话茬，知道姚素鸾与姚莫婉不和，故意当着姚素鸾的面，踩踏姚莫婉：“妹妹不必紧张，这年中会不过是皇上与后宫众妃的聚会，好让一些见不到皇上的、不得宠的娘娘，能一睹圣上尊容，聊以慰藉。”

姚莫婉知道惠昭仪的言外之意，毫不在意地笑了笑。

姚素鸾坐在上首，将姚莫婉的表情收入眼底，心中冷笑，你此时也只能这般强颜欢笑了。

姚素鸾叮嘱众妃说：“其实皇上去谁宫里并不重要，首要的是能得皇上重用，所以妹妹们一定要时常修文修德，光靠宠幸，终究只能是个可有可无的妃子。至于这年中宴会，倒不需要注意太多，只有一项，也算是宫中不成文的规矩，便是届时哪位妃子能够装束拔群，皇上就会宠幸那位妃子。”

留下这句话后，姚素鸾便命嫔妃们回去。至于宴会拔得头筹之事，自然要看各人的本事了。

众妃子神色各异，鱼贯而出。

汀月扶着姚莫婉走在最末，思及方才遭到的挤对，汀月愤愤不平地说：“娘娘，您瞧今日那些人频频冷嘲热讽，您就打算这样沉寂下去吗？您忘了当初为何入宫了？”

姚莫婉合上眼，深吸了一口气：“本宫自不会忘。”

“那您可要把握年中宴会这个机会啊！”汀月急切地说，“娘娘想置些什么首饰，奴婢即刻去办。”

皇宫各殿皆常年种着应季花卉，姚素鸾身边的彩萤，悄无声息地隐在花丛中，听着姚莫婉下一步的计划。

姚莫婉说：“众妃齐聚，皇上能望见几人的脸，必得一枝独秀、卓尔不群才行。本宫听说当年姐姐曾用一支九彩凤栖步摇令龙颜大悦。”

汀月问：“那娘娘是打算效仿先皇后了？”

姚莫婉摇了摇头，带着汀月渐行渐远：“只可惜此物随姐姐一并下葬了，不过听说内务府倒是存下了图纸，待会你替本宫取来，让工匠照图纸赶制一支。”

彩萤直到目送这对主仆离开，才转身走回宫内。

姚素鸾正在把玩笼中鸟，听到彩萤汇报，手上动作不停，一边用金稻勾着鸟嘴引它咬，一面对彩萤说：“婉妃她确实要戴那支步摇？”

“千真万确。”彩萤点头如捣蒜，“婉妃已经着汀月去内务府取图纸了。”

姚素鸾忽然笑了一下。

“本宫怎么没想到呢！这样，”她吩咐彩萤道，“你等戌时再去内务府取这张图纸。”

与此同时，宫内长廊处，安炳山正陪夜鸿弈散步。园中景致甚好，夜鸿弈负手而行，一边赏花，一边随口问道："年中宴会都准备妥当了吧？"

安炳山回说："老奴已经吩咐下去布置了。"

想到这件事情，还是当年姚莫心一手操办的，夜鸿弈不觉叹了口气。

安炳山知道夜鸿弈心念皇后，躬身说道："老奴加紧炼制九转还魂丹，而今已有些成效了，想必不久之后，皇上便可与皇后娘娘重逢了。"

"果真？！"夜鸿弈眼睛一亮，赞许道，"如此甚好，缺什么短什么，从国库支取便是。"

"是。"

安炳山面上憨厚，垂下脸时却露出一个得意的笑。

夜鸿弈兴致颇高地领着安炳山继续前行，转过一个拐角时停住脚步。安炳山一愣，恰看到姚素鸾殿里的彩萤递给汀月一封信。

夜鸿弈回忆了一下这两个人，问安炳山："那是丽贵妃的婢女和婉妃的婢女？她们怎么凑到一起去了？"

安炳山因见夜鸿弈面露疑色，故意说道："老奴瞧着，当是丽贵妃娘娘私下派人关照体恤婉妃了。"

当初缩减关雎宫用度的旨意是夜鸿弈亲自应下，丽贵妃负责执行的，为的就是扳一扳姚莫婉的性子，算将起来，此事已有半月有余，姚素鸾私下里让丫环给莫婉传信，劝她收敛性子也没什么好疑心的。

想过这些之后，夜鸿弈点了点头，带着安炳山继续向前走去。

另一边。

南疆使馆中，段婷婷一直撇着嘴看着晗月公主收拾行李。

再过几天，她们便要回去了，想到她挚爱的君清哥哥，婷婷不免叹息。

"姑姑，我舍不得君清哥哥，这一走怕是往后再也看不到了。"

晗月公主手上动作稍停，看了一眼段婷婷，叹了口气："何苦为了等一个不爱你的人虚耗了真情，纵使你陪一世，他也不会改变心意。"

段婷婷垂下头，早已知道君清哥哥的心里没有她，她低声对晗月公主道："我已经不渴求得到他的垂爱，只要能远远地看着，就心满意足了。"

晗月公主怜惜地看着段婷婷，伸手将她拉了过来："你是我南疆的公主，怎能爱得这么没骨气，寻个机会与他道别吧。"

段婷婷红着眼圈看了一会儿晗月公主，坚定地点了点头。

恰如姑姑说的一样，她是南疆公主，爱得起便放得下，既然早有一别，不若洒脱挥手。

段婷婷推开平乐殿大门时，夜君清正坐在殿中饮酒，忽然看见段婷婷推门而入，露出几分意外。

“长风公主？”

段婷婷看了看他桌上的酒壶：“又一个人喝闷酒啊？来，我陪你。”一面说着，一面给自己倒了一碗，仰头一饮而尽。

夜君清一愣：“你这是……”

“君清哥哥，”段婷婷抬袖在嘴上擦了一把，直来直往地说，“我要走了，以后再也不会有人缠着你了，是不是很开心？”

夜君清听后却摇了摇头：“其实本王并不讨厌你，你没错，只是错爱了而已，这不是罪过。本王也深知捧出真心被肆意践踏的感觉，所以不想你最终尝尽苦楚，唯有拒绝才能令你早日解脱。”

“是啊！”段婷婷叹息，“我现在才明白，为何纵使姚莫婉背叛你伤害你，你还这般专情，因为你的眼里只有她，与他人无关，药石无医。”

夜君清不懂如何劝解女孩子，只得说道：“长风公主能豁然开朗便好。”

段婷婷摆了摆手：“不说这些了，夜君清我告诉你，从现在开始我不喜欢你了，后悔去吧。”

夜君清笑了笑，段婷婷也笑了起来，端起酒碗，她郑重地对夜君清说：“我即将离开大楚，这一杯，就当作饯行酒吧。”

夜君清举碗对饮：“一路顺风。”

段婷婷定定地看着夜君清，仿佛要将这人刻进脑中，因为接下来，她希望他们：“此生勿再相见。”

夜君清听到这句之后顿了顿，随后两人一饮而尽。此时寒锦衣走了进来，打破了屋内略显凝重的气氛。

锦衣说：“王爷原来有佳人相伴，打扰了打扰了。”言罢便要出去。

段婷婷知道他二人定然有要事交谈，站起身来喊了句：“回来！我们已经聊完了，你们叙吧。”

话毕起身走到门口，段婷婷仍是无法控制心中不舍，转过头看向夜君清时，终是泪凝于睫。

婷婷说："君清哥哥，今后千万别再让我遇见你，不然我可是百般不会放你走的！"说完以后生怕自己后悔，转身迅速离去。

寒锦衣见此情景，挤眉弄眼地凑到夜君清身旁调侃："怎么，又把人姑娘的心伤了？"

夜君清叹了口气："长痛不如短痛，她终究会长大会明白的。事情有眉目了？"

寒锦衣点了点头，将查探到的结果尽数相告："紫轩商会以药材生意为主，可他们账簿上的每月流水，与钱庄留存的票根出入甚大，足有百倍之余。区区一个卖药的，何来这么多钱？"

夜君清眉心一皱："看来这个紫轩商会，便是窦家用来倒运火药、流转赃款的中转站，而这个王老板就是窦士明放在台前的代言人了。"

寒锦衣想了想："不如抓来一问，这样也快些。"

夜君清思忖片刻，点头应道："也好。"

姚素鸾宫内，自内务府走了一趟的彩萤，拿着一张图纸递到姚素鸾手中。

彩萤说："娘娘，奴婢从内务府将九彩凤栖步摇的图纸拿来了。"

姚素鸾面露喜悦地接过，想到当年姚莫心曾以这支步摇于众妃中脱颖而出，不觉笑道："此次年中宴会，本宫定会力压群芳俘获圣心。你速去着工匠锻造，千万记住，万万不可与图纸上一模一样，只需神似即可。"

彩萤转身欲去，又被姚素鸾叫住了。

看着彩萤手中的图纸，姚素鸾若有所思地说："你方才去内务府时，可问了李总管，这图纸姚莫婉可来取过？"

彩萤回道："李总管说，婉妃的奴婢晌午便去了，他并未允许她带走，只让手下临摹了一张给她。"

姚素鸾这才放心地点了点头，说："知道了，去吧。"

彩萤转身离开，姚素鸾埋头把玩了两下腕子上的白玉镯子，冷冷一笑："想飞上枝头变凤凰？姚莫婉，你想得美！"

年中宴会很快便至。

关雎宫中，汀月一面给姚莫婉打扮，一面伺候她戴上步摇。姚莫婉惯常打扮素淡，今日难得穿得华丽。

汀月看着，不觉赞叹："娘娘穿上华服，真是好看。"

姚莫婉望着铜镜中的自己，感慨万千地说："记得上一次穿华服，还是怀上仲儿，举行庆典之时。"

汀月没听清："娘娘刚才说什么？"

姚莫婉这方察觉失言，摇头失笑："哦，本宫说上一次看到华服，还是参加姐姐庆典之时。"

言罢她将手搭在汀月手上，出了殿门。刚行数步，便与姚素鸾撞了个正着。

姚素鸾在彩萤的搀扶下走了进来，上下打量姚莫婉，笑道："妹妹今天可真是光彩照人，看来，是决心凭此笼络圣心了。"

姚莫婉面露不悦地看向姚素鸾，反唇相讥。

"莫婉如何能比得上姐姐，如此老成持重，与众不同，定能让皇上龙颜大悦。"

姚素鸾看了一眼姚莫婉头上的九彩凤栖步摇，不气反笑。

"婉妃，本宫提醒你一句，不要气太盛，气盛在这宫里可活不长久。"

姚莫婉平静对视道："那本宫倒要和姐姐比比，谁活得更长。"

宫内凉亭处，早已集结了一众嫔妃。夜鸿弈缓步走来，一眼便在人群中看到了姚莫婉。那轮廓他太过熟悉，以至于脚下一个踉跄，险些摔倒。

"莫心。"夜鸿弈疾步走上前去，安炳山想扶都被推开了。

夜鸿弈快步上前，只见眼前姚莫婉已经幻化为姚莫心，靠近到跟前时，又变回了姚莫婉的脸。姚莫婉下跪行礼道："臣妾参见皇上。"

夜鸿弈这才缓过神来："婉妃？"

夜鸿弈看着姚莫婉头上步摇，想到方才失态错认全因此而起，气得用手打落，龙颜大怒："谁允许你私自佩戴莫心所用步摇？朕看你是越来越放肆了！"

姚莫婉被他打得跪倒在地："臣妾不知这步摇曾是皇后所用，无意冒犯，还请皇上恕罪。"

姚素鸾走过来，看着姚莫婉故意露出一副吃惊之色，添油加醋地说道："婉妃，你怎么……怎能佩戴先皇后步摇，难道你不知道皇上用情至深，会睹物生悲吗？皇上，臣妾看，婉妃定是故意存了取而代之之心，婉妃你也是，怎能如此随性。"

姚莫婉听后委屈地抬起头说：“那今日姐姐来我宫中时，为何不提点于我？”

一句话，迅速将夜鸿弈的注意力拉到姚素鸾身上。

姚素鸾说：“本宫去时并未看见这支步摇，若是看见，怎会让你犯此大错。”

桓采儿见势不妙，想要劝解：“婉妃刚入宫诸事不明，还请皇上从轻发落。”

夜鸿弈已招来内侍，吩咐道：“来人，将婉妃带回关雎宫，闭门思过，非诏不得外出。”言罢拂袖而去。

众妃子面面相觑，也自随后离去。姚莫婉瘫倒在地，姚素鸾在经过她时轻轻撂下一句话：“皇上想给你的，你不能不要，他不想给你的，你却永远也不能觊觎。替代品终究只是替代品，想取而代之，只会万劫不复。”

回到御书房后的夜鸿弈，注视着手里的步摇，越看越觉得事有蹊跷。千面立于一旁候命，夜鸿弈随即吩咐他将姚莫婉身边所有内侍都暗中监管起来。

不想，刚将任务吩咐下去，姚莫婉宫中的汀月，便被千面抓到了暗中焚烧图纸。

而图上所画的，正是姚莫婉今日所戴的步摇图样。

夜鸿弈连夜再去关雎宫，众妃随侍在侧，眼见汀月被侍卫押跪在地。

夜鸿弈站在台阶上，沉声质问道：“汀月，你是婉妃贴身婢女，更是姚府时便伺候她的旧人，婉妃待你不薄，为何要害她！”

汀月跪在地上叩首，连声说道：“皇上饶命，皇上饶命，奴婢也是……被逼无奈。”

“被逼无奈？”夜鸿弈冷声喝问，“何人逼你？”

“奴婢……奴婢不敢说。”

夜鸿弈没有耐性跟她纠缠：“再不说，朕便要治你的罪了，陷害主子，按规矩凌迟处死！”

汀月吓得不轻，踟蹰片刻对夜鸿弈小声说道：“请皇上保我家人安全，奴婢才敢说。”

夜鸿弈点头道：“好，朕答应你。”当场吩咐千面将汀月家人保护起来：

“如此你可安心了？”

汀月直起腰板，恍若再无所惧，坦承：“谢皇上隆恩，指使奴婢陷害主子的人是——丽贵妃娘娘。”

众人听后纷纷看向姚素鸾，姚素鸾大惊失色，根本没有想到汀月会突然指向她。

“你血口喷人！本宫怎会陷害婉妃妹妹，这个贱奴见形迹败露，便信口胡言，皇上，臣妾冤枉啊！”

夜鸿弈面色阴沉地看了姚素鸾一眼，对汀月道：“你继续说。”

汀月说：“主子交代奴婢寻工匠做支步摇，丽贵妃娘娘听说之后，便用奴婢家人的性命相要挟，让我去内务府取先皇后所用九彩凤栖步摇图纸，以坐实娘娘确有心打造之嫌。之后丽贵妃又将她早准备好的步摇交予奴婢，命我在年中宴会时给娘娘戴上，令皇上生怒降罪。”

“你胡说。”姚素鸾怒道，“本宫何时曾要挟过你！”

汀月神色平淡地说：“当日丽贵妃娘娘着彩萤送来了家父亲笔信，信上家父苦苦哀求奴婢为了弟弟妹妹的命，务必听贵妃娘娘的话，有信为证。”

汀月言罢递上信来，夜鸿弈接过一看，想起此前曾看到过彩萤递给汀月一封信，心中信了八成。

“朕有印象，朕曾亲眼目睹彩萤给了你什么东西，原来便是此信。”

姚素鸾见夜鸿弈站在了姚莫婉这边，连忙叫冤：“皇上，这贱奴诬陷臣妾，臣妾从未命人威胁于她，更不知这九彩凤栖步摇！”

夜鸿弈未免冤枉她，当即招来内侍总管，问道：“朕问你，你要如实回答。这九彩凤栖步摇的图纸都有谁拿过？”

李总管不敢欺瞒夜鸿弈，据实答道：“回皇上，这奴婢来取走了图纸的临摹本，但正本却是被丽贵妃娘娘取走了。”

姚素鸾忙下跪辩解：“皇上，臣妾取那图纸，并非为了私自打造九彩凤栖步摇，而是想改一支旁的样式。皇上明察啊！”

姚莫婉作壁上观多时，知道此时正是最佳时机，面带委屈地打断道：“这些日子，姐姐每日责罚打压我，我都认了，不想姐姐为了陷害于我，竟不惜冒天下之大不韪，利用皇上对先皇后的感情来设局，居心险恶，蒙蔽圣听，不仅寒了皇上对你的信任，更伤了我们姐妹三人十余年来的姐妹情。难道只因妹妹分走一点点恩宠，就要落到这个下场吗？”

姚素鸾心中恼恨，这方知道被姚莫婉摆了一道，无力地辩驳道：“皇上您别听她胡说，臣妾冤枉啊！”

夜鸿弈最恨有人利用莫心在他面前搞鬼，一把掀开姚素鸾抓在他袖子上的手：“人证物证俱在，你还妄图狡辩！丽贵妃德行有亏，祸乱后宫，褫夺贵妃之位，去协理六宫之权，降为嫔妃！”

姚素鸾千算万算，没能想到，自己竟然会被自己布下的局反吞一口。她猛然扭头看向姚莫婉，指向她：“婉妃，你居然敢设计我！”

事到如今姚素鸾要是还不明白，就枉为宫妃这么多年了。姚莫婉那日一定早知道彩萤尾随在后，故意放出已故皇后姚莫心当年的步摇制作图纸引她上钩。再经由一系列假戏真做，让她放松警惕，再在此时反咬回来。

姚素鸾恨恨地看着姚莫婉，几乎想要将她挫骨扬灰。

夜鸿弈见姚素鸾犯了错还不知悔改，直接命安炳山等太监将她送回自己宫中去了。

夜鸿弈说：“婉妃，朕又委屈你了，你说，想让朕如何补偿你。”

姚莫婉看了一眼跪在地上的汀月，摇了摇头：“就请皇上赦免了汀月吧，她虽犯下错，却是受人逼迫情有可原。姐姐曾教导我，体人之心，恕人之过，方为上品。”

夜鸿弈点点头：“既然婉妃开口，朕就不为难她了。但是汀月，往后朕若再发现你未尽心尽力伺候婉妃，立毙杖下。”

汀月听后不住磕头。

经过步摇一事后，姚素鸾算是暂时偃旗息鼓，王沁若又正在家中看护“重病”老母，姚莫婉难得在宫中得了几日清闲。可惜宫中风浪层出不穷，刚自桌前坐下，便听到小太监回禀说：“奴才们在那边的枯井中发现了刘公公。”

原来，姚莫婉自来早膳都是由刘醒伺候，这日清早迟迟不见人来，又闻汀月说，刘醒似是昨夜便未归。姚莫婉担心出事，便命人寻找，万般没有想到，会是这种结果，连忙快步跟着太监赶了过去。

枯井外，刘醒已经被人拉了上来。姚莫婉赶过去时，只见他被放在一旁，后背一片血红，赶紧上前查看。

“刘醒，这是怎么了？出了什么事！”

刘醒似乎没有想到临死之前还能看到姚莫婉，气息微弱地说：“娘娘，我……”

原来昨夜，刘醒正在宫中行走，忽然听到远处传来哭泣声。因为好奇，他走到房门口，推门而入。令刘醒万分没有想到的是，在房内看到的竟然是衣衫不整的彩萤，以及强压在她身上，欲行不轨的安炳山。

刘醒见彩萤已哭成一个泪人，拦住安炳山道：“安总管，你这是做什么？”

彩萤见他解围，连忙满脸泪痕地躲到他身后，带着哭腔恨声说道：“丽妃娘娘为了讨好安总管，把我送来供他玩弄。”

刘醒只知丽妃娘娘失势，不想她竟为了讨好皇上身边近侍，以彩萤身体做交换，当下质问道：“你怎能做这种伤天害理之事，我定要将此事禀告皇上！”

安炳山见他要走，立马换上一副和蔼面容，口中一面说着“别别别，刘醒兄弟，我这不是还没和她发生什么，只要不捅到皇上那儿，一切好说”，一面暗中从腰里摸出一把刀来，在他放松警戒之时，狠狠捅入。刘醒深知今日难逃一死，一把抱住安炳山，让彩萤逃离，彩萤踟蹰片刻，含泪逃走。而他，也在剧痛之下，被几名太监扔入井中。

说完这些的刘醒虚弱地看向姚莫婉，脸上早已没有半分血色。

“三小姐，今后奴才恐怕不能再服侍你了。”

姚莫婉抖着手，强迫自己镇定，一面用丝巾按住刘醒的伤口止血，一面道：“别说话，你不会有事的，本宫一定可以把你救回来！”

可惜太晚了，丝巾刚刚按住，刘醒便断气了。

汀月痛苦地摇晃着刘醒，几乎哭断了气。他留着那口气，只为等他的娘娘看他最后一眼。

姚莫婉心如刀绞地闭上眼睛，深呼吸，眼前不断闪现着与刘醒相处的一幕幕。

“哎呀，三小姐，你可回来了，老爷和二夫人都急死了！”

“奴才打小就跟在三小姐身边，只有她把我当个人看，她就是奴才的主子。主子的事，那就是天大的事，奴才就是拼得一死，也要护住她的！”

姚莫婉睁开眼，眼泪滑落，眼中闪过一抹凶狠凄厉的光芒。对着刘醒的尸身，姚莫婉发誓：“我把你带进宫，却没能把你带出去，是我的无能和优柔寡断害了你。我发誓一定会替你报仇，往后凡挡我者，我姚莫婉必杀之！”

打定主意不再软弱的姚莫婉，在刘醒死后默默做了一个决定。

御花园中，夜鸿弈闭目坐在金辇中，正被太监抬着向前走去，安炳山跟在一旁护着。忽然自远处传来悠扬的笛声，夜鸿弈睁开眼叫了声："停。"侧头问安炳山："这笛声是从何处传来？"

安炳山仔细听了一会："好像是……关睢宫的方向。"

夜鸿弈将手一摆："起驾，去关睢宫。"

关睢宫内，果然是姚莫婉在吹笛，夜鸿弈走到卧室门口静静聆听，一直没舍得打断，直到她一曲终了。

夜鸿弈靠在门边说："婉妃这曲笛声袅袅动人，似是故人来。"

姚莫婉像是刚得知他到来，赶紧起身行礼："臣妾不知皇上前来，有失远迎。"

夜鸿弈抬了抬手，示意她起身，随后踱步至桌前，询问道："夜深人静为何独自吹笛，有心事？"

姚莫婉垂首告罪："臣妾惊扰了皇上，望皇上恕罪。"

夜鸿弈听后笑了笑，想到她自进宫便接连被人陷害，惯常说的就是"恕罪"这两个字，摇头笑道："这两个字朕都听烦了，坐下吧。"

姚莫婉挨坐在他身边，夜鸿弈摸着她的手，略有所思："这是朕最爱听的曲子，莫心在时，常会吹给朕听，当年……"

夜鸿弈的眼前恍若再现那时那日的场景，那时他正在查看沙盘，盘算下一步部署。一场大战来袭，大军进退维谷。

夜鸿弈说："桓将军和燕王重兵把守各大关卡，想要正面突围恐怕是不可能了。"

姚莫心看了看沙盘，指着一处地方道："鸿弈，城后为险山，险是险了些，但未尝不可尝试攀山撤退，也好过困死在这里。"

夜鸿弈看后摇了摇头："我未尝没想过，只是如此行事，至少会死伤半数以上的兄弟，他们抛家舍业随我征战沙场，本王必须把他们都带回去。"夜鸿弈言罢，搂住姚莫心的肩膀："只是苦了你，随我四处奔波，受尽苦楚，甚至或许葬身于此。"

莫心静静地看着他说："夫妻本就该共患难，同生共死，岂不是幸事。"

正自深情对望之时，一个将领跑了进来，禀告道："启禀王爷，叛军围城一个月，我军粮草严重不足，士气低落，末将以为，可否强收百姓粮草，供我军士先行使用，以安军心。”

姚莫心素来宅心仁厚，坚决不同意以此法鼓舞士气：“百姓也是人，何过之有，要遭这般对待，怎可做此天下人不齿之事！”

夜鸿弈想了想，对将领说：“把军马杀了给兄弟们吃口饱饭。”

将领听后慌忙阻止：“王爷，万万不可啊，没了骑兵，这仗还怎么打！”

“本王的话你都不听了吗？”

将领只能不情愿地领命而去。

军帐中，姚莫心望着沙盘上的西南方向对夜鸿弈说：“君清的军队距此不远，不如……”

“三弟？”夜鸿弈随即否定了这个想法，“四王夺嫡之争损耗巨大，他从不参与，坐拥数十万精兵按兵不动，若是我此战一败，他便可收渔翁之利成为大楚新皇，何人能劝动他出兵？”

姚莫心说：“我愿一试，只要十名甲兵护我从后山突围即可。”

夜鸿弈犹豫地看着姚莫心：“本王不会让你去冒险。”

姚莫心见他转身欲出营帐，跟在身后问道：“你去哪儿？”

夜鸿弈说：“安抚军心。”

刚行出帐帘前，手便被姚莫心握住了，他至今记得她坚定地看着他说：“我陪你一同前往。”

军营外，夜鸿弈站在众士兵面前，大声说道：“诸君随本王征战，今日困于此处，是我这主将之责！但从此刻开始，我们的性命便绑在一起，生死与共。此战若胜，本王必以救命之恩厚报诸君，若败，本王必先诸君而死！”

话音刚落，姚莫心的笛声悠悠传来，众将士被这气氛感染，纷纷落泪，忽然有人喊道：“誓死追随王爷！杀叛军，归家乡！”

众士兵受到感染，热血齐呼：“誓死追随王爷！杀叛军，归家乡！”

姚莫心放下笛子，夜鸿弈抓起她的手举了起来：“杀叛军，归家乡！”

夜鸿弈坐在关雎宫中，用袖子抹了抹眼泪。

“莫心在朕生死一线时，依然不离不弃，相伴左右，不想到了本该享福之时，却落得身死，是朕无能啊！”

姚莫婉眼眶含泪，情绪复杂地看着夜鸿弈，随后深吸了一口气：“皇上只知此曲有思乡之意，却不知还有唤君归之情。”

夜鸿弈看向姚莫婉，知她话中深意：“所以现在，你是心甘情愿了？”

姚莫心跪在地上：“臣妾，心甘情愿。”

夜鸿弈深深地看着姚莫婉，仿佛在透过她看另一个莫心：“好。朕答应你，莫心未来得及享受的尊宠，朕都会赐予你。”

说罢抱起姚莫婉走向床边，将她缓缓放下。一时褪去衣衫，唇舌相抵，夜鸿弈吻上姚莫婉的脖子，一路向下。床幔散落，一片春光。

夜半时分，夜鸿弈躺在床上酣睡。姚莫婉裸肩裹着薄纱，站在窗前，望向窗外明月，无声轻喃，鸿弈，你既爱我，又为何要害我呢？

姚莫婉一连几夜恩宠无限，关雎宫外，安炳山朗声宣读圣旨：“婉妃姚氏，秀毓名门，慎简淑德，今册为皇贵妃，暂领六宫之事，位同副后，望今后敬慎持躬，和睦宫闱，绵延后嗣，钦此。”

姚莫婉携众妃站在关雎宫外，双手领受道：“臣妾谢皇上隆恩。”

安炳山一副谄媚模样，躬身说道：“恭喜皇贵妃娘娘。”

姚莫婉假意扶他一把，靠在他耳旁，小声说道：“安总管，你，本宫杀定了。”

刘醒尸骨未寒，她不会忘了这个仇！

安炳山脸色一沉，惊惶地退到一旁。

姚莫婉走上台阶最高处，转身挥袍，睥睨众生，众妃忙下跪行大礼。

“拜见皇贵妃娘娘！”

姚莫婉轻轻一笑。

在姚莫婉坐上贵妃之位的同时，夜君清追查的黑火药一事也有了新的进展。

寒锦衣果然如当日所言，捆了紫轩商会的王老板前来问话。

“你是谁？连老子也敢绑，我看你是活腻了！”王老板悠悠醒转，脾气倒是奇大。

寒锦衣慵懒地把刀架在肩上，似笑非笑地注视着他说：“哦，我倒要看看是谁活腻了？”

眼看着寒锦衣话毕拔刀出鞘，王老板吓了一跳，生怕他真动手，连忙求饶：“少侠饶命啊！您说的老夫都照办，只求少侠手下留情！”

寒锦衣笑了笑，一边试了试刀尖的锋利程度，一边漫不经心地说：“王老板经营的紫轩商会向来生意红火，我就想来和王老板做笔买卖，如何？”

王老板连连摇头：“误会了，误会了！老夫只是小本买卖，真的没什么银财啊！”

“小本买卖？”跟在寒锦衣身后的奔雷道，“奇了怪了，那这些钱财，王老板又是从何处得来的呢？”

奔雷言罢，将一个箱子抬至王老板面前，其中装有琳琅满目的金银财宝：“就凭你紫轩商会的日常药材生意，何来如此丰厚的利润？说，这些钱都是哪里来的！你现在交代，还可以饶你一命！”

王老板偷眼瞅着寒锦衣、奔雷二人，唉声叹气地说：“您就是要了我的命，我也无话可说呀！”

“好，既然你找死，那老子就送你一程！”

寒锦衣从怀里掏出一瓶粉末，捏住王老板的嘴，一下倒了进去。

寒锦衣说：“咱们江湖上管这个叫‘一日丧命散’，药如其名，吃下去不到一日，便会七窍流血暴毙。既然你不要命，这个就赏你了。”

不一会儿，王老板便脸色赤红，大汗淋漓，似乎身体起了不寻常的反应。

王老板虽然爱财，但是更加惜命，对着寒锦衣道：“老夫要命、老夫要命，还请少侠赐解药！”

寒锦衣说：“要解药可以，说出这些钱财的来路便可。”

王老板打了个结巴，脸色越发涨红：“是……是窦老板，这些钱都是从他那挣来的。”

“窦十明？”奔雷问。

“是。”王老板说，“一直以来，窦老板安排我们运送一些货物，买家交付货款之后，我等便去窦府借着进购古董玉器的名目，用高价收购些三流仿品，把钱送入窦家。”

“那他让你们运送的货物，可正是那黑火药？”寒锦衣问。

王老板摇摇头：“这我还真不清楚，他也从不让我们过问。收钱办事，做生意可不就是这个规矩？”

奔雷听后冷哼：“规矩，就凭你们做的这些脏事也配说规矩二字？！继续说，那些钱财货款现如今都在何处？”

王老板犹豫道："这……我们只负责把钱送进去，哪里知道它去哪了啊！"

寒锦衣见他不肯全盘托出，掉头就走。王老板急得满头大汗，急忙叫住寒锦衣。

"船运！窦士明通常会将这些钱财换成黄金，命人重新熔铸之后，再让我等通过船运送回他的辖地！"

奔雷说："他倒是老谋深算，黄金重新熔铸之后便查不到货号批次了。"

王老板没心思再管什么货号，苦苦哀求寒锦衣道："少侠，我什么都说了，能不能把解药给我啊？"

寒锦衣笑了笑，从衣服里拿出一颗小药丸，塞进王老板口中嘱咐道："记住，今日什么事也没发生，不然窦士明若是知道你什么都交代了，下场如何不必我告诉你了吧？"

王老板不想多惹麻烦，当然称是。

紫轩商会外，奔雷跟着寒锦衣大步离开，越想越觉得好奇，凑到他身边问道："城主，我怎么从来没听说过，江湖上还有什么一日丧命散。"

寒锦衣一脸正色地告诉他："我也是刚刚才知道。"

"啊？这么说，你刚刚给他服的毒是……"

寒锦衣懒洋洋一笑："不过是些虎鞭粉罢了。"

"那解药呢？"奔雷问。

寒锦衣哈哈一笑，脸上写满促狭："秘制泻药！"

皇宫枯井外，深夜中的宫墙，总是难掩一种静怡的阴森。红砖墙壁在隐约透出的月华之下，露出几条白骨一样的亮白。今夜更添寒意，一双小脚却选在这一夜出门，迈着紧张又焦急的步伐走向僻静的角落，最终停在一口枯井边。

一身素白的彩萤失魂落魄地站在枯井边上，她比任何人都清楚，这个干枯冰冷的黑窟窿里发生过什么。

"刘公公，彩萤……来看你了。"

想到之前刘醒拼死护她，彩萤满面绝望地扑通一声跪下，哭倒在地："那日要不是公公相救，恐怕如今死在这的就是我了，彩萤这条命是您给的，这杯酒，彩萤敬您。”

这般说着，彩萤自袖中拿出准备好的酒壶，倒入酒杯里洒入井中。

“可活下来又有什么用呢？”彩萤悲凉一笑，“还不是贱命一条，只能任凭丽妃和那个狗宦官折磨。”

正在这时，暗处悄悄走来一道身影，默默注视着彩萤。

沉浸在悲伤情绪中的彩萤全然不觉，继续对着“刘公公”说道：“生不如死，彩萤也算是尝过了，这一杯酒，敬爹和娘，恐怕这后半辈子女儿是无法再尽孝了。姚素鸾，安炳山，我彩萤就算是做了鬼，也决不会放过你们……”

彩萤说完，像是早已做过某种决定，从怀里掏出一小包粉末，倒入酒壶之中，闭上双眼仰头灌下。

药效很快发作，彩萤双眼迷离地望着枯井宫墙，慢慢瘫倒在地。

关雎宫偏房内，彩萤没想到自己还会再睁开眼，脸色苍白地注视着周围，心里知道此地一定不是阎王殿。她迷惑不已地起身下床，一只脚刚落在地上就被一把利剑抵住了喉咙，彩萤吓得一哆嗦。

姚莫婉从屏风后面缓缓走出，来到彩萤面前，淡漠地低头直视着她。

彩萤看见她就势跪倒在地：“皇贵妃娘娘……奴婢为何会在这儿？难道是您救了我？”

姚莫婉意味深长地看着她道：“你为什么在这，自己难道不清楚？”

彩萤掩面，嗫嚅道：“奴婢自知过去对娘娘大不敬，要杀要剐也都是彩萤咎由自取。深宫之中，奴婢们不过是各为其主，无从选择，只不过彩萤这辈子跟错了主子……奴婢本就生不如死，只求娘娘给个痛快。”

彩萤说完，便将自己的脖子迎向剑刃，却被殷雪敏捷地避开了。

姚莫婉说：“你这条命，是刘醒拿命换来的，由不得你说不要就不要了。你死了一了百了，那些欠下血债的人却照样逍遥快活。”

彩萤自嘲地摇头：“活着又如何？继续受他们折磨？”

“活着，才有希望还手。”

彩萤轻笑一声：“娘娘是没有做过下人，才会出此妄言。”

一旁的汀月急道：“你是丽妃的贴身婢女，只要把你知道的说出来，娘娘定会让他们自食恶果！”

彩萤将信将疑地问：“娘娘想知道什么……”

姚莫婉说："方才本宫诊脉，发现你的体内除了有自行服下的砒霜，还有些许铅砂水银之毒，怎么回事？"

彩萤叹了口气："娘娘有所不知，安总管为皇上炼制丹药，接连研发了许多方子，为了观察效果，我们这些奴婢就成了试药之身，已有好几个小姐妹死于丹药之毒了。就算我自己不求死，也早晚会被这丹药害死……"

汀月闻言大惊："原来宫里还有这样的事情……"

彩萤激动地说："而且安总管他身为宦官，却淫欲炽盛，一直有亵玩宫女的癖好，宫里凡是有些姿色的，都遭过他的毒手，一旦发现有意图反抗的宫女，都会被他秘密处死。"

姚莫婉走到彩萤面前，轻声说道："你若是忍得下这口气，本宫绝不拦你去死，但你若是想报仇，就按照本宫说的去做。"

彩萤一怔，没有想到姚莫婉愿意给她这个机会，一边磕头一边对姚莫婉说："自从娘娘入宫，彩萤还是头回看到丽妃接连受挫，我相信娘娘的本事！只要能让他们俩不好过，奴婢什么都愿意做！"

"好。"

姚莫婉坐下来，目光坚定地直视彩萤："那本宫现在就命你重新回到丽妃身边。"

魅丽文化 花火工作室

凤唳九天

RENASCENCE

（下）

晓云——著

東方出版中心

图书在版编目（CIP）数据

风唳九天 / 晓云著 . -- 上海 : 东方出版中心，
2019.9
ISBN 978-7-5473-1518-7

Ⅰ . ①风… Ⅱ . ①晓… Ⅲ . ①长篇小说 – 中国 – 当代
Ⅳ . ① I247.5

中国版本图书馆 CIP 数据核字 (2019) 第 159085 号

《风唳九天》

出版发行：　东方出版中心
地　　址：　上海市仙霞路 345 号
电　　话：　（021）62417400
邮政编码：　200336
经　　销　全国新华书店
印　　刷　湖南凌宇纸品有限公司
开　　本　880mm × 1230mm　1/32
印　　张　19.5
版　　次　2019 年 9 月第 1 版
字　　数　637 千字
书　　号　ISBN 978-7-5473-1518-7
定　　价　69.80 元

东方出版中心邮购部 电话：（021）52069798

目录

目录

第十九章

一个稳重而健朗的身影独自迈步至城门，绝尘像看待老友一般环视着四周的宫阙，穿行其间，最后走向御书房。当他正要走入御书房之时，正好撞见侍卫处李大人从其中走出，一把将他拦下。

李大人挑衅地笑道："这不是国师大人？多年不见，哪阵风把您吹来了？"

绝尘朝他儒雅地行了一礼，道："贫道见过李大人。这几年大人步步高升，贫道身居世外也有所耳闻，还未有机会亲自道贺。"

李大人不屑道："不敢当不敢当，本官哪有这个脸面让国师大人开口道贺。"

绝尘面朝御书房道："那贫道先去禀报要事，再来与大人叙旧。"

李大人再次将他拦下："慢着。国师远离朝堂多年，怕是已经忘了宫中的规矩？"

绝尘皱眉道："可今日觐见，已向皇上通报过了。"

李大人趾高气昂道："皇宫重地，外来人等必须搜查验身方可入内，更何况国师大人曾有前科不是？本官也是秉公办事，还望配合。"

绝尘却道："贫道虽不是什么贵客，但也不是能任人刁难羞辱的。大人与其在此，不如赶紧带人前往西宫灭火，若是再晚，官职恐怕就难保了。"

"你竟敢妖言惑众诅咒本官，来人！"李大人不由大怒，正要带领众人抓捕绝尘，这时一个侍卫慌慌张张地跑来，冲到李大人面前："大事不好了！"

李大人心生不悦，道："没见我这正忙着吗？"

侍卫走近凑到他耳边悄声道："西宫的偏殿失火了！而且火势越来越大，只怕是收不住了。"

李大人大惊之下想起绝尘，转身怒视着他："好啊，老妖道，你胆敢在宫中纵火，我看你是死罪难逃！"

正在这时，不远处传来一声怒喝：“何人在此喧闹！”

李大人转过身，这不是陛下身边的安总管么，再定睛一看，陛下竟然亲自来了。

众人连忙下跪：“参见皇上。”

绝尘与安炳山四目相对，双双眼中流露出不善。

李大人抢先道：“皇上，这绝尘老妖……”

夜鸿弈将衣袖一挥：“放肆，国师大名岂容你直呼！来人，将李丰仁送出宫，降职知府衙役。”

李大人哪里想到会是如此：“还请陛下恕罪……”

这时绝尘道：“陛下息怒，如今西宫失火，不如让李大人先行扑救，若是扑救有功，再来定夺也不迟。”

夜鸿弈看着还跪在一边的李大人，道：“还不快去！”

李大人磕了几个响头，赶紧从地上爬起来，一刻也不敢停留就带领手下前往西宫救火去了。

夜鸿弈这才朝着绝尘道：“国师，请！”

御书房中，夜鸿弈赐座之后，绝尘方才谢礼坐下。

夜鸿弈道：“先皇在世时，国师你一直忠心耿耿辅佐左右，可自朕登基，国师便告病退隐，从未入宫，难道还在顾忌朕当年所为？”

绝尘道：“圣上多虑，天下之事皆为陛下圣心独裁，身为臣子肝脑涂地也在所不惜，何来顾忌之说？再者，皇上身边有忠臣良将分忧，安总管不就是其中之一，实乃大楚之幸啊！”

一旁的安炳山谨慎地答道：“老奴惶恐，愧不敢当。”

夜鸿弈道：“那朕这个心结，总算可以解开了。话说回来，国师今日觐见所为何事？”

绝尘这才说道：“先皇过去对贫道一直恩惠有加，也在大行前特地交代，时刻关注大楚的国运安危。近日我夜观天象，竟发觉异常之象，不知皇上愿不愿听贫道唠叨几句？”

夜鸿弈道：“一向听闻国师深通观星之术，直说无妨。”

绝尘紧盯着夜鸿弈的神色，道：“贫道近日发现胃土雉星威胁到帝星，这胃土雉隶属白虎星宿，乃主管人间仓库五谷之司，贫道担心，恐怕是某个北方世家大族暗中对国运不利，甚至危及皇权。”

御书房中骤然安静下来，夜鸿弈表情凝重，盯着绝尘，迟迟没有说话。

安炳山隐隐感觉不妙，在旁边说道：“此等大事，不但涉及大楚重臣，更危及陛下安危，还请国师大人谨言慎行。”

绝尘一脸正色道：“贫道自然清楚，若非确实天生异象，怎会斗胆妄言？”

夜鸿弈终于出声说道：“朕清楚国师的良苦用心，兹事体大，朕定当多加防范。”

……

夜鸿弈与绝尘一同从御书房出来，朝着广场走去时，恰好撞上了姚莫婉。

姚莫婉见到夜鸿弈，连忙躬身道：“参见陛下。”

夜鸿弈扶起她：“爱妃从何处而来？”

姚莫婉笑道：“臣妾见天色尚好，方才便去了一趟御花园散了散心。”

夜鸿弈道：“独自一人，总是少了几分兴致。下回想散心，命安总管来通知一声，朕便可一同前往。”

姚莫婉却看着跟在夜鸿弈身后的绝尘，道：“谢陛下厚爱。不过这位是？”

夜鸿弈向姚莫婉介绍道：“绝尘乃先皇身边的国师，虽然未见过，也曾听朕向你提起。”

绝尘朝姚莫婉堪堪行了一礼，道：“贫道绝尘，参见皇贵妃娘娘。贫道不过是先皇身边的旧人罢了，娘娘自然认不出。”

姚莫婉笑道：“原来是国师大人，本宫方才实在眼拙，失礼了。”

夜鸿弈道：“绝尘神机妙算，就无需再如此自谦了。”

姚莫婉却忽然想到了什么：“陛下，臣妾有一事，倒是好奇得很。臣妾与国师初次相见，国师怎能辨出臣妾的身份？”

绝尘道：“贫道虽从未见过皇贵妃娘娘，却曾深受令姐皇后娘娘的恩情。贫道此前听闻皇后娘娘的胞妹入宫，深受皇上宠爱。而皇贵妃与皇后眉眼之间实在相似，这才能一眼认出来。”

姚莫婉打趣道：“原来如此，本宫还以为国师大人连这个都能算出来呢！”

绝尘笑道：“贫道技拙，娘娘见笑了。不过贫道的确为娘娘算出了一些吉运。”

夜鸿弈一听，挑眉道："哦？速速道来。"

绝尘问道："娘娘的寝宫可是在东南之位？"

姚莫婉点头道："不错，关睢宫正是位于此处。"

绝尘拱手道："娘娘面带天命之象，东南方向呈大吉之兆，所谓天人合一，今日，关睢宫内必有祥瑞现世。"

姚莫婉惊讶道："此话当真？"

绝尘道："错不了，恭喜娘娘，贺喜娘娘。"

姚莫婉转向夜鸿弈，撒娇道："陛下，国师此言，是不是当赏？"

夜鸿弈只好笑道："爱妃莫急，待祥瑞之兆当真现身之后，再赏也不迟。"

姚莫婉开心地点头，夜鸿弈对绝尘所说本是半信半疑，却在看到她兴奋的样子之后，跟着笑起来，宠溺地牵起了她的手。

三人随后一同去往关睢宫，却在刚刚走进关睢宫庭院时，见到关睢宫的侍女汀月边叫唤边跑了过来："娘娘！娘娘！"

夜鸿弈道："何事如此惊慌？"

汀月回道："回皇上，不知为何，后院忽然间起了一阵大雾，已经半个时辰了还未散去，奴婢实在觉得怪异……"

姚莫婉想起方才的事，道："难道说，国师之言这么快就应验了！陛下，臣妾想去看看！"

说着她就兴奋地拉着夜鸿弈走向后院。只见院内烟雾缭绕，一片白雾茫茫，仿佛仙境。姚莫婉四处观察了一番，提着裙子朝着最为浓密的生烟之处跑了过去，甚至都没注意后面夜鸿弈叫她小心的话。

可就在她走近之后，却忽然感觉自己浑身乏力，跌坐在地。夜鸿弈见此急忙冲上前去，将她扶起："爱妃，你感觉如何？"

姚莫婉有些恍惚："臣妾不知怎的，竟忽然感觉乏力。"

夜鸿弈愤怒地回头："难道是道术妖法？绝尘呢？你使了什么妖法？"

"等等，这里……"姚莫婉似乎恢复了力气，指了指自己的手臂。夜鸿弈正觉得疑惑，顺着她所指之处将衣袖拉了起来，这才发现她手上的疤痕竟然变得几乎看不出来。

他不禁疑惑道："上回的犬齿印记，明明今晨还清晰可见，怎么现在就……"

姚莫婉摇摇头，道：“臣妾现在觉得身子大好，难道说，这就是祥瑞之兆？”

这时浓烟慢慢散去，绝尘站上前来，微眯双眼，眉头紧皱，边掐指边寻着方向，指向一块泥土：“皇上，如果贫道没算错的话，这下面必有异象！”

夜鸿弈连忙叫人来挖，绝尘却提醒道：“轻些！天命之象，若有折损则视为不祥！”

只见几个太监一阵忙碌，小心地把土剖开，一株硕大的灵芝赫然呈现眼前，泛着幽亮的光泽，一股白烟蒸腾而起。

姚莫婉顿时惊喜道：“陛下，你快看！奇了，灵芝怎么会长在这种地方？”

就在这时，绝尘突然口吐鲜血，身体踉跄着跌倒在地：“贫道刚刚泄露了天机，如今折寿乃天谴。此灵芝名曰紫光，是上瑞之兆，大吉。”

夜鸿弈虽有些担心，听到这番话后却止不住心头大悦。这时，姚莫婉忽然想到什么，走到他面前行礼：“陛下，臣妾有一事相求。”

夜鸿弈喜道：“爱妃请讲。”

姚莫婉道：“臣妾希望将此灵芝移栽至皇后娘娘宫中。如今臣妾能得陛下宠幸，又得国师吉言，这一切，都要感谢姐姐赐福。若是这灵芝移至娘娘宫中，便也能保佑姐姐之灵。”

夜鸿弈像是想到了什么，对姚莫婉更加心生怜爱，温柔地将其扶起，宠溺道：“好，你说什么，朕通通依你。”同时眼见旁边绝尘还受着伤，夜鸿弈叫来太监：“传朕旨意，绝尘预测有功，赏！”

绝尘吐了口血，自知不过受了些小伤，补补就好，于是禀告了夜鸿弈就打算出宫去。他正欲出宫时，却发现安炳山从不远处前来。

绝尘道：“安总管可是特地送贫道出宫的？”

安炳山眼中迸出一道阴鸷的光：“你我二人相隔数年难得一见，何必如此生疏呢，师兄？”

绝尘笑道：“哦，在安总管眼里，难道还念及这份情谊？”

安炳山道：“当然，你我师出同门，情同骨肉，怎能说忘就忘？”

绝尘的笑容渐冷：“呵，情同骨肉，当日你想要置我于死地之时，早已抛之脑后了吧？”

安炳山这时追上他的脚步：“这是什么话，过去之事不过误会一场。不过我倒是想提醒师兄一句，如今你我天各一方，你既选择了退隐，就不要再插手朝政，否则，只怕还会背上不臣之罪。”

绝尘却道：“安总管多虑了，贫道此番觐见只为大楚昌盛平安，绝无二心。谁有不臣之心，想必安总管心里清楚得很。”

安炳山被戳中心思，怒道：“我好心奉劝，国师不愿听，休怪我没有提醒。”

他将话撂下，怒瞪了绝尘一眼，便拂袖离去。

平乐殿中，寒锦衣将宫门紧紧合上，方才走到夜君清面前。

夜君清问道：“审问王老板结果如何？”

寒锦衣道：“如你所料，果然是窦家背后操纵。窦士明以古董买卖为由，将不法之财全部换成了黄金，再命人重新熔铸。”

夜君清道：“如今人证确凿，只差物证便可将窦家一网尽扫。这些黄金，窦士明都存在何处？此等大事，窦士明必定部署森严。”

寒锦衣胸有成竹道：“他们会用船将黄金运送至窦氏辖地。两日之后，便是赃款上船之日。你放心，我到时定多带些弟兄们。”

夜君清制止他：“不行，不能让你一人去冒这个险，本王亲自去一趟。”

寒锦衣却道：“可是如今皇上看得紧，你怎么出得了宫？”

夜君清沉吟片刻，道：“放心，我自会想办法脱身。寒兄，你小心离宫，待此事结束，我定当重谢。”

两人话毕，夜君清不忘朝寒锦衣抱拳致谢，等寒锦衣离开后，他开始思考起接下来的计划。

这日御书房内，窦士明正逐一禀报：“启禀皇上，近日边境流民众多，若不加以压制，臣担忧会形成流寇叛军。”

夜鸿弈犹豫思索了片刻：“嗯，窦都护倒是很上心，思虑周密。”

窦士明一听，面露喜色：“为皇上分忧乃是臣子本分。”

夜鸿弈道：“兹事体大，一味镇压也未见得能解决此隐患，还需谨慎调查实情。窦都护平日忙于其他要务，此事就交由桓横将军负责吧。”

窦士明道：“臣在北庭多年，深悉人情与民心，而粮草辎重等军需储备，随时可通过我北庭粮道进行当地供给。”

夜鸿弈道：“窦都护毕竟生疏军务，而桓横无论是兵法谋略，都是不二选择。不过军需储备一事，朕决定仍交由窦都护襄理协助，爱卿意下如何？”

窦士明脸色凝重，眼中露出一道暗光，低头行礼道：“臣一片忠心，自然听从陛下的决议。”

窦士明离开御书房后，在皇宫一隅找到安炳山，两人悄悄隐蔽了行踪，以免周围的人发现。

“到底怎么回事，你不是让我以此事示意皇上，分派部分兵权与我，为何皇上完全不为所动？”窦士明有些着急。

安炳山道：“自从绝尘入宫，便意有所指，将祸水引向都护，皇上此番改意，定是他从中作梗！只恨绝尘在皇上面前颇为得势，连老奴也要让他三分。”

窦士明气道：“一个前国师来宫里凑什么热闹，实在是坏事儿。”

安炳山只得安抚他：“老奴总觉得他此番种种动作就是冲咱们来的，近日还是小心为妙。”

窦士明脸上隐隐现出不祥之色，却不再多说什么。

而此时的姚莫心宫中，一棵千年灵芝被高高地放置在厅堂中心，显得高贵而肃穆。姚莫婉跪于灵芝前，双手合十紧闭双眼，向上天祈福：“求姐姐保佑陛下龙体安康，大楚国泰民安。”

随后她站起身，眼见周围的太监、宫女都低垂着脑袋，趁人不注意之时，暗中在灵芝根部撒上了些许粉末。

姚府中，姚震霆迈着疲惫的步子，咳嗽着走进门，坐在床上一脸死灰色。这时，窦香兰的声音从门口传来：“老爷，怎么这么晚才回府？”

窦香兰走进来，站到姚震霆身后想要替他揉肩膀，却被他避开了。

姚震霆面有不快道：“与刘大人几个在宫中商议要事，晚了些。”

窦香兰也一脸忧心道：“对了，妾身听说前国师绝尘又重新被召进宫了？此人城府颇深，如今又得势，不知怎的竟处处针对我们窦家。老爷与家兄的处境都受威胁，此事绝非某一人之力能够解决，不如……”

姚震霆转过身不去看她，淡漠地道：“这消息又是从窦都护口中得来的吧。我知道你与窦都护是担心绝尘的预言，才想拉拢我一同对其打压。但你可否想过，皇上若是已经暗中追查，很快便会查到窦家上下，即使现在全身而退，也是在劫难逃。”

窦香兰却不屑：“什么在劫难逃？有家兄和安总管在，难道还扳不倒区区一个先皇国师？你堂堂一国之相，难道就是这般畏首畏尾？”

姚震霆却道：“老夫为相，不能为皇上立功，为一家之主，无能保护好妻女。若是最后落得一个凄惨下场，也是罪有应得。”

窦香兰气得拂袖离去，临走时留下一句：“也不知当初爹到底看中了你什么，怎会挑中了你这个窝囊废！”

姚震霆独自一人留在屋内，长叹了一口气，神色淡漠，却又隐隐无奈。

皇宫中，等夜君清闻讯赶到姚莫心宫里时，一入宫内便看见姚莫婉正靠在夜鸿弈的怀里轻声啜泣，原本精致高贵的灵芝摆在殿内，却是一副萎靡濒死之态。

夜君清见此，拱手道：“参见皇上，不知皇上宣臣弟前来……”

夜鸿弈示意夜君清噤声，夜君清看向绝尘，但见他突地扬起拂尘，口中小声念着咒诀，然后将另一手的八卦盘靠近灵芝，走了数圈儿。不一会儿，绝尘面露震惊之色，八卦盘掉在地上。

夜鸿弈道：“如何？何以这株灵芝会如此颓然？”

绝尘道：“贫道惶恐……这灵芝，恐怕是沾染了宫中某股阴邪之气和污秽之物，才会在一夜之间萎靡。”

夜鸿弈眼中有些不悦：“阴邪之气？污秽之物？天子脚下，龙气鼎盛，何来此物！难道有人胆敢为非作歹？能否算出此邪气的源头所在？”

绝尘拿起八卦盘走上前，端给夜鸿弈示意，只见指针指向某个方向，他道：“不出偏差，是在皇宫内的西北角。”

夜君清似是想起什么：“皇上，宫内的西北之位，正是偏殿，还有……安总管的炼丹房。”

夜鸿弈听后若有所思，忽然急道：“炼丹房！肃亲王，朕命你立马前往炼丹房，速速清查此事！”

“臣弟遵旨。”夜君清领旨离开，转身前望了一眼姚莫婉，姚莫婉却立马回避了他的眼神。见此，他脚下不再停留，立刻带领人马离开了此处。

夜君清带领人马悄然前往炼丹房，将大门撞开后，却发现屋内一片狼藉。

“本王奉旨搜查此处，还请诸位加以配合。”夜君清一边说话，一边却发现炼丹房的太监们表情惊恐慌乱，“为何此处这般杂乱无章？”

一个小太监跪在地上结结巴巴回道：“回王爷，炼丹房内药材众多，一向都是如此。”

夜君清环顾一周，观察四周凌乱的药材，发现唯独一处显得格外整齐，摆放有序。夜君清皱眉生疑，朝着这一处走了过去。拿起放在上面的药盒，发现上面都写着“龙涎香”“鹿茸”“灵芝”一类的名贵药材名，结果打开之后，他拿起药材在鼻下一闻，便察觉出了其中的蹊跷。再翻出其他药盒，也同样发现了滥竽充数的假药材，竟然还有这样的事！

“为何会有这么多假药出现在此！负责这批药材的人是谁？”见太监宫女们一个个吓得跪在了地上，夜君清揪起其中一个，厉声质问。

“刘公公和李公公，平时都是他们负责药材。”

“他们人呢？”

“他们……他们刚刚已经被安总管带去地牢审问了……”

“糟了……”夜君清这时才惊觉大事不妙，朝一边的侍卫说，“即刻请皇上前往地牢。”

等夜君清匆匆赶到地牢时，里面走出来一个狱卒将他拦下了：“王爷，您不可入内！”

“让开！”夜君清一把推开狱卒，迅速冲入了刑房，谁知刚踏入刑房内，便传来一声惨叫声，刘、李两个公公被倒挂在刑架之上，身体已被抽打得血肉模糊。

“安炳山，住手！”夜君清喝道，冲到两个太监面前，只见他们口中涌出一口鲜血，便没了气息。

安炳山在一旁好整以暇地看着他：“王爷，炼丹房办事，您前来是为何？”

“本王奉皇上之命彻查炼丹房，发现药材被暗中调换，此事安总管可清楚？”

安炳山笑道：“王爷费心了，老奴一查到此事，便立马将两个从中牟利的太监抓至此处严加审问，他俩也已经认罪画押了。”

说着他便向夜君清递上两人的画押认罪书，夜君清看了一眼，知道死无对证，只好强忍怒意不发。

这时外面传来太监的声音："皇上驾到。"

安炳山见夜鸿弈进来，急忙下跪请罪："参见陛下，老奴办事不周，还请陛下恕罪！"

夜君清将认罪书递上前去，两人四目相对交换了一记眼神，夜鸿弈将认罪书一扔，道："安炳山，绝尘所说阴邪之气和污秽之物正指向你的炼丹房！你老实告诉朕，可是你的丹药有问题？"

安炳山连忙解释："皇上明察啊！老奴所炼丹药没有任何问题，皇上莫要听那妖道妖言惑众。皇上且想想，那灵芝为什么早不出现晚不出现，偏偏他来了便发现那么一大株灵芝……"

夜鸿弈显然不信他所言："朕命人勘察过灵芝根茎，花匠清清楚楚告诉朕，那株灵芝在关雎宫至少活了几百年！你该不会说绝尘串通了花匠诓骗朕的吧？朕亦查过，那花匠自十岁入宫便一直待在花房，根本不认识绝尘是何方神圣！你还有什么好说？"

安炳山道："皇上明鉴，老奴为炼丹殚精竭虑，事必躬亲，每批丹药老奴都亲自试尝过，绝对没有问题。如今老奴的丹药已颇见成效了，皇上……"

夜鸿弈听见他说丹药有效，这才冷静下来。"回皇上，老奴绝无半点隐瞒之意，的确是用人不善，这才想着先一步将他们捉来审问，以免扰陛下烦心。皇上明鉴。"

夜鸿弈思索了片刻，这才发落："你办事疏漏，以至下人偷工减料、从中牟利，朕罚你一年俸禄，杖打十大板！另外炼丹房也立即停工严查，没有朕的允许，不许再开工。"

安炳山恭敬领旨："皇上降罪，老奴甘愿领受，遵旨！"

而一边夜君清看着两名惨死的太监和面前逃过一劫的安炳山，暗暗握紧了拳头。

关雎宫中，姚莫婉心下难定，坐立不安，直到汀月进屋前来报信，她立即迎了上去："如何？是否拿到安炳山的罪证？"

汀月摇头道："这个安炳山实在阴险，先一步指认两名太监偷换药材，而且死无对证，陛下只下令轻罚了他。”

“看来还是晚了一步……”姚莫婉握紧拳头，忽然想到之前的事，“汀月，那灵芝根部的药粉可处理过了？”

汀月的脸色顿时紧张起来：“奴婢……奴婢忘了。”

姚莫婉皱眉道：“怎能如此糊涂！算了，本宫亲去更妥帖。你今日也忙累了，先行洗漱吧。”

说罢她便独自走出了厅堂。

夜半时分，姚莫婉悄悄来到姚莫心宫中，正小心翼翼地处理灵芝根部时，夜君清从天而降，将她一把抱入怀中，便拥着她飞身跃起。姚莫婉慌张之下，紧紧环抱住夜君清的胸膛，两人紧紧贴在一块，向宫廷一隅飞去。

她近距离地看着夜君清的侧脸，即使置身于高空之中，却仍然觉得安心。

待夜君清带着她在一个隐蔽处落地之后，姚莫婉才回过神来，刻意与夜君清保持了一段距离：“王爷这是要做什么？”

夜君清看着她：“你先告诉本王，为何要与绝尘演这一出戏？”

见姚莫婉装作不懂的样子，夜君清接着说道：“你处心积虑地让寒兄从宫外送来千年灵芝，又与绝尘一同在皇上面前做戏，接着便故意让灵芝萎靡直指安炳山，若说你与绝尘互不相识，本王还不至于那样蠢笨。”

姚莫婉看着夜君清，有些语塞，却又心中不甘，只好心中暗暗絮叨：寒锦衣才是真的蠢笨……

“说吧，你的目的究竟是什么？”夜君清问。

姚莫婉一咬牙，直接走到了夜君清面前：“本宫的目的，和你一样。”

夜君清挑眉道：“你是说窦家和安炳山？那绝尘为何会答应与你联手重新入宫？”

姚莫婉点点头：“没错。但那是因为……姚莫心。”

“莫心？”夜君清看着姚莫婉，满脸疑惑。

姚莫婉心中的画面回到当初。

颠簸的山林小道上，绝尘被囚于刑车之中，身子上布满疮口，奄奄一息。押送的侍卫见到绝尘不断求着想要喝水，有些看不下去，走到领头侍卫的耳边，小声请求。

“头儿，平日里国师他待咱们不薄，事到如今……卑职实在见他可怜，就赏他口水喝吧。”

领头侍卫见状叹了口气：“反正都是将死之人，去吧。”

正当侍卫走到绝尘身边，倒出一碗水正要递给他时，忽然一支利箭穿过，将碗射翻在地。众人朝着射箭的方向看去，一名暗卫手执弓箭，一旁的轿子里，安炳山从其中走了出来。

“我看你们都是当差当腻了。朝廷重犯，岂是你们想施舍就施舍的？”

安炳山缓缓走至绝尘面前，奸笑道：“国师，师弟来送你上路了。”

绝尘虽然虚弱得很，却支撑着沉声道：“你不配……”

而在另一边，一辆马车快马加鞭地在林间奔驰，姚莫心从马车中探出头来：“能不能再快些？”

侍卫回答说已经是最快的了，姚莫心心中更加着急，直接把马车叫停。下了马车后，姚莫心直接跃上了马背，让一旁的侍卫有些慌神。

侍卫见此，连忙与姚莫心一同扬鞭驾马而去。

这边安炳山小人得势般地看着绝尘：“你算得出大楚之运，却没能算出来，堂堂国师竟落得这般惨死。”

“无耻！”绝尘用力啐了一口在安炳山脸上。安炳山不由大怒，命人将刑车之门打开，将绝尘从车上拖了下来，用力地踩在了绝尘身上。

听到绝尘发出的惨叫，安炳山心中痛快不已：“要知道，与我作对，就是与当今皇上作对！”

“慢着！”说时迟那时快，不远处传来姚莫心的声音。安炳山见此立刻放开了绝尘，隐藏到一边的小道里。

打马而来的姚莫心匆匆赶到，从马上跃下，提着裙摆跑到了绝尘身边，将他扶起。这时绝尘已经虚弱得近乎无法发声：“娘娘……”

姚莫心示意他无需多言：“不用说了，国师的冤情本宫都知道。”

一旁的侍卫上前说道：“娘娘，绝尘是朝廷罪臣，万万不可……”

却不想姚莫心手中亮出一块令牌：“看清楚了，这是皇上的免死金牌！本宫命你们，立刻将国师放了！”

侍卫们见到姚莫心手持免死金牌，一时之间犹豫不决。这时安炳山突然出现，满脸担忧，毕恭毕敬地走到姚莫心和绝尘身边："娘娘……还好您及时赶到，不然国师就……"他端着架子呵斥侍卫："免死金牌都不认识吗？还不赶紧把国师的手铐解开！"

姚莫心朝国师说道："大人不用担心，本宫已经开始着手调查您的冤案，今日您先行离开，保命要紧，日后我定会向皇上解释，为您翻案。"

"安公公，如今将国师送至安全的地方最要紧。"待侍卫解开绝尘的手铐后，姚莫心叫来随她过来的侍卫，"按照本宫说的路线，快将大人带走！"

侍卫将绝尘扶上马，便迅速离开了。

……

夜君清得知当时的真相，满脸震惊。

姚莫婉继续说道："正是姐姐当年对绝尘的恩情，他才愿意重新入宫助我击垮安炳山。我知道你一直在追查窦家，可能也摸到了些许他们与安炳山勾结的苗头。既然我们目的一致，若是联手，或许能够更快扳倒他们。"

夜君清若有所思："原来如此。可你如此这般费尽心思，为的是什么？难道只是为了扳倒丽妃，夺取后位？"

姚莫婉有些不耐烦："你若愿意合作，答应便可，不然你大可去向陛下告发本宫。"

夜君清却一把将姚莫婉拉到身前，惊得姚莫婉心中一跳，面上却只能不动声色，一时不知道眼前男人心中究竟是何打算。

"见过丽妃娘娘。"皇宫里，安炳山一瘸一拐迈进姚素鸾殿中。刚坐下便察觉屁股上的伤再次发作，让他疼得龇牙咧嘴。

姚素鸾看笑话似的说："安总管的伤看来还是不大见好？"

安炳山只得苦笑："多谢娘娘关心，您还是先说正事吧。"

姚素鸾道："灵芝一事后，想必安总管也明白了，绝尘此番入宫的目的，就是咱们。安总管哪，炼丹房如今被皇上停工，趁着这个时间，本宫劝你，还是应当早日善后为妙啊！"

安炳山恨恨道："打一开始，老奴就知道他的心思绝不简单。可惜还是大意了。善后……可那些被我试药的宫女，大多已半死不活，这人数可不少。"

“罪过，罪过！本宫早就劝你不要多造杀孽，如今全都是把柄、祸患。你自己看着办吧。”

一旁斟茶的彩萤一听，不小心把茶杯砸碎，在地上发出清脆的一声响来。姚素鸾凤眼微眯，反手就打了彩萤一巴掌：“混账奴婢，本宫当日就不该答应让你回来。”

彩萤吓得赶紧下跪认错，脑袋低垂着，眼中流露一道怨恨的光芒。

当夜，夜黑风高，宫内寂静如斯，似乎弥漫着一股怨气。一个壮汉将一具具尸体慢慢拖至枯井边，再由另一人投入井中，暗处站立着一个瘦弱阴冷的身影，正是安炳山。

“都给我利索些，半个时辰内必须把这些通通处理掉。”

就在壮汉要将一具尸体投入井中之时，一片火光忽然出现，将枯井边照了个亮堂，这时一群侍卫一拥而上，将安炳山团团围住。

夜君清从火光中露出身影，走上前来，一股尸臭味扑鼻而来，定睛一看，大小近十具尸体赫然眼前，无一例外都是年轻貌美的宫女。

安炳山见状，自知大势已去，扑通一声跪在地上：“老奴……”

夜君清挥手道：“来人，立马将安炳山捉拿，再传令仵作前来剖腹验尸。”

……

夜鸿弈在屋内来回踱步，满脸愤怒，夜君清与绝尘表情凝重地立于一旁。

夜君清道：“皇上，经仵作一一验尸，所有宫女都是死于丹药之毒，而这些有毒的丹药和试药人员，通通被安炳山记载在册。”

夜鸿弈焦急地问道：“只有宫女服用过此丹药？还是说，还是说莫心……”

夜君清回道：“臣已经派人问过话，因为这些丹药还在研制阶段，药效不稳，安炳山便只给了这些宫女试服。”

听见姚莫心并没有服用，夜鸿弈心中隐隐松了口气，转眼却更加愤怒：“荒唐！为炼丹药草菅人命，安炳山竟能做出如此丧尽天良之事！”

绝尘在一旁道：“陛下，此人一除，也算是替您身边除去一大隐患。这样一想，也算是因祸得福吧。”

夜君清附和道：“若不是国师用卦如神，恐怕这毒药还要害死更多人。”

夜鸿弈气得拍了两下桌面，看向夜君清：“那些宫女最后如何处置的？”

夜君清回道：“臣已派人在宫外厚葬众人，并为她们家中送去了抚恤金。”

夜鸿弈点头道：“不错，此番肃亲王办事有功，朕定嘉奖赏赐。”

夜君清道：“多谢皇上。臣弟倒有一事相求。”获得夜鸿弈应允后，他继续道，“安炳山一案事关重大，涉及宫闱要事，臣弟推荐大理寺卿李国富主理此案。”

夜鸿弈审视着他：“李国富？肃亲王鲜少推荐官员，按说朕理应给你这个面子，只是他手上要案居多，此案倒不必劳烦了。朕听闻大理寺张少卿向来办案公允，便让他来审吧。绝尘，自你入宫以来，连连立功，朕身边的确缺少了你这般人才。从今天起，朕就正式任命你为大楚新任国师！”

夜君清面上微微流露不甘的神情，被夜鸿弈看在了眼里。

“谢陛下赏识，臣定当忠心辅佐，绝无二心！”绝尘大呼道，忙拉着夜君清一起叩谢君恩。

“参见张少卿。”

天牢中，张少卿带着两名侍卫和一个穿戴披风风帽遮脸之人突然前来，他掏出令牌，对几名侍卫示意：“皇上任命我主理此案，待会儿无论里面什么动静，都不要进来。”

侍卫犹豫地看着他身后之人：“是。那这位是……”

张少卿满脸不耐烦：“本官带来的重要人证，还不速速放行。”说罢便带着身后的人快步走进了地牢。

直到张少卿执灯带路进入牢内走廊，那名穿戴披风之人才缓缓放下风帽，正是姚莫婉。

姚莫婉走入地牢深处，缓缓走向安炳山的牢房，并打开牢门，给他送上饭菜：“安总管已是死到临头，为何还如此清闲悠哉？”

安炳山身在狱中，本是闭着眼睛，哼着小曲，一脸格外释然。冷不丁听见这句话，猛然睁眼，见是姚莫婉，不禁冷笑道：“皇贵妃娘娘，你也说了，都死到临头了，自然悠哉快活，那半死不活之人，才会担惊受怕。”

姚莫婉笑道：“本宫看安总管是心里清楚，定会有人前来相救，所以才如此安心吧？！”

安炳山头撇到一边：“娘娘爱怎么说便怎么说吧。”

姚莫婉道："你做了什么，与谁勾结，本宫都清楚得很，你现在若是将他们的罪证供出，本宫或许还可保你一命。如今窦家已自身难保，日后若是倒台，安总管只怕会落得满盘皆输。"

安炳山转回头，脸上写满心虚："老奴之罪，他日听候皇上发落便可，无需娘娘特地前来关心。"

正当姚莫婉要继续开口质问安炳山时，一个黑衣身影冲入，拔剑直指安炳山。安炳山当即被吓得抱头鼠窜，身上却不慎被划开一个口子，鲜血直流。

他又惊又怕："何人派你来的？"

黑衣人只道："死到临头，还敢问这么多，有人托我前来取你狗命！要怪，就只能怪你知道太多秘密了！"

"秘密？难道……难道是窦士明！"

"你找死！"

事情发展得太快，两人一追一逃间，安炳山已受了不少伤。姚莫婉见状，急忙吹响手中口笛，将殷雪唤出。说时迟那时快，殷雪飞身拔剑而出，来回几次过招，将黑衣人手中利剑击下。黑衣人没了武器，只好飞身逃走，殷雪追踪而去，徒留安炳山跌坐在地，瑟瑟发抖。

此时安炳山已然狼狈不堪，披头散发跪于牢中，双手抱头，口中还不停念叨："是窦氏……一定是窦氏过河拆桥，为了掩埋隐秘，竟想杀我灭口！"

姚莫婉捂着嘴轻轻笑了笑："窦氏还真是没令本宫失望。今日若不是本宫特地前来，想必安总管此刻已命丧黄泉了吧。不过啊，既然已经死到临头了，您就好好享受悠哉快活吧！"

正当姚莫婉转身准备离开之际，安炳山满脸惊恐，慌忙爬到姚莫婉脚下，拽着她的裙角，眼睛里充满着愤怒和乞求："求皇贵妃娘娘救救老奴！那一切都是窦氏兄妹的错，和老奴没有关系啊！"

姚莫婉嫌弃地转过身，一把将自己的衣服从安炳山手里抽了出来："没有关系？你敢说刘醒和那些被丹药害死的宫女，都和你无关？"

安炳山连忙道："我做的我认！可我也决不会让那姓窦的把脏水全往我身上泼！大不了大家鱼死网破，我安炳山就是落个死，也得拉他垫背！"

姚莫婉没有说话，静静地看着安炳山，随后招了招手。大理寺张少卿从暗处走出来："参见皇贵妃。"

“免礼。张少卿，劳烦了。”

安炳山见此，还有什么不说的，赶紧把能招的一股脑儿吐露出来：“此前窦士明确实曾私下调用过军中黑火药，送来予我炼丹。但其他火药的具体去向，老奴实在不知。我只知道，那窦士明私卖火药之后，会通过买卖古董来洗钱，转移赃款，并将所有的账目、名单全都记录在了一个账本上。”

姚莫婉嘲讽道：“走私军火需要打通上下各方关节，一个常年驻守边疆的都护，又如何能走通各种关系的？而安总管你伴君多年，结交群臣，想必没少在其中牵线搭桥吧。”

安炳山抖着声音道：“是……老奴、老奴确实给窦士明引荐过各方关节的大臣，仅此而已，其余并未参与，娘娘明鉴！”他见一旁的张少卿正在记录自己的供词，赶紧说道：“北有漕运使黄玉成，南有江南河道郎中韩巢，再加上各地方河道官员，不下数十人。”

姚莫婉摇摇头：“没想到朝廷受贿贪污之风竟这样严峻，若不是存在这么一帮蛀虫，想必窦氏走私火药一事也不会如此猖獗。张少卿，都记下了吗？”

张少卿回道：“回娘娘的话，都记下了。”

姚莫婉朝他道：“好，这册子上所记录的一切供词，全是张少卿今夜突审安炳山的功劳，本宫今晚从未来过天牢，大人记住了吗？”

见张少卿点头，姚莫婉便让他退下了。

待到张少卿离开之后，姚莫婉慢慢走到安炳山跟前：“本宫早就说过，一定会杀了你，不只是为了刘醒和那些惨死的宫女，还为了我那苦命的姐姐。在本宫姐姐暴病那日，是安总管你亲自送去了一碗安胎药，药中除了那味马钱子，竟还有一味可引发胎儿小产的附子胶，安总管可知此物何来？”

安炳山猛地抬头，神情再次慌张起来，眼中盛满了恐惧，慌忙否认：“奴才不知，奴才不知！”

“大胆狗奴才，死到临头还不肯说实话！”姚莫婉气道。此时殷雪正好赶来，和姚莫婉对视时点了下头，示意事情已经办妥，随后将刀架在了安炳山脖子上。

安炳山苦苦哀求：“娘娘息怒！此事，奴才也只是奉旨行事而已……”

姚莫婉冷笑，“好一个奉旨行事！你言下之意，附子胶是皇上命你下的？”

安炳山连磕了几个头：“奴才不敢！当年先皇后与皇上伉俪情深，只不过先皇后能力超凡频频干政，又与肃亲王之间暧昧重重，流言四起，这可是犯了皇上的大忌讳啊……”

姚莫婉闻此，顿时心下大震。

皇宫某处的屋顶上，方才刺杀安炳山的黑衣人不停飞檐走壁，到无人处终于落地，揭开面罩，这才露出真容，却是夜君清。他打开屋顶的瓦片，看向房内的香篆钟计时。

“子时已到，恐怕寒兄要等急了。”夜君清一跃而起，再度飞身离去。

却不知码头之上，寒锦衣带着一群手下伏于周围，仔细盯着货船的一举一动。忽然，一群结实的壮汉偷偷搬着近十只大箱子来到码头，小心翼翼地往船上搬去。眼看箱子即将搬完，寒锦衣看向不远处，焦急地等待着夜君清。

夜君清还没来。

寒锦衣等不及了，眼色示意周围的弟兄们，偷偷上前。谁知就在他们即将接近目标时，身后却忽然蹿出来一群早已埋伏的杀手，拔剑向寒锦衣一行人刺去……

第二十章

姚莫婉从安炳山的话中，终于拼凑出一个事实来。

许久之前的那一日，皇宫大殿中，夜鸿弈身居高位，姚莫心长裙下的小腹微微隆起，陪伴在夜鸿弈身侧，台阶下群臣分列而席。夜君清坐在右首，桌前也摆满了佳肴美酒。

殿内乐府女子轻歌曼舞，长袖拂动，活色生香，群臣点头称赞，而夜君清无心观赏，频频看向夜鸿弈身边的姚莫心，却不知已经被夜鸿弈看在眼里。

等舞姬们退下之后，夜鸿弈看着阶下，道："三弟，此行出征，朕特地为你摆设宴席，望你凯旋。这是朕特地命人锻铸的玄铁宝剑，只待一声号令，百万雄师便将踏足蜀国。今日，朕将此战输赢，系于你等大楚儿郎手中，望你带着它征战沙场，踏平此狂妄小国，扬我大楚天威！"

一旁的安炳山将手里的宝剑呈到夜君清面前，夜君清双手接过宝剑，朝夜鸿弈的位置躬身："谢皇兄赏赐，臣弟身为大楚儿郎，定当不负皇恩，竭尽全力，剿灭敌寇，还大楚百姓太平盛世！"

下首的窦士明心念飞转，起身说道："是啊，肃亲王毕竟号称大楚战神，连皇后娘娘都如此赏识，想当年皇上被叛军围困，若不是皇后娘娘那一夜倾心相劝，肃亲王及时支援，恐怕我大楚也难有今日之盛世啊！"

此话一出，姚莫心与夜君清顿时都有些尴尬，夜鸿弈却沉了脸色。

敦亲王见他如此说话，出言讽刺道："窦都护此言何意？难道说皇上得以执掌大楚江山，都要归功于肃亲王和皇后娘娘咯？"

窦士明赶紧拱手："臣惶恐，微臣的意思是，这大楚安宁虽有肃亲王一份功劳，但全都得益于皇上是一位明君啊！"

夜鸿弈收敛了面上神色，突然大笑道："好！"

夜君清此时上前，呈上一份礼物："皇上，臣弟此次出征归期未卜，恐怕无法亲眼看到小皇子出生，所以特地给皇后娘娘准备了一份礼物。"

安炳山将夜君清手里的礼盒送到姚莫心手里，姚莫心接过来打开礼盒，里面是一块玉观音，侧身给夜鸿弈观看，夜鸿弈只冷漠地点了点头，面色不快："三弟未免太偏心，怎的只给皇后一人准备了礼物啊？"

姚莫心在旁边劝说道："皇上，莫要怪责肃亲王，是臣妾此前听说南疆和田玉的盛名，肃亲王常年驻守边疆，来往方便，臣妾就特地托他带回来一块代表吉祥如意的观音像，保佑我们即将出世的仲儿，希望他将来逢凶化吉，遇难呈祥。"

"既然是皇后特地嘱咐，又是送给仲儿的，那朕就不好吃醋了。难得三弟如此费心，这样记挂尚未出世的侄儿。"夜鸿弈暗自捏紧了拳头。

夜君清神情复杂，一旁的窦士明却举起酒杯："肃亲王和皇上、皇后之间的感情亲密无间，令臣感慨不已。有这样一位知人善任的明君，一位端庄贤淑的皇后，一位战功显赫的将军，我大楚定会国泰民安、盛世永昌！"

夜里，夜鸿弈坐在桌前沉思，眉头紧锁，脑中闪过宴会上夜君清看向姚莫心的眼神，叫道："安炳山！如今朝野，有关肃亲王与皇后的流言纷乱如羽，朕原本不愿听信，只是……皇家子嗣岂容血脉存疑！这是朕与莫心的第一个孩子，朕不希望他出生后，饱受非议。"

安炳山有些不解："皇上的意思是……"

夜鸿弈拿出一个锦盒，打开后里面放着一小块金黄色膏状物。他向安炳山道："此乃附子胶，有滑胎之效，如今莫心每日服用安胎药，你便想办法将它加入其中。待莫心失子气血两虚，大概也无暇参与政事了。朕只希望，她能安心做朕的皇后。还有，之后记得备足上好的药材，为她好好调理身体。"

安炳山连连应道："老奴明白。"

夜鸿弈叮嘱道："你办事我自然是放心的，只不过这件事，若是让第三个人知道了，朕立刻就摘了你的脑袋！"

安炳山几乎是屁滚尿流地离开："老奴不敢，老奴这就去办！"

天牢中，姚莫婉面无表情，冷冷地笑了几声，随后，笑声越来越大，夹杂着悲哀和苦痛："能力超凡，频频干政，暧昧流言，龙嗣不正……"

"娘娘……"安炳山奇怪她怎么突然胡言乱语起来。

姚莫婉没有理睬他，悠悠地转了身。这时殷雪一抬腿，安炳山重重地跪在了地上。姚莫婉伤心欲绝，脸颊已流下两行清泪，但嘴角依旧挂着一抹微笑。

"夜鸿弈啊夜鸿弈，我猜得没错，果然是你！你曾亲口许我扶摇天境云端，却又亲手推我坠落无间地狱，好一个自古君王皆薄幸，最是无情帝王家！前世错爱，今生偿还！"

她决绝地顺着阴暗的天牢走廊走了出去。

御书房中，夜鸿弈正在处理奏折，打了个哈欠，明显一夜未睡。此时刘公公轻手轻脚地走了进来："皇上，丽妃娘娘来了。"

夜鸿弈没有抬头，依然在忙碌着手里的政务，皱了皱眉："她来做什么？算了，宣吧。"

姚素鸾端着碗走进御书房中，见夜鸿弈颇有些冷漠的表情，难免有几分尴尬，却还是强打精神道："臣妾听说皇上批了一夜的折子，一宿没睡，想必十分疲惫。为了皇上龙体安康，臣妾特地给皇上准备了冰糖薄荷茶，一来提神醒脑，二来缓解疲乏。"

这时，刘公公再次进来："皇上，大理寺张少卿前来觐见！"

"宣。"夜鸿弈放下手中的笔，又看向了刘公公和姚素鸾，刘公公恭敬地向姚素鸾做了一个"请"的手势。

姚素鸾满脸不甘和担忧地朝门外走去，却故意放慢了脚步，眼见张少卿快步走进御书房，跪在夜鸿弈面前，并将安炳山的供词呈到皇上面前。

张少卿恭敬道："这是昨天夜里微臣审讯安炳山的供词，请皇上过目。"

夜鸿弈翻开册子，看到供词后大为震怒，拍案而起："好大的胆子，给朕查！"

刚走出门的姚素鸾隐约听到了"安炳山"的名字，以及夜鸿弈拍桌子的震响，紧皱眉头，快步离去。

姚府中，大理寺张少卿突然率一队侍卫涌了进来。姚震霆赶紧出来迎接张少卿，众人来到了内堂。不远处的角落里，窦香兰和窦士明意识到了什么，在拐角处突然停下了脚步。

姚震霆见张少卿突然前来，有些意外："张少卿大驾光临，有失远迎，不知所为何事啊？"

张少卿拱手道："姚相，窦都护走私军火，涉嫌行贿，有安炳山的供词为证，今日本官奉命前来搜查罪证！"

这时窦士明从走廊拐角处走了出来，怒道："张大人，本都护一身清白，问心无愧，皇上必定是受了奸人谗言蒙蔽，您尽管搜，若是能搜出证据，我窦士明甘愿受罚！"

说罢，窦士明暗中给窦香兰使了一个眼色，依旧藏在暗处的窦香兰连忙转身往自己屋内走去，却不知两人的动作已经被张少卿敏锐地注意到了。

这边窦香兰走进房间，将门虚掩住，紧跟着张少卿便领着侍卫很快跟了进来。侍卫见到此处房门虚掩，便站在门外说道："奉旨搜查，快开门！"

虚掩的门开了，房间内的一个大箱子盖子被打开，有明显翻找的痕迹。而在一旁的窦香兰正在给自己披上外套，转身看到侍卫，满脸愤怒："好大的胆子，是谁允许你偷看的！"

张少卿走上前来，怒道："还不快给夫人道歉！"

侍卫立刻躬身赔罪："小的无意冒犯，请夫人恕罪。"

张少卿在一旁解释道："夫人，本官奉旨搜查，如有冒犯，还望谅解。"

窦香兰镇定自若，挑衅地看着张少卿笑了笑，不慌不忙把衣服穿好："好啊，就看能搜到什么了，如若什么都没有，那这冒犯之过妾身可就不谅解了。"

地上的箱子依旧大敞着，张少卿看了眼箱子，使了个眼色，侍卫们拥上前开始搜查，窦香兰则笑盈盈地站在一边。

待到侍卫仔细地翻查了箱子后，并且在屋里搜了一圈，却是一无所获，只好向张少卿禀报："大人，什么都没发现。"

张少卿心中疑窦丛生，面上却是止不住地尴尬。

"既然如此，就不打扰夫人了，我们走！"

等张少卿一行人走后，窦香兰慢条斯理走出房间，与屋外的窦士明相视一笑，眼前浮现之前的场景。

那日姚府的客房中，窦士明坐在桌前，窦香兰急得在一旁踱步："大哥，安炳山那老贼不会把一切都抖落了吧？"

窦士明心中也又急又气："这没把儿的狗奴才肯定受不住那牢里的刑罚，

一定会翻脸不认人的！”

窦香兰点头道：“此人一向险恶狡诈，只能同富贵，绝不会共患难，如今只怕他迫不及待把咱们窦家拉下水，戴罪立功。”

窦士明道：“既然如此，还是未雨绸缪把账簿藏好吧。”

窦香兰道：“大哥，这账簿不如直接烧掉算了，留着反是隐患哪！”

窦士明却摇头：“不，这东西是柄双刃剑，用不好是催命符，用好了便是保命良药！有了这个东西，咱们同一条船上的人才会拼命作保，到万不得已之时，我还可以呈给皇上将功折罪不是？速速藏好，万万不能出纰漏。”

见窦香兰一脸恍然大悟，窦士明安抚她道：“妹妹，你放心，若是事无转圜，大哥定一力承担，不会牵涉你进来的！”

窦香兰叹道：“哥哥哪里的话，都是自家人，我不怕一死，只担心鸾儿会因此受牵连。”

一想到还在宫中的姚素鸾，窦香兰止不住地叹气，窦士明走到她身边，轻轻地拍了拍她的背。

宫中，姚素鸾正焦急地在殿内踱步，彩萤从殿外进来。姚素鸾一见她进来，赶紧问她，彩萤回道：“奴婢刚到姚府门口，还没来得及进去，就看到大理寺张少卿带人去搜查了。”

姚素鸾急道：“那然后呢？搜到什么了没有？”

彩萤摇摇头，道：“奴婢看事情不对，就先回来禀告娘娘了。”

姚素鸾气得用手指直戳彩萤的头，不甘心地骂道：“你个榆木脑袋，为什么不等他们出来了再回来？！”

彩萤低头不语站在一旁，额头上一道深深的红痕，在姚素鸾见不到的地方，嘴角却凝起一丝冷笑。

张少卿查完姚府之后，回到宫中御书房向夜鸿弈汇报此事。

“启禀皇上，窦都护入京后一直客居姚府，可姚府内并未搜查到任何证据。窦都护高喊污蔑，咬死是安炳山凭空捏造、中伤。”

夜鸿弈陷入沉思，半晌才问道：“依你看，事情真相如何？”

张少卿拱手道：“回皇上，臣不敢妄议揣测，只是窦都护向来横行跋扈、奢靡成性，如今又手握军需重权，朝中大臣颇多忌惮。臣以为，安炳山的证词真实性颇高，许多细节是凭空捏造不来的，只是微臣现在苦于找不到给窦士明定罪的物证。”

夜鸿弈顿时怒道：“这等诛九族的大罪，他窦士明居然敢如此猖狂？”

“肃亲王觐见！”就在这时，殿外传来太监通报，随后夜君清带人抬着箱子从外走进来。夜君清让身后的人将箱子打开，里面装着满满的黄金。

夜鸿弈有些惊讶道：“这是……”

夜君清拱手道：“启禀皇上，正是窦氏一族走私火药的证据！上次黑火药案后，臣弟并未放弃追查，而后发现了一家紫轩商会，窦士明便是安排他们倒运火药、流转赃款。窦士明以古董买卖为由洗钱，将赃款全部换成黄金，重新熔铸后抹去一切痕迹，最后通过船运送回他的辖地。”

原来就在那日，夜君清赶去码头接应寒锦衣。那时候寒锦衣带着手下埋伏，身后突然蹿出来一群早已埋伏好的杀手，拔剑向寒锦衣一行人刺去。

寒锦衣却率先察觉到不对劲，转身看到了杀手：“不好，中计了！”

寒锦衣带着手下与黑衣人顿时展开厮杀，双方刀剑相向。不想杀手人多势众，使寒锦衣一行人逐渐陷入困境。很快，寒锦衣手下便只剩下寥寥几人，他自己也已在混战中受伤，很快就要坚持不住。

眼看着一名杀手刺向寒锦衣，就在此时，一阵马蹄声响起，一支利箭从远方射来，正中杀手胸口。夜君清纵马出现在码头上，射箭救下寒锦衣后，夜君清跳下马，将他护在身后，与杀手们展开了战斗。不过片刻之间，夜君清便迅速料理了现场，杀手纷纷被俘。等几人打开赃款箱子时，却发现里面装的是各种药材。

夜君清却似乎已经料到会是如此，道：“他们早有埋伏，必是察觉出了端倪，想来是要给咱们制造假象，偷偷转移赃款。”

寒锦衣道：“那我们岂不是功亏一篑了？”

夜君清却摇头道：“非也。时间紧迫，他们根本来不及，赃款一定还在码头上，我们搜！”

两人率领手下们纷纷在码头开始搜查起来，过了片刻，不远处有个手下找到了。夜君清连忙赶过去，果然在一个废弃的仓库里找到了被藏起来的赃款，这才有了今日这箱面圣的黄金。

等夜君清向夜鸿弈解释之后，夜鸿弈却眼神如炬地盯着眼前的夜君清，咄咄逼人：“哦？你真是能耐啊，不想身在宫中，还能查出这等大案？”

夜君清一听，赶紧跪下：“请皇上恕罪，实在是因为事有危急，臣弟甘愿受罚。”

夜鸿弈道：“那依你之见，接下来该怎么办呢？”

夜君清回道：“回皇上，那些杀手和紫轩商会老板已被臣弟捉拿，送入天牢审讯，如今人赃俱获，望皇上彻查走私及其背后的重臣要员贪腐案！”

同时一边的张少卿也跪了下来：“皇上，臣愿意协助肃亲王一同查案！”

“协助？”夜鸿弈压抑着自己的怒气，死死地盯着夜君清，“千面！”

“臣在！”千面答道。

夜鸿弈大袖一挥：“窦士明胆大包天，竟敢在朕的眼皮子底下做出这种勾当，传朕旨意，彻查窦士明私贩火药并贪腐案，由大理寺张少卿负责主审，你来协助。还有，即刻捉拿窦士明！”夜鸿弈一脸玩味地看着夜君清，笑道：“你放心，你尽管好好休息，朕会派人审理清楚的。”

待夜君清回到平乐殿时，寒锦衣和奔雷迎上前问道：“怎么样，皇上有没有赐那个老贼死罪？”

夜君清满脸疲惫：“皇上下旨，命张少卿和千面共同调查此案，人赃俱获，窦士明该是死罪难逃了。”

奔雷一听，当即气愤道：“好好的功劳怎么又被人抢了！”

夜君清道：“无妨，他本就提防忌惮于我，本王私自查案的确是考虑欠周、过于暴露了，只要罪人服法，我大楚的江山社稷不被侵蚀，本王就无憾了。”

一旁的二人默然不语，殿中顿时寂静下来。

这时夜君清想起码头上寒锦衣受了不轻的伤，忙问道：“噢对了，寒兄，你的伤怎么样了？”

寒锦衣答道：“哎没事没事，就是些皮外伤，没什么大碍。”

正在当夜，寒锦衣一袭黑衣，巧妙地避开了姚府中巡查的守卫们，悄悄潜入姚府中窦香兰的房间里。

寒锦衣轻手轻脚打开窦香兰的房门，心中想的却是夜君清叮嘱他的话：“安炳山供出的那本账目名单，如今依旧下落不明。窦士明唯一信任之人便是他的妹妹窦香兰，你万事小心。”

待寒锦衣在窦香兰的房间里寻找了一番之后，却没有发现账簿。这时门外传来人马走动的声音，寒锦衣连忙躲了起来，躲的时候却不小心撕扯到了之前的伤口，引出一阵疼痛，绷带上渗出了血迹。正在此时，不慎碰倒了桌上的花瓶，花瓶“砰”一声摔碎在地上，闹出不小的动静来。

外面的守卫惊道：“什么人，竟敢私闯姚府！走，跟我搜！”

寒锦衣忍着疼痛，赶在守卫们进来之前赶紧纵身一跃，跳上了房梁。

庆幸守卫们四下寻找之后发现屋里并没有其他人便离开了。待寒锦衣正要跳下来的时候，忽然注意到房梁上有一根松动的木头，其余木头上都有厚厚的灰尘，唯独这根没有，寒锦衣立马摸索过去，撬开了木头，发现里面有一只暗盒，打开一看，正是他要找的账簿。

他便一把揣上账簿，再不停留，迅速离开了此地。

大理寺中，张少卿正在书房的案前看资料，突然房门被风吹开。张少卿起身去关门，转身回到桌前，却发现多了一本账，他忙打开翻看起来，随后对照安炳山的供词，发现出现了相同的人名，“大蜀国”的名目也赫然在册。

张少卿十分震惊，便更加仔细地翻看了起来。

而此时的郊外密林中，窦士明正骑马狂奔，身后跟着一辆疾驰的马车，马车内坐满了窦士明的家眷们，一个个神色慌张。

突然窦士明一把勒住马缰，马车也随之停了下来，只见千面率一队人马出现在了前方，将窦士明与一干人等通通围了起来。

翌日，宫中的广场上，众人庄严肃穆，夜鸿弈坐在正中间，文武大臣分列两边，窦士明和安炳山被押着跪在行刑台的地上，一脸颓废之相。

刘公公手持圣旨，展开之后朗声念道：“奉天承运，皇帝昭曰，北庭都护窦士明，太监首领总管安炳山，走私火药，里通外国，大逆不道，贪污行贿，今被查实，即刻处死，钦此！”

窦士明跪在行刑台上，仰天大呼：“皇上皇上！臣还有一本账目名单，牵涉数名朝中重臣大员，臣愿将功折罪立即呈上，求圣上开恩饶我一死！”

夜鸿弈却冷笑着抽出一本账簿，朝窦士明晃了晃，道：“爱卿所说，可正是这本账目名单？”

窦士明大惊：“怎么会……皇上开恩！臣还有其他东西可以交代……”

夜鸿弈却懒得再听他多话，一声令下，刽子手抽出大刀，往刀上喷了口酒，大刀挥落，人头立刻滚落在地。

人群之中，不少大臣惴惴不安，时不时瞟着夜鸿弈手中的那本账簿。夜鸿弈饶有深意地扫视一圈，顿时令场上不少大臣惊慌失措。

夜鸿弈淡淡道："朕知道，这本名单牵涉良多，其中不乏朕厚爱的重臣要员，有人贪污腐败，有人吃里扒外，有人有负皇恩，朕这朝堂，是暗潮汹涌、物腐虫生，不太平哪！"

就当众人正心惊肉跳时，夜鸿弈却拿起账簿扔进了一旁的火盆里，大臣们纷纷惊讶无比，却听见夜鸿弈说道："若朕顺藤摸瓜彻查下去，必定会牵扯出一大串人，杀头的杀头，治罪的治罪，届时人人自危，不可终日，互相告密猜疑，甚至内讧内斗，于朕的江山又有何益！所以这份名单，朕一个字也不想看！诸位爱卿各自心安。只是，若今后谁人再敢犯，朕必定加倍惩治！"

大臣们都屏息凝神，不少人看到账簿被烧了，顿时松了口气，纷纷跪下山呼："皇上圣明！万岁万岁万万岁！"

"都说了不吃，都给本宫端走！"姚素鸾宫中，她将桌上的饭菜通通推到地上，气愤不已，把一旁的宫女吓得连连后退。

这时彩萤慌慌张张从门外走了进来："娘娘，夫人递牌子进宫了！"

话音刚落，窦香兰从殿外走了进来。姚素鸾唤了一声"娘"，母女二人紧紧相拥，随后落座。

姚素鸾担忧地说道："鸾儿这几日好生担心娘。"

窦香兰无奈道："好歹逃过一死，只是可怜了你舅舅，落得这个下场，这等深仇他日一定要报！"

姚素鸾紧紧攥着手里的绢子："可是，事到如今，我们还有什么法子？"

窦香兰道："你别忘了，姚莫婉与肃亲王牵扯不清，连皇上都满心猜忌。有姚莫心这一先例，还怕有二吗？只要事情败露，我就不信那姚莫婉还能安稳度日！这些日子，你在宫中千万一切小心，切莫出头，待为娘寻找时机，东山再起！"

姚素鸾哽咽着点点头。此时门外走进来个小太监，朝姚素鸾与窦香兰道："参见丽妃娘娘，听闻夫人入宫，皇贵妃甚是想念，特让奴才请夫人去关雎宫喝茶。"

两人顿时一惊，姚素鸾道：“她想干什么？娘，我跟您一起去！”

太监皮笑肉不笑，道：“皇贵妃说了，只请夫人自个儿过去。”

姚素鸾顿时气愤不已，正想要发作，却被窦香兰一把拦下来，窦香兰道：“我自己去就是了，鸾儿，你放心。劳烦公公带路。”

说罢，窦香兰便跟着太监离开了，徒留姚素鸾一个人在殿中，心惊肉跳。

平乐殿中，夜君清正坐在案前写字，手中的笔却不自觉地写下了“姚莫婉”三个字。见寒锦衣从外面走进来，夜君清不动声色地将纸上的字盖上。

寒锦衣走到夜君清身边，道：“如今窦士明已经伏法，但皇上却没有追究名单上其他涉事官员，岂不是糊涂儿戏！”

夜君清却摇头道：“寒兄可还记得刘秀、曹操烧信之典故？古往今来，这帝王心术，贵在糊涂，付之一炬不过是邀买人心的维稳手段而已。”

寒锦衣叹了口气，道：“你倒是颇懂帝王心术，只是不屑用罢了。这整个大楚朝堂，也只有你，处庙堂而远庙堂，知世故而不世故了！”

夜君清笑道：“世事多污糟，我只是不愿沦丧了心底这点纯净空明之地。”

寒锦衣想到自己来的目的，从袖中掏出一样东西，道：“对了，还有件事儿，我那日在账簿中发现了这个……”

那日寒锦衣在窦香兰房中找到账簿，翻开之际，账簿里却掉落一张图纸来，他便将其悄悄藏在了自己身上，并没有交给张少卿。

寒锦衣将图纸交给夜君清，夜君清看到图纸上的图腾，道：“这图腾倒是有几分眼熟。”

他想起当日，自己与姚莫婉初遇时，在崖边看到绑架姚莫婉的黑衣人脖子上的图腾，与这纸上的图腾十分相似。

寒锦衣疑惑道：“这到底是何物，你见过吗？”

夜君清却没有回答他，神情严肃，径直走出了大殿。

关雎宫中，窦香兰刚一进去，姚莫婉施施然走出门来迎接她，笑意盈盈道：“多日不见夫人，您身子消瘦了许多。”

窦香兰一见她脸上挑衅的笑，顿时心道不妙：“少来这套，说吧，找我什么事？”

姚莫婉笑道：“听闻舅舅的遭遇，婉儿十分痛心呢！舅舅犯下滔天大罪，还好没有牵连到您，不然婉儿可是会很难过的。”

不说这个还好，一说起来，窦香兰顿时气急败坏道：“哼，姚莫婉，这里就咱们两个人，你猫哭耗子假慈悲演个什么劲儿呢！”

姚莫婉道：“夫人这样说话，本宫可当真是心寒了。”

窦香兰面上强撑着冷笑道：“少装模作样了，你今日特意召我前来，不就是为了羞辱我吗？”

姚莫婉拂袖转过身去，坐上殿内主位，以胜利者的姿态俯视窦香兰，道：“还真被你说对了。当日我娘被害时，夫人说窦家根深蒂固，宫中还有个即将为后的女儿，就凭我姚莫婉，拿什么跟你一斗。夫人如今觉得，本宫有没有资格跟你一斗呢？”

窦香兰气道：“我就知道，我窦家今日落得这等境地，一切都拜你所赐！但你别太得意，总有一日，我一定会把所有的事情千倍百倍地向你讨回来！”

姚莫婉道：“窦家自食其果，只能证明皇上圣明，若是这天底下的恶人都像你这般长命，那我大楚岂不成了个笑话？如今你失去了窦氏作为依仗，而本宫位同副后，你又能奈本宫何？”

却不想窦香兰听了此话之后，居然哈哈大笑了起来：“哈哈哈，副后？你可知高处不胜寒的道理？！你以为你这个位置坐得了多久？想当年你姐姐就与肃亲王暧昧不清，如今你变本加厉，你以为皇上会放过你吗？罢了，都是一个贱人生出来的，自然一脉相承！”

姚莫婉的手暗暗攥紧了，道：“既然提到姐姐，那夫人可还记得在姐姐那碗安胎药里放了什么？”话音刚落，她便见到窦香兰脸上的神色惶惶，猜到她此时定是心虚了起来。

姚莫婉继续道：“也是，夫人怎会忘，自然是酥清风了。如果本宫没记错的话，这种毒药绝非我大楚境内所有，而是舅舅从大蜀秘密带回京，再由夫人交予丽妃，下在了姐姐的安胎药中。”

“这只不过是推断，你有证据吗？”窦香兰一脸震惊。

姚莫婉咬牙切齿道：“不管你认不认，本宫一定要让你们给我娘和本宫那可怜的孩子赎罪！”

想起之前姚莫婉失忆时她对姚莫婉的怀疑，以及姚莫婉失忆以来的种种奇怪举动，窦香兰满脸不可思议道：“你的孩子？你……你……你是姚莫心？你是姚莫心，姚莫心……”

殿外姚素鸾忽然冲了进来，一见到窦香兰魔怔的模样，柳眉倒竖，瞪着姚莫婉：“姚莫婉，你对我娘做了什么？！”

关雎宫外，夜君清正疾步走来，环顾左右无人，便纵身跃到了房顶上，恰好听到屋内传来的声音。

宫内，姚莫婉道：“我做了什么，本宫倒要问问你们，当初对我娘和姐姐作下的恶，难道都不记得了吗？这笔血账是否该算一算了？”

姚素鸾有些慌神，却依旧狡辩道：“当年姚莫心之死凶手已经伏法，与我们何干？不要血口喷人！”

姚莫婉却道：“不承认没关系，来日方长，本宫自会好好地替我娘和姐姐报仇！”

屋内对话之后的夜君清震惊万分，姚莫心的名字再次在心头响起。

这时，殿中已经魔怔的窦香兰，惊恐地看着姚莫婉，不顾姚素鸾的阻拦，向姚莫婉跪地求饶：“我错了，我做错了，我求求你，鸾儿不懂事，都是我这个当娘的过失……”

姚素鸾惊道：“娘你干什么？快起来！”

姚莫婉却冷笑道：“晚了，一切才刚刚开始呢！”

窦香兰慌乱地爬向姚莫婉，哀求道：“皇后娘娘，妾身知错了，妾身不奢求娘娘的原谅，只希望娘娘能够放过鸾儿，她还年轻，不能就这么把命送出去。”

姚素鸾不敢置信：“皇后？娘你这是怎么了？你在说什么胡话呢？！”

姚莫婉直视着窦香兰的眼：“呵，她还年轻，那腹中胎儿的命就不是命吗？他都还未来过这世上！加上娘和姐姐，本宫一定会让你们血债血偿！”

窦香兰却不管姚素鸾，只顾着与姚莫婉求情：“所有的事情都是我一个人做的，都是我的错，跟鸾儿没关系，还望娘娘放鸾儿一条生路，妾身愿意以死谢罪！”

窦香兰忽然甩开姚素鸾的手，奋力向前一冲，头撞到了大殿一旁的柱子上，立时倒在地上，触柱而死，血洒关雎宫。

连姚莫婉都没料到这一结果，十分吃惊。

姚素鸾亲眼看着窦香兰死在自己面前，一时间气血翻涌，昏厥了过去。

姚素鸾寝殿内，她仍旧躺在床榻上，面色发白，久未苏醒。太医在一旁把脉诊治，夜鸿弈和姚莫婉站在一旁等候。

过了片刻，太医道："恭喜皇上，丽妃娘娘脉滑如珠，这是有喜了！"

夜鸿弈眼中终于流露出喜色，姚莫婉则十分意外。

待回到关雎宫内，姚莫婉站在庭院前，凝望不远处的铁线蕨与小叶紫檀，一个长势繁茂，一个却早已枯萎。姚莫婉想到了什么，唉声叹气，黯然神伤。

汀月走向她，担忧地道："娘娘，安炳山被斩，窦氏覆灭，刘醒与夫人的仇已报，您为何仍旧不开心呀？"

姚莫婉看向她，道："这宫廷争斗就如那铁线蕨与小叶紫檀一样，不是你死便是我亡。姐姐当日之不幸，还有三人仍未受到惩罚。只是如今姚素鸾身怀子嗣，稚子无辜，本宫竟生不忍之心。可我也知道，一旦开始便再无退路，她也迟早会因窦香兰之死来找我寻仇，本宫不得不斗。"

"娘——"寝殿内，姚素鸾从噩梦中惊醒，满头大汗地惊坐而起。

一边的彩萤喜道："娘娘，您醒了。"

彩萤立在一旁，姚素鸾慌张地起身，抓住彩萤的手："彩萤，我娘呢？我娘在哪儿？你说啊！"

彩萤只得回道："大夫人她……她去了……娘娘！"

姚素鸾翻身想要从榻上起来，却因为身体太过虚弱，跌在了地上。彩萤想要把姚素鸾扶起来，姚素鸾却甩开了彩萤的手："出去！"

彩萤只好壮着胆子道："娘娘，您现在有了身孕，太医说您需要静养，切莫伤心过度，免得动了胎气！"

姚素鸾一脸惊异地抬头。

她缓缓地抚摸着自己的肚子，心绪逐渐平静下来："你出去吧，本宫想一个人静一静。"

彩萤便听话地退了出去。

房中空无一人，姚素鸾坐在地上，一边流泪，一边大笑："身孕……娘，您听到了吗？女儿终于怀上龙嗣了，呵，我终于和鸿弈有了自己的孩子！您有外孙了，可您却再也看不到了……娘，对不起，是女儿无用，没能保护好您，竟眼睁睁地看着您在我面前去了……"

当她想起窦香兰在她面前触柱而死却让她好好活着时，心中充满了悲痛，感觉几乎要喘不过气来。良久，姚素鸾慢慢地恢复了平静，站起身来，脸上突然流露阴狠的神色。

“娘，您生前最盼望的就是让女儿成为六宫之首，母仪天下，赢回我们名门嫡女的尊严。您在天之灵，一定要看着女儿为你争回这个脸面！您放心吧，有了这个孩子，女儿一定不会辜负您的期望，让那姚莫婉付出代价！”

几日之后，姚素鸾身穿黑色的华服，正跪在佛像前双手合十，虔诚祈祷。

“大慈大悲的佛祖，信女素鸾祈求您庇护我娘在天之灵，保佑我儿平安降生，保佑信女君恩常驻，我愿布施黎民百姓，广积功德，阿弥陀佛。”

祈福之后，姚素鸾便上香，叩拜，彩萤将姚素鸾扶了起来，她起身之后便轻抚着自己的肚子。

“皇上驾到。”门外传来太监的声音。

姚素鸾连忙擦了擦脸上的泪痕，起身整理衣裳，边理边看向彩萤：“彩萤，本宫可有不妥？”

见彩萤摇头，她才逐渐平复心绪。这时夜鸿弈正好踏入宫中，身后跟着一串宫女太监，流水般的赏赐和补品陆陆续续被捧进殿中。

“臣妾参见皇上。”姚素鸾上前，正欲给夜鸿弈行礼，却被夜鸿弈拦住，轻轻一带，扶住了她的半边身子。

“爱妃无须多礼，小心身子。”夜鸿弈带姚素鸾到坐榻前坐下。

姚素鸾眼眶湿红，眉间紧锁着，一脸愁云惨淡，并不断用手绢擦拭眼眶中溢出来的眼泪。

夜鸿弈温柔地握住姚素鸾的手，道：“朕深知爱妃正因丧母心境低沉，只是如今怀有身孕，应当多为自己考虑，保重调养身体才是。再这样下去，只会伤及龙胎。朕还等着你给我生一个小皇子呢！”

夜鸿弈伸手去抚姚素鸾的小腹，目光温柔。姚素鸾感觉到他对龙胎的重视，心中一动：“臣妾明白，只是母亲在世时对臣妾十分疼爱，如今她死在关雎宫，臣妾近日又夜夜梦见母亲，难以安眠，臣妾担心会影响龙胎安稳。”

夜鸿弈安慰她道：“爱妃不必太过忧虑，朕会嘱咐太医多给你开一些凝神静气的补药。”

姚素鸾委屈地擦着眼泪："皇上，臣妾母亲含冤而死，无人做主，臣妾始终意难平啊！"

说着，她期盼地看着夜鸿弈，却见他根本不为所动。

"逝者已矣，生者如斯，过去的就让它过去吧。现在最重要的是照顾好身体，照顾好朕的龙嗣。"夜鸿弈伸手揽过姚素鸾，将头靠近她的腹部，侧耳倾听里面发出的声音。姚素鸾只得面颊微红，依偎在夜鸿弈怀中浅笑。

夜鸿弈道："仔细想来，这孩子来得确实恰逢时机。"

姚素鸾不禁有些疑惑，道："皇上为何说孩子来得恰逢时机？"

夜鸿弈道："太医说爱妃此胎已有两月，朕派人查过尚寝局记档，说来也巧，爱妃承宠怀上龙嗣那日，正是莫心的生辰之日。这个孩子当真与莫心缘分颇深。"

听见夜鸿弈这么说，姚素鸾的脸色顿时垮了下来，一脸神情复杂。一旁的彩萤不动声色地记下了所有的话。

这日，彩萤悄悄来到关雎宫中，向姚莫婉禀报道："娘娘，皇上忽然重视丽妃腹中子嗣，一切皆与皇后娘娘有关。"

"哦？"姚莫婉有些惊讶。

彩萤这才道："丽妃怀孕之日恰逢皇后娘娘的生辰。"

姚莫婉神情复杂地思索着，回想起曾经姚莫心怀孕的情景，想起了她在怀孕中在御书房门口听到夜鸿弈和千面的对话，想起了自己中毒那日，一直呼唤着"仲儿"名字的画面。

"仲儿……"姚莫婉黛眉微微皱起，口中轻轻呢喃着。

汀月上前道："娘娘，莫要烦忧。"

姚莫婉却叹了口气，道："怎能不烦忧，后宫纷争尔虞我诈。姐姐正值风信年华，初尝身为人母的喜悦，腹中孩儿还未落地，便一同早早辞别人间。可憎奸人仍旧逍遥法外，姐姐在天之灵又有何人来告慰。"

她思虑了片刻，从身边拿出一把沾有迷香的乌木梳子，随后递给了彩萤："你知道应当怎样做了？"

彩萤接过梳子，重重地点了点头，脸上浮现一丝笑容。

平乐殿中，夜君清手握姚莫婉之前送给自己的香囊，脑海里想到的却是他与姚莫婉相遇的种种，以及前日里在屋顶上偷听到的话。

那日她口中字字含恨：“本宫倒要问问你们，当初对我娘和姐姐作下的恶，难道都不记得了吗？这笔血账是否该算一算了？”

那日他对她疑惑不已：“对了，本王还没问你，为何会去内侍局？你刚到就骤然走水，如此蹊跷，可是有人冲你去的？”

她却躲闪着顾左右而言他：“我……我去给你端盆水擦擦身子！”

还有那日他奇怪半夏为何到了天牢，半夏却感慨地求他一定要为她家娘娘作主。当时他注意到姚莫婉紧张不已，打断他与半夏的谈话，甚至暗暗朝半夏使眼色来着：“半夏还不知道，皇上已下令处置了元凶，姐姐在天之灵终得安息。”

想到此节，夜君清急忙唤奔雷，待奔雷进入殿中后，夜君清道：“奔雷，你速去调查一下皇后的贴身婢女半夏。”

奔雷领命前去，夜君清眼中的神色却更加凝重起来。

很快，奔雷的调查便有了结果，夜君清收到讯息后来到冷宫中，只见半夏披头散发蜷缩在墙脚，自顾自地低声呢喃，神情恍惚。

他想起奔雷跟他说过半夏因用刑过度导致精神失常，整日胡言乱语，这才关入冷宫。

夜君清走近蹲下，轻拍半夏肩膀，轻声说道：“半夏……半夏！”

半夏却忽然发疯似的挥动双手推开夜君清，战战兢兢地站起身来，仿佛在寻找什么：“不要……不要过来，娘娘……娘娘救我。”

夜君清皱眉，上前试图安抚半夏：“半夏，别怕，我是肃亲王……”

“肃亲王？”半夏突然拽住夜君清的衣角，神神道道地叫道，“肃亲王，你快去救娘娘……好多坏人要……”

夜君清急切地问道：“好多坏人怎么了？”

他握住半夏双肩，手不由得加重了力道。半夏却突然挣脱夜君清的控制，徘徊着在屋子里乱走，嘴中念念有词：“嘘，娘娘死了……死了……李贵人只是个替死鬼，是那些坏人联手害死了娘娘！娘娘别怕……三小姐进宫为你报仇申冤来了！”

回到平乐殿之后，夜君清始终坐在椅子上，不苟言笑。寒锦衣吊儿郎当地进来，伸手抓起桌上的苹果，正准备放进嘴里，便听到夜君清问他：“你是不是早就知道莫心的死另有隐情？”

寒锦衣微微顿了一下，又继续将苹果塞入口中。

夜君清见他如此，恼怒道：“你是不是早就知道莫婉进宫就是为了复仇！”

寒锦衣推说道：“呃……君清兄，突然想起来，我还有点事没办完，告辞！”

他起身准备脚底抹油，却被突然起身的夜君清拦住了去路。

“你若把本王当兄弟，就告诉我真相！不然你便杀了我，从我的尸体上踏过去。”

寒锦衣看向一脸严肃的夜君清，叹了口气转身回到座位上：“我确实早已知道莫婉进宫的目的，正是为她姐姐和娘亲复仇。”

夜君清问道：“她为何不告诉我实情？为何要孤身犯险？”

寒锦衣却道：“皇宫之中步步险恶，人心难测。婉儿正因深爱你，才隐瞒你，就是不想令你牵涉其中。”

夜君清陡然得知真相，心中一片翻腾，几近崩溃。脑海中回想起姚莫婉之前种种音容笑貌、喜怒哀乐，她黏在自己身上不愿意离去，她或开心或委屈的模样，她受伤时脆弱的模样，和她曾对他绝情的模样。

夜君清脸上布满悲伤，踉踉跄跄地跌坐在椅子上，单手扶额，长叹一声，道：“她如此用心良苦，孤胆犯险，我不但没有保护好她，反而一直误会猜忌，步步紧逼……终究是我亏欠她良多！”

寒锦衣皱眉回道：“婉儿就是怕看到你这个样子。我劝你，还是当不知道的好。”

夜君清骤然一拳捶在了桌子上，寒锦衣看向他，心中充满担忧。

却见他忽然起身，面色坚定：“如今既然本王已得知实情，纵使豁出去这条命，也必定要保她无虞脱离虎穴！”

寒锦衣心中一惊，再去看夜君清，却不知该说些什么才好。

第二十一章

夜色凝重阴森，阵阵叫喊声从卧房内传出。姚素鸾半躺在床榻上，面色痛苦，面颊上汗水和泪水混作一起，她抚着肚子大口大口地喘着粗气。她眼睁睁看着下身涌出一摊鲜血，正想要大声呼救时，眼前却忽然出现了姚莫心的身影，她正手执利刃，缓缓朝自己走来。

姚素鸾惊慌失措地喊道："不要！不要过来！害你的人不是我！"

姚莫心却一步一步向她靠近："就用你的孩子来偿还我孩子的命！"

说着，姚莫心丝毫不理会姚素鸾的叫喊声，走到她面前，高举利刃，用力向她的腹部刺去……

"不是我害你……"姚素鸾惊叫着从梦中惊醒坐起来，额头布满汗珠，惊慌地环顾四周，确认没有人之后才重重舒了口气。

翌日，姚素鸾坐在梳妆台前，披散着一头乌黑亮丽的长发，面色憔悴而失神，随后将一碗汤药送入口中。

身后的彩萤陆续递上漱口的茶水和帕子："娘娘昨夜又梦魇了？"

姚素鸾点点头，担心道："都喝了这么些天的药了，为何一直不见消停？也不知道是不是太医的方子出了什么问题。"

彩萤恭敬地回道："是药三分毒，这些汤药娘娘还是谨慎着用好。"

彩萤一边说着，一边从抽屉里取出那把沾满迷香的乌木梳，拿上前来小心地替姚素鸾梳头，姚素鸾像是非常受用，闭上了眼睛，彩萤盯着她的长发，脸上的阴暗笑容一闪而过。

彩萤笑着赞道："娘娘的头发油光水滑的，真好。太医说了，娘娘和腹中皇子都康健得很，只要安心休养便可。"

姚素鸾却将手轻轻抚上自己的腹部，面色凝重，显然有些心不在焉。

这日彩萤正搀扶着姚素鸾在宫外散步，身后却突然传来姚莫婉的声音，姚素鸾扭过脸，看见她正径直朝着自己走来，嘴里还说道："丽妃步子慢些，若影响了腹中的龙子，可就大事不妙了。"

姚素鸾回道："本宫自有分寸，就不劳烦皇贵妃费心了。"

正当她准备离开时，却被姚莫婉伸手拦下："劳烦？丽妃这可就生分了，前些日子听闻，这腹中的孩子与先皇后可是有着不解之缘呢！"

姚素鸾闻言，有些紧张起来："这个缘分，我消受不起。"

姚莫婉娇笑道："本宫与先皇后是亲姐妹，总归有些心灵感应。这几日先皇后托梦让本宫定要好生对待姐姐的龙子，本宫岂能不多加关心照顾。"

姚素鸾心里大惊，双腿一软，得亏了彩萤在身后搀扶着才没摔倒。

姚莫婉眯起眼，问彩萤："你主子这是怎么了？"

彩萤回道："娘娘近日整夜被梦魇困扰，才会有些精神恍惚。"

姚素鸾慌忙制止道："住口！"

姚莫婉却问："梦魇？若非做了什么亏心之事，怎会被梦魇所困？"

姚素鸾只得强定下心来回她："皇贵妃，别听奴才的胡言乱语，本宫不过是因为怀有身孕容易疲累，并无大碍。今日身体不适，就不打扰了。"

说罢，姚素鸾便带着彩萤匆匆离开了。姚莫婉站在原地，看着姚素鸾离去的身影，面上带着笑，心中却另有一番想法。

夜深人静之时，平乐殿外，一个黑色身影避开侍卫来到夜君清的卧房门口，将一支迷香插入窗户内，然后扔进门一只火折子。做完这一切之后，黑影便迅速飞身逃离。

殿内，夜君清正在床榻上熟睡，眉头紧皱，阵阵火光印刻在他的面颊上。外面却传来太监的呼喊："平乐殿失火了！快来人啊！"

门外顿时乱作一团，到处都是侍卫和太监的呼喊声。忽然卧房门被大力撞开，奔雷从门外进来，一边咳嗽着一边直冲向夜君清床前，推动他的身躯。见夜君清已经昏过去，丝毫没有反应，奔雷将他一把扛起，飞奔向屋外。

待到夜鸿弈带着下人们匆匆赶来平乐殿时，刚走进厅堂内，便看见太医正在替夜君清处理手臂上的烧伤。

夜君清见到夜鸿弈进来，忙向他行礼："臣弟参见皇上。"

夜鸿弈挥挥手制止他："快快请起，三弟的伤势如何？"

夜君清回道："不过是些皮外伤，方才太医已替臣弟包扎好了伤口。"

太医包扎完之后，起身回禀夜鸿弈道："回禀陛下，肃亲王吸入了不少烟气，只需用几服清气散调养几日便好。如无其他，臣便告退了。"

夜鸿弈点头道："如此朕就安心了。"

待太医离开后，夜鸿弈坐在夜君清对面，提道："朕听千面调查说，此次火患是有人故意为之，只是朕没料到三弟平日里机敏谨慎，也未能避祸。"

夜君清想了想，回道："是臣弟大意了，以为宫里防备森严，旁人不敢造次，更何况，没想到这宫里也有欲杀臣弟之人。"

夜鸿弈道："三弟身份特殊，近日又助朕铲除窦氏一族，难免有残党意图不轨，切不可马虎大意，朕明日便命千面加强此处守备。"

夜君清道："谢皇上隆恩，臣弟自当多加小心，免得歹人借题发挥，徒增皇上烦恼。"

夜鸿弈愣了愣，随后露出微笑，道："三弟说得是，那这几日便安心休养吧。"

敦亲王府中，王沁若拿着碎瓷片，手指流出鲜血，一下下在桌上刻下印记，满脸凶狠，却神经兮兮："姚莫婉，我要杀了你，杀了你，杀了你。"

彩蝶端着茶水走入卧房，只见满地狼藉，碎的布条、花瓶、杯碗散落一地，看到王沁若如此虐待自己，立刻上前查看，并握住了王沁若流血的手："娘娘，你这是怎么了，你别吓奴婢。"

王沁若这才将瓷片扔了开来："是本宫大意了，才会让姚莫婉一而再再而三地得逞，把君清拱手相让，我恨我自己当初没有杀了她，而今自食苦果。"

彩蝶只得安慰她道："人生在世，终归来说是图个安稳，还望娘娘早日放下。"

王沁若却陡然提高了声音："放下？姚莫婉此刻正在宫里作威作福！君清刚除掉窦氏，又有皇上忌惮，正有性命之忧，你让我如何安心？如何能放下？与其苟活，余生如行尸走肉一般，不如放手一搏，争个高下！"

王沁若紧紧地攥住双手，眼神尖锐地望向虚空。

敦亲王这头一只脚刚刚迈入王府大门，彩蝶便匆匆忙忙地跑上前来："老爷，不好了！娘娘她……”

话音未落，敦亲王惊觉大事不妙，赶紧冲向王沁若的卧房前，猛地推开门，发现王沁若正拿剑架着脖子。

敦亲王大喝道：“沁儿，别冲动！把剑放下！你这么为夜君清，值得吗？”

王沁若却比他更加激动：“今日爹要是不答应送我回宫，那我便死在你面前！”

敦亲王劝说道：“你这又是何苦呢，如今皇贵妃势大，况且皇上对肃亲王已起杀意，宫中危机四伏，为父不能眼睁睁看着你回去送死啊！这是天意，你就死心了吧。”

王沁若恨恨道：“我偏不死心，就算是天意，我也要逆天而行！从前爹随便一句话，便要我入宫做皇上的女人，如今只因姚莫婉那个贱人从中作梗，便要我回府当笼中鸟。这余生，死也罢，活也罢，是我的选择，与旁人无关，是否应允，只要父亲一句话！”

敦亲王只能无奈道：“沁儿，你先把剑放下，有什么话都好说。”

“我明白父亲的意思了。”王沁若一脸决绝，将剑往脖子一抹，颈部顿时显现一道血痕，流出血珠来。

敦亲王万般无奈，只好答应她：“为父答应你！答应你！你……你去吧，自己保重，一切小心。”

王沁若将剑扔在地上，跪倒在地，含泪磕了个头：“女儿不孝，拜别父亲，爹就当少生了我这个女儿吧。”

夜里，姚莫婉趁着浓黑夜色，通过羊肠小道前往平乐殿。不料正当她即将走入宫内时，却发现平乐殿相较于平时多了更多重兵把守，眼看着她就要被面前一名侍卫发现。

忽然，面前夜君清的身影一闪而过，将她推至角落。姚莫婉的身体被迫紧贴在宫墙上，两人四目相对身体紧靠在一起，这才躲过了侍卫的巡视。

夜君清轻声道：“莫婉……是我！”

姚莫婉却陡然从袖中掏出匕首，抵在他的脖子上：“是谁派你来的？”

夜君清却疑惑地看着她道：“此言何意？”

姚莫婉突然伸手去碰触夜君清的脸，想从上面揭下个人皮面具来，却听见他嘶了一声，这才舒了口气，放下匕首："我以为又是旁人假冒，你怎么知道我会来？"

夜君清回道："殷雪早就告诉我了。"

这时姚莫婉转过眼，看了看夜君清被包扎起来的右臂："你的伤……"

夜君清摇摇头，道："无碍，只是点皮肉伤。"

姚莫婉便道："我来，只是想告诉你，这宫里待不得了，窦氏残党未除，恐会暗中加害，而且皇上又似起了杀意，你必须尽快离宫，走得远远的，别再回来。"

她想转身离开，却被夜君清拉住，一把拥入怀中，他道："你不走，我怎舍得离开？"

听到这话，姚莫婉心中有些惊讶，又有些欢喜，但很快清醒过来，推开了夜君清："你我缘分已了，还说这些话做什么？"

夜君清道："莫婉，我已得知所有真相，当初你入宫是为了复仇。你瞒得我好苦，你可知道此刻我有多愧疚有多悔恨！你受尽了委屈误会，却始终不吐露半字，难道在你眼里，我就这么无能，这么不值得你信任吗？你明明可以告知我实情，明明可以让我和你一起承担的！"

姚莫婉叹道："这是我的家仇，与你无关，这滔天罪孽，我一个人来做就够了，没必要连累你。而今只有一步之遥，我绝不会善罢甘休！我不想死后见到我娘于心有愧！我回去了，你多加小心吧。"

姚莫婉挣脱他转身离开，夜君清却再次开口道："既然你执意如此，从今往后，你上刀山，我与你随行，你下火海，我为你蹚平。你休想再抛下我一人独行！"

只见姚莫婉的身子晃了晃，似乎抬手擦了擦眼泪，又继续往前大步走去，不再回头。待姚莫婉与夜君清各自离开之后，王沁若从暗处闪身而出，眼中满是怨恨和阴沉。她一言不发，紧握双拳重新走进了阴影深处。

这日关雎宫内，姚莫婉坐在中间，底下坐着姚素鸾和桓采儿等妃子，众人之中，姚素鸾神情恍惚，双手攥紧，尤为显眼。

姚莫婉道："丽妃怀上龙嗣已满一月，皇上心中甚喜，念丽妃有功，特交代让本宫全权操办一场庆贺宴。"

姚素鸾虚弱地回道："臣妾感激皇上天恩。"

王沁若看着姚素鸾的异样，皱了皱眉，道："姐姐这是怎么了，身子不舒服？彩萤，你是怎么伺候主子的？"

彩萤道："回娘娘，丽妃娘娘自怀有身孕以来，便日日失眠，茶饭不思，太医来诊过了也是丝毫没有起色。娘娘身子本来就弱……"

"彩萤，别说了。"姚素鸾急于制止彩萤，放大了些声音，却一不小心气急攻心，手帕掩面咳嗽起来。她拿下手帕，却发现上面显现着些许血丝。

姚莫婉见此，皱眉道："汀月，你吩咐内务府，传本宫的话，调派几名有伺孕经验的宫女和太监来服侍丽妃。"

汀月正领完命，王沁若却再次开口了："虽然龙嗣承蒙上天之恩，定会福禄永安，妹妹是说，为了保险起见，这择伺孕之人，还是得丽妃躬亲而为。"

桓采儿不悦地接过话道："这话妹妹可就听不惯了，皇贵妃也是一片好意。怎么，淑妃难不成是挑拨她别有用心嘛？"

王沁若道："妹妹多虑了，只是这龙嗣为重，先皇后的悲剧，至今想起都令人痛心疾首，本宫也是替皇上着想，谨慎行事。"

"淑妃说得是，就让丽妃自行挑选顺手的伺孕宫女吧。"姚莫婉看向正不住甩头意图恢复清醒的姚素鸾，眼中有些疑惑，"丽妃？"

谁料姚素鸾却甩着头突然尖叫起来："不要！不要杀我的孩子！"

桓采儿起身，想去看看姚素鸾："丽妃，你这是怎么……"

"别碰我的孩子！"姚素鸾一把将桓采儿推开，随后冲到姚莫婉面前，伸手扼住她的脖子，"我不准你害我孩子！不准！"

"娘娘！"汀月和桓采儿上来将姚素鸾拉开，姚莫婉被扼得连连咳嗽，王沁若在旁疑惑地看着眼前的一幕。

姚素鸾终于缓过神来，惊恐地看向姚莫婉："皇贵妃，我……我不是有意如此，只是刚才忽然不知怎么了……"

姚莫婉摆摆手，示意无碍："丽妃不必自责，想必是有孕在身，心神不宁。彩萤，快扶你主子回宫休息吧。"

王沁若冷声道："所谓行随心愿，丽妃该不会是怕了些什么吧？"

彩萤已经走到姚素鸾身旁将她扶了起来，姚素鸾看了一眼姚莫婉，随后慢慢悠悠转身离开了关雎宫。姚素鸾离开之后，王沁若也跟着告辞离开了。

漫长的宫道上，王沁若在彩蝶的搀扶下走着。这时彩蝶忽然说道："丽妃娘娘怀上龙嗣之时有些心神不宁，听宫里传言，说是她腹中胎儿被冤魂缠身，怕是因为此事，丽妃娘娘恐惧之下才变成了这样。"

王沁若冷笑道："哼，冤魂？都是些装神弄鬼的东西，居然还信以为真。这也倒是好事，至少姚莫婉需要为此事分神，若龙嗣有个三长两短，她这个做皇贵妃的难辞其咎。"

彩蝶道："不过说来也是巧了，丽妃娘娘是在先皇后生辰之时，怀上这龙嗣的。"

听到这话，王沁若停住脚步，若有所思道："哦？还有这等玄乎之事，皇上钟情先皇后至深，丽妃腹中龙胎又有这般渊源，难怪皇上会如此重视。"

主仆二人交换了个眼神，心照不宣。

入夜，关雎宫中，姚莫婉身着水衣坐在镜前，汀月替她梳洗。

"娘娘，听说昨夜肃亲王府内又失窃了！"汀月说道，"上回肃亲王府不是失踪了好几个下人嘛，结果我昨夜又听说，王府又失窃了，而且，这盗贼偷的还不是一般的钱财宝物，好像是专门冲着王爷书房的文书信件去的。"

姚莫婉皱眉道："殷雪已经向我禀过此事了，不过，你是怎么知道的？"

汀月慌张道："就……这件事闹得不小，全城百姓包括宫中都在议论，都说是当今圣上忌惮肃亲王的权力，想要对他暗中下手呢！"

姚莫婉眉头舒展开来，笑道："你怕是又去见奔雷了吧。"

汀月涨红了脸："娘娘，这话可乱说不得。"

姚莫婉打趣地说道："好好好，我不说，你自己小心着点就好。"

汀月红着脸小声说道："没有的事，小心什么……"

姚莫婉却已经想到别处，若有所思道："汀月，丽妃如何了？"

汀月也收敛了神色，道："应您的吩咐，我去向彩萤打听过了，丽妃娘娘一回宫便躺下了，没什么大碍。"

姚莫婉道："你可知会过彩萤，叫她勿要再对丽妃出手了？"

"奴婢已是千叮万嘱了。娘娘可是心软了？"汀月有些不解道。

"本宫累了，休息吧。"姚莫婉却只挥了挥手，让她退下了。

而此时的姚素鸾宫中，彩萤正在用一把梳子缓缓给姚素鸾梳头，眼中凌厉之色一闪而过。

姚素鸾看向镜中的自己，脸色苍白不似人样，不由得闭上了眼睛："你这梳头的手艺不错。说来也怪，不知为何，每日只有你给本宫梳头的时候，才觉得心神安宁浑身适意。"

见她闭着眼，彩萤表情变得狰狞起来，冷冷地看着舒服受用的姚素鸾，一下下为她梳着头："只要娘娘喜欢，奴婢愿意天天为您梳头。娘娘是思虑过多了，而今怀上龙嗣，更应该安心才是。"

姚素鸾道："正是因为有了龙嗣，更是惶惶不可终日。时候不早了，早些休息吧。"

彩萤放下梳子，在姚素鸾看不见的地方露出了阴险的笑容。

翌日，王沁若与彩蝶正往内务府走，李总管手捧如意迎面而来，向她行了个礼，道："参见淑妃娘娘。"

王沁若一见是他："李总管，本宫正要去内务府找你呢，想给丽妃娘娘准备些贺礼。"

李总管便回道："奇巧之物皆在东库房之中，淑妃娘娘只管挑便是。"

王沁若却看着李总管手里拿着的如意："李总管手上这如意倒是雕刻得精妙，不如就将这件与本宫如何？"

李总管顿时面露难色："淑妃娘娘这恐怕不妥，这如意皇贵妃早已定下，老奴这正送过去呢！"

王沁若想了想，道："好，那本宫也就不为难李总管了，去吧。"

待李总管离开之后，王沁若便转头带着彩蝶重新回了自己的宫殿。

半日后，关雎宫中，姚莫婉正和汀月看着李总管奉上的如意，十分满意。

"娘娘，这如意玉质晶莹剔透，雕功也精细，真是上品，丽妃娘娘定会爱不释手。"汀月正说着，门外传来了太监的传报声："淑妃娘娘到。"

王沁若款款走了进来，向姚莫婉行了一礼，道："皇贵妃安好。"

姚莫婉见是她，有些不悦道："淑妃来找本宫所为何事？"

王沁若笑道："之前我说话有些唐突了，冲撞了娘娘，来赔个不是。"

姚莫婉客气道："你也是为了皇上着想，本宫怎会放在心上，况且也提醒了本宫，莫要引火上身，自讨麻烦。"

王沁若脸上笑意更盛："我本意也是如此，只是刚才丽妃那般失去理智，实在是蹊跷，不知道中了哪门子的邪，还让皇贵妃受了惊。"

说罢，她还仔细看了看姚莫婉的神情。

姚莫婉却道："大概是怀上龙嗣，心中负担愈重，也能理解。"

王沁若道："宫中妃子，哪个不想有皇上的孩子，可是偏偏只有丽妃承了这好运，难免忧心别人眼红。哦，我带了些云南白药给娘娘，丽妃下手有些狠，都把娘娘的脖子掐红了。"

说着她便拿出了带过来的药，姚莫婉也没客气，让汀月收下了。

王沁若这时转头看向了那尊如意："哟，这如意可真是精巧，皇贵妃是给丽妃准备的吧？"

姚莫婉道："这是皇上吩咐的事，本宫自然要上心些，所以命内务府督造了这如意。"

王沁若便接道："我听说如意单送不合礼法，要配上一个麒麟木座才吉祥，寓有麒麟送子，福禄无穷之意，我宫里正好多出一个底座，不如给皇贵妃送来？"

姚莫婉道："哦，是吗？那就有劳淑妃了。"

王沁若见目的已经达到，便说道："替皇贵妃分忧是分内之事，我这就吩咐人送来。"

待她离开后，姚莫婉招来汀月："你来。"

汀月凑过来，姚莫婉附耳说了许久，两人神色凝重。

夜里，夜君清正在自己寝殿的床上安眠，突然房内响起一道声音，有刺客翻窗而入缓缓靠近，持剑刺向了他。就在这时，千面突然从黑暗中现身，与刺客战作一团，此时，夜君清也被惊醒，顿时出手，轻易便帮千面一起把刺客给擒住了。

千面正要伸手揭下刺客面罩之时，突然有另一个人蒙面从窗户飞身而入，撒了一把迷眼粉，千面顿时被迷住了眼睛，手中的剑也乱舞起来，来人便救下前来行刺的刺客离开。

守在外面的一干侍卫前来支援，推门而入之后，却见到千面剑指夜君清，侍卫们大惊之下，七嘴八舌地悄悄议论起来。

甚至有人悄声说起了之前的流言："刺杀王爷的竟是千面大人？难不成真

是皇上授意的？”

此事很快便闹到了御书房，待千面回御书房向夜鸿弈复命后，却只迎来夜鸿弈的勃然大怒。

千面跪在地上：“卑职办事不力，还请皇上责罚！”

夜鸿弈在房中来回踱步，心中气极：“你是该罚！平乐殿火患之事还未了，今日又凭空来了个刺客，如今只怕全天下都在议论是朕授意的！”

千面道：“皇上息怒。这两件事肃亲王都安然无恙，实在是蹊跷啊，幕后定是有人安排。”

夜鸿弈冷笑道：“自然了，故意制造一个宫里有人谋害肃亲王的假象，便是想让朕落下个手足相残、谋害皇弟的罪名。”

千面道：“那肃亲王留在宫里岂不是个祸患？”

另一头的关雎宫内，姚莫婉正坐在桌前思考着近日来发生的事，这时殷雪从外面走了进来。

姚莫婉问道：“都办妥了？”

殷雪回道：“已将城主安全送出宫了，若不是娘娘神机妙算，城主差点就要被千面擒住了。”

姚莫婉道：“此前平乐殿火患、肃亲王府失窃，这一桩桩一件件，我早看出是君清安排的，目的是制造有人谋害王爷的假象，借此施压，以图脱离这宫中之困。”

殷雪便道：“此事肃亲王和城主瞒得也够深的，谁都没告诉。”

姚莫婉笑了笑：“想必此刻，皇上正在犹豫放不放君清出宫吧！”

这厢王沁若正在自己宫里弹琴，忽然姚素鸾从外面走了进来。

王沁若看了一眼她，阴阳怪气道：“哟，什么风把丽妃吹来了。”

姚素鸾走过来坐下，道：“淑妃，本宫有事与你相商。”

王沁若嘴里依旧不饶人：“高高在上的丽贵妃，哦，不……丽妃，也沦落到要与本宫议事了。”说着，王沁若从琴边起身，走到姚素鸾身边要与她一同坐下：“丽妃有孕在身，坐下说吧，要是在我这儿出了什么岔子，可真是百口莫辩了。”

姚素鸾看着她道：“我虽怀上了龙嗣，可这心里总是不踏实，皇贵妃而今势大，绝不会放任我往后母凭子贵，动摇她的地位。”

王沁若眼中闪过一丝嫉妒：“此前那般待我，现在倒想起我来了，怎么，想让我帮你铲除皇贵妃？”

姚素鸾诚恳道：“我知道你与皇贵妃同心，可是难道你没想过，这不是养虎为患吗？皇贵妃得权之后，还会拱手让人？”

王沁若却拒绝她：“这事就不劳丽妃操心了，我自有办法，你还是多替自己考虑考虑如何保全皇上的龙嗣吧！”

姚素鸾叹了口气，环顾四周道：“看来淑妃此生都要困在这宫里了。”

说罢，她便起身离开了王沁若宫中。

王沁若看着她离去，冷笑了一声：“哼，我倒要看看，到底是谁赢在最后！彩蝶。”

彩蝶走了过来，王沁若从一旁的锦盒中拿出来一个麒麟木座递给她。

彩蝶不解道：“娘娘不是已经给皇贵妃送了个木座吗？为何……”

王沁若道：“皇贵妃心机颇重，绝不会轻易相信本宫，必定会从内务府另行支取一个。你将这个浸过曼陀罗花毒的木座带去内务府，悄悄与库房里的木座调包。她自行选的，便怪不到本宫头上了。”

彩蝶恭敬地回了声“是”，便领命离开了。

到了宴客的这日，宴会厅中，夜鸿弈坐在主位，姚莫婉、王沁若、桓采儿、姚素鸾等妃子分别站在两侧，姚莫婉起身款款走出，携众妃行礼。谁也没有注意到，一旁的姚素鸾额头上尽是冷汗，脸色已经十分难看。

夜鸿弈仍在饮酒，脸色挂满喜悦之情：“丽妃怀上龙裔，是朕之福，更是大楚之幸！这便是大楚贵子了。”

姚莫婉恭维道：“皇上英明神武，丽妃机敏聪慧，这龙嗣定会是个不世出的天纵骄子。”

夜鸿弈被她的话逗得开怀大笑：“还是皇贵妃能讨朕欢心啊！此次丽妃有功，来，这一杯朕敬丽妃，也敬朕未出生的皇子！”

说罢，夜鸿弈举起酒杯示意心爱的皇贵妃，众人跟着纷纷起身回敬，只有姚素鸾晃晃悠悠地坐下，脸色更加苍白。

姚素鸾谦虚道：“此功愧不敢当，臣妾能怀有龙子，是臣妾的福分。”

夜鸿弈道：“欸，丽妃莫要推辞了，朕说你有功便是有功，这永福宫也修缮好了，那里景色不错，冬暖夏凉，对养胎极好，况且离朕的寝宫也近，丽妃选个好时辰就搬过去吧。”

姚素鸾虚弱地回道：“谢……谢皇上隆恩。”

夜鸿弈这时才发现她似乎不适：“丽妃，这是怎么了，身体不适？”

姚素鸾只好解释道：“哦，臣妾方才来时匆忙，衣服穿得紧了些，加之步子走得急，有些气短，还请皇上容臣妾回宫换身宽松的衣服，随后就来。”

夜鸿弈当即大手一挥：“好，来人，送丽妃回宫。”

待太监和宫女送姚素鸾离开之后，桓采儿进言道：“皇上，今日的宴会，皇贵妃可费了不少心思，为了让丽妃高兴，还特意吩咐后宫众妃备下了贺礼。”

夜鸿弈喜道：“还是皇贵妃想得周到啊，赏，后宫众妃人人有份。”

姚莫婉起身温柔地福了福：“那臣妾就替姐妹们谢过皇上了。”

王沁若趁机在一旁道：“皇上，皇贵妃素来舞姿曼妙优美，既然今日大喜，不如锦上添花，趁着今日皇上高兴，也让姐妹们一饱眼福。”

姚莫婉看向她，回道：“免了吧，臣妾久未舞过了，身形僵硬，怕会让姐妹们见笑。”

王沁若却不放弃：“瞧皇贵妃说的，谁笑话谁啊，都是自家姐妹。”

夜鸿弈听她这么说，有些不悦：“行了，皇贵妃不愿跳便罢了。对了，丽妃怎么还未回来？”

王沁若有些尴尬，只好道：“皇上，臣妾去看看丽妃，怕是奴婢们毛手毛脚，伺候得不周到。”

待夜鸿弈应允后，她便起身离开了。等来到姚素鸾宫中，王沁若刚叩开了姚素鸾的门，却见她此时已经意识模糊，精神恍惚，走几步就要摔倒的样子。

“丽妃，你没事吧？”王沁若快步走了过去。

姚素鸾虚弱道：“今日……今日宴会，怕是去不了了，还请妹妹替我禀告皇上。”

说罢，姚素鸾正要回去休息，却被王沁若一把挽住：“欸，丽妃就这样走了，岂不是扫了皇上的雅兴，那姚莫心现在正得皇上宠爱，丽妃不去，岂不是被她压了一头。”

姚素鸾此时精神已经有些模糊起来，双眼迷离，口中念叨着：“姚莫心，姚莫心……”

此时，王沁若突然凑到她耳边说：“姚莫心可要害丽妃肚子里的孩子，难道就这样坐以待毙吗？”

姚素鸾模糊的眼神慢慢亮了起来：“姚莫心要害我的孩子，不，我决不会让她得逞。”

她痛苦地捂着头，已经无法分辨什么是现实，什么是虚幻。

王沁若邪恶地笑道：“丽妃这么想就对了，要么是姚莫心死，要么是你腹中的孩子死，不为自己想，也要为孩子想啊！”

姚素鸾已成功被她影响，跟着喃喃道：“对，我要杀了姚莫心这个贱人。”

王沁若露出阴笑，扶着姚素鸾从宫中慢慢离去，往宴客厅的方向走去。

待她们回到宴客厅时，中央舞女正要跳舞助兴，王沁若便向姚素鸾笑着悄声说道：“丽妃，姚莫心就在那儿呢，孩子的生死，可全都看你的了。”

姚素鸾迷糊地看向姚莫婉，发现那人竟然慢慢变成了姚莫心的容貌，于是晃晃悠悠穿过舞女走到姚莫婉面前。

众人见她如此，都有些惊讶，姚莫婉更是柳眉皱起：“丽妃，你这是……”

姚素鸾却突然暴起，伸手打了姚莫婉一巴掌，随后用力扼住她的脖子：“你这个贱人，想要害我的孩子，我要杀了你！”

夜鸿弈惊得站了起来：“丽妃！”

姚莫婉却和姚素鸾拉扯了起来，支支吾吾地发出声音：“丽妃……”

姚莫婉不住地向后退，最终脚下不小心绊倒，与姚素鸾一起摔在了地上，姚素鸾痛苦地叫了一声，随后捂住小腹：“啊——”

“丽妃，丽妃你没事吧。”夜鸿弈赶来查看，心下慌乱，看向姚素鸾的下身，发现尽是血，“传太医！”

卧室内，叫喊声阵阵传来。姚素鸾在床上挣扎着，太医手忙脚乱地来回走着，端出一盆盆的血水。夜鸿弈始终在门外焦急地踱步，许久之后，太医忽然捧着那尊如意走了出来。

夜鸿弈见他出来，赶紧问道：“丽妃怎么样了？”

太医回道：“皇上，依臣诊断，丽妃娘娘是中毒所致。”

夜鸿弈当即大怒道：“中毒？什么毒？”

太医神色凝重：“一是麝香，二便是此物。臣方才询问丽妃娘娘的婢女，得知丽妃在收到各宫娘娘的贺礼后，就变得精神恍惚，经臣查看后，才发现原是这麒麟木座散发的曼陀罗花香，大抵是浸泡过曼陀罗花水的，此花有剧毒，可致人心志混乱，甚至产生幻觉。”

说罢，太医将如意和底座呈给夜鸿弈，李总管在旁看见这如意，顿时跪在地上，支支吾吾道：“此物是皇贵妃娘娘赠予丽妃的贺礼。”

夜鸿弈立刻看向姚莫婉：“皇贵妃，朕不信你会如此歹毒，此事当真是你所为吗？”

姚莫婉摇头道：“皇上，这如意的确是臣妾送给丽妃的贺礼，可是这麒麟木座却是淑妃拿给我的。”

王沁若站出来，恶狠狠地看向姚莫婉，一脸愤怒，道：“回皇上，臣妾确实赠予了皇贵妃一个麒麟木座，可是她却执意自行从内务府另支取了一个，分明是想在这木座上做手脚！”

姚莫婉便道：“那敢问淑妃，怎么对本宫支取麒麟木座之事这么清楚，难不成是有意调查？”

王沁若笑了笑：“不巧，我去内务府挑选贺礼，恰好撞见汀月去取木座，唉，我到现在才明白，皇贵妃城府这般深，原来是贼喊捉贼，你早就想利用我的好意，将此事嫁祸于我！”

夜鸿弈拿着如意的木座，沉痛地叹了口气：“莫婉，你已经位及贵妃乃后宫之首，极尽恩宠，难道朕给你的还不够吗？丽妃腹中可是朕的子嗣啊，你怎么……怎么下得去手！”

听见夜鸿弈这么说，王沁若心中得意起来，可就在这时，姚莫婉忽然笑了起来，令众人大为不解。

姚莫婉抬头看向王沁若，道：“淑妃，我不得不夸赞你的手段高明，想施欲擒故纵之计。可是你千算万算，算漏了一点，我担心这木座日久显旧，特意让李总管重新浸染了一层包漆。”

说着，姚莫婉眼中浮现那日王沁若从关雎宫离开时，她将汀月叫过来叮嘱道的画面。

“你速速去内务府让李总管给库存那件麒麟木座重新浸染一层包漆，一来免得年久显旧，二来今日王沁若所言绝非善意，本宫一时猜不透她意欲何为，但定与这木座有关，这层漆也可防止旁人调包。”

这才有了今日这一幕。

夜鸿弈问道："李总管，可有此事？"

李总管想了想，回道："确有此事，贵妃娘娘的话，奴才不敢怠慢，即刻便着人办了。"

姚莫婉道："淑妃，我最后问你一句，这麒麟木座你当真没有动过手脚？"

王沁若愣了愣，道："皇贵妃，莫说动手脚，这内务府的那件木座，我是见都没见过。"

姚莫婉这时看向夜鸿弈，请求道："臣妾恳请皇上命人拿一碗石蕊地衣所泡的水来，臣妾可证明这木座被人调了包。"

夜鸿弈让李总管赶紧按姚莫婉说的去做，又扶起姚莫婉："你先起来吧。"

姚莫婉恭敬地答了声"谢皇上"，又转过头与王沁若对视一眼，王沁若皱了皱眉。李总管离开了不过片刻，随后端了两碗石蕊地衣所泡的水而来。

姚莫婉指着水道："臣妾虽不懂浸染之技，却通这造漆植物的属性，这黑包漆是由栎树皮与皂矾混合所制，遇石蕊地衣所泡的水会呈红色，李总管应当有所了解。"

李总管点点头："贵妃娘娘所言极是。"

姚莫婉接着说道："所以只要接触过木座之人，手上残留的包漆很难彻底洗净，只要用这水一试便知，淑妃既然说她见都没见过，那可敢试试？"

夜鸿弈眯起眼道："淑妃，你方才既然如此笃定，正好一试，也可以自证清白。"

王沁若顿了顿，走了过来，将手伸入碗中，并未变色。她顿时松了一口气："皇上，您瞧，臣妾并未行此之事！"

姚莫婉却摇摇头："等一下，还有你的心腹婢女彩蝶。"

彩蝶原本缩在后面，听见叫她，只得走过来将手伸入碗中，水逐渐变红了，众人顿时大惊。

夜鸿弈恍然大悟道："彩蝶是你的心腹，自然听命行事，淑妃，这你如何解释！方才你不是说见都没见过，为何这水会变色！"

王沁若被堵得无话可说："臣妾……"

姚莫婉随后将手伸入水中，过了许久，水也并无变色。她道："这也就是说，臣妾拿到的木座早已被人调过包，而那个人就是你。"

夜鸿弈心中已经了然：“淑妃，这么看来，麝香的毒也是你所为了？”

王沁若吓得跪在地上：“皇上明鉴，臣妾绝没用此等恶毒手段！”

夜鸿弈却不理她：“千面，去搜查淑妃宫。”

就在这时，房内突然传出姚素鸾痛苦的叫声，姚素鸾攥紧了拳头，一手轻抚腹部，心中哀痛不已：孩子，别怪为娘狠心，这里是皇宫，一切匪夷所思的事情都能够发生……她脸上露出绝望的笑容，陷入回忆。

当时屋内只亮了一盏灯，姚素鸾面色阴沉地坐于正堂中央，面前只有一名太医。胡太医拿着梳子和麒麟木座查看，脸色大变。

姚素鸾道：“请胡太医告知本宫，这两物上能如何煨毒？”

胡太医回道：“这把梳子必是每晚都被浸在特制的药水当中，第二天再用这梳子为娘娘梳头，梳子上的毒性便会逐渐侵入娘娘体内。这木座也是如法炮制。”

姚素鸾愤恨地说道：“这两物上所用的是何毒？可会损及龙胎？”

胡太医道：“这梳子上所浸染的并非烈性毒药，而是令娘娘失魂落魄心神不宁的迷魂香。而麒麟木座上，则有迷幻作用的曼陀罗花水。这两物会让娘娘在心志混乱之下，自己产生幻觉，主动做出种种难以意料的行为，这才是最为厉害的虎狼之药啊！娘娘的龙胎已有损伤，速让臣为您诊治！”

姚素鸾的脸色却忽然阴狠起来：“好，本宫知道了，就不必诊治了。”

胡太医顿时大惊道：“不必诊治？娘娘……”

姚素鸾却道：“本宫心意已决，就请胡太医死守秘密，不可透露一句。”

她想起那日她在王沁若宫中时，王沁若趁着与她详谈之际，偷偷将麝香粉末撒在了蒲垫之下……孩子呀，只有你死了，为娘才能够铲除淑妃，让皇贵妃对我放下戒心，最重要的是，皇上会因此内疚生愧，娘便能重获恩宠。

以及宴客厅里，她趁人不注意，将那一袋催命的麝香粉末倒进酒杯之中。

孩子呀，在这皇宫里，权力永远大于感情，既然你已成为他人博弈的砝码，注定见不到天日，不若便由为娘亲自利用。

姚素鸾痛苦地闭上眼睛，摸着肚子，泪水夺眶而出。

孩子，只望你来世勿要托生于帝王之家，与娘来生再做母子。

千面拿着蒲垫，赶回姚素鸾寝宫外的庭院复命：“启禀皇上，在淑妃娘娘宫里发现这蒲垫上有些许麝香粉末。”

夜鸿弈大怒，将蒲垫扔在王沁若面前：“这下你还有什么可狡辩的？”

王沁若哀求道：“皇上，这麝香之毒，确不是臣妾所为！是她，一定是她陷害于我！”

姚莫婉不慌不忙道：“姐姐今日所为，我并不恼怒，只觉心寒，你我一同侍奉皇上，为何执意要斗个你死我活？”

王沁若咬牙切齿道：“不要在我面前惺惺作态了，姚莫婉，你杀人，还想诛心？现在你满意了，铲除了我和丽妃，从此后宫便是你一人的天下！”

夜鸿弈道：“不知羞耻！朕看你是害人不成终害己，为权欲丧失了心志！事到如今还在逞口舌之快！来人，将淑妃押下去。”

王沁若扭头看向姚莫婉，眼中逐渐现出疯狂之色，忽然从袖子中拔出匕首胡乱挥舞起来：“都别过来！”

她拿着匕首指向姚莫婉：“你这个贱人，敢害我！我非杀了你不可！”

话音刚落，王沁若便拿匕首疯狂地刺向姚莫婉。众人皆惊。众妃子吓得尖叫起来，千面急忙冲了上来。

姚莫婉惊慌地后退，撞在了柱子上，眼见王沁若的匕首近在咫尺，向自己刺来。关键时刻，得亏了千面上前将匕首打落，随后将王沁若擒住。

夜鸿弈快步走到她身边：“婉儿，没事吧？来人，将淑妃和其婢女彩蝶打入天牢，择日处死！”

千面领命带人走上前来，正想押住王沁若，却被王沁若挣脱开了束缚，她自己向前走去，走了一半，忽然回过头来：“皇上总有一天会后悔今日我未能杀了她！”

等千面将王沁若押下去之后，夜鸿弈却转头看着姚莫婉，若有所思起来。

消息很快传到了敦亲王府，听到下人回禀之后，敦亲王惊得站了起来，激动地问：“你说什么，沁儿被关进了天牢？”

下人回道：“听说今日宴席之上，大小姐谋害龙嗣，还意图刺杀皇贵妃，这才被下了天牢。”

敦亲王一屁股瘫在椅子上：“完了，全都完了，沁儿你怎么这么糊涂啊！快，备马入宫！”

下人却阻拦道：“王爷，宫里已经宵禁了，不如明日一早再去。”

敦亲王只能无奈地闭上眼睛，长长叹了口气。

姚素鸾卧房中，姚素鸾仍昏迷着，夜鸿弈痛苦地坐在床旁，拉住姚素鸾的手，抬眼看向她的腹部："朕乃天子，为何上天要这样惩罚朕！为何要将厄运降于朕的孩子！"

姚素鸾慢慢睁开了眼，虚弱地叫道："皇上……"

夜鸿弈赶紧握紧了她的手："素鸾，你醒了。"

姚素鸾双眼无神，轻轻问道："孩子呢？"

夜鸿弈叹了口气："朕对不住你，没有保护好你……我们还会有孩子的。"

姚素鸾忽然悲痛地哭了起来，夜鸿弈紧紧搂住她，不去看她的眼泪。

姚素鸾哭着道："我知道皇上很看重这个孩子，对不起，让皇上失望了。都怪臣妾没用，是我没能保护好咱们的孩子！"

夜鸿弈暗暗握紧了拳："不，不怪你，此事是人祸，都怪朕平日关照少了，让后宫不宁。"

夜鸿弈将她搂得更紧了，姚素鸾慢慢起身看向夜鸿弈，梨花带雨地哭诉起来："臣妾本以为有了龙嗣，皇上就可以多来看我几眼，可是现在什么都没了，臣妾没了母亲，没了家世，如今又没了孩子，臣妾只有皇上一个人了。可日后，恐怕连皇上的关爱也会渐渐失去。臣妾该怎么办……皇上可不可以不要冷落臣妾，哪怕是做做样子，臣妾心里也会好受些。"

夜鸿弈看着姚素鸾，不禁动容，伸手抚上她的脸："素鸾爱朕深重，如今朕疼爱你还来不及，怎会冷落你，往后朕会加倍补偿于你，害你的人，朕定让她血债血偿！"

姚素鸾柔柔弱弱地点点头，将带着泪痕的脸枕在夜鸿弈肩膀上，在他看不到的角度，露出一个不易察觉的微笑来。

第二十二章

宫中，夜鸿弈正往御书房走，看见了跪在门口的敦亲王，停下了脚步。

夜鸿弈冷漠道："敦亲王若是为了淑妃而来就请回吧，谋害龙嗣，刺杀皇妃，不论哪一条罪，都够朕杀她百回了，不死不能平朕心头之恨。"

夜鸿弈正抬步要走，敦亲王连忙重重叩了几个头："臣愿舍弃一切爵位权力，归隐还乡，还请皇上看在臣多年来尽职尽责服侍的分上，饶沁儿一命。"

夜鸿弈道："尽职尽责服侍朕？当年四王夺嫡之乱，你支持宁王与朕作对，陷朕于生死一线，朕没治你死罪已是最大的恩赐，还有何颜面言此事！"

他怒而拂袖，正要进御书房，却被敦亲王拉住衣角："皇上，臣愿拿自己的命换沁儿的命，要杀就杀我吧！"

夜鸿弈冷笑道："你当真想死，可随淑妃一同上路。"

说罢，夜鸿弈便从敦亲王手中抽出衣服进了御书房，徒留敦亲王颓然地坐在地上。

进了御书房后，夜鸿弈坐在椅子上，随后疲累地闭目捏着鼻梁。

这时千面从旁闪出行礼，夜鸿弈终于睁开眼："可曾在王府中发现可疑之物？"

千面道："自上回传出王府失窃、文书被盗一事，全京城的注意力都放在了王府。卑职不敢再轻举妄动，唯恐落人口实。卑职寻到机会潜入查探过，近日并未有边军旧将探访，也没有书信来往。"

夜鸿弈叹了口气，道："朕这个三弟是七窍玲珑心，他这是早有察觉，反将了朕一军啊！朕将他困在皇宫，本想激一激他那些党羽，不想却是打草惊蛇了。若有异心，即便放到眼前，也依然会有。何况他如今离皇贵妃太近了。既然如此，不如就放他回府吧。"

千面不解道："皇上，这放虎归山怕是……"

夜鸿弈却笑了笑，与他道："与其说放虎归山，不如说是欲擒故纵。"

接到可以回府的旨意后，另一头的平乐殿中，寒锦衣与夜君清正对坐一张桌前。

寒锦衣疑惑道："皇上果真允你出宫了？难道是我们的计策奏效了？也好，以后不用活在他眼皮子底下，行动总要方便些。"

夜君清看了一眼寒锦衣，摇了摇头："本王自幼便与他一同长大，他性格多疑、刚愎自用，对所有他认定有威胁的人，是绝不会放松警惕的，更不会改变想法。"

寒锦衣皱眉道："不若我安排你离京，先去我万皇城暂避，日后再从长计议。"

夜君清却道："本王若去了万皇城，更坐实了怀有异心，那他杀我便有了理由，王府还是要回的。只是如今本王手上无人，我需要你备些好手，届时再以纳家奴的由头安排他们入府。"

寒锦衣只好点点头："好，我这就去办。"

正当他推开门准备离开，却发现门口站着敦亲王，两人俱吓了一跳，寒锦衣立刻拔出刀来，抵在敦亲王的脖子上："你是何人，为何在门外偷听？"

夜君清也听见了动静，朝寒锦衣摆了摆手："锦衣，你去吧，不是外人。"

寒锦衣收起刀便匆匆离开了，敦亲王走进来，坐在了夜君清对面。

他犹豫了半天说道："老夫在门外推敲许久，不知是否应该开这个口。"

夜君清却了然于胸："敦亲王是为了淑妃的事吧。"

敦亲王道："老夫也是走投无路了，才来求肃亲王，可否在皇上面前替沁儿求情。"

夜君清道："不是本王见死不救，淑妃娘娘此番所犯，是十恶不赦的大罪，纵使求情也无济于事，更何况本王自身尚且难保。"

敦亲王看了一眼夜君清，随后凑了过来，小声地说道："若是肃亲王能救下沁儿，老夫可将京城巡防营供王爷驱使，不仅可解眼下之困，还能锦上添花让王爷多一白帽。"

夜君清故作生气道："王爷是大楚两朝元老，如此大逆不道之言也能说得出口！"

他起身正要走，被敦亲王拦住："君清，旁人不清楚难道你还不清楚，沁儿这么争到底是为了谁？！当初沁儿为保全敦亲王府上下被迫入宫，可大家都知道，当初她早就属意于你，争来争去也是为了将来可助你一臂之力。你就算不看我的面子，也看在沁儿与你是表姐弟的分上，救救她。"

夜君清叹了口气，终于开口说道："听闻敦亲王与洛滨将军私交甚好，为何不试一试他的门路呢？"

说罢，夜君清便离开了平乐殿。敦亲王坐在原地思索了半天，忽然抬起头，想到了什么，快步走了出去。

天牢中，王沁若可怜地蜷缩在角落，姚莫婉走到门口，递给狱卒几块赏银，便走了进去。

"做惯了高高在上的娘娘，如今成了阶下囚，心里不好受吧，"见王沁若沉默不语，姚莫婉继续道，"你聪明一世却败给了我，你知道为什么吗？"

王沁若终于抬起头来，恨恨地说道："败就败在当初被你蛊惑，失了防备，反而一而再再而三地帮你，只恨没早把你看透，给了你害我的机会。"

姚莫婉却道："我根本未曾害你，真正害了你自己的，是你的贪婪和自负。贪婪在于你既要权力，又要真爱，可这两者是相互牵制的，只有铁石心肠的人才会是最后的赢家。自负在于你把所有人当成你的一杆枪，包括我，你想用我杀人，终究只会被反噬，杀了你自己。"

王沁若起身指着门口，咬牙切齿："成王败寇，有什么好讲的，你要是来看我笑话，就滚出去！"

姚莫婉摇摇头，气定神闲道："本宫没这闲工夫来看你笑话，今天来是想告诉你，你为何该死。"

王沁若大叫一声："该死的人是你，不是我！"

姚莫婉却突然走近王沁若，压迫性地审视她通红的一双眼："还记得被你用马钱子毒死的皇后吗？"

王沁若听闻此话，向后退了一步："皇……皇后。"

姚莫婉步步紧逼，见王沁若心虚地不住后退，姚莫婉厉声道：“她做错了什么，你要这样害她，难道你不该死吗？！”

王沁若撞在墙上，恍然大悟道：“原来你进宫就是为了替皇后复仇！”

姚莫婉道：“天地神明在上，就凭你王沁若所犯诸恶，早就应该遭到报应了！”

王沁若眼中忽然流下泪来，她看向姚莫婉：“要怪，就怪她姚莫心自己！她明明心有所属，却还要霸占着君清的心！是她害得君清将皇位拱手让人，是她害得君清受尽皇上猜忌身处险境，更是她害得君清痛彻心扉！就凭我王沁若捧在心上的人，被她这样肆意凌虐，她就该死！”

姚莫婉讥笑道：“呵，因为这些，你居然只因为这些就要害死她！”

王沁若道：“还有你，姚莫婉，你就是第二个姚莫心！君清错付一腔深情，你们姐妹俩却一再伤害于他。我还想问你，你到底有没有良心？！”

姚莫婉却不理她所说，闭上眼睛叹了口气：“又是一个因爱成狂的女人，你安心上路吧。”

正当她转身准备离开之际，王沁若却上前一步叫住了她，语气平静许多：“姚莫婉，到了这地步，说什么都晚了。临死前，我只求你，今后勿要再像姚莫心那样对待他。不爱他，便放过他，好吗？”

姚莫婉脚步顿了顿，却并没有回头：“你放心，我自会好好守护着君清。”

她大步离开了天牢，身后王沁若缓缓滑坐于地面，捂面哭泣。

回到关雎宫之后，姚莫婉疲惫地坐在椅子上，看向远处，放空愣神。汀月担忧不已，小心翼翼走上前来问道：“娘娘，您这是怎么了？”

姚莫婉面色有些惆怅：“我累了，这一路走来，太多人成为牺牲品。眼见那高楼起，眼见那楼塌了，无数人为了这虚妄的权力，为了无端的爱，飞蛾扑火般地进入这修罗场，不顾颜面，忘了道德，最终落得身死。”

汀月道：“娘娘不必伤心，那些人罪有应得，害人的时候怎不手软，现在倒后悔了？”

姚莫婉抬头看了一眼汀月：“这么说来，我这双手也沾满了鲜血，算得上是罪孽深重了，只求等到复仇之后再还这血债，也就死而无憾了。”

汀月急忙解释道：“娘娘，奴婢……奴婢不是这个意思。”

姚莫婉脸上的表情越来越落寞："如今就只剩下他了。"

这时，殷雪从阴影中现身，回禀道："主人，皇上准许肃亲王出宫回府，王爷让我来告知一声。"

姚莫婉挥挥手，皱眉道："知道了。"

肃亲王府门口，夜君清推门入府，却发现四下无人，正当他奇怪的时候，刚一走进去，奔雷和管家等人从后面跳了出来，奔雷大呼道："王爷，欢迎回府！来来来。"

奔雷手持柚子叶沾着管家手中的水碗，不停掸着夜君清的身子，还时不时蘸水洒他："祛除污秽，洗去风尘。"

管家在旁边接道："王爷还未用午膳吧，老奴这就让伙房去准备。"

夜君清摆摆手："不必了，本王还有要事处理，奔雷你随我来。"

奔雷道了声"是"，却还跟在夜君清后面，不放弃地拿柚子叶继续拍打着他。两人走进书房后，夜君清坐在书桌前，奔雷站在一旁。

夜君清道："本王前几日吩咐你做的事，可照办了。"

"王爷说的话，我怎敢不从。"奔雷拱手道。随后从怀里掏出一沓文书交给夜君清，夜君清随机翻看着。

奔雷又道："按王爷吩咐，边关来往文书都通过每日府中运菜的板车送入。要说这铁血军团的狗腿子也真够敬业的，没日没夜地盯着王府，还进来搜过一回。不过王爷放心，此前一应文书都销毁了。"

夜君清放下手里的文书，叹了口气："皇上借窦士明之手打压本王，而今除掉了窦氏一族，便立刻在边军换上了心腹，真是下得一盘好棋啊！"

奔雷疑道："那待皇上完全把控了边军，没了顾虑，必会对王爷下手。咱们不如赶快离京……"

夜君清却摇头："皇上放本王回府，就等着我有所动作呢！奔雷，你速拟文书，让潜伏在边军的将领立即陷入沉睡，等待本王唤醒之日，以免暴露。"

奔雷若有所思地点了点头。

清风观外，敦亲王下马走到道观门口，随后敲了敲门，一个小童走了出来。

敦亲王见到小童，忙道："麻烦小童禀报紫阳真人一声，就说敦亲王求见。"

小童将敦亲王上下打量了一番，道："还请老先生在此等候。"

敦亲王拱手道："劳烦了。"

敦亲王在门口来回踱步，片刻之后，门又开了，小童将敦亲王请进："老先生请进。"

待小童将敦亲王引进正堂之后，敦亲王见紫阳真人洛滨仙风道骨，在太极图下盘腿打坐，便轻手轻脚走了进去，恭敬地在一旁沏茶，这时耳边忽然传来洛滨的声音："而今不同于当年军中，敦亲王不必客气。"洛滨起身走到茶台前，坐在了敦亲王面前的蒲垫上。

敦亲王却道："这么多年，习惯了。遥想当年，军中无人懂茶道，唯有我懂，此后为将军泡茶，一泡便是十年。"

说罢，敦亲王将倒好的茶递到洛滨面前，洛滨拿起茶杯先闻了闻味道，随后抿了一口："多年未尝过这味道了，看来这茶不分好坏，关键还是看泡茶之人啊！"

敦亲王笑道："洛老将军当年身居高位，权倾大楚之时却选择归隐，此事还被传为一段佳话呢！"

洛滨这时却说："你没有大事，不会上这清风观找我的，说吧。"

敦亲王笑了笑，放下手中的茶杯："还是逃不过老将军的眼睛，这次来是想请你用先帝所赐的免死金券救沁儿一命。"

洛滨有些不解道："沁儿？她出了什么事？"

敦亲王长叹一声，道："说来话长，沁儿因谋害皇嗣和刺杀皇妃之罪被皇上下了天牢，择日处死。"

洛滨不免有些奇怪："沁儿一向机敏谨慎，怎么会行此险恶之事？"

敦亲王无奈叹气，道："我也觉得此事颇为蹊跷，不知为何，自从姚相三女姚莫婉入宫为妃后，这皇宫便不太平了，变故丛生，乱事不断，诸多后妃皆因惹怒龙颜或被罚或被贬，如今沁儿又落得性命不保。"

洛滨瞳孔微缩，沉思片刻，叹了口气："姚莫心的妹妹？自然不会是省油的灯，同是祸事之源罢了。若当真如此，此人恐会动摇我大楚根本啊！"

敦亲王心中酸楚："眼下已顾不得她了，只要能将沁儿救出，我便告老还乡，带着沁儿离开京城这个是非之地。”

洛滨点点头：“当年你救过我一命，所以就算我舍命，也会替你保下沁儿。”

敦亲王顿时感动不已：“洛老将军之恩，我来生愿做牛做马相报。”

洛滨伸手将他扶了起来：“你我之间，莫要说这些话，快起来。”

敦亲王平复了心绪之后便想到了另一节：“好，洛老将军修道之地，为何豢养了这么多武人啊？”

洛滨端起茶杯，仰头一饮而尽：“一将功成万骨枯，当年征战沙场不知惹下多少仇怨，养来自保罢了。”

又是一日上朝之时，辚辚的马车行驶到宫门口，马车内的人正是洛滨。而大殿内，夜鸿弈端坐在龙椅上，众文武大臣分列左右。

姚震霆随后出列上奏：“启禀皇上，南疆与我大楚近年一向交好，可是近日边境因界碑一事屡屡发生摩擦，而今愈演愈烈，南疆已陈兵边境，剑拔弩张，似有开战之意，不知此事该如何决断。”

夜鸿弈低头沉思，这时另一名大臣走了出来：“皇上，臣以为兵者，乃不祥之器，若与南疆开战定会损耗国力，与其劳民伤财，倾国之力开战，不如派遣使节前去交涉，以求和平，免得生了战端。”

又有其他大臣走出来道：“皇上，据臣所知，边境摩擦乃是南疆越界抢掠在先，明显是有意挑衅，若是派遣使节岂不是长了他人威风，还不知道南疆会提出何等无礼要求，此次若是示弱，往后恐会得寸进尺，依臣看，当派兵前往对峙，扬我大楚国威，震慑南疆。”

几方开始讨论起来，唯有夜鸿弈沉默不语，正当他低头沉思之时，洛滨忽然走进大殿，朗声道：“你们所言皆是下下之策，不如明修栈道，暗渡陈仓，派使节假意言和，再联络蜀国，共同讨伐，瓜分南疆。”

大臣们纷纷回头看去，发现竟是洛滨，皆觉得惊讶，随后议论纷纷起来。

夜鸿弈吃惊地站起身来：“洛老将军。”

大臣们纷纷侧身作揖，随后洛滨走上前来，跪地行礼，道：“老夫拜见皇上。”

久不出山的老将军突然上朝，将大家惊得心中一抖。

下朝之后，夜鸿弈便在御书房中为洛滨设座。洛滨看见御书房里挂着一幅“齐家治国”墨宝，走过去细看。

夜鸿弈见了便走到旁边，说道：“这是父皇留下的墨宝，朕一直挂在御书房提醒自己，勿忘训诫。”

洛滨转头向夜鸿弈冷笑了一声，随后坐了回去，说道：“哼，我看皇上早就把先帝的训诫抛到九霄云外了吧？”

夜鸿弈道：“洛老将军此言何意，若是朕有何治国不力之处，还请明示。”

洛滨道：“先帝在时，后宫一派祥和，从未有过争宠权斗之事，老夫本不该过问这些，可如今后宫是非不单单是争风吃醋那般简单，已动摇了国之根本，所谓祸起萧墙，齐家为先，治国为后，家不平何以平天下。”

夜鸿弈笑了笑，解释道：“洛老将军言重了吧，朕不过是贬罚了几名妃子，还不至于动摇我大楚根基。”

洛滨却道：“听闻皇上要处死淑妃，老夫以为此事万万不可，不知皇上可想过，敦亲王只有这么一个女儿，若真处死，他势必心生怨恨，借手中的兵权起乱，到时皇上后悔可就来不及了。”

夜鸿弈听罢，起身解释道：“原来洛老将军此次出山并非为了国事，而是私情，替敦亲王当说客来了。洛老将军，淑妃谋害朕的子嗣、刺杀朕的妃子，哪一项都足以治死罪，朕若不杀如何能平心中愤恨。”

洛滨从怀中掏出免死金券放在桌上，道：“皇上，敦亲王对老夫有救命之恩，淑妃这条命，老夫必要保下。”

夜鸿弈拿起免死金券，上面还流动着往日的光泽。

洛滨在一旁道：“皇上总不能忤逆先帝所赐的免死金券吧。”

夜鸿弈叹了口气，道：“淑妃一事，洛老将军容朕再想想吧。”

洛滨此时却话锋一转：“皇上莫要只顾眼前愤恨，身为帝王要从长远打算，淑妃之事言尽于此。对了，听说后宫之中来了个皇贵妃，不知皇上可否让老夫拜会拜会。”

夜鸿弈心中顿时疑窦丛生，皱了皱眉：“皇贵妃？”

关雎宫中，姚莫婉正在与汀月对坐两边下着棋。待汀月落完子后，却发现姚莫婉正在出神，便用手在她眼前挥了挥，不由问道："娘娘今日怎么一直心神不宁的？"

姚莫婉将棋子扔进盒中，叹了口气道："没什么，皇上答应君清回府，我总觉得会有后手。"

汀月起身走过来，抚着姚莫婉的肩膀，一边帮她捏肩松骨，一边道："娘娘莫要杞人忧天自寻烦恼，肃亲王可是大楚战神，旁人想要近身都不容易，更何况府中还有奔雷护卫左右，绝不会有事的。"

姚莫婉伸手在汀月的手上拍了拍，露出微笑，此时门外传来太监的声音："皇上驾到！"

夜鸿弈与洛滨走入，姚莫婉忙起身行礼："臣妾参见皇上。"随后看向一旁的洛滨，也欠了欠身，道："参见洛老将军。"

洛滨见她如此，疑惑道："哦，皇贵妃娘娘竟认识老夫？"

姚莫婉便笑道："洛老将军是大楚元老功臣，为了安民平乱鞠躬尽瘁，况且当年洛老将军能在位高权重之时毅然退隐，早已传为一段佳话，何人会不知洛老将军的威名。"

洛滨却不悦道："油腔滑调。"

"皇贵妃，你的名字连方外之人都有所耳闻，洛老将军入宫后执意要来拜会，往后可要低调些。"夜鸿弈见气氛似乎紧张起来，忙笑着打圆场，随后示意大家坐下。

洛滨摸了摸胡须，道："皇贵妃娘娘在后宫所作所为，老夫略有耳闻，短短数月便从嫔妃升为了皇贵妃，在大楚可算是首屈一指啊！"

姚莫婉谦虚道："不敢当，臣妾只是承蒙皇上的恩宠。"

夜鸿弈在一旁跟着笑道："皇贵妃贤良淑德，恪守本分，不像旁的妃子献媚争宠，实在难得，深得朕心。"

洛滨却道："依老夫看，不单单是因为皇上恩宠吧，皇贵妃娘娘入宫未久，便将丽妃和淑妃打压至非贬即杀，手段之高明，令老夫都咋舌，如今后宫无人与你争胜，下一步是不是想要当皇后，做第二个姚莫心？"

听见他这么说，夜鸿弈顿时面露不悦，却还是解释道："洛老将军，淑妃和丽妃是自食苦果，可皇贵妃心思纯良，绝不会……”

“老夫没问皇上！”夜鸿弈正在说话，却被洛滨强势打断。

姚莫婉一惊，审视了一眼洛滨，随后嫣然一笑：“洛老将军误会了，臣妾一心只想好好服侍皇上，并未参与后宫争斗，只是旁人心怀不轨，意图谋害，无奈只能自保自证清白，就如同将军阵前杀敌之时，若有敌人挥刀欲取将军性命，难道还能站着等死不成？”

洛滨冷笑着，怒气冲冲地站起身来：“老夫此生阅人无数，你是什么样的人，老夫比旁人看得通透！自你入宫以来，后宫乱事频发，难不成这些事都是偶然？老夫不信你未曾从中作梗！”

夜鸿弈十分不解：“洛老将军为何如此针对皇贵妃，贬罚之事是朕的决断，与皇贵妃无关，更与洛将军无关！”

姚莫婉也解释道：“臣妾清白一身，洛老将军不信便去查，若真能找出罪证，要杀要剐，悉听尊便。”

“老夫定不会让你祸乱大楚！”洛滨却不管二人如何分说，扔下这句话后，愤愤离去。

离开了关雎宫，与守卫通了关系之后，洛滨名正言顺地走进了天牢，王沁若看到他之后立刻激动地起身：“洛叔！你怎么会来此？”

洛滨看着王沁若蓬头垢面的憔悴样子，心疼地摸了摸她的头：“孩子，你受苦了。老夫此次入京，是受你爹所托来救你出去的。”

王沁若焦急道：“洛叔，你一定要救我出去，这里我一刻都不想待了。”

“沁儿别急，老夫有些事需要问你。”洛滨指了指地上的蒲垫，王沁若点点头，两人坐下，洛滨问道，“姚莫婉入宫以来，是如何陷害你与丽妃，又如何在皇上面前谗言献媚的？”

王沁若回道：“姚莫婉入宫并非为争权夺势，而是为了替她姐姐姚莫心复仇。”

洛滨皱了皱眉：“复仇？”

王沁若点点头，肯定道：“她认定我是杀害皇后的元凶，起初示弱于我，取得信任后便伺机谋害。”

洛滨道："还有，老夫打听到，她与肃亲王之间关系并不单纯，此事可是真的？"

却不料王沁若听闻夜君清之名，顿时开始支支吾吾起来："这……洛叔，这可不关君清的事啊！"

洛滨皱了皱眉，思考片刻后道："此事关乎我大楚百年基业，更关系到我如何救你出去。沁儿，你一定要对老夫知无不言。"

王沁若满肚子话不知道该如何说："我……好吧，我定会对洛叔说出一切实情，不敢有半点隐瞒。"

御书房中，千面正在向夜鸿弈汇报刚刚手下报来的消息："启禀皇上，洛将军夜闯天牢探视淑妃娘娘，卑职未敢阻拦，只是这天牢重地，他竟擅自如入无人之境，卑职担心往后恐会有失。"

夜鸿弈坐在案前，手中把玩着那枚免死金券，叹了口气，道："罢了，罢了，随他去吧。"

千面问道："这洛将军是什么来头，为何连皇上和众臣都惧他三分？"

夜鸿弈道："洛老将军是父皇在位时的股肱之臣，曾随父皇南征北战，立下不世之功，若是没有他，大楚江山恐怕早就不复存在了。而朕当年历经四王夺嫡之乱时，若不是洛将军出山，为朕牵制平王和燕王，朕便要分兵多线作战，那如今这皇位是谁坐，可就不好说了。这份恩情，朕是记在心里的。"

"卑职明白，这便告退。"千面拱手说道。正要离开时，却被夜鸿弈喊住，后者看向墙面字画，命令千面道："等等，替朕把那幅'齐家治国'的墨宝取下，拿去烧了。"

"是。"千面立刻取下墨宝离开了御书房，夜鸿弈放下手中的免死金券，继续批阅奏折，这时太监走入禀告道："皇上，洛将军求见。"

夜鸿弈烦恼地放下手中的奏折："让他进来吧。"

洛滨走了进来，夜鸿弈起身相迎："夜已深，洛老将军怎么还未休息？"

洛滨却道："老夫为皇上的江山社稷忧心忡忡，哪儿还有心思睡觉。"

夜鸿弈伸手，请洛滨入座，笑道："洛将军何出此言？"

洛滨便说出自己在天牢中听来的消息："皇上，这姚莫婉入宫心思不纯，一来是为了替皇后复仇，二来便是为了帮肃亲王，留在身边就是个祸害。老夫恳请皇上为了大楚百年基业，诛杀姚莫婉。”

夜鸿弈顿时怒道：“洛老将军，这些话是从淑妃那听来的吧。哼，将死之身，不思悔改，还意图颠倒是非，陷害皇贵妃！”

洛宾也激动地站起来：“皇上难道就没想过，姚莫婉明面上装出与世无争的模样，暗地里却使计铲除丽妃和淑妃，和她们背后代表的窦氏和敦亲王两大势力。他们可是最听皇上话的棋子，如今几乎覆灭，姚莫婉这可是在帮肃亲王瓦解皇上的势力啊！”

夜鸿弈站起身，大袖一挥，道：“洛老将军多虑了，窦氏也好，敦亲王也罢，若是没了，这权力更会紧紧握在朕的手中，何坏之有？”

洛宾执着道：“皇上，你事到如今还执迷不悟！难道就因为姚莫婉酷肖先皇后，所以皇上才偏爱到不辨是非，失了心志吗？”

“放肆！”夜鸿弈大怒，终于开口斥责道，“洛将军，朕敬你是两朝元老才处处忍让，可请你也记住，谁才是皇上！这免死金券，请洛将军拿回去吧，先帝所赐之物，只能保你的命，救不了旁人，况且朕看洛将军如今恐怕比淑妃更需要此物。”

面对天子龙颜大怒，洛滨却一副坦然之色，丝毫不惧。两人一时僵住，谁也说服不了谁。

而此时的关雎宫中，其他宫人已经被遣退，只余姚莫婉和殷雪二人。

姚莫婉问道：“可探听到了为何洛滨执意要救王沁若？”

殷雪回道：“洛滨曾欠下敦亲王的救命之恩，欲拿免死金券救王沁若。可是他因执意劝说皇上诛杀娘娘，而惹得龙颜大怒。皇上不但斥责他，还拒绝了用免死金券换工沁若的命。”

姚莫婉点点头，一脸若有所思的神情，道：“原来如此，看来他这是必要救下王沁若了，又已对我动了杀心，若是他再留在宫里，迟早是个麻烦。”

姚莫婉想了想，看向殷雪，道：“殷雪，本宫要你帮我去做件事。”

宫中一隅的走廊拐角处，一群太监围在一起窃窃私语，没注意到洛滨与晋成从一旁走廊经过。

“嘘，我听说一个大秘密，近日入宫的那个洛将军，本是太后的情郎。”

“真的假的？不会吧？”

“照这么说，那洛将军和皇上……难怪面相与皇上确有几分相似呢！”

“怪不得洛将军如此跋扈，皇上却处处忍让。”

一群太监们点头纷纷附和。忽然一个太监被晋成从后面绕上来，扳住下巴用力一扭，当即毙命。

其余太监吓得纷纷向后退，这才看见洛滨和晋成，吓得当即下跪，浑身抖如筛糠：“洛……洛将军，洛将军恕罪。”

晋成怒道：“狗东西，敢传将军的流言！”

说着便一刀将传闲话的太监抹了脖子，晋成又向洛滨道：“将军，要不要属下去查清此事。”

洛滨却笑了笑：“不用了，想必定是姚莫婉做的。想用这等诛心之论逼我离宫，哼，没那么容易，晋成，老夫有事要你去办。”

深夜，关雎宫中，姚莫婉正躺在床上睡觉，汀月伏在一旁守着她。忽然窗户外传来声音，汀月睡得浅，顿时被惊动醒来，于是走过去想查探查探情况。

这时，晋成突然从她背后出现，出手打晕了汀月，随后缓缓接近，封住仍旧躺在床上的姚莫婉穴位，扛在肩上，翻窗悄然离去。

御书房中，千面跪在一旁，夜鸿弈惊得拍案而起：“皇贵妃失踪了？”

千面回道：“据汀月说，昨晚有人潜入关雎宫将她打晕，皇贵妃定是被人带走了。”

夜鸿弈想了想，皱眉道：“被人带走……洛滨呢？”

千面便道：“洛将军也消失了。”

夜鸿弈一拳捶在桌子上，怒道：“洛滨，你好大的胆！速派人封锁京城各处关卡，务必追回皇贵妃！”

“是。”千面正要离开之际，夜鸿弈思虑片刻，忽然觉得哪里不对，忙喊住他，“等等！你先去天牢撤掉部分明面上的侍卫，然后带人埋伏在牢中，洛滨很可能趁乱营救淑妃。记住，若是来人劫狱，一定要抓几个活口！”

“是！”千面领命离去。

这头肃亲王府中，寒锦衣冲进书房，夜君清正端坐书桌后，奔雷在旁磨墨。

只听见寒锦衣咋咋呼呼的嗓门：“不好了，莫婉失踪了，听说近日入宫的洛将军也消失了！”

夜君清立刻起身，挑起眉来：“此事定与他脱不了干系，走，速与我去寻她！”

三人说着正要出门，殷雪却突然从阴影中现身，拦住了众人：“王爷慢着，娘娘此前曾给了我一个锦囊，嘱咐若是她遇险，便交与王爷。”

夜君清从殷雪手中接过锦囊，打开看了一眼藏在其中的字条，皱了皱眉。

郊外的一处小院子里，失踪许久正被众人寻找的姚莫婉缓缓醒来，发现自己身处一间素雅古典的房间里，屋内雕梁画栋，墙上挂着山水画，连屏风都是竹子制成，颇有雅趣。她看向远处，却见到正在泡茶的洛滨。

姚莫婉缓缓起身走向他，坐在了他的对面。洛滨低头斟了杯茶，放在姚莫婉面前。

姚莫婉抿了口茶，道：“洛将军沏的茶有些凉了，味道也涩了点。”

洛滨没料到她会这么说，笑了笑，道：“皇贵妃如此气定神闲，当真一点都不怕吗？”

姚莫婉却道：“试问洛将军，阵前临敌之时，怕吗？本宫既被挟持至此，生死早已是定数，不如淡然些，至少保留了些颜面。”

洛滨抚须道：“老夫对你知之甚少，今日一会，倒也令人刮目相看，的确不是等闲之辈。只可惜此等才智若不能为皇上所用，还是杀了为好，这大楚不能重蹈四王之乱的覆辙。”

姚莫婉笑道：“看来洛将军听了些传言，当真是对本宫误会重重。本宫澄清一点，我相助肃亲王并非想要扶他坐上龙椅，而是因为，不忍见大楚栋梁被歹人所害。”

洛滨叹息道：“这世间谁又不是歹人呢，不过是立场不同罢了。”

姚莫婉将茶缓慢地倾倒在茶海之中，笑了笑，说道：“这茶也饮了，话也叙了，洛将军还不动手，是在等待你侍从的好消息吧？洛将军今日挟我，意在让皇上派铁血军团来寻找，以便你的人出手营救淑妃吧？”

洛滨扶了扶袖子，道：“原来你也早就看透了老夫的意图，不简单哪，难怪能毫发无伤地一一铲除后宫异己，将皇上玩弄于股掌之中，今日老夫若不杀你，往后当真会是个人物。”

姚莫婉终于叹了口气，道：“洛将军还是老了，难道你以为皇上会猜不出你的心思吗？洛将军本就功高震主，又在朝堂上专横跋扈，此举无异于撼动皇权，皇上向来专权多疑，岂能容你，就等着将军犯错呢！”

洛滨听后，脸色一沉，皱起了两道眉头。

姚莫婉却不动如山，微笑道：“想必此刻天牢应该很热闹吧。”

正如她所料，晋成带人悄然杀入天牢，砍倒一个侍卫后，直奔王沁若牢房，却发现牢房之中并无王沁若的踪影。晋成带人正要跑，忽然前后涌出了两队侍卫，将他们团团围住，千面缓缓走出：“大胆乱贼胆敢劫天牢，拿下！”

话音刚落，众侍卫便纷纷杀向晋成等人。晋成与千面相战，到底不敌，被千面刺了数剑，晋成趁千面露出一个破绽时，一脚踹了出去，杀出了牢门，闪身而去。晋成逃出天牢之后，走得匆忙，却不知自己已经被隐藏在暗处的寒锦衣和殷雪跟了上来。

郊外小院中，洛滨眉头紧锁，暗暗紧张搓手，这被姚莫婉敏锐捕捉到了。忽然门口传来重重的推门声，两人转头看去，姚莫婉见了来人，便道：“洛将军，你的消息来了。”

晋成捂着胸口，满身是血，跌跌撞撞地跑进来，喘着大气道：“将军，不好了，我们中了埋伏，淑妃娘娘并不在天牢中。将军速速离开京城！”

晋成挣扎着说完最后一句话，便倒在地上，再也没有起来。

“晋成！晋成！”洛滨上前伸手试探气息，痛苦地闭上眼睛，拿起地上的剑架在姚莫婉的脖子上，“老夫即便不能救出沁儿，也要杀了你这个祸害！”

姚莫婉十分镇定，不急不忙地起身，微微一笑道：“洛将军，你和王沁若一样，败在了自负。”

洛滨大怒之下，挥刀斩向姚莫婉，正要落在脖子上时，三个戴着铁血军团面具的黑衣人从天而降，击落了洛滨手中刀。一番交战之后，洛滨双拳难敌四手，最终被三人制服了。

洛滨惊讶道：“你们怎么知道老夫在此！”

黑衣人指了指躺在一旁的晋成，哑着嗓子说道："那还得谢谢你的侍从领路。"

这三名黑衣人正是夜君清与寒锦衣、殷雪三人。当时夜君清拆开姚莫婉给的锦囊，便得知了她的目的。

"洛滨此行必救王沁若，也必欲杀我，最好的办法便是调虎离山，令皇上分兵铁血军团前来寻我，再趁天牢守备空虚时，劫狱救下王沁若。若我突然失踪，可命寒锦衣和殷雪埋伏于天牢，待漏网之人逃出可循其踪，找到洛滨藏身之处，另外切记需掩面前来。"

这时姚莫婉看向洛滨，微微一笑，使得洛滨愤怒至极："没想到老夫聪明一世，最终却败在你的手里。"

姚莫婉道："想必此时，皇上应该很想看见洛将军吧。千面，将洛将军押出去！"

面具之后的寒锦衣愣了愣，随即道："是，皇贵妃娘娘！"

寒锦衣便和殷雪一起将洛滨押了出去。

房中只剩下夜君清与姚莫婉二人之后，夜君清终于开口问道："莫婉，你是如何确认洛将军要劫狱的？"

姚莫婉道："我让殷雪探过，清风观所有武人一夜之间不见踪影，便猜到他营救不成，想要劫狱，自然我是最好的诱饵，可令皇上分心。"

夜君清点点头："那接下来你准备怎么办？"

姚莫婉便道："剩下的交给我吧。"

说着，姚莫婉便准备离开，从夜君清身边擦肩而过时，不料夜君清却突然拉住她，将她拥入怀中。姚莫婉正想挣扎，却听见夜君清说道："别动，抱一下就好。你受苦了。"

听见他这样说，姚莫婉不再挣扎，二人静静相拥片刻之后，姚莫婉深深看他一眼，随后离开了此处。

姚莫婉独自驱着马车来到宫门口，正看到千面策马欲离宫，便向他招了招手。千面一见是她，当即大惊，赶忙下马一路小跑过来，还未开口，姚莫婉便做了个噤声的动作："你莫要多问，本宫已安排妥当，只问大人一句，这营救本宫和擒乱的大功，你想不想要？"

千面疑惑地问道："不知娘娘何意？"

姚莫婉撩开车帘缝隙，让千面看到洛滨被绑在马车内，又迅速放下。千面惊讶不已，思索片刻，立刻下跪行礼："谢娘娘赐恩。"

姚莫婉笑道："那大人谨记，此事是哑子做梦——说不得。"

说完之后，姚莫婉不等千面回复，转身向宫门内走去。千面看向她的背影，面上浮上复杂之色：幸好皇贵妃并非敌人，否则必会是大祸。

待千面将洛滨押入御书房，一一禀告后，夜鸿弈大喜道："你这次立了大功，朕要重重赏你！传令，封千面为三品军侯，领左近卫将军衔，统领皇城禁卫军。"

千面下跪道："谢皇上隆恩。"

夜鸿弈道："替洛将军松绑吧。"

千面愣了一下，替洛滨松绑后，夜鸿弈便挥手让他退下了。

等房中只剩下二人之后，夜鸿弈道："洛将军成也情义，败也情义，最终落得这个结果，也是将军自寻死路。况且此番将军归京，令朝中众臣人心惶惶，将军当然不会白死，也算是为朕巩固皇权发挥余力吧！"

"这番话早已有人和老夫说过了，只是皇上，你不能杀我。"洛滨忽然道。

夜鸿弈眯起眼道："为何？"

洛滨掷地有声道："弑父大不韪，有违天理伦常，必遭天谴，皇上担得起吗？"

夜鸿弈笑了起来："洛将军该不会是受了惊吓，才在此胡言乱语吧？"

洛滨说完话后，始终严肃地看着夜鸿弈，夜鸿弈心下一紧，慢慢收起笑容，猛地冲上去抓住洛滨的领子："你此话到底是何意？难道……"

洛滨却痛苦地闭上眼睛，脑海中回想起当年往事。

当时庄晓容等在树下，树上却突然飘落了一大片花瓣雨，她兴奋地在花雨中转圈圈，抬头看去，却是一身戎装的洛滨在摇晃着那棵花树，两人相视一笑，庄晓容害羞地低头……洛滨跳下树，惊喜地看向她的小腹，二人低语……洛滨纵马离去，庄晓容奋力对着他的背影挥手，泫然欲泣，说她和孩子定会等他平安归来！

"当年老夫与晓容倾心相爱，暗许终生。老夫职责在身，为替先帝平乱，踏上征途。谁知，先帝却趁机横刀夺爱，将晓容迎入宫中，当时她已怀有身孕，为保住秘密，才不得不让你以皇子的身份活下去。”洛滨沉痛地说道。

夜鸿弈惊闻身世，惊慌失措，咆哮道：“这不可能！朕身上流的是大楚正统皇室的血脉，绝不会有错！你这老匹夫再敢信口雌黄，朕绝不容你！”

洛滨却道：“我们洛氏一族，左臂上皆有一块家族遗传的红色胎记。这东西代代相传，必须是父子血脉才能有。”

夜鸿弈松开洛滨，拉起袖子看到手臂上的胎记，随后冲过去拉开洛滨的袖子，也发现了同样的一块胎记，继而失神般地向后退了退，脚步踉跄，用力扶住桌子。

他想起在他幼时，庄晓容正坐在椅上喝茶，小小的他撸起袖子露出胎记，跑到她跟前：“母妃母妃，我是不是生病了，为何我身上会长这种东西？”

庄晓容顿时紧张地抱住他，忙把袖子放下，眼看四下无人，低声嘱咐道：“鸿弈，你记住，万万不可让任何人看到你身上这块胎记！记住，是任何人！”

“那父皇和兄弟们也不可以吗？”他天真地问。

庄晓容却厉声道：“正因是你父皇和兄弟，才更不可看见，否则你就没命了！最好你永远都不知道为何，否则你此生都会活在死亡恐惧之中。你要想活命，就必须一生警惕，你答应母妃，你发誓！”

御书房内，夜鸿弈再抬头时，脸色已是万分阴沉：“你可知道，若这真相重现人间，那朕现在的皇位和权力，都将毁于一旦。”

谁也不知道，御书房顶上，殷雪将对话听个正着，然后合上瓦飞身离去。

第二十三章

关雎宫里，姚莫婉坐在黑色紫檀桌前，凝神定气地写字，汀月正在一旁研墨。这时殷雪快步走了进来，走到姚莫婉跟前，单膝跪地。汀月见四下无人，忙走过去将门窗关好。

殷雪禀报道："回禀主人，属下查探得知，原来……皇上并非太后与先皇所生，而是与洛滨私通所生之子！二人进宫之前便有一段孽缘。"

听到这里，姚莫婉猛然抬起头来，汀月也是一副震惊不已的模样。

姚莫婉问道："此事事关重大，可有什么依据？"

殷雪答道："此乃洛滨亲口所言，皇上身上有洛氏家族遗传的胎记为证。"

姚莫婉皱起眉头思索着，在房内来回踱步，片刻后又道："之前本宫编派太后与洛滨的流言，原只是下了招闲棋，意在诛心逼走洛滨，没想到居然歪打正着！如今流言已在宫中疯传，自古君心难测，皇上与洛滨的关系，对于我们这方，可谓物极必反，祸福相依。"

汀月在一旁焦急地问道："娘娘，那我们现在该怎么办？"

姚莫婉伸手拨弄着砚台绕圈，若有所思，最后却扭头看向那幅上书"涅槃"的书法，道："祸兮福之所倚，福兮祸之所伏。咱们便去给这把火再浇点油，本宫真的很想知道，皇上将会如何抉择。"

第二日，御书房中，夜鸿弈正在处理要务，宫女太监们兢兢业业地站在一旁小心伺候着。忽然，夜鸿弈眉头紧锁，将手中的奏折猛拍在桌面上，焦虑地站了起来，在房中环视一周后，让宫女太监都下去了。

夜鸿弈问道："千面，洛滨动向如何？"

千面上前一步，回道："回禀皇上，洛将军昨夜回宫之后未曾再踏出半步，但是属下今日听到宫人们都在议论皇上和洛将军的关系，似乎流言已传得沸沸扬扬了……”

夜鸿弈怒斥道：“谣言，都是谣言！再听到有这等传谣之人，格杀勿论！”

千面迟疑道：“是！那用不用属下去把洛将军——”

说着，千面做了一个割喉的动作，夜鸿弈闻言，却被惊得退了一步，他紧皱眉头，似乎内心正在天人交战：“不，不……让朕再想想。”

“皇贵妃到。”这时，房外传来太监的通报声，姚莫婉从御书房门外施施然走了进来，千面闻声后，急忙闪身离开。

姚莫婉进来行了个礼，道：“臣妾给皇上请安。”说话间，姚莫婉扫了一眼案台上凌乱的奏折：“皇上怎么发这么大的脾气呀？”

夜鸿弈说道：“都是些朝中琐事，爱妃不必在意。”

姚莫婉嗔怪道：“臣妾还以为，昨日臣妾被人绑了去，皇上正为此事发脾气呢，原来是自作多情了，皇上心里根本就没有臣妾。”

说着，她便故意用手帕擦拭眼角，夜鸿弈却敷衍地摸了摸她的手：“好婉儿，朕忙于朝政一时疏忽了，昨日之事你受苦了，朕必会为你讨一个公道。”

姚莫婉又道：“只是那洛将军有恩于先皇，虽早已退隐，但在朝中的势力仍旧不容小觑，况且……臣妾不敢说。”

夜鸿弈奇怪道：“婉儿何时有了畏首畏尾的性子？说吧。”

姚莫婉便道：“况且如今宫中流言纷纷，称……称洛将军与太后原有私情，是先皇横刀夺爱，才导致洛将军退隐多年，他们还说，皇上是洛将军与太后通奸所生……臣妾向来不信这些无稽之谈，只不过谣言蛊惑人心，难免让人猜疑，有损皇威。”

夜鸿弈已经是面沉如冰、即将发怒之兆：“那你跑过来告诉朕这件事，到底是何用意？”

姚莫婉只好说道：“臣妾只是觉得，这流言风眼中的三人，先皇与太后早已仙逝，只余洛将军一人健在。可从前从无半分流言传出，反而洛将军一进宫便谣言不断，臣妾不知其用意，只是担心皇上为小人所害！”

夜鸿弈沉思片刻，才将姚莫婉扶起来：“爱妃也是为朕着想，这件事情，朕自有定夺，爱妃不必担心。”

姚莫婉道：“皇上深明大义，臣妾相信皇上一定会为臣妾做主的。”

夜鸿弈已经无心说话，只好道："好了婉儿，昨日你刚受了这么大的惊吓，先回去好好歇息吧。"

姚莫婉道了声"臣妾告退"，便离开了御书房。望着姚莫婉离去的背影，夜鸿弈皱起眉头，撸起袖子看向那块胎记，似乎下定了决心。

"皇上驾到！"在宫中安排的住处，洛滨正闭目打坐，外面响起了太监的通报声。

洛滨闻言，却仍旧在原处不动闭目打坐，夜鸿弈让众人都退下。待众人退下之后，夜鸿弈看向一旁已经打包收拾好的行李，问道："这就要走了？"

见洛滨仍旧没有说话的意思，夜鸿弈走到一旁坐下："宫中的流言想必你也都听闻了，你私自绑架皇贵妃，还派人劫狱，本就罪大恶极，理应处死。"

洛滨却一脸无畏："老夫已经活到这把岁数了，皇上要杀要剐，任你处置。皇上何不听信那妖妇的谗言，将老夫杀了呢？"

夜鸿弈却道："朕也思索了一整夜，到头来发现……朕，还是做不到。"

洛滨终于睁开眼，看向了夜鸿弈，夜鸿弈接着说道："皇贵妃之事朕可以不再追究，但朕希望，这件事情到此为止。更何况，若朕真把你杀了，那便是有悖天理伦常，母后在天之灵，恐怕也不会原谅朕。"

洛滨叹道："容儿……自从当年一别，我就再也没有见过容儿了，就连她离世，也没来得及见到她最后一面。"

夜鸿弈道："若是你愿意，朕可以择日带你瞻仰母后遗物，祭奠母后的在天之灵。"

"好，好。"听见夜鸿弈如此说，又想到庄晓容，洛滨心中不免动容，脸部肌肉微微颤动，眼眶微湿。

关雎宫中，坐榻之上，姚莫婉右手执黑子，神色凝重地看着错综复杂的棋盘，她正在专心致志地与自己对弈，"啪"的一声，黑子落下，棋盘已成困局。

此时殷雪上前禀报道："主人，如今流言愈演愈烈，皇上已开始强势镇压，议论者一经发现立即赐死。近日他与洛滨频频走动，似乎是要有所行动了。我们接下来怎么办？"

姚莫婉却不置可否道："山雨欲来，且先按兵不动，至于皇上，你继续帮本宫留心着。”

殷雪回道：“是。还有一事，寒城主让属下转告主人，他有要事需回万皇城一趟，若娘娘有急事，可派人加急传信于他。”

姚莫婉点了点头，示意自己知道了。

这一日，一条长长的队伍走在宫廷甬道上，夜鸿弈高坐在龙辇之上，凝视着不远处庄晓容宫殿的方向，平放在侧的手不由得捏紧，洛滨紧跟在后，目不斜视，一时间甬道上的宫女太监纷纷回避。

一行人很快便到了庄晓容曾经的宫殿里，洛滨举步踏入大殿，微风拂过，珠帘散漫，美人榻前，却只能叹息斯人已逝。洛滨面容愁苦，不经意间伸出手来，轻抚着美人榻，仿佛上面还有故人的痕迹。

夜鸿弈见到眼前的一切，说道：“这宫中的一桌一椅，朕都叫人保留着母妃生前所居的模样，每每思念母妃时，便会到这宫中一看。”

洛滨眼眶微红，拳头微微攥紧：“没想到再踏入这深宫之时，我与容儿已是天人两隔。若不是当年先帝横刀夺爱，我又怎会与容儿相隔于高墙之下，忍受半生漫长相思之苦。”

夜鸿弈叹道：“朕在母妃的寝殿设了灵牌，既然来了，便去告慰一番吧。”

说罢，夜鸿弈便带着洛滨到了庄晓容生前的寝殿中。寝殿内，灵位高悬，檀香四溢。夜鸿弈率先拿起供桌上的香，焚香祭奠庄晓容。洛滨久久地凝望着牌位，眼眶泛红，也随即燃了香，祭拜起来。

“容儿，我终于来看你了。”洛滨痴痴地凝望着庄晓容的灵牌，口中轻轻呢喃着。

夜鸿弈也道：“母妃，弈儿也来看你了。若你泉下有知，见到此番团圆情景，想必会备感欣慰。”

洛滨叹道：“容儿，如今我们的儿子贵为大楚国君，我已无他愿。他认不认我，我都不会怨他，只愿弈儿能庇护大楚，千秋万世，也不枉我当年征战沙场，辛劳半生打下的大楚河山。”

夜鸿弈拿起供桌上的酒盛满一杯，面向洛滨，诚恳地说道：“大楚以孝治国、以礼治国，上至文武百官，下至平民百姓，当百善孝为先，你我终究血浓于水……父亲，我从未尽过孝心，今日就当着母亲的面敬您一杯酒吧！”

说罢，夜鸿弈便将酒杯双手奉上，洛滨不由有些惊讶：“弈儿，这……”

夜鸿弈却道：“今日这里没有君臣，只有父子。当着母妃牌位，我们也算是一家人团聚了。父亲，请！”

洛滨接过酒杯的手略微颤抖，面上尽是感慨，却不知从何说起，只好一口将酒饮尽，却没注意到夜鸿弈的嘴角微微上扬。酒刚入腹，洛滨便觉喉咙一阵剧痛，口吐鲜血，震惊地用手指向夜鸿弈：“弈儿！是你……你要害我！”

毒药越发猛烈，洛滨只觉已经无法控制身体，不断有鲜血从口中涌出，随后摔倒在地。

夜鸿弈看着命不久矣的老人，愤恨道：“要怪就怪你入这皇宫来，给朕添了天大的麻烦！”

洛滨面如金纸，痛苦得五官都挤在了一起，口中鲜血直流，却笑着对夜鸿弈钩钩手，示意他靠近。夜鸿弈见他已经无法动弹，将死之人不足为惧，便凑近去听洛滨刻意压低的声音。

“我儿好手段，为父不怪你，成帝王业者，最忌多情客，必当泯灭情感、心坚如铁！这是你须得承受的宿命，休叫任何人成为你的软肋。不过弈儿，你务必……除掉夜君清，毕竟，如今只有他……才是正统皇家血脉。容儿，我……我总算……可以与你相会了。”

闻言，夜鸿弈露出万分震惊的眼神，而倒在地上的洛滨却已经断了气，夜鸿弈见到已经身死的老人，想说些什么，却又再也说不出来。

他一时没有地方可去，便回到了姚莫心宫中闭目深思，面色却颓丧万分。

“心儿，朕，做错了吗？你会不会觉得朕很可怕？”宫内烛光摇曳，夜鸿弈眼中悲伤满溢，面上却逐渐露出疯狂的神色来，“心儿，你原谅朕好不好，朕也不想这样的！不，这不怪朕，是他自己来找死的！这大楚万里江山是朕的，大楚的皇也只能是朕！朕决不能眼睁睁看着它拱手让人！它只能是朕的！他说得对，这是朕的宿命，只有我负天下人，休叫天下人负我！”

烛光映照下，夜鸿弈的眼神逐渐狰狞起来，显得格外骇人。

关雎宫里，姚莫婉不停地向窗外眺望，片刻之后，殷雪从阴影中走了出来，回禀道：“主人，夜鸿弈已经设局将洛滨杀死了。”

虽然不出所料，姚莫婉却依然有些震惊：“他果然还是走出了这一步，一旦有人妨碍到他的皇权，不管是至爱，还是亲人，都会被荡平。或许当年的我也只有一步之遥。”

此时，汀月急忙走了进来，焦急报道：“娘娘，皇上正朝着关雎宫的方向来了。”

殷雪骤然闪身离去，姚莫婉收拾了一下自己的钗环，出门迎接。夜鸿弈果不其然已经到了关雎宫门口，姚莫婉连忙行礼，却被夜鸿弈扶了起来，他似乎十分有闲心，还打趣姚莫婉：“爱妃免礼。婉儿近日休养得如何？”

姚莫婉一脸不高兴地嗔怪道：“皇上这时候倒想起婉儿来了，我这几日在宫里，不是刺绣就是下棋，皇上也不来看望，婉儿都快闷死了。依婉儿看，皇上就是心里没有我，自从那日被绑之后，婉儿整日提心吊胆，生怕那洛滨再来找麻烦。”

夜鸿弈揽住姚莫婉，轻描淡写地安抚着她：“婉儿放心，洛将军已被朕打发回山中，他不会再来伤害你了。欸，婉儿怎么身子在抖？”

姚莫婉掩饰地吸了下鼻子，回道：“夜露寒凉，婉儿有点冷罢了。”

她在夜鸿弈怀中，神色担忧地皱起了眉。

第二日，汀月正搀扶着姚莫婉在御花园中散步，想到日前发生的事，汀月皱眉道：“娘娘，听闻近日南疆与我大楚边境频频摩擦，似乎开战在即。这样说来，肃亲王岂不是很快便能摆脱困局，率兵出征了？”

姚莫婉点点头，道：“如今这大楚谁都有可能领兵出征，最不可能的便是君清了。只怕洛滨之事过后，君清有性命之忧。”

两人继续往前走着，看到不远处的亭子里，夜鸿弈和夜君清正在对弈。姚莫婉便走上前去请安：“臣妾参见皇上，见过肃亲王。”

夜鸿弈一见是她，便笑道：“爱妃免礼。婉儿你来得正好，我和三弟难得对弈，快帮我们看看。”

姚莫婉便走到棋盘前，仔细地分辨了两人的棋路。

夜鸿弈打趣道：“婉儿是否能分辨出我和三弟各自执什么子？”

姚莫婉笑道：“黑子小心谨慎，步步保守，困兽犹斗；而白子不论是防守还是进攻，每一步都气势非凡。臣妾猜测，执白子的是皇上。”

夜鸿弈满意道：“婉儿果然聪慧，那照你看，接下来，朕应该走哪一步？”

姚莫婉走到棋盘前，执白子落棋之后，肯定道：“如此一来，输赢已成定局。”

“那倒未必。”夜君清却摇摇头，执黑子落棋，黑子顿时打开了突破口，开始反攻过来。

姚莫婉见此便道：“皇上，臣妾技痒，可否替皇上扳回一局？”

夜鸿弈向她挥了挥手：“爱妃请便。”

姚莫婉皱起眉，索性坐下来与夜君清对弈起来，其间眼神不经意交会，各自神色不明。直到姚莫婉最终拿起白子，落棋之后，一脸胜利的笑容。

夜君清放下棋子道：“皇贵妃果然聪慧过人，是臣输了。”

姚莫婉笑道：“肃亲王过奖了，臣妾只不过是利用皇上之前的优势，扳回了一局。”

夜鸿弈便道：“你们两个都不要谦虚了，高手执棋纵盘，输赢不过就在一招半式之间，只有兵行险着才能锁定胜局。时候不早了，三弟早些回府安歇吧！”

离开之前，姚莫婉深深地看了夜君清一眼，便挽起夜鸿弈的手臂，款款离去。

朝堂之上，重臣正因为打仗的事而议论纷纷。

此时，桓横出列上奏道：“皇上，如今南疆屡犯我大楚边境，导致连城在内的多座城池接连遭到骚扰，边疆士兵群龙无首，连连溃败，皇上，望您尽快下令，调兵支援啊！”

又有大臣在一旁说道：“皇上，肃亲王身为大楚战神，久经沙场，能征惯战，从未败给过任何人，臣以为，由肃亲王领兵出征再合适不过！”

群臣议论纷纷，纷纷点头表示赞同。夜鸿弈坐在龙椅上皱起眉头，随后笑了笑，道：“肃亲王还真是深得人心，一呼百应。”

夜君清拱手道：“臣弟不敢，如今我大楚边境陷入危局，为社稷安，刻不容缓，皇上若允许臣弟率兵出征，臣必誓死守卫我大楚的每一寸领土！”

夜鸿弈便笑道：“肃亲王不必惊惶，朕知你忠义。如今南疆屡犯大楚，凌弱暴寡，有损大楚威严，罪不可恕，朕已决意三日后御驾亲征，支援边疆。”

此言一出，群臣顿时议论纷纷。姚震霆上前一步，道：“皇上，天子御驾亲征纵然能鼓舞士气，但战场凶险，刀枪无眼，若圣上出些什么闪失，大楚危矣，请皇上三思啊！”

一时之间，重臣纷纷道“请皇上三思”起来。

夜鸿弈挥了挥手，道：“众卿不必再行劝阻，南疆此战关系大楚国威，朕意已决。至于安危……肃亲王，你可愿率前哨军打先锋，扬我大楚天威？”

夜君清便道：“臣弟必定捍卫国土，死而后已！”

这时，一名侍卫冲上殿前，向夜鸿弈行礼后奏道：“边疆传来急报，榆林关被南疆围困，请求即刻出兵增援。”

夜鸿弈当即下旨道：“肃亲王，朕命你即刻出征，率先前往榆林关援救！”

消息传到关雎宫时，姚莫婉正在写大字，汀月慌慌张张地跑进宫内，惊慌失措地喊道：“娘娘！皇上决定御驾亲征，让肃亲王即刻启程，前往榆林关支援，此刻已在皇宫广场集结军队了！”

姚莫婉顿时手一抖，纸上被重重画了一道，随即她放下了手中的笔，匆匆走出门。片刻之后，姚莫婉提着裙摆，小跑着奔向广场。这头广场上，众士兵排列整齐，军队已经整顿完毕。

奔雷道：“将军，一切准备就绪，即刻就可出发。”

夜君清点了点头，看向皇宫关雎宫的方向，不发一言。身后的方向，奔雷骑上另外一匹马：“将军，该启程了。”

“启程！”夜君清率领着军队，浩浩荡荡地往宫门口的方向走去。

身后不远处，广场台阶上，姚莫婉气喘吁吁赶到，看着已经走出了宫门的军队，神色担忧。

御书房里，夜鸿弈正坐在案前批奏折，千面上前禀报道：“启禀皇上，肃亲王已率军出了城，是否需要属下现在动手？”

夜鸿弈摇摇头：“不，对肃亲王来说，最体面的结局便是马革裹尸还了吧。朕跟他毕竟是手足兄弟，焉能不成全他的体面？”

千面回道：“待肃亲王解除大楚之危，再以英雄之名战死沙场，人尽其用，皇上英明！”

夜鸿弈想到此处，冷哼一声，面露阴狠神色，此时殿外传来刘公公的通报说皇贵妃求见。千面刚闪身退下，姚莫婉便带着汀月走了进来，汀月手里还端着一碗莲子羹。

姚莫婉道：“臣妾听说皇上要御驾亲征，实在寝食难安，特地来看看皇上。”

夜鸿弈这时却问道：“哦，你是担心朕，还是担心肃亲王？”

姚莫婉解释道：“臣妾早已言明，肃亲王不过是个王爷而已，怎可与皇上相提并论？”

夜鸿弈听了之后，目光柔和了起来：“婉儿大可放心，朕当年几经沙场，也曾杀敌无数，朕向你保证，一定凯旋，婉儿就放心地待在宫中，等待朕的好消息。”

姚莫婉笑道：“臣妾相信皇上必定旗开得胜，只不过，臣妾有一事相求。请求陪同皇上一起出征。”

夜鸿弈挑眉看向她：“哦？这整个大楚后宫，陪朕上过战场的女子，唯有莫心一人。婉儿难道也有这等兴致？”

姚莫婉道：“皇上，臣妾不及姐姐才智之万一，只是想起来姐姐曾告诉过我，当年她游历南疆时，那南疆君主晗昱受奸人所害身中奇毒，幸而姐姐施针救治保住一命。虽说姐姐已逝，可她当年对南疆君主的恩情犹在。婉儿以为，此行陪同皇上出征，南疆君主会看在过往恩情的分上，答应和谈。如此一来，也免去了皇上担心边疆百姓受战乱之忧。”

听她提起来，夜鸿弈目光一柔，仿佛沉浸在往事中：“莫心……”

姚莫婉听到夜鸿弈喊自己的名字，不由得抬头看向他。恍惚间，夜鸿弈仿佛看到了姚莫心的脸，伸手抚摸向姚莫婉的脸颊：“朕答应你，朕什么都答应你。”

姚莫婉迎向夜鸿弈的目光，试探道：“真的吗？皇上……”

夜鸿弈郑重地点了点头：“嗯，朕答应你了。”

皇家军队很快便开拔出发。浩浩荡荡的大楚军队穿行在官道上，一辆御辇被围在当中行驶。马车内，夜鸿弈正闭目养神，姚莫婉却显得心事重重。

抵达连城郊外时，大军驻扎了下来。营帐之中，夜鸿弈正在对着地图查看，姚莫婉站在一旁服侍他。

夜鸿弈道：“方才传来消息，肃亲王在榆林关一战即将告捷，而此时连城兵力薄弱，正是进攻的好时机！”

姚莫婉进言道：“皇上，请听臣妾一言，连城刚刚战败被南疆占领，百姓正遭受战乱之苦，如若再次发起进攻，只怕到时候，连城的百姓反而会憎恨皇上所为。”

夜鸿弈疑惑道："那爱妃何意？难不成指望那南疆将领主动投降？"

姚莫婉回道："连城守兵薄弱，皇上自然可以不费吹灰之力拿下连城，但是出于对连城百姓的担忧，臣妾主动请缨前往连城，与南疆将领进行和谈。"

夜鸿弈闻言，愣在原地："婉儿，这是战场，南疆人凌弱暴寡，你一个弱女子，不可胡闹！"

姚莫婉却道："臣妾绝非胡闹，正因我是女子，南疆人上来便会看轻我，反而掉以轻心方便我行事。若和谈成功，连城百姓便可免受战争疾苦，而我大楚也可减少伤亡，积蓄兵力。"

夜鸿弈叹息道："可朕……实在放心不下。"

姚莫婉安抚道："皇上，如今榆林关胜局已定，南疆定能意识到这次侵略终将以失败告终，而臣妾的和谈恰是给了南疆一个收兵的台阶。更何况，臣妾身为大楚贵妃，大楚圣主的女人，南疆定然不敢动臣妾分毫。"

夜鸿弈只好答应她："爱妃决意要去，朕会派一队精兵跟随你一同前往，护你周全。"

姚莫婉行了一礼："臣妾谢过皇上。"

姚莫婉向来雷厉风行，得到夜鸿弈的首肯之后，便带上了一伙人马出发前往南疆军营。一行人骑马到了连城郊外，姚莫婉立刻吩咐让众将在此等候，说罢，姚莫婉便策马孤身一人奔向连城。

连城南疆军营当中，南疆将军高坐在椅子上，俯视着站在包围圈里的姚莫婉："连城是我南疆攻下的疆土，凭什么归还于大楚？"

姚莫婉道："大楚与南疆两国早已立下邦交，南疆不顾协定，挑起战争，置平民百姓于水火之中，此举实在不是君子所为！"

听闻此言，南疆将军面露不悦，手下将士更是激动得拔剑指向姚莫婉。姚莫婉却镇定自若地看向围住自己的剑，露出了笑容："且不说本宫是大楚的贵妃，就算不是，你们南疆对一个弱女子下手，传出去也会被人耻笑吧？本宫今天既然敢孤身前来，就一定想好了万全之策。何况，我皇正愁不能堂而皇之踏平南疆，将军今日所为便给了我们理由！"

南疆将军笑道："好一个伶牙俐齿的贵妃！"

姚莫婉道："将军，因为一座连城而得罪我们大楚，因小失大的道理您不会不懂吧？”

南疆将军却阴恻恻一笑，抽剑出鞘，对着姚莫婉一步步走了过去。面对南疆将军的剑，姚莫婉却镇定自若地坐下来，笑道：“榆林关一战，我大楚胜局已定，南疆大军伤亡惨重，不然也不会只留你们这一队人马留守连城。”

见南疆将军脸上顿时有些挂不住，姚莫婉又道：“大楚大军近在咫尺，不费吹灰之力就能将连城攻下，但是念及苍生，我大楚不愿再次引战，让百姓陷入水深火热之中。”姚莫婉继续说道：“不为连城百姓着想，将军也该为自己的弟兄们想想。古来征战几人回？他们背井离乡，有家难归，如今被困连城，断了粮草和给养，腹背受敌，个个已是兵疲意阻。”

听她这么一说，南疆士兵们顿时失了士气，露出疲态。姚莫婉决定一鼓作气：“如此看来，你们没有任何胜算，说不定还会全部命丧于此。”

士兵们正犹疑不决之际，不知是谁突然扔下了自己手中的武器，随之而来的是武器纷纷落地的声音。

姚莫婉满意地说道：“三日后大楚军队将会接手连城，将军和弟兄们大可放心离去。”

南疆将军见状，哀叹一声，也随之扔下了手中的剑。

这头榆林关外，刚刚经历过一场厮杀。城下遍布战死的将士尸体，硝烟还未散去，残戈断器斜插在地面上，大楚的将士们列队在城楼之上，盔甲上还沾有血痕。此刻将士们却高举起手中的剑，用力地为胜利欢呼。

掌旗手站在城楼顶端，奋力挥舞着手中的大楚旗帜。夜君清的头发有些凌乱，几根发丝散落在额前，继而看向城下，将手中的剑收回鞘中，缓了一口气。奔雷站在夜君清身旁，神情欣慰，显然是松下一口气来。

一名士兵从城楼下急匆匆地跑到夜君清面前，跪地行礼，道：“将军，据探子来报，皇贵妃孤身入连城和谈，如今被俘生死不明！”

刚刚松了口气的夜君清顿时瞪大双眼，猛地抓住士兵的前襟：“你说什么？！她也来了？为何是她前去和谈，为何？”下一刻转头看向奔雷，怒道：“奔雷，立即分兵，带一队将士，随本王去连城！”

夜君清快步离开，奔雷看向后方将士，大手一挥，点了一队人马，道：“你们随我来，其余人严守榆林关！”

前方的夜君清已经匆忙上马，一马当先骑了出去，奔雷率领一队人马，跟随夜君清奔驰而去。率大军进城后，夜君清与手下们迅速与士兵搏杀起来。

街道上刀剑嘈杂，厮杀声此起彼伏，奔雷率领将士们与南疆士兵厮杀在一起。街道两侧的平民百姓慌乱地逃离。夜君清满脸血污，双眼通红眼神阴冷，大吼着冲向前方，挥剑砍翻围在身边的南疆众将士。

南疆将军飞身倒在地上，狼狈地支起上身，捂着胸口，一柄剑指向南疆将军，他不断地向后退去。夜君清却提剑指着南疆将军，面色狰狞，步步逼近："姚莫婉人在哪？"

南疆将军从地上站起身，身形踉跄，怒吼道："大楚人果真阴险狡诈，背信弃义，过河拆桥！老夫恨不得扒你们的皮，喝你们的血。你们这群小人！"

夜君清握剑的手微微颤抖，目眦欲裂地嘶吼着："最后再问你一遍，姚莫婉在哪？"

南疆将军看夜君清身后正在被屠杀的南疆士兵，眼眶有些湿润，突然开始狂笑："哈哈哈……你想知道，那我便告诉你，她已被老夫碎尸万段！"

夜君清满脸震惊，大吼一声，随即提剑刺向了南疆将军的脖子。南疆将军倒地身亡后，夜君清悲愤无助地看向四周，几乎站立不稳，一口热血喷涌而出。不远处，一名平民一边逃离，一边回头瞄向夜君清，领口处露出了些许南疆样式的盔甲，随着其余百姓逃出城外。

大楚营地里，姚莫婉风尘仆仆地走入营帐，夜鸿弈见她终于回来，有些激动地握住了姚莫婉的双手："此番跋涉劳顿，婉儿辛苦了。"

说着，夜鸿弈倒了一杯茶水递给姚莫婉："你遣人先行告知朕，与南疆和谈一切顺利，究竟情形如何？"

姚莫婉便道："南疆允诺会将连城归还大楚……"

夜鸿弈赞道："不费一兵一卒，便能平息两国战火。婉儿果真聪慧过人，深得莫心遗风。想来莫心若是有知，必会感到欣慰。"

姚莫婉微笑道："皇上谬赞，婉儿也是想为皇上分忧！"

"启禀皇上，千面大人求见。"

夜鸿弈便嘱咐姚莫婉道："婉儿，旅途劳顿，你先下去休息吧，朕一会儿再去看你。"

待姚莫婉走后，千面走进了营帐，禀报道："禀报皇上，卑职手下抓住了一名刚从连城逃出的南疆探子。"

夜鸿弈挥了挥手："将他放了，让他顺利回到南疆报信儿，你也下去吧。"

千面领命之后，便回到了自己的营帐里。这时一名暗卫来到营帐中，跪于千面下首，恭敬道："启禀大人，属下已将贵妃娘娘被困连城的消息告知了肃亲王，待他入连城后，便投放了病鼠。相信不出几日，连城便会沦为一座死城。"

千面点点头："做得好！你先退下，我自会安排提拔你的事。"

暗卫闻言，欢喜地转身正准备离开，千面却突然扔出暗器，一刀穿喉，暗卫便毫无声息地倒在了地上。

"只有死人才能守住秘密。"

连城中，夜君清正在营帐中坐立不安，时不时地朝门口张望，见奔雷走进来，急忙站起来，问道："可有找到婉儿的尸首？"

奔雷为难地说道："并未发现贵妃娘娘的尸体，而且城中发现了几名因疫病而死的百姓。"

夜君清疑窦丛生："疫病？这病极易传播，速派人将尸体焚烧了！"

奔雷立刻领命前去，夜君清也离开了营地再次来到城中。城中断壁残垣，街道上三三两两地躺着因鼠疫病故的百姓，以及染病的老人、妇女，士兵们小心翼翼地清理尸体，夜君清看向城中的一片惨相，面色凝重起来。

奔雷烧完尸体后，过来回复："王爷，城中粮草不足，鼠疫肆虐，大批百姓身染疫病无法救治，连将士也被感染了，再这样下去，形势不容乐观啊！"

夜君清发出指令："奔雷，先派人将尸体焚烧，再将感染之人隔离起来。还有，询问何处有大夫！"

这时远处传来孩童的哭泣声，一名士兵走到夜君清跟前，禀报道："将军，前方发现一名孩童被困于房梁之下，身下便是病故的母亲。"

夜君清匆忙带人前往出事的民房，却见几名士兵一筹莫展地站在一旁。孩童确实被压于房檐之下，而哭闹声也越来越小。夜君清见状上前准备救助孩童。奔雷与众将士阻拦道："将军，万万不可啊！"

"闭嘴，救人要紧！"夜君清不顾众人反对，命人抬起屋檐，自己则亲自上前救助孩童。他天生神力，却还是不慎被磨破了臂膀，最终将奄奄一息的孩童抱起。

尚在城中的他们并不知道，城外好几里处，鼓角齐鸣，旗帜飘扬，浩浩荡荡的南疆大军抵达连城之下，将连城团团围住。

夜里，奔雷正帮夜君清包扎臂膀："王爷，可有不适？"

夜君清淡淡道："无妨。"

奔雷便叹了口气："万一那孩童身染鼠疫……"

突然有士兵连滚带爬冲进门来："报——回禀将军，南疆大军来袭，已兵临城下！"

大楚营地里，姚莫婉焦躁不安地等待着，眼睛时不时朝门口张望。人影一晃，殷雪已出现在营帐内，姚莫婉快步上前，问道："可有君清的消息？"

殷雪回道："属下打探到肃亲王攻下榆林关后，火速前往了连城。据我所知，肃亲王不知从何处得知了主人被困连城的消息，便火速前去搭救，如今反被南疆大军围困。"

姚莫婉愕然道："他为何去连城？必定有人故意散布假消息，诱他前去！"

话音落下，姚莫婉急忙奔出营帐，直直向夜鸿弈营帐中走去。而这边下人正为夜鸿弈摆下膳食，姚莫婉迅速冲进营帐中，见姚莫婉前来，夜鸿弈倒没怎么意外，还让随从们多摆上一副碗筷，姚莫婉侧坐于夜鸿弈身旁。

夜鸿弈将菜夹入姚莫婉的碗中，道："婉儿，这一路随朕亲征，消瘦了不少，可是这膳食不合胃口？"

姚莫婉便说道："皇上，臣妾刚刚听闻我军正被南疆大军围困于连城，战争一旦开始，多少无辜百姓将会枉死，而我军也将深受重创，臣妾恳请皇上派军支援。"

夜鸿弈却叹了口气，道："凡战争必有伤亡，生灵涂炭在所难免，一切皆是命数。婉儿，用膳吧！"

姚莫婉却继续道："皇上，臣妾不懂何谓命数，臣妾只知为君者应怜天下苍生，施仁布德！谋事在人，成事在天！恳请皇上派兵支援连城！"

闻言，夜鸿弈重重放下筷子，猛拍桌子，横眉冷对："放肆！依你之言，朕便是那暴虐无道的昏君？"

姚莫婉含泪道："臣妾不敢！万千将士都是大楚儿郎，他们为大楚征战沙场捍卫国威，如今身陷危城，皇上难道眼睁睁看着自己的子民送死吗？"

夜鸿弈看穿她心中所想，冷冷地说道："你是担心夜君清送死吧？"

姚莫婉："是又如何！皇上，于理，肃亲王身为大楚战神，战功赫赫，为大楚立下汗马功劳；于情，肃亲王是皇上的手足兄弟。如今他四面楚歌，成必死之局，臣妾认为皇上理应派兵支援！"

夜鸿弈怒道："爱妃，你可知肃亲王私自违抗军令，攻打连城，挑衅南疆，毁掉了你辛劳和谈的大好局面，如今南疆君主雷霆震怒，誓要讨个说法，两国几近决裂，朕如何还能护着他！"

姚莫婉不敢置信地听着他这套虚伪说辞，浑身发抖。

而此时的连城营地中，奔雷气急败坏地冲进夜君清的营帐里："王爷，那帮南疆狗贼不断在城下叫嚣，实在是太嚣张了！"

夜君清却镇定自若："援军还没有消息吗？"

奔雷摇头，又道："王爷，如今内有疫病，外有敌寇，咱们是必死之局，唯有杀出重围这一条路了！"

"报——"夜鸿弈这边又有士兵进营帐回报，"启禀皇上，连城急报，肃亲王大败南疆，不幸壮烈殉国。"

姚莫婉不禁愣住，身体微微一颤："你说什么？这不可能，这不可能……"

夜鸿弈也扶住额头，一脸痛苦："怎么会，怎么会这样……一代大楚战神就此陨落。三弟，难道是朕做错了……"

姚莫婉却看向他："皇上，这就是你想要的结果吗？"姚莫婉悲伤不能自已，身体开始摇晃，如残风中的枯叶一般："请皇上节哀，臣妾身体不适，先行告退了。"

待她离去之后，夜鸿弈才抬起头，收起面上的悲容，意味深长地注视着离去的姚莫婉。姚莫婉神色哀伤地走出营帐，失魂落魄地走在军营中，眼前闪过夜君清的脸庞。

"从今后，你上刀山，我与你随行，你下火海，我为你蹚平。你休想再将我一脚踹开！"

想起他说过的话，姚莫婉终于落下泪来，捂住胸口，痛苦地闭上眼定了定神，转身朝着马厩的方向走去，挑了一匹千里马，姚莫婉转身上马，眼泪飞落，不顾一切地扬鞭奔向连城。

连城之外，南疆大军在各个出入口都设下了看守。姚莫婉纵马前来，悄悄找到一处守卫较松懈的地方，用迷香迷晕了守卫，她正奔向进城的入口，却被换岗的士兵看见。

“抓住她，别让她跑了！”士兵纷纷上前拔出剑来，姚莫婉狼狈闪躲着。此时殷雪悄然出现，拔出长剑与周遭士兵周旋：“主人，快走！”

姚莫婉这才趁机进了城门，却见街道上一片萧条，只有零星的灯火亮着，街上不时传来痛苦的哀号声，姚莫婉深吸一口气，硬着头皮寻找着大楚军队驻扎之地。很快，街道上巡逻的士兵发现了姚莫婉。

姚莫婉停住了脚步，慢慢地转过身来：“小兄弟，主帅营地驻扎在何处？”

那士兵疑惑道：“你问这干吗？鬼鬼祟祟，肯定是南疆派来的奸细。”

说罢，士兵们紧张地拔出剑来，纷纷指向姚莫婉。这时，奔雷从士兵后方走来，那士兵说道：“回禀副将，我们发现了南疆奸细。”

奔雷来到姚莫婉跟前，见到是她之后大惊失色，正要下跪称呼，被姚莫婉阻止，她上前抓住奔雷的臂膀：“君清呢？君清在哪儿？”

“王爷，王爷他……”

姚莫婉随奔雷进入营帐，只见夜君清平躺在床榻上，面色苍白，不禁泪流满面。

原来传出死讯不过是夜君清与奔雷商量的计谋。当时奔雷在营帐中焦躁不已：“王爷，这援兵迟迟不发，皇上是不是想将我们弃之不顾，困死在连城！想必当初贵妃娘娘遇险的消息也是假的！”

夜君清背着手，站于地形图前：“是啊，他终究还是对本王动了杀心，利用婉儿当诱饵借机将我光明正大地除掉。”

奔雷气得要命：“王爷，这援军不发也罢！咱们一起杀出重围，若我这条命，能换得王爷平安脱险，属下万死不辞！”

夜君清却摇摇头：“不可，还未到殊死一搏的时机。他要的不过是我死，你便速去派人传递本王死讯和假军情，皇上听闻消息，援兵必发，这满城百姓和士兵才会迎来生机。”

这才有了姚莫婉眼前这一幕。

她泪眼模糊地正欲走向夜君清，却被奔雷伸手拦住了，他叹了口气：“娘娘，王爷有令，这疫病传播速度极快，下令任何人不得近身。旅途劳顿，娘娘还是去别处安歇吧！”

姚莫婉却生气地拍开他的手：“让开！他担心感染别人，难不成你们就任由他活生生等死吗？”

姚莫婉跪坐在床榻旁，深情地抚摸着夜君清的面颊，忽然泪如雨下：“君清，我来了……”

夜君清缓缓睁开双眸，眼前的景物从模糊到慢慢清晰：“婉儿，你又到我梦中来了。不过，你怎么哭了……”

夜君清伸手抹掉了姚莫婉脸颊上的泪珠，他揉了揉眼睛定神，忽然惊觉不对，急忙将身子远离她，愕然道：“你怎会在此！奔雷，还不快带她出去！”

夜君清剧烈地咳嗽着，要推开姚莫婉。谁料姚莫婉却一把紧紧抱住夜君清，伸头吻上了他的嘴唇，夜君清顿时瞪大了眼睛。

姚莫婉却开心道：“好了，如今我也被感染了，你再不能赶我走了。”

夜君清却叹息了一声：“婉儿……你不该来……”

姚莫婉却道：“来都来了，最差就是一个死，生不能同衾，死能同穴不也挺好。听话，躺下让我为你治病。”

姚莫婉扶着夜君清躺下，拿出银针立即为他诊治。奔雷见状，立即单膝跪地说道：“娘娘，有什么需要及时吩咐属下，王爷就拜托您了！”

“速拿纸笔给我。”姚莫婉点头示意，看着夜君清痛苦的神情，满脸担忧。

奔雷递上纸笔，姚莫婉便在纸上写下药方：“你速去城中寻这几味药材，小火熬制，送来！”

“好，属下这就去办！”

待奔雷走出营帐，姚莫婉掏出手绢，为夜君清拭汗，坚定道：“君清，我一定会治好你的，相信我！”

夜君清叹道：“我信你。只是，等这病治好，我未身死，你又贸然出走，日后夜鸿弈那里必定会是一场天翻地覆。”

姚莫婉静静地将头倚靠在夜君清怀里，轻轻地说：“我不想管那么多了。君清，等大仇得报，我便随你远走高飞，从此我们退隐江湖，做一对清闲自在的夫妻可好？”

夜君清终于露出了第一个笑容：“好，婉儿，我等你。”

姚莫婉在他怀中闭上双眼，满面微笑：“只愿君心似我心，定不负相思意。”

第二十四章

夜鸿弈思来想去，觉得还是应该去找姚莫婉赔个不是。到了她的营帐前，一旁的士兵正要给夜鸿弈行礼，夜鸿弈却挥手示意别出声，他拉开帐帘，手拿着精致的食盒，然而姚莫婉却不在营帐中。

“皇贵妃呢？”

士兵局促地说道：“回禀皇上，今日娘娘自从去了皇上营帐后，一直没有回来。”

夜鸿弈心中大浪滔天，生气地将食盒摔向士兵的方向：“没用的狗东西，皇贵妃未归，为何不向朕汇报？！千面！”

千面从营帐外进来，跪在地上：“卑职参见皇上！”

夜鸿弈道：“你速速派人去寻皇贵妃，务必查探清楚，她去了何处，立即向朕汇报！还有，她若有什么闪失，小心你们的脑袋！”

连城军营中，士兵们萎靡地守在营帐周围，两名士兵用担架抬走了染疫病而亡的士兵尸体，奔雷穿过濒死的士兵，走进了营帐。

营帐中，夜君清躺在床上面色惨白、咳嗽不止，姚莫婉在一旁照顾他，见奔雷进来，便问道：“如今那批染病的将士如何了？”

奔雷叹气道：“那批将士已被隔离起来，也命人熬了汤药给他们，只是如今军中人心惶惶，士气萎靡，该如何是好啊？”

姚莫婉转头道：“如今关键时刻，千万稳住军中士气，事情方可有转机。”

“报——”一名士兵气喘吁吁地跑入营帐，“将军，南疆大军在城下叫嚣，若一天之内我军再不弃械投降，他们便会血洗连城！”

夜君清心中一片灰暗，道：“本王以为他只不过要我死，总还有一丝顾念百姓的心，不想他竟丧心病狂至此，用满城百姓和军士做弃子，借以消耗南疆兵力，只等最后坐收渔利而已。”

姚莫婉黛眉皱起，若有所思：“天无绝人之路，或许还有一线生机。与其在此坐以待毙，苦苦等待皇上发善心出兵，何不主动出击寻求他国援救？这是我们目前唯一的出路了。”姚莫婉想到了两个人：“万皇城城主寒锦衣，大蜀太子楚漠北。奔雷，给本宫拿纸笔。”

奔雷却道：“卑职不明白，以寒公子与王爷的交情自会出手相救，这大蜀太子楚漠北传闻是个城府极深之人，他怎会派兵援救？”

姚莫婉却不再多话：“你无须多想，事出紧急，本宫自有分寸。”

姚莫婉迅速地写下两封书信，并在其中一封放入了一枚样式图案很特别的金币，递给奔雷：“你速速派人将此信送出去，快马加鞭，将信送到寒锦衣、楚漠北二人手中。”

大蜀皇宫里，楚漠北从信封里掏出信和金币，看完信件后，握着金币陷入沉思，眼前浮现当初的场景。莽原旌姚号上，楚漠北坐下等候，扭头一看，姚莫心正站在楼梯上打量自己，片刻后缓缓走下。

楚漠北道：“在下对旌姚号姚老板在莽原的大名如雷贯耳，却没料到竟然是个女子，今日一见，果然不同凡响。”

姚莫心却道：“楚老板过奖了，不知此行前来，所为何事？”

楚漠北笑道：“这莽原之地，本属于九州几国间的三不管地带，原先居住在这里的就是一群地痞流寇。我千陌号一直垄断当地的药材行业，不想你们旌姚号来了不到半年，就抢夺了大批资源渠道，导致千陌号的营收每况愈下。楚某本十分不解，今日见到姚老板，似乎一切都有了答案。姚老板国色天姿，美如冠玉，这就是资本，自然容易招商引资。”

姚莫心却淡淡一笑：“小女子本也奇怪千陌号为何如此不堪一击，今日得见楚老板，便也有了答案。”

“此话何意？”

姚莫心道：“因为不想楚老板竟如此肤浅，以貌取人。我旌姚号行端坐正，手段正大光明。自古商道就免不了‘竞争’二字，我们两家商号成为最大的竞争对手，本可以相互促进、制衡市场，让莽原药材业得到最好的发展。今日楚老板前来兴师问罪，莫不是害怕了？”

楚漠北嗤道：“可笑，千陌号传承多年，拥有莽原最原始、最好的资源和人力，岂会害怕你这势头刚刚起来的旌姚号，我今日前来，只不过是奉劝你一句，想要挑战权威并非那么简单，小心引火自焚。”

说罢，楚漠北转身就要走。却听见姚莫心在后面说：“楚老板若是不服，那我们打个赌如何？赌三个月之内，采药量和营收高者胜出，输者，商号就此退出莽原。”

楚漠北笑了，转身面向姚莫心：“一言为定。”

过了几日，楚漠北又到了旌姚号外，见到面前的东西，楚漠北一脸震惊，却听见姚莫心说：“楚老板，你输了。”

楚漠北手下的人也奇怪道：“怎么会这样？”

姚莫心胸有成竹道：“莽原之大，药材丰富，所需人手就多，我旌姚号通过奖赏提高产量，不仅前十名皆有奖赏，每月采药量和营收高于上月者，也能获得奖赏，这样一来，人人皆有得到奖赏的机会，产量随之提升，营收自然也就越来越高。”

楚漠北笑了笑：“姚老板果然聪慧过人，是在下输了，今日起，千陌号退出莽原。愿赌服输，我们走。”

姚莫心却拦住了他：“慢着。楚老板，千陌号在莽原发展多年，拥有最好的资源和渠道，就这么退出岂不十分可惜？旌姚号愿意接手千陌号的资源和渠道，不致让大量药农无处可依，当然楚老板也将会获得旌姚号每年一半的分红。”

楚漠北心中不禁对此人欣赏起来，说道：“姚老板倒是宽宏大量，楚某心服口服。这次算楚某欠姚老板一个人情。”

说罢，他便掏出一枚金币，道：“就以此金币为信物，他日姚老板若是有难，我楚某必定倾力相助。”

姚莫心笑了笑，接过金币，凑近楚漠北，在他耳边低声道：“那就多谢漠北殿下金口玉言了。”

楚漠北一愣，却还是笑了笑：“果然不简单，竟能查出本王底细。就此别过了，莫心小姐。”

姚莫心也微微一愣，却冲他眨眨眼，道：“彼此彼此。”

楚漠北回过神来，若有所思地笑了笑。

侍从仍在旁边劝说道：“殿下，如今南疆侵犯大楚，两国交战，其中利益纠纷难测，此事本就与大蜀无关，切莫卷入其中，引火烧身啊！”

楚漠北却道：“当年大楚四王夺嫡之战，夜鸿弈被围困，大楚先皇后姚莫心千里奔赴夜君清处，才求来援军。风水轮流转，眼下夜君清被困连城，夜鸿弈迟迟不出援兵，想必早已起了杀念，事情越来越有趣了。”

侍从继续道：“那姚莫心与夜君清一事尽人皆知，而当今大楚皇贵妃姚莫婉正是其亲生妹妹，姚氏姐妹先后纠缠于皇帝和肃亲王之间，导致兄弟反目、国家动荡，如今又来求助大蜀，殿下，支援一事还望三思！”

楚漠北状似无意地笑道：“金币都亮出来了，这人情本王不得不还，我倒要看看姚莫心的妹妹到底是个什么样的女人。再说，本王也不想就这么如了夜鸿弈的愿，楚国越内耗，对我们大蜀越是有利。吩咐下去，召集军马即刻赶赴连城！”

说罢，再不理侍从说些什么，便转身离去。而遥远的官道上，寒锦衣也率领着一队兵马疯狂向连城飞奔而去。

大楚营地中，夜鸿弈在营帐中，面色阴沉，千面进来禀报道：“启禀皇上，臣查到皇贵妃娘娘独自上路，去了……连城方向。”

夜鸿弈了然于胸地冷笑道：“呵……果真还是去了连城。”

千面道：“皇上，还有一事，肃亲王并未以身殉国。”

听他这么说，夜鸿弈忽然一拳拍在桌子上，咬牙切齿道：“朕还真是小看他了！”

夜君清这边，有士兵报道：“王爷，南疆大军已经攻入城门，开始屠杀起来了，请王爷下令！”

夜君清听见奏报，不顾姚莫婉的阻拦，乏力地想起身来。

姚莫婉制止他道：“君清，你病情尚未好转，这是要做什么？”

夜君清轻声道：“我不能丢下自己的将士们不管。奔雷，护送皇贵妃出城！这是死命令！”

奔雷只好拱手道："娘娘，得罪了！"

奔雷将姚莫婉紧紧揽住。姚莫婉拼命挣扎，却挣脱不了。夜君清面色苍白，披上战甲，带上佩剑，走出了营帐。

营帐外，夜君清面色如常，一手持剑，做最后的誓师，他铿锵有力地说道："兄弟们，等也是死，战也是死，死有轻于鸿毛，有重于泰山！南疆这匹豺狼犯我边境，杀我子民，如今和平无门，只有一条路可走，那就是为了捍卫我们所珍视的一切，为了我们的疆土、妻儿、家人，拼死一战！挥剑杀敌，血染沙场，我夜君清，今日愿与诸位并肩作战，共赴生死！"

原本萎靡的将士们突然都振作起来，拼命地厮杀着越墙而来的南疆士兵。而城墙下，南疆大将军高喊着："夜君清，莫再抵抗了！若是现在投降，我给你这大楚战神留个全尸！"

夜君清对身后的士兵道："现在是你们最后的选择机会，想要逃走的，尽管走，愿与我夜君清并肩作战的，随我来！"

夜君清带着所剩无几的一群将士走出了城门，回头看了一眼正被奔雷强行带走的姚莫婉，眼中千言万语，却不复诉说。

城墙之外，南疆大军鼓声震天响，士兵斗志昂扬，耀眼的阳光照射过来，只见夜君清的剪影出现在城门处。南疆大将军冷笑着挥手，策马上前，两方人马展开厮杀。夜君清强忍着身体不适劈向包围过来的南疆士兵，奋勇杀敌。双方一开始僵持不下，夜君清杀红了眼，令人生畏。大楚士兵拼死抵抗，由于敌方兵力强悍，寡不敌众，很快败下阵来。

甚至有军官看向眼前不断倒下的士兵，腥血浮天哀鸿遍野，悲壮地拿出利剑自刎而亡，越来越多的南疆士兵向夜君清奔涌去……

就在千钧一发之际，整齐嘹亮的马蹄声脚步声响起，浩浩荡荡的大蜀援军与万皇城援军抵达。两路大军汇合，合围而来。

"援兵，是大蜀和万皇城的援兵！"

南疆大将军十分意外："大蜀和万皇城？！不管了，先干掉夜君清再说！弟兄们，上！"

南疆士兵再度杀向夜君清，寒锦衣于重重人墙上使出轻功飞到他面前，挥剑杀敌，将他护住。

“想杀夜君清，先撂倒我再说！”他看向夜君清，笑道，“你没事吧？”

夜君清抹了抹嘴角的血：“无妨。”

战场重新陷入胶着，南疆大军与各路援军在战场上展开厮杀，几方将士奋勇杀敌，却始终难分上下。就在两军胶着之际，远远传来号角声，远处可见大楚旌旗飘扬，是夜鸿弈带兵匆匆赶到了。夜君清远远看见大军赶到，终于支撑不住，倒在了战场上。

大楚营地中，夜鸿弈站在地图前沉思，士兵走入营帐，单膝跪地，奏道：“启禀皇上，大蜀太子楚漠北与万皇城城主寒锦衣带兵现身连城支援。”

夜鸿弈一脸震惊，久久说不出一句话，千面见状便挥挥手，让士兵退出了营帐。这时夜鸿弈冷笑道：“果真还是朕疏忽了，小看了三弟，如此一来计划被全盘打乱！”

千面问道：“皇上，那接下来我们该如何？那肃亲王怎么办？”

夜鸿弈只好道：“来日方长！几国王公贵胄都牵涉其中，反倒大楚毫无动静，朕若再不出援军，日后定会被人诟病！传令下去，即刻出兵连城！”

连城中，姚莫婉一边哭，一边翻找着医书，终于找到能治疗鼠疫的关键药草，随即深吸一口气，终于镇定了下来：“君清，请你一定要等等我……”

这时寒锦衣快步走了进来，姚莫婉赶忙拉住他询问：“君清如何了？”

寒锦衣道：“喝了药，病情暂时压制住了，但仍旧昏迷不醒，再这样下去，恐有性命之忧！”

姚莫婉喜道：“我已找到治疗鼠疫的关键药草！”

说罢，她拿出纸笔画出了治疗鼠疫的药草，递给寒锦衣：“务必寻来此药草，速度要快！此药还关乎军中几千人的性命，疏忽不得！”

寒锦衣点点头：“婉儿，你放心，没有我做不到的事。”

寒锦衣接过图纸，便转身离去。姚莫婉双手合十，暗暗祈祷。

待到入夜时分，寒锦衣将一碗煎好的药送到夜君清面前，却听见他昏迷中仍不停地喊着姚莫婉的名字。姚莫婉无奈地与寒锦衣一同将药水灌入夜君清口中，夜君清才渐渐平息，眼见他神色稳定，姚莫婉脸上逐渐现出惊喜之色。

过了许久，夜君清缓缓睁眼。奔雷连忙将夜君清扶起来，听见他问道：“如今战局可终结了？”

姚莫婉点点头，道：“南疆已败，战事终结，你安心。”

就在这时，夜鸿弈带着千面大步踏进营帐来，面色如霜：“夜君清，你可知罪！”

夜君清艰难地从榻上爬下来，跪在地上：“臣弟知罪，请皇上责罚。”

夜鸿弈看了姚莫婉一眼：“难道朕不该罚你？！你违抗军令，谎报军情，无论哪一条哪一款，按律都罪当处死！”

姚莫婉立刻道：“皇上，肃亲王是为了救臣妾才前往连城，至于谎报军情，是因为我大楚士兵身陷危局，为迷惑敌军，情有可原。皇上，臣妾以为……”

夜鸿弈勃然大怒：“住口！朕还没问你，朕的皇贵妃为何会私自前往连城，与肃亲王待在一处？你给朕一个理由，你说！”

夜鸿弈愤怒地逼近几步，见姚莫婉沉默不语，夜君清焦急不已，忙对着姚莫婉拜了下去：“臣犯下大罪，请皇贵妃娘娘莫要再为微臣辩解了。皇上，一切罪责由臣弟一人承担，请皇上赐罪！”

夜鸿弈冷笑道：“三弟和爱妃这是同甘共苦、互相脱罪？还真是感人哪！”

这时姚莫婉突然跪了下去，情真意切地说道：“皇上，臣妾之所以去往连城，所思所想完全是为了皇上考虑啊！”

夜鸿弈怒极反笑：“为朕考虑？好，你说，如何为朕考虑？”

姚莫婉便道：“连城是三国要塞之地，这危局若是不解，一旦成为弃子，我大楚必定损失惨痛数万倍！一则大楚痛失战神，皇上定失军心；二则天下人都会言皇上寡恩，不然蜀国楚漠北为何会前来看热闹！可臣妾身为大楚皇贵妃，一言一行皆代表皇上，臣妾现身连城，在世人面前就有了十足的论据，皇上并没有放弃连城，只是筹谋周密，预备适时给南疆致命一击！而大家所看到的事实正是如此，关键时刻皇上带军赶到，顷刻改写了战局啊！”

夜鸿弈陷入思索，久久凝视她不语，态度似乎松动许多：“这么说，爱妃不但无过，还有功了？”

姚莫婉眼中含泪，哽咽道：“臣妾不敢居功，只请皇上莫要误会了臣妾的一片苦心啊！何况臣妾私心觉得，皇上本就顾念手足，爱民如子，定会发兵救援的。事实证明，臣妾赌对了。”

夜鸿弈神色缓和了下来："起来吧，这么大人了，还哭得跟个孩子似的。"

"皇上……"姚莫婉满脸是泪地站起身，像是哭光了力气一般身子一软，被夜鸿弈一把搂住，夜君清仍旧跪伏在地上，没有抬头看二人。

夜鸿弈这时说道："你是朕的皇贵妃，朕可以不罚你，但是连城一役，全由肃亲王违抗军令、挑起祸端导致，这一举殃及无数黎民百姓，甚至让我大楚士兵平白枉死。"夜鸿弈看向夜君清，继续道："肃亲王，国有国法，军有军规，朕若是就这么放过你，岂不是让天下人说朕徇私枉法？传旨，肃亲王违抗军令，罪大恶极，处以死刑，三日后公开斩首！"

夜君清伏在地上，看不清表情："君让臣死，臣不得不死，臣……领命。"

"皇上！"姚莫婉惊恐地看着夜鸿弈，满脸不可置信。

夜鸿弈却道："来人，把皇贵妃带回营帐，没有朕的允许，不得踏出营帐半步！"

两名侍卫冲了上来将姚莫婉带走，过了不久，千面慌张进到营帐中来："启禀皇上，那批从连城过来的将士们几乎俱已染上疫病，若不尽快治疗，恐会造成大片传染，危及他人性命！"

听闻此事，夜鸿弈皱起眉头，陷入了沉思。

入夜之后，姚莫婉在自己的营帐内焦急踱步，苦思冥想脱身之策。突然营帐外传来嘈杂之声，姚莫婉急忙冲破守卫的阻拦，趁机冲了出去。众人也纷纷从营帐里出来，远处有一处营帐失火。帐篷如同一个火球，滚滚燃烧着，而四周的帐篷安然无恙。营帐内传来阵阵惨叫，隐约可见人影晃动呼救。

姚莫婉冲出营帐，看到这幕，焦急想要上前营救："那是染病将士的营帐！救人，快救人哪，快去啊！"

可营帐外的众将士无人敢动，纷纷低下头，红了眼眶不忍看，有人暗暗抹泪。姚莫婉见状愤怒不已，上前质问道："你们没听到本宫的话吗？！还不快去救人！本宫已经研制出医治疫病的方子了，他们本来是可以活下来的，这是活生生的人命啊！"

她忽然扭头，看见了夜鸿弈："皇上，臣妾求您……"

夜鸿弈却道："没有朕的允许，任何人不得上前。来人，将皇贵妃娘娘带回去歇息。”

姚莫婉只能眼睁睁看着患病的将士们被活活烧成焦炭，她用力甩开士兵的手，走到夜鸿弈面前，冷笑着看他：“爱兵而不爱民，不可为将。爱将而不爱民，不可为君。试问皇上，今日麻木不仁火烧士兵，可是一个仁君所为？！皇上，今日之举，只怕寒了万千将士们的心。”

夜鸿弈怒道：“放肆！朕这是弃卒保车，不想让更多无辜之人感染上疫病而已！待回到大楚，朕自会为他们追封抚恤！”

姚莫婉红了眼眶，情绪越发激动起来：“这群将士为我大楚四处征战，置生死于不顾，只为守护大楚帝国荣耀！如今因为身染鼠疫，就要被帝国放弃，被他们所信奉的君主放弃！夜鸿弈你于心何忍？你可悲可叹！”

夜鸿弈大怒：“你——”

可眼前人影一晃，姚莫婉因为过度劳累，加上寒心至极，体力不支晕了过去。夜鸿弈急忙接住晕倒的姚莫婉，面色铁青地将她抱回营帐。

坐在床边，夜鸿弈看着昏迷过去的姚莫婉，喃喃自语：“你说朕麻木不仁，难道朕做出这个决定就不痛苦吗？他说得对，成帝王业者，最忌多情客，必当泯灭情感、心坚如铁！你们都想做圣人，都想成就贤名，可总要有人来做决定！朕不能冒险，朕要保全更多人，只能牺牲掉这一小部分人，这便成了你们眼里的恶人！莫心不理解我，你也不能，夜君清究竟有哪点比得上朕，让你们姐妹二人如此庇护！这究竟是为何……”

这日，姚莫婉仍在昏迷中，寒锦衣上前，低声道：“婉儿，快醒醒！君清兄马上就要被处决了，不若我们杀出一条血路，救他出去！婉儿！”

姚莫婉闻言，终于渐渐苏醒。

刑场之上，夜君清洒酒祭奠死去的士兵们，随后转身走向了处刑台。夜君清跪在刑台上，正对面是主持处刑的夜鸿弈，两人对视了一眼，分别别过头去。不远处，楚漠北准备出发离开，看到这一幕后却停下了脚步。

千面站在台上，朗声道：“肃亲王违抗军令，挑起两国争端，导致我大楚士兵平白枉死，无可置辩，判处斩首，午时已到，斩！”

四周的将士们纷纷下跪，刽子手也迟迟不肯动手：“请皇上开恩！”

千面看向夜鸿弈，夜鸿弈气红了眼：“斩！如今朕的命令都不管用了是吗？全部给我退下，立即处刑！”

刽子手闻言，只得慢慢抬起刀。姚莫婉跌跌撞撞地跑来，正要开口呼救阻止，突然远处传来一阵马蹄声。

“刀下留人！”只见段婷婷和晗月公主手持国书，骑马狂奔而来，段婷婷一把勒住马缰下马，跪在夜鸿弈面前：“南疆长风公主见过皇上。”

她看了夜君清一眼，又道：“皇上，我和姑姑此次前来，代表南疆呈递议和国书。大楚作为九州泱泱大国，南疆自是不愿伤了和气，所以此行，父皇有意派我与大楚和亲联姻。”

夜鸿弈略作思考，道：“我大楚素来与南疆交好，朕自是希望今后两国能够既往不咎，冰释前嫌。至于和亲……长风公主难道还想嫁与肃亲王？”

段婷婷点头道：“正是！”

夜鸿弈神情复杂地望向夜君清：“那便不巧了，肃亲王犯下死罪，罪无可恕，还请长风公主另择夫婿吧！”

“我段婷婷此生非夜君清不嫁！还请圣上看过国书之后再决定吧。”段婷婷急忙上前，双手呈上国书。

夜鸿弈接过来，打开国书查看，突然双眼圆睁，震惊不已，颇有些不敢置信。段婷婷却看向夜君清，满眼含泪，陷入回忆。

当日，南疆君主晗昱桌上摆放着一份议和国书，段婷婷含泪站在晗昱面前请求：“父皇，儿臣自愿与大楚联姻，缓解南疆与大楚两国关系！”

晗昱十分震惊：“胡闹，联姻一事，岂能儿戏！”

段婷婷苦苦求道：“父皇，如今肃亲王因违抗军令被下旨处死，儿臣岂能坐视不管，若是联姻事成，便可救他一命啊！”

晗昱依旧无奈：“婷婷，如今夜鸿弈摆明了要置夜君清于死地，你嫁给他只会受无尽苦楚，父皇岂能眼睁睁看着你往火坑里跳！难道全天下便只有他一个好儿郎了吗？”

段婷婷却不依不饶地哭喊道：“也许天下还有别的好儿郎，但他们全都不是夜君清！天下好儿郎，我就偏偏喜欢他一个，除了他，我谁都不要！”

晗昱只能长叹一声：“冤孽，真是冤孽！你是南疆最受宠的长风公主，父皇疼你爱你，视你为掌上明珠，不是为了让你到另一个男人那里去受苦！”晗昱狠心命令道：“把公主带下去严加看管！没有朕的指令，谁都不可以让公主离开！”

两个侍卫犹豫着准备拉走段婷婷，段婷婷突然撸起袖子露出胳膊，上面已有蛊虫噬咬过留下的血迹。晗昱顿时大惊失色，慌神道：“婷婷，你竟对自己下了噬心蛊？”

段婷婷流泪求道：“我知道父皇定会阻止女儿，所以先行对自己下了噬心蛊，就是为让父皇明白我的决心。父皇知道，这种蛊只有本人能解，你就放我去吧，不然女儿只能不孝了。”

晗昱犹豫片刻，闭目长叹一声：“父皇从小护你长大，唯独情爱之事，再无法护住你。好，父皇……答应你，快把蛊解了吧。”

“女儿不孝，让父皇伤心了。女儿就此拜别父皇。”段婷婷磕了个头，晗昱心疼得连声吁叹，提笔在国书上书写下几段，道，“只是你就这么走，是救不下夜君清的，带上它走吧。”

段婷婷问道：“这是什么？”

晗昱道：“议和国书，也是你的陪嫁大礼，朕决意割让十座城池给大楚，夜鸿弈得以开疆拓土、青史留名，他必定会动心，留下夜君清的命。”

此刻想起远在南疆的父亲，段婷婷忍不住再次红了眼眶。

夜鸿弈合上国书，眼中仍有震惊之色。晗月见状急忙上前说道：“皇上，此议和书代表了南疆的诚意，十座城池加上联姻契约，愿大楚与南疆结为兄弟之邦，永享太平！”

千面上前与夜鸿弈低语：“皇上，我大楚兵不血刃开疆拓土，便是先皇在世也未能达到如此功绩！恭喜皇上，贺喜皇上！”

夜鸿弈这才收起国书，说道：“既然如此，朕便成全了长风公主的心愿。肃亲王，大楚与南疆两国间的战事，因你而扩大事端，自然也应该由你来重新维系，朕便特赦了你的死罪。只是我等出征在外，礼数不周，便等班师回朝之后再成婚吧。”

段婷婷急切地说道：“皇上，我们南疆女子向来不在意什么礼数不礼数的，婷婷只愿早日嫁入大楚，愿两国尽早交好！我心属肃亲王多时，还望皇上成全。”

夜鸿弈看看夜君清，又看向远处的姚莫婉，思虑片刻之后道："既然长风公主执意如此，便委屈你了，三日后于军中成婚吧！"

段婷婷当即大喜道："谢皇上成全！"

姚莫婉听到众人的对话，神色凝重，无奈地闭上眼睛。不远处，正收拾行装准备离去的楚漠北目睹了几人的动作，嘴角露出笑意："真是越来越有意思了，姚莫心……姚莫婉……说不定很快还能再次与她交手。"

从刑场被放归，夜君清颓丧地走在回住处的路上，段婷婷上前拦住了他："君清哥哥，我说过，再被我遇上你，我是百般不会放你走的，你看这一番兜兜转转，你还不是又回到了我身边！"

夜君清只得苦笑，段婷婷将脖子上的银项链拿下，递给夜君清："在我们南疆有一个习俗，女子若是钟情男子，便会将佩戴的项链赠给男方，作为定情信物，代表这辈子认定了这一个男人，此生不变！"

夜君清却疏离地抱拳，道："长风公主确实是世间不可多得的有情有义的女子，这份救命之恩君清定会铭记在心，只是……君清对不住你，此生注定要愧对公主的情义了，公主此生要爱之人，也不应该是在下。"

段婷婷难过道："难道你还在想着姚莫婉？她已经背叛了你，做了皇帝的女人了！你们之间的缘分早已用尽，现在真正有缘的人是你和我！别忘了，你身上还背负着两国契约，你难道要抗旨不成！"

夜君清微微握紧了拳头，痛苦得直接转身离开。

段婷婷转过身，气急败坏地大喊着："夜君清，你等着，迟早有一天我要你心甘情愿地爱上我！"

回到自己的营帐中，段婷婷便找出随身携带的古书翻阅起来，终于叫她找到了情蛊，于是找来各种瓶瓶罐罐，割破了双手，用自己的血喂养起带着的蛊虫来。

姚莫婉的营帐门口守卫重重，晗月公主进来之后，奇怪地问道："婉儿，你怎会落得如此处境？"

姚莫婉叹气道："此事说来话长，此前我与君清那番遭遇想必你也听闻了，从那时起，我们二人便处处受到监视，不得自由。”

晗月公主道：“听说了，我只是没想到，夜鸿弈竟会变得这样阴毒无道，还有处置染病将士的手段，也真是令人发指。”

姚莫婉道：“君王无道，何谈太平！这大楚恐怕是要变天了。”

晗月公主拉过姚莫婉的手，轻拍安抚着：“伴君如伴虎，以后你务必多加小心。如今你被软禁于此，行动太过不便，你若需要做什么尽管跟我提！”

姚莫婉点点头，道：“嗯，我自有分寸。晗月，事到如今，我只想见君清最后一面，还请你帮我制造机会跟他告别。”

于是两人相约后半夜再见面。

而另一头，段婷婷高兴地端着几盘点心和粥去找夜君清：“君清哥哥，这是我亲自下厨为你制作的南疆糕点，你尝尝！”

夜君清冷漠道：“谢公主好意，本王不饿！”

“你吃点嘛！吃点嘛！这可是人家辛苦做的。”段婷婷拉拉扯扯，趁其不备将蛊虫投入夜君清的衣袖内，看着蛊虫钻入夜君清的皮肤，缓缓蠕动着。

知道他已经中蛊了，段婷婷便一脸期待地看着夜君清。果不其然，夜君清一怔，回过神来时，已经换了一种眼神。

半夜时分，姚莫婉来到夜君清的营帐外，晗月公主早已到了此处，见到她来，便说道：“我对守卫下了蛊，只能维持一个时辰，切记！”

姚莫婉点了点头，掀开帘子进了营帐独自向夜君清走去，却不想夜君清见到她却是一副闪躲之态，恭敬而陌生地后退：“皇贵妃娘娘请自重，此举不合礼数。”

姚莫婉眯起眼，看出夜君清的异样，拉起夜君清的手，想要为他诊治：“君清，你……你怎么了？怎么突然变了个人似的……”

段婷婷却从后面突然走出来，将夜君清的手一把拽过来，护在自己身后，说道：“姚莫婉，身为皇上的妃子，找我未来的夫君做什么？你还想害他到什么地步！”

姚莫婉并不理她，上前拉夜君清的手：“君清，你先过来，我只有几句话问你！”

夜君清却甩开了姚莫婉的手："皇贵妃娘娘请自重。过往的事情，臣早已忘记，也并不在乎。若是过去臣让您误会了什么，我向您道歉。如今我心里只有婷婷一人，此生只她一人足矣，再容不下他人。"

姚莫婉听着夜君清的话，泪眼婆娑道："夜君清，今日我只是想来跟你告别而已。曾经有个人跟我讲，江山权势与你两利相权，我定会娶你，无论未来你想远走天涯也好，想归隐田园也好，我都随你去。若我那时答应了那个人，会不会再也没有这些烦忧了？"

段婷婷得意道："姚莫婉，如今和亲大局已定，君清哥哥与我情投意合，这就是最好的安排，你应当认清自己的身份，否则，你以为皇上会放过君清吗？再这样下去，你只会害死他！"

姚莫婉看着夜君清，而夜君清始终以宠溺的眼神看向段婷婷。见此情形，姚莫婉心如死灰，含泪离去。出去之后，晗月公主发现姚莫婉的不对劲，扭头看向她的身后，皱着眉快步上前："段婷婷。"

"君清哥哥，你先去前面等我，我和姑姑有些话要谈。"段婷婷说道。待夜君清离开，晗月公主一把将段婷婷的手抓起，段婷婷疼得龇牙。

晗月公主道："你为何要下这情蛊？婷婷，你可知这情蛊伤人伤己，一旦中蛊，你们二人都要承受伤害！你可曾想过，倘若有一天夜君清清醒了，你这个下蛊之人此生也只能拥有夜君清这一个男人，不能再爱上他人！"

"我知道。"段婷婷情绪激动地说，"我管不了那么多了！从我第一次见到他起，我就一发不可收地爱上了他，我天天想着他，念着他，可是他满心装的都是那个姚莫婉！姚莫婉伤他那么深，数次辜负他、背叛他，他难受我就跟着难受，我再也不想过这样的日子了！"

晗月公主痛心疾首地看着段婷婷："事已至此，你自己好自为之吧。"

很快便到了夜君清与段婷婷的大喜之日。

夜君清正在屋内换新郎服，寒锦衣冲了进来："夜君清，你当真要娶那段婷婷？当初就是因为你对婉儿用情极深，我才忍痛割爱放手的，如今你却告诉我，你要另娶他人，你到底把婉儿当什么了！"

夜君清却疑惑道："我与婷婷两情相悦，这不是好事吗？你在说什么？我什么时候喜欢过……"

寒锦衣大怒，一拳打向夜君清："气死我了！没想到你竟然这么不知羞耻，我寒锦衣真是看错你了！"

夜君清也生了气："寒锦衣，今日你若是来向我道贺，本王还能当你是兄弟，敬你一杯喜酒，若是为别的事而来，抱歉，本王现在很忙，慢走不送！"

"你——"寒锦衣把门一摔，气急败坏地离开了，夜君清却拿起桌上的半块玉佩，小心翼翼地挂在身上。

天牢之中，王沁若绝望地蜷缩在牢中角落，姚素鸾走到门口，狱卒把门打开之后，王沁若抬头看她一眼，又收回了目光："你来做什么？我跟你无话可讲，我再说一次，你龙胎之死与我无关。你走吧。"

姚素鸾笑了笑，没有答话，在牢房中踱起步子来："那件事啊，我知道，我并非为此而来。王沁若，我本以为你是个狠角色，不想却这样轻易败在姚莫婉手上，落得这个下场，一切都成了镜花水月不说，连你最在意的夜君清也被她夺走了。"

王沁若听到夜君清的名字顿时激动癫狂起来，抓住姚素鸾的裙摆："君清……他们说，君清上了战场，他可还好？皇上会不会暗中对他下手？他性命可还无虞？你告诉我，你告诉我君清的消息好不好？"

姚素鸾笑了笑："你啊你，此生最大的软肋就是夜君清，这才是你落败的根本原因。本宫今日前来，正是要告知你一个喜讯，顺便，送你一程。"

王沁若不由惊慌失措："你到底什么意思？"

姚素鸾便道："本宫与你为了后位几番争斗，相交一场，也算是了解你的脾性。待你获知这个喜讯，想必定是生无可恋了。夜君清为救姚莫婉违抗军令，本已被皇上下令处斩，结果南疆长风公主以联姻和十座城池救下了他的命。今日，正是他们成婚的大喜日子。"

"君清的喜讯？"王沁若闻言踉跄几步，抵在了墙上，喃喃自语，渐有疯魔之兆，"成婚……君清要成婚了！呵，他心系姚莫婉，如今又有娇妻相伴，而我算什么呢？既占据不了他的心，也无法跟随在他身边，被困于此，往后再想帮他都无能为力了，我始终是个没用的人罢了！哈哈哈哈……东西呢？你准备好了吧？"

姚素鸾皱皱眉，挥手让狱卒送上一个托盘放在王沁若面前，上面摆了毒酒、白绫，还有一身新礼服。姚素鸾走到她面前："倒是有几分血性。念在你我相交一场，本宫就送你到这里了。"

姚素鸾转身欲走，王沁若却突然开口道："姚素鸾，我的今日便是你的明日，君清对我，正如同皇上对你，你与我同样爱而不得，不过是同病相怜罢了。"

姚素鸾顿了顿，面上却强撑着笑道："你怎能与我相提并论，皇上心里还是有本宫的！"

王沁若闻言，哈哈大笑起来，姚素鸾没有回头，快步离开牢房。

这头段婷婷正在梳妆打扮，身着新娘子喜服，脸上堆满了喜悦。而同一时间里，王沁若身着礼服，打扮得华彩照人。她将白绫扔到了横梁上，踩上凳子，将头伸进白绫中，然后毫不犹豫地踢掉了凳子。

"我是人间惆怅客，断肠声里忆平生。君清，沁儿姐姐先走一步了。下辈子，姐姐还是会对你好。"

临死之前，王沁若眼前浮现的却是往事。

"在我眼里，沁儿姐姐是最好的！"

"那往后姐姐一辈子都对你好，好吗？"

庭院中萤火虫纷飞，小王沁若和小夜君清追逐打闹，开怀大笑，无比纯真。

婚房内大红绸帐、金玉珍宝，一派喜气洋洋的模样。段婷婷端坐在床幔前，期待着夜君清揭盖头："君清……"

夜君清坐在段婷婷身侧，两人逐渐靠近，气氛暧昧。而此时夜君清腰间的玉佩坠落在地，摔成了两半，夜君清看了一眼，突然陷入恍惚之中。

段婷婷不由疑惑道："君清，你怎么了？"

夜君清忙将玉佩碎片捡了起来，突然感觉头痛欲裂，体内蛊虫蠕动。夜君清捏着玉佩，陷入回忆。脑海中突然闪过姚莫心将玉佩一分为二，送给自己和夜鸿弈的场景，还有那年灯会他救下的姚莫心。

夜君清头痛发作，回想起自己当年向姚莫心说过的那段话："江山权势与你两利相权，我定会娶你！莫心，无论未来你想远走天涯也好，想归隐田园也好，我都随你去！"

脑海中人突然又成了姚莫婉："夜君清，曾经有个人跟我讲，江山权势与你两利相权，我定会娶你，无论未来你想远走天涯也好，想归隐田园也好，我都随你去。若我那时答应了那个人，会不会再也没有这些烦忧了？"

无数回忆涌入夜君清的脑海，无数姚莫婉和姚莫心的画面重叠，夜君清体内的蛊虫疯狂跳动。

"莫心……莫婉……莫心……"夜君清惊慌之下，踉跄着冲了出去。

姚莫婉此时却在帐中嘱咐殷雪："如今的夜鸿弈已经不再是当初那个夜鸿弈了，他变得残酷冷血，暴虐无道，我已经无法再忍耐了，大楚的江山托付到这种人手里，只会令万千黎民百姓身处苦海。夜鸿弈根本不配再成为大楚的君王，所以我决定要改天换地，还君清一个大好河山，还他一世深情……"

殷雪道："主人，那你是想……"

姚莫婉招手让她过来，耳语了几句。

窗外正下着大雨，正在电闪雷鸣之际，夜君清从外面冲了进来，姚莫婉转身看向夜君清，却是一脸漠然。

夜君清大喊道："莫心，莫婉，你是莫心，你是莫心对不对？"

见姚莫婉沉默不语，夜君清上前一把抓住姚莫婉："江山权势与你两利相权，我定会娶你，无论未来你想远走天涯也好，想归隐田园也好，我都随你去。这是我对莫心说过的话，你怎么会知道？"

姚莫婉故作诧异道："肃亲王对姐姐说过的话，本宫怎么会知道呢？"

夜君清却道："你分明对我说出了这句话，我记得！我都记起来了，你就是莫心，对不对？你骗得我好苦！"

姚莫婉故意笑出声来："天方夜谭！肃亲王又不是没见过姐姐，本宫确实与姐姐长得相似，可常人一眼就能分辨得出，我怎么可能会是姐姐？"

夜君清急切地说道："莫心，是你回来了，我怎么会忘记！莫婉，不，不管你是莫心还是莫婉，我都不要成婚了，我现在立即去跟皇上请罪，他要杀要剐，我都随他！我不成婚了！"

段婷婷刚刚赶到，骤然听到夜君清的独白，眼泪瞬间便流了下来。

姚莫婉扬手就是一巴掌落到了夜君清脸上："清醒点没有？夜君清，别一时热血冲昏了脑子！你好不容易才保下这条命，难道就要这样轻易放弃？你以为如今你的命还只属于你一人吗？你睁开眼看看如今江山社稷成了怎样的修罗场，看看万千黎民百姓身陷何等苦海！你向来心怀天下，悲悯苍生，你身上担负着怎样的重任，全都忘了吗？都不在意了吗？”

夜君清顿时如遭雷击，面色伤痛，沉默了许久之后，最终一言不发地离去了。大雨倾盆，夜君清走入雨中，雨水覆盖了夜君清脸上的泪水，雨水和泪水交织在一起，渐渐模糊了他的视线。

夜君清跪倒在地，一动不动。段婷婷想伸手拽夜君清的手，发现夜君清体内的蛊虫已经奄奄一息。

“夜君清，你个混蛋！她这样伤你的心，你为什么还要如此爱她，爱到竟然可以抵制我的蛊虫，我真是小看你了！我到底哪一点不如那个姚莫婉？你为什么从来都不肯正眼看看我？好，我认输，我不后悔。只要你能好好活着，只要我能陪在你身边，哪怕只和你做名义上的夫妻，我也认了！”

天空突然降下一道巨大的闪电，随之而来的是夜君清体内的蛊虫破裂，夜君清蓦然吐出一口鲜血，昏死过去。

营帐内的姚莫婉看着外面的两人，已经泣不成声：“君清，等我……”

翌日，雨后初晴，天空朗照，万里无云。姚莫婉坐在铜镜前，放下手中的胭脂。红装妖艳，换上一身华服，拉开了营帐帘子。

万事俱备。

第二十五章

荒野上难民们都在惊慌地四处逃窜。一个衣衫褴褛的瞎眼老妇站于官道旁，边踽踽前行边吟唱着："可怜负弩充前阵，历尽风霜万苦辛。饥寒饱暖无人问，独自眠餐独自行。可曾身体蒙伤损，是否烽烟屡受惊。"

突然之间尘土飞扬，一队军马奔驰而过，老妇人骤然被撞倒在地，却无人问津。

夜鸿弈拉紧马绳，将身下千里马稳稳停住，抬头看向废弃的城楼。

城楼上，姚莫婉长发散乱，嘴被封住，一袭破烂的红裙随风摇曳，却有一把长剑架在了她的脖梗之上。

"鸿弈，救我！"

持剑的流沙大喊道："狗皇帝，识相点就放粮赈灾！你若再执迷不悟，我便手刃美人，让万千百姓看看你身为大楚国君，却连自己的女人都照看不好，是何等的无能！"

千面朗声道："尔等烧杀抢掠、残害无辜百姓，如今又劫持当朝皇贵妃，速速将人放了，还能给你们留个全尸！"

流沙便反手将姚莫婉压靠在城墙上，手中的剑也压重了几分，姚莫婉的脖子上很快便渗出了血迹："少废话！狗皇帝，你当真连自己的女人都不在意吗？！"

城楼之下，大楚军队随后兵临城下，旌旗蔽日，尘土飞扬。

千面向夜鸿弈拱手道："皇上，救还是不救？"

夜鸿弈纠结不已，片刻后抬头与姚莫婉对视，眼神坚毅又透露一丝冷漠："朕的战争，从来只有输，或者赢。堂堂国君若被流寇威胁，我大楚皇威何存？

放箭！”

城楼之上，被绑住的姚莫婉眼神空洞，面无表情地望向这万千的箭雨，一切都要从数日之前说起。

夜君清与段婷婷大喜之日的第二日，军营之外，段婷婷拉着晗昱的手，一脸依依不舍的模样。

晗昱叮嘱道：“儿啊，此去大楚山高路远，不知何时才能再见。事到如今，吾儿终于能得偿所愿嫁于心爱之人，记得收敛你那骄纵的脾性，万事多加小心。”

段婷婷看了一眼夜君清，苦笑着回应父亲的嘱咐：“女儿难报父皇养育之恩，唯有日夜祝祷，盼望父皇身体康健。”

晗昱转过头来，一改悲伤的模样，死死盯着夜君清，严肃警告道：“肃亲王，望你牢记你这条命是我儿帮你捡回来的。朕与你是婷婷一生中最重要的两个男人，作为人父，朕的使命已经基本完成，现在朕将她交予你，望你能尽做夫君的职责，用一辈子的时间疼惜她、呵护她。若是让朕知晓你辜负了婷婷，或是伤了她的心，朕必定让你剥皮蚀骨，生不如死，绝无虚言！”

夜君清想起前一日的事，一脸为难，欲言又止，这时段婷婷却突然上前拉过夜君清的手，亲昵地替夜君清解围：“父皇，你就放心吧！夫君成熟稳重、待人体贴，儿臣与他……心意互通，日后定会互相扶持，相敬如宾。夫君，臣妾说得对吧？”

夜君清神色复杂地望向段婷婷，僵硬地微微点了点头。

这时晗月公主走到段婷婷身旁，摸了摸段婷婷的头：“傻姑娘，此去大楚多多保重，谨言慎行，姑姑会想你的。”

段婷婷点了点头，看着自己的姑姑，欲言又止。站在一旁的夜鸿弈挽着姚莫婉的手与晗昱告别，眼神却时不时瞟向姚莫婉和夜君清。

“圣主，大楚与南疆本是邻邦，此番前嫌尽释，愿日后两国情义源远流长。他日圣主驾临南疆，我必尽地主之谊。今日便相送至此，告辞！”

“皇上客气了，恕不远送，保重！”

晗昱有些担忧地看了一眼段婷婷，最终还是依依不舍地带着兵马离开了。

回城的路上，大楚军队的马车穿梭在树林中，枝干上的枯叶纷纷扬扬地坠落。夜鸿弈与夜君清策马并排而行。

夜鸿弈突然开口道："转眼之间，三弟也是有家室的人了，王妃丽质天成，性子至真至纯，是世间不可多得的妙人，可莫要辜负了她啊！"

夜君清却望向前方，一副欲言又止的模样，最终却什么也没说。

这时，一名探路归来的士兵驱马而来，打断了两人的谈话："报！回禀皇上，前方官道出现大批难民，是否绕道？"

夜君清、夜鸿弈二人同时皱眉。片刻后，夜鸿弈道："继续前进。"

路途过半，大楚军队终于安排了停步歇息。士兵们在道路旁架起锅炉，有的人烧柴火，有的人在往锅里添食材，锅炉冒出袅袅炊烟。此时，一大批流民从官道上经过，个个衣衫褴褛，骨瘦如柴，眼神空洞。士兵们在锅炉旁吃着饭，流民们眼睛直盯盯地看着士兵们手中的食物，却没有人敢上前。

姚莫婉从营帐中走了出来，看到流民们经过，疑惑地问道："此处为何如此多流亡百姓？"

旁边的一名士兵回道："回禀娘娘，连城一战，导致百姓流离失所，他们只好顺着官道前往祁城谋生路了。"

突然，一个饿得只剩皮包骨的小孩冲向了锅炉旁，伸出手去抢放在一旁的食材，却不料小孩刚把食物拿到手，便被一旁的士兵抓住了双手。

"好你个小叫花子，竟然敢偷东西，看我不废了你的手！"说着，士兵乙就要抓着小孩的手往滚烫的锅炉中放。

小孩顿时大哭道："大爷我错了，您就饶了我吧，我已经好几天没吃过东西了！"

姚莫婉这时喝道："住手，放开那个孩子！"

士兵一见到姚莫婉声音，便停了下来，给姚莫婉行礼："皇贵妃娘娘，这孩子胆敢明抢军用物资，实在是……"

姚莫婉冷冷打断了他的话："你身为大楚将士，残忍冷血，毫不怜悯受难百姓，你可知罪？还不退下！"

说罢，姚莫婉便将自己手中的食物递给小孩，小孩接过后狼吞虎咽地吃起来。过了片刻，小孩吃完后，擦了擦嘴，眼中流露感激的神色，跪在地上磕头："谢谢姐姐，谢谢！"

姚莫婉将孩童扶起来，耐心地询问他："孩子，告诉本宫，你的家人呢？"

小孩抹了一把泪，道："坏人将我们村子全烧了，爹娘带着我逃难，我们走着走着就散了。”

姚莫婉皱了皱眉，掏出丝巾，为小孩擦泪。随后又拿出碎银子，递给孩童：“可怜的孩子。这些碎银，你拿去买点吃的，别让人偷了去，快快去寻你的家人吧！”

“谢谢姐姐！”小孩坚持跪在地上给姚莫婉磕了许久的头，这才离去。

夜鸿弈在营帐中用膳，侍从们将精致可人的美食一一呈上，夜鸿弈正悠然自得地食用着，姚莫婉掀开帘子走进了营帐：“臣妾参见皇上。”

夜鸿弈一见是她，便道：“免礼，婉儿过来陪朕一同用膳吧。”

姚莫婉没有起身，继续说道：“皇上，此番征战后，天灾人祸并行，几国交界的百姓深受战争之苦，流离失所、饿殍遍野，恳请皇上开仓赈济，拯救天下苍生！”

夜鸿弈停下手中的筷子，看向姚莫婉：“开仓赈济？”

姚莫婉点了点头，道：“是，皇上，唯有开仓赈济方可解救难民。皇上若不加以重视，怕是日后百姓会对大楚寒了心哪！”

夜鸿弈突然笑了笑：“朕何尝不知百姓疾苦，只是难民数量众多，如今又正值灾年，若是开仓赈济，远水难解近渴不说，必定还会导致国库遭受重创，只怕届时全国上下会闹出更大的乱子！若是别有用心的异国人士趁机混杂其中，大楚危矣！”

姚莫婉急道：“眼下这个难关不渡，就不会闹出乱子来吗？皇上，百姓身陷苦海，难道您就真的能够安心地坐在这营帐中用膳吗？”

夜鸿弈额头上的青筋顿时暴起：“朕对得起先皇打下的江山，对得起天下苍生，朕问心无愧！至于眼前这些难民，朕心有余而力不足，别无他法，只能下令将他们赶至莽原之地！此事休要再提了！”

姚莫婉只好道：“那莽原之地属于三不管地带，资源匮乏，地势险恶，恐怕那些难民都无法活着走到莽原，皇上此举是让他们去送死啊！臣妾恳请皇上三思！”

夜鸿弈呵斥道：“够了！来人，带皇贵妃下去歇息！”

“臣妾告退！”姚莫婉看了一眼夜鸿弈，眼中充满了失望和愤懑，随后便转身离去。

待姚莫婉走出营帐，夜鸿弈一脚将饭桌踹倒，大怒道：“妇人之见！”

回到自己的营帐中，姚莫婉坐了片刻，便在帐中焦急地踱起步来，等待着寒锦衣的到来。

许久之后，寒锦衣掀开帘子走了进来："婉儿，深夜相邀可是遇到了什么难事？"

姚莫婉便道："锦衣，这一路你也看到了，这战乱之苦很快就会遍及天下，那夜鸿弈不肯接受开仓赈济，我实在不忍让万千黎民百姓受苦，所以有一事相求。"姚莫婉恳求道："夜鸿弈派人将这些难民驱赶至莽原自生自灭，你的万皇城本就在莽原一带，我希望你能够慷慨相助，救救这些难民。"

"婉儿璞玉浑金，怜贫恤苦，这个忙我帮定了。你放心，我稍后便飞鸽传书，交代此事。"

想到事不宜迟，两人便不再闲谈。

城镇中没有一丝光亮，只有阴冷的月亮散发微弱的光芒照射在城里，一批难民围聚在一起，窃窃私语着什么。

为首的流沙道："真真是朱门酒肉臭，路有冻死骨！我等家破人亡，流离失所，他们凭什么过得这样快活，弟兄们，上！"

流沙一声令下，挥舞着手示意上前，只见难民们悄悄奔向成片的民居。

更夫在寂静的巷子中巡逻："天干物燥，小心火烛！"

突然巷尾蹿出几个难民，将更夫抹了脖子，其余难民纷纷从巷子里冒出来，闯进各间房子。一时间城内尖叫声四起，流寇们烧杀抢掠，城中一片混乱。

夜鸿弈端坐帐中。夜君清忧心忡忡地跪在下首："臣弟恳请皇上，万万不可轻易放弃子民，此战导致生灵涂炭，战败国南疆已自顾不暇，大蜀之地又路途遥远，这样一来，大量难民恐将涌入我大楚，若是轻易放弃，只怕会引起众怒，激发民变，到时候流寇四起，就为时已晚！"

夜鸿弈奚落道："照你的意思，难道朕就不会为了天下百姓着想吗？"

夜君清立刻请罪道："臣不敢，皇上身为一国之君，自然是爱国爱民，先天下之忧而忧。臣以为，难民一事还有更好的解决办法……"

千面这时走了进来，上报夜鸿弈："启禀皇上，前方大批难民沦为流寇，四处烧杀抢掠，祸乱周边百姓，附近村庄无一幸免！"

夜鸿弈顿时面色凝重起来："传朕旨意，凡烧杀抢掠者，一律立即抓捕，依法处决！"

"皇上，万万不可！此举只怕更会激起民怒，让那流寇愈加猖獗，导致大楚之内人心惶惶，还会引起死伤无数，望皇上重新定夺！"

夜鸿弈道："那群流寇为非作歹，罔顾律法，朕依法处置，有何不对？若是放任不管，或是妥协让步，只怕将来人人有样学样，才是大楚之祸！"夜鸿弈摆了摆手，道："好了，我军征战沙场早已疲软，眼下最要紧的便是班师回朝，休养生息。这一战你也算死里逃生，如今又新婚燕尔，还是早日回京，享受你的新生活吧。你退下吧，我们该启程了，回到祁城再稍作歇息。"

"臣弟……"夜君清无奈地低着头，只好起身离去。

已经洗劫了大片民居的流寇们围聚一堂，正议论纷纷。

"如今十里八乡能抢的都抢遍了，咱们的余粮所剩不多了，事到如今，可怎么办啊？"

"大家别吵了，老大来了！"突然有人高呼道，众人纷纷回头热切地看向流沙，"老大，咱们接下来该怎么做呀？"

流沙安抚道："大伙少安毋躁，咱们本是良民，却被迫落草为寇，再继续打砸抢烧下去不是长久之计。本来期待朝廷出面解决，可是如今难民被四处驱逐赶往莽原，朝廷置百姓生死于不顾，咱们也唯有对着干了！"

有人说道："老大，大不了一死，逼急了，咱们跟朝廷鱼死网破！"

流沙却摇了摇头道："咱们势单力薄，以卵击石不可行，此事得从长计议，不可鲁莽行事！"

这时一个新加入的小弟突然站了出来："老大，我前日逃难时碰见了楚军，想必那狗皇帝就在其中吧？！"

流沙若有所思，众人围拢在一起，纷纷小声商议了起来。

这一日，祁城知府在城门口，恭迎夜鸿弈到来，谄媚地笑道："皇上，微臣听闻皇上回銮会途经祁城，便备好了上等酒菜、卧房为皇上接风洗尘！"

知府大人做出请的手势，带领着一行人入了城。哪知城中百姓关门闭户，街道一片萧瑟之景，三三两两的难民蜷缩在墙脚，知府在前引路，两旁肃立着侍卫护着姚莫婉和夜鸿弈行进。

姚莫婉见状，便问道："知府大人，城中为何如此萧条？"

知府便回道："回禀娘娘，此事一言难尽啊！近日有难民沦为流寇，到处烧杀抢掠，这不昨夜城中好几户人家被抢，现在城中百姓人心惶惶，大家都不敢轻易出门了。"

姚莫婉却突然呵斥道："知府大人，你作为一方父母官，却导致百姓流离失所、饿殍遍野，我大楚有你这样的父母官，是百姓之祸，国之悲哀！"

知府为难道："娘娘恕罪，这……这正值对外用兵之时，粮草供应本就吃紧，下官更不敢擅自开仓赈灾，还请娘娘给下官一个将功补过的机会。"

姚莫婉便说道："本宫也不为难你，限你给难民施粥三日，也算是为我大楚做个表率，皇上爱民如子，自会记下你今日所为。"

夜鸿弈在一旁补充道："就按爱妃的话去做吧！"

知府立即回道："下官遵命，谢皇贵妃娘娘提点！"

姚莫婉便随着夜鸿弈离开了。

待来到知府府衙落脚之后，姚莫婉歇息了半日，正准备出去看看时，却被门口的侍卫拦住了："皇贵妃娘娘恕罪，皇上有旨，未经皇上允许，娘娘不许离开知府府衙半步。"

姚莫婉道："本宫只是觉着这府内太闷，出去走走，半个时辰就回来。"

说罢，姚莫婉便不顾阻拦，走了出去，侍卫甲不敢再拦，只是默默地跟在姚莫婉身后。姚莫婉对此也只能叹了口气，便走向难民集中地。而两人身后不远处，夜君清正好看到姚莫婉出了府。

街道边，姚莫婉给老妇人诊断完毕，掏出包中丹药，递给老妇人，而侍卫甲一直站在一旁观看着。

"阿婆，这三粒丹药每日吃一粒，三日后病症便会慢慢消失。"

老妇人感激涕零地作揖，感谢姚莫婉："谢谢……谢谢！"

"娘娘，半个时辰已到，请您回府吧，否则皇上怕是要怪罪下来了。"此时侍卫迎了上来，与姚莫婉交谈，口中的话却被一旁抱着小孩的妇人听个真切。

姚莫婉道："怪罪下来由我顶着，如今城中受疾病之苦的百姓如此之多，本宫不能见死不救，你若是不想守在这里尽管回去便是。"

说罢，姚莫婉便越过侍卫甲，走到了百姓们中间，继续为他们诊病。

“娘娘？”妇人抱起孩子走向姚莫婉。城中病弱的人们，见姚莫婉会诊病纷纷上前，寻求帮助。

姚莫婉在拥挤的人群里恳切地说道：“大家别挤，请大家有序排队，我会尽力给大家医治的！”

侍卫甲见状，犹豫了一下，便转身离去了，剩下夜君清仍旧站在不远处默默注视着姚莫婉，看着正在施针救人的姚莫婉，她屏气凝神的模样、熟练的手法，勾起了夜君清的回忆。

当初，夜君清手臂被毒蛇咬伤，胳膊上两个血洞，姚莫心为夜君清看伤：“好端端的怎么会被毒蛇咬伤，你是不是又自己出去打猎了？”

一旁的奔雷连忙解释：“王爷是为了救村中的贪玩孩童，才被咬伤的！”

姚莫心叹了口气，拿出银针：“我先用银针帮你把毒素逼出来。”

姚莫心施针逼毒，手法熟练，十分认真。渐渐地，姚莫心的脸庞与不远处姚莫婉的脸庞重叠交错，夜君清一时愣了神。

此时姚莫婉给所有百姓诊断完毕，收起针袋，起身准备离去，却一眼看到走到了自己面前的夜君清，正在凝视着自己。两人相视无言，姚莫婉平复情绪，径直走向相反的方向，无视夜君清的存在。可就在两人擦肩而过时，夜君清拉住了姚莫婉的手腕：“莫心。”

姚莫婉一顿，但又很快地恢复了冷静：“肃亲王请自重，你怕是认错了人吧？”

姚莫婉说罢，便甩开了肃亲王的手，径直离去。夜君清却紧跟着姚莫婉回到住处，拦住了姚莫婉：“告诉我，你到底是谁？你是莫心对不对？”

“放开我。”姚莫婉伸手准备扒开夜君清的手，非但没扒开，夜君清还一把将姚莫婉抱住，姚莫婉奋力将他推开，生气地喝道，“肃亲王请你冷静一点，姐姐早已仙逝，希望你看清楚，我是姚莫婉，当今皇上的妃子！”

姚莫婉强忍着眼中的泪水，转身背向夜君清：“如今肃亲王已有家室，还望你牢记这一点，本宫有事先走了。”

此时夜鸿弈却突然出现在转角处，面色阴沉地凝视着眼前的二人：“爱妃这是要去哪儿？”

姚莫婉连忙转身，向夜鸿弈行礼：“皇上，臣妾实在不忍见城中患病的难民，便私自出去诊病救治了，还望皇上恕罪。”

夜鸿弈道：“你啊你，朕真的是不知道该拿你如何是好。那三弟呢？难道也去给人看病了？”

夜君清正准备回话，不远处传来两声咳嗽，段婷婷越过夜鸿弈，跑过来挽住夜君清的手：“君清，我让你向皇贵妃娘娘讨要的药方子可有要到？”

夜鸿弈狐疑地看着三人。段婷婷给夜鸿弈俯身行礼：“皇上恕罪，臣妾前两日半路受了风寒，一直不见好转，听闻皇贵妃娘娘懂医术，今日便让君清替臣妾向娘娘讨个药方子。”

姚莫婉笑道：“王妃客气了，本宫正准备给肃亲王开方子呢，这些时日可要多多注意休息，注意保暖。”

段婷婷点头应和道：“有劳娘娘费心了！”

夜鸿弈消弭了些许怀疑，而一旁的夜君清则一直沉默不语。夜鸿弈想要牵姚莫婉的手回屋，姚莫婉装作没有看见，十分自然地甩开了手。

入夜之后，姚莫婉手上提了几种糕点去看望段婷婷，夜君清并未在房中，只有段婷婷一人独坐在椅子上饮酒浇愁。

姚莫婉放下糕点，道：“今日多谢你了！”

段婷婷冷漠地回道：“我并不是为了你，皇上本就忌惮君清的存在，我不想看他明知前方是火坑，还义无反顾地往里跳。所以我无论如何也要牢牢地拉住他！”

姚莫婉叹了口气道：“不管怎样，今日还是谢谢你挺身而出，辛苦了！”

“我乏了，皇贵妃娘娘请自便。”段婷婷起身摇摇晃晃地走入里屋，不再看姚莫婉。

姚莫婉看向微醺的段婷婷，无奈地走出了房。正当她深觉内疚，独自一人不知不觉走到门口，便听见门口一阵喧哗。

姚莫婉便召来一个侍卫询问：“外面发生何事了？”

侍卫便回道：“回禀娘娘，有个妇人哭着找您给孩子治病，这大半夜的又哭又闹，非要见您不可！”

姚莫婉走向大门方向，妇人见姚莫婉出来，急忙拉住姚莫婉的衣角：“皇贵妃娘娘，求娘娘快救救我们家孩子吧，她快不行了……这下午明明烧已经退下了，但晚上的时候，不知为何又发起了高烧。”

姚莫婉凑近她低声道：“好，你到前边巷口等我，我这便出来。”

妇人感激地离去，姚莫婉回去跟下人交代了一番之后，便孤身一人去找那妇人。那妇人带着姚莫婉走进一个小巷子的矮屋边上，待二人走入屋内，姚莫婉还未看见孩子，就被人一棍子打晕了过去。

一身破破烂烂的小孩躲在角落里，目睹了一切。

等姚莫婉迷迷糊糊地醒过来，发现自己被捆绑丢弃在一个陈旧的破屋子内，外面传来窃窃私语。

“听说里边关的是狗皇帝的妃子？”

“可不是！她可是咱的保命符，这次挟持狗皇帝放粮就靠她了！”

此时，殷雪从房梁下纵身一跃，守卫还未来得及叫喊，就被殷雪打晕过去，随后她便进屋给姚莫婉松绑：“主人恕罪，此地不宜久留，属下这就将您带出去。”

姚莫婉却伸手示意她停下，殷雪疑惑地看向她：“主人，这是为何？”

姚莫婉便道：“方才听闻那两个守卫对话，想必他们是打着拿本宫当筹码要挟夜鸿弈开仓放粮的主意，只不过君心难测，这群流寇终究把事情考虑得太简单了，都是些苦命之人，一步错步步错，本宫着实不想见他们无辜丧命！你先退下吧，本宫自有办法！”

“是，主人！”

门口突然传来一阵喧哗，原来是流沙在外面听见动静，赶忙推门看，却发现姚莫婉气定神闲地坐在椅子上，不由大惊，上下打量。

姚莫婉却笑道：“想必你就是他们的首领吧？”

流沙便道：“在下流沙。皇贵妃娘娘好本事，方才似乎有人营救，你为什么不走，难道就不怕我杀了你？”

姚莫婉轻笑了声，道：“怕！当然怕啊！不过你现在不能杀本宫，杀了本宫你便失去了与皇上对峙的筹码。”

流沙疑惑地看向眼前气度不凡的女子：“那你明知我要用你的命威胁皇上，为何还留下来？”

姚莫婉回道：“你错了！本宫是不忍见你和你的手下以卵击石白白丧命！本宫今日想和你打个赌，若是你输了，万事听我安排！”

流沙摸着下颌犹豫着：“什么赌？”

姚莫婉胸有成竹道："就赌皇上会不会救本宫！本宫身居后宫多时，早已了解夜鸿弈为人。帝王心术唯利益至上，他断不会在军士面前受人威胁。丑话我已说在前头，你们大可和我赌一赌，如果夜鸿弈救本宫，你们也得偿所愿，事后本宫还会送上黄金万两作为赌资，若是夜鸿弈不救……"

流沙问道："我们都会葬身于此，对吗？"

姚莫婉笑着说道："本宫还不想就这么陪葬，不过我们可以保命优先设下一计，用稻草人做疑兵，事先制造迷烟混淆视听。若是我赢了，自会给你等安排一条出路，条件是日后所有人员随我调遣。流沙，你敢不敢与我赌一把，大伙的性命都在你手上了，你好好权衡，本宫自然不会害了你们！"

"好！一言为定！"

"千面，车马都备好了吗？"

"皇上，大军已集结完毕，正待出发。"

"启禀皇上，皇贵妃娘娘不见了！这府中上上下下今日都未曾见过娘娘。"

"给我找！"

听闻姚莫婉出事后，夜君清连忙赶到知府设置的施粥点，此时难民们正排队领粥。夜君清拉着难民们一个一个地询问："你见过昨日在此处给你们医病的皇贵妃娘娘吗？"

难民们摆手，纷纷摇头。前一日的那妇人抱着小孩也在排队，但见夜君清正在寻人，便转身想走开。夜君清顿时发觉妇人神色怪异，想起是昨日姚莫婉救助过的那对母子，便走上前去拦住了妇人："你可见过昨天为你孩子治病的皇贵妃娘娘？"

"没……没有，草民没有见过！"那妇人神色慌张，说话吞吞吐吐。她怀中的小孩一脸天真无邪地脱口而出："我见过昨天的大姐姐啊！"

夜君清面露焦急，道："孩子，快告诉我，那个大姐姐去了哪里？"

妇人拉起孩子就要走，被夜君清再次拦下："昨日我亲眼所见，皇贵妃娘娘好心帮你的孩子诊病，如今你忘恩负义，知情不报，该当何罪？！"

妇人吓得腿软，连忙跪下，求饶道："大人饶命，我说我说，昨日皇贵妃娘娘来给我家孩儿诊病，结果就被流寇绑架了，大人饶命，草民也不是存心隐瞒的！在……西边的废旧城楼。大人饶命，皇贵妃娘娘是菩萨心肠，一定会平安无事的，草民也是被人威胁，不然他们就会杀了我的孩儿，那些人也是被朝廷逼得走投无路，才出此下策！求大人开恩啊！”

夜君清却不再看跪在地上的妇人，忧心忡忡地赶向废弃城楼。另一头，夜鸿弈焦急地在屋中踱步，等待着姚莫婉的下落，知府大人在一旁不敢吭声。

“报！禀报皇上，皇贵妃娘娘被流寇绑于废弃城楼上，扬言皇上若是再不放粮赈灾，就杀掉娘娘！”探子走入屋内。

夜鸿弈顿时大发雷霆，一拳打在了桌子上。

千面问道：“皇上，如今该怎么办？”

夜鸿弈思索再三，说道：“传朕令下去，清剿流寇，格杀勿论！至于皇贵妃，朕要亲自去救。”

“是，属下这就去办！”

城楼上，姚莫婉长发散乱，嘴被封住，一袭破烂的红裙随风摇曳，一把长剑架在了她的脖梗之上。城楼之上，几名流寇分散围守。

流沙朗声道：“我本大楚子民，苦于战乱沦为流寇。狗皇帝，识相点就怜天下苍生，放我们难民一条生路，放粮赈灾！你若再执迷不悟，我便手刃美人，让万千百姓看看你身为大楚国君，却连自己的女人都照看不好，是何等的无能！”

夜鸿弈面色阴沉盯着城楼上的流沙。

千面朝城楼上大喊道：“尔等烧杀抢掠，残害无辜百姓，如今又劫持当朝皇贵妃，速速将人放了，还能给你们留个全尸！”

流沙骂道：“少废话！狗皇帝，你当真连自己的女人都不在意吗？”

夜鸿弈纠结不已，片刻后抬头与姚莫婉对视，眼神坚毅而又透露一丝冷漠：“朕的战争，从来只有输，或者赢。堂堂国君若被流寇威胁，我大楚皇威何存？放箭！”

夜鸿弈面无表情，一声令下，万箭齐发。

另一头的城楼处，无数箭羽扑来，却没有伤及流寇们分毫。众人心有余悸地喘着气，流沙双手抱拳，单膝跪下，感激姚莫婉：“皇贵妃娘娘果真料事如神！今日如不是娘娘，大伙恐怕就命丧黄泉了！流沙在此谢过娘娘大恩大德！”

原来当时听了姚莫婉的计策之后，趁放箭的浓烟四起，流寇将稻草人竖起，姚莫婉站在一个木制平台上，流沙站在一旁。当万箭齐发之时，流沙拉动一根连接在木台上的绳子，平台忽然打开，两人一起掉了进去，躲过了飞来之箭。

流沙抱拳行礼，心甘情愿地臣服于姚莫婉："流沙愿赌服输，谢过娘娘！从此心甘情愿为娘娘效力，万死不辞！"

众人纷纷感谢姚莫婉，彻底臣服于她。

姚莫婉笑道："无妨！大家都是贫苦之人，本宫也不忍见你们白白送死！"

说罢，姚莫婉便掏出写好的密信递给流沙。

流沙疑惑道："娘娘这是？"

姚莫婉便道："本宫答应为你们安排一条生路！拿着这封手信，带大伙到莽原投靠商号旌姚号，那是我私下创设的商号，旗下包括商铺、马队、客栈，可以收留你们，日后自会有人过去统领你们练武，为本宫所用。你带着大伙赶紧去吧，路上多加小心！"

"谢娘娘指明生路，流沙定会不辱使命，将大伙安全带到莽原！"

众人拜别了姚莫婉，便感恩戴德地离去。当他们撤退之后，姚莫婉转身正欲离去，便见略显狼狈的夜君清，微微一愣。

夜君清一把拽过姚莫婉紧紧地抱在怀里，姚莫婉挣扎着想将夜君清推开，侧过头去。

夜君清松了一口气："你没事就好……"

姚莫婉发现夜君清身上还有被箭擦伤的伤口："君清，你受伤了，你怎么知道我在这儿？"

夜君清挤出一丝笑来。

当时城楼下万箭齐发，夜君清不顾一切地从城楼入口，找寻姚莫婉的身影，忽然远远地看见姚莫婉落入平台下的一幕，愣神间便被射来的一箭所伤。

姚莫婉看着夜君清的伤口，电光石火间明白了，眼泪流了下来："你……你这是去救我了？"

"对不起，我来晚了……"夜君清再次将姚莫婉搂入怀中，这一次，姚莫婉没有再推开他，两人在扬尘的废墟中，久久地相拥而立……

第二十六章

断壁残垣之间，夜君清与姚莫婉二人紧紧相拥。

“对不起，我来晚了。”夜君清长叹了一口气。

姚莫婉却摇摇头：“该道歉的是我，君清，原谅我不能向你坦承一切，就是因为害怕像如今这样，你我彼此连累。”

夜君清拥着她：“不，不论你是谁，不管你今后要做什么，这些都不重要了。你要也好，不要也罢，我夜君清此生都会与你并肩而行。”

姚莫婉怔了怔，眼底湿润，心疼地看着夜君清的伤口：“君清，不要再为我受伤了。”

夜君清却道：“那本王也不许你，再一意孤行一力承担所有劫难，抛下我一个人。还有一件事，我要告诉你，这个天下，我决意要收回来了！”

姚莫婉惊讶地看着他：“君清你……你是说……”

夜君清目光坚毅道：“当初我将这个天下拱手让与夜鸿弈，并不只是因为莫心，更因我信任他会成为明君。可如今他夜鸿弈残暴无道，引得生灵涂炭，民不聊生，我夜君清身为皇家子嗣，怎能忍见父皇打下的江山沦丧至此！为了百姓苍生，也为了你，我势必要将这个天下亲手夺回来！”

姚莫婉便道：“你真的决定好了？你可知你今后要背负多少责任？”

夜君清点点头，道：“是，我已下定了决心，你愿意与我一起吗？”

忽然之间，外面传来了阵阵马蹄声，姚莫婉警觉地将夜君清推开，望向城外，道：“是皇上的兵马。流寇已经散去，这里再无人能伤我，你快走吧。”

夜君清见她如此肯定，便点点头，速速离开了藏身之处，悄然离去。待他离开之后，姚莫婉便站起身，一瘸一拐地走向城门。

千面正将刚刚探查到的消息回禀给夜鸿弈：“皇上，我们中计了！城楼上皆是稻草人而已，不见皇贵妃娘娘踪影，不知是为人掳走还是救走了……”

夜鸿弈面色阴沉怒意更盛，忽然想到了什么，问道：“肃亲王何在？”

就在这时，城门中一个瘦弱的身影正缓缓前来，千面谨慎地辨认了一番，发现竟是跌下城楼的姚莫婉。

夜鸿弈立即下马，飞奔至姚莫婉身边，紧紧将姚莫婉拥入怀中，紧张地问道：“婉儿，你回来了！你怎么样，伤到何处了？”

姚莫婉冷漠地回道：“臣妾无碍，让皇上担心了。”

“朕还以为……再见不到你了。”夜鸿弈缓缓松开手，扶住姚莫婉的肩头，与她四目相对，一时间，姚莫婉冰冷的眼神竟让夜鸿弈产生了些许心虚，随后转过身去，怒斥千面，“千面，你可知罪！为何擅自下令放箭！”

千面心思一动，立刻反应过来，连忙拱手行礼：“属下知罪！只因属下当时看穿了那些流寇布置的稻草假身，这才擅自下令放箭震慑流寇。属下罪该万死，还请皇上责罚！”

夜鸿弈道：“纵然对方的诡计已露出马脚，可贵妃娘娘毕竟还在他们手上，你怎能如此莽撞行事！待回宫之后，朕必定好好治你的罪！”

姚莫婉冷冷地看着二人做戏，并不言语。

夜鸿弈有些心虚道：“不过……婉儿，他们为何会放你离开？”

姚莫婉回答道：“臣妾被俘之后，发现流寇人等伤病惨重却无人医治，臣妾略通医术才侥幸保命。而后皇上下令放箭时的果断，也让他们认定臣妾并无利用价值，计谋失败后，便将我抛下匆匆逃窜。”

夜鸿弈便转身吩咐道：“流寇如此目中无人、猖獗狂妄，他们伤你一寸，朕定要他们血流成河！传朕指令，立刻出兵沿着流寇逃窜的方向追杀！”

姚莫婉却摇摇头：“臣妾谢皇上怜惜，只是南疆一战之后，我军兵力消耗过大，亟待休养。不如先行回城，周密布置后再派人讨伐也不迟。”

这时，夜君清骑马带着段婷婷匆匆赶来，飞身下马来到夜鸿弈身边请罪：“叩见皇上、皇贵妃娘娘，婷婷突然患上热疾，臣弟急于照顾，才因此耽搁了时间。救驾来迟，还请降罪！”

段婷婷在一旁附和道：“启禀皇上，臣妾此行舟车劳顿，一时之间有些水土不服，因此才染上热疾。皇上若要降罪，还请将臣妾一同惩罚。”

说罢，段婷婷便以袖遮面，虚弱地咳嗽起来，面色涨得通红。夜鸿弈见状，皱着眉看向夜君清。

“还请皇上责罚臣一人。”夜君清拱手行礼，牵动了手臂上的伤口，额头鬓角的汗滴密密麻麻。

夜鸿弈疑道：“肃亲王身体为何如此虚弱？”

夜君清勉力回道：“无碍，不过是些旧伤顽疾，让皇上担忧了。”

“既然如此，此处不宜久留，启程回宫。”

伴随着晚霞，夜鸿弈送姚莫婉回到宫中，众嫔妃纷纷前来迎接。

姚莫婉看着夕阳下的宫廷和身旁的夜鸿弈，表情复杂，走着走着停下了脚步，似乎有些失神。夜鸿弈注意到姚莫婉面色奇怪，便问道：“婉儿，你怎么了？”

姚莫婉摇摇头，道：“没什么，只是觉得这皇宫有些陌生罢了。”

夜鸿弈便道：“大概是此行受惊过度了，这次回宫，便暂时放下一切好好休息吧。”

姚莫婉点点头，夜鸿弈想要牵住她的手，姚莫婉却已先一步将手缩回，走到了一旁眼泪汪汪的汀月身边。

“娘娘……您终于回来了……”

姚莫婉小声道：“傻丫头，在这么多人面前哭，不怕丢脸啊！”

这时，姚素鸾踏着焦急的步子前来，几乎瘫倒在夜鸿弈面前，虚弱道：“臣妾参见皇上！此行皇上凯旋，朝野之间，早已是盛誉满天。臣妾来迟，还请皇上降罪。”

夜鸿弈皱眉问道：“爱妃为何这般虚弱。”

姚素鸾身边的小兴子回道：“娘娘因为担心陛下和皇贵妃娘娘的安危，日夜在佛堂烧香念经，已有数日未曾进食……”

姚素鸾啜泣道：“皇上此次亲征，宫中无人不为您担忧祈福。如今您与皇贵妃娘娘能平安归来，臣妾就安心了……”

夜鸿弈便道：“爱妃有心了，好在朕与皇贵妃都无大碍。朕不在的这段时日，宫中可有事情发生？”

这时一直候在旁边的刘公公禀道：“启禀皇上，有一事，淑妃娘娘她……十日前突然自缢而亡了。”

姚莫婉一听，不禁用力握紧了汀月的手。夜鸿弈也忍不住面露震惊之色，感慨道：“十日前……那是肃亲王和长风公主举行婚礼的日子啊！那……敦亲王呢？”

刘公公回道：“自皇上将敦亲王降职处罚之后，他便再未进过宫了，唯独淑妃娘娘薨逝后，入宫送了娘娘一程。”

夜鸿弈沉默片刻，挥了挥手，道：“好了，此事便罢了吧。皇贵妃此行遇险受惊，又一路舟车劳顿，刘公公，派几名太医过来给皇贵妃问诊，不得有半点差池。”

姚莫婉却冷漠道：“臣妾如今只想好好睡一觉，有汀月的照顾，足矣。”

姚莫婉在汀月的搀扶下，缓缓走向关雎宫。

见姚莫婉走了，姚素鸾便娇弱地问道：“那皇上，不如您到臣妾宫中歇息一下……”

夜鸿弈摇了摇头：“不必了，爱妃身体虚弱，早些回宫休息吧。”

说罢，夜鸿弈转身离去，独留姚素鸾一人在原地。

关雎宫内，姚莫婉坐于桌前，已经换上了新衣裳，一旁的汀月默不作声地替姚莫婉梳头，眼里却有一丝的委屈。

汀月道：“奴婢看不过丽妃的假模假样。您不在宫里时，她从未关心过您丝毫，却会在皇上面前惺惺作态。听说彩萤得病死了，也不知是怎么回事。”

姚莫婉道：“在皇上面前做戏，宫里又有何人不是这般？只是……今日骤然听闻王沁若的死讯，却是让我始料未及，她倒有些血性。”

“奴婢去打听了，淑妃自被打入天牢后，一直没有放弃希望，直到听闻肃亲王成婚的消息，才终于心如死灰，自缢而亡。”

姚莫婉道：“可恨之人也有可怜之处，她一生为家族操纵，被迫参与权力争斗，却登高跌重，落得惨败，连唯一的寄情之人……也迎娶他人为妻，想必再活下去也只会如同行尸走肉。不像本宫，再像行尸走肉，也得打起精神，只因生死还未握在自己手中。”

汀月终于抑制不住自己的情绪，焦急地蹲下身子，凑近姚莫婉面前，慌张地说道：“娘娘，你又开始说胡话了，汀月……汀月不愿听娘娘您这么说！您好不容易才平安而归，什么死不死的，晦气得很。娘娘您知不知道，您不在的这些日子，汀月吃不下睡不好，每日都担惊受怕的，生怕您出一点差池。”

姚莫婉却故意逗她："本宫这次亲历战场，也是吃不下睡不好，总觉得自己老了许多。汀月，你看看我，是不是变老了？"

汀月却置气地哭起来："老了老了，娘娘不仅老了，还变得无情了。"

姚莫婉却宠溺地说："我现在不是好好地回来了吗？别哭了。"

汀月便道："娘娘，您得答应我，以后不管到哪，都要带上汀月一起走好不好？"

听罢，她便想起了夜君清那日在城楼废墟说的话。

"不管你今后要做什么，我夜君清此生都会与你并肩而行。"

"那本王也不许你，再一意孤行一力承担所有劫难，抛下我一个人。"

姚莫婉有些走神，转而扬起嘴角微笑起来，摸了摸汀月的头："嗯，我答应你。"

御书房里，夜鸿弈闭目坐于桌前，想起了当时问起千面却没有夜君清的讯息，以及后来夜君清来面圣时的异样，越想越不对。

夜鸿弈猛然睁眼，握紧拳头重捶在桌面上。

刘公公在旁边问道："皇上，您今日历经长途跋涉，此刻已近三更，不若准备就寝歇息？"

夜鸿弈示意刘公公退下，一旁的千面从暗处走了出来。

夜鸿弈问道："问过了吗？知府的下人们怎么说？"

千面回道："卑职已询问过了，当日无人见过肃亲王出府，说他一直都在住处照顾长风公主。"

夜鸿弈皱眉道："口说无凭，眼见为实。其中定有蹊跷，你派人去盯紧他，记住，仔细辨认他肩上是否有箭伤。"

千面顿了顿，便领旨退下。

关雎宫中，姚莫婉走出屋门，迎着阳光，面向眼前的一片静谧的宫景，却仍然满脸凝重。忽然听见有人喊她皇贵妃娘娘，姚莫婉转头望去，发现桓采儿匆匆赶来，走到她身边请罪："昨夜未能第一时间迎接娘娘回宫，实属不敬，还请娘娘原谅。"

姚莫婉打趣地说道："采儿，几日未见，你倒是生分了不少。"

桓采儿泪水在眼眶里直打转，委屈道：“我这般担心，娘娘还舍得开玩笑。快让我看看，那些流寇盗匪有没有伤着你？有没有让你受什么委屈？”

姚莫婉便道：“你放心，本宫全身上下都好好的，哪也没缺，哪也没少。那些流寇不全是恶人，之所以将我捉去也并非要取我性命，而是有人将他们逼上绝路，才出此下策。”

桓采儿道：“这些话，大哥也曾向我提起。上次大哥进宫时，特与我说到灾民之举，对皇上的举措有所不满和怨言……”

姚莫婉立刻做噤声状，急忙提醒桓采儿住口，将其拉到一旁，说道：“你记住，之后与我在一起时，切莫再说这些易惹人非议的话。”

桓采儿道：“可这儿除了你我，再无外人。”

姚莫婉便道：“南疆一战之后，皇上对我与肃亲王的疑心恐怕只增不减，定会派人紧盯，若有什么不该说的话入了皇上的耳，你我或许都将陷于不利。”

桓采儿见姚莫婉面色凝重，应声点了点头。

肃亲王府中，段婷婷带着婢女在卧房内收拾，将行囊中的物件一件件摆放在屋内。

“公主，王府怎么如此冷清，下人都没几个。而且您这才刚入府，王爷就搬去了客房，这若是传出去了……”有婢女问道。

段婷婷立刻呵斥道：“就你话多！王爷最近政务繁忙，自然会担心打扰我休息。以后不许再这般妄言。”

婢女委屈地回道：“王妃教训得是，奴婢也是心疼您嘛！”

段婷婷一边收拾自己的物件，一边从行囊里拿出那根原本想要赠与夜君清的银项链，露出一丝苦涩的笑容，重新将银项链戴回了自己的脖子上：“你去把管家叫过来。”

管家很快便过来了，紧张地问道：“王妃，最近府上人手实在是不充裕，让您受委屈了。”

段婷婷便将一包银锭塞到管家手里：“王爷是男人，自然疏于打理府上杂事。这些银子你拿去，犒劳府中的伙计。余下的再多请些下人，好好将王府张罗一番。王爷乃堂堂大楚战神，绝不能因此丢了脸面。”

书房里，夜君清坐下，褪下衣袖，右肩的箭伤清晰可见。夜君清刚准备为自己敷药，却忽然听见门口一阵响动，他警觉地站起了身，掩住右肩：“谁在那里？”

“是我。”段婷婷拿着药瓶走进屋内，夜君清稍稍放下心来。

“这么晚了，你怎么还未休息。”

段婷婷便道：“你早出晚归，在外忙了一整日，我作为妻子，等候夫君归家，难道有什么不妥吗？”

夜君清只得叹气道：“婷婷，你的热疾刚刚退去，还是好好休养身子要紧，快回去好好休息吧。”

段婷婷一把将他拦住，道：“你不在乎你的身子，我在乎。这是我从南疆特意带来的金创药，愈合伤口有奇效。”

夜君清却注意到窗上被戳破了一个小洞，立马警觉了起来。

段婷婷并没有察觉，还在继续说道：“那日你身上不是……”

夜君清一听，为了避免段婷婷祸从口出，立马将她扑倒在床：“你那日的擦伤还未痊愈，正好，这金创药就让我来帮你敷上吧。”

段婷婷疑惑道：“我的伤？我哪有什么伤？”

夜君清却笑道：“夫人就不必拒绝了。”

段婷婷虽然满脸诧异，脸却涨得通红。

夜色之中，一个黑衣身影偷偷潜伏在窗前，借着窗上的一个小孔，监视着屋内两人的亲密之举，暗暗皱眉。一旁的走廊忽然传来脚步声，黑衣人谨慎回头，只见段婷婷的婢女端着一碗羹汤快步走来，黑衣人只好遁身而去。

房间内，段婷婷满脸通红地看着眼前的夜君清，娇羞道：“君清，你是不是糊涂了，受伤的明明是你，为何……”

话音未落，夜君清已将段婷婷从床上扶起，小心地将她的衣物理好，冷静道：“方才门外有暗卫监视。不出意外定是皇上派来监视的，我担心肩伤暴露，才会做出此等失礼之举。婷婷，对不住了。”

段婷婷的眼神骤然暗淡下来：“为何皇上还要这般紧逼？那日我分明已帮你与姚莫婉洗去嫌疑了，难道他还是放心不下？”

夜君清道：“这些小伎俩怎么可能让他消去疑心？近日他必定还会在王府布下人手监视，你若是发现异常，也请装作不知情，这牢笼才能尽快打破。”

段婷婷蹙着眉，道：“即便这样如临深渊，你也还是要选择她是吗？”

夜君清却不看她："时间不早了，你早些休息吧。"

夜君清转身欲走，段婷婷急忙将他叫住："站住！不管起因为何，也不论你对我到底有没有感情，如今你我总归在名义上已是夫妻，君清，你当真要继续对我疏远下去吗？就算是做做戏，骗骗我也不成吗？"

夜君清犹豫片刻，说道："名义上，你是肃亲王府明媒正娶的王妃。在旁人面前，我自然会敬你为妻，你为王府上下所做的一切我也定当竭力偿还。但是，至于我对你的情谊，也仅限于此了。"

闻此，段婷婷突然发出一阵冷笑，脸色瞬间变得阴狠："既然如此，我便告诉我父皇，他必定会让你剥皮蚀骨，生不如死！我段婷婷得不到的人，便要千方百计毁了他！你当真连命都不要了吗？"

夜君清无奈地看着她，道："恕难从命，你若非要我的性命，便拿去吧。"

气氛骤然陷入冰点，段婷婷突然"扑哧"一声笑了出来："没劲没劲，堂堂肃亲王也太好骗了吧，我说什么你都信啊！"

说着，段婷婷取出一张字据，摆在了夜君清面前："那这个，你信吗？"

夜君清拿起一看，纸上"和离书"三个大字映入眼帘。

他皱眉道："和离书？"

段婷婷故作坚强地看着他："夜君清，无论是你所谓的偿还，还是你的性命，我段婷婷通通都不稀罕。我知道，虽说你我从头到尾都是假的，但你碍于夫妻之名，总会觉得良心难安，对不起心里那个人，是吧？我成全你。"

夜君清看着她，忽然诚恳道："婷婷，你让我说什么好……这样实在太委屈你了……我夜君清此生都亏欠于你。"

段婷婷却道："这是我自己的决定，我只需要你在这份和离书上签名，从此大家恢复自由身。只是你我婚事涉及两国外交，和离书不能公之于众，所以这个夫妻之名，你我在外人面前还要暂时背负下去。"

夜君清愣住，犹豫半晌，迟迟没有拿起笔。段婷婷咬了咬牙，上前将笔塞到他的手里。见夜君清一笔笔落在了纸张上，段婷婷转过头去，强忍着眼泪，再回过头来又是强装着笑脸拿起了和离书。

待夜君清走后，段婷婷这才瘫坐回了床榻上，看着眼前丝毫未动的羹汤与金创药，还有手中的和离书，眼泪夺眶而出："人啊，能成全得了别人，却成全不了自己。从今天起，我段婷婷终于又自由了。"

夜君清推门而出，奔雷上前跟随其右：“人已经走了。按您吩咐的，属下只是在一旁观察，并未出手。”

夜君清点点头：“嗯，若他们数日查探未果，皇上即便不再白费工夫，也会知道我有所察觉，自然会有所收敛。”

奔雷又问道：“王爷，那我们下一步如何做？总不能困于牢笼，坐以待毙吧？”

夜君清若有所思，回想起那日在边境听得的姚莫婉与流沙等人的对话。当时夜君清狼狈地站在断壁残垣后，凝视着远处安然无恙的姚莫婉，听见了姚莫婉和众人的对话。

“娘娘所说的是莽原第一大商号旌姚号？”

“正是！旌姚号是我私下创设的商号，旗下包括商铺、马队、客栈，可以收留你们，日后自会有人过去统领你们练武，为本宫所用。你带着大伙赶紧去吧，路上多加小心！”

夜君清似乎明白了什么，眼神微动，对奔雷吩咐道：“本王早有决意，你拟下文书速速送入边军，那些沉睡的潜伏将领，是时候将他们唤醒了。”

山林之中的军营里，伴随着士兵们充满士气而有节奏感的吼声，一名运送军需的士兵将一包衣物扔在凌峰手中，向他比了比手势。凌峰走到一旁将衣物内的信纸取出来，展信一看，面色震惊而坚毅。

山林中，一些青壮年流民已化为死士，手执长枪，一边嘶吼一边练习着枪法。他们在凌峰的带领下夜以继日地训练，而他们的队伍，也在日益扩大。

“弟兄们已经集结完毕，死士军团已蓄势待发，静待将军发号施令。”

夜君清展开书信，悬着的心总算放下，一副胸有成竹的样子。奔雷在一旁焦急地问道：“王爷，信里怎么说？”

夜君清拿起密函：“他果然没有让本王失望，一切都在按计划进行。奔雷，你先替我去关睢宫送封信。在此之前，我希望能与她见一面。”

奔雷却迟疑道：“可是，皇上的眼线刚刚有所收敛，这时贸然与关睢宫私联，未免太过冒险了。”

夜君清便道：“这封密信并未提到只言片语，落在常人手里，也不过是一片不明所以的数字罢了，这是以前我与莫心秘密联络的暗语。”

奔雷惊讶地问道：“王爷，您是不是昏头了？皇贵妃又不是皇后，她……能知晓其中的含义吗？”

夜君清却道：“如果一切都如本王所想，这暗语，莫婉一定能明白。”

奔雷只好接过密函，拿着密函出了书房，小心离去。屋外，一个新来的下人打扫着走廊，不经意地从书房前经过，看向奔雷离去的背影，暗暗注意着他的行动。

过了几日，皇宫中，一群太监在角落打扫、浇灌花草，其中一名太监趁着他人不注意时，将一密函偷偷藏在了花坛下。

夜鸿弈坐在姚莫心的水晶棺旁，在他的手边，摆放着一本《九州通史》，神色可怖而冷寂。

“朕敬你爱你，一而再再而三地选择相信你，这就是你给朕的答案吗？莫心，难道你当真以为过去朕什么都不知道？这本《九州通史》，朕从六岁起便烂熟于心，却没想到日后竟会相继成了你与你妹妹令朕蒙羞的罪证！”

他眼前闪过曾经一桩桩一件件令他怒不可遏的事来。

当时他面带喜悦之色走向姚莫心卧房，一旁的安炳山却满脸焦急，一副担心的样子：“皇上，如今已夜过子时，若不好生休息，只怕会耽误了明日的登基大典啊！”

“可朕一想到明日的登基大典，莫心要成为朕的皇后了，便满心激动无法入眠。不行，朕这会儿必须见见莫心！”

“是啊，皇后为了皇上，单枪匹马前去向肃亲王请求援军，可谓使出浑身解数，此等情义，着实令人感动啊！”

想到此处，夜鸿弈脸色瞬间沉了一沉，眼中又闪过另一件事来。

那一日，姚莫心宫中，他推门而入，却发现屋内空无一人，顿生疑惑。见此，他便四处走动起来，在姚莫心的枕下寻得一本《九州通史》，其中夹着一张写着数字的字条，夜鸿弈皱紧眉头，思索半晌，按照数字内容一页页翻阅书卷。找到数字所对应的页码、行、列，他的指尖停留在一个个字眼上。密函上的数字变成一个个字眼，拼凑成一句完整的句子：子时，东北角偏殿。

他的手不住颤抖，竭力克制，似乎下一秒就要爆发，命人马上移驾东北角偏殿。他还记得，当时她那吓了一跳的表情。

“鸿弈，这个时辰，你怎么来了？”

“难道你不应该解释一下，这个时辰为何不在宫内吗？”

“深夜离宫，的确是心儿犯下禁忌，可是……鸿弈，我能否恳请你不要再追问缘由。”

“你是不愿说，还是不敢说？那你究竟在隐瞒什么？”

姚莫心见夜鸿弈表情痛苦，无奈之下，从袖中掏出一枚符玉，放到夜鸿弈手里：“好好好，心儿这就交代，我深夜离宫，为的就是去求这个。明日便是登基大典了，想为你求个好兆头。民间传说佛堂求取之物都需谨慎保密，以免坏了灵气，心儿这才不愿和皇上说……”

话音未落，他一把抱住姚莫心，深深地吻住她的唇，转而将她搂在怀中，眼神中的怀疑却始终未消除：“不论你以前想去何处，刚刚从何处而来，朕通通不在意。但从明日起，不，从今日起，你便是这六宫之主，是我夜鸿弈的结发妻子。莫心，如今天下都已归属于朕，而你，也永远只可属于朕一人，绝无任何后悔的余地。”

“是，成为你的皇后，我姚莫心永不后悔。”

他将姚莫心搂得更紧了，而那封枕下的密函，仿佛从未被发现过，丝毫未动地摆放在原处。

夜鸿弈举着一张数字密函，一把将面前的书卷推到地上，散落一地。原来当时放在花盆处的密函被千面悄悄拿了带来他这里：“回皇上，卑职已经按您的吩咐，将那封密函放回了原处，亲眼看着汀月将它带回了关睢宫。而另一封，已经送往了肃亲王府。”

“好，今夜子时，朕便让所有的东西，尘归尘土归土。”

肃亲王府中，奔雷快速走入书房，跑到夜君清面前，将一封密函呈上：“王爷，刚刚落在庭院内的密函。”

夜君清展信，纸上的数字在他眼中浮出一个个字眼：子时，东北角偏殿。

奔雷道：“王爷，属下不明白，难道是皇后教会皇贵妃使用这暗语的？”

“奔雷，随本王入宫。”

奔雷还疑惑着没回过神来，只见夜君清已经夺门而出。

夜半时分，姚莫婉身着素服，小心翼翼地走出宫门，向东北方向走去。在不远处，一名暗卫正暗中盯着她的行动。

偏殿里，姚莫婉将门一推，门轻易便被打开了。姚莫婉疑惑地看了一眼，发现门锁已被损坏。还未来得及思考，一只手将她拉入屋内。姚莫婉抬头一看，是夜君清。

他问道：“你为何会知道我与莫心的暗号？”

姚莫婉皱眉道：“王爷如此冒险将本宫引至此处，就是为了试探本宫？”

夜君清疑惑地问道：“今日你送至府上的密函，已经说明了一切。事到如今你难道还要瞒着我？”

姚莫婉迟疑道：“等等，送到你府上的密函？我何时……”

姚莫婉看向了门锁，暗觉不妙。她转而走向里屋的窗户旁，想打开，却发现已被钉死。夜君清走上前来，从姚莫婉的反应中察觉到异象，正准备开口，姚莫婉连忙捂住夜君清的嘴，做出了噤声状，随后反手将一只花瓶推倒，砸碎在地，发出清脆的响声，迅速凑向夜君清耳边悄声道：“密函被人动过手脚，我们已经中计了。”

偏殿外，夜鸿弈带着几名暗卫来到门口，屋内忽然传来一声清脆的响声，暗卫正准备推门而入，被夜鸿弈悄声制止，他悄悄凑近，在门口仔细听着屋内发生的一切。殿里，夜君清努力平复心情，姚莫婉指了指屋外，又指了指自己的耳朵，表示附近想必已是重重埋伏，他们所说的都会被听见。

姚莫婉迅速反应过来，大声呵斥道：“王爷，那封密函分明就是你送至关雎宫的！这些纸上的密语暗号，便是你害死我姐姐的罪证！”

夜君清回道：“本王不知娘娘在说些什么。”

姚莫婉同时在夜君清手中比画着，写下字眼：我是莫心。

夜君清喜出望外，眼眶含泪，激动地看着姚莫婉，却还是反应过来，配合她演戏：“娘娘，这其中定有什么误会！”

“误会？姐姐对皇上用情至深，却因为你处事不善，让她清誉受损，遭受宫中人的非议流言，谣言纷飞！”

同时她继续在他手上写道：我为人所害后，谁知天赐奇遇，竟让我变成莫婉，还失了忆。

“本王对皇上、对娘娘，从始至终都以君臣之礼相待，绝无二心！本王愿以性命担保，从未对皇后娘娘有过半点觊觎之心！”

夜君清看着她在自己手上继续写：待记忆恢复之后，我只想为自己、为娘复仇，才选择入宫。对不起，一直没有告诉你真相。

姚莫婉看见一旁有古琴，于是拿起古琴，用力砸向地面，琴弦断裂，发出刺耳的响声。

屋外，夜鸿弈与暗卫们纷纷捂住耳朵。

屋里，姚莫婉主动与夜君清相拥，夜君清欣喜若狂，两人小声耳语。

“我就知道你是莫心！为什么现在才告诉我。心儿，你受苦了。”

“是，我回来了。知道得越多，离危险就越近。我不愿你一起冒险。”

姚莫婉眼底含满了泪水，展开夜君清的手心，着急地在夜君清手中写字，夜君清却将手收回，从腰间掏出一把匕首。姚莫婉拿到匕首便明白了夜君清的意思，瞪大双眼看着他，执意不肯接受，然而门口传来破门而入的响声。

夜君清眼色一厉：“娘娘，本王敬您是皇贵妃，但绝不允许您如此凭空诬陷本王！”

姚莫婉愣住，夜君清把匕首放在她手中，用力握紧了她的手。姚莫婉只得含泪接过匕首，对他点点头，大声道：“事到如今你还不愿认罪！那姐姐的仇，本宫亲自替她报！”

夜鸿弈闻言闯入，见夜君清已经倒在地上，胸前一片血红。而一旁的姚莫婉手持利刃，满手鲜血，眼神恍惚。夜鸿弈震惊地走到她身边：“你都做了些什么！为何你会与肃亲王在此会面！”

姚莫婉哭着说道：“臣妾只是想替姐姐报仇，是他，是他害死了姐姐！”

夜鸿弈道：“你冷静一点，告诉朕，为何这样说。”

姚莫婉怒道：“皇上，当年夺嫡之争后，朝野间便风言盛行，若不是因为肃亲王从中作梗，加以渲染传播，姐姐怎会遭受这不实之言的侵害！”

夜鸿弈暗暗思忖了片刻：“你可有证据？”

姚莫婉便道：“这封密信便是。我从姐姐的遗物中搜寻到相似之物，分明是肃亲王当时用于陷害姐姐的手段。我也已经查过，此乃宫中用纸，沿着此线索继续追查，定能找到肃亲王的罪证！”

夜鸿弈听闻之后神色微动，暗暗瞪了瞪一旁的千面，道：“皇贵妃，是你太累了，如今肃亲王还需医治，待他醒来后，此事朕会继续调查。况且，你又怎知这不是莫心所书？”

姚莫婉道：“您到现在还不愿意相信姐姐吗？皇上，您知道姐姐直到临死前也无法释怀的怨是什么吗？正是您对她的芥蒂，对她的怀疑！任凭谣言四起，姐姐通通可以不在意，可您的怀疑，却在最后关头击垮了她！”

夜鸿弈顿时愣住，脑中回荡起姚莫心曾经也说过这句话，他大怒道：“放肆！就凭你，也敢质疑朕对莫心的感情！”

姚莫婉却不理他突如其来的怒气，只淡淡问道：“那既然这封信不是姐姐所为，还能有谁？”

“够了，此事朕自有定夺！唤太医，先将肃亲王送下去医治！”

姚莫婉却红了眼：“不，他必须死，他必须为姐姐偿命！”

夜鸿弈只得向一旁暗卫吩咐道：“将皇贵妃先带回关雎宫休息！”

一暗卫领命，上前搀扶起姚莫婉，缓缓走出屋。姚莫婉一边走着，一边瞟向被抬走的夜君清，暗暗流露担忧之色。

平乐殿中，夜君清卧床不醒，脸色苍白。太医替他处理好伤口之后，走至夜鸿弈身边，回道：“肃亲王的伤，微臣已经处理干净。只不过伤口实在是太深，又直击王爷的筋脉之处，恐怕还不能完全脱离性命之忧。”

夜鸿弈疑道：“这一刀，当真这样致命？”

太医回道：“无论是力度还是位置，下刀之人的确是奔着要王爷的性命去的。”

夜鸿弈继续道：“朕让你检查的肩伤呢？”

太医便道：“回皇上，肃亲王右肩的确有伤，却不是皇上所说的箭伤，而是烫伤。”

“烫伤……”夜鸿弈眉头紧皱地看着床榻上的夜君清，若有所思。

关雎宫中，姚莫婉满面愁容，殷雪前来禀报道：“娘娘，肃亲王已无性命之忧，只是仍在昏迷之中。王爷吉人自有天相，定会挺过这一关的。”

姚莫婉从衣物中掏出一张密函，上面沾满了鲜血。姚莫婉合上双眼，脑中回想起夜君清。

“我就知道，我就知道你是莫心！”

“是，我回来了。”

姚莫婉再睁开眼，一把抹去眼角的泪水：“这一次，我说什么也不会退。”

第二十七章

香炉余烟袅袅，夜鸿弈立于案前，正准备批阅奏折，落笔之时却有一滴墨落于宣纸之上。夜鸿弈放下笔，伸手去换纸的工夫，忽然看到墨点正向外涌出鲜血，瞬间在案上弥漫开来，夜鸿弈惊恐地向后退了退。

姚莫婉走进恰好看到这幕，疑惑地问道："皇上这是怎么了？"

夜鸿弈看了眼姚莫婉，随后发现案上什么都没有："朕没事，方才……罢了罢了，大概是过于疲惫了。"

夜鸿弈将宣纸揉成团扔在地上，随后走向姚莫婉伸出手准备拉她的手："莫婉，朕……"

姚莫婉见状立刻向后退了退，解释道："臣妾偶感风寒，怕传染了皇上。"

夜鸿弈将手收回去，坐在椅子上："罢了。皇贵妃当日出手当真是稳准狠，只差毫厘，便可要了肃亲王的命。"

姚莫婉赶忙跪下，恳切道："臣妾自知有罪，让肃亲王在宫内受伤，必会给皇上带来麻烦，唯恐世人误会是皇上授意，臣妾甘愿受罚。"

夜鸿弈沉默了片刻，叹气道："起来吧，世人对朕的误解还不够多吗？不差这一件。肃亲王的命保住了，此事莫要再提了。这宫里，是越来越冷清了。朕昨夜梦魇惊醒后，竟唤了安炳山的名字，往日他都会替朕备上安神茶，可是如今身边知朕懂朕的人，就只剩下莫婉你了。"

姚莫婉看了一眼他，淡淡道："皇上圣心难测，臣妾不敢擅自揣测。只是臣妾深知为君之难，可是上至臣子，下到兆万百姓，不过是求一'仁'字，杀人易，容人难，前者是权力，后者为仁慈。"

夜鸿弈笑了笑："莫婉这是在说朕因过分杀戮才落到这般地步。帝王本无心，有心便不是帝王了，杀伐未必是坏，可是慈悲往往会酿成大错，朕不信所谓的以德报怨，朕不是佛，无须普度众生，朕要的是这大楚万世永固。”

姚莫婉复杂地看着夜鸿弈，竟觉得自己无话可说。

回到关雎宫中，汀月谨慎地守在门外，房内，姚莫婉和寒锦衣对坐密谋。

“婉儿，这么急着找我所为何事？”

姚莫婉道：“今日我所言之事，关乎大楚的未来，更关乎君清和你我的性命，锦衣若踏出此步，便再无回头路。”

姚莫婉用手蘸了蘸茶水，在桌子上写了一个“反”字。寒锦衣眼眸微动，似乎早已有所准备：“此事君清可知？”

姚莫婉用手将字迹抹去后，点了点头：“我与君清心意相通，此意已决。”

寒锦衣思考了片刻后说道：“既然如此，我寒锦衣万死不辞。”

姚莫婉便道：“好，当初你在皇宫所盗的九龙杯在何处？据传此物是前朝的藏宝图，我需你立刻派人寻找图中坐标，以待来日充作军费之用。”

寒锦衣便道：“已送回莽原。我明白，只是眼下京城遍布皇上眼线，你与君清如何能脱身？”

姚莫婉道：“眼下时机尚不成熟。如今朝中虽有一些朝臣对夜鸿弈心怀不满，但还有更多臣子抱有愚忠，我还需布局铺路、扫除荆棘，分化君臣，招揽可用之才，以备时机成熟挑起战旗，锦衣先去准备就是。”姚莫婉又招招手，让汀月走了过来：“让汀月随你一同前去吧，前几日君清因我受了伤。”

肃亲王府中，夜君清脸色苍白，段婷婷正在给他换药包扎，随后服侍他穿衣，心疼地埋怨道：“她下手可真够狠的，这个女人怎么有这么狠的心？”

夜君清忙转移话题：“这般伺候本王，也是委屈你了。”

段婷婷故作轻松地回道：“这有何委屈，往日连见上一面都难，而今能朝夕相对，我开心还来不及呢！”

夜君清愧疚地叹息道：“婷婷，你为本王实在是牺牲良多。”

段婷婷习惯性地准备拉夜君清的手，可想了想还是收回了，笑了笑说：“爱了，便是一生，我于你，正如那飞蛾，天生就向往着扑火，这便是命中注定，天底下还有什么比命中注定更能撩拨人心弦的呢？这是我此生最美好的事，这么想来，我也就不难过了，反而还觉得挺诗意呢，哈哈！”

夜君清看着段婷婷笑了笑，此时管家来报：“王爷，寒公子和汀月来访。”

夜君清来到书房后，见寒锦衣坐在汀月旁边，奔雷不时偷看汀月。见他走了进来寒锦衣立刻迎了上去："君清，伤势休养得如何了？"

一边说，寒锦衣一边焦急地在夜君清身上摸索着查看着。

夜君清忙推开他道："没什么大事，你别婆婆妈妈了。"

汀月这时站起来说道："娘娘让我来探望王爷，既然没什么事，我就先走了，还要去姚府陪老爷祭拜二夫人呢！"

"奔雷，你去作陪吧，姚相年事已高，路上也能照应照应。"

街道上处处传来小贩的叫卖声，汀月在街上到处左摸摸右看看，奔雷在后面跟着，手上抱了一堆零食物件。

汀月想要拿回奔雷手上的东西，奔雷赶忙躲到一边，怏怏地跟着她："往后宫里要是有人欺负你，就告诉我，我替你教训他。"

汀月笑道："你？还是算了吧，免得把人打死打伤了，遭罪的还是我。"

这头肃亲王府书房中，夜君清走到书架上，拿出一张文书交给寒锦衣："你看看这个。"

寒锦衣问道："这是……论罪书？"

夜君清点点头，道："这上面每一条，都是用百姓鲜血写就，每个字，都是用子民的白骨勾画。百姓错，尚有律法州官可治，臣不德，尚有君可治，可这君不仁，又有谁能治？"

寒锦衣沉重地将文书放下："你与莫婉之意我明白，可是君清，你要知道，英雄与逆贼只一线之差，稍有不慎，你便要背负千古骂名，被后世所唾弃。这也是你要承受的。"

夜君清便道："都说伴君要三思，思危、思退、思变。这危，本王屡次三番涉险，幸得保了周全；这退，我释权回京反身陷囹圄，现在已退无可退，便是要思变的时候了。"

寒锦衣起身走到夜君清身旁，肯定道："我既为你的异姓兄弟，则应同心协力，救困扶危，往后的路无论多艰险，我寒锦衣定会生死相依。"

夜君清看向寒锦衣，随后伸出手，寒锦衣也伸出手，两人紧紧相握。

城外，莫离的坟前，姚震霆、汀月和奔雷给她烧纸祭奠。

"莫离，为夫羡慕你啊，在那边倒是安宁了，我啊活到老了，才明白一家人平平安安的最珍贵，什么权力，都是过眼云烟。好好的人，穿上这身官服就成了衣冠禽兽，如果能重新来过，我宁做那乡间农夫，也绝不出仕。”

汀月在一旁道：“三小姐也有几句话让我告诉夫人，窦氏一族尽数铲除，大仇已报，夫人安心吧！”

姚震霆又道：“你有空托梦劝劝莫婉，人生苦短，何必这般难为自己，背负这么沉重的恨，往后可还怎么活。”

就在这时，一阵风吹来，卷起了纸灰，纷纷扬扬，姚震霆望着飞扬的纸灰，默然不语，暗自神伤。祭拜完之后，奔雷和汀月带着姚震霆驱车来到一片田野，忽然听见一队士兵正在和一帮农民吵架。

“田可是我们的命根啊，怎么能说收就收，这不是欺负人吗？”

“谁管你们，收不回来，我等的命可就没了，收田，赶紧给我滚！”

农民和士兵们相互推搡着，士兵不停地鞭打着农民，想要把他们驱赶走。

这时姚震霆说：“奔雷，过去看看！”

奔雷驱车而去，此时士兵甲抓住为首的王柢，上去就是一拳打倒：“让你挑事！今天非教训教训你不可，给我打！”

众士兵纷纷围踹王柢，其余农民被士兵拔刀拦住，不能向前。就在这时，奔雷赶到，一脚将士兵踹开，旁的士兵见此连忙上前扶住了他。

“哪里来的乱民，我看你是活腻了，今天这地我收定了，再敢阻拦，便是扰乱国策的乱民，就地处决！”

士兵们正准备冲上来，被姚震霆喝住：“我看谁敢！你们真是无法无天了，胆敢打着军屯的幌子强抢民田！你们当兵的，吃的是谁的粮，取自稻农，用自稻农，到头来就这般对待衣食父母吗？”

士兵却打量着姚震霆：“老头儿，你谁啊你？多管闲事！”

姚震霆却道：“老夫正是大楚丞相姚震霆！”

那士兵大吃一惊，却转了转眼珠：“姚……姚相。姚相，您有所不知，这军屯养兵乃是国策，这帮稻农借粮不还，依照所签的契约，这土地便要收为军屯所有。这帮乱民聚众对抗国策，可是杀头的重罪啊！姚相，您可不能帮他们出头啊！”

王柢却道：“你胡说！当年借粮时，可是说好了，荒年所欠的粮食可累加到翌年偿还，怎么现在说要就要，这不是明摆着欺负人吗？！”

农夫们上前站在王柢和姚震霆身后，一个士兵上前在那为首的士兵耳旁低语："百丈，今日他们人多势众，况且姚相在此，若激起了民变，对上面可交不了差。"

为首的士兵扫视了眼前的众人："姚相执意相帮这些乱民，我等就回去如实向上面交代了。咱们走！"

说罢，士兵甲带着士兵们离开，农夫们这才纷纷开心地起哄起来。

入夜时分，关雎宫中，姚莫婉坐在榻上，汀月在一旁给她捏肩："今日可真解气，老爷和奔雷以二人之力，便挡下了数十众欲图强抢稻田的官兵，看他们还敢不敢欺压百姓了！"

姚莫婉问道："父亲无事吧？"

汀月便道："娘娘放心，当时奔雷在旁护着，自然无事。"

姚莫婉却叹了口气，道："此事恐怕不会这么简单。这军屯乃皇上所定的国策，意为开源节流，令士兵就地屯田，自给自足，而今灾年，军屯就更为重要，皇上一直在大力推行。那些军中蛀虫更不会轻易放过这块肥肉。所以，纵使有再大的民怨，黑的也会被他们抹白了，白的也要被诬黑，是非曲直，到时可就说不清了。"

汀月回道："娘娘的意思是，他们会颠倒黑白，将维护土地的稻农，说成对抗国策的乱民？这么说来，百姓岂不是眼睁睁看着自己任人宰割，却无反抗之力吗？那这天底下还有没有公道王法了？"

姚莫婉继续说道："所谓民可载舟，亦可覆舟，舟再坚，也抵不过滔天巨浪，可这浪需要一块石头去激起。殷雪。"

房内一道影子闪过，殷雪瞬间现身，拱手道："娘娘有何吩咐？"

姚莫婉道："稻农若无人领导，便是一盘散沙，闹不出动静不说，反倒会有性命之忧。殷雪，你要时刻注意他们的动向，必要时可扮作稻农，带着他们去讨说法，切记不可发生冲突。"

姚府门前，王母和稻农们跪在门口哭天喊地，许多百姓驻足围观。

"姚相，你可要为我们百姓做主啊！"

这时姚震霆走出门来，见王母不停磕头，姚震霆上前扶起王母："老人家快快请起，这是出了什么事？”

王母便回道：“昨日幸得姚相为我儿出头对抗收地，才赶走了那些当兵的，谁知转眼他们便来寻仇，杀了我儿，他才二十啊，就这样不明不白地死了，连尸身都被夺走了！”

姚震霆惊讶道：“什么？这帮人这样可恶！强占百姓土地不说，现在竟然到了残杀无辜的地步。老人家你放心，于情于理，我姚震霆不会坐视不管，定要替你们讨个说法！”

王母再次下跪，被姚震霆拉住。众稻农齐齐叩首道：“谢姚相为我们作主！谢姚相！”

桓府门外传来嘈杂的声音，桓横皱眉朝外看了一眼，随后转身看向站在一旁的李随：“李副将，外面怎么回事？”

李随看了桓横一眼，忽然跪下：“是卑职办事不周，请将军治罪。”

“你到底想说什么？快说！”

李随便对外面挥了挥手：“抬上来！”几个士兵抬着王柢的尸体出来，李随解释道：“昨日卑职按规将欠粮稻农的田地收归军屯，这帮乱民聚众阻挠，这王柢就是其中为首的闹事者，谁知姚相却突然出手，威逼卑职的人放走乱民。卑职听闻消息，便去逮捕王柢，谁知他却出手杀了我们一个兄弟。这王柢自知闯下大祸，自行了断了。”

桓横大怒道：“姚相身为朝廷重臣，居然帮乱民公然对抗军屯国策，我定要参他一本！你带人将门外乱民通通驱散了，若有不从者直接抓入大牢！”

夜鸿弈端坐在案前，姚震霆和桓横一左一右跪在地上。

夜鸿弈正大发脾气：“姚相自知如今正值灾年国库空虚，大楚正需休养生息，那军屯国策极为要紧，为何竟敢纵容乱民扰乱国策？”

“皇上明察，此事事出有因……”

桓横打断道：“事出有因？乱民杀我麾下士兵，还聚集在将军府外公然对抗国策，甚至说出对皇上大逆不道之言，难道这就是姚相想看到的结果？皇上，这是臣获取的乱民所写布告文书，还请皇上过目。”

说罢，桓横将文书递上，夜鸿弈仔细查看，脸上表情越发凝重，随后勃然大怒，将文书扔在姚震霆面前："姚震霆你好大的胆！鼓动乱民对抗国策，你自己看，这上面全是在骂朕欺压百姓，是无道昏君！此事你该当何罪！"

姚震霆道："皇上明鉴，此等结果，并非臣的初衷啊！臣定会妥善处理此事！"

夜鸿弈摆摆手："不必了！事关军中，此事就让桓将军和肃亲王共理吧。"

肃亲王府中，夜君清手里拿着圣旨，眉头紧锁，站在原地。奔雷走了过来，说道："皇上镇压百姓，桓将军出面即可，怎么还把王爷牵扯进去了。"

夜君清皱眉道："这是皇上的一计，镇压之事成了，本王便会落得残害百姓的骂名，事败便会借此治本王的罪，置本王于两难之地。这两条路走不通，本王便择其他的路。"

夜君清看向远处，这时，殷雪骤然现身，道："参见王爷，主子让我告诉王爷，要解眼下困局，关键不在于是百姓还是李副将说了谎，而是那士兵真正的死因，定要查探清楚。"

"本王知道了。"夜君清点点头。

这头停尸房内，摆放着士兵和王柢的两具尸身。奔雷潜入房内，来到两具尸体旁，拉开他们衣服检查刀口，用手在伤口上比画，皱了皱眉。随后奔雷将王柢的尸体翻身过来，看到其背后的伤口，又用手比了比，直起身来，像是想到了什么。

又过了几日，大牢中，夜君清走进牢房，众稻农纷纷扒在门上呼喊，夜君清走到王母所在牢房门口："老人家是王柢的母亲？"

王母点点头，道："王爷，我儿子是个老实人，平日只知种庄稼，连鸡都不敢杀，怎么可能会杀人啊！"

"老人家别着急，慢慢说。本王知道事情起因是士兵以军屯之名欲兼并土地，只是你们所签的契约现在何处，他们手中的契约又从何而来？"

"我们大伙所有的契约书都是和乡约所签。"

夜君清皱了皱眉，道："老人家的意思是你们并未与军中直接签约，而是由乡约全权负责的？"见王母点头，夜君清便道："所以此事的关键是那名乡约。大家放心，本王定会查明此事，绝不会让任何一个人蒙冤。"

"谢王爷！"

桓府门口，一队士兵戒严，百姓聚集在两旁抗议呼喊："放人！放人！"

桓横怒道："愚民，不知是非曲直，只会人云亦云！"

夜君清带着奔雷走来，桓横抱拳道："肃亲王，皇上命你我二人共理此案，一干人犯已带到，咱们里面请。"

夜君清伸手打断道："慢着，既然桓将军和李副将都认定此事是百姓之过，欲平民怨，当以理服众才是上策，不如就在百姓面前公审此案。"

桓横想了想，道："既然肃亲王开口了，那就这么办吧。"

大门口，百姓站在两旁，夜君清和桓横坐在当中，李随将王母和其余几个稻农押上，将罪证和契约一一陈上。

李随禀报道："肃亲王、桓将军，这几人便是此次乱民中的首犯，王柢等人拒还欠粮，集合乱民武抗收地，公然对抗军屯之国策，还杀害了一名官兵，其罪当诛！"

王母大喊道："大人冤枉啊，我儿子没杀人！"

夜君清问道："李大人，你方才说王柢杀害官兵，可否详说事情经过。"

李随便道："那日属下带人逮捕王柢，遭到抵抗，此人忽然夺剑从正面刺死了士兵。王爷，属下所言句句属实，绝无半点虚言。"

这时夜君清道："桓将军可否命人将士兵的尸体抬出？"

李随慌乱地抬起头，正欲阻止，桓横却点点头，挥手让人将两具尸体抬上来。两人来到尸体旁，夜君清扯开尸体的衣服："方才李副将说士兵是正面被刺杀，可是这伤口前窄而后宽，桓将军征战沙场多年对于剑伤应当了解，这剑的进口在后，而非李副将所言。"

桓横皱眉道："李副将，这是怎么回事？"

"回……回将军，可能是属下记错了。"

夜君清怒道："记错了？本王看你是意图嫁祸于王柢！"

此言一出，众围观百姓七嘴八舌议论纷纷。夜君清又说道："再说这契约之事。"奔雷将一叠契约递上，夜君清给桓横看："桓将军，这两份契约，一份是稻农与乡约所签，一份是乡约与李副将所签，前者清清楚楚约定荒年借粮可延半年交付，可是李随与乡约所签的那份契约，便少了这一条。李副将与乡约之间必定有不可告人的利益输送关系，想必桓将军派人去搜定能发现什么。"

桓横大喝一声："李随，肃亲王所言可有此事？"

李随忽然跪下，慌张地说道："属下这么做，也是为了推行军屯国策。"

夜君清却道："为了军屯国策？你与乡约私下串通，欺诈稻农，打着国策的幌子兼并土地、牟取私利，不承想这次却激起了民怨，本想杀一儆百，岂料逮捕中误杀了随行士兵，于是，嫁祸百姓，诬他们是乱民造反！"

桓横恼怒地问道："李随，原来这么多年你一直阳奉阴违，我大楚有你这样的蛀虫何谈繁荣昌盛，今日我便除了你这败类！"

"将军！将军饶命！看在我跟了您这么多年的分上……"

桓横陡然拔出剑，将李随就地斩杀了，周围百姓纷纷叫好，桓横又向夜君清告罪道："肃亲王，此事是我之过，心中愧疚，至于后事，全权由你负责吧！"

夜君清便道："本王定当释放百姓，还田于民。"

姚府门口，姚震霆打开门，看见桓横跪在门口，震惊不已，桓横愧疚道："此次我误信他人，不但害了百姓，更使姚相蒙冤，特来请罪！"

姚震霆道："桓将军也是受小人蒙蔽，并非有意为之，快快请起。"

说罢，姚震霆便将桓横扶了起来。这时桓横又道："若不是肃亲王，恐怕我桓横就沦为天下罪人了。"

姚震霆叹息道："军屯侵地已是顽疾，长此以往百姓无地可耕，没了活路，大楚必乱。"

桓横点头道："如今朝局不稳，内忧外患，我也是过于心急以致失志了。"

姚震霆却道："桓将军可想去除这顽疾，改变眼下的局势？"

两人对视了一眼，姚震霆招呼桓横往正堂走，只见一个女子等候在此，却是姚莫婉，她转过身来，道："本宫在此等候桓将军多时了。"

姚震霆道："桓将军，莫婉虽是女子，但对时局的见解却很独到。"

姚莫婉笑道："本宫身为后宫嫔妃不方便插手朝堂之事，只是大楚积垢已久，希望桓将军和父亲可以领头出面下平民怨上谏君王，让大楚恢复生机。"姚莫婉拿出一份文书："这是本宫与肃亲王共同起草的改革条目，供桓将军与父亲参考。"

桓横接过文书，看了一眼姚莫婉，眼神变得意味深长起来。

宫中，大殿之上，夜鸿弈坐在龙椅之上，文武大臣分列两旁。

夜鸿弈道："此次军屯民变事件，桓将军与肃亲王处理得当，朕有赏。"

桓横出列，奏道："臣不求赏赐，只求皇上能接受臣与姚相的改革之言。"桓横将文书递上，说道："经过此次军屯一事，臣以为旧制有些不妥，若想从根本解决官民矛盾，第一，彻查军屯侵占用地归还稻农；第二，须五户或十户结为一保，由富户作保，借予钱粮，各收息二分。"

夜鸿弈放下文书，看向桓横和姚震霆，脸色深沉，满含审视意味："眼下正值内忧外患之时，改革恐怕有些舍本逐末吧。"

姚震霆奏道："常言道祸起萧墙，臣以为，内忧不平，终归是隐患，民心乃是立国根本，不如借机消除疾病，虽会阵痛，但再无后顾之忧。"

夜鸿弈问道："众爱卿觉得如何？"

没想到众大臣异口同声地回道："臣附议。"

夜鸿弈看着满殿的臣子，脸色越来越阴沉，握紧了拳头："既然如此，姚相和桓将军便着手改革之事吧！"

"皇上英明，万岁万岁万万岁！"

夜里，夜鸿弈走进桓采儿宫中，坐在了椅子上，脸色不善。

桓采儿见状连忙问道："听说哥哥和姚相今日向皇上上了改革文书？"

夜鸿弈面色阴沉："是啊，桓将军和肃亲王可做得真漂亮啊！肃亲王得了民心，桓横得了众臣的支持，只有朕，落得个无道昏君的骂名。"

桓采儿辩解道："哥哥也是一心为国尽力，这大楚终归是皇上的天下。"

夜鸿弈叹道："人心易变，往后的事谁又能知道呢！莫再提了，朕今日已经够烦心了，只想一个人静静地待会儿。"

桓采儿刚要走，又想到了什么，赶忙上前说道："对了，皇上，这再过一月，便到了约定的日子，还望皇上成全。"

夜鸿弈定定地看向桓采儿，眼眸深深："约定的日子？"

桓采儿着急地说道："从前皇上答应过臣妾，取得哥哥势力支持后，便会放我离宫，做个自由人的，皇上金口玉言，不会是记不得了吧？"

夜鸿弈笑了笑，道："朕自然记得。爱妃这么急着想走，只是而今时局不稳，再缓些时日吧，朕定会准你离宫。时候不早了，你去歇息吧，朕乏了自会去暖阁就寝。"

"臣妾谢主隆恩！"桓采儿欣喜地转身离开了，剩下夜鸿弈独自坐在原处，眉头紧锁地看着她，陷入思索。

姚素鸾宫中，小兴子来到姚素鸾身边禀告道："娘娘，说是皇上去了宸妃宫中安歇。"

姚素鸾放下手中的茶杯，叹了口气，苦笑道："而今桓将军得势，皇上便频频留宿宸妃宫中，当真是情不抵权重要，只是本宫听闻这桓将军与爹前脚还在皇上面前争了个面红耳赤，后脚却又联名上书改革，着实耐人寻味。"

小兴子四下看了看，随后凑近姚素鸾低声道："娘娘，奴才听御膳房的宫女说，今日给皇贵妃送午膳却被拦在了关雎宫外不让入内，会不会她……"

姚素鸾若有所思道："不在宫中？莫非此事是姚莫婉从中牵线搭桥。"

"可皇贵妃这么做岂不是惹祸上身，后宫参政不说，还公然对抗皇上。"

姚素鸾起身，冷笑道："哼，本宫越发觉得姚莫婉像莫心了，有些手腕，明里是给桓将军和爹讲和，暗里是想在宫里宫外扶持她的势力，而今姚莫婉又与宸妃交好，往后这后宫恐怕没有我的安身之处了。"

小兴子便道："娘娘言重了，毕竟这宫里您陪伴皇上最久，这情分也更深些。"

姚素鸾嫣然一笑道："可惜，这世间最无用的便是深情啊！姚莫婉，本宫断你一翼，看你如何坐大，这桓将军本宫动不得，至于这桓采儿……小兴子，本宫接下来的话，只有你知我知，若是有第三个人知道……"

小兴子立刻道："奴才就是死，也会把娘娘的话烂在肚子里。"

姚素鸾笑了笑："知道就好，把这张纸上的内容背下来。"

说罢，姚素鸾便从怀中拿出一张纸，递给小兴子，小兴子默背片刻，把纸还给了她，姚素鸾又道："找人去侍卫处的皇甫统领那儿求一幅字，内容便是这张纸上所写的。记住，就说是那人想求的，还有姚莫婉那边你……"

姚素鸾对小兴子耳语几句，随后拿出一根金条递过去，小兴子接过，谄笑道："谢娘娘，奴才明白，奴才这就去办！"

待小兴子离开后，姚素鸾用蜡烛将纸点燃，看着燃烧的火光，脸上露出一丝不易察觉的微笑："纵使你有再大的能耐，这孤掌也难鸣啊！"

另一边，桓采儿回到宫中，看到桌子上放着一张纸，看到熟悉的笔迹便笑了出来。

“絮柳暗时云度月，时人不识余心乐。凉月如眉挂柳湾，婷婷仙子来仙阙。”桓采儿重复几番读下，悟出了是藏头诗的意思，“絮时凉婷……戌时凉亭！”

夜里，关雎宫中，桓采儿悄然而至，被汀月迎了进去。

桓采儿一见姚莫婉便道：“听哥哥说，这改革文书是皇贵妃起草的，我可要替哥哥多谢姐姐。”

姚莫婉道：“文书是君清与我共同拟的，只是碍于身份不便上表，若不是桓将军鼎力相助，恐怕也不会如此顺利，该谢的人是我。”

桓采儿笑了笑：“这么说可就生分了。欸，对了我有个好消息告诉你。”桓采儿把头凑近，低声对姚莫婉说，“皇上答应我，过段时日便送我出宫。”

姚莫婉想了想，道：“以眼下的局势，皇上定不会轻易放你走。这皇宫啊，谁想出去都岂是一个‘难’字了得，他这么说，大有可能是缓兵之计。”

桓采儿急道：“若真是这样，岂不是要被困守一生，那不如死了算了。”

姚莫婉抓住桓采儿的手，轻声安抚道：“少安毋躁，只要有合适的时机，我定会安排你与他离宫私奔，只是现在你要更加小心谨慎才好。”

桓采儿握紧姚莫婉的手：“有你这句话，妹妹就放心了。”

此时门外传来太监的打更声：“酉时到，夜凉寒重，关门关窗。”

桓采儿忽然想起来自己还有事，便道：“哎呀，都酉时了！姐姐，皇甫今晚约我在御花园见面，我得赶紧去了，先走了！”

说完桓采儿便急急忙忙地跑了出去，姚莫婉只好无奈地笑笑：“这丫头，一要见皇甫就魂不守舍的。”

关雎宫外，小兴子见桓采儿跑了出去，随后催促身旁手里拿着艾草的太监，让他快去，那太监便迟疑着走向了关雎宫。

宫里，姚莫婉正在握卷阅读，汀月在旁站着，忽然二人闻到了艾草的味儿。姚莫婉皱了皱眉，问道：“怎么有股艾草的味道。”

汀月道：“好像是从外面传来的。”

说罢，汀月走到门口，朗声问道：“何人在外焚艾？”

小太监走了进来，看到了姚莫婉，一脸惊讶道：“皇贵妃娘娘！娘娘恕罪，奴才见皇上与丽妃娘娘去了御花园，以为皇贵妃娘娘也一同去了，不在宫中，便焚艾驱虫，娘娘恕罪。”

姚莫婉听闻之后，震惊不已，立刻放下手中的书，皱起眉头：“不好，得赶紧去把宸妃追回来！”

说罢，姚莫婉和汀月便焦急地跑了出去。

这头御花园里，桓采儿在凉亭焦急地来回踱步，忽然看到皇甫俊休走来，赶忙迎了上去：“皇甫，你终于来了，让我好等。”

皇甫俊休疑惑地问道：“采儿，你怎么在这儿？”

桓采儿皱着眉：“不是你写诗让我来的吗？”说罢桓采儿将诗拿给皇甫看：“这分明是你的笔迹，还会写藏头诗，戌时凉亭。”

皇甫俊休也疑惑道：“这诗是我所写，可是是一个小太监向我求的……”

这时，姚莫婉和汀月匆忙赶来：“采儿，快跟我走，你们怕是中了计，皇上今夜也在御花园，千万不能被皇上看到，否则……”

此时，身后突然传出夜鸿弈幽幽的声音：“否则什么……”

姚莫婉刚欲拉着桓采儿走，谁知转身便看到了姚素鸾和夜鸿弈，几人俱是一惊。夜鸿弈皱起眉头，暗暗观察几人，桓采儿迅速将诗藏于身后，齐齐跪地请安：“皇上万福金安。”

姚素鸾故意娇笑道：“哟，今儿个是什么日子啊，这御花园这么热闹，皇贵妃和宸妃都在呢！欸，这不是皇甫统领嘛，你也在呢！”

夜鸿弈阴沉地开口：“宸妃、皇贵妃，你们为何会和皇甫统领在此处？”

姚莫婉只好解释道：“臣妾今夜心情烦闷，便约了宸妃一同散步，不想皇上与丽妃也在此地，实乃无意惊扰，还请皇上恕罪。”

姚素鸾挑眉道：“可真有雅兴，还约了皇甫统领一同游园，到底是无意惊扰，还是有意撮合，皇贵妃心里清楚。”

夜鸿弈转头道：“丽妃此话何意？”

姚素鸾便道：“这御花园本就是供皇上和嫔妃赏玩散步之地，皇贵妃和宸妃来此无可厚非，只是为何这般惊慌呢？”

夜鸿弈又问道：“宸妃，你方才在身后藏了什么，拿出来。”

桓采儿无奈地将诗递了出去，夜鸿弈细细看了片刻，随后望向皇甫俊休：“皇甫，这藏头诗是你所书吧，这笔迹朕认得，也只有你皇甫家才能写出这般笔法遒劲、拘而不拙的字。”

姚素鸾站在一旁，凑近看了一眼诗：“戌时凉亭……哟，皇甫统领这首诗，是献给皇贵妃，还是宸妃呢？这私会方式倒有几分情趣。”

桓采儿立刻道："此事与皇贵妃无关。"

夜鸿弈便道："那你的意思是，这诗是皇甫写给你的。"

姚素鸾还在一旁煽风点火："外臣可无法进后宫的，那这诗又是如何到得了宸妃手中，方才皇贵妃还通风报信催二人离开，看样子是驾轻就熟啊！难不成皇贵妃一直在给宸妃和皇甫统领牵线搭桥，胆子可真大啊！"

姚莫婉道："丽妃如此口无遮拦，本宫看你是忘了自己的身份。"

夜鸿弈却道："莫婉，难道你暗地里一直在安排宸妃与皇甫会面？"

"臣妾……"姚莫婉刚想说话，就被皇甫打断："此事是属下一人所为，与二位娘娘无关，还请皇上降罪。"

姚素鸾阴阴地说道："私通后宫妃子可是死罪，这事你可扛不起，若是说出安排之人，兴许皇上还能留你一命。"

姚莫婉怒道："丽妃无一言不暗指本宫，今日之事分明是你在从中构陷！"

姚素鸾却笑道："无从辩解，就开始架词诬控了。"

桓采儿在一旁说道："皇上，此事祸起臣妾，愿受责罚，只求皇上开恩，饶了皇甫统领。"

夜鸿弈脸色阴沉，盯着几人看了又看，又思索片刻，道："今夜之事止于此，不可乱言，宸妃、皇贵妃都回宫自省去吧，皇甫往后莫在宫中当值了。"

姚素鸾听到夜鸿弈的话，顿时惊讶不已："皇……"

夜鸿弈大怒："朕说的话你们没听见吗？"

夜里，姚素鸾伺候夜鸿弈穿衣，小心翼翼地打量他的神色："皇上，皇贵妃从旁协助外臣与宸妃私通，如此恶劣行径，您为何还要忍气吞声，不予责罚。"

夜鸿弈叹了口气，道："而今朝中大臣皆心向桓横，外面又民心不稳，朕要罚皇贵妃，总要言明此事，便要治三人死罪，此时若是后宫闹这么大的乱子，朕该如何自处？"

姚素鸾又道："臣妾明白皇上的苦衷，眼下桓将军得势，这宸妃只要待在宫中便是最好的人质。只是这男女之情最会犯错，古言说家不平何以平天下，皇贵妃与肃亲王已饱受流言，这宸妃和皇甫俊休若再生出什么事端，岂不是折损了皇上的威名和皇家的声望。"

夜鸿弈紧锁眉头，看向了远处。

第二日，皇甫走进御书房：“罪人参见皇上。”

夜鸿弈道：“宸妃入宫前，朕便知道她早已有了心上人，只是没想到竟然是你。朕不怪你，因为朕与宸妃有约定在先。”

皇甫俊休却道：“属下自知此乃十恶不赦之罪，皇上若要杀属下，绝无半点怨言，只求能饶了宸妃。”

夜鸿弈摆了摆手道：“朕已答应宸妃过段时日便送她出宫去西域，既然事已挑明，那朕也就直说了。如今你再留在宫中确实不妥，但若想寻个由头送你去西域任职，还需有功。明日你替朕去做一件事，事成后朕便将你调往西域任职，你就在那儿安心等宸妃吧。”

皇甫俊休大喜，连连叩首：“属下谢皇上隆恩！”

“什么，皇上欲派皇甫出宫执行任务？”姚莫婉惊得站了起来，边思索边在屋中来回踱步，“不不不，皇上如今还需桓将军的势力，绝不会轻易放宸妃走，送皇甫去西域不过是个借口。”

姚莫婉忽然停住，看向殷雪：“他这是起了杀心了！殷雪，你速将此事禀报君清，现在只有他可保皇甫的命了。”

“是！”殷雪闪身离开。

几日之后，皇甫俊休与几名侍卫走在山野之间，正在往前走，身后的两名侍卫向其余之人做了个手势，缓缓拔出剑来。

皇甫俊休耳朵一动，听见了剑出鞘的声音，却不想身后的侍卫们忽然砍向他。皇甫一个闪身躲了过去，紧接着拔出自己的剑与几人相战，最终却还是寡不敌众，被一剑贯胸，倒地而死。

“皇甫统领的尸体怎么办？”

“皇上的意思是活不见人，死不见尸，前面不远处就有一个山崖，就从那扔下去吧。”

“是。”

这几人商量完之后，便一把将皇甫俊休的尸体抬起来，扔下了山崖。

第二十八章

长长的走廊里摆放着一个射箭的靶子，刘公公在一旁毕恭毕敬地候着。

夜鸿弈手持弓箭，取箭上弦，用力渐渐拉起，余光瞟到刘公公发自肺腑的崇敬眼神，特意再次发力拉至满弓，弓箭发出不堪重负的吱吱声，方才作罢。他摆出射箭的模样，却并不发射，像是刻意显示自己的臂力。

千面突然出现，上前低声禀告："启禀皇上，皇甫俊休已被毒剑刺伤，坠入万丈深崖，必死无疑。"

千面脸上浮现一丝得意的浅笑，刘公公看得仔细，全落在他眼里。夜鸿弈并未回答，眼神越发锐利，目视前方，手臂因为酸痛而有点轻微的抖动，像是秋日里凉风拂过之后孤木的颤动，即使一个箭术精湛的高手，将弓保持一个姿势并且拉得这么久，也并非易事。箭离弦，破空声起，直击靶心。

桓采儿专心致志地伏案作画，画中一只飞出金丝笼的雌鸟，与雄鸟相伴自由地翱翔于蔚蓝的天际。

彩燕在一旁细细地研磨着墨，并不出声，生怕打扰了桓采儿作画的思绪。

桓采儿停笔问道："彩燕，俊休走了几时了？"

彩燕一边磨墨一边答道："娘娘，皇甫大人已经走了一日了，暂时没有传回消息。"桓采儿听闻后，若有所思，停下了手中的笔，眉头微皱，竟是无比的失落，彩燕安慰道："娘娘，别担忧，待您和皇上约定期满，可不就要苦尽甘来了嘛！"

世间之人只知道掌握一门外语非常重要，殊不知，如果掌握了会哄人的技能，亦能使自己如虎添翼。桓采儿眉头渐渐地舒展，脸上也挂上了一丝丝的笑意。

这时，一声尖细的嗓音打破了桓采儿的思绪，只听响起了刘公公的声音：

“皇上驾到！”

桓采儿急忙放下手中的笔，与彩燕一同上前迎驾。

夜鸿弈缓步走入殿内，桓采儿上前行礼道：“臣妾参见皇上。”

夜鸿弈如往常一般说道：“宸妃，免礼！”口中虽然说着“免礼”，却并不在她行礼之前说，而且“免礼”二字说得多了，就连夜鸿弈也心生厌腻。

桓采儿如公式一般回答道：“谢皇上！”

夜鸿弈让刘公公将还冒着热气的莲子羹端到桓采儿面前。

桓采儿疑惑地接过莲子羹，放在案边，她没有急着喝，却反而问道：“皇上今日怎么得空过来看望臣妾？”

夜鸿弈不再转弯抹角，直奔主题：“宸妃，朕有件要紧事告诉你。”

语毕，夜鸿弈眼神示意周围闲杂人等全都退下，众人皆知其意，乖乖退下。

桓采儿掩饰着慌乱不已怦怦乱跳的心：“皇上，您这样隐秘，可是皇甫他出了什么事？”

夜鸿弈淡淡地说道：“皇甫侍卫他……殉职了。”

桓采儿惊得碰翻了案台上的茶杯，刚作的画浑浊一片，那两只鸟儿的身姿不再生动活泼，像是临死之前的痛苦挣扎。

夜鸿弈亦做出一副痛苦的神情：“朕派皇甫侍卫外出秘密追捕要犯，不料却被歹人所杀，不幸坠崖，朕……朕已经派人去寻尸首了。”

桓采儿瘫坐在椅子上，神情有些恍惚。良久，桓采儿的情绪才稍稍缓过来一些，她呢喃道：“俊休死了……不……不会的。”

夜鸿弈的叹气声中带着一丝愉悦：“朕本想着等皇甫侍卫顺利归来，便封他一闲职，去西域掌管贸易之事，届时再寻个理由送你出宫相聚，谁知造化弄人，他这一去便再也回不来了。”

夜鸿弈显示一脸懊恼的模样，眼神时不时瞥向桓采儿，见她失魂落魄，心生不忍，安慰道：“宸妃切莫因伤心过度坏了身子，你好生歇着吧，皇甫侍卫的后事，朕会让人妥善安排好的。朕也向来知你的心意，赐你的这碗莲子羹别忘了喝。”

桓采儿闻言，看了一眼案台上的莲子羹，伤心欲绝，一行清泪终于从眼角溢出。夜鸿弈离开，将门轻轻地带上。

桓采儿像是身处死寂之地，浑身冰凉，就连殿外灿烂的阳光，也如冰雪一般，丝丝刺骨。桓采儿坐在桌前，桌上放着夜鸿弈之前送来的莲子羹，下意识地把弄着手腕处的手镯，回想起与皇甫俊休有关的种种。

庭院中，桓采儿正在读书。皇甫俊休落在她身旁的树上，扔了一个小石子砸在桓采儿书本上。桓采儿回头，看到是皇甫俊休后咯咯笑了起来。

桓采儿羞涩道："你怎么来了？"

皇甫俊休道："今日轮到我值假，正好来看看你。"

桓采儿害羞地笑了起来，言语之中却有一丝担忧："大哥一向不许你与我亲近，何时你能正大光明出入桓府就好了。"

皇甫俊休也有些烦躁："是啊，咱们总是这般私会，终究不是长久之计。可是，以我的家世门第，想娶桓大将军的妹妹，无异于痴人说梦。"

桓采儿眼光微敛，劝慰道："俊休，你不要怪罪大哥，我父母早丧，长兄如父，大哥一手将我带大，他在战场上看多了生死，认定做侍卫朝不保夕、命悬一线，这才不同意你我之事。可是在我心里，只要是你，做什么都好。"

就在这时，桓横的身影在远处若隐若现。

皇甫俊休急忙从树上落下来，迅速地亲了一下桓采儿的脸，留下一个小木匣后离开了。地上摇晃着的树木的碎影，藏着一个情人私会的秘密。

桓采儿摸了摸自己的脸颊，打开木匣子，里面是一个精致的玉手镯。

木匣子中还有一张字条：采儿，等我立功升职后上门提亲！

桓采儿一身嫁衣，与皇甫俊休在院中密会，二人均显露喷薄而出的悲怆之色，不甘不愿不罢休。

皇甫俊休喃喃道："除了这条路，咱们真的别无他法了吗？"

桓采儿眼泪汪汪，扑簌簌如雨落，道："我想了许久，这是最好的办法了。大哥是我唯一的亲人，长兄如父，我不愿违背大哥的意愿，而如今皇上刚刚登基，正急需军权支持，也只有这样，我桓家才不会被他人欺辱。我已跟皇上私下立了契约，假作嫁与他为妃，待我帮他取得大哥的鼎力相助，他便会寻个理由成全我，让我出宫远走。到时我们便可以永远在一起了。"

皇甫俊休不无担忧："皇上毕竟是帝王，君心难测，他当真会应约吗？"

桓采儿只能选择相信："皇上金口玉言，自然是作数的！何况，他一心只有莫心姐姐，对我并无情意。这约定，莫心姐姐也一清二楚，她会帮我的。"

皇甫俊休这才稍稍安心："那就好。采儿，无论多久，我皇甫俊休必定等到和你携手天涯的那日！"

二人紧紧相拥，潸然泪下。春花秋月何时了，往事知多少。人一旦追忆起往事来，就如同溃堤之河，狂涌怒奔，一发而不可收。

桓采儿无比深情地握着手镯，自言自语道："俊休，我们说好的，你怎么自己一个人走了呢？"言语之中，竟有追随皇甫俊休而去的轻生之意。

已经悄悄走进殿内站在一旁的彩燕看着桓采儿如此模样，暗自担心不已，只好出声安慰道："娘娘，您振作一点，如果皇甫大人还活着，也一定不会同意娘娘这样轻生！错的不是您，您为什么要死？！"

桓采儿决绝道："为了和他在一起，我不知吃了多少苦，可到头来，却仍是镜花水月，老天何其残忍，为何不肯给我们一个机会？！俊休，你等等我，让我随你一同去吧。"

彩燕急得大叫："娘娘，不可！"

桓采儿嘴上这般说着，却端起夜鸿弈送来的莲子羹，苦笑一声："自古帝王皆无情，俊休一死，如今就轮到我了。"

彩燕连忙要抢桓采儿手中的莲子羹，桓采儿却抢先一步喝下，一滴不剩，喝了个精光。若是被不知情的人看到，定会夸赞她珍惜粮食好榜样。

桓采儿扔了碗，那碗倒也结实，在地上滚了几下却并没有破碎，桓采儿自然不会去注意这些无关紧要的细节，自顾自嘴中喃喃道："俊休，等我！"

皇甫俊休缓慢地睁开眼，偏头打量房间陈设，欲起身但因胸口的剧烈疼痛只好再度躺下。正在此时，门被打开，夜君清与奔雷走入屋内。

皇甫俊休吃力地抬起双手，朝夜君清作揖，疑惑道："肃亲王？难道是您救了我的性命？您是如何救得了在下的？"

夜君清笑而不语，思绪却倏忽飘回到事发的那一天。

夜君清走在甬道上，观察着今日值守的羽林卫，神情肃穆。迎面走来的羽林卫中，夜君清看见了曾经的旧部侍卫，羽林卫在夜君清面前停了下来，一齐行礼。就在羽林卫正要走过之时，夜君清与那名旧部侍卫擦肩而过，顺势将一张小字条塞入他手中，悄然离去。

旧部侍卫心领神会地将字条收好，望向夜君清的背影。

皇甫俊休与几名侍卫抵达山野继续往前行进，那名旧部侍卫找了个机会，趁人不注意悄悄将一枚药丸塞给皇甫俊休。

皇甫俊休不明其意，侍卫低声说道：“快点吃下肃亲王给的这颗护心丹。”

到了一个隐秘之地，众侍卫忽然发难，挥刀砍向皇甫俊休，他早有提防，闪身躲过，拔剑与几人相战，奈何人寡力微，渐落下风。

皇甫俊休身上已多处受伤，侍卫们的攻势却如暴风骤雨般越发猛烈，皇甫俊休和那侍卫对视一眼，心领神会，皇甫俊休迎着他的剑而上，被他一剑贯胸，倒地而亡。

一个看似小头领的侍卫阴恻恻地说道：“想不到让你小子抢了头功。”

侍卫诚惶诚恐道：“都是大人领导、谋划有方，我只不过是运气好而已，断然不敢与大人争抢功劳。”

“哼，算你小子识相。”小头领吩咐其他人，“把尸体给我丢下去。”

皇甫俊休被数人抬起，来到悬崖边上，只见绝壁耸立，深不见底，站在边上已是双股战战，不敢久留。几人将皇甫俊休高高抛起，扔下山崖，旋即转身离开。风声在耳边响起，比坠落的失重感更无助的是死亡的恐惧插进了皇甫俊休的心里，即便意识在渐渐地消逝，但是对生的渴求和对命运的不屈使得他战胜了对死亡的恐惧，他相信这虽然不是最好的安排，但也绝不会是最坏的安排。

在他即将落地的刹那，一个矫健的人影斜刺里跃出，接住了他的身体，借力旋转数圈，方才稳稳地落地。

待众人离去后，夜君清与奔雷抱着皇甫俊休从山崖的侧面一跃而上。

奔雷扶着皇甫俊休，夜君清给他点穴护住心脉。

奔雷看到皇甫俊休胸口处的伤口正在渗出黑色的血，惊道：“王爷，剑上有毒！”

夜君清检查了一下皇甫俊休的伤口，心中有数，不慌不忙道：“还好他事先已服下护心丹，快送回府上疗伤！”

奔雷应道：“是！”

奔雷一把将皇甫俊休背起，二人上马绝尘而去。

皇甫俊休诚恳谢道：“多谢肃亲王救命之恩，在下牢记于心。”

夜君清淡淡一笑道："无妨！你伤势未愈，切记万不可出府，若是皇上知道你还活着，他断然不会放过你的，府中上下本王已安排妥当，你尽管安心歇着。"

皇甫俊休欲言又止，像是下了莫大的决心方才说道："肃亲王，卑职的命是王爷捡回来的，愿意当牛做马报答王爷，只是卑职还有一事尚未完成，希望王爷能够等卑职做完这件事，再来报恩！"

夜君清颔首道："不必多言，本王知道你想做什么，婉儿都已经告诉我了。当下形势严峻，你与宸妃之事已让皇上起了杀念。更何况你现在伤病在身，凭你一己之力，如何去救宸妃。你放心，这是婉儿答应你们的事，本王必定也会倾尽全力帮你，只是此事需从长计议。"

皇甫俊休眼中含泪，不便再多言："多谢王爷！"

姚莫婉收起手中的密信，将其放置于火炉中烧毁，余烬变成了灰白色的碎片。

殷雪在一旁说道："主人，肃亲王还托属下送来了皇甫俊休带给宸妃娘娘的信物。"殷雪恭敬地将信物递给姚莫婉。

姚莫婉接过，大喜："太好了，本宫得尽快把这个好消息告诉采儿。"

姚莫婉正欲起身往外走，就听见外面传来太监的通报声，依然是熟悉的声音，熟悉的味道。殷雪赶忙闪身离开。姚莫婉急忙将信物收好，上前迎驾。

夜鸿弈冷冷问道："你有什么好消息要告诉宸妃啊？"

夜鸿弈竟然听到了她的话，姚莫婉飞快地思索着对策，那一刻，她觉得是自己有生以来大脑转动最快的一次，她不慌不忙地答道："回皇上的话，采儿昨日与臣妾下了一盘棋，结果臣妾陷入僵局输给了她。臣妾就在刚刚想出了破解之术，所以迫不及待想要把这个好消息告诉她。"

夜鸿弈自顾自地坐在榻上，把弄着榻上的棋子，对于姚莫婉的回答，他自然是不信的："哦，什么棋局竟然还会让你烦扰？与朕下来看看。"

姚莫婉应道："是。"

两人摆好棋子对弈，夜鸿弈一言不发，步步棋子杀伐果断，几局下来，姚莫婉总是输给夜鸿弈半子。

夜鸿弈看了一眼姚莫婉，问道："爱妃今日可是有心事？"

姚莫婉回道：“回皇上的话，臣妾只是下棋下得有些乏了，请皇上恕罪。”

夜鸿弈摇手道：“无碍，既然你不想下，咱们不下便是。朕也只不过是想向你讨点乐子罢了。”

姚莫婉顺着他的话问道：“不知皇上为何事烦忧？”

夜鸿弈淡淡地说道：“皇甫俊休死了。”

姚莫婉惊讶的表情显得有些浮夸，但是夜鸿弈显然没有在意。

“怎么会……”姚莫婉假装震惊。

夜鸿弈看上去有几分沉痛：“皇甫侍卫随羽林军出宫执行任务，不幸跌落山崖……唉，只是可惜了那宸妃，朕本打算约满便让他们二人团聚，如今皇甫俊休已死，宸妃必定伤心不已，朕实在不愿宸妃就此一蹶不振，所以一直在思考该如何面对宸妃。”

姚莫婉假装不解道：“皇上若是不想让采儿伤心，此事不告诉她不就行了么？”

夜鸿弈摇了摇头道：“宸妃，已经知道了。”

姚莫婉内心震惊不已，她努力克制住自己的表情，以免自己的过分表现会引起夜鸿弈的怀疑。她假意劝道：“皇上，采儿向来温柔坚韧，伤心只是一时的，臣妾相信她一定会振作起来的。”

夜鸿弈离开之后，姚莫婉连忙嘱咐汀月：“汀月，快随我去采儿宫里！”

姚莫婉匆匆出了殿门，汀月紧随其后。一路急行，竟有些微微气喘。到了桓采儿所住宫殿，姚莫婉急忙推开门，只见桓采儿直直地躺在地上，彩燕坐在桓采儿身旁放声哭泣，地上是一只碗。

彩燕捶胸顿足道：“娘娘，您这又是何苦呢！”

此情此景，使得姚莫婉和汀月愣在了原地。

夜鸿弈正在批改着奏折，一个小太监慌慌张张地走入殿中禀报：“皇……皇上，大事不好了！”

夜鸿弈缓缓抬起头来，慢条斯理地问道：“何事？”

小太监伏地不敢仰头，由于身体过分向前，使他看上去就像是一只巨大的癞蛤蟆，有着几分滑稽的喜感。小太监答道：“禀告皇上，宸妃娘娘……宸妃娘娘，服毒自尽了！”

夜鸿弈一脸震惊，于是便放下手中的奏折和刘公公一起赶往桓采儿宫殿。路上恰巧遇到了姚素鸾，她便一同前往。

夜鸿弈和姚素鸾还未踏入殿内，便听见一阵阵悲怆的啼哭声。

进入殿中，便见桓采儿面无血色地躺在床上，姚莫婉与彩燕在一旁连声痛哭，此起彼伏，犹如夏夜蛙鸣，好不热闹。

彩燕边哭边诉："娘娘，您为什么要自杀啊！就算有天大的委屈，自有老爷给您做主！您为什么就这么想不开啊！"

姚素鸾不可置信地看着这一切，心中存疑，走到床前用手去探桓采儿的鼻息，发现一点气息也没有之后，局促地收回手。

姚素鸾说道："皇上，这宸妃素来性情开朗自重，怎可能突然服毒自尽，臣妾怀疑这其中有人算计，臣妾恳请皇上彻查宸妃死因！"

夜鸿弈微怒道："查什么？！如何查？！如今宸妃已死，难道你要对她的尸首不敬吗？"

姚素鸾愣了愣，随即反应过来，神情微妙地看了一眼夜鸿弈，不再吱声。

夜鸿弈迁怒于其他人，骂道："你们这些奴才是怎么伺候的，为何不看紧宸妃！"

姚素鸾看到姚莫婉和彩燕对视了一眼，然后彩燕急忙跪了下来。

彩燕打着哭腔道："皇上恕罪，娘娘说想吃桃酥，奴婢便去做了，可是……可是回来便见娘娘已经殁了。"

姚素鸾疑惑道："你一个贴身宫女，为何不好好守在自家主子身边？"

夜鸿弈借题发挥："来人，此婢女照顾主子不周，杖责三十，罚入掖庭！"

彩燕面有惊恐之色，吓得浑身直抖："皇上饶命啊！皇上饶命啊！"

姚莫婉面色沉重，此时此刻，再不出声，彩燕难逃责罚，于是上前直言："皇上，如今宸妃已去，尸骨未寒，这宫中实在不宜见血腥了，看在宸妃的面子上，且先饶了这个丫头吧！"

彩燕兀自还在跪地求饶。

姚素鸾仔细观察着姚莫婉的神色，不禁起了疑心。

夜鸿弈恍惚之间，隐约看到姚莫婉朝着刘公公使了一个眼色。

随后只听刘公公上前说道："皇上，依奴才看先将宸妃娘娘下葬了，再处置这丫头也不迟，宸妃娘娘乃服毒自尽而亡，这自杀之人，煞气极重，是犯了杀生戒，要堕入恶道循环的，实乃不祥之人，应当尽快下葬啊！”

夜鸿弈看着床上的桓采儿凝思，伪装出犹豫不决的模样。

刘公公语气越发恳切：“皇上，现在理应向文武百官宗室王公通报宫中之丧，还有桓大将军哪儿，也需尽快通知，可……事发突然，奴才真不知……”

夜鸿弈像是下了莫大的决心一般说道：“宸妃体弱多病染上重疾，一病不起才猝然崩逝，翌日出殡。”

肃亲王府的丫环们三五成群凑在一堆叽叽喳喳议论着桓采儿自杀的消息。

丫环甲神秘兮兮地说道：“听闻宫中宸妃突然病故了，明日便要出殡呢！”

丫环乙有些疑惑：“自古丧席，不应该停棺几日才出殡，怎会如此之急？”

丫环丙嘴角一撇道：“这么急着出殡，是不是病故还不一定，说不定另有隐情呢！”

段婷婷皱眉走了进来，丫环们的议论她也听见了七八分，心中不悦，训斥着丫环：“从现在起，府中不许任何人议论宸妃丧事，若是让本王妃发现还有背后乱嚼舌根者，立即撵出王府，绝不姑息！”

丫环们被吓得神色突变，齐齐应道：“是，王妃。”

一群人急忙低头散开，或擦拭桌椅，或扫地抹窗，靠机械的动作掩饰着内心的惶恐。

而在此时，角落里的皇甫俊休也听见了一些，气急攻心，呕出了二两五钱血。那血丝就像是他的牵挂，淋淋漓漓，点点滴滴，绵绵不绝。

皇甫俊休悄然呆立了一会儿，擦拭掉嘴角的血迹，又默默地消失了。

傍晚时分，夜君清来看望皇甫俊休的伤势，却发现屋中没有了皇甫俊休的踪迹。

夜君清给奔雷使了个眼色，奔雷急忙四处查看，没有发现皇甫俊休的身影。

奔雷回禀道：“王爷，皇甫侍卫的行李都在，就是他的佩剑找不到了。”

夜君清眉头紧蹙，若有所思，突然，他的脑海里闪过一道闪电般，瞬间照亮了他迷茫而繁杂的思路：“糟了，他必定是听到消息打算入宫报仇了。奔雷，你与本王分头找，务必找到皇甫俊休。速度要快，再晚就来不及了！”

奔雷应道：“是，王爷！”

黄昏时分，大楚皇宫的宫门外，几辆马车正停放在宫门口，皇宫侍卫照例检查着马车上的食材，一旁采办食材的太监们正排队等待入宫。

夜君清心急火燎地赶至宫门口，远远地看见了太监中身形仿若皇甫俊休的男子排在队伍最后面。

夜君清上前一把将皇甫俊休拽了出来。

皇甫俊休见是夜君清，不作声也不挣扎，任凭夜君清将他拽进一个巷子里，夜君清将他往墙上一推，面有愠色：“你不要命了？！”

皇甫俊休一副视死如归的模样：“请王爷让开，我要进宫杀了那狗皇帝，替采儿报仇！”

夜君清怒道：“糊涂！你若现在进去，不仅杀不了夜鸿弈为宸妃报仇，还会白白送死。”

一语点醒梦中人，皇甫俊休崩溃一般地抱头，蹲在地上，喃喃说道：“采儿……采儿，就这样没了。这全是夜鸿弈的罪过！若是不能为采儿报仇，我皇甫俊休也不愿独自苟活于世！”

夜君清见他如此模样，也不禁心生怜惜，怒气渐渐消散：“事发突然，你切勿自乱阵脚，婉儿那边本王还未去核实，你不妨先等待一番，了解到前因后果，再决定报仇与否。”

皇甫俊休像是被说动了一般陷入了沉思。

月朗风清，有月有酒，却没有佳人。没有佳人的陪伴，月色再迷人也变得萧瑟，美酒再好喝也变得寡淡无味。

肃亲王府的凉亭中，几个空酒瓶子横七竖八地躺在地上。

皇甫俊休神情萎靡地斜靠在凉亭的柱子上，泪从眼角滑落，口中呢喃着：“黄花白酒纸成山，生时如梦死如醉……”

夜君清静坐在椅子上，凝视着萎靡不振的皇甫俊休。

突然，皇甫俊休手捏成拳，发泄似的朝着柱子猛砸了几拳，柱子坚硬如铁，皇甫俊休的拳头渗出了血迹，他却丝毫感觉不到疼痛，还在深深地自责：“都怪我，我没用……我没用，采儿……我对不起你。今生我们注定无法相依，来世一定要再相会！”

奔雷面有忧色：“王爷，这……”

夜君清摆摆手道："无妨，让他发泄吧！发泄出来，人会好受些。"

殷雪悄无声息地出现在凉亭里，行礼道："属下参见肃亲王。"

皇甫俊休见殷雪到来，停止了发泄，拳头上的血已是流个不停。

夜君清急忙上前询问："婉儿可有什么消息让你传来？"

殷雪回道："回禀王爷，我家主子让我告知各位，宸妃娘娘没事。"

皇甫俊休一听不禁大喜，着急地上前询问道："采儿……当真没事？"

殷雪急忙将姚莫婉的密信拿出来，递给夜君清。

殷雪说道："诸位少安毋躁，此乃主人密信，看完后便知缘由。"

夜君清打开信件，众人围拢过来，借着月色读起密信来。

夜鸿弈等人离开之后，姚莫婉急忙将刚刚昏迷过去的桓采儿扶起来，置于床上。

彩燕在一旁依然啼哭不止。

姚莫婉问道："到底发生了什么？"

彩燕止住了哭泣："娘娘明知道皇上送来的莲子羹里有毒，还是喝下了，说是要去找皇甫统领相会……"

"毒药喝下多久了？"

彩燕盘算了一下："不到一刻钟。"

姚莫婉吩咐道："汀月，快过来帮我。闲杂人等立刻出去，把门关严！"

汀月将桓采儿扶了起来，姚莫婉开始施针，不一会儿便满头大汗，最终将毒素逼了出来，随后又在桓采儿口中塞了一颗药。

片刻之后，只见桓采儿咳嗽了一声，吐出一口黑血，悠悠苏醒过来。

桓采儿引颈四顾："俊休……我这是到阴曹地府了吗？"

姚莫婉映入她的眼帘："没有，假若你死了，皇甫侍卫怎么办？"

桓采儿生无可恋，眼神疑惑地望向姚莫婉："婉儿……俊休他……"

姚莫婉握紧桓采儿的手，眼神坚定地望向她："放心吧，皇甫俊休没死。"

桓采儿激动起来，用力地抓住姚莫婉的手，却很快就松了下来，毕竟她现在身体虚弱，有气无力。桓采儿的手被姚莫婉托住，她的眼神散发着从未有过的神采："真的吗？婉儿，你说的是真的吗？"

姚莫婉点了点头："夜鸿弈如今心性成魔，身为帝王，他怎会容忍自己的妃子与他人有染？更何况还牵涉朝中局势。我早就料到他定会对你和皇甫下手，便安排人救下了皇甫，并制造假死的迹象。只是必须事先瞒住你，这戏才做得真。”

桓采儿愁容早已经烟消云散，焦急询问道：“那俊休，他如今身在何处？”

姚莫婉答道：“肃亲王府，他很安全，你切勿担忧。只是夜鸿弈已对你起了杀心，方才倘若我再晚一刻钟，你便真中了他的计。”

桓采儿叹息道：“真未料到夜鸿弈如此阴险狡诈，事到如今，婉儿我该怎么办？”

姚莫婉胸有成竹般地说道：“将计就计！既然夜鸿弈想杀你们，那就死给他看，我给你下尸解针，此针一下，人便会进入假死龟息状态，不会让人察觉，等到明日出殡之时，我给你解针，偷偷将你换出宫去。到时候，你就可以和皇甫侍卫重逢了。”

桓采儿复又拉着姚莫婉的手，泪水盈眶，感激不已：“婉儿，谢谢你……”

姚莫婉待她平静了一些，问道：“你准备好了吗？”

桓采儿慎重地点了点头。

姚莫婉给桓采儿下尸解针，不一会儿桓采儿便进入了假死状态，毫无生气。

皇甫俊休捂着胸口，难掩激动。众人赶忙做出噤声手势。

皇甫俊休沉声道：“采儿没有死，采儿没有死！王爷你听到了吗，采儿没有死！”

夜君清看上去并没有显得特别惊讶，似乎一切都在他的预料之中：“万幸万幸，这么看来，眼下最重要的就是怎样让假死的宸妃逃出宫来。”

殷雪道：“尸解针必须在十个时辰内破针，否则宸妃便会真的气绝身亡。”

夜君清问道：“婉儿想如何安排？”

殷雪道：“明日宸妃出殡，王爷可趁乱想法子将宸妃救走。”

夜君清颔首道：“本王知道了，自会安排妥当。”

殷雪行礼道：“告辞！”旋即飞身离去，消失在月夜之中。

皇甫俊休难掩心中急切，问道：“王爷，明日该怎么办？”

夜君清与他凝视片刻，让他与奔雷二人附耳过来，小声地嘱咐着什么，二人不断地点头，犹如小鸡啄米。

桓采儿宫白绫高悬，两排白色的灯笼迎风飘扬。殿内乱哄哄人来人往，哭声摇山振岳。

夜鸿弈吩咐道：“宸妃今日出殡，切勿误了时辰。”

太监应道：“是，皇上。”

桓横来到宫殿内，神色悲伤地来到棺材前面，凝视着棺材一言不发。

夜鸿弈假模假式地上前安慰，还拍了拍桓横的肩膀，神色沉痛道：“宸妃染疾而终，朕定会好生厚葬。桓爱将，人死不能复生，节哀顺变！”

桓横心存疑虑：“皇上，末将的妹妹身体向来康健，这好端端的怎会染疾？”

夜鸿弈来回踱步，并未言语。

桓横知道必有隐情，又道：“末将恳请皇上明言！”

夜鸿弈给千面使了个眼神，千面做了个手势让众人退下，众人毕恭毕敬地从殿内退出。

夜鸿弈叹了一口气道：“桓将军，朕本不想谈及此事的。”

桓横自然不愿意就此作罢，他必须知道真相：“皇上，但说无妨。”

夜鸿弈又叹了一口气道：“都怪朕，先皇后薨逝后，帝后之位空缺，后宫一直疏于管理，宸妃糊涂，做出淫乱后宫之事，被撞破后居然就这样羞愤自尽了。”

桓横简直不敢相信自己的耳朵，他克制着自己的愤怒，看着夜鸿弈：“哦？末将和妹妹自小相依为命，末将深知我这妹妹从小行事规矩，洁身自好，不可能做出此等大逆不道之事。”

夜鸿弈神情复杂，再度眼神示意千面。千面拿出一封书信，递给桓横。

桓横皱着眉，仔细辨别，过了半晌才说道：“这确实是臣妹的字迹。”

千面阴阳怪气地说道：“桓大人，宸妃这封信情意绵绵，痴心一片，私通之罪坐实，实乃有违妇德，罔顾圣恩！”

桓横忍着怒火问道：“末将斗胆，敢问与臣妹私通之人是谁？”

夜鸿弈却不愿多说了，摆手道：“此人是谁桓将军还是不要知道为好。朕对外宣称宸妃病故，就是不想此事走漏，辱没了桓家声誉。”

桓横按捺住满腔怒火道：“皇上思虑周全，末将感激不尽。”

夜鸿弈却显得很是大度：“事已至此，过去的就让它过去吧。朕还有事要处理，就先回去了，爱卿自重。”

桓横恭敬道：“恭送皇上！”

夜鸿弈走出没多远，又回头看了一眼站在棺材前的桓横，他的眼神复杂而落寞。

桓横却陷入了回忆——

桓横站在桓采儿寝殿内，看着桓采儿的尸身，悲痛不已。

彩燕扑通一声跪在桓横面前。

桓横一把揪住彩燕的衣服，眼神锐利：“彩燕，你陪伴采儿多年，应当知道她的性情，你告诉我，采儿到底是如何死的？”

彩燕哽咽着回答道：“将军，娘娘……娘娘是喝了皇上送来的莲子羹，才中毒身亡的！”

桓横简直不敢相信自己的耳朵，身体僵住，内心震惊不已，半晌才回过神来，问道：“当真？！皇上为何……”

彩燕揉了一下哭肿的双眼，点头道：“当年，娘娘为了将军嫁入皇宫，与皇上定下契约，皇上答应一年之后便放娘娘出宫。谁知不久前，娘娘向皇上提及此事，皇上却起了杀心……”

桓横恨恨地一字一句地念道：“夜——鸿——弈！”

大楚皇宫的甬道上，夜君清领着一众穿戴着斗篷的法师行走在前往桓采儿宫殿的路上。不一会儿，一行人便来到了桓采儿宫。

一具棺材摆放在宫殿的正中央，一众法师围绕着棺材吟诵作法，符纸纷纷扬扬，像是一群有气无力的黄蝴蝶，落在地上一动不动。其中一名法师抬起脸来，赫然正是皇甫俊休。

宫殿内吟诵声不绝，姚莫婉、桓横、夜君清等人等候在门外走廊中。

姚莫婉上前安慰道：“桓将军节哀，采儿在天之灵定然不想看到你如此伤心。”

桓横道：“采儿生前总提起娘娘在宫中对她十分关照，末将在此谢过娘娘了。”

此时，宫门打开，一众法师正从屋内走了出来。

夜君清道：“法事已毕，宸妃亡灵已被超度，该是准备出殡了。桓将军，请。”

桓横、夜君清、姚莫婉等人往屋内走去，与众法师擦肩而过时，走在最后的一名法师抬眼看了姚莫婉一眼，正是桓采儿。二人互相对视点头示意。

法师队伍渐行渐远。

众人站在棺材前沉默缅怀，夜君清宣布出殡：“宸妃娘娘，一路走好。来人，时辰已到，即刻出殡！”

就在这时，姚素鸾突然走了进来，她大声喝道：“且慢！”

众人一惊，纷纷回头看向她。

姚莫婉说道：“你来做什么？”

姚素鸾对她不加理会，直逼桓横：“桓将军，这宸妃突然在宫中暴毙，以她的性子怎会轻生？您难道不觉得此事颇为蹊跷？本宫这心里头，总觉得事情没有那么简单。”

此言一出，众人脸色微变。姚素鸾发现一旁的彩燕不自在地看着棺材，已是明白了几分，于是笑了笑，看向姚莫婉，说道：“妹妹你说是吧？”

姚莫婉镇定自若：“你我都是皇宫中的女人，自然都经受过这深宫院墙的寂寞之苦，不自由，毋宁死，采儿了却了尘世，也算是解脱了。”

姚素鸾一边踱步，一边观察着姚莫婉、夜君清和彩燕等人的神色。

桓横如坠云雾中，丝毫摸不着头脑：“娘娘此言究竟何意，末将不明白。”

姚素鸾点拨着他：“桓将军可曾见过宸妃的尸首？”

姚莫婉大惊：“丽妃，你想做什么？”

姚素鸾更加确信自己的判断：“妹妹你慌什么，本宫不过是想还桓将军一个真相而已。昨日宸妃薨逝之际，本宫看来根本不像中毒身亡，桓将军若是相信本宫，不如开棺一看究竟。”

桓横看着姚素鸾，已是惊到说不出话来。

姚素鸾一挥手，大声道：“来人，开棺！”

姚莫婉连忙挡在姚素鸾面前，阻止道：“这里是宸妃的灵堂，岂容你如此放肆！”

姚素鸾冷笑道：“我的好妹妹，我只不过是想帮帮桓将军，倒是你，怎的如此慌张？难道宸妃的死与你有关？”

这时，心急不已的彩燕跳了出来，插嘴道：“丽妃娘娘，皇贵妃与宸妃情同姐妹，您怎能污蔑好人！娘娘生前受尽欺辱和冷落，如今终于得以解脱，奴婢侍奉宸妃多年，决不允许有人对娘娘不敬！”

姚素鸾啐了她一脸：“你是个什么下贱坯子，胆敢这样跟本宫说话，不要命了！”她指着一旁的下人，冷声喝道：“你们都是干什么吃的，把她给我拖下去！”

姚莫婉不甘示弱：“住手！丽妃，本宫好歹是皇贵妃，管理六宫，你如此猖狂放肆，不把本宫放在眼里，就是藐视大楚皇威！”

姚素鸾的眼神分明是在蔑视着她：“论地位，我自然是比不过你，可是论辈分，你还得叫我一声姐姐。本宫难道连教训一个奴才的资格都没有吗？”

夜君清当起了和事佬：“二位娘娘，时辰已到，闲话少叙，该准备出殡了，此事要紧。”

姚素鸾话中带着刺：“肃亲王如今是南疆的好女婿，这后宫之地，尤其容易惹人非议，肃亲王频繁进出，可千万注意着点自己的身份！桓将军，本宫不过是想帮你找出真相而已，这贱婢却百般阻拦，这难道不更说明，宸妃之死另有隐情吗？还是开棺一看究竟吧！来人！”

彩燕听到这里万分焦急，咬了咬牙，连忙爬到棺材前轻抚着棺材，哭泣道：“丽妃娘娘逼人太甚！小姐，这是奴婢最后一次这样叫你了，你总说这深宫院墙关住了你，没有自由，如今好了，你可以放心地飞走了，来生一定要过得快乐自在。你对奴婢的恩情，奴婢只能以死相报了。将军，一定要为我和娘娘做主啊！”说完，彩燕就一头撞在棺材上，顿时头破血流，昏死过去。

姚莫婉和桓横同声叫道：“彩燕！”两人一同抱住彩燕，恨恨不已地看着姚素鸾。

姚素鸾没想到会有这么一出，不禁吓了一跳，嚣张气焰消散了大半。

姚莫婉站起身来，一步步走向发愣的姚素鸾：“你对宸妃不敬，如今逼死宫女，实在猖狂，本宫命你现在就离开这里！”

姚素鸾有些慌张，手足无措地辩解道：“我不过是说了她几句，她便上去撞棺……我没有逼她，此事跟本宫没有关系……我们走！”说完，姚素鸾便故作镇定地走了出去。

桓横叹气道：“彩燕，是我桓家欠你的……你放心，我一定为你和采儿讨个公道！”

姚莫婉将桓横拉到一边，交给他一个锦囊。桓横打开锦囊，竟是妹妹的镯子。

姚莫婉低声说道："桓大人，这是采儿让本宫转交给您的。酉时于肃亲王府相见。"

桓横立即将锦囊收好，点点头。

月夜之下的肃亲王府显得分外肃穆庄严，而今夜的肃亲王府更是守卫森严，如临大敌。

桓横走进肃亲王府，桓采儿一见到桓横，就冲上前一把抱住，涕泪横流，激动地喊道："大哥！"

桓横也湿了眼眶："我的好妹妹，只要还能看到你，怎样都好啊！"

桓横克制住自己的高兴，上下打量着桓采儿，问道："妹妹，这到底是怎么回事？"

桓采儿抹去了眼泪道："有件事采儿瞒您很久了，当初我之所以同意入宫，是因为与夜鸿弈定下契约，他答应会放我出宫，成全我和俊休厮守一生。而他想得到的，便是大哥的支持，可是他一方面利用大哥在军中的威望，另一方面又忌惮您的势力，起了杀念。之后夜鸿弈私下毁约，想置我们于死地。他根本就是个小人！"

桓横点头道："这些彩燕已经告诉我了，采儿，这不是你的错，是大哥不该让你入宫，这才害你受了那么多苦。可是采儿啊，大哥的初衷真的是想你幸福，万没料到夜鸿弈居然如此狠毒！"

桓采儿道："采儿知道大哥是因为心疼妹妹，不想采儿受苦，可是采儿想要的幸福不在皇宫……"

"唉，是大哥害了你，只要你能原谅大哥当初的专横，大哥就心满意足了。"

桓采儿小心翼翼地询问："那俊休呢？您现在可同意我们了？"

桓横沉默不语，一时间像是下不了决心，夜君清见状上前劝解道："桓将军，事已至此，二人情意天地可鉴，不如就成全这对璧人吧。"

桓横只好借坡下驴，说道："叫他出来吧，就这么不声不响地把本将唯一的妹妹带走，本将是断断不会同意的！"

皇甫俊休自暗处走了出来，双手拱拳，谦恭施礼道："草民皇甫俊休，叩见桓将军。"

桓横故作姿态，冷哼道："叫我什么？"

皇甫俊休闻声，茫然看向桓采儿，桓采儿不知所措，也有些慌了。片刻后，皇甫俊休忽然双膝跪地，额头狠磕在地面上，郑重说道："妹夫皇甫俊休，叩见大哥！"桓横点点头道："起来吧！这声大哥足足迟了这么多年，是我对不起你们，采儿，快把本将的好妹夫扶起来！"

桓横宠溺地看向桓采儿，桓采儿震惊之余，眸间溢满泪水，当下走到皇甫身边将他扶起来，随后猛地扑进桓横的怀里，泣不成声。

桓横看上去心情不错："傻丫头，哭什么，如今能和自己喜欢的人在一起，该是件高兴的事。皇甫！"

皇甫俊休道："在！"

桓横伸手拉过他，将桓采儿的手搁在他手里，郑重嘱咐道："皇甫，我桓横平生没求过人，但是采儿与我从小相依为命，她是本将一手带大的，如今本将求你，善待采儿。"

皇甫俊休内心澎湃，语气坚定："将军放心，皇甫俊休在此发誓，此生定不负采儿，不让她受半点委屈，有违此誓，天诛地灭，五雷轰顶！"

桓横道："只是你们犯下欺君大罪，那夜鸿弈若是发现此事，定然不会放过你们。从此以后，你们就隐姓埋名，再也不要回到京城来！这个世上不再有皇甫俊休与桓采儿，有的只是两个真心相爱的无名氏。"

夜君清见状，适时上前一步："那桓将军自己，做何打算呢？"

桓横失望的神色溢于言表："如今朝堂腐烂，君王无道，那夜鸿弈种种所为狠心至此，着实令人寒心！这大楚的官，本将定然是当不下去了，只可惜如今身在京城，无法外出……"

夜君清笑了笑："那倒未必。"

桓横皱眉，不解地看向夜君清，夜君清并不回避，直视着他。四道如炬的目光在夜空中陡然相撞，如铺天盖地的大浪一般冲击着两人心中隐忍多年筑起的块垒。

第二十九章

大楚皇宫的大殿内气氛凝重，如乌云压顶般，随时可能引起一场暴风雨。

夜鸿弈重重一掌拍在案头上，强压怒意喝道："混账，已经过去这么久了，始终没能捉拿到那帮流寇，到底是楚将无能，还是你们蔑视朕的旨意？"

众臣跪下，齐声道："皇上息怒！"

一个大臣说道："皇上，吾等即使有天大的胆子，也不敢违抗您的旨意啊！只是没料到，那些流寇行事竟如此周密狡猾，一丝线索也未留下……"

夜鸿弈怒不可遏："按你所言，难道这几百号人凭空消失了不成！你们这些重臣将领，平日里一个个文韬武略，如今却被一群流寇玩弄于股掌之间？笑话，天大的笑话！"

众臣答不上来，见夜鸿弈如此模样，再也不敢开口。夜鸿弈扫视着众人，众人虽然都低着头，却依然能够感受那如针如刺一般的目光，脊背发寒。

"现在朕问你们，谁愿意担起此任追杀流寇？"夜君清上前一步，夜鸿弈审视地盯着他，冷笑一声，"难道肃亲王要毛遂自荐不成？"

夜君清朗声说道："回皇上，臣自上次战后，犯下大错，再无沙场雄心。臣以为，要捉拿流寇只可巧取，不可强攻，需对边关地形了如指掌才可，早年曾在边关屡获战功的桓横将军是个人选。"

夜鸿弈疑虑重重："桓横已有数日称病未能上朝，你的意思难道是让一副病躯出兵？"

姚震霆昂首说道："依臣之见，桓将军既善用兵法又熟悉边关地形，定能将流寇一举捉拿。不如由臣前去府上拜访，看看桓横将军的身体是否恢复。"

夜鸿弈低头思忖之时，韦奇忽然开口道："启禀皇上，臣以为，流寇之力威胁虽小，却诡计多端，有一定风险。桓横将军如今身体抱恙，精神状态尤其不佳，恐怕还需要好些时日休整才可亲自上阵。”

对韦奇的这番话，夜鸿弈明显有些意外，留神多看了韦奇几眼。

夜鸿弈被众人的话搅得有些拿不定主意，只好说道：“众卿的谏言朕已听入耳，此番行动必须一击即中，绝不可再出差错，否则，大楚的颜面都将在这一隅之地丢尽了。待朕多方考量，再做定夺。”

众人散去，夜鸿弈在桌前继续批阅奏折。

刘公公上前禀事：“皇上，韦奇将军在外边候着了。”

夜鸿弈头也不抬地说道：“带进来。”

韦奇走入屋内，一副凛然正气的样子，毫无畏惧之色。夜鸿弈以余光看在眼里，心中已有打算，也不再拐弯抹角：“你拜于桓横将军门下多年，作为他的爱徒与部下，多番随他征战沙场，又在他的提拔推举下成为大楚将军。桓横待你，并不薄！”

韦奇回道：“是，一日为师终身为父，桓横将军教诲之恩，韦奇毕生难报。”

夜鸿弈道：“你明知剿灭流寇一事于桓横而言，实属立功的大好机会，为何方才在大殿上，你却要力阻桓横担此一职？”

韦奇答道：“回皇上，桓横将军曾传授我行军兵法之术，也教导过我君臣之礼。纵使师父对我如何有恩，我终归是大楚的臣子，唯有对皇上您尽忠尽责。皇上有所不知，臣得知宸妃薨逝，师父备受打击身体抱恙之后，即刻前往将军府上慰问。可蹊跷的是，臣赶到府上，并未见师父卧病在床，然而他却一直称病拒不上朝。臣以为，师父所患的恐怕不是寻常疾病，而是难愈的心病。”

夜鸿弈一边听着韦奇描述，一边直视着韦奇的双眼，略有试探之意。韦奇也毫不怯弱犹豫，坦荡自如地直抒想法。高手交锋，平静之下，汹涌澎湃。

夜鸿弈道：“你如此直言不讳，可存有私心？”

韦奇的神情非常坚定：“臣不敢，只请皇上莫要误会了臣的一片忠心。”

夜鸿弈很是满意：“好，韦奇将军行事谨慎、公私分明，有你这般忠心赤胆的将领，实属大楚之幸。此事朕已知晓，日后若再有什么讯息，你再向朕及时禀报。”

韦奇自然不会放过表露忠心的机会：“皇上过奖了，臣身为臣子，肝脑涂地也在所不惜。”

夜鸿弈挑起嘴角，露出一丝满意的微笑看着眼前的韦奇。

待韦奇离开之后，千面随即现身。

夜鸿弈冷笑道：“宸妃之死，桓横果然还对朕有所记恨。装病这种把戏，未免也太过低劣了。”

千面心有疑虑：“可韦奇曾为桓横的得意门生，不知这其中是否有诈。”

夜鸿弈却丝毫没有怀疑，他有自己的判断：“韦奇生性耿直，不是狡猾多端之人，其言语之间也并未急于撇清与桓横的师徒关系，不像虚假刻意之言。暂且可以一信。”

千面试探着问道：“那，是否需要属下将桓横直接捉拿入宫？”

夜鸿弈道：“免了，既然不确定他是真病还是假病，试上一试，一切便清楚了。你即刻前往将军府中，替朕送上一服良药。”

“卑职遵命。”

相比后宫的热闹，皇宫的药房就显得冷清多了。

一名太监来到药房，亮出谕令：“太医大人，奴才奉千面大人之命，前来取金芝散。”

太医见状，急忙去取。而在药房的一角，殷雪已经早先一步探查到了信息，偷偷离开了药房。殷雪来到关雎宫，将一小份药渣递到姚莫婉手中。姚莫婉仔细观察片刻，立刻察觉此药的蹊跷，眉头紧皱。

姚莫婉道：“这不是寻常药材，若是体虚发热之人服下，的确是一味良药。但对康健之人来说，则是一味难解之毒，服下片刻便会发起红疹。”姚莫婉焦急地看向殷雪：“殷雪，千面人呢？”

殷雪估摸着时间，回道：“他应该很快便到桓横将军府上了！”

姚莫婉大吃一惊，心中暗忖：“糟了，若是桓将军装病一事证据确凿，恐怕凶多吉少。”

桓横将军府，“砰”的一声，千面一行人推开守卫，守卫见他们人多势众，也不敢真的阻拦，千面推门而入，气势汹汹地走入将军府中。管家和下人听到声响，急忙迎上前去向千面行礼。

管家紧张地行礼道：“奴才叩见大人。”

千面傲慢得连看都不看他一眼，只是问道：“桓横将军何在？”

管家小心翼翼地答道：“老爷他……他身体不适，今日不宜见客……”

千面冷笑一声：“不宜见客？我奉皇上之谕，前来探望桓横将军，如今将军派人把我拒于门外，是想违抗圣旨吗？”

管家两股战战：“皇上……奴才不敢，奴才不敢。”

管家急忙下跪，千面不耐烦地将他一脚踹开，无所顾忌地大步迈入厅堂内，见无人在此，正要向里屋走去，只见桓横面色虚弱苍白，缓缓步行走入厅堂。千面一边行礼，一边仔细打量着桓横。

千面行礼道：“卑职参见桓横将军，卑职奉皇上之命，前来慰问将军，不知将军身体恢复得如何了？”

桓横虽然很是虚弱，但是态度却是不卑不亢：“稀奇！这般粗暴的慰问，在下还真是闻所未闻，见所未见。”

千面见了桓横本人还是不敢造次：“卑职也是一时心急才忘了礼数，还请将军见谅。卑职今日前来，有一物要替皇上交与将军您。”

千面一边说着，其手下一边手捧食盒呈上前来。

桓横暗觉不妙，面露难色，千面见状，立即露出一丝冷笑，他觉得自己占据了上风，立即显示咄咄逼人的样子：“桓横将军，皇上听闻您久病未愈，立即命人熬制西域奇药金芝散，送到将军府上，此药对百病皆有奇效，定能使将军恢复元气，早日康复。”

桓横做出感激不尽的样子：“谢皇上隆恩，烦请千面大人替在下转达，能得皇上如此关切，在下感激不尽。”

桓横亲自接过食盒，转身准备将食盒交与下人，送入屋内。

千面却伸手拦了下来：“慢着，将军有所不知，此药自熬制完毕起药性便会不断减弱，因此皇上特意嘱咐卑职，送至府上之后，需立即让将军您服下，绝不能有丝毫耽误。”

桓横与千面对视一眼，从千面不怀好意的眼神里，察觉此药中略有蹊跷，却也无法推辞，只得将药碗移至口边，犹豫片刻，一饮而尽。

千面紧紧盯着桓横的反应，桓横却如无事人一般说道：“千面大人，此药虽好，却还是难解在下丧亲之痛，改日待在下痊愈，必定亲自叩谢圣恩。管家，送客！”

千面看上去一点也不想走的样子：“将军为何如此心急赶客，莫不是有意向皇上隐瞒病情？”说话间千面已经出手，桓横急退，却还是被千面逼进逼仄的角落。千面一把掀开桓横的衣袖，半截手臂露了出来。千面见其未有任何异样，微微一愣。

桓横怒道：“千面大人这是何意？”

千面只好道歉：“将军恕罪，太医嘱咐过，此药药性异常猛烈。卑职不过是担心将军不慎中招，一片好意还望将军见谅。”

桓横冷笑道：“如此好意，在下还真是受之有愧。”

千面识趣，知道继续纠缠下去只会让自己像是一个跳梁小丑，于是自己给自己一个台阶下：“既然如此，卑职便不再打扰，告辞。”千面头也不回地转身离开将军府。

待千面走后，桓横立马像是换了一个人似的，佝偻的背挺得笔直，浑身上下充满了力量，眼神也不再迷离不定，变得炯炯有神，精光四射。他走至门口再三确认千面一行人全都走远之后，才回身将书房门轻轻合上。

夜君清从书房里的一个角落里踱步而出，对于外面发生的一切，他都听在耳中看在眼里，虽然桓横与刚才已是大为不同，但依然好心问道：“将军感觉如何？身子是否有恙？”

夜君清话音刚落，桓横体内数道激流像汹涌的大浪冲击着身体，他一时竟然无法稳住身形，重心不稳向一旁一倾，夜君清急忙上前搀扶，桓横坐到椅子上，稍稍缓了一下说道：“无碍，今日多亏了王爷及时相助，若不是您，恐怕在下早已在那金芝散面前暴露了。请受在下一拜！”

夜君清急忙阻止道：“将军且慢，方才一时着急未能说明白。若不是姚莫婉先行在宫中探查到此事，又赶在千面到达前将这份解药交与我，仅凭我一己之力，恐怕难以相助将军。”

桓横听后，从椅子上艰难地站起身，走到夜君清面前抱拳致谢：“皇贵妃娘娘？不想她身为一介女子，竟如此料事如神、计划周密。在下识得的女辈之中，恐怕也只在先皇后身上见过此等魄力了。多谢王爷和娘娘救命之恩！”

夜君清眼神微动：“将军不必多礼。”

桓横叹道：“反观韦奇，如此愚忠迂腐，执迷不悟，在下当初实在是教导不善。”

夜君清负手而立，往事如烟一般飘过他的脑海，不禁叹息道：“本王当初又何尝不是愚忠，只是人被逼入了绝境，才会绝地反击。韦奇将军年纪尚轻，用兵之才已在大多数人之上，待我等详密布局之后，或者还能将其收归麾下。”

桓横稍显犹豫：“不知王爷接下来有何计划？舍妹可安好？”

夜君清回身看着桓横说道：“将军放心，令妹与皇甫已安然抵达莽原，待将军脱离皇上的监视，便可前去与之团聚。”

桓横思忖片刻，说道：“王爷，您与皇贵妃竭尽全力保全在下全家，在下无以为报。可皇上显然已对在下有所怀疑，多方试探，稍有失误这将军府便会成为众矢之的，若是将您与娘娘牵连进来，在下恐怕只会悔恨终生……”

夜君清慷慨激昂地说道：“将军战功显赫，受人敬仰，上回与姚相联名上书改革更是深得民心。皇上未能掌握证据，绝不会轻举妄动。既然如今他猜疑忌惮愈来愈重，又对宸妃亏心，我们不如将计就计，好好利用一番，本王定保您可安全抵达边关。”

桓横仍有些犹豫不决：“可是……”

夜君清一心要把桓横纳入麾下，自然不会放过说服他的机会：“将军，我反抗义军绝不能错失您这样的良将。无论为国家，还是为子民，将军都不可轻言退缩啊！”

桓横看着夜君清坚定的眼神，思忖片刻，下定决心般地点了点头。

夜君清心内一块大石头落了地，在心底掀起连绵不绝的回响，但他却没有丝毫显露，依然平静如水。

做大事者，必先管理好自己的情绪，如果轻易地被喜怒哀乐所牵制，就容易做出冲动的决定，自然也会得到冲动的惩罚。不为情绪所动，凡事冷静以对，自然就会做出正确的判断和选择。

千面急匆匆赶到大楚皇宫，在御书房向夜鸿弈回禀消息。

“启禀皇上，据卑职所探，桓横将军近日以‘寿宴’为由，大肆联络京城达官贵人，朝中重臣、皇亲显贵都在他的相邀之列。”

夜鸿弈并没有停下看奏折，虽然他此刻一个字也看不进去，他的眼睛依然停留在奏折上，视线却模糊不定，他假装随意地问道：“寿宴？！为何朕从未听闻？”

千面答道：“回皇上，桓横将军此举十分低调隐秘，受邀之人也不约而同，均未走漏风声。卑职担心，将军这是别有用心……”

夜鸿弈的视线终于又清晰起来，奏折上面的每一个字都是那么令人生厌，他勃然大怒：“大胆桓横，竟如此明目张胆地结党营私！既然如此，朕倒要亲自去看看，他这番寿宴到底要如何收场！”

夜鸿弈横眉竖目，不禁将手中的奏折握紧，奏折发出刺啦啦的刺耳声音，使他的内心产生了一阵从未有过的愉悦。他很享受这种感觉，于是再度用力，只可惜，奏折已经被攥成了一小团，摩擦的声音已是十分细微，让他颇有些遗憾。

姚震霆谨慎小心地迈入大门，环视四周，院内没有半分“寿宴”的喜庆之气，反倒是一片低沉冷冽的氛围。

众宾客皆低调地踏入府内，个个表情阴沉冷静，或站或坐，彼此之间并不寒暄攀谈，似乎各怀心事。

姚震霆叹了口气，朝着庭院内走去。

姚震霆走入桓横书房，桓横急忙迎上前去。

姚震霆行礼道：“将军，数日未见，您的身子是否有好转？”

桓横笑道：“好多了，今日姚相冒险前来，在下实在是感激不尽。”

姚震霆说道：“桓将军客气了，你我既有同僚之谊，我也曾体会失去亲人的切身之痛。宸妃娘娘骤然薨逝，将军可千万记得注意身子。”

桓横一边听着，不禁激动起来，用力握住姚震霆的手，神色怆然：“舍妹遭奸人所害，在下也差些陷入险境，多亏了皇贵妃娘娘出手解围，姚家于在下的恩情，定当涌泉相报。”

姚震霆疑惑不已：“莫婉？将军此言何意……”

正在这时，忽然门外一阵喧哗，桓横紧张地看向屋外，只见人影绰绰，似乎有大队人马赶到了。

刘公公熟悉的声音响了起来：“皇上驾到！”

姚震霆心内一惊：“皇上怎么来了？”

桓横自是不知，内心波澜微起，与姚震霆交换眼神之后，迅速向屋外走去。

夜鸿弈缓步走进将军府，大臣们见夜鸿弈前来，皆移步至庭院，纷纷向夜鸿弈行起了叩拜之礼。

众人齐声喊道：“参见皇上！”

夜鸿弈故作大气地微笑："今日这将军府有何喜事，竟如此热闹？"

众人面面相觑，难掩意外和紧张之色。

夜鸿弈的眼神穿过跪着的人群，锁定了桓横，说道："桓横，这般重宴，为何不事先向朕禀报？怎么，难道你不欢迎朕吗？！"

桓横回道："臣不敢。普天之下皆是王土，只是臣……不敢相邀。"

夜鸿弈怒道："你当真以为朕什么也不知道吗？朕已下令彻查桓氏族谱，今日并非你桓横的生辰，何来贺寿可言？此前，朕念在你战功彪炳才放你一马，想不到你竟这般贪得无厌，得陇望蜀，公然结党营私！"

桓横并无畏惧："臣绝无异心，还请皇上明鉴。"

夜鸿弈冷笑一声："事到如今，你还有什么好辩驳的？！"

桓横还想辩解："皇上……"

姚震霆却打断了他，说道："皇上有所不知，今日桓横将军将吾等邀至府中，的确不为寿宴，而是为了追思宸妃娘娘。"

夜鸿弈自以为抓住了桓横的把柄，正在得意之时，没想到斜刺里杀出个姚震霆，这让他颇有些不悦，冷冷说道："你说什么？"

姚震霆不紧不慢地说道："依大楚旧习，深宫后妃薨逝不可大肆祭奠。可将军痛失亲人，心中之痛长久难以平复，万万不得已才出此下策，还望皇上宽容待之。"

夜鸿弈脸色大变，有些恼羞成怒，喝道："住口！为桓横求情？你以为自己就能全身而退吗？一个个贵族重臣，通通知情不报，今日到场之人，朕日后再逐一发落！"

桓横请求道："臣甘愿受罚，还请皇上降罪，免去他人之责。"

夜鸿弈享受着这种被人哀求的感觉，这才是让他无比舒畅的时刻。他哈哈大笑："事已至此，你凭什么向朕提要求？"

桓横说道："各位今日聚于此处，仅仅是想来送宸妃娘娘最后一程，皇上就算不念及君臣之谊，那娘娘的身后哀容，皇上也弃之不顾吗？"

夜鸿弈知晓自己对桓采儿的死亏心，一时哑口无言，抬起头环视周遭长跪不起的众臣，万般无奈。

夜鸿弈犹豫片刻，虽然有些不爽，但仍然做出了一些让步："此后，绝不容许以任何借口暗中聚众，否则，一律视为结党营私之罪，绝不姑息。"

夜鸿弈说完，拂袖而去，姚震霆与众臣长舒了一口气。

桓横站起身来，仍然忧心忡忡地呆立在原地，眉头紧锁。一旦被卷入权力争夺的漩涡里，就无法全身而退，唯有全力以赴置生死于度外，方能占据胜利的先机。千百年来，多少人被这漩涡所吞噬，却依然阻挡不住后来人继续往里面跳，不知何时，这漩涡才会被尸体填满而停止吞噬。

也许那时，才是真正的太平盛世。

夜鸿弈心中甚是不爽，在桌前执笔写字作画，却难掩心烦意乱，寥寥几笔便将字画用力扔到一旁。

姚莫婉在一旁暗暗观察夜鸿弈的举动，并没有急于靠上前去，眼见他扔了字画，才趁机去将字画拾起，温柔关切地来到夜鸿弈身边，替他写完了大字。

姚莫婉柔声说道："皇上如此心急气躁，难道还在为桓横将军一事恼怒？"

夜鸿弈强忍怒意："桓横堂堂大楚名将竟如此老奸巨猾，以宸妃为借口一再挑衅！若是日后再被朕捉住把柄，朕定不饶他！"

姚莫婉劝慰道："据臣妾了解，桓横将军势大，皇上若贸然出手，必定会引发众怒。不过，臣妾倒是有一拙见，不知皇上愿不愿听？"

夜鸿弈有些不耐烦："直说。"

姚莫婉微微一笑道："如今惹皇上烦心的事由，无非流寇一事，以及眼前的桓横一人。臣妾以为，不如借此机会将桓横派至边境处理流寇一事，一来也能够将流寇尽早清除，二来也可以让桓横暂时远离朝堂中枢，以免心烦。"

夜鸿弈思索片刻，姚莫婉的提议虽然不错，但他却又犯了疑心病。

夜鸿弈假装随意地说道："婉儿倒是对政事很关心。"

姚莫婉低眉顺眼的样子甚是惹人生怜："臣妾不敢妄议朝政，一切全凭皇上圣心裁断。"

夜鸿弈凝神思索片刻，似乎决定了什么，坐起身来，将千面唤来。

"来人，传朕旨意……"

韦奇率一队士兵"护送"桓横，虽是护送，但桓横和他的亲信被围在中间，似有胁迫之感。

到了一处山林，韦奇勒马停住，吩咐道："天色已晚，今日便在此处扎营休息。”

士兵们纷纷停下扎营，桓横一行人被韦奇的亲信安排在一旁坐下，与士兵们隔绝开来。

韦奇特意取来水袋，递给桓横和其他人，但是谁都没有接。

韦奇神情复杂，心中略有愧疚：“师父，这一路辛苦也只是为了确保您能顺利入营，若学生有何怠慢，那也只是奉命行事，还望师父不要怪罪。”

桓横见多了大风大浪，如今之事对他来说顶多只算是小风波而已，他不以为然地说道：“多谢将军护送，本将受之有愧。”看似云淡风轻，但却将两人的距离拉得很开了。

韦奇欲言又止，犹豫片刻转身离开。

一个亲信唾骂道：“这个叛徒！将军从前待他不薄，他一路上竟像盯着犯人一样盯着您的一举一动。”

另一个亲信不无担忧地说道：“将军，从此处地形来看，离边关已不远，若再不行动，一旦入营，再想逃恐怕就难了。”

桓横沉吟片刻：“此番兵行险着已是无奈之举，只是若真无法逃脱，本将实在是有愧于你们的忠心。”

众随行小声说道：“我等愿誓死效忠将军。”

桓横点点头：“如此，今夜子时，便按原计划实施吧！”

天色渐暗，明月爬上山顶，云层有些厚，忽明忽暗的光线使得林中影影绰绰。山林中有士兵来回巡逻，火把的光亮也只能照亮周边丈许范围。几道人影从树丛中蹿出，他们训练有素，悄无声息地放倒了一队士兵。随从护送着桓横前行，却和一个起夜的士兵撞了个正着。

士兵张嘴便要叫唤：“将——”

桓横瞬间用刀背将他击晕，但是发出的异响还是引起了旁人的注意，远处有急迫的脚步声传来，桓横与众亲信迅速消失在茫茫的夜色中。

听到声响的韦奇急急赶来，率领士兵朝着山林深处猛追。

桓横等人本以为马上就要逃脱，不料，韦奇却在此时飞身上前，利剑刺破夜空，搅起的风声分外刺耳，他一出手就毫不留情。桓横无奈，只好拔剑应战。

追兵也随即赶到，和桓横的亲信交上了手，刹那间，山林中刀光剑影，厮杀声四起，血腥的味道在夜空中弥漫。不时有人受伤滚落沟坎，在黑暗中发出凄厉的呼喊声。

桓横瞅准韦奇的破绽，挥剑刺去，眼看就要击中韦奇，韦奇却忽然一个巧妙的闪身，躲过一剑反将一军，转眼间，将剑抵在了桓横的脖梗之上。

韦奇得意之情溢于言表："师父，你输了。"

桓横回报以苦涩的笑容："果真青出于蓝而胜于蓝。"

韦奇假仁假义地说道："师父言传身教，学生从不敢忘。从前师父说的忠义，更是一直铭记在心。只是未承想有一日，师父竟也成了您从前唾弃的那般不忠不义之人。"

桓横叹道："过去教你良多，你却偏偏没学会明辨是非的能力，这是为师之责。韦奇，如果你有心在听，为师只想再多奉劝你一句，切不可一味盲从。不要仅用双眼去辨别善恶是非，更要多问问自己的本心。本将无愧于心。"

桓横闭上眼睛，像是在等待裁决，韦奇心生犹豫。一阵疾风袭来，韦奇的剑被迅速挑开。桓横大惊，来者竟然是皇甫俊休。

皇甫俊休攻势迅猛，如汹涌之浪连绵不绝，韦奇一时间狼狈应对，节节败退。而其他增援之人也纷纷赶到，围在桓横身侧。

韦奇知道此番已无胜算，飞身退回溪流的另一侧。皇甫俊休还想再追，却被桓横拦住。韦奇神色复杂地看着桓横的举动，剑一回收，倏然在身前划出一条巨大的伤口，鲜血喷涌而出。

韦奇叫道："此番就是韦奇办事不力，才让尔等潜逃。今日师恩已报，从此便桥归桥路归路，他日若再兵刃相向，韦奇绝不会留情。"

韦奇决绝转身，看着他离去的身影，桓横心里很不是滋味，这么多年的师徒之情，竟是如此脆弱不堪。

皇甫俊休示意桓横速速离开，桓横也不再停留，数十道身影迅速消失在夜色中，山林又恢复了平静。只有那横七竖八倒在地上尸体，告知世人刚才发生的惨烈一切。

夜色渐渐散去，如巨盘一般的太阳从地平线上一跃而出。迎着初升的朝阳，皇甫俊休领着桓横，精疲力竭地来到莽原。

众人踏入商会大门的瞬间，桓采儿一冲而上，扑在了桓横怀中，激动落泪。

兄妹俩紧紧相拥，桓横安慰着桓采儿，紧张疲惫的面容上终于露出了些许笑容，眼角也不禁湿润了。

桓采儿动情地喊道："哥哥！"

桓横抚摸着她的头发，柔顺丝滑，要不是自己手上稍稍用了一点力，手就会自然而然地滑下去。他安慰道："傻妹妹，好了，别哭了。"

桓采儿泪眼婆娑："采儿得知皇上在朝中对您处处为难，实在是万分担心。"

桓横点头道："嗯，若不是皇贵妃与肃亲王一路相助，我们兄妹俩恐怕再难聚首。"

皇甫俊休从屋内取出一封密函，交与桓横："将军，这是皇贵妃亲笔信。"

桓横展信：

将军展信之时，想必已经安全抵达莽原……

您未能如期前往边关复命，两日之内夜鸿弈必会察觉，继而有所行动。所以待下一步计划前，将军需在莽原静候讯息。"旌姚号"乃我此前创下的商号，其中商铺、人手皆可为将军所用。另外，肃亲王的旧部已先行在莽原秘密备好了军需和兵马，还望将军能予以精兵强将之训，以备日后上阵杀敌之需。

桓横看完之后，疲惫尽除，备受鼓舞，神色坚定，如一尊沉默的雕塑矗立在庭院之中，令人肃然起敬。

"开始行动吧。"桓横收好信件，对皇甫俊休说道。

皇甫俊休领着桓横来到书房内，两人站在桌前，皇甫俊休铺开一张地图，两人细细思索，执笔在纸上不断圈画着，不时相互议论，探讨着最佳方案。在不断交流和思想碰撞中，两人渐渐地熟悉起来，桓横对皇甫俊休的看法也在渐渐地改变。

这时，一个熟悉的身影出现在门口，原来是凌峰。三人寒暄之后，桓横和皇甫俊休跟随着凌峰来到军火库。凌峰命人将军火箱一一抬入，摆放在桓横面前。

军火箱打开，军饷、火药、兵器一应俱全，如此完备，桓横和皇甫俊休深感意外。

凌峰给他们的惊喜还不仅于此，他带领桓横和皇甫俊休来到山林间，一片死士井然有序地站在他们面前。桓横难掩激动地与凌峰相视，信心倍增。

大楚皇宫御书房中，夜鸿弈在御书房内来回踱步，神情严肃压抑，他的脑海中不时闪过夜君清和姚莫婉的话语。

夜君清："臣以为，要捉拿流寇只可巧取，不可强攻，需对边关地形了如指掌才可，早年曾在边关屡获战功的桓横将军是个人选。"

姚莫婉："如今惹皇上烦心的事由，无非流寇一事，以及眼前的桓横一人。臣妾以为，不如借此机会将桓横派至边境处理流寇一事，一来也能够将流寇尽早清除，二来也可以让桓横暂时远离朝堂中枢，以免心烦。"

两人一前一后前呼后应地让夜鸿弈起用桓横捉拿流寇，未免太过巧合。

这时，在千面的带领下，夜君清走了进来。

夜君清行礼道："参见皇上，不知连夜招臣弟入宫所为何事？"

夜鸿弈忧心忡忡地说道："流寇余孽一日未能剿灭，朕便一日不可安心。"

夜君清颇有些意外，不解道："皇上已派桓将军前去剿寇，此番定能大胜而归。"

夜鸿弈心中烦躁，脱口而出："当初若非你执意举荐桓横，朕也不会将此重任交与他。"

夜君清宽慰道："想必将军也不会让皇上失望。"

夜鸿弈的猜疑并没有因此而减少，幽幽说道："看样子，肃亲王还不知道发生了什么？"

夜君清故作不明所以，夜鸿弈表情莫测，轻叩桌面，千面押着浑身是伤、奄奄一息的韦奇进入。

夜君清大吃一惊的表情，非演技炸裂不足以形容，堪称大楚梨园一哥，此时，他的声音竟带着一点颤音："韦奇将军？他不是负责护送桓横将军前去边关吗？怎会落得如此惨状……"

夜鸿弈冷笑一声："肃亲王以为如何？"

夜君清揣测道："韦将军武艺高强，区区流寇怕是不会让他如此狼狈，皇兄连夜召见，恐怕心中已有定论？"

夜鸿弈冷笑不已："是你一心举荐的桓横早生反意！桓横理应几日前抵达

边关，可至今还未见踪影。据韦奇所言，他是被桓横所伤，匆忙逃回的。依朕看，定是他们师徒串通谋反！”

夜君清看向伤痕累累的韦奇，颇有些不忍之意，韦奇虽然愚忠，但是本领高强，如果能纳为己用，岂不是如虎添翼。

夜君清有意争取韦奇，因而据理力争：“皇上，韦奇若是早就与桓横串通，为何还要在得手之后返回京城？如今尚未搜寻到桓将军的踪迹，就这样将他与韦奇定为乱臣，恐怕有些言之过早。”

夜鸿弈内心狐疑：“你就如此相信他俩的为人？”

夜君清摇头道：“臣弟无法笃定，桓横和韦奇都曾多次为我大楚立下汗马功劳。臣弟只是不愿皇上一朝失去两员大将。千军易得，良将难求，臣弟恳请皇上三思。”

夜鸿弈听后，紧盯着夜君清的表情，犹豫不决，半晌之后说道：“也罢，此事确实存有诸多疑点，今日你便退下吧。”

夜君清行礼之后，转身离开了御书房。

千面忍不住出口问道：“皇上怀疑肃亲王和此事有关？”

夜鸿弈身心俱疲，长叹一口气道：“此事牵扯太多，众人皆有嫌疑，所以朕才命你切勿将此事宣扬出去。但如今是用人之际，朕一朝失去两员大将，损失的确有些太大了。你先将韦奇带下去，再严加拷问，另做打算。”

夜鸿弈的脑袋里就像是装着无数个小人在里面纠缠闹腾，每一个人每一句言语都让他无端地猜疑。他头痛欲裂，来到姚素鸾宫中小憩，却始终愁容满面，不时发出几声叹息。

姚素鸾侧身在夜鸿弈身旁，谨慎地替他揉肩捶背，暗暗观察他的反应。眼见得他一直未曾出声，便不禁出口问道：“皇上在臣妾这歇息了几个时辰了，为何仍然眉头紧锁。难道是臣妾照顾不周，惹得皇上心烦了？”

夜鸿弈闭上双眼，憔悴的面容在烛光之下竟显得有些衰老，他有气无力地回道：“不过是些朝堂政事，爱妃不必多虑了。”

姚素鸾问道：“难道是桓横将军一事？”

夜鸿弈有些意外，睁眼看着姚素鸾，那眼神竟有些凌厉。

姚素鸾委屈得一撇嘴：“臣妾愚钝，不过是想替皇上分忧……”

夜鸿弈的语气颇有些严厉："桓横一事，朕从未让人对外宣扬，知情者不过寥寥，你是如何知晓的？"

姚素鸾装出一副害怕的样子，显得有些小鸟依人，楚楚可怜之状令人不忍责备。她吞吞吐吐地说道："这……皇上，臣妾不懂政事，是不是说错话了？"

夜鸿弈试探地问道："爱妃，朕记得，姚相与桓横似乎一向交好？"

姚素鸾点头道："桓横将军素来为人端正，丹心赤忱，家父正是欣赏将军这些品性才与他交好。"

夜鸿弈的眼神一闪："那这么说，姚家与桓家是世交，你与莫婉也早识得桓将军了？"

姚素鸾摇头道："那倒没有，毕竟女子少见外男。"她故意挑拨离间："不过婉儿倒是一直与宸妃关系甚密，也因此与桓家来往颇多。臣妾还听说，前些日子婉儿回府时，恰逢桓横将军前来拜访，她对桓将军的才识也都是赞赏有加呢！"

夜鸿弈低头默念道："姚莫婉？"

夜鸿弈疑心大起，不耐烦地撇开姚素鸾的手，皱眉思考。

一旁的姚素鸾暗暗将他的反应收入眼中，淡淡一笑，她知道自己的"无心之语"达到了她想要的结果。

管家回到姚府，进门之前，偷偷观察到姚府四周全是打扮成路人的眼线。

管家扫视一圈，若无其事将门带上，然后快步走向书房。

姚震霆正在房内踱步，见管家进了屋，倏地停下脚步。

姚震霆迫不及待地问道："如何？"

管家答道："老爷，按您的吩咐，方才已经去其他几个府上查探过了，现不仅姚府上下满布眼线，其他大臣也受到了皇上的监控。"

姚震霆双手握拳，凛然道："果然，看来皇上这次是决意要将朝中之人查个底朝天……"

姚震霆心头一紧，前些日子的一些情景历历在目，如同刚刚发生的一般。

姚震霆招呼桓横往正堂里走，只见一个女子等候在此，正是姚莫婉，她转过身说道："本宫在此等候桓将军多时了。"

桓横惊讶地问道："皇贵妃娘娘？"

姚莫婉粲然一笑道："本宫身为后宫嫔妃不方便插手朝堂之事，只是大楚积垢已久，希望桓将军和父亲可以领头出面下平民怨上谏君王，让大楚恢复生机。"

桓横一边听着，一边激动起来，用力握住姚震霆的手。

桓横怒发冲冠："舍妹遭奸人所害，在下也差点陷入险境，多亏了令爱……来日方长，姚家于在下的恩情，定当涌泉相报。"

姚震霆忽然在桓横的桌上发现一个眼熟的药盒，拿起一看，觉得熟悉，眉头不禁紧皱。

"这是……莫婉之物？"

姚震霆收回思绪，心头一紧，走到桌前取出一封密信走到管家身边，吩咐道："你将这封密函收好，一会儿以老夫的名义送入宫。"

管家大惊："老爷，您这是要做什么！这门外线人密布，您这不是……您可千万不能做傻事啊！"

姚震霆视死如归："我若不这样做，这件事也迟早会应在婉儿身上。按我说的去做吧，这次哪怕是去死，老夫也绝不能再失去任何一个亲人了。"

管家满眼担忧地欲言又止，接过信封转身快步离去。

姚震霆独自站在屋内，佝偻着背，神情凝重地看着屋外，仿佛一瞬间便苍老了数岁。

"就让我来承担所有的惩罚吧。"姚震霆喃喃自语道。

夜鸿弈收到姚震霆被截获的密信，一把将信纸拍在桌上，他愤怒不已："好你个姚震霆！堂堂丞相竟暗中指使后妃为乱朝政，来人！"

千面迫不及待地叫道："属下领旨。"

夜鸿弈的眼睛开始充血："速将姚震霆缉拿入宫，不得手软！"

侍卫打开牢门，姚莫婉立刻冲到伤痕累累的姚震霆面前："父亲，怎么伤得这么重，他们竟敢如此伤你！大楚丞相岂容这般对待！"

侍卫不卑不亢地答道："回娘娘，卑职不过是奉皇上之命行事。"

姚莫婉扶住姚震霆，双眼通红，涕泪俱下，花了妆容，湿了衣裳，她哽咽道："这一切都与爹无关，为何爹要承下这罪。"

姚震霆却非常淡然："皇贵妃娘娘尊贵无比，还是莫要为我这等罪人流泪了。如今姚府落得这番田地，都怪为父当初对权力和地位的过分执念，历经星落云散这些变故，不过是自食恶果罢了。"

姚莫婉发出撕心裂肺的喊叫："不，不，我一定不会让你有事！还请父亲一定坚持，婉儿一定会把你救出来！"

姚震霆无力地笑笑，伸出手想摸一摸姚莫婉的脸，看着自己满是鲜血的手，却有些不敢触碰。姚莫婉看出他的心思，忙抓紧他的手放在脸上。

姚震霆很是自责："我这个做父亲的还真是失职。不过老天待我不薄，终于还是让我做成了一个父亲该做的事情。老夫如今别无他求，只望两个女儿平安无事，老夫便可安心去了。"

姚震霆说罢口吐鲜血。

姚莫婉大喊大叫有如疯妇，早已经没了皇贵妃娘娘的风度："爹！快宣太医！若是姚相有丝毫差池，本宫定要了你们的命！"

刘公公的声音如鬼魅般响起："皇上驾到——"

夜鸿弈慢慢向此处走来，冷漠地看着眼前二人。

姚莫婉哀求道："皇上，此事与父亲绝无半点关系……"

姚震霆挣扎着推开姚莫婉，费尽力气跪下，开口打断："皇上，桓横私逃一事确实为罪臣所谋划，臣不求苟活，只是皇贵妃娘娘素来不涉党争，对此事更是一无所知。还望皇上不要将罪责牵连在娘娘身上。"

夜鸿弈冷哼道："乱臣贼子还有何颜面求情？！"

姚莫婉失魂落魄，声音有气无力："事实绝非如此，这一切都是我做的，和父亲无关，还望皇上明察，饶过他吧！"

姚震霆喝道："婉儿，别再说了，不必替为父顶罪。"

夜鸿弈的心里非常痛快，他哈哈大笑道："好一出父慈女孝的戏码！皇贵妃，你以为你自己就无罪吗？明知姚震霆逆谋却隐瞒不报，来人，将皇贵妃禁足关雎宫，没有朕的旨意，不得出门！"

殷雪飞身落在肃亲王府，万分慌张地全力冲到夜君清面前，几乎瘫倒在地。

奔雷大惊："殷雪，你怎么来了？"

殷雪上气不接下气："王爷，大事不好了，主子出事了！"

夜君清已察觉不妙，紧张地问道：“莫婉怎么了？”

殷雪平复了喘息之后说道：“姚相因逆谋之罪被皇上关押，娘娘也被软禁于宫中，等候发落。凭属下一己之力实在无法将娘娘救出，还望王爷相助！”

奔雷不解道：“逆谋？为何此事会落到姚相身上？”

夜君清分析道：“恐怕是姚相察觉端倪，担心莫婉的安危，这才出此下策，主动暴露顶罪。此事重大，耽误不得。奔雷，你随我即刻入宫探查情况，殷雪，你马上通知寒锦衣，让他在宫外备好人马，以待接应。”

殷雪和奔雷齐声应道：“是。”

正当夜君清预备出门之时，管家走了进来，禀道：“王爷，刘公公来了，说是皇上宣您即刻入宫，不得有误。”

夜君清看向屋外，心内没来由一阵紧张，下意识地握紧了拳头。

夜君清深呼吸了几口气，说道：“你去转告刘公公，让他稍等片刻，待本王稍做收拾。”

管家点头应道：“是。”语毕走了出去。

殷雪道：“王爷，您当真要这般入宫？”

夜君清无可奈何道：“如今莫婉在他手中，我不得不去。奔雷，你等速去寻锦衣，本王一人入宫便可。”

段婷婷的声音如炸雷一般响起：“我不许你去！”

话音刚落，段婷婷从屋外走入，引起众人惊诧抬头，她径直走到夜君清身边，紧紧抓住他的手臂。

“皇上正是看准了你会有所行动，才会在此时召你入宫。明知这是场有去无回的鸿门宴，你也执意要去吗？”

夜君清甩开她的手，凛然道：“对，就算是有去无回，我也不得不去！”

段婷婷警告道：“夜君清，你这是去送死，皇上绝不会放过你！你若出事了，我怎么办？我不许你去！”

夜君清又何尝不知道此行的凶险，但事已至此，他已无路可退：“今日本王若不现身，皇上便知我有异心，莫婉必死无疑。前路即便是刀山火海，本王也定要相赴！”

段婷婷听后，身躯一震，绝望地闭上眼睛。

夜君清不忍看她：“殷雪，待我与刘公公离开，你便立即动身。奔雷，照看好婷婷，不得出任何差池！”夜君清说完，将宝剑别在腰身，头也不回地走出了书房。

小兴子一抬眼，看见姚素鸾从屋内走出，有些惊讶：“娘娘，您这是？”

姚素鸾站到镜前，端详着镜中身着皇后礼服的自己，格外满意地扬起嘴角：“怎么，这身礼服难道不适合本宫吗？”

小兴子奉承道：“适合，当然适合，只不过，娘娘这打扮若是被他人看到了，奴才担心……”

姚素鸾脸色一变：“担心？担心什么？本宫穿上自己的衣服，难道还有人敢说一句不？”

小兴子辩解道：“奴才不是这个意思，只是皇贵妃娘娘还安在呢，主子是不是过于心急了？”

姚素鸾不置可否地笑了笑：“她啊，后宫干政犯下大忌，这次纵是神仙也难救了。呵，阎罗要她三更死，谁敢留她到五更？本宫大事已成。你先退下吧。”

小兴子唯唯诺诺地退下，姚素鸾伸出手，抚向镜子里的自己，逐渐激动起来，自言自语道：“快看，这才是你该有的样子，多好看啊！你在夜鸿弈身边守了这么多年，你才应该是他眼里唯一的女人，除了你，还有哪个女人比你有资格站在他身边？！快了，总算快要熬出来了，这身礼服、这个后位，很快就要物归原主了。从今往后，夜鸿弈的身边，只能是你姚素鸾！”说着，姚素鸾渐渐红了双眼，朝着镜子冷笑起来。

就在这时，已经走出去的小兴子又焦急地跑进屋禀报：“娘娘，不好了，姚相入了宫，独自一人顶下了所有罪责！”

姚素鸾顿时大惊失色：“什么？！父亲他……他为姚莫婉顶罪？！”

小兴子答道：“是。”

姚素鸾问道：“父亲人呢？他现在人在哪？”

小兴子答道：“姚相已经被皇上押去审讯了，估计很快便要行刑了！”

姚素鸾震惊万分，顾不上换衣服，飞快向屋外走去。

御书房内，姚莫婉跪在夜鸿弈面前，苦苦哀求道：“皇上，勾结大臣，为乱朝政，这些都是我一人所为。皇上要责罚便责罚我一人便可，还请皇上放过父亲！”

夜鸿弈有如猫玩老鼠，心中闪烁着残忍的快意：“朕要如何处置，由不得你来定夺！如今姚震霆已犯下死罪，你们姚家任何一个人都脱不了干系。朕以前总说你像莫心，现在朕才发现自己错了，比起莫心，你的野心才更为可怕、可恨！是你们姚氏一个个欺朕骗朕！”

姚莫婉见哀求无用，也不再相求，反而故意以言语相激：“你之所以众叛亲离，怪不得别人，而是你自己内心早就被权位利益所腐蚀，不过是你作茧自缚罢了！”

夜鸿弈一怒之下拔剑抵住姚莫婉的脖子，他冷笑道：“你当真以为朕不敢杀你？”

姚莫婉倒也不害怕，反而朝剑靠近了一些：“好，你杀了我，也好让我与莫心在九泉下相聚！”

夜鸿弈瞪大双眼，手上青筋暴起，但依然不忍下手。僵持之时，夜君清、姚震霆被千面押入，姚莫婉的神色变得紧张起来。夜鸿弈看向姚震霆与夜君清，持剑指向了姚震霆。

姚莫婉激动地叫道：“你杀我便可，放过我爹！”

夜鸿弈突然想到了一个绝妙的主意：“想让你爹活下去，可以。”他将宝剑递在姚莫婉手中：“你亲手杀了夜君清，否则，朕便要了你爹的命！”

姚莫婉震惊万分地看着面前的两个男人，满眼泪水几乎崩溃，手颤抖着握着剑抬眼看向夜君清，夜君清愤怒地看向夜鸿弈。

夜鸿弈恨恨地说道：“朕恨当初没杀了你，才落得今天这臣散民离的境地，你让朕失去了这一切，你死有余辜！”

夜君清不甘示弱地反击：“你错了，我一再隐忍，一再退让，便是想让你明白，情之重，重于权，可你却权欲熏心，越发冰硬！事到如今，你既要杀我，便来动手试试，何必为难莫婉！”

夜鸿弈发狂地大喊：“住口！朕就是要让你记住，无论莫心还是莫婉，既是朕的人，就容不得旁人沾染，若得不到，必毁之！”

姚莫婉痛苦地吸了一口气忽然将剑架在脖子上，夜鸿弈和夜君清皆惊。

姚莫婉惨然笑道：“千错万错，都是我一人之错，只求你能放过君清和我父亲，莫婉愿以死赎罪。”

夜鸿弈的脸上露出苦笑，他想不到姚莫婉宁可自杀也不愿杀了夜君清，妒火简直令他发狂。他喃喃道：“莫婉啊莫婉，你真是太令朕失望了，朕把对莫心的爱和亏欠都毫无保留地给了你，却依旧换不来你的回心转意。好，既然如此，朕宁愿余生痛苦，也绝不会将你拱手让人，千面，把他们都杀了！”

千面带着两名暗卫正要上前，忽然姚素鸾身着皇后礼服，从门外闯入，看到眼前的情景立刻跪在夜鸿弈面前，夜鸿弈眼中怒意更甚。

姚素鸾哭着乞求道：“皇上，臣妾恳请皇上明鉴，放过父亲！”

夜鸿弈上下打量着姚素鸾：“丽妃，你这身衣服……谁允许你穿着皇后礼服的，立即给朕脱下来！”

姚素鸾只觉得万分委屈：“臣妾对您一片忠心，为何您连我的性命也可以这般不管不顾。”

夜鸿弈手舞足蹈，陷入癫狂：“你们姚府的一切都是朕给的！从你入宫起，你这条命就是朕施舍给你的，朕便是想杀了你，也由不得你说一声不。”

姚素鸾已是绝望至极，万念俱灰：“为了你，我整日跟那些女人斗来斗去，置父母姐妹亲情于不顾，甚至连骨肉也可以舍弃，只为换取你的垂怜，这么些年，难道你心里当真连方寸之地都不曾留给我吗？当真没有过一丝念头要立我为后吗？”

夜鸿弈冷笑数声：“立你为后？简直是痴心妄想！朕的皇后永远只有姚莫心一人！你别忘了，当初先皇下令让朕娶你为妃，是你自己强求来的。”

姚素鸾发出刺耳的狂笑：“强求……是我强求来的……果然，爱是强求不来的！”

夜鸿弈吼道：“千面，朕说的话你没听见吗？！”

千面应道：“是！”

话音刚落，千面与暗卫持刀刺向姚莫婉和夜君清。

夜君清大喊一声：“小心！”

夜君清闪身躲过暗卫，冲到姚莫婉跟前抓住她的手腕并挡下千面的剑，随后一脚踹开千面。一旁的暗卫围了上来，夜君清和姚莫婉向后退去。

奔雷和殷雪带着几名死士冲了进来，与暗卫展开厮杀。

奔雷大喊：“王爷，快走！”

千面也不甘落后，扯着嗓子喊道：“护驾！”

夜君清拉着姚莫婉且战且走，护卫的死士接连倒下，奔雷和殷雪带着剩余的死士与千面和暗卫陷入苦战。

夜鸿弈几近疯狂，正要拿剑去刺夜君清，却恰好被殷雪找到了破绽。殷雪将剑直指夜鸿弈，如在往常，她早已将夜鸿弈捅了十八个来回，但是今天，她的动作却有些慢，她慢慢地慢慢地刺向夜鸿弈。就在即将刺中时，姚素鸾却挺身挡在了夜鸿弈面前，被剑刃刺穿，口吐鲜血。

姚素鸾喃喃道："鸿弈……"

姚震霆和夜鸿弈同时叫道："素鸾！"

姚素鸾虚弱地说道，声音几不可闻："纵使这爱强求不来，纵使前方无路可行，无舟可渡，我也还是会选择往前走，此生不回头，因为这么多年我习惯了……我习惯了爱你。可是鸿弈，我爱得……好累了。"

姚素鸾想伸手再抚摸一下夜鸿弈的脸，最终还是没摸到，手在半空中垂了下去。众人万分震惊，夜鸿弈愣了半晌，愈加愤怒，猛然起身持剑冲向众人。

姚莫婉拽着姚震霆想要逃走，姚震霆一把将她甩开："莫婉快走，别管我！"

姚莫婉复又抓住姚震霆的手叫道："啊，我不走，要走一起走！"

情势紧急，奔雷他不得不提醒道："王爷，再不走就来不及了！"

就在这时，姚震霆忽然撇开了姚莫婉的手，将众人推出门外。

姚莫婉大叫道："爹，你这是要干什么？！"

姚震霆使尽全身力气大喊道："爹爹亏欠你们的现在还了！"

姚震霆推门，就在门缓缓关上的瞬间，姚莫婉亲眼看见姚震霆被夜鸿弈的剑刺入胸膛。姚莫婉瞪大了眼睛，不敢相信这一切，痛苦不已。

"爹！"声音尖厉，碎裂屋瓦，其中包含的仇恨之意让夜鸿弈连拔剑的力气都没有了，他终于明白恐惧到底是什么了。

第三十章

姚莫婉犹在不舍地望向身后紧闭的房门。

夜君清一边拉扯着她一边说道："莫婉，再不走我们都得死在这儿！"

姚莫婉含泪在众人的护送下转身离开，千面踹开姚震霆的尸体，推开门，带着暗卫纷纷追了出去。

夜鸿弈落寞地望着怀中已经死去的姚素鸾，喃喃自语："兄弟叛朕，最爱的女人叛朕，而今天下人也叛了朕，可没想到，最该对朕死心的你，却用命护朕。原来，从始至终，你才是那个爱朕爱得最纯粹的人。"夜鸿弈痛苦地闭上了眼，一行眼泪涌出，声音颤抖："素鸾，朕对不起你，朕后悔没让你当皇后，没保住我们的孩子，更未弥补对你的亏欠……生，朕未让你得该得的体面，死，朕定要让你享无上的尊荣。"

夜鸿弈搂紧姚素鸾泪如雨下，刘公公带人赶了进来，见此情景也不禁胆战心惊："皇……皇上。"

夜鸿弈吩咐道："传朕旨意，追封丽妃为皇后，赐谥号端敬惠丽，以示褒崇，着礼部依照皇后规格安排丧仪。"

"奴才遵旨。"

姚莫婉、夜君清等人在甬道疾速奔跑，前方出现了一队侍卫拦住了去路。

夜君清拔出剑将莫婉护在身后，奔雷率人冲向侍卫。不想，侍卫长却上前作揖道："肃亲王替百姓鸣冤叫屈，为民所谋，属下们都看在眼里，试问手下这帮弟兄的家人哪个未受王爷之恩！"

侍卫长向后欠了欠身，随后众人闪开了一条路，夜君清看看眼前的侍卫们，不忘拉拢人心。他慨然说道："本王定不忘诸位今日相助之恩！"

千面带着暗卫追赶而来，脚步声和呼喊声已经清晰可闻。

侍卫长催促道：“王爷快走吧，这里交给我们了。”

姚莫婉、夜君清等人迅速离开。

侍卫长振臂高呼：“弟兄们，报恩的时候到了！为了肃亲王，跟我上！”

侍卫长带着众侍卫冲向千面和众暗卫，双方厮杀在一起，一时间，刀光剑影，血肉横飞，此起彼伏的惨叫声充斥着大楚皇宫，向世人展示着权力争夺的血腥一面。

夜君清和姚莫婉等人身穿暗卫盔甲，脸上戴着暗卫的面具掩饰，列队向城门走去，刚到门口便被另一队暗卫拦下。

那一队暗卫的小头领喝道：“慢着，你们不在城中搜查，这是要去哪儿？”

夜君清冷静地回道：“城外发现了反贼踪迹，我等奉千面大人之命，出城追捕。”

暗卫看了一眼身后的姚莫婉和殷雪，警惕地说道：“城外？我们一直守候在此，未见反贼踪迹，怎么可能让他们跑了！”

夜君清凑到他的耳边小声说道：“反贼已经跑了，皇上若怪罪下来，不仅千面大人要被降罪，你我这等小卒子也会被迁怒，所以大人派我等秘密追捕，切记，不可走漏风声。”

夜君清说完拍了拍暗卫的肩膀，意味深长地笑了一下。

小头领的智商明显不够用了，他顺从地点点头道：“原来如此，那我便不耽误几位了，请！”

夜君清一行人走了出去，长舒一口气，随即快步离开。

过后不久，一匹快马到了门口，一名暗卫下马，大声喝道：“千面大人有命，封锁城门，不得放任何人出城！”

小头领皱眉看了一眼城外，应道：“是，关闭城门！”

城门在黑暗中发出轰隆隆的声音，慢慢地关上了，城里城外，两个世界，就此分隔开来。

经过一番折腾，千面仍未搜索到姚莫婉等人的踪迹，他只好来到御书房汇报：“启禀皇上，属下已在城门各处布置了关卡，还是未能抓到肃亲王和皇贵妃等人。”

夜鸿弈愤怒地转过身，一脚踹倒千面，面容扭曲，声音尖厉：“没用的东西，人就这么放跑了！天涯海角务必将他们缉拿回来，否则你提头来见！”

千面诚惶诚恐地跪在地上，回道：“是。”

姚莫婉和夜君清等人骑马停在了客栈门口，摘下了脸上的暗卫面具。

夜君清提议道：“我们就在此休整吧，明日清晨再赶路。”

几人翻身下马，奔雷接过缰绳，和殷雪走到一旁的马厩拴马。姚莫婉和夜君清走进客栈。众人走进客栈，夜君清将银子扔在桌上，发出沉重的声响，惊醒了正在酣睡的店小二。

“开两间房。”

店小二看了一眼姚莫婉和夜君清皱了皱眉，随后玩味地笑了笑道：“二位，楼上往东第二间就是，需要点什么，吩咐便是。”

姚莫婉和夜君清等人上楼后，店小二走回柜台，拿出一张通缉令仔细看着，然后朝楼上看了一眼，把通缉令揣进怀里跑了出去。

姚莫婉独自坐在房间里望着窗外，眼前闪过刚才发生的一幕幕画面，特别是夜鸿弈将剑插进爹的身体里的那一幕，反复在她脑海中闪现，令她的心在滴血。姚莫婉痛苦地闭上眼将脸埋入手中。夜君清推门而入，看到姚莫婉痛苦的神情，于是敲了敲门，姚莫婉方才缓过神来。

夜君清走了过来，安慰道：“我知道，此刻你的心里肯定不好受，想哭就哭吧。”

姚莫婉站起来背过身去，抹了抹眼泪：“我只是觉得自己很无能，我失去了所有的人间至亲，莫婉、仲儿、娘、爹、刘醒……为什么老天爷对我这么残忍，要让我一次次地承受这万箭穿心之痛，君清，他们全都因我而死，我就是个灾星，或许最该死的人其实是我？！”

夜君清上前一步将姚莫婉抱入怀中，他贴着她的耳朵，彼此的呼吸都清晰可闻：“莫婉，这不是你的错，是我没能替你抵挡一切苦厄。以后我就是你的亲人，我会疼你爱你，尽我所能地守护你。只是你再难过也要明白，眼下最要紧的是要积蓄力量让大楚改天换日，让百姓莫要尝到同样的苦楚。既然走到这一步了，纵使心中有万般痛，也要负重前行，绝不能让他们白死。”

姚莫婉将身体靠在夜君清的身上，她感觉到从未有过的依靠，逐渐恢复平静。她叹了口气：“如今当真是孑然一身立于这世上，不过也好，再没有什么可失去的了，也就没有顾忌。”

夜君清将姚莫婉转过来，看着她的眼睛，随后拉起她的手道：“你还有我，往后余生，无论有多困苦，路有多难走，我都会牢牢地抓住你，一同前行，绝不分离。”

姚莫婉依偎在夜君清怀里，丧父之痛竟然神奇地减轻了。她呢喃道：“是啊，我还有你，还有仇未报，苦未度，怎能就此放弃。君清，你会怨我吗？”

夜君清动情地说道：“有何可怨，曾经我无数次地幻想着，能像这样陪着你抱着你，现在都成真了，夜君清此生足矣，别无他求。”

姚莫婉抬头看向夜君清，此时的脑海中早已经没有了那些令她恐惧和痛苦的画面，只有充满希望和热血的未来。她忘情地说道：“你要执剑踏血，我陪你，你要执手天涯，我也陪你。君清，我以后只为你而活。”

姚莫婉搂住夜君清的脖子，两人纵情地吻着，彼此的舌头贪婪地探索着，纠缠着，像是进入一个充满诱惑的秘境。

做大事的人，真真是拿得起，放得下，即便父亲尸骨未寒，也丝毫没有影响爱之吻的甜蜜和浪漫。而正常的人，只能望尘莫及，叹息一声，做不到啊！

而此时的殷雪和奔雷正在客栈外勘查周围。

殷雪打趣地问道：“奔雷，你的小娘子汀月呢？”

奔雷不好意思地摸了摸头说道：“什么小娘子，八字还没一撇呢！今日救两位主子前，我便派人接她离开了，宫里闹出这么大事，谁还能想起抓她，这会儿应该和长风公主在去莽原的路上了。”

奔雷和殷雪转弯走到马厩前，忽然发现多了几匹马，奔雷上前加草，看到一旁的马鞍，皱起眉头，赶忙上前查看，发现马鞍上有鹰纹。

殷雪问道：“怎么了？”

奔雷惊叫一声：“糟了，是铁血军团。”

奔雷和殷雪赶忙跑到门口，看到小二拿着画像正带着千面和暗卫们上楼，情急之下奔雷心生一计，大声喊道：“王爷，铁血军团来了，快上马！”

随后奔雷和殷雪迅速跑开，上马疾驰而去，千面和暗卫们立即追了出来。

千面喝道："上马追！"

千面和暗卫们飞身上马追在后面，店小二跑了出来，在后面边追边喊："欸，赏钱还没给呢！"

奔雷策马狂奔，却不免有些自责："他们这么多人，竟然悄无声息地进了客栈却不知道，实在是失职，要是两位主子出了什么问题，可就犯下了滔天大错。"

殷雪对此也心生奇怪，觉得这实在有些不合情理。

客栈里的夜君清和姚莫婉听见屋外的声音，恋恋不舍地移开嘴唇，走到窗前，警惕地向外查看，看见千面和暗卫们追赶出去的身影。

夜君清心有余悸："还好奔雷调开了他们，莫婉，快走。"

夜君清抓着姚莫婉的手警惕地往外走去，客栈无人，店小二也不知去向。姚莫婉和夜君清摸到马厩，策马行至一片竹林旁，随即停下。

姚莫婉问道："君清，为何在此停下。"

夜君清答道："此处是我与奔雷紧急约定地点，在此等候他们即可。"

姚莫婉心中忧虑："奔雷和殷雪不会有事吧？"

夜君清充满信心地微笑道："虽说暗卫皆是精锐，可论马术，奔雷与我在沙场历练过多年，甩开他们还是很简单的。"

姚莫婉这才放下心来，起了一个新的话题："说到奔雷，君清，你可知他与汀月暗生情愫良久了，可就是缺个人替他们捅破这层窗户纸。"

夜君清说道："他们俩的事等到了莽原再办吧，还得你去牵线。"

姚莫婉说道："未来还不知道情形如何，姻缘难结，厮守终生更是难上加难，既然要做这个主，就应当对他们负责。"

夜君清借题发挥："我了解奔雷，他和我一样，若是认准了一个人，除非黄土白骨，否则定会守她百岁无忧。"

夜君清深情地看向姚莫婉，两人相视一笑相拥入怀。就在这时，奔雷和殷雪策马而来，二人上马，马蹄声起，一行人绝尘而去，很快就来到了莽原外。

殷雪说道："这前面就是莽原了。"

夜君清点头道："莫婉，我们到了。"

奔雷已是迫不及待："咱们快进城吧。"

姚莫婉迎着太阳，抬头看了看莽原环境，只见一片荒凉。一行人来到莽原城门口，却被几个“绿林好汉”拦下，众人只好翻身下马。

绿林好汉的带头人上下打量着他们，流里流气地说道：“你们这些外乡人进城得交过路财，要得也不多，就一百两。”

奔雷睁大了眼睛说道：“一百两？你这不是抢钱嘛！”

绿林好汉们哄堂大笑起来，笑得前仰后合，有的人甚至笑出了眼泪：“我们本来就是抢钱的，要不拿钱，要不滚。”

殷雪上前一脚踹倒了带头人：“欺人太甚了。”

带头人没提防，在地上滚了几圈后一骨碌爬起来，喝道：“敢动手？抄家伙！”

绿林好汉们上前将几人围了起来，双方对峙，大战一触即发。

就在这时，桓横、寒锦衣策马而来，甩镫下马。

寒锦衣喝道：“都给我住手！婉儿、君清我们来晚了。”

桓横行礼道：“肃亲王、莫婉姑娘。”他转身生气地呵斥道：“你们干什么？你们现在是兵，不是土匪！让你们守在这儿不是劫道，是筛查可疑的人，每人二十杖，看你们下次还敢不敢犯！”

姚莫婉倒是大度，做起了和事佬：“算了算了，往后都是要一起出生入死的弟兄，改了便是，桓将军莫要动怒。”

奔雷在一旁焦急地问道：“寒兄，汀月到了吗？”

殷雪揶揄道：“你脑子里就只有你家小娘子了。”

众人顿时哄堂大笑，奔雷有些不好意思地挠了挠后脑勺，脸上飞起了几朵红晕。

寒锦衣说道：“昨日收到公主和汀月的传书，说是已经进了莽原地界，估计很快就到了。”

姚莫婉问道：“桓将军，怎么没见采儿和皇甫？”

桓横答道：“我早年镇守西域时，有不少交情颇深的部下，若能加入义军，也可助我们一臂之力，所以便派采儿和皇甫前去联络了。”

姚莫婉点点头。

寒锦衣示意大家离开城门口：“你们此行舟车劳顿，也累了，先进城吧。”

众人纷纷上马，鱼贯离开。

寒锦衣带领大家来到了旌姚号，流沙正在记账，转过身正好看见姚莫婉。

流沙惊讶地咧开了嘴："恩主，你何时来的，早知道我就去迎你了。"

姚莫婉鼓励地笑了笑道："经营得不错嘛，都知道赚差价了。"

流沙不好意思地摸摸头，回道："恩主的事我怎敢怠慢，肯定要尽心尽力，而今咱们旌姚号不论人手还是财力，在莽原算得上这个。"

流沙竖起大拇指，姚莫婉伸手按下，嘱咐道："不论旌姚号在莽原如何有势力，你要记住，这一切都要服务于义军。对了，军粮和武器准备得怎么样了？"

流沙答道："粮食尚够，边军所制的武器还短了三百套。可是咱们这银子，确实有些吃紧。"

姚莫婉不以为意："此事也不难，正好，一会儿寒城主和君清要来此议事，你去准备准备。"

流沙应道："是。"

倒霉的千面跪在地上，夜鸿弈一脸怒容端坐在椅子上。千面想了一下，自己似乎就没办成过什么事，可是夜鸿弈依然对自己非常信任，他感觉非常愧疚，有负夜鸿弈的信任和重托。

千面禀报道："启禀皇上，据探子来报，皇贵妃和肃亲王等人出了楚界，此时已抵达莽原，而且他们早有准备，汀月和长风公主也一并不见了踪影。"

夜鸿弈冷笑道："看来夜君清和莫婉早就准备好了这一天，一直都在演戏给朕看！我们在莽原的谍者可有消息？"

千面答道："寒城主和桓将军今日也都到了城门相迎，听说还怒斥了守门的绿林好汉，让他们记住自己是兵，不是匪。"

夜鸿弈自言自语道："是兵不是匪？"

夜鸿弈似乎想到了什么，忽然皱起眉头："千面，你传朕手谕，调派部队加强莽原边境的守备！"

"是。"千面刚要走，被夜鸿弈喊住："等等，朕记得安插在莽原的谍者中，有个叫逝魂的人，与夜君清有深仇大恨，可加以利用。"

夜鸿弈面露凶光地看向千面，夜君清一日不死，他一日不得安宁。而夜君清又何尝不想弄死自己呢？在这场不是你死就是我亡的权力争斗大戏里，谁能活下来才是最好的结果，至于弄死对方的手段，无论高尚还是卑鄙，又有什么分别呢？

寒锦衣、桓横、夜君清和姚莫婉各坐一方，流沙、奔雷和殷雪站在一旁。

寒锦衣说道：“还好布局早，兵器粮食一应辎重都有条不紊地操办着，桓将军在莽原练兵也颇有成效，至少可让夜鸿弈有所忌惮，不敢轻举妄动。”

对于练兵，桓横倒是有些伤脑筋，他说道：“这里的兵野，着实难练，这身上的匪气不改，便无法有纪律性，战场之上瞬息万变，半点纰漏便会整盘皆输，老夫着实担心。”

寒锦衣笑了笑道：“桓将军，不是有句话说得好么，兵者诡道也，他们虽然没有纪律性，可是这脑子活络，往往可以出奇制胜。”

夜君清一眼就看穿了寒锦衣的小心思，笑道：“锦衣，你这可就护短了啊！不过桓将军也不必担忧，他们以前干的都是刀尖上舔血的营生，论战斗力和经验，比那些娃娃兵可不是强一点半点，进一步说，重赏之下必有勇夫，这军中的奖惩制要明确下来。”

桓横点点头道：“王爷说得是，此事我会加紧去办。”

寒锦衣说道：“君清、莫婉，既然你们来了，后面的事就交给你们操持了，我也乐得自在，这些零零碎碎的事，真是闹得头疼，可算是熬出头了。”

殷雪笑道：“世人都想称王称霸掌握权力，还真没见过像城主这样拱手相让的。”

众人发出一阵会意的笑声。

寒锦衣摆摆手道：“罢了罢了，我本就是一浪荡不羁的人，恨不能仗剑走天涯，一个人多自在，也不知那些权贵怎么想的。”

流沙有意看向夜君清，眼神复杂：“权贵所想的可并不复杂，为了荣华富贵和权力，压榨百姓，利用一切可利用的人，是不是，肃亲王。”

奔雷不悦地接上了话：“你这话什么意思，我们王爷怎能和他们相提并论。”

夜君清示意奔雷住口，不慌不忙地说道：“流沙，我知道你与我大楚有仇，可我此行便是为了救万民于水火，若我食言，你可手刃了我。”

流沙反唇相讥道：“王爷不愧是王爷，依旧脱不了权贵的嘴脸，就为了你所谓的救民之论，让弟兄们去打大楚送死，更何况你身上流着皇族的血，我们凭什么信你，凭什么服你！”

姚莫婉见流沙竟敢如此不知分寸，是可忍孰不可忍，喝道：“住口！”

流沙颇有些为难地说道：“恩主，平民百姓不过是图一个安稳的生活，整天打打杀杀的日子我们过够了，而今好不容易安定下来，又要再行战事，让我怎么和弟兄们交代啊！”

姚莫婉宽慰道：“我绝不会让你们白白送死，做好分内之事就好，对了，锦衣让你去寻九龙杯上的前朝藏宝之处，可办妥了？”

流沙答道：“我遍寻莽原找到了一位前朝遗老，他说这九龙杯既是藏宝图也是开启石门的钥匙，唯有用血供祭之人，方能见图。”

流沙从怀里掏出九龙杯，随后拿出一把刀，姚莫婉等人纷纷割了手，将血滴入杯中。流沙将九龙杯放在地上，蘸着血在周围画上阵法，杯中的血慢慢消失，杯壁上露出鲜红的藏宝图，众人看到后皆惊。

寒锦衣笑道：“有意思，世上还有如此奇巧之物。”

姚莫婉问道：“这藏宝之处可寻见了？”

流沙答道：“已寻见，只等恩主一句话，便可前往开启。”

姚莫婉说道：“好，那你先去准备吧，这里的事你就不必操心了。”

流沙不情不愿地说道：“是。”他很是不悦地看了一眼夜君清，随后转身离开。

逝魂半裸着身体正在院中舞剑，暗卫赶来报信。

“大人，京城传来消息。”

逝魂停下接过信笺看了看，随后露出笑容：“皇上要我们诛杀叛臣夜君清，等了这么久，终于等到了这一天，夜君清，我与你的仇，是时候做个了结了。”

流沙满脸写满了怒容正在院中饮酒解忧，脚边已躺着几个喝光了的酒瓶，手里几自拿着一瓶还在往嘴里灌着。他的眼神迷离，思绪迷离，周边的一切看上去都已迷离。

一名手下出现在他迷离的视线中：“大哥，有人求见。”

流沙不耐烦地挥着手嚷道：“见什么见，不见！”

手下提醒道：“他说可以帮大哥解眼下的困局。”

流沙瞬间清醒了一些：“让他进来吧。”

逝魂走进门来，随后作揖，坐在了流沙对面。

“在下逝魂，见过流沙兄弟。”

“方才你说可解我眼下困局，不知我何困之有啊？”

逝魂正色道：“自然是忠义之困，你既不想背叛恩主，又不愿对不起弟兄们。”

流沙不解道：“如何可解？”

逝魂避而不谈，反问道：“问流沙兄弟一句，当初不惜冒着诛灭九族之罪造反，为的是什么？”

流沙严肃地答道：“自然是为了能有个活路，让弟兄们莫再过苦日子。”

逝魂拍着手道：“好，如今你在莽原已站稳脚跟，当真愿意为肃亲王赌上这一切吗？莽原一旦生了战事，那便是生灵涂炭，再无安宁。你有没有想过，一将功成万骨枯，随他一同造反，赢了，是他当新皇帝，输了，可是你们弟兄死啊！”

流沙重重地将酒杯顿在桌子上，冷哼道：“你说的我都懂，也都对，可是，可是我能怎么办？”

逝魂循循善诱道：“你如今和肃亲王针锋相对，往后他能容你？就算现在不除你，只要出了莽原，随便诬你个罪名，甚至设计让你死在战场，谁又能查出来。”

流沙想了想，觉得他说得不无道理，抬眼看向手下，手下也点点头，表示赞同。

流沙沉吟道：“若真是如此，莽原和弟兄们顷刻便有覆灭之祸。”

逝魂神秘兮兮地说道：“我倒是有办法可避祸。”

流沙自然知道他不会白帮自己一次忙，这世间人来人往利益交错，似乎就是一场交易。他直截了当地问道：“那你又有何求呢？”

逝魂叹了口气道：“而今三国相争，百姓苦不堪言，这莽原是最后一块净土，我只是不愿往后无处栖身，更不愿此处哀鸿遍野罢了。”

想不到世上竟有如此高洁人士，流沙瞬间肃然起敬，连酒都醒了七分。他恭敬地说道：“那依你之见，该当如何？”

逝魂抬起头笑了笑，笑容鬼魅：“若不能一劳永逸，便是后患无穷。只要你能将夜君清引来，剩下的事，就交给我了。”

流沙想不到他想要的竟如此简单，对于他来说，这不过是一件非常简单的事情罢了，如果能换来兄弟们和莽原的平安，那自然是非常划算了。

姚莫婉和夜君清跟随着流沙等人来到一座山前，流沙引颈四顾，说道：“就是这儿了。”

夜君清却有些不明就里：“这儿什么都没有啊！”

流沙拿出九龙杯，借着月光，九龙杯折射的光照亮了山石，随后四周引来萤火虫附在石壁上一处，流沙走了过去伸手探去，剥落一块石头，露出了卡槽，随后将九龙杯放了进去，一道石门打开，露出了很多装着金银的箱子。

流沙说道：“恩主，他们会帮忙搬运，明日置办武器军粮，我晚上还有旁事，先告辞了。”

流沙头也不回地转身离开，他的手下走了进去，开始往外搬箱子。

夜君清看着他远去的身影，心里有一种非常奇怪的感觉：“莫婉，流沙应当不会叛你吧？”

姚莫婉叹了口气，说道：“往日他绝不会这样，更不可能与我作对，我能感觉出来他有事，今日出走之事尤其反常。”

夜君清宽慰道：“婉儿，若有古怪，也定是冲我来的。”

夜君清何等精明，这么多年来他阅人无数，练就了一双识人心思的火眼金睛，流沙今晚的异常表现又怎能逃脱他的观察。

流沙坐在庭院中间饮酒，夜君清、姚莫婉和奔雷走了进来。

流沙起身迎了上来：“原来是肃亲王来了，坐，恩主，请上座，来人，上酒肉。”

流沙将姚莫婉请到主位，逝魂和暗卫们扮成手下端菜上桌，随后站立一旁。

夜君清单刀直入地说道：“我今日来，便是想与你道个清楚说个明白，望能让你心中释怀，重归于好。”

流沙也不客气，说道：“你既是大楚皇族，而今反了，难道不怕留下千古骂名吗？还是王爷想成为大楚新帝，青史留名？”

姚莫婉现在处处护着夜君清，简直就是护夫狂魔：“流沙，既然君清示了诚意，说话莫要如此咄咄逼人。”

夜君清却不以为意，依然平静地说道：“我身上确实流着楚国皇族的血，这是血脉，不可变，但这是私。替万万百姓争个太平，反大楚，是为公。”

流沙也不再藏着掖着：“好，恩主既然说了，那我也好言好语，在莽原你便不是王爷，没必要对你卑躬屈膝，现在你要弟兄们和你去打一场必败的仗，无疑是送死，我们不愿意，好不容易得来的平静，不想就此舍弃。”

夜君清晓之以理动之以情：“在莽原你与弟兄们可得一时安宁，但你有没有想过，如今大楚有无数百姓正在受你们曾经所受之苦，难道此生就愿意这般苟活于此吗？”

流沙根本不吃他这一套，嗤之以鼻：“若是恩主让我和弟兄们送死，绝无二言，但是跟着你，哼，一个楚国权贵，恕难从命。好了，恩主和王爷来莽原，我都未曾好好招待过，今日权当接风洗尘了，来。”

流沙饮下一碗酒，随后拍了拍手，逝魂走了出来，捧剑而立。

流沙说道：“我知道宫中饮酒需要舞者助兴，可这里没有，那便舞剑吧。”

逝魂下场开始舞剑，剑式简单，但是姿势优美。奔雷的手慢慢握上剑柄，紧张地看着这一幕，心中暗忖：“莫非今晚是鸿门宴？以流沙的智商，不会蠢到模仿鸿门宴的情节吧？”但心中却不敢不防。

逝魂舞着，突然剑锋一变，正要刺向夜君清，被奔雷出剑挡住。

奔雷说道：“我也给大家助助兴！”

奔雷也上前舞剑，逝魂舞剑之间几番想要动手杀夜君清，皆被奔雷拦下。此时姚莫婉拍了拍手，奔雷和逝魂相互看了一眼随后收剑。

姚莫婉说道：“好啊，精彩。流沙，今日劳你和兄弟们费心了，我不在的这些日子，旌姚号全靠你们打理，我敬你们。”

姚莫婉正准备拿出几个碗倒酒，逝魂上前拦住，亲自倒起酒来。

逝魂说道：“欸，怎么能劳恩主动手。”

逝魂给暗卫甲使了个眼色，暗卫甲拿起放在一旁的另一酒坛斟了几碗。

“喝！”众人畅快地一饮而尽。

逝魂见状笑了笑，端起酒碗：“肃亲王，这碗酒我应当敬你，就当替你送行。”

夜君清不明其意：“送行？”

逝魂的眼神中闪过几道寒光：“寒潭之辱，难道王爷忘了吗？”

夜君清恍然大悟：“你是……逝魂？我倒是真忘了你这号人物。”

逝魂带着无比的恨意说道："可我却每日每时都在记着你！我在此蛰伏多年，终于等来了皇上的指令，给了我复仇之机，不过说这么多也无用，你们已是死人了，这酒我下了毒，你们就安心上路吧。"

流沙大吃一惊："你……你是狗皇帝派来的人！"

逝魂哈哈大笑，正要饮酒，却看到身后的暗卫们纷纷倒下，惊愕不已。

"这……"

夜君清的笑容中满是讽刺之意："别忘了你在莽原，你做的一切我们都知道，酒早就换过了，你们喝的才是毒酒。"

逝魂的脸色顿时比吃了屎还要难看。

在赴流沙的鸿门宴之前，眼线遍布的夜君清就已经知道了一切，告知寒锦衣。寒锦衣拍案而起："什么，流沙居然串通外人害君清，此事我可忍不了，殷雪跟我走，我这就要了他的命！"

寒锦衣带着殷雪正要走，被夜君清喊住了："等等，莫要冲动，此时自相残杀，难免损了士气。"

寒锦衣火气未消："那怎么办，等着他来杀你啊？"

姚莫婉依然不敢相信这是真的，反复确认道："奔雷，你确定那人是暗卫？"

奔雷笃定地回道："千真万确，我得王爷令跟踪流沙，看到那人腰间玉佩乃是暗卫互通互认之物，不会认错的。"

夜君清说道："看来夜鸿弈已经有所动作了，莽原现在也不安全了，若我们不尽快行动，等谍者渗透进军中，往后每一步都会失去先机。"

姚莫婉一时间拿不定主意："君清，你的意思是……"

夜君清起身来回踱步，忽然转身，胸有成竹地笑了："不如我们就借这鸿门宴，将他们一网打尽。"

寒锦衣和姚莫婉互相看了看，定下了将计就计之策。

旌姚号的库房内，流沙搬出一坛酒，随后放入了毒粉，在另一坛酒上用蜡做了记号，随后迅速离开。

暗中窥视的奔雷从库房拿了新的一坛酒置换，随后把打上蜡印的酒坛加入毒粉，嘿嘿一笑，闪身离开。

夜君清得意地笑道："这鸿门宴是专为你而设的。"

夜君清说完便摔了一只杯子，在静夜里发出清脆的声响，外边早就埋伏的殷雪和寒锦衣等人从门外闯入，团团围住逝魂等人。

寒锦衣喝道："你们这群夜鸿弈的狗，胆敢在我的地界上谋害君清，拿下！"

逝魂见状立刻闪身，挟持了流沙，不住地向门口退："都别过来，否则我杀了他。"

夜君清立马变身谈判专家，好言安抚道："好，你只要放了他，我保证留你的命来向我寻仇。还有，你替我给皇兄带句话，想杀我战场上见，别用这些下三烂的招儿。"

逝魂想了想，一把将流沙推向众人，随后飞身离开。流沙吓得瘫倒在地上，两股之间暖流如注。

夜君清上前询问道："没事吧？"

流沙摇摇头，愧疚万分："没事，谢王爷救命之恩，没想到我如此待你，你却这样顾及我的性命，实在愧疚。"

流沙长跪在地上，被夜君清扶起。

夜君清大度地说道："且不说你我之间的关系，我绝不会眼睁睁看着你死在面前，命比天大。"

流沙深受感动："我……我愿意追随王爷。"

姚莫婉看着夜君清，露出满意的微笑。

千面又一次跪在地上，每次行动，他都是胜利方的背景板，但他依然是夜鸿弈最倚仗的人，堂堂大楚皇帝只能倚仗如此人才，这根本就是自己实力太菜，而不是对手实力太强。即便对手胜了，也并不是一件值得大肆宣扬的事情。

千面沮丧地禀报："启禀皇上，莽原来报，逝魂刺杀夜君清一事失败了。"

夜鸿弈怒不可遏："什么，杀个人对于你们来说就这么难吗？"他转过身踢了千面一脚："你让逝魂盯紧夜君清和姚莫婉他们，马上派铁血军团精锐过去支援，我要让他死，让他死，听见了没有！"

千面爬起来说道："属下遵旨。"

千面离开之后，夜鸿弈气得一拳砸在了桌子上，桌子安然无恙，自己的拳头却隐隐作痛，火气还没有消减半分，真是得不偿失。

流沙前来禀报：“恩主，王爷，这军粮和武器已经置办妥当，随时可以调用。”

桓横道：“那我们现在该如何，是静候还是出征。”

夜君清道：“以我们现今的实力与楚国大军抗衡，确实困难了些，我担心夜鸿弈会威迫其余两国联合对抗我们，若真是这样，那便真的是死局了。”

寒锦衣道：“那……为什么我们不能赶在他之前获得两国的支持呢？”

姚莫婉道：“眼下时局，于我们不利，两国权衡之下，定不会冒险支持。”

夜君清点头表示认同：“我想他们不会不知道联弱抗强的道理，更重要的是我们已获得楚国臣民的舆论支持，这一点便是我们的优势，可现在要想打赢这场仗，就必须借助两国的力量了。”

这时，段婷婷和汀月忽然走了进来。

段婷婷语出惊人：“不如去南疆吧！”

寒锦衣问道：“你们怎么来得这么晚？”

段婷婷答道：“路上遇见了楚国设的关卡，只能绕路了。”

奔雷凑到汀月身旁，一脸的讨好：“汀月，你没事吧，饿不饿？”

汀月答道：“我没事。小姐我想死你了。”一旁的奔雷被晾在了一边，老尴尬了。

汀月一把抱住姚莫婉。

殷雪在一旁寻他们俩的开心：“汀月，你再不来，这奔雷可要得相思病了。”

汀月这才送给奔雷一个香囊：“哪，给你绣的。”

奔雷开心地看着汀月，方才的尴尬一扫而空，却傻傻地忘了伸手去接。

汀月故意逗他：“怎么，不要啊，不要我扔了。”

奔雷这才回过神来：“要要要！”奔雷赶忙接过香囊揣入怀中。

段婷婷继续阐述去南疆的理由：“王爷，只要去南疆，我定能说服父皇支持你们，毕竟父皇最宠爱我，更何况还有姑姑在，一定没有问题。”

桓横觉得可行：“王爷意下如何？”

夜君清也表示同意：“南疆离莽原近，若是不成还有回旋的余地，况且有婷婷和晗月公主相助，的确把握较大，桓将军你在此督军备战，调派一队人护送我等去南疆求援。”

桓横大喜过望：“好。”

夜君清等人在亲兵小队的护送下来到乌藤山。而在暗处，逝魂等暗卫一路暗中跟踪。

段婷婷与姚莫婉二人私下交谈着。

“婷婷，你，还恨我吗？”

段婷婷摇摇头：“君清心里被你占得满满的，我无缝可钻，输得这样彻底，到了如今，连恨的理由都没有了，有时候真觉得自己这一生只是一个玩笑！”

姚莫婉心有愧疚：“不，婷婷，谢谢你为我们所做的这一切！对不起！”

段婷婷云淡风轻地说道：“我只是不想君清伤心，若他伤心，我会流泪。姚莫婉，如果没有君清，我想我们会成为好朋友的。”言罢，段婷婷将和离书递给姚莫婉：“这是我与君清的和离书，我们早已不是夫妻，这一世我与君清无缘，那下一世，你把他让给我吧，好不好？”

姚莫婉接过和离书顿时眼眶发热，轻轻点了点头。

这时，奔雷前来报告：“王爷，前面是断崖已经别无他路。”

殷雪有些着急：“我们在这山里兜了快四个时辰了，就是找不到出路啊！”

姚莫婉看了看身后人困马乏的几名士兵，说道：“不能再带着大家兜圈了，虚耗体力。”

夜君清说道：“我去寻出路，你们在此等候。”

姚莫婉马上说道：“君清，我随你去。”

段婷婷也说道：“南疆的地形我熟悉，兴许能帮上忙。”

夜君清、姚莫婉、段婷婷翻身下马。

奔雷也在一旁叫道：“王爷，要不我和殷雪一同前去，也好有个照应。”

姚莫婉制止了：“队中不可无人留守，你们在此等候便可。”

夜君清、姚莫婉和段婷婷迅速离开了，三人在山中四处行走，却一无所获，走得久了，身体疲惫。

段婷婷仔细看了一下地形：“我们又绕回来了。”

姚莫婉也不免有些急了：“这样下去，岂不是要困死在山中。”

此时恰有一个樵夫走了过来，夜君清迎了上去，行礼之后问道：“老人家，请问如何才能出山啊？”

樵夫指着路边说道：“沿着这条路往东走，有一条岔路，左边有棵松树，从那条路走便能出去了。”

夜君清不禁大喜：“多谢老人家。快！”

夜君清三人谢过樵夫之后兴奋地离开了，却不知那樵夫在身后露出了不怀好意的阴险笑意。

夜君清三人顺着樵夫指的路走到一个山谷中。

段婷婷疑惑地说道：“不对啊，南疆地形低洼，这山谷只有下行才可见，这不是出山的路，而是进山的路！”

夜君清也有些疑惑：“难道方才那樵夫是故意指的错路？”

夜君清话音刚落，一旁的湖中突然蹿出一众暗卫，围堵追杀。

夜君清大喊道：“中计了，快走！”

第三十一章

夜君清一边护着姚莫婉、段婷婷二人，一边与铁血军团暗卫展开厮杀，这些暗卫虽然经过严格的训练，武艺高强，但是在夜君清面前就显得有些不够用了。暗卫冲上来一个死一个，冲上来两个就报销一双，完全不是夜君清的对手。

姚莫婉与段婷婷不敢停步，往前奔去，不料段婷婷被绊倒在地，扭伤了脚，痛得直叫唤。

姚莫婉急忙为段婷婷检查伤势，只见她的脚一片青紫色，渐渐地肿得像是泡发了的猪脚一样。但是时下情势紧急，夜君清虽然能对付眼前的这些暗卫，但是如果有更多的暗卫追过来，夜君清能否挡住就是个未知数了。姚莫婉虽然心急如焚，却并没有表现在脸上："没事吧？还能走吗？"

段婷婷屏气咬牙，摇摇头道："没事，现在太危险了，我们先走吧。"

姚莫婉将段婷婷扶起来："我扶你，你且先忍住，走！"

姚莫婉扶起一瘸一拐的段婷婷又继续往前逃。

夜君清一剑刺向最后一名围堵的暗卫后，急忙赶向姚段二人。

逝魂带人赶到时，只见地上躺着一片惨死、受伤的暗卫，破口大骂："废物！人呢？"

有受伤未亡的暗卫向他指明夜君清等人逃跑的方向，逝魂面色阴沉，一剑将其了结。

逝魂冷冷道："兵分两路，务必抓住夜君清一众人等！否则，就是和他一样的下场。"

众人不寒而栗道："是！"

夜君清三人逃到了一个悬崖下，悬崖旁边是一条湍急的河流。三人沿着河流走了一段路，却发现眼前已经没了去路——这竟然是一条绝路。

夜君清急了：“前方没了去路，追兵应该很快就会赶到！”

姚莫婉与段婷婷亦是大骇，面面相觑。

夜君清观察了一下四周，见峭壁上布满了藤枝，紧接着他又蹲下探查，将耳朵贴在地面上，听了一会儿说道：“铁血军团就在附近，很快便会赶来，现在原路折返很有可能与追兵正面碰上，只能攀藤而上，绝处求生了。”

姚莫婉说道：“事到如今只有这样了，只不过婷婷这脚伤……”

姚莫婉有些顾虑地看向段婷婷，段婷婷却坚定地看向夜君清：“别担心，我可以的。”

夜君清安慰道：“婷婷，本王先护你上去。”

夜君清、姚莫婉护着段婷婷往上攀藤，段婷婷忍着脚踝上的疼痛，努力地向上攀爬着，不一会儿，手就被藤和岩壁擦伤了，鲜血直流，她忍住一声不吭。

逝魂率领一部分铁血军团暗卫来到悬崖角下，一个暗卫眼尖，手指着岩壁的方向：“大人，他们在上面！”

逝魂大吼道：“都给我上，这次定要那夜君清插翅难逃！”

逝魂率领暗卫一起攀爬，如猿猴一般灵活，速度比夜君清三人快很多。

夜君清注意到追兵赶来，急忙向着姚莫婉、段婷婷喊道：“追兵到了，婉儿、婷婷，你们快些上去，本王断后。”

姚莫婉叮嘱道：“君清，小心。”

夜君清守在最后，拿剑抵御着攀爬上来的追兵。

段婷婷原本爬在最前面，此刻因为脚伤以及体力不支从藤上滑下。她发出一声尖叫，夜君清眼疾手快地一把拉住了她，但身体却只能靠双脚夹住藤才勉强稳住不往下滑。

姚莫婉回头担忧地看向段婷婷，毫无疑问，段婷婷此时对于他们已经是一个累赘了。

夜君清问道：“没事吧？”

段婷婷道：“没事。”

夜君清将她往上一送：“你先从另一边爬上去。”

段婷婷点了点头，小心翼翼抓向另一根藤蔓。

逝魂不知不觉攀爬到夜君清旁边的藤枝，双脚一蹬，飞身而起，举着剑便想刺向夜君清。

段婷婷回头一看，瞧见了凶神恶煞的逝魂，拼尽全身的力气，翻身扑向夜君清。

逝魂的剑尖直插段婷婷后背，段婷婷口吐鲜血，夜君清震惊不已，大声喊道：“婷婷！”

夜君清一脚踢开逝魂，用手臂护住段婷婷，愤恨得红了眼。

逝魂又朝着夜君清、段婷婷二人发起了二次进攻。

段婷婷心知夜君清分身乏术，急道：“君清，你快走吧，不要管我了！”

逝魂得意地大叫：“夜君清，拿命来！”

逝魂的攻击越发猛烈，段婷婷见状挣脱夜君清的臂膀，扑向逝魂所在的藤枝，从怀中掏出蛊虫，撒向逝魂，阻碍着逝魂的攻击。逝魂被蛊虫叮咬，无暇顾及夜君清。

段婷婷苦笑着说道：“君清，真希望此生从未见过你，来生也不复相见……”

夜君清察觉到段婷婷的笑容有异，当他反应过来的时候，段婷婷已抽出腰刀，奋力地斩断了藤枝，笑中带泪地望向夜君清，与他诀别。

与段婷婷同在一根藤上的逝魂与她一起坠下崖去。

段婷婷慢慢地闭上了自己的眼睛，而在她的体内，曾经那只给夜君清种下情蛊的蛊虫，逐渐停止了跳动。

段婷婷微笑着：“夜君清，我终于可以不用再爱你了……”

夜君清和姚莫婉同声大喊：“婷婷！”

二人看着下坠的段婷婷，悲伤不已。夜君清想起和段婷婷的过往，不禁悲从中来，望天长啸。

逝魂在下坠的过程中，拔出另一把剑插入峭壁的缝隙才没有继续下滑。他心有不甘地凝视着已经攀上山的夜君清、姚莫婉二人，愤怒不已。

逝魂纵身来到地面，拍打着身上的灰尘，铁血军团暗卫抬着一具尸体走过来禀报：“大人，刚才沿途发现了从高处坠亡的长风公主尸体。”

逝魂看着一旁的尸体，若有所思。

山顶上，姚莫婉回头便见夜君清矗立在山崖上，满脸的自责。

姚莫婉上前轻拍夜君清以示安慰：“君清，走吧……”

夜君清一步三回头地往前走去。

夜鸿弈在屋中不停地踱步，千面进屋跪在地上，将逝魂的书信呈上。

“属下参见皇上，逝魂传来一个消息。”

夜鸿弈看了书信后露出阴险的笑容。

南疆皇宫的书房，阳光温暖，景色宜人。晗昱与晗月在窗边坐下，对坐着喝茶。顶好的茶叶，顶好的水，顶好的壶和茶杯，就连烧水用的柴，都是顶好的。茶香四溢，清香迷人。

晗昱放下茶杯：“几时没有婷婷那丫头的书信了，也不知在大楚过得如何？”

晗月笑道：“皇兄，切勿担心，婷婷必定也十分想念你，近日或许有事耽搁了，没有及时来信。”

晗昱看着窗外：“算是体会到了何谓‘儿行千里母担忧’了，婷婷小时便没了母亲，朕从小便将这丫头捧在手心里长大，如今只愿她平安幸福。”

晗月肯定地附和道：“嗯，一定会的。”

此时，一个太监急匆匆地跑进殿中，气喘吁吁地禀报道：“皇上，皇上，大事不好……”

晗月冷着脸呵斥道：“慌慌张张的，成何体统！”

晗昱却似乎见怪不怪：“何事？”

太监低头说道：“回禀皇上，长风公主坠崖身亡了。”

晗昱简直不敢相信自己的耳朵，他站起身来，手指着太监说道：“什么？你再说一遍！”

太监硬着头皮说道：“长风公主坠崖身亡，尸体此时就在大殿。”

晗昱踉跄了几步，悲痛得险些昏厥过去。

晗月急忙扶住晗昱，急匆匆地前往大殿。

大殿之上，逝魂恭恭敬敬地站在一旁，段婷婷的尸身被白布盖着，一个丫环趴在一旁低声哭泣。

晗昱进殿便奔向女儿的尸身，悲伤不已：“儿啊……你怎么就丢下父皇走了，这到底是怎么回事？”

晗月也在一旁默默落泪，忍痛问道：“公主好端端的怎会坠崖身亡？”

逝魂上前给晗昱、晗月行礼：“参见皇上、公主，在下是大楚铁血军团副使逝魂，受大楚圣主命令，追捕乱臣贼子夜君清和姚莫婉。他二人挟持公主，欲借助南疆势力谋反，我们本想救下公主，但没承想，找到公主之时，却只见到她已惨死崖下，在下深知此事严重，特此送公主魂归故里。”

晗昱悲愤不已，此时他一个字都听不进去；晗月不可置信，分辨着真假虚实。

一直在哭哭啼啼的丫环，跪到晗昱面前：“皇上，恳请您一定要为公主做主啊！”

晗月神情凝重：“你是婷婷的丫环？”

丫环答道：“奴婢是公主在集市上买回的丫环，公主面慈心善，待奴婢恩重如山。公主自从嫁入王府，一直不受宠爱，在府中过着连下人都不如的生活。前些时日，王爷像转了性一样，对公主大献殷勤，哄骗她回南疆，没想到这一走……我可怜的公主啊……”

晗昱震怒不已：“夜君清，朕当初就不该把婷婷嫁与他！我可怜的婷婷！”

逝魂在一旁火上浇油：“皇上，请节哀顺变！夜君清、姚莫婉做出如此伤天害理之事，罪该万死。大楚圣主命令在下捉拿夜君清、姚莫婉二人，以慰公主在天之灵。如今这二人抵达南疆边界，唯恐他们借用公主来哄骗皇上出兵，特地火速前来禀告此事。”

晗昱跌坐在段婷婷的尸身旁边：“这丧女之痛，仿若剜心割肉，朕定要夜君清、姚莫婉二人血债血偿，来人哪！”

太监应道：“皇上。”

晗昱下令：“传朕令下去，严加把守边界，缉拿夜君清、姚莫婉二人！”

众人悲伤之际，逝魂却露出了阴险的笑容。

众人都在原地等待着夜君清等人归来，即将入夜，远处的山峦已渐渐地变成了一幅静默的水墨图，矗立在青色的天空之下。突然，殷雪兴奋地站起来，指着不远处。奔雷也立即起身，向远处张望着。

殷雪叫道：“快看，王爷他们回来了！”

奔雷说道："奇怪了，怎么没见着公主啊？"

殷雪与奔雷面面相觑，疑惑不已。

夜君清与姚莫婉二人沉默着走过来。

奔雷疑惑道："王爷你们可算是回来了！公主呢？怎么没和你们一块回来？"

夜君清沉默不语，姚莫婉说道："公主不幸遇难了……逝魂追杀我们来到山崖之下，公主为了让我们脱险，牺牲了。"

奔雷、殷雪等人听闻后纷纷叹气，默默地替段婷婷难过。

夜君清沉默着走到一旁坐下，姚莫婉见状上前安慰夜君清："君清……"

夜君清双手扶额，悲痛不已："婉儿，是我对不住婷婷，是我害了她，我夜君清害了她一生！她怎么可以为我做了这么多，怎么可以为我去死！我此生都会问心有愧，就是死也难辞其咎！"

姚莫婉安慰道："君清，这不是你的错，是夜鸿弈！我们必须振作起来，想办法获得南疆的援助，不能让婷婷白白牺牲，我相信婷婷在天之灵，断然不会想看见你如此低迷消沉，作为统帅，带着众人的期望，当初婷婷提议去南疆求援，不也是为了天下黎民苍生而考虑的吗？"姚莫婉握住夜君清的手，眼神坚定地看着他："当务之急，我们应该想办法尽快走出这深山密林，赶到南疆。"

殷雪道："我等被困在这破树林里好几日了，再不想办法出去，就要被困死了……"

奔雷挠头，观察这像迷阵一样的树林，他束手无策地挠着头。

殷雪郁闷地说道："要是能有个罗盘针就好了……"

姚莫婉指向夜空中的星星道："你们看，天空中宛若勺状的那几颗星星中最亮的是北极星，那条延伸的连接线指向的就是正北方向。南疆之地位于九州之南，只要我们沿着这条线的反方向走，就一定能走出密林，抵达南疆！我们可以根据北极星的方向推测方位出山，君清，我们加快速度，连夜出发吧。"

夜君清点头示意，率领着众人连夜赶路。如此简单就能辨明方向，却损失了段婷婷，夜君清更是气上加气，悲上加悲。

如此走了数日，众人安然无恙地抵达了南疆附近，奔雷脱离大部队前去打探消息，夜君清、姚莫婉等人焦虑地坐在石头上等待着奔雷归来。

殷雪提醒道："王爷、主人，奔雷回来了。"

奔雷一脸严肃，走向二人。

夜君清焦急地迎上前去："如何？"

奔雷回道："回禀王爷，属下打探得知，那南疆君主晗昱已知晓王妃坠崖身亡一事，并且认为此事是王爷与三小姐所为，如今他在南疆设下防备，就是为了捉拿我们。南疆君主已下达生死通牒，势必要王爷与三小姐偿命……"

夜君清与姚莫婉面色一沉，殷雪在一旁急得直跺脚，说道："看来逝魂比我们先到一步，如此下去义军没了南疆的援助，主人还要背负莫须有的杀人罪名！"

奔雷叹气道："就是啊，如今城中传得沸沸扬扬，真是跳进黄河也洗不清。"

众人沮丧叹气，愁云惨雾包裹住了他们。

夜君清也像是被抽走了主心骨一般说道："若没了南疆援助，义军势单力薄，这场仗便会胜算全无。"他一直在为段婷婷的死感到愧疚，如今更是将积攒已久的负能量全部散发出来，引得众人全都垂头丧气，斗志全无。

姚莫婉自然懂得士气可鼓不可泄的道理，眼见得大家如霜打的茄子一般蔫了，于是挺身而出，意欲提振士气："大家不要气馁，事情还未到不可收场的地步，当务之急，就是必须尽快让南疆皇上知晓真相。长风公主在天之灵，肯定也不愿看到自己父皇被奸人利用。君清，我想独自前去与晗昱君主言谈，将这次误会解除！"

姚莫婉起身准备离开之际，被夜君清一把抓住了手腕子："不可！"夜君清示意姚莫婉坐下："此行太过凶险，你又没有武力防身，况且公主坠崖之事，本王有不可推卸的责任，还是让本王去和南疆君主解释吧！"

姚莫婉坚持道："将士们需要你，还是我去吧！你是长风公主的夫君，南疆君主视她为掌上明珠，如今经历了丧女之痛，那晗昱肯定会责难于你。"

姚莫婉态度坚决，准备转身离去。

夜君清呼喊道："站住！"

姚莫婉停住了脚步回头，夜君清面无表情地下令："奔雷听令，传令下去，看好莫婉，不得离开营地半步！殷雪，若不想你家主子身赴险境，那就看好她。"

奔雷应道："是。"

殷雪望向二人，有些不知所措。

姚莫婉急了，大喊："夜君清！"

夜君清却背向了她："我们都先冷静片刻再议此事。"

姚莫婉急得如同热锅上的蚂蚁："你可知现在情况危急，不能再这么干耗下去了……"

夜君清沉默没有回答，他默默地走开了。奔雷寸步不离地跟着姚莫婉，姚莫婉心生一计，想要尿遁。奔雷听了就和姚莫婉背对背绑在一起，姚莫婉叹气道："算了，我又不想撒尿了。"

夜已深，夜君清看了一眼熟睡的姚莫婉，便转身离开。奔雷恭敬地上前抱拳行礼，欲言又止："王爷……"

夜君清挥手示意其不必多言："本王欠南疆君主一个交代，若想义军得到南疆支援，本王必须先解了南疆君主的心结。你务必看好婉儿，提防追兵。"

奔雷道："王爷，万事多加小心！"

夜君清转身朝着南疆边境走去，奔雷一脸担忧地望着夜君清的背影消失在黑暗中，却依然久久地凝视着，不肯将视线移开。

翌日，姚莫婉醒来，身边空空如也，姚莫婉径直走向奔雷："奔雷，君清去哪儿了？"

奔雷有些心虚地低下头，准备转身逃走："属下不知，姚姑娘，我去清点人数了……"

姚莫婉喝道："站住！君清是不是一个人前去南疆求援了？"

奔雷停下脚步，局促不安，随后点点头。

姚莫婉道："你怎能如此糊涂，让君清单独行动？！此行凶险，稍有不慎，你要如何向手下的兄弟们交代？"

这时殷雪来报："主人，铁血军团的人正在附近搜查，我们快转移吧！"

姚莫婉一阵心惊："没想到他们跟得这么紧，我们先走。"

众人迅速收拾完毕，离开了密林。

夜君清被人押着，跪在晗昱面前，晗昱似笑非笑地高坐于龙椅之上，他强忍着丧女之痛："好久不见，肃亲王，不知你可还记得婷婷出嫁之时，我与你说过的话？"

夜君清道："记得！"

晗昱突然大笑起来，猛地一下将桌上的杯子往地上砸去，杯子碎裂，碎片四处飞溅。不过摔杯发泄并没有减轻他的痛苦，他恨恨地说道：“当初朕将婷婷嫁与你，便是承诺了整个南疆都会是你夜君清的坚强后盾！可你是怎样回报朕的？！你说你记得，那婷婷怎会在你王府中独守空闺，受人欺凌？你说你记得，那婷婷怎么会惨死在断崖之下，无人收尸？你说，你说啊！”

夜君清抬起头，一脸愧疚地向晗昱辩解着：“我从未想过要伤害公主，我早就心有所属，公主也知我心意。”

晗昱愤恨至极，打断了夜君清的话：“你心爱之人是姚莫婉吧？就是你和那个毒妇串通一气，将婷婷推到断崖之下！”

夜君清拱了拱手，心平气和诚恳地说着：“不论你相信与否，我与婉儿从未想过要伤害公主，当时我们三人被铁血军团追至断崖之下，情况危急，只能攀藤而上谋求生路，婷婷为了保护我，不幸坠崖身亡，此事与婉儿无关，请求皇上能放过婉儿。”

晗昱站起身来，背着手没有说话。

夜君清继续说道：“公主坠崖之事，君清自知难辞其咎，甘愿承受任何责罚，只不过公主此行与我们一同来南疆，本就是想帮助义军拿到南疆援助，希望皇上看在公主的面子上，能援助义军一臂之力。”

夜君清诚恳地给晗昱磕了三个响头，发出的清脆声音，在大殿里回荡。晗昱面色阴沉，居高临下地紧盯着夜君清，他冷冷地说道：“援军可以啊，除非你死。”

夜君清神情淡然，诚恳地望向晗昱：“只要皇上能够放过婉儿，支援义军，君清死不足惜。”

晗昱手一挥，说道：“来人，赐药！”

一个太监将一枚药丸呈上。

晗昱道：“你将此药服下，朕便不再为难姚莫婉，派兵增援义军。”

夜君清毅然决然地将药丸拿起服下。夜君清服药后，神情扭曲，腹痛难忍，蜷缩在地。

晗昱显得很是得意，他看着夜君清此刻的模样非常解气，他怒笑无常，嗤笑夜君清：“夜君清啊夜君清，你真是天真可笑至极，凭你们对婷婷做的那些禽兽事，朕就算将你们食肉寝皮都不过分，就算杀你千百遍也不足以缓解心头之恨！你以为仅凭你片面之词，朕就会信了你吗？这是朕辛苦炼制的绝命毒蛊，你就好好享受被千万蛊虫蚀骨灼心之痛吧！”

夜君清原以为是自己的三寸不烂之舌搭配诚恳的动作说动了晗昱，却没想到他对自己的恨意如此之深：“你……”

晗昱哈哈笑道：“丧女之痛，朕定要你和姚莫婉二人求生不得，求死不能！”

夜君清疼痛难忍，一阵抽搐，昏死过去。

晗昱道：“来人哪，将夜君清吊到城门之上，自生自灭！”

太监应道：“是。”

侍卫们将夜君清拖了出去。

姚莫婉不停地望向周围，等待着夜君清，她一直期待着下一刻那个熟悉的身影就出现在她的面前，却一次又一次地落空了。

奔雷在一旁着急地来回踱步，一个人影闪现，却是殷雪，她匆忙跑到姚莫婉面前，姚莫婉问道：“怎么样，有君清消息了吗？”

殷雪垂头丧气：“主人，王爷被晗昱吊在城门上，城中守兵众多，恐怕凶多吉少。”

姚莫婉如被雷劈一般，踉跄着后退几步，殷雪急忙扶住她。

奔雷早已经按捺不住，说道：“王爷……我要去救王爷！”

姚莫婉稳住心神，沉思着，阻止了奔雷：“不可，如今人心不稳，士气疲软，营救行动人多了反而容易暴露，殷雪护送我入城，你们护好军中兄弟，等我消息。”

奔雷担忧地望向姚莫婉：“三小姐，你只带殷雪前去，若是出了危险如何是好！”

姚莫婉心意已决：“不必多言，此事就这样定了。”

奔雷无奈，只好应允。

姚莫婉和殷雪即刻动身，一步不歇地走出了深山，来到一个驿站，二人坐在大堂里稍作停歇。

姚莫婉听见路人谈论昨日城楼上吊着的夜君清。

“这两天路过城楼，上面吊着的是谁呀？太惨了！”

“你还不知道吧，听说那人是大楚的肃亲王，与长风公主成婚后又害死了公主，被皇上处置，吊于城楼之上。”

姚莫婉听闻后不由握紧了手中的茶杯，二人饮茶完毕，准备起身离开之时忽然听到外面传来暗卫搜查的声音：“站住，例行检查！”

姚莫婉四处观察，殷雪眼神示意，二人匆忙向驿站后院方向走去，如此机智，自然成功脱险。

姚莫婉二人一路奔波终于抵达进城的城门，她远远便看见了吊在城上奄奄一息的夜君清，悲愤的心情再也无法平复。她撕心裂肺地喊道：“君清！”

姚莫婉正焦急地欲跑过去，却被殷雪拉住：“主人，城楼守备森严，不可莽撞行事啊！”

姚莫婉看了看城门处来回巡逻的重重守卫，焦急不已，却又无计可施，只好离开。

姚莫婉将殷雪拉进一个巷子里，随后拿出一封信递给殷雪：“殷雪，你潜入皇宫，替我将这封信交给晗月公主，眼下只有她能助我救下君清了。我在驿站等你。”

殷雪担忧道：“驿站周围可有不少暗卫。”

姚莫婉说道：“最危险的地方就是最安全的地方，你不必担心。”

殷雪接过信后飞快地离开了。

姚莫婉在驿站的客房中来回踱步，殷雪推门将晗月公主请入。

姚莫婉大喜：“晗月姐姐……”

殷雪将门关上，晗月公主随后拉着姚莫婉坐下。

“莫婉，你孤身来此，知不知道有多危险？”

姚莫婉悲痛地说道：“晗月姐姐，对不起，我没能保护好婷婷，才造成如今这个局面，但请你相信我与君清自始至终并未想过要去伤害婷婷。”

晗月握住姚莫婉的手：“我相信你们断然不会伤害婷婷的，只是皇兄悲愤过度，夜鸿弈又派人过来鼓惑皇兄，还带了丫环来作伪证，这才对此深信不疑。”

晗月向姚莫婉说起自己审讯丫环的详细经过。

晗月高坐于主位上，宫女们在一旁伺候。丫环拘谨地低下头，不敢抬眼看晗月。

晗月威严地喝道：“你说是夜君清、姚莫婉二人将公主害死的，你有何证据？”

丫环小声说道：“就是他们害死的，公主在府中不受宠爱，后来发现了王爷与贵妃有私情……”

晗月愤怒地拍桌，手掌瞬间微红，她厉声道：“你说谎！”

丫环被吓得战栗了一下，但仍在辩解：“奴婢没有说谎，王爷与贵妃真的有私情。”

晗月道：“姚莫婉、夜君清有情不假，但那是人间真情，是人间真爱！而且此事婷婷在未嫁之前就知道，看看这个是什么！”晗月将一包金银珠宝丢在地上：“你一个小小的丫环就算有主子赏赐也不可能有那么多金银珠宝，你定是收了别人的好处，才会有如此多钱财。你根本就不是婷婷的丫环，快说你此行来南疆究竟意欲何为？为何要往姚莫婉、夜君清身上泼脏水？你再不说实话，我就将你丢入蛇坑中，尝试一下被万蛇盘身，被活生生咬死的下场！”

丫环吓得急忙磕头认错：“奴婢说，奴婢说，此事并非夜君清、姚莫婉所为，奴婢受铁血军团胁迫，前来南疆为他们作伪证……”

丫环还没说完，不知何处飞来一只暗器，丫环血溅当场，顿时毙命。

晗月说完这一切后喝了一口水继续说道：“皇兄自小便宠爱婷婷，如今丧女之痛，谁人言语他都没有心思听进去，我本想通过丫环告诉皇兄真相，别被有心之人利用错怪了好人，谁承想如今丫环被杀，死无对证了。”

晗月拍了拍姚莫婉的肩膀，一脸无奈。

姚莫婉却沉静如水：“解铃还须系铃人，如今妹妹有一要紧事需要姐姐帮忙。”

晗月道：“你但说无妨。”

姚莫婉道：“还望姐姐能带我去救下君清。”

晗月却没有立刻答应，她有点犹豫：“嗯，本宫且先去看看。”

姚莫婉心急火燎，自然不能让晗月拖延：“谢过姐姐，如今君清情况危急，事不宜迟，今晚便行动吧！”

晗月只好点头应下。

姚莫婉伪装成晗月的丫环跟随在她身后，守卫们见晗月过来纷纷行礼：“参见公主。”

晗月道："免礼。那个杀死我侄女的凶手可还活着？"

守卫答道："回禀公主，活着呢！"

晗月道："好，你们且先退下，本宫要亲自审讯这杀死本宫侄女的凶手。"

守卫犹豫道："公主，这不合规矩吧！"

晗月面色一沉："怎么，我堂堂一个公主，审讯一个杀死本宫侄女的凶手还需要你的批准？"

守卫大骇，自然不敢再加阻挠："小的不敢。公主请！"

守卫们全体退避，生怕惹祸上身。

姚莫婉将夜君清放了下来，夜君清浑身无力，痛不欲生。

姚莫婉抚摸着他的脸道："君清，我带晗月姐姐来救你了。"

夜君清虚弱地摇着头："婉儿，我不能走，我若是现在走了，就真的证明是我们杀了公主，只会落人口实。"

姚莫婉眼神悲伤，深吸一口气后，强忍着泪水，向着夜君清淡然一笑："你是懂我的，如若不能救下你，我怎会独自苟活于世呢？不是说好，生生世世不离不弃吗？"

夜君清依然抗拒地推着姚莫婉，虚弱的他自然无法推得动她："莫婉，快些走，如今误会不解，反抗大军就难以得到南疆支援，以当下的兵力，根本无法与夜鸿弈抗衡，所有追随我们的兵士都会葬送沙场，更何谈拯救万千黎民！这些才是最重要的，不是吗？你快走吧！"

姚莫婉却一动不动，夜君清有些气急："走啊！"

夜君清情绪激动，没说几句便因肝气郁结引发体内蛊毒发作，一口黑血喷出，姚莫婉躲避不及，身上也溅到了不少。

姚莫婉大惊失色："君清，你怎么了？你到底怎么了？你告诉我呀！"

姚莫婉再也绷不住了，眼泪直流，夜君清有些慌了，她的泪水轻易就将他的坚强给击垮了。

夜君清手颤颤巍巍地去抹姚莫婉脸上的泪水："莫婉别哭，我没事。"

晗月神色凝重地说道："他这是中了绝命毒蛊，若没有解药会有性命之忧，可是此蛊唯有哥哥能解。"

姚莫婉如粉丝看向自己最爱的偶像一般看向了晗月公主。

第三十二章

姚莫婉知晓真相后，肝肠寸断，痛不欲生。

夜君清淡笑着看向她，视死如归：“婉儿，我死后，不要为了我太过伤心忧愁，大楚还有万千黎民百姓等待着你去解救，我知道你心怀天下，千万不要为了我就此颓靡，也万不可辜负了军中一腔热血的兄弟们，好好照顾自己，今生不能陪你走下去，来生定不负你。”

晗月插嘴说道：“莫婉，当务之急，是尽快跟我哥哥解除误会，才能救君清，救万民啊！”

姚莫婉泪眼蒙眬，轻轻抚上夜君清的脸颊：“君清，我不准你死，你听好了，我姚莫婉不让你死，等我回来，我一定会救出你！”

姚莫婉心疼地看着夜君清淋漓纵横的伤口，鲜红的血迹早已经结成了黑色的痂，有些地方已经开始化脓，流出淡黄的脓水。她想触碰却又害怕地收回手，闭上双眼，片刻后，转身握住晗月的手。

姚莫婉含泪说道：“晗月，你先替我照顾好君清。”

晗月应许地向她点头。

姚莫婉稍稍放心，又说道：“还有一物，希望你能借我一用。”

听闻侍卫来报，晗昱猛然抬头，他的眼睛里闪烁着异样的神采，就像是野兽看到了猎物一般，充满了嗜血的渴望。他舔了舔嘴唇，问道：“确定是姚莫婉？”

侍卫甲道：“是，她未带一兵一卒，只身前来，独闯宫门时被我等拿下，卑职不敢妄自处置，还请皇上定夺。”

晗昱冷笑道：“姚莫婉，真是天堂有路你不走，地狱无门你闯进来！好，既然他们前赴后继地求死，朕便成全他们。马上将姚莫婉处死！”

这时，另一名侍卫慌张地前来禀报：“启禀皇上，卑职在姚莫婉身上，发现了晗月公主的令牌。”

晗昱接过令牌一看，大惊失色：“奸诈毒妇，竟敢挟持晗月！速把姚莫婉押上来！”

不一会儿，姚莫婉被几名侍卫押送入殿，眼中毫无惧怕之色：“姚莫婉参见皇上。”

晗昱伸手指着她说道：“姚莫婉，你速将晗月交出，朕还可以考虑让你死得不那么痛苦！”

姚莫婉冷静地说道：“我今日既敢这般前来，自然早将生死置之度外，性命您拿去便是，只不过在这之前，我希望您能免受小人挑唆，了解真相，解除误会。”

晗昱像是听到了有生以来最好笑的笑话，他笑了一会儿，然后沉下脸来说道：“住口，你们编造的谎言，朕已经听够了！姚莫婉，你身为大楚贵妃，却勾引婷婷夫君，与他暗通款曲，简直恬不知耻！”

姚莫婉辩解道：“是，我承认我与夜君清互有情意，但此事，我们从未隐瞒，婷婷也早已知晓，并非您说的暗通款曲！”

晗昱气得浑身都在发抖：“放屁！难道不是暗通款曲，就可以光明正大地告诉世人你们通奸了？难道不是暗通款曲，大楚国的王爷就能和皇贵妃情意绵绵了？别人偷人就是为了淫欲，就是奸夫淫妇，而你们就是情意绵绵？”

姚莫婉知道在这上面纠缠实乃不智，于是急中生智，从怀中掏出了一封和离书：“这是婷婷亲笔所书的和离书，是真是假，皇上过目便知。对于我与夜君清的情感，她早已决心成全。她甘愿为我们承受如此委屈，我感激不尽又怎会加害！”

晗昱颤抖着看着和离书，喃喃道：“这是婷婷的字迹……”

姚莫婉心知晗昱的心思有所动摇，趁机说道：“而且皇上有没有想过，我们若是早有杀心，明明在大楚境内更好动手，为何偏要等来到南疆才下此毒手，惹来一身脏？”

晗昱一时之间无法回应，反而大怒，拂袖怒视着姚莫婉：“哼，这叫反其道而行之，可以误导我们的判断。而且，若不是因为你，婷婷为何又要平白无故承受这等委屈？！三言两语就想洗清重罪，你未免也太轻视我南疆了！你再不将晗月交出来，我不仅要杀你，还要立即派兵血洗莽原！”

姚莫婉辩解道：“晗月这令牌，并非被我夺取，而是她亲手交与我的。正因为晗月信我与君清的为人，不像皇上这般固执冲动，才可看清楚事情的真相！”

晗昱怒吼道：“住口！晗月冰清玉洁，才不会像你们这对奸夫淫妇一样无耻！我看你是一心求死，我这就成全了你！”

晗昱挥手命侍卫将姚莫婉拿下，姚莫婉淡然处之，并未反抗。

正在这时，晗月前来，出声阻止：“住手！”

晗昱急忙迎上前去，关心地问道：“晗月，你如何逃脱的？这个毒妇有没有对你怎样？”

晗月摇头，乞求地看着晗昱：“哥哥，晗月相信，婷婷的死，绝非他们二人而为。那丫环我已亲自审问过，的确如莫婉所言，是受夜鸿弈的铁血军团所迫啊！”

晗昱怒道：“婷婷是你的亲侄女，你居然还要替这群凶手辩驳？奸夫淫妇之言，可信度能有多少？”

晗月苦苦哀求：“我不愿看哥哥你再继续受人蛊惑，而误伤了好人！”

晗昱看着晗月溢满泪水的双眼，已有所动摇，但却仍紧咬牙关：“即便如此，夜君清身为婷婷的夫君，未能尽到保护她的责任，死也是罪有应得，不必再为他求情！”

姚莫婉主动上前说道：“莫婉愿替他受罚！”

晗昱与晗月一同看向姚莫婉，晗昱冷笑道：“你想救他？好，那便先过了南疆的‘三问关’再说！”

晗月焦急地阻止道：“不可，万万不可！”

姚莫婉坚定不移地说道：“还请皇上明言，何谓‘三问关’？”

晗昱冷冷说道：“只要你爬过杖棍路，血祭过蛊王，撑过水刑，我便认你所言属实，饶夜君清不死！”

姚莫婉毫不畏惧地一口应承：“一言为定！”

晗月担心地看着姚莫婉，但是此时的姚莫婉，却比任何时候都要坚定，她要救夜君清，哪怕付出自己的生命也在所不惜。她要向世人证明自己和夜君清有情有义，而不是下作的奸夫淫妇。

两列侍卫手执棍杖分列两旁，领头的行刑者面色凶狠，走到姚莫婉面前，将棍杖猛地往地上一击，发出巨大的响声。

行刑者喝道："说，长风公主是不是受你所害？"

姚莫婉坚定地摇头说道："姚莫婉以性命担保，公主并不是我害的！"

姚莫婉面无惧色，站在他们面前，已经做好了准备。

行刑者冷笑道："等过了这棍杖路，看你再如何狡辩！"

行刑者往姚莫婉膝盖上一击，姚莫婉顿时跪在了地上，拼命向前爬去，每爬一步，便被棍杖击打一下。啪啪啪……棍棍到肉的击打声在耳边回荡，剧烈的疼痛折磨着她，她觉得骨头就要碎了，筋脉就要断了，但为了夜君清，她咬牙坚持，一步步地向前爬去。

姚莫婉活着爬过了棍杖路，但接下来的一关将会更加凶险。

已经受到重创的姚莫婉无比虚弱，被绑在一个木架上。

一名老妇面色阴狠，手中拿着一个小罐子，缓缓逼近姚莫婉："姚莫婉，你还敢坚持自己所言属实？"

姚莫婉虚弱地回答："是……"

老妇磔磔怪笑道："好，现在就以你的鲜血祭奠蛊王，以证你的清白。"

老妇持匕首狠狠割伤了姚莫婉的手腕，鲜血滴答滴答流到那个小罐子里。

姚莫婉痛得大声惨叫，眉头紧皱，面色越来越苍白。

老妇哼了一声，姚莫婉知道自己过了第二关。

时不我待，姚莫婉立即要通第三关。此刻的她如有神助，变身通关达人，简直不可思议。

姚莫婉被悬空倒吊着，头部下方是一个盛满水的大容器。

一名行刑者站在姚莫婉身边，问道："姚莫婉，最后再问你一次，你到底有没有杀害长风公主？"

姚莫婉摇头道："没有做过，绝不认罪！"

行刑者朝旁边的侍卫一挥手，道："行刑！"

行刑者一声令下，侍卫松了绳子，姚莫婉被倒吊着下滑，头落在了容器之中。片刻后，侍卫又将她拉起，姚莫婉脑部充血，大口喘气，已在窒息边缘。

行刑者发出了冷血的命令："再来！"

姚莫婉虚弱地闭上双眼，她想起夜君清，告诫自己一定要挨过这一关："君清，你再等等我……"

此时此刻，夜君清在城楼之上受尽磨难，几度昏迷，口中小声地念叨着："莫婉……莫婉……"

真是身无彩凤双飞翼，心有灵犀一点通，两人在同一时刻互相念着对方的名字，还真是让人感动呢！

御书房内，晗昱坐在书案后，看向眼前神色焦急的晗月。

晗月说道："哥哥，姚莫婉与夜君清受尽刑罚都不认罪，已洗清了嫌疑，你分明已相信他们并非真凶，为何还要继续折磨无辜之人？"

晗昱冷哼一声："他们无辜，婷婷难道就不无辜了吗？朕平白失去婷婷，难道就该受此痛？他们身上所受的苦，还不及我心中分毫！"

晗月说道："我知道失去婷婷让你痛彻心扉，我这个做姑姑的，何尝不是备受煎熬？可逝者已矣，即便你再伤痛悲苦，她也回不来了，你何时才能清醒过来！"

晗昱说道："我饶他们不死，已是开恩，你莫要再说了。"

晗昱起身拂袖，晗月上前一步拦住了他的去路："姚莫婉和夜君清受尽磨难，而奸人仍逍遥法外，晗昱，婷婷若是知晓此景，她舍了命保下的两个人，却要死在她父皇手里，她在天之灵又怎能安心！"

晗昱停下，紧闭双眼，一改此前的暴怒，逐渐露出痛苦而脆弱的神色："我当初替她取名婷婷，便是希望她以后能出落得亭亭玉立，温婉贤淑，她也的确如我所期，长成了那样美好的小公主，谁知正值碧玉年华便香消玉殒，我身为君父却毫无作为，连真凶都无法抓到，晗月啊，这世上哪有我这般的父亲呢！"

晗月心痛不已："你已是天下难得的慈父了，你放心，真凶必得血债血偿！"

姚莫婉被放了下来，倒在地上，晗月焦急地跑到她身边，小声说道："哥哥已经撤销了对你的责罚。你身受重伤，不可再耽误，我这就送你回去医治。"

姚莫婉说道："他愿意相信婷婷之死不是我们所害的了？"

晗月点点头道："哥哥本不是绝情狠毒之人，你之前所言，已经让他有所动摇，加之你这般受难，他自然也不忍再继续为难。”

姚莫婉急迫地问道：“那他可答应解开君清身上的蛊毒？”

晗月面露难色，吞吞吐吐，欲言又止。

姚莫婉紧张地说道：“你直说便是，只要他愿意救君清，我什么都愿意做。”

晗月说道：“三日之内，只要找到杀害婷婷的凶手，他不但会为夜君清解蛊，此后还愿意派出增援加盟义军。”

姚莫婉欣慰地说道：“好，你替我转达晗昱，三日之内，我必定替婷婷报仇雪恨，将凶手亲自送到他面前！”姚莫婉说完，便虚弱地晕了过去。

南疆边境，密林深深。晗月站在马车下，掀开车帘。寒锦衣见到满身伤痕的姚莫婉，担忧不已，小心翼翼将她抱在怀里。

寒锦衣心疼地呼唤道：“婉儿！”

晗月说道：“我已命人为她上了药，本想留她在南疆歇息半日，可她坚持要回来。你好生照顾她，我不便在此多留。”

寒锦衣谢道：“多谢公主。”

寒锦衣驱车上路，行至入夜时分，便寻了个山洞，将就着休息一晚。山洞被篝火照亮，姚莫婉睡在一方干净的干草堆上。她眉头紧皱，像是在做噩梦。寒锦衣守护在旁，刚伸出手，想将她的眉头抚平，姚莫婉惊呼一声：“君清！”

姚莫婉突然睁眼醒过来，寒锦衣的手悬在空中片刻，不着痕迹地收了回来。

寒锦衣微笑着说道：“醒了？来，把药喝了。”

姚莫婉疑道：“锦衣，你怎么来了？”

寒锦衣端起药碗，吹了吹药，喂姚莫婉喝。见姚莫婉有些尴尬，故作轻松地化解：“快喝了吧，不照料好你，我怎么安心去救君清？是殷雪传信于我，事情经过我已听说了，我可没办法眼睁睁看着君清这般受苦，还有你平白无故受的这一身伤，我寒锦衣必得向那个昏君讨回来不可！”

姚莫婉劝道：“锦衣你切莫冲动，若与南疆交恶，便是鹬蚌相争，正中夜鸿弈下怀。我这伤受得值，如今晗昱已答应我，只要三日内捉到杀害段婷婷的真凶，不但误会解除，他还愿意出兵相助我军。”

寒锦衣冷哼一声：“你怎么知道他这次不会再耍什么花招？”

姚莫婉无奈地说道：“现在唯有此路可以解救君清，我不得不试。只不过，晗昱只给了我三天时间，我知道那蛊的厉害，我怕君清根本撑不到那时候。”

寒锦衣看见姚莫婉抓着自己衣袖的手，终是露出苦笑：“别担心，有我在，定会还你一个完好无损的夜君清。真凶就是那铁血军团的逝魂吧？他应当还在南疆境内，我这便派人去打探！”

姚莫婉说道：“铁血军团的目标是我，他们若是知道我还活着，定会按捺不住。不如让我们赌一把，主动诱其上钩……”

一名身着百姓服装的线人站在山林中，焦急地等候着。

逝魂如鬼魅一般闪身而出，来到线人面前。

“之前本使的行动数次失手，皇上和千面大人频频苛责，这次要是再出问题，小心你的脑袋！快说，到底什么消息？！”

线人惶恐地回答道：“是，是，回逝魂大人，小的打探到姚莫婉被南疆君主严惩，下令流放至北境为奴。”

线人回想起他得到情报时的情景：一张流放姚莫婉的告示，张贴在驿站旁。人群驻足观看，议论纷纷。两个士兵站在告示前大声议论，那个神色诡异的线人在一旁，暗中观察着。

一个人故意大声地说道：“哎，你们都听说了吗？这姚莫婉曾是大楚贵妃呢！”

另一个人问道：“大楚贵妃？怎么跑到咱们南疆来了？”

那人说道：“不清楚，据说她和公主的死脱不了干系，不然咱们皇上怎会不惜和大楚交恶，也要把这个贵妃流放至北境那种地方呢？”

另一人附和道：“说来也是。”

那人继续说道：“听说他们明夜要从北城门动身，要不要一起去看看热闹呢？”

另一人说道：“好啊……”

线人听闻悄悄离开。他没有想到的是，在他身后，隐在一旁的奔雷闪身而出，看着他离去的方向，神色凝重。

逝魂面露喜色：“哦，快说，他们何时动身？”

线人凑近他说道：“明夜，他们便从北城门出城……”

逝魂脸上逐渐显露阴险的笑容：“这一次，我定要将姚莫婉碎尸万段！我要让这对奸夫淫妇从此阴阳相隔！”

姚莫婉双手被绑着，绳子的一头被拴在马的身上，在树林中被半拖半拉着前行，狼狈不堪。

押送人马刚行至一处林间小道，一队黑衣人突然从两旁的树上跃下，瞬间将众人团团围住。负责押送的士兵们战栗着拔出刀剑抵挡，却根本不敌，三下五除二便被放倒。逝魂执剑而上，渐渐逼近姚莫婉。

姚莫婉突然将手中的绳索挣脱开来，逝魂这才看清，这人竟是殷雪假扮的。逝魂惊觉不妙，却还是晚了，殷雪手中的一把白色粉末已向他袭来。

逝魂：“啊，迷药，竟然用这种下三烂的手段！我们中计了，快撤！”

几个黑衣人不敌药力，立刻绵软倒地。逝魂捂住口鼻，长剑撑地，努力保持清醒，想以轻功溜走。

寒锦衣却突然飞出，射出暗器击中他的腿，逝魂瞬间摔倒在地。而原本倒下的南疆士兵，也突然间全部“复活”。众人向逝魂逼近，刀剑抵在他的脖颈处围成一圈。

姚莫婉款款走出，全然不像是一个刚刚受过大刑的人，恢复速度之快，实属罕见，令人咋舌。

姚莫婉喜形于色：“逝魂，还不束手就擒！”

逝魂知道此番逃脱无望，只好认栽，缴械投降。

逝魂心有不甘地说道：“姚莫婉，你果然善使奸猾伎俩！”

姚莫婉却不以为意：“对付你这种小人，可不就得使奸猾伎俩？”

逝魂冷笑道：“你身为贵妃勾结亲王，通敌叛国，与我这等小人又有何差别！”

寒锦衣喝道：“住口，莫婉的名字不配从你口中说出来！死到临头，还逞口舌之快！来人，马上将他带回南疆，交与晗昱处置。”

逝魂却趁机挟持住姚莫婉，拿剑抵住她的喉咙，他的求生欲望实在是太过强烈，在那瞬间，他的武力值突然飙升，所以才能完成这一系列的动作。

逝魂喝道：“通通给我让开，谁敢靠近，我立马杀了她！跟我斗，你姚莫婉还嫩了点！”

寒锦衣上前一步，说道：“放开她！你敢动她一根寒毛，我要了你的狗命！”

逝魂笑道："我逝魂难道还会怕死？！就是要死，我也要拉个垫背的！"

逝魂举起剑正准备划破姚莫婉的喉咙，虽然剑刃离她的喉咙不过几毫米远，但是他刚才已经透支了他的武力值，此时的武力值直线下降，所以，几毫米的距离就像是拉长到几尺的距离一般。

寒锦衣来不及思考，冲上前去，赤手空拳抓住了剑，瞬间掌心流下淋漓的鲜血。逝魂拼死抵挡，掌中发力，直击寒锦衣的心口。寒锦衣硬扛他一掌，嘴角有血流出，将逝魂擒拿控制住之后，潇洒地将血迹擦拭掉，不露一点痕迹。

逝魂被五花大绑跪在殿上，姚莫婉、寒锦衣、晗月等人站在一旁。

姚莫婉朗声说道："此人正是杀害婷婷的真凶，逝魂。"

晗昱恶狠狠地盯着逝魂，从一旁侍卫腰间抽出长剑，一步步走向逝魂，一剑刺向逝魂，逝魂倒地殒命。

逝魂死不瞑目，似乎在说"让我也说几句，再杀我不迟"。只是很可惜，他已经来不及发出任何一点声音，就此结束了他失败的一生。

晗月说道："哥哥，如今凶手得以受惩，一切误会已经解除，婷婷在天之灵必会安心的。"

晗昱眼角滑落泪滴，脑海中浮现段婷婷的音容笑貌，如今阴阳相隔，白发人送黑发人，更觉凄切，潸然泪下。

夜君清躺在床上，晗昱为他解蛊毒，一番发力，夜君清终于吐出一口黑血，腥味扑鼻。姚莫婉和晗月对视一眼，面露喜色。

寒锦衣和姚莫婉围在夜君清身旁，晗月搀扶着晗昱站起来。

姚莫婉紧张地问道："君清，好些了吗？"

晗昱说道："蛊毒虽解，但这几日他已然大伤元气，切记让他好生休养调整。"

夜君清虚弱地谢道："多谢皇上……"

晗昱说道："姚莫婉捉住真凶，朕也不过是兑现承诺罢了。"

寒锦衣说道："皇上，逝魂只是奉命行事，真正的幕后黑手却正是大楚君主夜鸿弈，皇上难道不想斩除幕后真凶吗？"

晗昱瞬时被撩拨起了冲天怒火："杀女之仇，自然不共戴天。只是……"

夜君清急忙说道："当日皇上曾许诺，若手刃真凶，南疆便愿意出兵相助义军反攻大楚，此话可还算数？"

晗月急忙道："皇上金口玉言，自然是说话算数的。"

晗昱却有些犹豫："朕并非想要反悔，只是与大楚一旦开战，朕担心会殃及南疆黎民百姓，此事必得慎之又慎。"

夜君清说道："夜鸿弈为人多疑狭隘，睚眦必报。此番皇上为我解毒、怒惩铁血军团等种种作为，怕是早已传入他的耳中了。"

姚莫婉添油加醋道："就算皇上想罢手，夜鸿弈也绝不会对南疆手软。"

晗昱露出紧张的神色，凝神思忖，一时之间，拿不定主意。

晗月在一旁劝道："哥哥，夜鸿弈暴虐无道，失了民心，才会落得众叛亲离，既然此战在所难免，我们只有趁早进攻，才能让南疆百姓免于危难。"

夜君清装出一副不强人所难的姿态说道："如若南疆能支援义军，那自然会是一大助力。但若皇上终是不愿，我等也绝不会强人所难。只是待我们离开之后，你最好还是与反楚义军彻底划清界限，以免无辜受累。"

晗昱斜了他一眼说道："你要朕划清界限自保，难道就不怕我抓了你们押去向他邀功吗？"

夜君清答道："我当然怕，但我不是夜鸿弈。我懂得与人交心，才能被真心以待的道理。"

晗昱终于被说动了："好，有魄力，我如今才算是知道你们区区二人却能统率三军的原因了。既然他夜鸿弈对我不仁，也就怪不得我对他不义了。"

夜君清见晗昱答应，终于露出欣慰的笑容。他与姚莫婉相视一笑，一切尽在不言中。

马车停在旌姚号门口，寒锦衣扶着夜君清下了车，姚莫婉急急接过，搀扶着虚弱的夜君清向屋内走去。

寒锦衣看着两人的背影露出难堪的苦笑，孤单地转身离开，刚走了两步却突然捂住胸口，倒地不起，殷雪见状，急忙上前将他扶起。

"城主，您怎么了？"

寒锦衣佯装镇定，嘴角却涌出血来，他毫不在意地一抹，摆摆手表示自己无事。

殷雪焦急地转身便朝帐中走，寒锦衣急忙阻止："殷雪，你去哪？回来！"

殷雪说道："您受伤了，我去请主子来替您诊治。"

寒锦衣逞强说道："都说了没事，这点小伤哪用得上她出马，如今君清才更需要她照顾。"

殷雪说道："看样子您分明是受了内伤……莫非是逝魂那一招？"

殷雪转身就要去请姚莫婉，寒锦衣连忙装晕，半个身子都靠在了她身上："哎呀不行，我头晕目眩的，站都站不稳了。"

殷雪紧张地说道："城主您到底怎么了！还是去找……"

寒锦衣如拨浪鼓一般摇头说道："不行不行，你得赶紧带我找个地方躺下歇息。"

寒锦衣像搂兄弟一样自然地揽过殷雪的肩膀，两人硬是在门口掉转了头。

寒锦衣调侃道："你说你，作为一个女人，怎么就这么不解风情？小别胜新婚，也不想想他们俩有多久没见了，这种时刻前去打扰，多煞风景。再说了，我好不容易在莫婉面前表现了一番，你还非要跑到她那拆穿我，这笨劲儿，一点儿也不像本城主带出来的人。"

殷雪只好说道："城主教训得是，只不过您再为主子拼命，也得千万保护好自己啊！"

寒锦衣脸上闪过一丝苦笑，搀着殷雪缓缓走开。

夜君清躺在床上，姚莫婉小心地替夜君清擦拭着脸上的污渍伤痕，这些污渍伤痕还真是顽固，非一时一日能够消除得干净。

夜君清直视着姚莫婉，姚莫婉眼里满是心疼，却始终不愿看他一眼，一言不发。夜君清欣慰地说道："莫婉，还好你没事……"

夜君清疼惜地朝姚莫婉憔悴的面庞抚去，却被她一下避开，一时之间，他有些不明所以。

夜君清自责道："莫婉……对不起，让你受了这么多苦。你是不是还在怪我……"

姚莫婉打断了他："我不怪你。"

夜君清努力想坐起来，却拉扯着自己的伤口，暗暗吃痛。

姚莫婉说道："你快躺下。"

夜君清叹道："你分明在生我的气。"

姚莫婉犹豫片刻，说道："是，我是怪你，怪你言而无信，明明许诺要一起面对所有的事情，却又在临危之际撇下我一人而去，为什么你总要骗我？"

夜君清佯装责怪地说道："你不是也只身赴会了吗？明知道晗昱会万般为难，还要执意去面对他。"

姚莫婉眼眶一红："我不去的话，你怎么办呢……"

夜君清看着姚莫婉双眼通红地注视自己，一把将她抱住，将下巴靠在她的肩膀："都是我的错，我答应你，以后再也不会了。"

姚莫婉在夜君清肩头哭成了泪人，夜君清看着她手腕上的伤痕，心疼不已。

夜君清呢喃道："那你也要答应我，再不许这样做傻事了。"

姚莫婉用力地点点头。

夜君清抹去她脸上的泪，逐渐靠近姚莫婉的唇，二人眼神迷乱，深情拥吻。姚莫婉就像是干涸的大地迎接着暴风骤雨！不过夜君清终究重伤初愈，无法充当暴风骤雨的角色，只和风细雨一番了事。

夜鸿弈勃然大怒，将桌上的奏折一股脑儿全扔了出去。杂物砸中跪着的千面，他也不敢躲开半寸。

夜鸿弈怒吼道："一群废物，南疆与叛军交恶之时，为何不乘胜追击，一举将他二人拿下？你连这点事都办不到，朕今后还能将何重任交付与你？"

千面诚惶诚恐地说道："皇上恕罪！属下办事不力，甘愿受罚。还请皇上再给铁血军团一次机会，我定亲手将叛贼捉拿！"

夜鸿弈冷冷说道："他们此番已将南疆援军收于麾下，叛军不论实力，还是士气必将大肆提升，不容小觑，和他们正面相争已然不是良策。"

千面不解："皇上的意思是？"

夜鸿弈大手一挥："只有先行一步，预测对手的计谋，才可抢占先机，将其一举剿灭。"夜鸿弈走到沙盘前，眼神阴鸷，将一面小旗帜一把插在了"大蜀"的领土之上。

夜君清也正用剑尖指着地图上"大蜀"的位置，与众人商讨对策。

"大蜀兵力强盛，军需雄厚，若是能得其支援，我军实力必将大增，三军联手，围剿大楚是指日可待了！”

寒锦衣说道：“常言道：蜀道难，难于上青天。大蜀地势险峻，前去求援路途艰难，必须谨慎行事。”

夜君清道：“婉儿，此前连城一战，大蜀楚漠北曾毅然出兵相助，也算与我等结下些许交情。”

姚莫婉犹豫不决：“是，可是也只有那一次机会……”

夜君清没听明白，正想继续追问，忽然一士兵匆匆入内跪地禀报：“报——统帅，大事不好了！”

夜君清问道：“何事？”

“大蜀太子楚漠北今日忽然率数万精锐之师，压入莽原境内了！”

夜君清等人大惊，想不到夜鸿弈竟如此神速地勾搭上了大蜀，令他们有刮目相看之感。

城门口，大蜀大军压境，兵临城下。

蜀军营帐内，楚漠北面前摆着地图，认真地研究战局，一旁的将领正向他汇报军情：“启禀太子，我军已按您的部署，分列四军从四面围困莽原。”

楚漠北问道：“夜君清他们可有动静？”

将领答道：“如今抗楚叛军已如那笼中之鸟，只怕是插翅难飞。不知太子下一步如何安排？”

楚漠北道：“先不着急进攻，待父皇下一步指示。父皇一向不愿插手他国政事，也不知此番为何会下令与抗楚叛军为敌。难道父皇是想与夜鸿弈合作？”

将领说道：“卑职愚钝，怎敢妄自揣度圣上所想。”

楚漠北正疑虑着，一名士兵前来送上一封密函。楚漠北展信，阅后大惊：“父皇这是何意？还有这字迹……”

楚漠北起身，在屋内来回踱步。

夜君清召集众人商讨对策。

寒锦衣首先开口说道：“我实在想不通，我义军并未与大蜀交恶，为何他们会突然进攻呢？”

姚莫婉也说道：“大蜀此番行动，毫无征兆，实在是太过蹊跷。”

夜君清说道：“如今南疆已与我军联手，大蜀围困莽原，难道是与夜鸿弈联盟了？我担心如此下去，我们还未等到南疆支援，就会被蜀军合围剿灭！我们不能再困守于此坐以待毙了。”

正在这时，奔雷带着一封信前来回报：“王爷，大蜀太子楚漠北派人送来一封密信。”

众人纷纷围上，夜君清展信一看，只见上面写着“盼城外树林一见，大蜀楚漠北”的字样，不由得惊讶万分。

夜君清迷惑不解：“城外一见？”

寒锦衣说道：“他会不会借机耍什么花招？”

姚莫婉摇摇头，说道：“此事蹊跷，以我对楚漠北的了解，他绝非落井下石之人。眼前只能以身试险，赴约一探究竟。”

姚莫婉看向夜君清，两人点头互相示意。

事不宜迟，夜君清等人迅速往约定地点赶去，不一会儿，便已来到约定的城外树林。

姚莫婉与夜君清焦急地等候着，远处有士兵巡逻，营帐耸立。眼看夜君清眉头紧皱，姚莫婉温柔地抓住他的手，两人对视，互相安慰彼此。

楚漠北带着随行来到此处，在姚莫婉、夜君清面前下马。两人迎上去。

远处树林，远远地看见两方手下人马的身影，注视着他们的一举一动。

夜君清率先说道：“见过太子，此前连城一战，仰仗太子及时相救，我还未来得及亲自表达谢意。”

楚漠北说道：“你可别误会了，大蜀不愿插手他国政事，我楚漠北更不曾对谁有恩，那日相助，不过是我还了此前欠下姚莫心的交情罢了。你说是吧，姚莫婉？”

夜君清不解地看了一眼姚莫婉，见她很是坦然，按捺下了心中疑虑。

夜君清说道：“既然如此，那要请教太子了，我抗楚义军并未对大蜀有丝毫威胁，为何尔等要这般咄咄相逼，偷袭不成，还布兵围剿？”

楚漠北冷哼道：“偷袭？你这般出言不逊，也算是谈判的态度吗？”

“谈判？”夜君清如丈二和尚摸不着头脑了。

姚莫婉朝夜君清摇了摇头，打着圆场：“太子，双方并无仇怨，就这样不明不白地打下去，只怕更多士兵葬身沙场，更多无辜百姓流离失所。能否看在天下百姓，还有……莫心姐姐的分上，撤除围兵。”

楚漠北说道：“我可以答应你，可既然你们有所求，就必定要有所付出。”

夜君清道："不知太子想要什么？"

楚漠北犹豫片刻，直直看向姚莫婉，姚莫婉和夜君清不知道他什么意思，疑惑地皱眉。

楚漠北突然伸出手指向姚莫婉，朝着夜君清挑衅地说道："我要她，你也给吗？"

夜君清眉头紧锁，与姚莫婉不解地对视，谨慎地将姚莫婉往自己身后拉了一下，不悦地说道："太子，你想要什么直说便是，大可不必开此等玩笑！"

楚漠北冷冷说道："王爷是没听明白吧？只要这个女人成为我的太子妃，我大蜀立即退兵，这就是我开出的条件。"

姚莫婉主动上前说道："太子，大楚百姓如今因夜鸿弈的残酷暴虐，正陷于水深火热之中，一刻都耽误不得。我们诚意前来与您和谈，还望太子严肃相待。"

楚漠北说道："我既然放出此话，就绝无半分戏言。放心，你虽曾为大楚皇贵妃，但本太子仍会按照本国礼数将你迎娶入蜀，我楚漠北绝不会对你有丝毫亏待！"

夜君清强压怒意："她是我夜君清的女人，太子，我劝你立即将这番无稽之谈收回，否则，休怪我不客气！"

楚漠北不甘示弱地回击："第一，姚莫婉是皇贵妃，怎么会是你的女人？难道你们竟有私情？第二，这本就是一桩交易，你若不愿意，那我军也绝不撤退！"

姚莫婉还想辩解："太子……"

夜君清却打断了她："好，那我们战场上见！"

夜君清说罢，立即将姚莫婉带上马，欲离开此地。身后，楚漠北淡淡开口道："好心提醒，只怕这后果，是你们所不能承受的！"

姚莫婉回头，满腹狐疑地看着楚漠北，不知道他今晚约他们前来究竟葫芦里卖的是什么药。

姚莫婉与夜君清骑马行于林间，两人沉默了好一阵，姚莫婉看着一旁的夜君清格外凝重，先一步打破了沉默："君清，你方才太过着急，为何不等他讲清缘由再做打算？"

夜君清说道："我行军征战多年，从未见得如此无耻之徒，既然大蜀心存不轨，也没有必要再继续合作！”

姚莫婉说道：“我倒觉得，楚漠北的提议如此离奇，这其中定有什么误会。如若再找机会约见相谈，或许能试探出其中的蹊跷。”

夜君清兀自冷笑道：“误会？你就那么相信那厮的为人？他方才所说与你的交情，我怎么……一无所知啊！”

姚莫婉着急地辩解道：“那不过是之前我的旌姚号曾与他交过手而已，你……似乎是在吃醋啊？咦，好大一股酸味！”

夜君清懒得看她：“反正，你绝不可再与他见面！他既不愿与我们好生相交，那我在战场上杀他个片甲不留便是！”

姚莫婉拦住夜君清，着急地看着他：“君清，不要这般意气用事！兵戎相见，对我们双方，都是下下之策，只会正中夜鸿弈的下怀！”

夜君清面带怒意：“是他不仁在先！姚莫婉，谁都别想从我身边夺走你！这一点，我绝不会松口！”

姚莫婉坐在堂内摆弄着眼前的几个馒头，满脸担忧之色。见殷雪入内，着急问话：“怎么样，可有线索？”

殷雪垂下了头：“的确如您所料，楚漠北命人切断了莽原的粮食供应与水源，想以此相逼。如今存粮已经告急了，将士们每日也只能吃这些粗粮了。”

姚莫婉急了：“什么，将士们每天只能以此果腹，体力怎么可能跟得上？！”

殷雪说道：“军中还有些许粮食储备，好歹还能支撑一段时日，但城中百姓，现状不容乐观……”

姚莫婉着急地催促她道：“对我何必遮遮掩掩，你快说！”

殷雪沉痛不已地说道：“城中到处在闹饥荒，据说……已有人饿死了。”

姚莫婉大惊，这才过去五日就已经有人饿死，如果再多围几日，岂不是全部要死光了？这莽原百姓家的存粮未免太过儿戏了吧！简直跟过家家一样。姚莫婉急忙走出，殷雪跟了上来。

莽原城中到处都是闹饥荒的百姓们，姚莫婉从他们身边走过，悲恸不已。见寒锦衣在街头巷尾救济难民，姚莫婉急忙上前问道：“事情都已经到这个地步了，为什么我一无所知？”

寒锦衣说道：“婉儿你不必自责，夜君清下令对你隐瞒此事……我也是同意的。”

姚莫婉责备道：“他对我隐瞒，是怕我做出傻事。可是现如今城中已有百姓饿死了，你们竟还要瞒我！锦衣，军中的储备粮食还有多少？”

寒锦衣似乎猜到了她的心思，震惊道：“你想做什么？”

姚莫婉坚定地说道：“开仓放粮！”

寒锦衣劝道：“不可！粮食都给百姓了，将士该怎么办？再说，这灾民众多，军中那些粮食也不过是杯水车薪罢了……”

姚莫婉说道：“你不要忘了，义军所谋本是为了天下苍生，若是我明明知道自己可以救他们，却选择不救，那我与夜鸿弈又有什么区别？现在我下令，立即开仓放粮！”

姚莫婉说着，表情坚定而无奈。

夜鸿弈披头散发地站在摆放在架子上的天子剑前，闭眼沉思片刻，猛地将剑抽出，仔细地端详着，从锋利的剑刃上可以看到夜鸿弈冰冷的目光。

太监紧张地在一旁说道：“刘公公给皇上泡了些参茶，让奴才送来。”

夜鸿弈没有作声，依旧专心地擦着剑，太监愣了一会儿随后将茶放在案上。

夜鸿弈冷声道：“朕准你将茶放在案上了吗？”

太监吓得立刻跪在地上：“奴才……奴才知错，还请皇上恕罪。”

夜鸿弈喃喃道：“朕这剑许久未用了，你说这刃还锋不锋利了？”

太监道：“奴才不知。”

夜鸿弈道：“是啊，不杀人怎会知道，你出去吧。”

太监大喜过望：“谢……谢皇上！”

太监惊恐地转过身刚走没两步，一把剑从胸膛贯出，人随后倒下。夜鸿弈拔出剑，剑上的鲜血滴在地上，随后转过身，自言自语道：“好像是钝了些。”

千面从门外走进，看到眼前的场景，先是一惊，随后跪地：“启禀皇上，蜀皇已派太子楚漠北陈兵围困莽原，若是议和条件达不成，不日便可破城，至于夜君清和皇贵妃娘娘是杀是留，还请皇上明示。”

夜鸿弈冷声说道：“这让朕想起了当年四王之乱时，朕被围困于平城，生死一线，自那时起，朕就起誓，绝不会宽恕所有背叛朕的人。”

千面答道：“属下明白。”

夜鸿弈手持长剑转过身，叹道：“唉，这偌大的皇宫，而今就只剩下朕一个人，该走的都走了，为了权力，朕这把剑沾了很多人的血，也因此失去了莫心，现在又是莫婉，难道真的是朕错了吗？”

夜鸿弈举起剑看着，陷入半是清醒半是癫狂的状态中。

千面说道：“皇上是为天下而杀人，若是为一人而乱了天下，岂不是毁了大楚的江山社稷。”

夜鸿弈说道：“是啊！但这千里江山无人共享，也是无趣，你替朕用此剑斩了夜君清吧，至于莫婉，朕会亲自处置，捉回来便是。”

千面接过夜鸿弈手里的剑，随后起身离开。

夜鸿弈又道：“哦，对了，你去传令，关雎宫久无人住，都落灰了，着人清扫整理，准备迎接正主归来。”

千面应道：“是。”

夜鸿弈打开窗，一缕阳光射进，刺得睁不开眼，过了好一会儿，才眯眼看向天空。

“天下人要亡朕，朕便杀了天下人，老天要亡朕，朕便灭天。”

夜鸿弈嘴角露出嗜血的笑容，他早已经按捺不住要大开杀戒了。即便他只有逝魂、千面这种成事不足败事有余的猪队友，但他自信，以他的能力，对付夜君清那些人，已经足够。

天才，总是孤独的。

第三十三章

风卷起片片落叶，黄沙扑面，莽原城内气氛肃杀、萧瑟。一只小鸟在地上蹦蹦跳跳，路过了躺在地上的尸体。一个发疯的义兵被另外两人拖走，义兵的挣扎惊飞了鸟儿。

夜君清、姚莫婉和桓横站在一旁看着眼前的一幕。

桓横叹了口气："又一个饿疯的，没想到还会饿疯，我长这么大，还是第一次见。"

夜君清问道："桓将军，军中人员的损耗情况如何？"

桓横答道："眼下光饿死的就已有近百人了，还不算像刚才那样饿疯的。"

姚莫婉问道："流沙，剩余的粮草还能支撑几日？"

流沙走上前答道："恩主，粮草还能支撑两日，不过，这是弟兄们每日只吃一顿的前提下。"

寒锦衣不安道："一日一顿，这样下去莽原就该人吃人了。"

夜君清眉头紧锁："如此困守莽原，恐怕我们不战就自败了，锦衣，你带一队人去探探可有突围之路。"都到这个地步了，才想起要去探探突围之路，夜君清为自己感到羞愧不已。

锦衣应道："好！奔雷，跟我走。"

寒锦衣、流沙和奔雷一同离开。

姚莫婉说道："君清，你心里其实清楚，这么做只是饮鸩止渴，解不了莽原之困。"

夜君清故作镇静道："蜀国大军远征，所带粮草辎重定不足以支撑长期围城，先前我们已毁了蜀军粮仓，只要再伺机切断补给粮道，便有可能反败为胜。我已派殷雪去探了，就等她的消息了。"

夜君清紧锁眉头看着远处，他心里何尝不知道饿得前胸贴后背的士兵的战斗力，如果一旦营啸，后果不堪设想。

楚漠北站在沙盘前若有所思，一个将领站在一旁。

楚漠北叹道："唉，不知现在莽原情况如何了？"

将领答道："这莽原城和别的城不一样，存粮极少，莽原城的老百姓感觉就跟过家家闹着玩似的。算来断水断粮已有些时日，依属下看，城中应当是饿殍遍地了吧。"

楚漠北点头道："是啊，已穷途末路了，难道夜君清、姚莫婉他们当真要和我死拼到底，也绝不投降吗？"

将领边说边指着沙盘上的相应位置："他们即便不投降，困守莽原也终是死局，卑职在城北山谷埋伏下了重兵，此处地势险要，易守难攻，切断了他们唯一可突围的路。"

楚漠北想了想道："我军远征，最致命的弱点便是粮草供给，一旦粮草辎重运送出现问题，纵使兵马再强，后果也不堪设想。那夜君清定能想到这点，你方才说山谷易守难攻，派重兵岂不是多此一举，不如分兵护卫粮道，这才是重中之重。"

将领心悦诚服道："属下这就照办。"

将领刚要走，被楚漠北喊住："慢着，我问你，若是强攻，有几成把握能赢下此仗？"

将领答道："打赢倒是容易，只是攻城恐伤亡巨大，何不继续围城让他们不战而亡。"

楚漠北说道："我担心夜长梦多，听探子回报，南疆即将出兵增援，再拖下去，我军便面临着双线作战之苦，胜负顷刻变局，你抓紧做好攻城准备。但是记住，破城后定要保夜君清、姚莫婉和寒锦衣的性命周全。"

将领有些难以置信："太子，这……这恐怕不妥吧，皇上……"

楚漠北打断他："我本就不愿打这场仗，奈何父命难违，可我与三人也确有交情，若杀了他们，我岂不成了忘恩负义之人？何况父皇给我的任务，本就是求娶姚莫婉便停战，她的命我必须保。依令行事吧。"

"属下遵命。"

将领转身离开，楚漠北叹了口气继续看向沙盘上的莽原。

姚莫婉、夜君清和桓横正围在一张地图前。

桓横首先开口说道：“以我们如今的兵力，想要与蜀军正面交锋几乎没有胜算，可若突围，所有的伤兵和百姓都得留在这儿。”

夜君清看了一眼地图：“也并非无一战的可能，蜀军对我方威胁最大的就是骑兵，只要让步兵贴上去缠住，给我方骑兵拉扯出空当，迂回到后方直插中军，也有制胜的可能。”

姚莫婉却持不同意见：“不可，此乃险棋，这是在拿义军将士的命赌。”

夜君清却不为所动：“此时若不能出奇制胜，无异于坐以待毙。”

姚莫婉说道：“明明有一条容易的生路不走，为何偏行其难？”

夜君清叹了口气，说道：“容易的路，我做不到，也不想走，更何况此事不会这么简单，若是诈计，往后掳你做人质相要挟，岂不是让我进退两难？”

夜君清与姚莫婉互相复杂地相视着，为了不失去她，夜君清宁可葬送无数义军将士和莽原百姓的性命，他也在所不惜。别提区区一个莽原，即便是整个天下，他也不会有任何的犹豫。

此时，寒锦衣走进门来，说道：“我带人探过了，唯一可突围的山谷水路已被蜀军封锁，驻军把守。”

桓横领兵多年，对此早已预料到，姚莫婉没有这方面的经验，大惊失色：“什么？蜀军动作这么快！”

夜君清一拳砸在桌子上，为自己的愚钝而感到愤怒。

寒锦衣安慰似的拍拍他的肩膀：“我已派人飞鸽传书，催促南疆出兵救援了。”

桓横问道：“什么时候派的？”

“刚刚！”

“那你动作够快的。”

汀月端着野菜和小米粥走了进来：“大伙忙活了一天，吃点东西吧。”

汀月将野菜和小米粥放在桌子上，屋子里飘着诱人的香气。

姚莫婉叹了口气：“我吃不下，把我那份分给将士们吃吧。”

这时，一名义兵走了进来：“启禀统帅，有一妇人在门外喊冤。”

夜君清不明其意："喊冤？"

夜君清等人走了出来，只见一个老妇人跪在地上伤心地哭泣。

老妇人边哭边骂："你们这帮杀人不眨眼的土匪，还我儿子！还我儿子！"

姚莫婉上前扶起老妇人："老人家，这是出什么事了？"

老妇人还在痛骂不已："你们这些土匪竟为了抢粮食杀了我儿子，天理何在啊！"

寒锦衣说道："抢粮？不可能，这其中定有什么误会。"

老妇人说道："我眼睁睁看着儿子被你们的人杀了，还有什么误会！"

夜君清严肃地说道："若真有此事，我定会严惩不贷，还老人家一个公道。"

此时流沙带着义军走来，老妇人看到人群中的一个义兵，立刻冲上去抓住他用力地捶着。

"就是他杀了我儿子，你还我儿子的命来！"

夜君清喝道："来人，将他拿下！"

夜君清身后几名士兵上前，将义兵甲按在地上。流沙上前，拦在夜君清面前。

那个义兵大叫："流沙大哥救我！"

流沙激动起来："这是干什么，怎么了？"

夜君清冷冷地说道："他残杀百姓，死有余辜。"

流沙激动地说道："现在是非常时期，就算他真的抢了粮，还不是因为快饿死了，这也情有可原，不至于要杀头吧！"流沙可能因为激动忘记这个义兵既抢了粮又杀了人了，所以才会说出这番胡话来。

夜君清却不为所动："召集百姓，就地正法！"他要立威，要让莽原的老百姓和所有的义军将士都知道，义军绝不会做不义之事，否则，就是死路一条！

寒锦衣上前一步阻止道："君清，算了吧，饶他一命，重罚就行了。"

夜君清心意已决："重罚就能让人死而复生吗？你们记住，我们起事是为了天下的老百姓不受欺负，如果以后都这样，那我们和大楚那帮鱼肉百姓的畜生有什么区别，斩！"

寒锦衣态度立即改变，闻言拔出刀，流沙见状也拔出刀挡在前面："我看谁敢动！夜君清，你装什么圣人！现在蜀军围城，命都快没了，你却还要杀自家兄弟，以后谁还跟着你出生入死！恩主，你说句话啊！"

姚莫婉眉头紧锁，走了出来，冷冷地说道："流沙，把剑收起来，君清做的是对的，现在我们不是匪，是兵，身上的匪气不改，什么都做不成。”

流沙看着姚莫婉眼里充满怒气，他想不到姚莫婉自从和夜君清在一起之后，就事事都向着他，他的心里越发不是滋味。

夜君清喝道：“斩！”

寒锦衣持刀走向义兵，流沙再度阻拦道：“慢着，我的人还轮不到你来杀！”

流沙随即走到义兵面前。

义兵因为抢到了粮食而吃了一顿饱饭，声音格外洪亮：“流沙大哥，我不想死。”

流沙并没有看他，他的眼睛看向远方，看得很远很远，他说：“把头低下来，你的家人我会照顾好的，安心上路。”

义兵顺从地低下了头，流沙一刀斩下，随后把刀扔在地上。

流沙怒目看着夜君清：“这下你满意了，走。”

流沙带人转身离开，夜君清痛苦地闭上眼睛，姚莫婉难掩悲伤，闪身而去。

夜幕再度降临，姚莫婉疲惫归来，却看见营内一片热闹之景，武器、马匹纷纷准备妥当，摆放在军营之中。

这时，奔雷一边忙活着一边走了过来，说道：“兵器军需都清点妥当了？明日一早就要启程，千万马虎不得。”

姚莫婉惊道：“奔雷，你这是在做什么？”

奔雷习惯性地挠着后脑勺：“姚姑娘……”

看着奔雷吞吞吐吐的样子，姚莫婉暗觉不妙，见到远处的夜君清正小心擦拭着自己手中的宝剑，一脸决绝之色。

姚莫婉走过去问道：“夜君清，你在做什么打算？”

夜君清决然道：“今日此情此景，我们绝不能再坐以待毙了。明日一早，我便带弟兄们启程，与蜀军决一死战。”

姚莫婉劝道：“夜君清，你冷静一点，现在绝不是这般意气用事的时候！”

夜君清说道：“我并非意气用事，于理，楚漠北已将我们逼上绝路，还妄图以诡计掳你做人质，如今困于城中，水尽粮绝，再等下去，也只是死路一条。不如杀出一条血路！于情，你是我的女人，我绝不会让你嫁给楚漠北，不管付出什么代价，我都不会让你嫁给他！”

夜君清甩开姚莫婉的手，毅然决然地走开。

姚莫婉留在原地，看着夜君清离去的背影，似乎也下定了什么决心，紧握双拳。

姚莫婉独自坐在房内，将一封信塞入信封，这时汀月走了进来。

汀月问道："小姐，你怎么了？整整一天水米没沾牙了。"

姚莫婉叹道："眼睁睁看着莽原军民遭难，我如何能吃得下东西。"

汀月违心地说道："小姐，大家都心甘情愿追随你和王爷，这不关你的事啊！更何况起事并不是为了私心，而是为救天下苍生。"

姚莫婉摇头道："眼下牺牲太过惨重，这困局解不开，何谈救天下苍生。汀月，这封信替我转交君清，我出去一趟。"

汀月应道："是。"

姚莫婉将信放在桌上，随后走了出去。

汀月拿起信正要揣入怀中，忽然觉得有些不对，像是想到了什么，打开信一看，大惊失色，于是赶忙追了出去，却只看到姚莫婉一骑绝尘。

汀月顿足大喊："小姐！小姐！唉！"

汀月只好拔腿向另一个方向跑去。

楚漠北正在案前查看文书，一个士兵走入行礼禀报道："太子，营外有个叫姚莫婉的女子求见。"

楚漠北笑了笑："莫婉来了，请进来吧。"

姚莫婉冷脸走了进来，楚漠北依旧端坐在椅子上，绽放礼貌的微笑："你终于想明白了，可让我好等啊！"

姚莫婉讥讽道："怎么，几日不见便端起架子了，于情于理，太子难道不该以礼相待？"

楚漠北随后起身，走到姚莫婉面前，压迫性地注视她，姚莫婉分寸不退。

楚漠北道："战场上只有敌我，没有朋友。你既然来了，想必想通了吧，同意做我太子妃了？"

姚莫婉说道："嫁你可以，但你必须与义军联合，并且立刻退兵，提供粮草补给。"

楚漠北哈哈笑道："笑话，如今莽原已是死城，不论是围还是攻，这都是一场必胜的仗，我为何要与你们联合！"

姚莫婉说道："所谓弱者谋一隅，强者谋天下，难道这一小小的莽原你便满足了？"

楚漠北看着姚莫婉忽然笑了起来，随后坐回案前："不愧是姚莫心的妹妹，倒是有她几分魄力。只是你别忘了，你来，是嫁与我做太子妃来换莽原军民的性命，你有何资格和我谈条件？"

姚莫婉说道："这便是我说的，义军可与蜀国共谋天下，难道这还不够资格吗？"

楚漠北不解道："此言何意。"

姚莫婉说道："如今天下三分，大楚势大，占尽地利，而今南疆已与莽原联盟，此乃联合抗楚的最佳时机。"

楚漠北说道："即便如此，我大蜀能得什么好处？况且我也可以先灭了莽原，再和南疆联盟，对我来说，也没有任何的影响。"

姚莫婉说道："兔死狗烹、过河拆桥的故事，太子听得够多了吧。若义军被灭，蜀国能安稳到几时？何况这些年几国纷争，死的人还不够多吗？若是君清做了大楚君王便可永不起战端，保万千百姓的安宁。"

楚漠北却仍是不大相信姚莫婉的花言巧语："如此说来倒也是件好事，只是兵不厌诈，你若是利用我……"

姚莫婉说道："有我在蜀国当人质，还不足以让你心安吗？"

楚漠北看向姚莫婉，露出心领神会的笑容。

夜君清看完信眉头紧锁，寒锦衣走到一旁，问道："婉儿到底去哪儿了！"

夜君清说道："她应下了婚约，去了大蜀军营。"

寒锦衣惊讶地说道："什么？婉儿她也太傻了！"

夜君清斩钉截铁地说道："这次就算是死，我也要抢回莫婉，桓将军，传令下去，准备迎战。"

桓横劝道："王爷，以眼下莽原的军力出击，无异于以卵击石，还请王爷三思。"

夜君清摇摇头，寒锦衣站上前去，夜君清怒道："锦衣，连你也觉得我意气用事，想劝阻我不成？”

寒锦衣说道：“不，谁劝阻你，我都不会。我支持你，他楚漠北欺人太甚！任是谁也不能眼睁睁看着莫婉牺牲！不就是鱼死网破、杀出条血路吗？我陪你！”

夜君清激动不已：“好兄弟！”

二人握拳，眼神交会，互相明白对方想说的。

桓横见状叹了口气，知道自己再说什么都已经于事无补：“我这就去准备。”

桓横转身离开。此时，流沙在门外对寒锦衣招招手，寒锦衣不解地走出门去。

流沙小声地说道：“城主，我有事禀告，随我来。”

流沙领着寒锦衣、桓横来到街道上，只见周围众义兵狼吞虎咽地吃着馒头和粥，有人吃得太急，噎得直打嗝。

寒锦衣惊道：“流沙，这是怎么回事？”

流沙说道：“恩主去蜀营议和，看来已经谈妥了，他们派人送来了粮食，还告诉我明日会派使节详谈。方才我正准备禀告此事，但夜君清现在怒火攻心，听不进去话了，所以也就没多言。”流沙指了指远处的几辆马车：“送来的粮车都在这儿了，要还是不要，城主和桓将军拿个主意吧。”

寒锦衣和桓横望着周围的士兵，叹了口气。

桓横心有不忍：“所有投奔莽原的兄弟，都是想过上安宁日子，没承想为了起事，却让大伙遭此大难。”

流沙说道：“日子再苦，弟兄们从未有过怨恨。我不懂打仗，但也知进退，眼前只有一条路可走，便是和，可夜君清却执意要开战，这难道不是送死？”

桓横说道：“城主，殷雪刚刚回了，蜀军派重兵保护送粮道，咱们没指望了！兄弟们好不容易能吃上饭，就是死，也得吃饱才能上路啊！难道要白白浪费了姚姑娘的一片心意？”

这时，一众义兵纷纷冲寒锦衣下跪求情：“城主，我们几个本在绿林逍遥自在，是冲你才从军的，就让我们吃饱饭再上路吧，我们不想死啊！大家都不想死啊，城主！”

寒锦衣纠结不已，满含热泪，思索片刻下定决心：“粮食收下吧，先让弟兄们吃口饱饭！”

流沙有些担忧：“可是夜君清那儿……”

寒锦衣安慰道：“君清那儿我来担着，不必担忧。牌坊要立，婊子的事也需要人来做的。”

流沙点点头道：“是。”

此时，夜君清和奔雷策马而来，看到大家都在吃东西，神色严峻地翻身下马。

夜君清问道：“这些吃的是从哪儿来的？”

寒锦衣在一旁说道：“君清，你别管是哪儿来的，眼下能让弟兄们吃口饱饭最重要。”

夜君清仍旧大声地问道：“我问你，这吃的是从哪儿来的！”

流沙忍不住开口说道：“是蜀军送来的，我分给弟兄吃怎么了！”

夜君清喝道：“违抗军令，奔雷，拿下！”

奔雷拔刀上前，被寒锦衣拦住：“要杀就杀我吧，是我让流沙收下的。再不吃饭，弟兄们全要饿死了。”

夜君清见周围义兵狼吞虎咽的样子心有不忍，叹了口气，望了眼寒锦衣，随后转身离开。

流沙在心里暗道：“我的人违抗军令就要杀，寒锦衣违抗军令就仅仅只是眼神惩罚，如此军令，倒也奇特。”

夜鸿弈用绸巾细心给姚莫心擦拭脸庞，此时千面走了进来，见到此幕正准备转身离开。

夜鸿弈却开口说道：“说吧。”

千面说道：“启禀皇上，探子来报，姚莫婉只身去了蜀营，答应了楚漠北的条件，甘愿为妃，接下来该如何行事，还请皇上示下。”

夜鸿弈说道：“莫婉啊莫婉，朕就知道你迟早会应下，先背叛了朕，现在又背叛了三弟，朕看你如何解这僵局。”

千面说道：“只是莽原叛军似乎并没有议和之意，而是集结了义军，像是要开战。”

夜鸿弈喜道：“这是朕最想看到的局面，到时南疆再出兵增援，鹬蚌相争，渔翁得利，等他们两败俱伤，便是朕出兵完成九州统一霸业之时。”如能统一九州，夜鸿弈将是能够和秦始皇相提并论的千古一帝！

千面适时地拍着马屁：“皇上之深谋远虑，属下五体投地。”

夜鸿弈倒也还清醒："该准备的还是要准备，你先行去布置吧。"

千面说道："是。还有一事，皇上要的丹药已炼制完成。"

千面将丹药递上转身离开，夜鸿弈放下绸巾，在姚莫心额前轻轻吻了一下："莫心，我有些累了，天下人皆言我是暴虐无道的昏君，但是谁能懂，那只因我怕失去，失去权力是死，失去所爱之人是痛，这么多年如履薄冰，左右权衡，到头来还是一场空，兜兜转转，最后留下的也只有你了。"

夜鸿弈打开锦盒取出丹药看了看："莫心，也许你永远不会醒来了，我知道该让你安息，可是做不到，原谅我的自私吧，至少还有你在陪着我。"

夜鸿弈将丹药送入姚莫心的口中，起身离开。

他没有看到姚莫心的手微微动了一下。

夜君清背身站着，寒锦衣走了进来。

夜君清痛心不已："为什么瞒着我？"

寒锦衣顶撞道："君清，往日我对你事事言听计从，但现在恕难从命，你已乱了心志。为了一个女人，你要葬送整个城的军民性命，你不觉得太疯狂了吗？这可不是明君做的事。"

夜君清转过身看着寒锦衣，眼中寒光四射："所以你就背叛了我，私自受了蜀国的施舍？刚刚你还说要陪我杀出条血路！"

寒锦衣激动地反驳道："我背叛？是你背叛了自己！你难道忘了咱们起事的初衷是造一个承平盛世吗？你知道么，粮道已经断了！那些冲着我们从军的弟兄们怎么办？让我眼睁睁看着大家去送死吗？"

夜君清却给自己辩解道："我这么做自有考量，你太天真了，蜀国议和只是缓兵之计，他们绝不会善罢甘休的，届时弟兄们又怎么办？！"

寒锦衣说道："是真也好，假也好，现在是求存之际，婉儿选择牺牲，还不是为了你能成就救国救民的宏图伟业？不能辜负了她。"

夜君清痛苦地闭上眼睛："正是因为这样，所以我更不能与蜀国议和，如果成就大业需要一个女子去自我牺牲，纵使得了天下，又如何能够心安！婉儿她不是我们这些男人战场上争夺的战利品，这太亵渎她了！"

寒锦衣劝道："你先冷静下来！婉儿不是战利品，谁都不想让她去牺牲，只是我们身上肩负着莽原万千军民的性命，世上安得两全法！明日我们先与蜀国使节会面详谈，再说下一步，好吗？”

夜君清冷静下来，低头看着手里的玉佩，随后抬起头：“我之所以这么做，是因为我已经失去过莫心了，我不愿再一次失去她。明日议和我会去的，放心吧。”

夜君清拍了拍寒锦衣的肩膀，走了出去。

寒锦衣皱了皱眉，狐疑地自言自语：“再一次失去她？此话何意？”

夜君清、桓横、寒锦衣骑马立于城门处，一名蜀国士兵陪着蜀国使节拿着锦旗拍马而来，夜君清拍马迎上前去。

使节趾高气扬地说道：“寡众悬殊，胜负已分，太子心怀慈悲，不忍涂炭生灵，投降便可饶城中军民不死！”

话音刚落，夜君清上前一刀怒斩了使节，寒锦衣、桓横等人皆惊。桓横还来不及说“两国相争不斩来使”，使节人头已经落地。

桓横摇头道：“此乃不义之事也。”

夜君清杀了使节之后异常兴奋，举剑怒吼，指着一旁惊慌的蜀国士兵：“回去告诉楚漠北，我夜君清不会屈服于任何人，明日之前若不将莫婉送回，我们义军就算战至最后一滴血，也会将他的头高挂于城门之上！”

蜀国士兵立刻勒马逃离，夜君清心满意足地拍马回城。

姚莫婉在营帐中来回踱步焦急地等待着，楚漠北走了进来。

姚莫婉问道：“怎么样了，君清他答应了吗？”

楚漠北面色凝重地将头盔放在桌上：“夜君清将我派去的使节斩了。”

姚莫婉大惊失色：“什么？怎么会这样……”

楚漠北说道：“令九州闻风丧胆的大楚战神夜君清，完全像变了个人。为何就不肯低个头？眼下时局，接受议和便是最好的选择。”

姚莫婉又是感动又是烦恼心疼，各种复杂情绪涌上心头。

姚莫婉道：“君清是因为我乱了心志，作为义军统帅，怎可如此不顾大局。”

楚漠北道：“两国相争不斩来使。他这是在逼我！再这样下去，我也救不了他了，唯有攻城，尽快解决这场仗。”

姚莫婉走到楚漠北面前，好言相劝：“我去找君清，再容我一日，我必能说服他。”

楚漠北警惕地看着她：“你要走？”

姚莫婉说道：“我会回来的，相信我。”

楚漠北看了看姚莫婉，随后叹了口气：“不是我不信你，而是我不相信他，他为了你这般不惜一切，再次相聚，绝不会轻易放你走，依我看不如约他出来相会，这样稳妥些。”

楚漠北和姚莫婉对视无言，气氛变得有些微妙。

姚莫婉觉得是时候让干涸的土地再湿润一下了……

奔雷和汀月对坐无言，汀月默默地抹着眼泪：“唉，可惜小姐就换来了几车粮食，也不知如今怎样了，王爷真要浪费小姐的牺牲吗？”

奔雷也叹道：“唉，此事王爷应对得的确有些不妥，可是比起这些，失去莫婉小姐会更痛苦吧。换作是你，牺牲自己嫁了别人，我也一定会发狂般抢回你。”

汀月噘嘴：“那要是我嫁过去觉得还不错，不想跟你走了呢？”

奔雷故作凶恶状：“不想？”

奔雷一个公主抱，将汀月抱了起来：“不想？我就是绑也要把你绑走！”

汀月害羞地看着奔雷，用她的粉拳敲打着奔雷宽阔的胸膛：“放我下来。”

奔雷调戏着她：“不放。”

汀月娇羞道：“放……”

话刚出口，一个义兵走了进来，奔雷见状手一松，汀月跌落在了地上。

汀月怒道：“奔雷，你干什么！”

义兵禀报道：“副将，方才蜀国差人送来了一封信，指明要送到此处。”

奔雷疑惑道：“信？”

奔雷接过信，汀月爬起来凑在一旁看，然后说道：“这是小姐的笔迹！”

奔雷说道：“我马上通知王爷！”

奔雷飞快地跑了出去。

夜君清在校场射箭，以解心头之闷，寒锦衣和桓横走到一旁。

寒锦衣说道：“既然你一意孤行，我没什么好劝的了，再说人都杀了，就算后悔，也再无回头路了。”

夜君清一直在瞄靶子，可是一直无法集中注意力，最终还是放下了。

夜君清说道：“我若什么都不做，就这样失去莫婉，这一辈子我都不能原谅自己，即使你们不愿追随，我就算是只身闯蜀营，也要夺回莫婉。”

寒锦衣摇头道：“你是真的疯了，罢了罢了，疯也好，死也好，我说过了要陪你，便不会食言。”

夜君清稍稍得到了一些安慰，与寒锦衣相视一笑。

桓横仿佛被他们的感情所打动，也昏头昏脑地说起胡话来：“王爷，末将是一粗人，不懂这些情情爱爱的，虽然我并不赞同出战，但也遵从王爷的决定，誓死追随。”

夜君清说道：“我早已想好了，此仗要胜，唯有奇袭，还请桓将军挑选三百精锐骑兵，给每人备上黑布，随我趁夜袭营。”

寒锦衣说道：“黑夜里蒙黑布？你是要蒙马眼冲阵？不可不可，这是拿命在拼！”

夜君清早已经听不进任何劝说：“要是没了莫婉，我这条命也就丢了，余生活得如行尸走肉，那还有何意义！”

寒锦衣说道：“唉，那就请桓将军多备一块黑布吧，上阵杀敌，怎能少了我。”

桓横说道：“是，末将这就去准备。”

此时，奔雷策马而来，喊道：“王爷，莫婉姑娘送来了一封信！”

夜君清接过信拆开看，面色凝重起来：“你们依计行事，我去去就回！”

夜君清翻身上马绝尘而去，脑海中不断回想起信的内容：君清，我意已决，即将启程前往蜀国成婚，此去或许此生不复相见，至少让我和你好好道个别吧，我在城外的树林等你，若不来我也不会怨你，唯望余生各自安好。

夜君清在心里说道：“莫婉，你等我，你一定要等我！驾！”

夜君清快马加鞭，不断地往马身上抽着鞭子，马儿吃痛，嘶鸣几声，像是在诉说着对夜君清的不满。

夜君清骂道：“你这畜生，胆敢造反不成？”

马儿挨了鞭子还要挨骂，心中委屈，撒开蹄子往前奔去。

夜君清纵马飞奔而来，来到树林看到姚莫婉和楚漠北，随后下马走了过去。

楚漠北嘲讽地说道："夜君清，我说过，这后果，只怕你们不能承受。怎么样，我这个对手，还算够资格吧？"

夜君清冷冷地说道："我有过很多对手，但没有一个人能活着。"

楚漠北毫不掩饰自己的讥嘲之色："使节也是你的对手吧！"

姚莫婉不想让夜君清过于难堪，于是插嘴道："太子，请让我们单独待会儿。"

楚漠北笑了笑，知趣地离开，走到不远处。

夜君清眼神直直地看向姚莫婉："你当真要离开我？"

姚莫婉痛苦地闭上眼睛，模样楚楚可怜："君清，你这又是何必呢？为了我不惜让莽原万万军民送死，你的心比夜鸿弈还狠啊！"

夜君清说道："那你让我如何是好，难道眼睁睁看着你离开，却无动于衷吗？还是想让我活在悔恨中，直到自我了断。"

姚莫婉冷冷地说道："现在的你让我觉得很心寒，我心目中的你是个心怀天下、救国救民的英雄，而不是为了儿女情长止步不前的匹夫！"

夜君清简直要暴怒了："心寒？该心寒的人是我，你我一路走来，经历种种惊涛骇浪，不管发生任何事情，你都决意自己扛，从来没跟我商量过半分，只通知我一个结果！难道我就这么微不足道吗？"

姚莫婉怒道："够了，难道你活着就只为了情吗？你应当心怀天下，我们之间的感情，不能成为阻拦你实现抱负的绊脚石！"

夜君清隐隐有了夜鸿弈的感觉："我的天下不需要一个女子去牺牲自己，若我连自己的女人都无法保护，这样得来的天下又有何用！这一路走来，你为我付出的已经够多了！若再舍了幸福，那我有何颜面活在世上！"

姚莫婉说道："这世间最无用的便是深情，不过是虚幻的罢了，我想通了，我姚莫婉此生注定做不了寻常女子，我心中最渴望的不是情爱，而是我的大道与理想，所以现在请你务实一点，用旁人的命去彰显你的深情，这不是勇气，而是懦弱。我对你的爱，不过如此，没有你想的那般深情！"

夜君清伤心欲绝地望向姚莫婉："你我的大道与理想，从来都不冲突，为何我们不能并肩前行！没有你，我做这一切还有何意义？"

姚莫婉拽下夜君清腰间的香囊，一把扯开，香叶纷纷扬扬。

姚莫婉看着飘落一地的香叶，说道："忘了我吧，做你该做的事。"

夜君清从身后紧紧抱住姚莫婉，眼睛里噙满泪水：“知不知道，你所说的每句话都像是一把刀，一点一点地剜着我的心。”

姚莫婉深深地吸了一口气，两行眼泪流下：“奈何你我此生情深缘浅，造化弄人，有太多的羁绊了，实在无法相伴到老，君清我答应你，无论身边是谁，此生我只爱你一人，若有违背，愿遭天谴，望你继续完成我们未了的心愿，往后这份情我会好好埋在心里。”

姚莫婉慢慢推开夜君清的手背过身去，这时楚漠北走了过来。

楚漠北显得很是轻松愉快：“叙完了？”

姚莫婉点点头道：“君清已经应下联盟一事。”

楚漠北叹了口气道：“夜君清，今日所为实属无奈，我也有苦衷，还望你见谅。”

夜君清听闻此话，立刻抬起头看着楚漠北：“楚漠北，莽原义军与你们蜀国并无利害关系，蜀皇到底为何提出这样的荒唐条件！为何非得是莫婉！”

楚漠北说道：“唉，种种所为并非我本意，父皇只说莫婉并非寻常女子，得之可得天下。父命难违，我当儿臣的也只能照做。”

姚莫婉皱了皱眉看向楚漠北，细细品味着他话里的意思。

远处的奔雷和殷雪，二人紧张地监视着。

奔雷说道：“一会儿要是生了什么变故，我来殿后，你护送王爷走。”

殷雪不以为然：“你多虑了吧，楚漠北乃正人君子，不会害王爷的。”

奔雷说道：“不怕一万就怕万一，听我的就是了。”

此时，楚漠北看向姚莫婉，催促道：“我们该走了。”

姚莫婉叮嘱道：“君清，加紧备战，莫再以我为念。”

姚莫婉转身离开，夜君清却突然大喊一声：“莫婉！”

姚莫婉心尖一阵剧痛。

“无论你是否归来，我都会站在原地等你，余生我只为你而活，好好活着。”

姚莫婉没有回头，与楚漠北一同离开，夜君清看着二人离开的背影久久未离去，如石化一般立在原地。

蜀国皇宫，御书房。

楚漠北与姚莫婉走了进来。楚漠北给坐在椅子上的楚熙行礼：“儿臣参见父皇。”

姚莫婉亦行礼道：“小女见过蜀皇。”

楚熙仔细地端详姚莫婉：“原来你就是姚莫婉，今日一见，果然与寻常女子不同啊！”

姚莫婉羞涩一笑：“蜀皇谬赞了。”

楚漠北跪下道：“儿臣有罪，还请父皇责罚。”

楚熙不解道：“何罪之有啊？”

楚漠北说道：“儿臣并未将夜君清和寒城主一同带回，而是与他们达成了共同抗楚的协议。儿臣私以为，蜀楚日后必有一战，莽原义军也可助我们一臂之力，如此便忤逆了父皇之命。”

楚熙起身扶起楚漠北，大笑道：“起来起来。此乃好事，有何罪啊？！朕看，正好借着你二人大婚，请南疆王和夜君清、寒锦衣来此共商，定下盟约，日后共图抗楚大计。”

楚漠北大喜：“是，谢父皇！”

楚熙体贴地说道：“你们舟车劳顿，早点回去歇息吧。务必差人将婚帖分发各国，邀请他们来参加大婚。”

楚漠北应道：“是，儿臣告退。”

楚漠北和姚莫婉行礼退下。

姚莫婉被安顿在皇宫内住下，正想出门走走，却被一名侍卫跟上，顿时皱了皱眉：“不必跟着了，我随便走走。”

侍卫说道：“太子妃，皇上命我寸步不离地守卫您的安全，还请担待。”

姚莫婉说道：“我身在皇宫，还有什么不安全的？你退下吧。”

侍卫依旧不卑不亢地说道：“卑职职责所在，还请见谅。”

这时，楚漠北走了进来，大怒斥责：“你是守卫还是监视？赶紧给本太子滚！你记住，站在你面前的女子，是我即将迎娶过门的太子妃，只要是在大蜀的地界，她姚莫婉做的任何事，本太子都会替她担着！”

侍卫所做所说并无半点不妥，但面对太子的威逼，也只好退让：“是，太子。”

侍卫灰溜溜地离开了，姚楚二人回到屋内坐下，闲来无事，就下起棋来。

棋盘上，黑白双方，势均力敌，难解难分。

姚莫婉拈起一颗棋子，笑吟吟地说道："我正想去问你，大婚准备得如何了？"

楚漠北满意地点着头："一切都准备好了。"

姚莫婉的话锋一转："我有些事想问你。"

楚漠北抬起头来："何事？"

姚莫婉一字一句说道："关于你父皇的。"

姚莫婉看向楚漠北。

号角声响起，侍从敲起鼓，礼官走到宫殿中央打开文书，念道："南疆国晗月公主送象牙二十柄，玉璧三十件，黄金三千两！"

晗月公主走入落座，身后随从将几个箱子搬到了一旁。

楚漠北上前相迎，拱手抱拳，喜气洋洋："在下蜀国太子楚漠北，晗月公主远道而来，有失远迎，请！"

晗月公主向里边走边自言自语道："真是苦了莫婉，一再委曲求全。"只是晗月并非姚莫婉，怎知姚莫婉是一再委曲求全？

礼官继续念文书，夜君清和寒锦衣结伴并排走了进来。

礼官大声念道："万皇城城主寒锦衣、义军统帅夜君清送……送……"

夜君清故意说道："怎么不念了，念啊！"

礼官只好念道："送诗一首，画像一幅。"

寒锦衣走上前将装裱好的诗和画呈上，楚漠北的笑意更盛："没想到，你们还真来了。跟你们的大礼一比，其他的都过于流俗了，二位，请！"

夜君清面无表情，随后和寒锦衣落座，两人与晗月公主互相点头示意。

寒锦衣凑到夜君清耳旁，不知道是有心还是缺根弦："唉，没想到婉儿两度身穿华服，居然都不是为了你。输给你我也认了，输给楚漠北那小子，我还真不痛快！"

夜君清冷冷地看向寒锦衣："说够了吗？"

寒锦衣叹气道："不说了，不说了。只是你记着，痛心的不只你一人，还有我陪你呢！"

夜君清端起一杯酒，一口饮尽。抽刀断水水更流，举杯消愁愁更愁。酒入愁肠，肝肠寸断，相思早已化成万千泪雨，虽未喷涌而出，在心底早已经泛滥成河。

楚熙端坐于龙椅之上，姚莫婉一袭红色华服，在宫女仪仗的护送下缓缓走入大殿，众人的目光皆落在她身上，齐声惊叹她的惊人美色。楚漠北在殿中迎接，两人站立静候，身旁的宫女分别端来两杯酒，二人各拿起一杯。

楚熙站了起来，大声说道："今日太子大婚，诸位使节远道前来庆贺，朕心中甚喜，夜君清，朕知道你与太子妃从前生死与共，私交甚笃，今日之喜可有祝词？"

楚熙直视夜君清，夜君清端起酒杯，悲伤地看着姚莫婉："那在下恭敬不如从命了。今天是天大的喜事，莫婉，愿你一生平安，无我也欢；愿你余生不悔，旧路不归；愿你与他琴瑟和鸣，百子千孙。"

夜君清将酒仰头饮下。

楚熙哈哈笑道："好，说得好啊！那就借你吉言，祝他们二人琴瑟和鸣，百子千孙！来！"

众人纷纷举杯仰头饮下，姚莫婉和楚漠北刚放下杯子，忽然看到眼前的晗月公主、寒锦衣、夜君清等使节纷纷捂着头摇晃起来，不久便四肢无力地倒在地上。

姚莫婉大惊："这是……软骨散？怎么会这样？"

楚熙缓缓走了过来，将脸上的易容面皮撕扯下来，露出夜鸿弈的真容。

姚莫婉简直要站立不稳："怎么是你！"

夜鸿弈笑了笑："朕的女人成婚，朕岂能不在场呢？"

楚漠北大喊："来人！快来人！"

夜鸿弈走到楚漠北面前，得意忘形地说道："别喊了，蜀宫的侍卫早就被朕的人控制住了。"

夜鸿弈拍了拍手，千面和众暗卫从门外走进，将众人包围，宫女吓得纷纷伏地。姚莫婉气极："夜鸿弈，你卑鄙无耻，竟然使如此阴险招数！"

夜鸿弈毫不客气，一巴掌扇倒了姚莫婉："什么时候轮到你来教训朕了！更何况，你使手段制服逝魂的时候，就不说自己卑鄙无耻了？现在夜君清可没办法护着你了，待会儿朕头一个就要将他碎尸万段！"

楚漠北拔出腰中的剑抵挡在前，夜鸿弈示意千面等人不要轻举妄动。

楚漠北看着姚莫婉说道：“莫婉你没事吧？夜鸿弈，我父皇人呢？你把他怎么样了？”

夜鸿弈说道：“就凭你这个乳臭未干的黄口小儿也配娶莫婉，还想联合抗楚，简直是痴心妄想！你不但笨，还蠢，连你父皇都认不出，他被杀了都不知道，你配得上她吗？”

楚漠北大惊：“什么？你说什么？”

夜鸿弈仰头狂笑：“朕说，朕，把你父皇杀了，他本有活的机会，之所以死，是因为他比你还蠢……”

原来楚熙竟在毫无防备之下被夜鸿弈派人所杀。

楚熙坐在书案之后批阅奏折，千面悄无声息地走了进来。

“大楚铁血军团千面，参见蜀皇。”

楚熙抬头看着他说道：“夜鸿弈派你秘密前来，所为何事？”

千面恭恭敬敬地说道：“这是大楚圣上写给蜀皇的密信，还请过目。”

千面递给楚熙，楚熙接过密信，直接擦了擦手扔在地上：“朕没心情看，也不想看，你说吧。”

千面说道：“皇上想让蜀皇出兵协助大楚剿灭莽原反贼，事成之后，只要夜君清和姚莫婉二人，莽原尽归蜀皇所有。”

楚熙生气地说道：“别以为朕不知道他打什么主意！想借刀杀人，坐收渔利？你回去告诉他，朕不但不会出兵，还要帮莽原义军灭了他这个暴虐无道的昏君，滚吧！限你一日之内离开蜀国，否则朕便杀了你。”

千面从袖口掏出一把刀，上前捂住楚熙的嘴，同时一刀刺入他的胸膛。

千面恶狠狠地说道：“敬酒不吃吃罚酒。”他的心中颇为得意，他总算为主子办成了一件事。不过，他又想，如果此次的行动对象是姚莫婉或者夜君清，是否还会成功呢？他觉得应该是不会的，成功的喜悦瞬间消散大半。

楚熙倒在地上，千面从腰间抽出一个牛皮袋，打开后，只见上面插着各种小刀。千面抽出一把刀在楚熙脸上比画着，竟是要剥掉他的面皮做一个人皮面具。

夜鸿弈将人皮面具扔给楚漠北，淡淡地说道：“说来也是不忍，一具全尸都没给你留下，这是你父皇唯一所剩的遗骸了，拿去看看吧。”

楚漠北看着面具泪如雨下，随后疯狂地持刀冲向夜鸿弈。也许是两人的武力值明显不在一个档次上，夜鸿弈轻轻松松就抓住楚漠北的手，一脚将他踹倒在地。

楚漠北还在狂叫："我要杀了你！"

夜鸿弈轻蔑地一笑："就凭你还想杀朕！"

楚漠北被暗卫控制，除了打一些嘴炮，已是无计可施了。

姚莫婉说道："夜鸿弈，你处心积虑安排这出计谋，不就是要杀我与君清吗？此事与旁人无关，为何要伤及无辜！"

夜鸿弈走到姚莫婉面前蹲下，捏起她的下巴："朕是想杀你，但朕更想得到天下，否则你以为，朕为何非要让楚漠北娶你！不过是想借你大婚名义聚集各国要人，一网打尽，押为人质，如此朕便可实现天下统一之大业。"

姚莫婉看着夜鸿弈忽然笑了起来，就像是在看着一个傻子。夜鸿弈气得狠狠掐住姚莫婉的脖子："姚莫婉，到时你会求朕杀你！还有夜君清，朕会让你们知道背叛朕的后果，就是生不如死！"

就在这时，身后传来了夜君清的声音："皇兄，该死的人是你。"

夜鸿弈猛地回过头，却赫然看见夜君清站在了身后，随后，晗月公主、寒锦衣等人也安然无恙地起身了。

夜鸿弈大惊失色："你们……你们没中软骨散？"

寒锦衣耸了耸肩膀说道："已经很明显了，不是吗？！"

夜君清大喊一声："奔雷！"

奔雷和殷雪带着义军人马从门外闯入，反将夜鸿弈、千面等人包围了。

夜鸿弈震惊地看着眼前这一幕，环顾四周，一脸不可置信。

每次和夜君清、姚莫婉等人交手就像是在玩过家家游戏，但是为什么每次都是他输？这游戏的缔造者，未免有点欺负人了。

第三十四章

晗昱、晗月公主等各国政要眼神犀利、面色阴沉地看向夜鸿弈，有些人的神情竟然还有一些玩弄之意，像是在观赏一个小丑的表演。

千面率领铁血军团暗卫与夜君清等人，紧张地对峙着，情况十分胶着。千面原以为自己立下了大功，没想到依然被对手玩弄，成为别人的垫脚石。

夜君清冷哼一声，手执长剑指向夜鸿弈，很是不屑："夜鸿弈，你聪明一世，糊涂一时，这是天要亡你！"

夜鸿弈面色铁青地看向周围的人，愤恨中有一点癫狂，不甘中有一点绝望。他披散着头发，用微不可闻的声音呢喃着："不可能，不可能，朕明明……"

姚莫婉淡笑着，向前走了一步："没有什么不可能，你机关算尽、刚愎自用，沉浸在一统九州的白日梦里，敲锣打鼓排了出大戏，我们早就察觉到你的奸计，自然要配合你演下去了，不知你可还满意？"

原来这所有的一切，竟然早就被智慧与美貌兼于一身的姚莫婉一眼看破，实在不是夜鸿弈太蠢，而是姚莫婉太聪明。如同下棋，一个九段高手和一个三段水平的棋手对弈，三段棋手处处被压制，也在情理之中了。只不过，这样没有悬念的对决，真的好吗？

时光倒流，且看姚莫婉等人戳破夜鸿弈的雕虫小技全过程。

夜君清听闻此话，立刻抬起头看着楚漠北："楚漠北，莽原义军与你们蜀国并无利害关系，蜀皇到底为何提出这样的荒唐条件，为何非得是莫婉！"

楚漠北叹道："唉，种种所为并非我本意，父皇只说莫婉并非寻常女子，得之可得天下。父命难违，我当儿臣的也只能照做。"

姚莫婉皱了皱眉看向楚漠北："我也觉得此事太过蹊跷。太子，你父皇从未见过我，纵是再欣赏我，也不会强令你娶我吧？况且，我有那么美吗？"

楚漠北被姚莫婉的风情所吸引，不由得多看了几眼："父皇此举的确反常，他向来不愿插手他国政事，所以我暗中派人调查过，他此前曾极其隐秘地见过什么人，但具体情况我还尚未得知。”

夜君清猜测道：“莫非他与夜鸿弈私下达成了什么协议？不过，以蜀皇杀伐果断的个性，这也很难说得通。除非蜀皇被……”

夜君清和姚莫婉对视一眼，双双眼中涌现不好的预感，两人心灵相通，心中所想，对方也能感应得到，如此奇妙的感觉，简直无法用言语形容，如果非要用一个字来形容的话，那就是：爽。

楚漠北似乎也意识到了，心中大急：“既然如此，我赶快启程将莫婉带回去，仔细查清缘由，定会给二位一个交代。”

夜君清低下一直高昂着的头颅：“恳请楚兄好好保护婉儿，有任何消息，即刻通知我。”

时光依然倒流。

嬷嬷带着两名宫女为姚莫婉送来出嫁的喜服和首饰，说道：“太子妃，这是绣坊今日送来的喜服，请过目。”

姚莫婉上前接过喜服，两名宫女微微抬头，正是夜君清和寒锦衣假扮的。姚莫婉先是一惊，但她是何人，一个经历了大风大浪的人，又怎会因为这点小事而失态？她像是无事一般从容挥手打发了嬷嬷：“好，嬷嬷先退下吧，你们两个倒是面相讨喜，留下帮我更衣吧。”

嬷嬷瞅了两个宫女一眼，心中暗忖：“这两个宫女膀大腰圆，身材魁梧，头大胸平，一看就是男扮女装，没想到这太子妃的口味也还独特。”

但她毕竟不敢多言，毕恭毕敬地退下。

寒锦衣上前打趣姚莫婉：“太子妃，奴婢二人面色讨喜，不知您选谁来伺候更衣呢？”

姚莫婉仔细打量了一下夜君清和寒锦衣的扮相，扑哧一声笑了出来：“没想到你们两个扮成女装，竟还有几分狐媚子气！”

夜君清十分别扭，面色微愠，恶狠狠地瞪了一眼寒锦衣：“还不是锦衣出的馊主意！”

寒锦衣立即揭了夜君清的老底：“不是你说，为了见到婉儿，扮成什么样都心甘情愿的吗？”

夜君清心中痒痒，恨不得立即拥姚莫婉入怀，此刻的寒锦衣就是多余的。

“少贫了你。婉儿，你过得好吗？”

姚莫婉点了点头：“我很好，不过我总觉得这楚熙好像哪里怪怪的。”

夜君清和寒锦衣对视了一眼，夜君清掏出一个小瓷瓶，递给姚莫婉。

姚莫婉问道：“这是什么？”

夜君清说道：“此乃洗髓液，我和锦衣方才在蜀皇寝殿中找到的，为易容术换皮软化肌肤所用。易容之术是江湖秘术，极少有人知晓。”不得不说，夜君清和寒锦衣的运气好到爆表，如此重要的线索，简直就是手到擒来，不费吹灰之力。

姚莫婉陷入了沉思：“换皮？易容？难道说，如今的蜀皇是由他人假扮的？”

夜君清点头：“极有可能。”

姚莫婉做出了一个非常重要的判断：“看来是要好好留意一下楚熙的动向了。”

寒锦衣适时地插了一句，秀了一把存在感：“对了，我派耳目潜入大楚皇宫，发现夜鸿弈已有多日未上朝议事了。”

姚莫婉再度做出一个惊人的判断：“事出反常必有妖，这样说来，整件事都可能是夜鸿弈的阴谋！”

夜君清和姚莫婉心灵相通，自然非常认同，并叮嘱道：“婉儿，你跟楚漠北通个气，我们得联手在蜀宫部署人手了！你护好自己，万事多加小心。”

时光走啊走，走回到了姚莫婉和楚漠北下棋的那一刻。

姚莫婉说道：“关于你父皇的。”

楚漠北不大明白她话里的意思。

姚莫婉缓缓说道：“天道无常、事往不复，就如这风云变化的棋盘。当年我在姐姐封后大典上曾与令尊有过一面之缘，他谈吐豪迈、气度不凡，那日一见，言行举止虽与之前相差无几，但总觉得哪里不对劲……”

楚漠北亦是一代人杰，怎会不明白姚莫婉的弦外之音：“自从收到父皇密信，本太子便有所怀疑，父皇写字是左右手通用，笔触却大相径庭，他每次给我写信只用左手，此事鲜为人知，那密信却是右手笔触。那日我想私下询问父皇，可他却无动于衷，甚至没给我任何暗示，这不合常理，他就算不说话，至少也该有个眼神啊！”

姚莫婉说道：“太子殿下，你且先看此物，我再细细与你说来。”她从怀中取出洗髓液，递给楚漠北。

楚漠北不解道："这是什么？"

姚莫婉解释道："此液乃易容换皮之术所用，说来冒犯，为了尽快查清此事，我派人前去令尊寝殿调查，寻得此物。"

楚漠北盯着小瓷瓶出神，神色凝重，心中已有了强烈的不祥预感。

姚莫婉则大胆做出判断："如今看来，只有一种可能，如今的蜀皇不是令尊本人。"

楚漠北双手抱头，一时间无法接受姚莫婉的判断，他痛苦万分地说道："你说什么……那我父皇他如今……"

姚莫婉也想不到更好的言语来安慰他："嘘，莫要打草惊蛇，否则你父皇更危险。有人以天下设局，将各国要人引入其中，你我既是同道中人，定观天之道，执天之行。"

楚漠北已经全然没有了主张："接下来你想怎么做？"

姚莫婉胸有成竹地说道："将计就计，还请太子与我等联手。"

楚漠北点头应下，他心神不定，判断能力直线下降，心理上早就以姚莫婉为最可靠的依赖。

夜鸿弈如癫似狂，发出尖细的声音狂笑着，时而拍手，时而沉默，他仿佛将这里当成了一个舞台，而他是最瞩目的男主角。

夜鸿弈抚掌自怜："真是一出妙计，莫婉真不愧是莫心的妹妹，如此聪慧，朕都舍不得杀你了。但是你们也太小看朕了，朕岂能不有备而来！今日，便是你等的死期！"

话音刚落，四周又涌出了一批铁血军团，夜鸿弈一方实力大增，形势对夜君清一方不利，但谁也不敢轻易动手。

寒锦衣说道："没想到还是小看了这狗皇帝！君清兄，怎么办？"

夜君清朗声说道："皇兄，你我从小一起长大，从小你就好强心狠，什么事都要分出个胜负，才肯善罢甘休，也正是因为这样，你在我们兄弟四人之间才脱颖而出，最终夺得了天下。你成也于此，败也于此，如今你一念成魔，陷入魔障，变得冷血无情、残暴无道，若继续让你执掌天下，便对不起那些死去的弟兄和百姓！今日只要你放下屠刀，我便可以念及旧情不杀你！"

夜鸿弈狞笑着反唇相讥："呵，你又何必一副假惺惺的姿态？只要有你在，就是在提醒朕有多失败！朕要这天下，你便来跟朕抢这天下，朕要莫心，你便来与朕夺莫心，如今莫婉也被你抢到了身边，你居然还敢来置喙朕！朕要让你们知道，背叛朕到底是个什么下场！”

寒锦衣跃跃欲试，早就想大干一场了：“别跟他废话了，一起上！”

铁血军团暗卫纷纷护在夜鸿弈身前，这些都是夜鸿弈最忠心耿耿的部下。他阴狠地望向众人，如果眼神可以杀人的话，夜君清等人早已经死了几百遍了。

楚漠北身子微微一颤，愤恨不已：“夜鸿弈，杀父之仇不共戴天，今日本太子便取下你首级，告慰父皇在天之灵！”

夜鸿弈毫无惧色：“哼，你且来试试！”

殿中两方人马剑拔弩张，但由于双方沉醉于打嘴炮，所以气氛反而不那么紧张了，有些人对视久了，还觉得对方有那么一点顺眼了呢！

终于有些人按捺不住要上前准备捉拿夜鸿弈，千面带着铁血军团拼死抵抗，刀剑碰撞声不绝于耳，惨烈的厮杀终于拉开了序幕。对于绝大部分人来说，他们都是被迫参与这场厮杀，庙堂之上的情感纠葛对他们并无太大意义，所以，他们的生与死就变得那么无关紧要。那些利用他们的人，连多看他们一眼都不会，是啊，那些高高在上的争权夺利的大人物，谁会在意一颗棋子的死活呢！只有他们最亲的亲人才会惦记着，盼望着他们平安归来，只是有些人，一旦出了门，就再也回不来了。那留给亲人匆匆的背影，就是永别。

夜君清对寒锦衣嘱咐了一句：“保护好婉儿！”说完，他冲上前，打倒几个暗卫后，冲到夜鸿弈面前。

千面如鬼魅般出现，想要阻拦夜君清，却被楚漠北拦下。

楚漠北一边与千面缠斗一边说道：“君清兄，交给你了！”

夜君清点点头，独自上前与夜鸿弈打斗了起来。夜鸿弈国事繁忙，日理万机，习武时间被大量占用，武艺荒废，武力值下降太多，因而几个回合过后，惜败夜君清。夜君清手持利剑直指夜鸿弈的脖颈，然后停了下来。

千面发出一声巨吼：“皇上！”

这一声就像是休战的信号，双方有默契地停了下来。夜鸿弈依然凶狠地盯着夜君清，迎剑向前走了一步。

夜君清说道：“皇兄，收手吧！”

夜鸿弈也是条汉子，丝毫不肯屈服：“你要杀便杀！”

情急之下，千面释放了烟幕弹，只见殿中浓烟弥漫，夜鸿弈在千面的掩护下趁乱逃出殿中。

夜君清等人蜂拥而出，追出殿外，发现早已没了夜鸿弈的踪影。

奔雷捶胸顿足："糟了，人跑了！"

夜君清命令道："奔雷，你速速派人去追！"

姚莫婉却唱起了反调："夜鸿弈早有准备，只怕是追不上了。"

众人纷纷对没抓住夜鸿弈，面露遗憾之色。

楚漠北大声说道："传令下去，严加排查大蜀出关路径，务必抓住夜鸿弈等人！"

夜君清分析道："夜鸿弈此次阴谋未能得逞，气急败坏，必定会绝地反击，趁各国政要在场，当务之急，应当好好共商抗楚之事。"

在场众人收起刀剑，你推我让、有说有笑地走进宫殿。

夜鸿弈乔装成平民百姓，与残余的铁血军团暗卫在郊外休息。夜鸿弈披头散发，愤恨地一拳重重地砸在树上："夜君清，早晚有一日，朕要让你死！"

一队侍卫驾着一辆马车疾速驶来，尘土飞扬。

千面走过来，恭敬地给夜鸿弈行礼："皇上，接应的马车已经到了。"

夜鸿弈整理了一下衣裳，回头看了一下蜀国的风光，恋恋不舍地上了车，他心中统一九州的宏图壮志并未因这次挫折而减少，反而激起了他要励精图治的决心，千古一帝的梦想，依然指引着他前行的方向。

联军军营。

硕大的九州地图上，勾画了进攻大楚的路线。

姚莫婉与夜君清一同坐在帐前主座，注视着面前的沙盘。帐下跪坐着一众将领，寒锦衣、楚漠北、桓横、奔雷等人均在帐下。

来往探子出入向姚莫婉等人汇报战局，众人激烈地讨论战事，你一言我一语地各抒己见，好不热闹。

原来伐楚大战已经拉开帷幕，南疆、大蜀、莽原义军缔结盟约，组成联军后接连攻下大楚两座城池。楚漠北高风亮节，虚位让贤，赢得清誉无数；夜君清身为大楚战神，骁勇善战，姚莫婉作为连接各国的纽带，智谋不输男儿，两人一同被任命为联军主帅。帐下精兵强将如云，势如破竹，节节胜利。

夜鸿弈高坐于主位上，烦躁阴沉的他意图进行最后的反扑。

侍卫慌慌张张地闯了进来，禀报道：“启禀皇上，前方战报，洛城失守了。”

大臣们坐于堂下，对于紧急的战事感到焦灼不安，心中盘算着如何逃脱，或者以何姿态迎接新皇的到来。

此时，又一探子走入殿内，单膝跪地通传消息：“回禀皇上，河内都统李玉叛投了，叛军北上直冲着京城而来。”

夜鸿弈勃然大怒，猛地将桌上的茶杯摔向地上：“废物，朕的大楚朝堂全都是废物！”

夜鸿弈瘫坐在椅子上，用手揉捏着太阳穴，烦躁不安。堂下各大臣战战兢兢不敢多言，生怕说错了话惹祸上身。

夜鸿弈又问道：“诸位爱卿有何高见？”

一个大臣说道：“皇上，叛军如此猖獗，依臣之见，下一步动作便是要攻打我大楚门户重镇祁城。祁城是入京的咽喉要地，万万不可失守，当务之急，应当调兵南下尽快设防，以绝后患。”

夜鸿弈眼神坚定地直视前方：“传令下去，重兵守卫祁城，这次朕要亲自督战！”

御驾亲征，重振士气，与前方将士共生死，同患难，待从头，收拾旧河山。夜鸿弈无视满堂文武的衰败之象，豪情壮志在心中如冲天烈焰熊熊地燃烧着。

联军众将围聚在地形图边，商议着攻城之事。

寒锦衣志得意满地指点江山：“如能攻下祁城，夜鸿弈就算有回天之术也保不住这大楚河山了。”

桓横却颇为冷静：“祁城自古便是兵家必争之地，地形复杂，防守森严，恐怕没有那么容易。”

夜君清用手在地图上指点着祁城，丝毫不敢大意：“桓将军说得对，祁城地势险要，易守难攻，夜鸿弈势必会有所布防，此战凶险，得从长计议。”

此时，凌峰走入营帐中汇报：“启禀主帅，刚刚探得前方战报，大楚军队聚扎祁城。”

寒锦衣依旧坚持己见：“经过这一系列的胜利，军中士气大振，不如一鼓作气攻下祁城。”

姚莫婉做老谋深算之状：“攻下祁城绝非易事，不可鲁莽行事，尽快商议对策才是重中之重。”

夜君清轻拍她的肩膀，以示赞赏。他长久地凝视着沙盘上的祁城，思索着。

楚漠北站得两腿发麻，不禁开口问道：“不知二位作何打算？”

夜君清将一小面标有联军字样的小旗子，插在沙盘上祁城的位置：“此战凶险，祁城外有一条护城河穿城而过，就算地势再凶险、防守再森严，必定有破绽。以防万一，我们兵分四路行动，如何？”

众人点头回应，姚莫婉赞许地点头，寒锦衣和楚漠北也投去欣赏的目光。这等看上去毫无亮点的无上妙计，非战神级别的统帅不能想出。

夜君清将他的计划和盘托出：“桓将军、锦衣，你们各带一队人马，从祁城两侧的城中河潜入祁城，楚太子带领大蜀军队严守在此，从后方夹击谨防逃兵，我与莫婉率领两千骑兵和一千弓弩手从正面攻城，大家务必拿下祁城！”

众人同仇敌忾，决心一鼓作气攻下祁城。

城门前，旌旗猎猎，战鼓雷鸣。

高高的城楼之上，把守的楚军点燃了烽火，传递敌情。

姚莫婉、夜君清、奔雷率军队到达城门阵前。奔雷拍马上前，在城楼下叫嚣着夜鸿弈应战：“狗皇帝，速速出来迎战！”他声音洪亮，加之狮子吼的功夫加持，瞬间传遍了整个战场。

过了一会儿，夜鸿弈才慢悠悠地出现在城楼上，因为他觉得奔雷一喊他就出现，未免有点太迎合他了。他居高临下、笑里藏刀地蔑视着众人，回应奔雷：“乱臣贼子还敢猖狂，今日便要你们死无葬身之地！”

千面走到夜鸿弈耳边小声说了几句，夜鸿弈嘴角微微上扬。

姚莫婉、夜君清远远地瞧了个真切，疑惑着夜鸿弈究竟在玩什么把戏。

奔雷一时之间没了主意：“主帅，该怎么办？”

姚莫婉提醒道：“夜鸿弈肯定想到了应对之策，多加小心。”

夜君清命令道：“直接攻城。”

姚莫婉和夜君清英姿飒爽地坐于马上，发号施令，准备进攻。

大军蓄势待发。

夜君清驱马奔驰，大声喊话：“大家小心，弓弩手准备！”

姚莫婉盯着城楼上，夜鸿弈却没有任何动作，只是诡异地笑着。

大军士兵小心谨慎地向前迈进，城门却缓缓地打开了。

城门内传来了百姓的求饶声和小孩啼哭的声音，众人疑惑不已。

定睛一看，一群百姓被大楚士兵捆绑威逼着，排队从城门里面走了出来。

城楼上也站满了无辜的百姓。

夜鸿弈大声喝道：“众将听令，务必守住祁城！叛军想入城，那便让他们先从这些奸细尸体上踏过再说！”

无辜的百姓们哭喊着饶命，其中一个胆大的男孩高喊：“我们不是奸细，救命啊！”

大楚士兵残暴地殴打着男孩，男孩的嘴角渗出了丝丝鲜血，却依然还在坚持高喊：“我不是奸细，死也不是奸细！狗皇帝！”

大楚士兵残暴地将男孩打趴在地，男孩倔强的眼神看着前方，口中依然念念有词：“这怎么可能，大敌当前，城中百姓为免遭屠城厄运，同仇敌忾，拼死守城，保卫家园。狗皇帝却在这个时候杀害城中百姓，这实在是太不合常理了。不合常理之人行不合常理之事，这是何等下贱又没脑子的人出的这个馊主意，当真是天要亡我祁城。”

姚莫婉与众人大惊失色，震动万分。

夜鸿弈傲视着城楼下的众人，他做出如此匪夷所思之事，唯一的解释是他脑子秀逗了。

夜鸿弈喝道：“众将听令，若是叛军再不撤兵，你们便杀掉一排奸细！”

姚莫婉黛眉紧皱，夜君清犹豫不决。

奔雷指着百姓的方向，情绪激动：“夜鸿弈这个卑鄙小人，这哪里是什么奸细，分明就是无辜的百姓！他竟然残暴到拿百姓来做肉盾逼我们退军，实在是太可恶了！”

夜鸿弈看到了姚莫婉、夜君清在犹豫，再度放话：“尔等如今弃暗投明还来得及，若是不然，那便从这些人的尸体上踏过！”古往今来，像夜鸿弈这种杀掉城中百姓威胁对方退军的方法，绝无仅有，就连最粗俗不堪的地摊文学，也不会出现这种毫无常识的事情，可这样的事情却在祁城发生了。

奔雷气愤得打马上前想去救人，被夜君清拦下，夜君清对其摇摇头：“奔雷，大敌当前，莫要乱了阵脚。”

夜鸿弈摇头，装作一脸惋惜的模样：“可惜了，城楼下的乱民奸细们，不是朕不肯饶你们一命，是你们的主帅不肯救你们！看来，叛军也不过如此嘛，竟想踩踏着同伴的尸体过去……看来这是你们的选择了。”

夜鸿弈手臂一挥，只见楚兵纷纷举刀，将前面一排百姓杀掉了。

百姓的尸体纷纷倒地，地上血流成河，尖叫声、哭泣声响彻天际。

这时，楚兵又将新一排百姓推上前去。

姚莫婉隐忍着，夜君清双肩交替耸着，做无可奈何状。

奔雷气愤地喊道："主帅，该怎么办，要不要撤？"

夜君清看着前方发生的事情，犹豫不决，如果夜鸿弈将城中的老百姓杀光了，祁城也会不攻自破，所以他只能等。像这种自杀式的对手，世间绝无仅有。

姚莫婉却看不破这一点，反而乞求道："君清，夜鸿弈这般丧尽天良，正是捏住了我们的软肋。纵是知道他的阴谋，也无计可施，只能撤军了！"

夜君清却说道："可是莫婉，你要知道，这是战场，一旦我们撤退了，只会让那夜鸿弈变本加厉，届时会有无数百姓身陷苦海！何况，我们此时撤退，夜鸿弈必定还有后招！"

此时，百姓战战兢兢地向姚莫婉、夜君清等人求救，一个老妇人站出来，跪在地上磕头求饶，紧接着更多的人纷纷跪下向联军求救。

姚莫婉痛心不已，不忍见百姓无辜枉死，一度撇过头去。

姚莫婉有点痛恨夜君清的冷血，莽原的一幕瞬间涌上了她的心头，她突然觉得一阵心寒："我不能眼睁睁看着这些百姓横死！此时不撤，就代表我们比夜鸿弈更加冷血无情！君清，请求你，撤军吧！"

夜君清知道再等下去反而会乱了联军的军心，于是思索了一会儿才下令："撤军！"

姚莫婉和夜君清骑马走在军队前面。

姚莫婉忍不住叹气道："为何受苦的总是无辜百姓，一步错，荒野掩白骨，无处话凄凉！难道我们就只能一退再退吗？"

夜君清遗憾道："祁城原本是我们最大的胜算，我以为，那夜鸿弈残忍无道，我们乘胜追击，攻下祁城，便能拯救更多受苦苍生。唉！"

姚莫婉简直要落下泪来："可我实在不忍眼看那些无辜百姓惨死在我眼前，若是连这些百姓都救不了，那我们如今所作所为的意义何在？"

夜君清道："当务之急，咱们应该尽快回去商量对策。只有打赢了，才能解救万千百姓于水火。这些百姓的尸体，我会安排人手运回好生安葬。"这世界上，如果有开会商议解决不了的事情，那就再开会商议一次。

姚莫婉叹了一口气后，默默点头。

此时，一支箭突然向姚莫婉飞来。

夜君清眼尖，急忙扑向姚莫婉，将其护住，急忙回头通知众人：“小心伏兵！”

只见山谷中突然出现了夜鸿弈事先安排好的伏兵，正拿着弓弩向联军射击，箭如雨下，联军士兵不断中箭倒下。

看来夜鸿弈清醒的时候，军事能力也属一流之列，这次伏击就是最好的证明。

楚漠北带领士兵们正守在树林中等候，联军却迟迟没有现身。

楚漠北不安地问道：“如今什么时辰了？”

侍卫答道：“殿下，如今已经未时。”

楚漠北琢磨了一下，发现离约定的时间已经过去了很久。

楚漠北思索片刻，恍如被电击一般猛然说道：“不好，中计了！众将听令，撤！随我去救莫婉！”

楚漠北带领士兵们冲了出去。

隐藏在草丛中的伏兵还在射击，越来越多的联军士兵被利箭所伤，弓弩手还未来得及反击，却在暴风骤雨的箭雨之中死伤殆尽，骑兵的马匹也因为受到惊吓而四处逃窜。一时间，联军部队混乱不堪，全然不像是一支训练有素的军队。

眼见局势不妙，奔雷大喊了一声：“二位主帅先走，我来断后！”

夜君清也顾不得推辞：“好，你小心！”

面对眼前损兵折将的局势，夜君清与姚莫婉无力回天，三十六计走为上计，至于联军士兵的生死，则顾不得那么多了。两人同乘一匹马，飞奔而逃。

伏兵见状，分兵追了上去。

伏兵一路紧追慢赶，终于追上了夜君清和姚莫婉，马儿驮载着两人，早已经不堪重负，直喘粗气。

夜君清一边护住姚莫婉，一边下马与伏兵交手，并抽空狠狠一抽马屁股，让马先带姚莫婉走。

姚莫婉紧紧地伏在马背上大喊：“君清——”

夜君清孤身与众伏兵相持对抗。前方，姚莫婉的马也再次被几名伏兵挡住，两人齐齐陷入僵局。

情势危急之时，楚漠北带领士兵如天神下凡，闪亮登场。

眼看着几支利箭同时射向姚莫婉，楚漠北情急之下，足尖一点从马背纵身而起，不顾一切地冲向姚莫婉。骏马前蹄抬起，姚莫婉跌下马背，却恰巧躲过了利箭，不偏不倚地落在了楚漠北怀里。如此好命，让追赶的伏兵目瞪口呆。

楚漠北的人反将伏兵们团团围住了，伏兵无心抵抗，举手投降。

此时，夜君清赶来，看着被楚漠北抱着的姚莫婉，心中的醋意值瞬间飙升，空气中都弥漫着酸臭的味道。楚漠北只好尴尬地将姚莫婉移交给了夜君清。

夜君清皮笑肉不笑："多谢楚兄！"

夜君清像是报复一般，不由分说抱着姚莫婉离开，独留下楚漠北看着二人背影轻叹。

夜鸿弈用帕子擦拭着剑，目光犀利。

千面走入屋中禀报道："启禀皇上，联军已中了我军埋伏，死伤惨重，不过，楚漠北半路杀出，已将二人救走。"

夜鸿弈用手指轻轻地拨弄剑刃："好戏还在后面，这一切只是报复的开始，他们欠我的，终有一天朕要一一讨回来。"

千面没有见过如此阵仗，有些不知所措："皇上，接下来该怎么办？"

夜鸿弈冷笑道："时刻盯紧那群叛军，随时给我汇报情况。"

姚莫婉帮夜君清包扎好伤口，众人面色凝重。

姚莫婉面有忧色："夜鸿弈不惜用百姓做肉盾，牵制联军，如若下次再正面应战，夜鸿弈还会如法炮制，这可怎么是好？"

一旁的桓横气愤地拍打着桌子："我行军打仗这么多年，第一次见到如此守城的。谁不知道城中百姓乃是守城的基石，他却自毁基石，实在是令我百思不得其解。不过，夜鸿弈如此残暴不仁，真是国之悲哀、民之不幸！好一个一箭双雕的奸计，联军若是不顾百姓生死强行攻城，日后就算胜利了，也会蒙上污点，让百姓寒心。眼下正面不行，只能智取。"

夜君清扶额沉思，过了一会儿才说道："当下形势，正面迎战风险较大，撤军又会导致联军遭受重创，损兵折将惨重，实在不宜再次与敌军硬碰硬，若是城中有内援便是再好不过了。如今驻守祁城的大楚守将是谁？"夜君清思路清奇，想到了如此投机取巧之策，令众人眼前一亮。

凌峰道："是将军韦奇。"

"韦奇？"桓横突然站起来，"韦奇曾是我的学生和部下，本将可以悄悄潜入祁城，说服此人，恳请二位主帅成全。"

夜君清却犹豫了："韦奇此人愚忠，又曾因将军受罚，难免会有怨怼报复之心。如今局势危急，此举太过冒险，我们切不可自乱阵脚。"

姚莫婉却再次与夜君清意见相左："君清，如今夜鸿弈已经掌握了我们所有的信息，敌暗我明，事已至此，唯有此计可以一试。你就让桓将军去试试吧。"

桓横却显得很有把握："主帅切勿担忧，末将与韦奇多年情分，他并非不明事理之人，我有把握说服他，一定速去速回。"

姚莫婉和桓横同时看向夜君清，夜君清只好点了点头："既然如此，桓将军，我挑选武艺高强者护你周全，此事你尽力而为，安全为上。"

桓横点点头，随着夜君清出了营帐，以身犯险。不入虎穴，焉得虎子。桓横不愧是一代名将，智勇风度远超常人。

桓横与手下士兵乔装成大楚士兵的模样，小心机警地走在街道上，朝着守将府的位置摸索前进。

无处不在、终日都在忙忙碌碌的千面如鬼魅一般出现在不远处，看清楚了几人的去向后悄然离开。

夜鸿弈坐于案前，案上一边铺着姚莫心的画像，一边摆放着行军地图。

夜鸿弈对着姚莫心的画像抒发着自己无人理解的苦闷，免不得又要自言自语："心儿，这世间最懂我的人便是你了。朕今日所为，说来连自己都不忍、不齿，可朕那是为了守住大楚江山！战场上瞬息万变，成王败寇，赢者才代表着正义，才有资格向世人宣扬他的丰功伟绩，将对方贬得一文不值！"

千面走入屋内，夜鸿弈一改苦闷的神色。

千面说道："皇上，桓横趁夜带人偷偷潜入，正朝着韦奇住处的方向去了。"

夜鸿弈冷哼一声："我早就料到，就等着他们自投罗网。"

韦奇正在写字，桓横潜入房中。

韦奇先是错愕不已，继而满脸愤怒，喊道："大胆反贼，还敢夜闯我守将府！”话音刚落，韦奇便拔剑出鞘迎上前去，准备捉拿桓横。

韦奇一出手就是杀招：“没想到我没去找你，你反倒来找我了，师父将我害得好惨，一场牢狱之灾，差点丢了性命！幸运的是皇上英明，又将重任委任于我，我肝脑涂地也在所不惜。”

韦奇不断进攻，桓横却只是一味闪躲，并未出剑。

桓横边躲闪边说道：“韦奇，之前是我连累你了，身为师父没能护你周全，反害你受苦，为师今天就向你道歉。”

桓横跳出韦奇的剑圈，向韦奇深深地鞠了一躬，韦奇停止进攻，心中触动，竟有几分动容。

桓横直截了当地说道：“但是今日我冒死前来，是有要事与你相商，还望你能既往不咎，帮为师一把。”

韦奇不屑道：“桓横，你深受皇恩数十载，不顾名望投靠了反贼，我跟你没什么好谈的！你背叛朝廷，犯的本就是死罪！”

韦奇再度招招致命，疯狂进攻。

桓横见状，不再防守，淡然地站在韦奇面前，一动不动。

韦奇本想一剑刺死桓横，但见桓横不反抗，就停止了手上的动作，将剑架在桓横的脖子上。

桓横说道：“如若我死能让你感到畅快，那你尽管杀了我便是。不过，你我毕竟师徒一场，有些话我不得不对你说。”

韦奇说道：“你不惜冒死前来，难道想劝降我？”

桓横不慌不忙说道：“为君之道，始于立志，所谓志也，气魄寰宇，刚柔并济，度众生，平天下，方为志！如今夜鸿弈暴虐无道，大楚在他手里只会白白断送。你是为师一手培养的，向来刚正不阿，通晓事理，是个心怀正义的好孩子。如今天下大乱，我知道你想为国家和百姓效力，但是局势已经分明，你应当为了天下大义做正确的选择。”

韦奇却坚持自己的立场：“君臣之道，不可谓私，我既深受皇恩，择皇上为主，就断不会背叛皇上，背叛大楚的百姓！”

桓横又气又急：“愚不可及，你可知你所帮之人并非明君……你再助纣为虐，下场可想而知啊！”

韦奇将架于桓横脖子上的剑拿下，他的身影在烛光之中更加显得孤傲：“无须多言，你走吧，师徒一场，我还了你的情分。你我既是两个阵营的人，那就日后战场上一决高下吧！”

“罢！既是如此，我也不强求，告辞！”桓横见韦奇心意已决，便叹气不再多言，转身离去。

桓横刚出门口便冲着手下士兵摇头，几人准备离开。就在此时，夜鸿弈和千面带着铁血军团暗卫杀入。

夜鸿弈一声怒吼：“桓横，大胆反贼，看你今天还能往哪儿逃！”

铁血军团暗卫毫不费力地将护卫桓横的士兵杀死，将桓横团团围住。

韦奇提剑推门出来，见到眼前乱作一团的景象，不由微微皱眉，上前给夜鸿弈请罪：“参见皇上。”

夜鸿弈眼神犀利地看向韦奇，怒斥道：“韦将军，知情不报，私通乱臣，你可知罪？”

韦奇跪在夜鸿弈面前发誓：“皇上恕罪，臣对皇上一片赤诚，天地可鉴，与那反贼绝无半点瓜葛，若有半句虚言，便让我韦奇不得好死，天打雷劈。”

桓横还想做困兽之斗，却被千面一剑刺中，他自知今日在劫难逃，瞅见一旁韦奇正被夜鸿弈盘问，有心救他脱离险境，同时也想以死换来他的生。

桓横心意已决，于是举剑朝着韦奇的方向，大声怒骂：“你这小人，我念及师徒之情来找你，没想到你竟如此忘恩负义！我今日便宰了你这畜生！”

桓横刚要冲过来，便被千面一剑穿心，桓横口吐鲜血缓缓倒下，魁梧的身躯触地时发出砰然巨响。

夜鸿弈自然无法识破这等高明的一招，当即就上当了：“不想桓横竟这样怨恨你……”

韦奇神情复杂，内心震撼不已。

夜鸿弈喝道：“来人，将桓横头颅割下挂于城门上，身体拖去喂狗，朕要那些反贼看看，这就是他们的下场！”

夜鸿弈转身离开。桓横被人拖行在地，他用尽了最后一口气，凝视着韦奇，期待着韦奇能够明白他的苦心。身为名将，他临死还在用计，真是不负名将之名。

韦奇心有余悸地看着地上的血迹呆呆地出神。

楚漠北走入大营内，姚莫婉和夜君清正一起坐在主位上。寒锦衣也在一旁，一副看好戏的姿态，他不知道从哪里搞来一堆瓜子，嗑得不亦乐乎。

楚漠北有点疑惑：“几位找我前来是……”

姚莫婉单刀直入地说道："楚兄，今日找你来，是有件事想要与你说清楚。"

"哦？"

姚莫婉看了一眼夜君清："之前令尊一事我和君清都深表遗憾，再加上如今战乱纷争，这件事情就耽搁了。那段时间为了戳穿夜鸿弈的诡计，我随你一起前往大蜀，并与你成婚……"

姚莫婉还没说完，却被楚漠北打断了："莫婉不必担心，成婚一事，你我就当从未发生过吧！"

姚莫婉有些愧疚地点了点头："对不起。"

楚漠北满不在乎地说道："不必愧疚，我早知你与君清兄情投意合，又怎忍心棒打鸳鸯呢？此事我已经传令下去了，你也不再是我大楚的太子妃了。"

夜君清如释重负："楚兄，谢谢你！"

楚漠北温柔地看着姚莫婉，点了点头，寒锦衣上前悄悄打趣他："答应得这么干脆，是怕被拒绝吧？也是，堂堂大蜀太子若是被人拒绝了，以后还要不要活了？"

楚漠北瞪了他一眼："真不知寒兄哪来的脸面，自己好到哪儿去了？还好意思说本太子？"

寒锦衣哈哈一笑："这世间最难得的，便是求不得和已失去，在下乐在其中！你管我？"

此时，探子匆匆入帐："启禀主帅，大事不好，桓横将军被害，夜鸿弈下令将人头挂于城楼之上，尸身据说……被拖去喂狗了。"

众人又是震惊不已，陷入沉寂。姚莫婉情绪激动，踉跄几步，险些摔倒。

姚莫婉陷入了深深的自责："都怪我，是我同意桓横将军前去的……"

楚漠北、寒锦衣、夜君清纷纷安慰姚莫婉。

"婉儿，人死不能复生，节哀。"

姚莫婉捶胸顿足、泪如雨下："我该如何向采儿交代，都怪我，都怪我……看不到事情另有个结果，风吹叶儿落……"

寒锦衣双目喷火："现在不是沮丧难过的时候，不能让桓将军白白牺牲，一定要让夜鸿弈为自己犯下的罪孽偿命！"

楚漠北也说道："报仇的前提，是你要好好活着。"

姚莫婉一时不知道该说什么，陷入了沉默。

城中百姓被大楚士兵们押着，有些人双脚戴上了脚镣，在城中如同丧尸一般行走着。

还有一些老残妇孺们衣衫褴褛地坐在街边，整个城中被凄惨的氛围笼罩。

韦奇看着城楼上的人头，神情悲怆，转过身环顾四周，看着眼前这一片狼藉，心中无限悲凉。

韦奇心中暗忖："难道真的是我选错了吗？"

姚莫婉呆坐在营帐中，茶饭不思。

汀月端着吃食，劝谏姚莫婉进食："小姐，您多少吃点啊，您已经一天没好好吃饭了，再这样下去身子怎么受得了？"

姚莫婉只是悲伤地摇了摇头，汀月着急却无可奈何，只得放下吃食，走出营帐。

而在营帐之外，奔雷走到夜君清跟前行礼道："王爷。"

夜君清说道："奔雷，你和殷雪带人，去将那日被夜鸿弈杀害的百姓尸身运回来，好生安葬。"

奔雷大声应道："是，王爷。"言毕领命离去。

汀月从营帐中走出，对着站在营帐门口的夜君清摇了摇头，示意姚莫婉仍然不愿意进食。夜君清叹了口气，走进了营帐。

姚莫婉哭丧着脸，坐在椅子上郁郁寡欢的样子，实属罕见。

夜君清担忧地说道："婉儿，多少吃点饭，不要伤了身子。胜败乃兵家常事，战场生死难测，不要太过自责，眼下最重要的是攻下祁城，给桓将军一个交代。"

姚莫婉叹着气道："一切都是我的错，当初是我请求你撤军的，也是我极力赞同桓将军前去的,结果害得我们中了埋伏,害得桓将军枉死,都是我的错！"

姚莫婉没说几句便哽咽不能多言，默默落泪。

夜君清知道自己多说无用，只是将姚莫婉静静地搂在怀中，用他宽阔的胸怀温暖着她沉沦于寒冷深渊的心。

"婉儿，你放心，我们一定会给桓将军和将士们报仇的！"

联军三军集结完毕，军中一片低迷情绪。夜君清和姚莫婉并肩站着，看着眼前士气尽失的将士们。

夜君清变身天才演说家："将士们，我在这里简单地说几点。第一点，之前的败局与桓将军的惨死，我身为联军主帅，有不可推卸的责任，在这里向兄弟们道歉，诚挚地说一声'对不起'。但是，事到如今，我们不能再坐以待毙了，夜鸿弈残暴不仁、乱杀无辜，如若我们再不推翻他的政权，将来每个人的父母和子孙都会落得这样的下场。恳请兄弟们放下怨念，团结一心，只有杀了夜鸿弈，才能还大楚太平；只有杀了夜鸿弈，才能保全更多人的性命；只有杀了夜鸿弈，才能告慰桓将军在天之灵！"

夜君清一番言辞再次振奋了将士们的精神，加之奔雷早已经在将士里面安排好托，他们趁机高呼。"杀了夜鸿弈，为桓将军报仇！"众人的情绪像干柴一般被点燃，纷纷举起手中的兵器，齐声高喊："杀了夜鸿弈，为桓将军报仇！"

姚莫婉和夜君清看着士兵们如此轻易地又重燃了斗志，脸上露出欣慰的笑容。

第三十五章

夜君清高举的剑终于落下，士兵点燃引信，大炮齐发，打在城墙上，地动山摇，砖石飞溅，尘土弥漫，鲜血残肢遍布，真是人间惨剧。

先锋队快速出动，架设云梯。

楚漠北挥动旗子督军前进，士兵攀爬云梯。城墙上的楚兵向下射箭或者投石，义军士兵发出阵阵惨叫，纷纷跌落，一时间，死伤无数，放眼望去，分明是一幅人间修罗场的景象。

祁城城内，营帐外传来阵阵炮火声。韦奇眉头紧皱来回踱步，朝着城门的方向望去，一名士兵匆匆跑到他身边："启禀将军，叛军寡不敌众，已落荒而逃。"

韦奇终于露出久违的轻松微笑："这仗打得好啊，叛军此前一战已经被我们剿灭了大半兵力，今日还如此不自量力地攻城，分明就是前来送死的。"

副将说道："相战之时，叛军一直在高喊着为桓横将军报仇，士气十分高涨，这下被我们挫了锐气，若是准许末将乘胜追击，定能杀他们个片甲不留。"

韦奇眼神微动："慢着……还是我亲自带兵追击吧，以防有变，传我指令，立刻召集营中所有士兵。"

副将劝道："你是统帅，本应坐镇帐中掌握全局，追击穷寇这种小事让末将去办即可。"

韦奇不耐烦地说道："我偏要去，你管得着吗？"

副将只好妥协："是。"心里却在嘀咕："夜鸿弈自毁长城杀害城中百姓已非正常人之所为，如今将军冒险追击穷寇也完全不合常理，莫非是那对手使了什么蛊惑手段，让他们二人做出如此不符合他们智商的决定。"

韦奇无视副将，戴上头盔自顾自地走了出去。

夜鸿弈坐在桌前，看着面前的战事布防图，凝神思忖。千面带着手下前来，满是得意之色地禀报战情。

“启禀皇上，叛军已仓皇而逃，韦将军领兵前去追击了，依属下之见，夜君清这次攻城，动用了所有兵力，这一战定能将叛军一网打尽，永绝后患。”

夜鸿弈自然不会糊涂到真以为叛军一溃而散，冷静地说道：“若是这样就将其一网打尽，未免也太过容易了。”

事实也正如夜鸿弈所预料，联军攻打祁城不利，虽然死伤众多，但谁又会在意普通士兵的死活呢？他们只不过是被利用的棋子而已，他们被那些巧舌如簧的人画下的一张张大饼所欺骗，糊里糊涂地参与进来。胜又如何，败又如何，他们永远苟活于底层，与荣华富贵毫无关联。而利用他们的人，踩在他们的白骨上，立功，扬名。凭君莫话封侯事，一将功成万骨枯。谁道沧江总无事，近来长共血争流。

当然，攻城未果后的败退也在夜君清的计划之内。

攻城前夜，夜君清站在沙盘面前，将旗帜在祁城、河边之间来回移动，向其他人示意行军路线。他们认真听着他的建议，不时提出补充意见，又或者频频点头表示赞许。

夜君清最后做总结性的发言：“战幕拉开，我与楚兄会故作败退，将韦奇引出城来，再兵分两路行动。莫婉，你带好兵马在林中埋伏，与楚兄会合后，以金银动摇其军心，杀韦奇一个措手不及，切记，要尽可能地拖延他回城的时间。这个时候祁城定疏于防守，寒兄会提前一步带好人马在城侧埋伏，待我返回后，一举将城门攻破。”

但是夜君清没有想到的是，联军死伤惨重，根本不需要执行原来的佯装败退计划，由佯装败退变成了真正的败退。

夜君清和众将领费了老大的劲才收拢队伍，开始执行败退之后的计划。他与楚漠北带兵悄悄地穿过密林，两人停下交换眼神，互相点头示意。随后二人兵分两路，楚漠北和姚莫婉带兵继续向前进发，夜君清则带着一小队人马朝着另一个方向走去。

夜君清按照原定计划带着人马折返回城，与寒锦衣会合，率军兵临城下，众士兵站在投石机前严阵以待。

夜君清精神抖擞，开始发号施令：“兄弟们，正是今日，攻破此城，为桓横将军报仇！放！”

士兵砍断绳索，投石机向城上投去火罐，顿时火光四起。

城楼上的士兵们警惕地看过去，立刻紧张起来，所有人的注意力被吸引了过来。仿佛在联军发动进攻之前，他们都完全看不到似的。

大楚士兵急忙向守城的将领汇报：“不好了，夜君清率军来袭，正用投石机破城！”

守城将领颇为老到，沉着冷静地下达命令：“所有人听我指令，立刻放箭！”

城楼上的士兵纷纷掏出弓箭射击，瞬间箭矢狂飞，联军躲闪不及，纷纷中箭倒地。即便如此，联军却仿佛有死不完的士兵一般，不管大楚军队射杀了多少，联军士兵依然多如牛毛，真是太神奇了。

守城将领一把夺过身边士兵的弓箭，瞄准了夜君清，稳稳地发射了出去。

寒锦衣见状，拿着盾牌冲到夜君清身边，与他一起抵挡来袭的箭。

寒锦衣大吼道：“这里交给我了！”

夜君清嘱咐道：“你小心！”说完，夜君清迅速闪身而去，在混乱中挪向了另一边城墙下。

夜君清赶到另一边城墙下，奔雷带着一队士兵已经潜伏在此，从下面看上去，士兵们都被寒锦衣的攻击转移了视线，被完全吸引到了正面，而这里刚好是一个理论上完全不可能存在的视觉死角。

夜君清一挥手，众人猛地拉开神臂弩，扣动扳机发射，箭有如标枪一般向上飞去，牢牢地钉进了城墙之中，随后几条绳子垂了下来。

夜君清双臂一挥，指挥众人借此攀缘而上。奔雷率领士兵飞速攀上城墙，夜君清紧随其后。待城墙上的楚兵们反应过来之时，奔雷和夜君清已经带人出现在了身后，大楚士兵一片混乱。

一个守城将领提着一把长柄刀迎了上去，夜君清迅速冲向他，将其挟持。

夜君清喝道：“快把城门打开，不然不仅是他，你们通通是死路一条！”

守城将领是一条铁骨铮铮的汉子，他大喊道：“死就死，绝不能开城门！”

几个士兵犹豫着不肯就范，夜君清见状，一刀斩杀将领。

夜君清喝道："谁想当第二个？"

士兵们见自己的头领被杀，个个奋勇向前，虽死犹荣。

这时，奔雷已经带领士兵将城门打开，夜君清这时才反应过来，自己挟持守城将领威胁大楚士兵的行为完全是多余的，简直可笑。

夜君清亲手在城楼上插上了义军的军旗，向城楼之下的义军发令："城门已被我军拿下，立刻入城捉拿夜鸿弈！"

韦奇带领军队一路追赶，来到山林中，远远地看见大路中央摆放着数个打开盖子的箱子，里面放着满满当当的金银珠宝。众人正在猜疑之时，姚莫婉款款走了出来。

姚莫婉张嘴就来："大楚的弟兄们，而今战局已定，不要再做无谓的牺牲了，想想你们自己和家人，在夜鸿弈的统治下可曾有过安宁，所谓良禽择木而栖，良臣择主而事，且不说夜鸿弈暴虐无道，你们韦将军也是个欺师灭祖之人，追随他们只会走上绝路。"

士兵们面面相觑，队伍中产生一阵骚乱，韦奇见状拔出剑来稳住军心："莫要听信叛贼的谗言佞语，既为大楚士兵，自当忠君护国，岂能容这等乱臣贼子祸国殃民！"

姚莫婉冷哼一声："韦将军，你的愚忠令人不齿，没必要让弟兄们为此送命，这里面的金子便是我义军的诚意，不想死的，可以拿了金子走，绝不会刁难诸位。"

韦奇骂道："自古以来，以金银收买人心者都非正人君子所为。"

姚莫婉尚有羞耻之心，但嘴上仍是不肯服输："我懒得和你多言。"

世间正人君子已是少之又少，大楚的士兵们自然也不是什么正人君子，他们犹豫了一会儿，纷纷扔下兵器，冲向箱子，你争我夺，一片混乱。

韦奇顿觉不妙，仿佛血脉被压制了一般，他竟然慌里慌张起来，斩了一个正想跑过去的士兵，但却无法阻止这混乱的场面。

韦奇大喊道："再敢上前者，杀无赦！"

但是更多的士兵放下武器跑了过去争夺起来，就在这时，一阵阵马蹄声从不远处传来，地面颤动的频率越来越强烈。韦奇急忙看过去，只见楚漠北带着人马，气势汹汹地朝着他们杀了过来。

韦奇的随从大叫道："不好，有埋伏。"

那些争抢金银珠宝的大楚士兵们也被姚莫婉埋伏在林中的士兵团团围住，有人大声呵斥着，让他们放下所抢之物。

韦奇不敢久留，大喊道："军心涣散，战无可战，即刻撤回祁城防守！"话落，韦奇带领兵马杀出一条血路，朝祁城狂奔而去，楚漠北、姚莫婉带兵紧追其后。

韦奇率军赶回祁城，刚来到城门便发现从城门之上落下无数支箭，又是从未有过的慌乱，身旁士兵纷纷在箭雨中倒下。

韦奇抬头一看，这才发现祁城已经插遍义军军旗，而夜君清、寒锦衣正立在城门处直视自己。

韦奇再回过头一看，楚漠北、姚莫婉也已经率军迎头赶上，自己已经深陷夹击，无处可逃。想到自己不肯听从副将的建议，非要脱离统帅之位，行副将之事，简直就是脑袋被雷劈了才会做出这样的决定。但是若不是一连串的昏招，夜君清等人又如何能攻破祁城。

不知何故，夜君清的武力值大涨，飞身将韦奇击落下马，用剑抵住他的喉咙，韦奇乖乖地束手就擒。

夜君清志得意满地哈哈大笑道："祁城已破，你还不投降！"

韦奇怒目而视："逆贼，皇上人呢？"

寒锦衣唾骂道："死到临头，你竟还念着夜鸿弈那个狗贼，真是一条不知悔改的走狗！"

韦奇蔑视着说道："难道你以为人人都与你夜君清一样？明明身上流着大楚皇室血脉，却枉为人臣背叛皇上，篡权谋反，为登上九五至尊的大位，欺骗大楚国的子民，使出各种下三烂的手段，并不惜践踏故国子民的尸骸！今日若死在你手里，是我韦奇的奇耻大辱！"

夜君清反唇相讥，双方再度开启了嘴炮模式："忠于夜鸿弈这种抛弃臣子的君主，才是你韦奇毕生的耻辱。"

韦奇看向夜君清的方向，只见一旁的寒锦衣将一名身穿龙袍的太监扔到了韦奇面前。

太监害怕得双股战栗不止："饶命，饶命啊！我什么都不知道……"

夜君清马上施展了离间计："你口口声声效忠的皇上，早就抛下整个祁城的臣民自保而逃了。”

韦奇满是震惊，不敢相信这一切，冲过去死死揪住太监的衣领：“皇上呢？说，他们把皇上怎么了？”

太监回答道：“将军饶命，皇上他，已经回宫了……”

夜君清在一旁添油加醋：“夜鸿弈战前已料到了此战蹊跷，却仍命你前来追敌，只为自己金蝉脱壳悄然撤退，分明是要将你逼上死路。”当然他的判断并不对，因为是韦奇自己任性，不肯听从部下的劝告，率军追击败退的联军，只是此时的韦奇已经无心去辩驳了。

寒锦衣也在一旁火上浇油：“扔下万千士兵和百姓于不顾，夜鸿弈早已不是第一次，即便这样，你也还坚持要效忠于他吗？”

韦奇视死如归的样子映衬得其他人都变得渺小了：“我韦奇毕生为大楚披肝沥胆，对大楚，对我自己，都绝无半点愧对。”

姚莫婉幽幽说道：“那桓横将军呢，你也没有丝毫愧疚吗？”

韦奇的心脏像是被攫住了一般，他愣住了，低下了高昂的头颅。

夜君清又充当了一个说客：“将军为大楚肝脑涂地，立下战功无数，最后却死于夜鸿弈手下，受尽屈辱。你我立场不同，我也敬你是个忠义之士，但恩师落得这般下场，你还无法辨清是非吗？只要你归附我……”

韦奇抬起头来：“你不必多说，我只求死个痛快，至于我与师父的恩怨，到阴间自会了结……”

寒锦衣早就不想再叽叽歪歪，他立马说道：“好，我就赏你死个干脆。”

寒锦衣将刀架在他脖子上，韦奇紧闭双眼，毫不畏惧。就在刀刃即将刺破韦奇喉咙之际，寒锦衣忽然将刀一撇，只是砍落了他的头发。瞬间，韦奇的发丝散落一地。

韦奇遭此奇耻大辱，身体发肤，受之父母，不敢毁伤，孝之始也。也许是对于生的渴望，也许是其他的什么莫名其妙的原因，反正现在的他就是不想死了，他想要活下去，他知道，以前的韦奇已经死了，活下来的韦奇已经不再是韦奇。他明知故问道：“为何不杀我？”

姚莫婉似笑非笑道：“桓将军临行前，曾交代过我们无论你做出何事，都放你一条活路。虽然你万般该死，但我们已经答应了将军，就决不食言。”

夜君清也在一旁帮腔：“将军死前最大的遗憾，就是未能让你明白什么才是真正的忠，如今他用自己的性命留你一条活路，已是仁至义尽。你走吧，如果你日后还是执意要为夜鸿弈效力，我们绝不会再放你第二次。”

韦奇恍恍惚惚地站起身来，踉跄地转过身去走了几步，脑海中尽是桓横死去的画面。

韦奇眼角略有湿润，缓缓从胸口掏出一幅卷轴，如果他有尾巴，此刻的他一定把尾巴夹得紧紧的，只见他讨好般地转过身去，将卷轴高举：“等等，这个或许你们能用得上。”

寒锦衣生怕韦奇又使出什么阴谋诡计，谨慎地上前将卷轴取回，交到夜君清手中。夜君清慢慢地将卷轴展开，脑海中惧怕的图穷匕见并没有出现，出现在他眼前的画面让他惊喜万分。

“大楚布防图？”

韦奇仿佛像是变了一个人似的说道：“若王爷不计前嫌，韦奇甘愿为义军效劳。”

夜君清等人看着面前的韦奇和手中的布防图，与姚莫婉相视一笑，对接下来的战局充满了信心。

姚莫婉、夜君清与韦奇来到祁城的大军营帐内，在大楚布防图上开会商议，严密商讨，制定战术。一切布置妥当之后，夜君清带着寒锦衣、楚漠北等人势如破竹，与楚军厮杀。楚军一败涂地，丢盔弃甲，狼狈溃散。

联军奋力冲开最后一道关卡，向大楚皇宫奔去，有些联军士兵嘴里发出类似于猴子一般的“嚄嚄”声，让人听着心惊，闻者胆裂。

夜君清和姚莫婉带着义军士兵在甬道内疾走，另一边楚国士兵迎面杀来，夜君清护在姚莫婉身前，举剑厮杀。

夜君清开心地大叫：“杀！”

夜君清杀得兴起，一马当先，冲锋在最前面，将来者一一斩杀，当真是神挡杀神，佛挡杀佛。他的剑已经砍缺了，一层又一层的鲜血滋润着嗜血的剑。每倒下一个人，就意味着父母失去了儿子，妻子失去了丈夫，孩子失去了父亲，曾经幸福美满的家庭变得残缺，再也无法复原。

夜君清和姚莫婉率领着义军士兵一路从甬道杀至皇宫的广场，虽然战意仍浓，但身体却已经疲惫不堪，大多数人都已经负伤挂彩，相互搀扶着，抬头看去，一队楚国士兵正缓缓地压过来。

夜君清奋力地再次举剑："起事之成败，在此一举，胜，我必将厚报诸君；败，我必先诸君而死！"以利收买人心，以利蛊惑人心。

姚莫婉在夜君清感染之下也拿起剑，发出狒狒一般的尖叫："誓与肃亲王共存亡！"

众人高呼："誓与肃亲王共存亡，杀啊！"

夜君清率义军士兵与楚军厮杀，慢慢地拾级而上，一步步地靠近大殿。

夜鸿弈在祁城保卫战形势一片大好并且他识破夜君清等人的诡计之时，却突然弃城逃跑，他为什么这么做，这实在是一个无法解开的谜团。此时的他立于朝堂之上，努力克制着内心的不安，尽量保持着帝王的威仪。

大楚朝臣皆聚在殿内，面色焦灼。

刘公公急匆匆入殿通报："皇上，皇上，大事不好了，叛军已经攻破宫城，此刻已在殿外云集。"

群臣议论纷纷，陷入混乱。

大臣甲手足无措："这，这可如何是好啊？"

大臣乙眉头紧皱想出了一个馊主意："皇上，眼下叛军已成围剿之势，以微臣之见。与其鱼死网破，不如屈尊……先作归降之意，待敌军放松警惕再……"

夜鸿弈打断了他的话："通通给朕住口，大楚朝堂之上，竟敢说出如此大逆不道的言论，千面，给我拿下！"

话音刚落，千面便出手斩杀了那名大臣。瞬间鲜血飞溅，大殿上一片鲜红。群臣震惊，皆瑟缩在原地，不敢再轻易开口。

夜鸿弈端坐在高处，睥睨着殿上的众人。

夜鸿弈说道："夜君清、姚莫婉是乱臣贼子！尔等不要忘了朕才是大楚国君，名正言顺的真龙天子，若还有谁胆敢生出这般不忠不义的想法，此人就是你们最后的下场！"

大臣甲急忙下跪，高呼："皇上龙恩浩荡，臣必追随皇上与叛军抗争到底。"

其余众臣纷纷下跪："臣必与叛军抗争到底！"

夜鸿弈犹在做困兽之斗："千面，传朕旨意，即刻率铁血军团封锁大殿，任何人不得踏出半步，违者，斩立决！"

夜鸿弈不再看群臣，而是遥遥地望着远方虚无的方向，隐隐有厮杀声和呐喊声源源不断地传来。

眼看一名大楚侍卫向姚莫婉袭来，在最后关头却被夜君清一剑刺穿，鲜血飞溅，有惊无险地躲过一劫。

姚莫婉与夜君清对视一眼，接着便率领着一小队人马冲上大殿。两人呈包围之势，将大殿从两侧围住。

紧闭的大门忽然被推开，一道身影被一暗卫挟持着，缓缓走出。

夜君清看清被挟持的人，急得上蹿下跳：“王叔！无耻大胆小贼，还不快放开敦亲王！”

挟持者并不理会，手上的力道加重，匕首紧贴敦亲王的脖颈。

敦亲王如无事人一般说道：“夜鸿弈要单独见你与姚莫婉，商谈退兵条件，此乃诱杀之计，切不可入内啊！”

夜君清向殿内高呼道：“夜鸿弈，你若有悔改之意，便出来纳降，我可留你一命，否则谈无可谈。”

敦亲王无奈道：“夜鸿弈他以殿内群臣作为要挟，每过一炷香的时间就杀掉一员大臣，我死不足惜，可他们皆是我楚国肱股之臣，若是保不住，人才尽失，往后便会陷入无人可用的窘境，是为国之重创啊！”

夜君清震惊，再一次陷入犹豫之中。

姚莫婉挺身而出：“君清，让我去见他！”

夜君清当然不愿意：“不行！夜鸿弈摆明了是要请君入瓮，你这样前去只会彻底中了他的诡计。”

姚莫婉争辩道：“可你也清楚，这些大臣是大楚朝堂根基所在，若能以我一人换下他们所有人的性命，那也值了！”

夜君清说道：“要去也是我去！”

两人正僵持不下，一支利箭飞出，夜君清急忙抱着姚莫婉滚到一边。

夜君清大喊一声：“小心！”

话音刚落，那利箭直直插入敦亲王和挟持者的胸膛。

夜君清和姚莫婉难以置信地看着两人双双倒地死去，两人习惯性地对视一眼，注视着对方。

姚莫婉急了：“君清，不能再等了，现在必须进去。”

夜君清坚持道："那我和你一起！现在夜鸿弈要的是你我二人，无论是生是死，都别分开。"

姚莫婉有些动容，只好点点头，二人走到大殿门口时，姚莫婉停下了步伐，迟疑了片刻。

夜君清问道："怎么了？"

姚莫婉摇摇头道："一下子竟有些想不到，这门推开后是什么样的景象。"

夜君清看出姚莫婉眼中的担忧，走到她身边握住她的手。

"不管这背后是什么，你身边都有我在。"

姚莫婉朝他点点头，长舒了一口气，两人十指紧扣，并肩走向大殿。

金銮殿的门缓缓打开，夜君清和姚莫婉牵手而入。阳光斜射，映照着他们的影子向前蔓延。他们踩着自己的影子向前走去。

夜鸿弈怒视着二人，双眼通红，朝一旁的千面下令："快将这两个逆贼给我拿下！"

千面拔出利剑向二人杀去，夜君清将姚莫婉推到一旁，却一下被千面的剑给逼到了立柱旁。

千面喝道："逆贼，还不束手就擒！"

夜君清完全不把他放在眼里："你这话怕是说得太早了。"

千面喝道："找死。"

千面用力挥剑，却被夜君清敏捷巧妙地化解，躲开了他的压制。千面见制服不了夜君清，转而冲向了一旁的姚莫婉。

夜君清见状，迅速来到千面身后，刺穿了千面的胸膛。千面瞪大了双眼，口吐鲜血，倒在了地上。他突然觉得地面好安稳，他只想好好地睡一觉，踏踏实实地睡一觉。睡着了，不再有阴谋诡计，不再有血雨腥风，只有温暖的风吹着他的脸颊，像是妈妈的手在抚摸着，唱着动听的歌谣："月光光，照地堂……"千面缓缓地闭上了眼睛。

夜君清走到姚莫婉身边，安抚地抱住她，拍了拍她的背。

夜鸿弈见状，暴怒不已："废物！群臣听令，上前将这二人拿下，当场处死！"

姚莫婉说道："夜鸿弈，这就是你所谓的商议？"

夜鸿弈发出一阵狂笑："在朕的脚下，规矩由不得你来定！"

眼看着群臣和士兵纷纷上前，将姚莫婉、夜君清团团围住，夜君清护住姚莫婉，朗声说道："各位且慢，今日我等前来，并非要与各位为敌，而是希望将你们从这个昏庸无道的朝中解放出来！"

夜鸿弈气极："休要听信他的胡言，通通给我上！"

夜君清只好使出了杀手锏："你们听着，你拼死效忠的这个皇上，根本就不是皇室血脉，而是庄太后与洛滨将军私通所生之子！"权谋大戏瞬间变成了伦理剧场，如此转变让人措手不及。

群臣和士兵们忽然愣住，难以置信。

夜鸿弈双手颤抖着，扶住龙椅，强装镇定地厉声呵斥："逆贼，竟还敢在此信口雌黄！朕身上流的正是大楚正统皇室的血脉，绝不容许任何人置疑！"

姚莫婉不慌不忙地说道："庄太后早在进宫前便与洛滨染有私情，在怀上你之后才成为先帝之后。你在得知自己的身世之后，非但没有善待洛将军，反而为了坐稳皇位，设计将其毒杀在了庄太后的灵位前。"

大臣甲当然不信夜君清和姚莫婉的一面之词："口说无凭，现在庄太后宫已经烧成一片灰烬，你有什么证据？"

夜君清最擅长辩论："夜鸿弈清楚地知道，若光是杀死洛将军，必定后患无穷。那场大火，正是他为了抹去所有身世痕迹而故意纵下的。"

夜鸿弈声音开始颤抖："这故事编得的确相当精彩，但仅凭这些胡言就想与朕争天下，难道你是把在场大臣都当傻子了吗！侮辱皇族，戏弄朝臣，这等逆贼若是不死，天理难容！"

群臣和士兵们的智商明显不够用了，他们再次将质疑的眼神投向夜君清与姚莫婉。眼看着士兵们渐渐围上来，姚莫婉掏出一本书卷，高举在半空中，说道："慢着！我手中这本《洛家家谱》足以证明我所说的，绝无半点虚假。"

夜鸿弈见状，顿时慌了阵脚，顾不得自己的安危，急忙命令身边的暗卫上前："去，把那本伪造之物给我抢下来！"

姚莫婉说道："上面清楚地记载着，洛氏一族中只要是父子血脉，左臂上皆有一块家族遗传的红色胎记，代代相传。大家是不是傻子，看看你的手臂便知。"

夜鸿弈下意识捂住了左手臂，大吼道："胡言乱语！胡言乱语！你们还不快将逆贼拿下！"

夜君清又开始在旁边煽风点火："你们还没有看清夜鸿弈的真面目吗？可怕的不是他的血脉，而是他毫无人性的残暴！一旦有人阻碍到他的权力，不论是臣子还是亲人，都只会被他一一铲除，如今敦亲王已经惨死在他的手上，你们若再辨不清真相，下一个遭此毒手的，就是你们自己。"

大臣甲开始打哆嗦了："什么……敦亲王已经……"

夜鸿弈大吼道："住口！你们这群废物，通通给我让开，我要亲自杀了这逆贼！"

夜鸿弈几近癫狂，拔出身旁暗卫的剑，冲下龙椅，朝着姚莫婉冲去。

就在这时，群臣士兵却通通挡在了夜鸿弈面前，越来越多的人将他团团围住。夜鸿弈与身边的暗卫在其中，慌了阵脚，夜鸿弈胡乱将宝剑挥向众人。

夜鸿弈像个孩子一般无助："你，你，还有你们，还有这大楚的江山！通通都属于朕！大楚的皇也只可能是我一人！"

一个慌张的暗卫忽然夺过夜鸿弈的剑，将剑刺入了夜鸿弈的胸膛，接着跪在地下朝着各位大臣露出求饶的神态："他……他已经被我杀了，狗皇帝被我杀了！"

夜鸿弈尚在呜咽着："朕的血统，绝不容许质疑……"

话还没说完，夜鸿弈便瞪大着双眼倒在了地上，再也没有起来。他一手好牌打得稀烂，落到如此地步也在情理之中。他身前戴着一顶巨大的绿帽子，死后终于可以脱下来了，如果有来生，他真心希望天下所有人都不要戴绿帽子，没有奸夫淫妇，也没有爱欲纠缠；他愿每一对夫妻都恩爱如山，白头偕老。

夜君清直接飞身来到夜鸿弈身边，揭开他左臂的衣袖，却只见到一块皮被割下的可怖伤疤，群臣发出心悦诚服的唏嘘声。

夜君清得意扬扬地牵着姚莫婉走出大殿。

夜君清还在罗列夜鸿弈的罪状："楚皇夜鸿弈昏庸无道、横征暴敛，使大楚境内民不聊生。义军以天下大任为己任，揭竿而起，数月来长途跋涉，今日终于斩昏君，除佞臣，得以告罪于天下人！"

联军士兵们皆兴奋不已，气势越发激昂，振臂高呼："肃亲王万岁！肃亲王万岁……"

夜君清和姚莫婉看着兴奋的众人，相视而笑。

夜君清扯着嗓子喊："传令下去，大楚境内凡自愿归降者，皆受义军保护，不可随意斩杀。士兵们更不可巧取豪夺，残害百姓。如有违者，一律军法处置！”

寂静的大殿内，夜君清看着空荡荡的龙椅，若有所思，始终没有坐下。

奔雷很是猴急的样子：“王爷，是否该差人准备登基大典了。”

夜君清此刻已经不急了，皇位对他来说已是唾手可得，他潇洒地说道：“不急，如今战乱刚刚结束，大楚境内已千疮百孔。朝臣们不再负隅顽抗，多半是因为他们不愿再受制于夜鸿弈罢了。至于说他们有多认同我，我想并不见得。”

奔雷劝道：“将士们随着您一路走来，将您的一言一行都看在眼里。我等更想不出这世间还有谁，会比您更名正言顺。”

夜君清却顾左右而言他：“水能载舟亦能覆舟。夜鸿弈在这龙椅上待得太久，早已忘了这致命的一点，才会落得这个下场。”夜君清说罢，便不再看那张龙椅，转身就要走出大殿。

奔雷上前拦住了他：“但是……王爷如今霸业已成，属下有一事相求。”

夜君清面露惊讶之色：“你倒是难得，从前可从没听你主动要求过什么。说吧，是想要做个武将还是做个文官？”

奔雷摇摇头：“不是的，不是的。您明白奔雷一向不看重这些，更不敢邀功。”

夜君清为自己的小人之心感到汗颜：“哦，那是所为何事？”

奔雷挠着后脑勺说道：“是……如今战事已平，属下唯一心愿便是求王爷为我与汀月赐婚。”

夜君清这才反应过来：“赐婚？你怎知汀月已经属意于你？我可不愿做强人所难之事。”

奔雷不好意思地说道：“这怎么是强人所难，我与汀月情投意合，早已互表心意，就只差王爷和姚姑娘一句允诺了。”

奔雷说完，便低着头一脸绯红，惹得夜君清大笑不断，一把拍了拍奔雷的背，搂过他的肩膀：“莫婉早已和我说过此事，你放心，我定让你风风光光将汀月娶回来。”

黄昏的日光洒进大殿，打在二人的肩膀上，像是铺上了一层绚丽的金色。

姚莫心静静地躺在地宫之中，还是如同从前一般的样子。

姚莫婉独自一人来到地宫，坐在姚莫心身边，静静地、长久地看着她。

她无奈地笑了："莫……一下子还真不知道该叫你莫心还是莫婉。你还别说，小时候我就格外羡慕你名字里的'婉'字，总在想，就是因为爹爹娘亲给你取名叫了莫婉，你才天生比我温顺娴静许多。不像我，凡事总爱随心而行，争个高低对错，不懂得收敛自己的脾气与性子。"

姚莫婉露出些许紧张的表情，想要握住姚莫心的手，却终究还是不敢去握。

"可是，如今我将这种脾气秉性通通用在了'姚莫婉'身上，若是有一天你醒过来看到这一切，会不会责怪我？不过……就算你会骂我，会指责我，我也希望你能快些醒过来……毕竟，你已经是我留在这世上的最后一个亲人了。莫婉，你快点醒来，好吗？"

姚莫婉抱着姚莫心轻轻地啜泣起来，她并没有注意到，此时姚莫心的手指微微颤动了一下。

姚莫婉轻声走回屋内合上门，这才发现等候在此的夜君清，他似乎已经等候多时，脸上颇有不耐之色。

夜君清问道："你去哪了，为何这么晚回来？"

姚莫婉使出你跟我讲法律我跟你耍流氓的绝招，赶紧转移话题："我还想问你呢，半夜偷藏在女子闺阁，难道有什么非分之想？"

夜君清一把将姚莫婉扑倒在床，带着坏笑地看着姚莫婉："我现在想什么，做什么，都不算非分了吧？"

姚莫婉看着这样的夜君清，一下有些发愣，怔怔地眨了眨眼睛。

夜君清向她吻了过来，眼看着就要吻上，姚莫婉拿起被子一把捂住他的脸，将夜君清反压在了身下，故作生气地拍了拍他的头："你这些坏把戏是怎么回事，我以前怎么没有发现，你竟有这般油嘴滑舌的一面？"

夜君清故意说道："不喜欢就说，怎么又开始动手了！"

夜君清一把扯掉盖在脸上的被子，刹那间，姚莫婉主动吻了一口夜君清的唇，微笑着看着他。

姚莫婉羞涩地说道："喜欢，你什么样我都喜欢。"

姚莫婉趴在夜君清的怀里，紧紧抱住他，夜君清也伸出双手将她抱在怀里。

姚莫婉小心翼翼地试探着问道："若是有一天，你发现莫心还存活于这世上，或者说，有一天莫婉重新回到了我这个身体里，你……要怎么选择？”

夜君清欲言又止，一时不知如何作答。

姚莫婉见状，不禁有些失落：“算了，这么为难的问题，不答也罢。”

夜君清紧紧地扶住姚莫婉肩膀，直视着她：“那我问你，你现在是谁？”

姚莫婉疑惑不解：“我是谁？我是……”

夜君清粗暴地打断了她：“无论你过去是谁，也不管你以后会变成谁，此时此刻，你就是我夜君清的女人。”说罢，深深地长久地吻住了姚莫婉的唇，姚莫婉挑逗着他，气氛渐渐迷乱。

窗外的剪影上，两人缠绵的身影很快就归于平静。

庄严的号角响起，夜君清与姚莫婉二人相视而笑，携手一步步登上高楼。

姚莫婉深吸一口气说道：“这么安宁的楚宫，我已经太久没有见过了。”

夜君清附和道：“我好像还是第一次，在这个时辰登上此处。”

姚莫婉说道：“不久之后，这片锦绣山河就都将交到你手上了。”

夜君清深情地注视着她：“还有你。”

二人登高望远，旭日初升，晨光在他们的脸上打上一层柔光。

寒锦衣和楚漠北各自牵着马，与夜君清辞别。

夜君清挽留道：“楚兄当真不愿再多留几日？”

楚漠北却毫无留恋之意：“天下没有不散的宴席，我承诺之事皆已兑现，也没有什么非要留在此处的道理了。”

夜君清说道：“还请殿下放心，我夜君清从不欠人情。此次您在危难之时出手相助，日后若有任何能用得上大楚的地方，我必定倾力相助，在所不惜。”

楚漠北刻意与他拉开距离，闷闷地说道：“我可不是为了帮你。”

夜君清明知故问：“那敢问楚兄是为了什么？”

楚漠北与夜君清像是杠上了一般地对视，彼此皆不想让，寒锦衣连忙出来打圆场：“哈哈哈……漠北兄，不管为了什么，总之这次大蜀能得到大楚未来国君的一诺，日后两国必将强强联手，共御外敌。你俩啊，就不要再针锋相对了。”

楚漠北哈哈大笑起来：“他要与我针锋相对，还差了点。今日就此别过，希望下回再见时，君清兄能真正让我刮目相看。时候不早了，我该启程了。”

夜君清心中不爽，我率领联军横扫大楚，表现如此优异，竟然还没有到让他刮目相看的地步，莫非是嫌弃对手太弱？

寒锦衣问道：“你不等莫婉了？”

楚漠北悠悠说道：“送君千里终须一别，不必让她平添这离别伤感了，若是有缘，自会再相见。倒是寒兄你，还打算继续守在她身边？”

寒锦衣说道：“说什么呢，我对她已无非分之想！”

楚漠北揶揄道：“我说的是你这位出生入死的好兄弟夜君清啊，你以为我说的是谁？”

寒锦衣被虐惯了，心理素质堪称一流，楚漠北如此揶揄他，他也不以为意：“行了行了，少贫了，赶紧启程吧你！”

楚漠北大笑着飞身上马，策马而去。

这时，姚莫婉匆匆赶来，跑到夜君清身边站定，朝着楚漠北的背影大喊道：“楚漠北，下次若有机缘，你我可再战一场！”

“什么再战一场？”夜君清有点丈二和尚摸不着头脑，但是姚莫婉却闭口不言。

楚漠北一听，心中大喜，但却头也不回地扬长而去。

姚府张灯结彩，挂满红绸，随处可见“双喜”贴画。院中人来人往，喜气洋洋，不断有成箱的彩礼被依次抬进。

管家到处秀存在感：“都给我赶紧着，可别耽误了汀月姑娘出嫁的吉时！”

镜子前依次放着成套的首饰、胭脂等名贵用品。

汀月穿着大红的嫁衣，坐在镜前，脸色绯红，嘴角含笑，害羞的模样令她更加美丽。

姚莫婉正站在她身后，亲自为她梳妆：“我们汀月，今天可真好看啊！”

汀月嘴角含笑：“小姐，您快别取笑我了。”

姚莫婉笑道：“这怎么是取笑，你打小进了姚府，跟着我们姐妹几人一块儿长大，如今也是这般水灵的姑娘了。”

汀月不舍地说道：“汀月这么多年一直跟着您，实在是舍不得和您分开，汀月……汀月能不能不嫁了。”

姚莫婉微笑着："你呀你，说什么胡话呢，以后嫁作他人的妻子了，可不能再这般随性了。"

姚莫婉从头上取下一支步摇，插在汀月的耳后，端详着，很是满意："我就说还少了些什么，加上这个就灵巧多了，这个步摇就送给你了，希望它能保佑你和奔雷永远平安顺遂，幸福美满。"

汀月急忙摆手："不不不，小姐，这支步摇陪着您多年，这太贵重了，我不能要。"

汀月说着便想要摘下步摇，却被姚莫婉拦下："汀月，你跟随我多年，我早就待你如亲人一般。今日你从姚府出嫁，以后便是我姚莫婉名正言顺的妹妹。往后若是奔雷欺负你，我定会替你好好教训他。"

汀月感动得涕泪横流，化了妆容："小姐……"

姚莫婉叮嘱道："好了，大喜的日子新娘可不能落泪。姐姐向你保证，定会给你一个美满的婚礼，风风光光地送你出嫁。"

两人皆看向镜中的对方，眼里尽是温柔的笑意。

汀月欢喜地走出屋子，在院中拐角，和迎面而来的奔雷碰了个正着。两人皆是一愣，汀月率先反应过来，害羞地转身要走，却被奔雷挡住，怔怔地去拉她的手："汀月，你……你今天真好看。"

汀月的脸瞬间通红，忙甩奔雷的手，向反方向跑去。

这时管家姗姗来迟地找了过来，没好气地责备："哎哟喂，我的奔雷小爷，都找你半天了，你怎么还在这呢！赶紧随我去换喜服，这要是耽误了吉时可就不好了。等拜过了天地，这新娘子可就天天随你看了。新娘子也真是的，怎么可以到处乱跑，一点规矩都没有。"

奔雷憨笑着说道："也是，也是。"

奔雷望着汀月远去的方向，依依不舍地离开。

姚莫婉坐在刚刚汀月坐着的位子上，她抚过面前的一件件嫁饰，眼中露出羡慕与憧憬的神色。她拿起桌前的一片唇纸，轻轻一抿，然后望着镜中的自己出神。

门后突然传来一声异响，姚莫婉警惕地回头，却是夜君清闪身出来，忽然将一顶红盖头盖在了姚莫婉头上。

姚莫婉愣住，夜君清将她的盖头缓缓掀开，露出姚莫婉羞红的面颊。

姚莫婉责怪地说道："为何来了也不说一声。"

夜君清说道："这场面美得像幅画，我不知在梦里见过多少回。生怕突然闯进来，又成了一场空。莫婉，你告诉我，这一切都是真的吗？"

夜君清怔怔地上前，将姚莫婉圈在怀中，像是在确认她的真假。

姚莫婉逗趣地敲了敲他的额头："傻瓜，疼吗？"

夜君清疑惑地摸摸额头，摇了摇头。

姚莫婉哭笑不得："还真是个傻瓜，既然不疼，那就是在做梦，一会儿啊，你这个梦就醒了。"

夜君清将姚莫婉抱得更紧了："不行，就算这是梦，我也要让它马上变成现实。"

姚莫婉一脸甜蜜："那，这算不算梦想成真呀？"

夜君清打趣道："离梦想成真，还差一步。"

姚莫婉脸红了："哪……哪一步？"

夜君清好笑地看着她："当然是差这样一场婚礼仪式了，你想哪去了。"

姚莫婉脸红得更厉害了："我才没有乱想，明明是你故意的！"

镜中，姚莫婉和夜君清追打嬉闹着，传来阵阵欢笑。

而屋外，喧天的锣鼓声也越来越近了。

汀月偷偷地来到姚莫婉的房间附近，走到她的门前，小心翼翼地掏出一张绣品，谨慎地确认四周没有人之后，才满脸喜色地准备推门进去。

汀月自言自语："听说这样就可以给小姐沾沾喜气了。"

身后传来侍女的呼唤声："汀月姑娘，汀月姑娘……"

汀月听见侍女的呼喊，刚要起身却听一旁传来一声异响，她转头一看，就见一个鬼鬼祟祟的人影一闪而过。

汀月惊道："是谁？"

汀月看着那人留下的脚印，急追了上去。

黑衣人疾速地闪过，瞬间没了踪影。

汀月顺着脚印紧追而来，没留意自己不知不觉间竟走到姚府一处僻静的墙角。汀月看着眼前的脚印消失，瞬间有些慌乱，转身要走。黑衣人却突然出现，举着匕首玩味地一步步向汀月逼近。

汀月感到十分害怕："你是谁，到底有何目的？"

黑衣人并不作答，只是继续向她逼近。汀月已被逼至墙角，无路可退，面露惧色，忽然故作惊喜的样子，叫道："小姐？"

黑衣人立刻回头，却见身后空空如也，根本什么人也没有，这才知中计。

汀月趁其不备，立刻揭下他的面纱，紧接着便露出极为不可置信的惊恐表情。

竟然是他！

喜庆的爆竹声不绝于耳。

奔雷一袭红装，满头大汗，紧张得不知所措，手忙脚乱地招呼来来往往的客人。见姚莫婉和夜君清携手而来，连忙要行礼。

夜君清忙把他扶起来："今天就免了吧，回头正式拜堂时再拜也不迟。"

姚莫婉嘱咐道："奔雷，你可要好好对我们家汀月。她今天从我们姚府出嫁，就算是我的妹妹，要是你敢惹得她不高兴了，我这个娘家人可是一定会给她撑腰的。"

奔雷不好意思地笑道："小姐，瞧您说的，能娶到汀月那是我上辈子修来的福分，我捧在手心里都来不及，怎么会惹她不高兴？但是小姐，汀月呢，怎么还没来，别……别耽误了吉时呀！"

姚莫婉笑道："行了，知道你心急。你就安心等着吧，耽误不了你。"

管家也在一旁说道："我活到现在，还是头回见到这么心急的姑爷呢！"

众人一阵哄笑。

这时，一个侍女神色慌张地闯入："小姐，小姐，不好了。"

姚莫婉冷面喝道："怎么回事，大喜的日子，不要坏了规矩。"

侍女哪里还顾得上什么规矩，声音颤抖着说道："汀月她，她出事了……"

众人脸色皆变，奔雷率先夺门而出。

在侍女的指引下，奔雷率先冲到事发地点，姚莫婉和夜君清等人随后赶到，万分震惊。

寒锦衣也匆匆赶来，看到眼前的一幕，急忙眼神对上殷雪向她询问，殷雪无奈摇摇头。

奔雷看着倒在地上的满身血迹的汀月，紧张地将她扶起，搂在怀里，呼唤着：“汀月，汀月——”

怀中的汀月毫无声息。

奔雷急了：“汀月！小姐，你快，你快救救汀月，你的医术那么高超，你一定会有办法的！”

姚莫婉紧张地上前，夜君清本来扶着他，此时松开了手，姚莫婉脚下绵软，险些摔倒。寒锦衣要扶，都被她一一甩开。

姚莫婉颤抖地靠近汀月，手指去测她的鼻息，最终像是承受不了一样，瘫坐在地上。

夜君清连忙上前扶住她，他说道：“莫婉，你振作一点！”

混乱中，唯有殷雪和寒锦衣还保持冷静，殷雪扫视着墙壁上，发现了数个沾满血迹的脚印，急忙叫来寒锦衣。

殷雪说道：“城主，你看。依我看这轻功脚法，袭击之人恐怕身手不一般。”

寒锦衣一边勘查着脚印，一边在角落拾得一块黑布，拿起来仔细辨认，大吃一惊。

姚莫婉从汀月身边拾起那个本要送给自己的绣品，随后看见了汀月身旁的三个血字“小心夜……”

姚莫婉神情恍惚：“汀月……”

厅堂中的红绸和喜字皆被摘下，但屋内还没来得及清扫的红色纸屑还在提醒众人，这里原本要举行一场婚礼。

奔雷将盖着盖头的汀月抱在怀中，走入厅堂，双眼赤红，环视屋内的众人。

奔雷大吼道：“谁让你们把红布都撤下的，婚礼还没有结束，天地还没拜，喜酒还没喝，我连新娘的盖头都还没掀呢！”

他怜惜地把汀月平放在地上，不忘细致地帮她理了理衣服上的褶皱。老管家上前一步想要劝说，却被奔雷一把推开。

老管家叹息道：“奔雷小爷，你这又是何苦呢？”

奔雷不管不顾地问道：“管家，吉时到了吗？！别耽误我和我的新娘子拜堂成亲。”

老管家手足无措：“这……小姐……”

老管家求助般地看向姚莫婉，可姚莫婉此刻也正心痛地望着汀月的尸体。就在这时，夜君清示意管家退下，决意让奔雷完成未完成的愿望。

“奔雷，你想做就做吧。”

奔雷突然郑重地跪下说道：“王爷，奔雷等不及了，不愿管什么吉时不吉时了。苍天在上，厚土在下，我奔雷愿娶汀月为妻，永生永世，不离不弃。王爷，今天就请您和小姐，和在座各位为我们二人做个见证。”

寒锦衣见一旁端着茶的侍女已经愣在了原地，于是走上前去，亲自将茶递到了奔雷手中。

奔雷接过茶，向夜君清和姚莫婉敬茶，接着重重地朝地上磕了三个响头。再起身时，额头上一片鲜红，嘴角却带着笑意，他温柔地注视着身边安静的汀月，说着便又重重地朝地上磕去。

“我的娘子，她今天不太舒服。另外三个响头就由我替她磕了吧！”

屋内的人静静地看着，再没有一个人阻止，只是偶尔可以听见一两声抽泣的声音。

庭院中，夜君清与寒锦衣正小心地交谈着。听完寒锦衣的话，夜君清大惊：“什么，是铁血军团的人？”

寒锦衣点头道：“是，无论从身手，还是凶手遗落的布料，十有八九是与铁血军团有关的人。”

夜君清心中已明白了二三分：“那他们的目标……”

寒锦衣肯定地说道：“正是莫婉。我已经查过了，从当时的脚印来看，凶手当时是想要潜入莫婉的卧房，结果没想到被汀月撞个正着，才不得已向汀月下了毒手。”

忽然，一旁传来一些声响，两人转头望去，正是姚莫婉，她已将二人的对话全部听见。

夜君清叫道：“莫婉……”

姚莫婉有些失神，迅速地跑开了，夜君清急忙去追。

月光洒落进来，室内一片寂静，纸钱散落一地。

姚莫婉穿着一袭素缟，独自站在汀月的棺木前，看着手里的步摇和绣品，不禁蹲下身子哭了起来。夜君清从后面将她抱紧。

夜君清劝慰道：“莫婉，这不是你的错。”

姚莫婉哭泣道：“不，他们要杀的本是我，汀月她是为了救我。是我害了她，为什么今天死的不是我，为什么？”

夜君清假装生气地说道：“莫婉，我不许你说这种话！我们好不容易才到了今天，我绝不允许你再出什么意外！”

姚莫婉痛苦地说道：“可是，汀月她是替我死的啊！”

夜君清说道：“不是的！汀月在九泉之下绝不会对你有丝毫责怪。她如今含冤而死，我们能做的就只有振作起来，找到背后的真凶，帮她报仇！”

夜君清的话如同当头棒喝，终于让姚莫婉恢复了一丝平静。

夜君清这才稍稍放心：“莫婉，所有的事情，都有我与你一起面对。”

姚莫婉在心中暗下决心：“汀月，你放心，姐姐一定会找到真凶，替你报仇。”

姚莫婉将手中的步摇握紧，步摇刺破她的手掌，鲜血滴落，将地上雪白的纸钱染红，触目惊心。

第三十六章

夜幕如一张巨网笼罩了大地，暗夜无星，城郊的树林中万籁俱寂，偶有虫子低吟却也很快又归于平静。一个将领慌不择路地逃跑着，不停地看向身后，时而大声呼叫，时而跌倒在地。一个黑影落在他的身前，干净利落地杀了他。

另一个将领正在营帐之中休息，黑影慢慢地靠近，突然用手捂住将领的嘴，一剑抹了他的脖子，鲜血喷射，营帐之上星星点点的血迹慢慢地凝结，变成了黑色。

一夜之间，多个将领被悄无声息地暗杀。大楚的降将一片恐慌，纷纷加强了戒备。

姚莫婉满头大汗，眉头紧锁，不时发出惊恐的呼叫："汀月，汀月，我不准你死！不要，不要走！"

姚莫婉大喊了一声睁开眼，喘着粗气，看到侧躺在一旁望着她的夜君清立刻捂紧了被子："君清，你怎么在这儿？"

夜君清一把搂过姚莫婉，轻轻地吻了一下她的额头，脸上浮现无限的温柔蜜意："汀月一事，现在想起都令我心有余悸，一刻见不到你，便会胡思乱想，生怕出了什么乱子。"

姚莫婉心有余悸地叹息道："汀月与我情如姐妹，她的仇我一定会报。君清，你也别乱想了，我不会有事的，而今局势初定，事务繁重，你先去处理公务。"

夜君清宠溺地笑道："傻子，公务哪有你重要，你便是我的头等大事，往后我会寸步不离地守着你。"为一个女人而放弃国家要事，非明君之所为。大楚国的百姓并不会因为换了一个皇帝而变得丰衣足食、安居乐业。

姚莫婉娇羞地低下头，随后双手锁住夜君清的脖子，神态充满了诱惑："好，以后我就这样挂在你身上，形影不离，这下总该安心了吧。”

夜君清霸道地抱紧她：“那你要抓紧我了，一辈子都不许放开！”夜君清说完将姚莫婉横身抱起。

姚莫婉娇羞地惊叫：“君清，你这是……”

夜君清抱着她来到桌前落座，温柔地看着身前的姚莫婉，随后舀了一勺羹汤吹凉后送入了她的口中。

姚莫婉幸福满满：“君清，你今天是怎么了？倒不像你了，温柔了不少！”

夜君清邪魅一笑：“怎么，不喜欢啊？”

姚莫婉娇羞地低下头：“是不习惯。”

夜君清又舀了一勺边喂边说：“那你可要尽快习惯，以后我会比现在更加宠你疼你，尽天下情人之蜜事，弥补这一路坎坷的种种苦楚和遗憾。”

姚莫婉深情地望着夜君清随后凑到他耳边低语：“好啊，那余生我属于你，你，也只属于我。”

姚莫婉说完便狠狠地在夜君清肩膀上咬了一口，看着血红的牙印，俏皮地大笑不已。

夜君清吃痛，冷哼一声：“莫婉，这是何意？”

姚莫婉傲娇地说道：“往后你当了皇上，定会妃妾成群，这个牙印就是提醒未来想争宠之人，我是唯一可以对皇上肆无忌惮的人。”

夜君清的甜言蜜语像是说不完诉不尽：“莫婉，我答应你绝不会纳妃，今生今世唯爱你一人，至死不渝。”

情到深处，二人的唇慢慢靠近，意乱情迷之时，寒锦衣推门而入，姚莫婉羞得立刻起身坐到一旁。寒锦衣掩饰地转身，假装眼睛迷了沙子。

“哎哟，今天这风怎么这么大啊，迷得眼睛都睁不开了。”

姚莫婉和夜君清相视一笑，整理了一下衣裳。

夜君清问道：“锦衣，你来找我何事？”

寒锦衣假装镇定：“这夜鸿弈的旧臣当如何处置？”

夜君清不假思索道：“眼下是用人之际，全部原职留用吧。”

寒锦衣却持不同看法：“这恐怕不妥吧，谁知道他们是不是怀有二心，依我看要谨慎些，先甄别一番。”

姚莫婉在一旁插嘴道：“用人不疑，疑人不用，若是甄别令他们心里有了顾虑，往后便不会尽心尽力地为我们所用了。”

寒锦衣对姚莫婉自然是言听计从的，但嘴上仍然说道：“那便按君清所说的办吧。”

这时，奔雷焦急地闯了进来：“王爷，大事不好了，韦奇负剑跪在御书房，要向王爷讨个说法。”

夜君清、姚莫婉和寒锦衣三人面面相觑，不知道发生了什么事情。

韦奇举着剑跪在地上，姚莫婉、夜君清、寒锦衣和奔雷匆匆赶来。

夜君清好心说道：“韦将军，有话好说，你这又是何必呢？”

姚莫婉上前欲扶，韦奇却纹丝不动。

姚莫婉也劝道：“韦将军，你先起来。”

韦奇脸上满是怒意：“今日只为给死去的弟兄讨个公道，古往今来，为臣者当一心为君，身死报国，我宁愿做两姓家奴，背叛夜鸿弈，归顺王爷，唯愿大楚臣民不再苟活于暴政下，自问对王爷忠心耿耿，可没想到王爷和夜鸿弈一样鸟尽弓藏，屠戮功臣。”

夜君清大惑不解：“韦将军所言到底何事，我不甚明白。”

韦奇说道：“与我一同投诚的三名将领，昨夜惨死于京中，王爷若是想铲除异己，诛杀投诚将领，大可以立刻用这剑斩了我们，不必在背后捅刀子，只求一件事，兵士无罪，还请王爷赦免他们。”韦奇言罢将剑高举头顶请夜君清接下。

夜君清不悦地望着剑说道：“实不相瞒，此事我方才听将军所言才知，更何况我绝不会行如此卑鄙无道之事。”夜君清拿下剑继续说道：“我夜君清的剑是上阵杀敌的，永远不会沾染忠臣贤能的血，将军此言着实令人心寒。”

夜君清气愤地将剑扔在地上，随后转身坐在椅子上。韦奇皱了皱眉，不知道他所言是真是假。

寒锦衣问道：“将军为何笃定此事是君清所为？”

韦奇从怀中拿出一块腰牌，说道：“此物是从昨日死去将领的身旁搜到的，这是王爷近臣奔雷的腰牌吧。”

奔雷看到腰牌瞪大了眼睛，在身上一番摸索查看，发现确实丢失了。

奔雷像个智障一般又习惯性地挠着后脑勺说道：“我的腰牌怎么会……”

寒锦衣当然不相信奔雷会做出这种事情："怎么可能是奔雷，怕是个中有什么误会吧。"

姚莫婉柔声说道："将军，恐怕此事与夜鸿弈残党有关，目的便是想让我们彼此猜疑，自乱阵脚，切勿中了他们的诡计。"

韦奇惨笑道："这种说法我无颜回去向诸位将士解释，而今军中流言四起，人人自危，不查个水落石出，绝不可能服众。"

夜君清沉思良久才缓缓说道："韦将军，被刺将士的尸体现在何处？"

韦奇答道："暂且安置在了军帐中。"

夜君清立即化身侦探达人，说道："奔雷，你随我去一趟，看看能否查到些蛛丝马迹。"

奔雷应道："是。"

夜君清起身，叮嘱道："莫婉你就别去了，军中人多眼杂，我担心有残党暗中埋伏对你不利，锦衣你留下陪莫婉吧，免得我不在宫中，生了什么变故。"

寒锦衣一脸的不正经："好好好，你安心去，我保证莫婉她一根毫毛都掉不了。"

姚莫婉拉住夜君清，夜君清轻轻地握住姚莫婉的手。

姚莫婉的眼中是无限的柔情："君清，你千万要小心，你现在不是一个人了，还有我在等你。"

夜君清不以为意地说道："放心吧。"

奔雷蹲在地上仔细地检查三具尸体上的伤口，皱了皱眉，随后起身走到夜君清和韦奇身边说道："王爷，尸体我查过了，死亡时间大致是昨夜子时前后，伤口是剑所致，并且皆是一剑毙命。"能够凭借伤口就能准确分辨是何种利器，这种超人的能力可不是人人都有的。

夜君清显出非常惊讶的样子看向奔雷，随后走到尸体旁查看伤口。

夜君清说道："一剑毙命，能做到如此精准刺杀的，看来行凶者并非寻常人，方才你说死亡时间是子时前后，韦将军，他们的尸体都是在何处发现的？"

韦奇说道："分别是在树林、京中永乐巷和北大营发现的。"

夜君清估算了一下这三个地点的距离："这三个地方彼此之间相隔有三十里，若是一人所为，时间对不上，只有可能是多个人同时行凶。"

韦奇说道：“王爷的意思是，他们并不是各自为战，而是有目标有组织地刺杀投诚将领。”

夜君清点点头道：“更何况他们都是身经百战的将领，武力之高，一般人根本无法近身，更不可能被一剑毙命，放眼大楚只有铁血军团的暗卫能做到。”

奔雷大惊：“又是铁血军团？我妻汀月就是为他们所杀！”

夜君清叹了口气道：“暗卫在京城中接二连三犯下多起命案，看来他们还会行动，所有人都有性命之忧。”

奔雷激动地说道：“那还等什么！我马上带人去搜查京城各处，把他们找出来给汀月报仇！”

奔雷正要冲出去被夜君清拦住：“慢着！你如此鲁莽前去和送死有什么区别？更何况你不知道他们身在何处，如同大海捞针。奔雷，你昨晚是否察觉可疑的事或者人。”

奔雷陷入了回忆：“昨晚……”

奔雷拿着酒壶边走边喝，摇摇晃晃的，似乎一个不稳就要摔个狗吃屎。这时迎面走来一个路人，奔雷于是上前一把揪住，路人面露紧张之色，一动不敢动。

奔雷悲伤地倾诉：“我奔雷今日大婚，不祝贺祝贺我，你说……你说要是一个男人连妻子都保护不了，是不是该死啊！”

路人惊恐地将奔雷推开：“你有病吧，滚滚滚。”

奔雷一个趔趄跌倒在地，一个老者上前扶起奔雷，趁机将他的腰牌取下，塞入袖中。

老者关心地说道：“小伙子，没事吧，这么晚了还不回去？”

奔雷不以为意地摆摆手说道：“没有她，我回去还有什么意思，别管我了，不如死了算了。”

奔雷言罢便醉倒在地上，发出如雷一般的鼾声，老者起身一瘸一拐地离开。

奔雷回过神来，神色紧张：“昨夜近过我身的，也只有那个老者。”

夜君清立即做出判断：“腰牌是贴身之物，能神不知鬼不觉从你身上偷走，定是高手，这样的盗者在京城屈指可数。奔雷，你速速去找锦衣，他应当知道此人身份，暗卫想掩盖行迹，必会杀人灭口，我们必须赶在他们前面，兴许能抓个活口，一探究竟。”殊不知从一个醉倒的人身上取走一件物品，并非难事，而奔雷丢失腰牌，本是大罪，依律必须严惩，但夜君清却避而不谈。韦奇觉得，不管是他的推断还是无视，都未免太过儿戏了，他感觉到自己的失望就像是浓雾一样包裹住了他，但是他却已经无路可逃。

奔雷应道：“是。”

韦奇在一旁不痛不痒地说道：“这么说，是暗卫在幕后故意指使，想要嫁祸给奔雷？”

夜君清疑虑重重地望向地上的尸体：“夜鸿弈和千面已死，那暗卫现在又是听命于谁，为何要做这些事呢？”

姚莫婉望见宫中还是原来的样子，一尘不染，看着曾经的场景感慨万千，深深地叹了口气，坐在床榻上，手轻抚着床，回想起了过往姚莫心死前的惨状，痛苦地闭上眼睛，两行眼泪顺着脸颊落下。

寒锦衣走了进来，说道：“莫婉，看见你姐姐的旧物，回想起那些事，心里不好受吧？”

姚莫婉赶紧将眼泪拭去挤出一丝微笑：“没事，只是兜兜转转又回到了这里，有些感慨，总感觉在人生的某个时候，我们都会失去对自己生活的掌控，这一切都是宿命，失去也罢，得到也好，老天爷都安排好了。”

寒锦衣来到姚莫婉身旁，两人可以感受到彼此的呼吸：“命？我就不信命，依我看事在人为，什么老天爷安排好的，都是人祸的结果，若不是夜鸿弈暴虐，不会有这么多人枉死，不过姚莫心走了这么久，宫中依然一尘不染，一切照旧，看来他对莫心倒是长情，唉，早知现在何必当初呢！”

姚莫婉说道：“夜鸿弈的错，不在于他爱莫心，而是爱得太自我，爱得不单纯，权力的裹挟之下，何种的爱也终将变质腐化，最后以悲剧收场。”

寒锦衣看向姚莫婉，无限感慨：“说到爱，我近日倒又觉得冥冥之中世间姻缘确实有命，其实一直到现在，我始终隐隐感觉，你与君清之间似乎不是日久生情，更像是久别重逢，而我和你始终只能停留在友情……”寒锦衣难过地看向姚莫婉，随即以自嘲掩饰：“当然，这样也好，至少我可以陪你一辈子，不用担心情人间的分分合合，我本就不擅长此事，这么想倒也轻松不少，乐得自在，哈哈。”

姚莫婉将金钗还给寒锦衣，满脸愧疚：“我还以为你早已放下了……锦衣，对不起，这个金钗还给你吧，我无颜面再占有了，它应该属于与你相爱的人，而不是我。”

寒锦衣接过金钗看了看，再次给姚莫婉戴上：“每个人都会有归宿，物件也一样，它就只属于你，此生能找到所爱之人已是万幸，至于她爱与不爱，我无能为力，但能看见她戴上我中意之物，也心满意足了，希望这最后一点骄傲，你可以不要抹去。”

姚莫婉摸了摸头上的金钗，复杂地看向寒锦衣：“锦衣，并非莫婉不爱你，而是你爱错了人，我是姚莫心，天意弄人，当年晗月公主在我体内施下了被奉为南疆秘宝的上古灵虫，此物集万物精气，用奇巧之法，让我和莫婉互换了记忆，对不起，锦衣，我不是故意要欺骗你的。”

寒锦衣看着姚莫婉愣了几秒扑哧笑了：“莫婉，我说过要退出你和君清的感情就绝不会食言，没必要编出这种天方夜谭来让我死心。”

姚莫婉严肃地说道：“锦衣，我说的都是真的，所以你才会感觉我与君清是久别重逢，而莫婉的记忆正封存在我昏迷的身体中。”

寒锦衣摸了摸她的额头，一脸的不相信：“莫婉你没事吧？说什么胡话呢？”

姚莫婉愧疚地说道：“我知道这件事实在太过耸人听闻，就像现在这样，说了你也未必会信，可是事实如此。我也不知道为什么会发生这样的事，锦衣，真的真的万分抱歉。”

寒锦衣依旧不愿相信：“那照你所说，你并不是我的婉儿，那你告诉我，婉儿她现在在何处啊？”

姚莫婉正要告知，奔雷恰好闯了进来。

“寒城主，情况紧急，王爷让你速去见他，有要事相商。”

寒锦衣看向姚莫婉，笑了笑道：“婉儿，你太累了，现在需要好好休息，有话待我回来再叙。”

寒锦衣匆匆离开。

夜君清和韦奇正策马飞驰，寒锦衣和奔雷迎面而来，众人勒马而立，马匹发出阵阵嘶鸣。

寒锦衣说道：“这么着急忙慌地把我叫出来，出什么事了？”

夜君清问道：“你可知道京城中年纪较长，身形佝偻，留着长须的盗者是何人。”

寒锦衣思索片刻：“年纪较长的盗者……是不是走路还有点瘸？”

奔雷忙不迭地点头：“对对对。”

寒锦衣说道：“我认得，那人叫仇白。”

夜君清急道：“快带我去，晚了他可就没命了！”

寒锦衣策马冲了出去，夜君清、奔雷和韦奇紧跟其后。

仇白推门走了进来，关上门后发现有一人背身站在屋中，看着挂在墙上的东方朔偷桃图，仇白吓得向后一退，直到望见千面的腰牌才舒了口气。

仇白说道：“我当是谁呢，原来是暗卫的大人。”

千面说道：“东方朔偷桃图，你们这些盗者的祖师爷居然是个才子文豪，真有意思。”

仇白赔着笑脸走向千面：“我已经按照大人的吩咐做了，若是大人能照约定给赏钱，我往后就算是拜大人为祖师爷都不在话下。”

千面阴险地笑道：“还真是个嗜钱如命之徒啊！”

千面转身，仇白看到千面露出惊讶的表情：“这……这不是千面大人，您不是……”

千面冷笑道：“以为我死了？笑话，那日死的不过是我的一个替身罢了，这千面的名号可不是白叫的。”

仇白奉承道：“是，小的也觉得大人定会平安无事，那帮反贼根本就不是大人的对手。”

千面说道：“我问你，这万一夜君清他们找来，问你是谁指使的，你该不会把我们都供出去吧？”

仇白双腿一软，跪在地上：“小的不敢，小的就算是死，也一定会将这些话烂在肚子里。”

千面站在仇白面前冷冷说道：“这世间最无用的便是承诺，只有死人才能永远保守秘密。”

仇白大惊，想往门外跑却被千面一脚踹倒在地。

仇白像条狗一样跪地求饶：“大人饶命，饶命啊！”

千面拔出刀走向仇白。

此时夜君清、奔雷、寒锦衣和韦奇已经来到屋外，忽然听到仇白的惨叫声。众人大惊，踹门冲了进去，看到倒在血泊中的仇白，而千面正从窗户离开，恰好被夜君清看见。

奔雷道：“王爷，我去追！”

夜君清阻止道：“慢着，不用追了，方才的暗卫是千面。”

奔雷惊讶不已：“千面？他不是死了吗？”但同时他对夜君清阻止他去追击千面感到疑惑不解，为什么不准他去追呢？为什么呢？这匪夷所思的操作，让奔雷简单的脑袋简直要爆炸了呢！

夜君清蹲下来探查仇白的气息：“或许当时死的并不是他，而是替身。”

寒锦衣恍然大悟：“也就是说这一切都是千面在背后操作。”

夜君清肯定地说道：“是，千面作为夜鸿弈的亲信，为主报仇也能说得通，唉，仇白也死了，不尽快铲除暗卫，恐怕迟早会不战自乱。”

奔雷说道：“王爷，那接下来怎么办？”

夜君清说道：“眼下杀的人皆是投诚的将领，看来他们在铲除背叛之人，韦将军，投诚的部将还有几人？”

韦奇垂头丧气地说道：“只剩下我一人了。”

夜君清心中一喜，一下子就把目标缩小了：“那下一个目标便是将军你了。奔雷，你马上调派义军精锐，贴身护卫将军。”

奔雷不情不愿地说道：“将军请！”

夜君清说道：“锦衣，有一件事你要帮我去做。”

夜君清颇有深意地看寒锦衣。

夜君清在平乐殿中握卷挑灯夜读，神色自若，此时殷雪从窗外闪身而入。

“王爷，一切都准备妥当了。”

夜君清点点头道：“知道了，先去吧。”

“是。”

夜君清看向窗外的月亮，露出一丝微笑：“如此绝美的月夜，却被扰了雅兴，可惜，可惜啊！”

暗卫躲在暗处监视着奔雷等人的一举一动，只见奔雷和义军士兵将韦奇护在当中，围了个水泄不通，还不时警惕地观望四周。到了将军府门口，奔雷与韦奇等几名义军走了进去，剩下的义军守卫在门口，暗卫见后随即闪身离开。

千面闭目坐着，眼前放着一根火烛，桌子上横放着一把剑，监视的暗卫从外走进行礼：“千面大人，奔雷带人护送着韦奇进将军府了。”

千面睁开眼露出冷笑：“他们动作倒挺快的，让其他人依计行事，今晚叛贼必须死。”

“是。”

千面拿起桌子上的剑，眼前的火烛摇摆着，随后千面吹灭离开。

千面与众暗卫从房檐上飞下，姿势优美，悄无声息。众人落在殿外，等待指示，千面做了一个上的手势。

众暗卫靠向平乐殿的窗户，抬头向里看去，隐约望见烛光摇曳。就在这时，从殿中忽然射出流星般的箭雨，有些暗卫躲闪不及中箭倒地，发出阵阵惨叫声。

千面见此情况大惊，正欲离开，不料殷雪带着义兵从殿中冲出，而另一边寒锦衣带着义兵从后面涌出，将千面等暗卫围在中间。

夜君清镇定自若地走了出来：“千面，我就料到你今晚会来此，杀那些将领不过是障眼法，让我以为你的目标是韦将军，实则是调虎离山，我才是你要杀之人。”

千面唾骂道：“夜君清你身为楚臣却公然谋反，难道不该死吗？”

夜君清说道：“我反的不是大楚而是夜鸿弈，君不仁以暴政祸民，难道不该反吗？现在他气数已尽，你却还执迷不悟，此乃愚忠，放下刀，我保你不死。”

千面往地上吐了一口唾沫，想起宫殿里也并不禁止随地吐痰，于是又多吐了两口：“痴心妄想，就算是死，我也绝不会向你屈膝，给我杀！”

千面话毕，便刺向夜君清，殷雪上前挡下剑，寒锦衣等纷纷拥上前护着夜君清。

寒锦衣完美地秀了一波存在感：“保护君清！”

一阵乱战，义军毫无悬念地将千面等暗卫制服，被擒暗卫或站或跪在地上。

夜君清威严地走到千面面前：“这些年，你替夜鸿弈做了这么多脏事，今天这个下场，你应该早就预见了。”

千面视死如归，哈哈大笑：“要杀便杀，成王败寇，有什么可说的。”

夜君清却另有一番判断：“依你之智，绝不可能想出此计谋，说，到底受何人指使。”

千面冷笑着：“你以为我和你一般，愿叛国背主，做那不忠之人，就是死，你也休想知道。”

夜君清冷冷地说道：“死对你来说比活着容易，那我便让你好好活着，将一干人等押入大牢！”

寒锦衣和殷雪将千面等人押走，千面犹在大骂夜君清不得好死，寒锦衣抽了他几个嘴巴，嘴中流血不止，千面却毫不畏惧，一路痛骂不止。他对夜鸿弈的忠肝义胆，日月可鉴。

姚莫婉正在宫中拿着一幅姚莫心的画像端详着，夜君清鬼魅一般地慢慢靠近她，忽然从身后猛地一把抱住姚莫婉。

姚莫婉回头见是他，惊讶地说道：“君清，你吓着我了，怎么都没个动静？”

夜君清吻着姚莫婉的耳朵，闪过不同以往的阴险眼神：“许久未见，有些想你了。莫婉，你为何盯着此画若有所思，在想什么？”

姚莫婉咯咯笑道：“你且坐下，看这画上的是谁？”

夜君清心不在焉地看了看说道：“是夜鸿弈所画的莫心。”

姚莫婉嫣然一笑：“你可记得当年你也画了一幅，今日仔细端详，才发现两者之间的微妙。”

夜君清不解道：“有何微妙？”

姚莫婉道：“夜鸿弈所作之画看起来雍容华贵，不论是服装还是配饰都尽显权力的象征，却忽略了重点，忽略了人本身。而你所画重在眉眼，甚至细微的表情，这也是你们二人的区别，他重权你重情。”

夜君清望着画随后叹了口气道：“是啊，不论是权力还是情感，他太想掌控一切了，也太想占有旁人的爱了。”

姚莫婉说道：“爱和占有欲感觉很相似，我也曾怀疑过，但后来确定了，他只是想占有我，剥夺我的自由和情感，牢牢将我锁住，若是说愧疚，只是他失去了一切还落得身死，让人有些唏嘘。唉，但这也是他作茧自缚。”

夜君清听闻此话皱起了眉头，站起身来，露出一丝苦笑：“说来也有些可怜、可悲啊！”

姚莫婉走到夜君清身旁，心疼地搂住他，柔声问道："君清，你今天是不是遇上什么事了，如此多愁善感？"

夜君清转身看着姚莫婉，抚了抚她耳鬓的青丝，难过地说道："只是一想到夜鸿弈曾经在无数个日夜里占有过你，我这心里就堵。"

姚莫婉抱住夜君清安慰道："君清，我现在是完全属于你的啊！以后我们还会有自己的孩子，会生活得很幸福。"

夜君清听后握紧了拳头，随后边说边慢慢从袖中抽出一把刀："是啊，还会有孩子，这大楚的江山会由我们共理，至于夜鸿弈会化作尘埃，成为后人唾弃的暴君。"

此时，殷雪冒冒失失地闯了进来，这夜君清的部下还真是奇怪，不管是奔雷还是殷雪或者寒锦衣等人，都不喜欢敲门。

夜君清和姚莫婉立刻分开，相隔了一点点的距离。

殷雪说道："主子，千面残党已被抓捕，特来告知，方才王爷不是说去天牢，怎么……"

夜君清将刀塞入袖中掩饰地说道："我交给锦衣和奔雷去审了。哦，我想起来，刚才奔雷告知查到了暗卫余孽藏身处，你速前去剿灭。"

殷雪应道："是。"

殷雪感觉有些奇怪，转身离开，姚莫婉一把拉住夜君清，说道："君清，你跟我来，我今日也有事要告诉你。"语毕，姚莫婉拉着夜君清走向地宫暗门。

寒锦衣和奔雷端坐在被铁链锁住的千面面前。

寒锦衣似笑非笑地说道："千面，你的手下已经供出了藏身之处，我已派人前去了，你现在想说依然来得及，我可饶你不死，送你去西域度过下半生。"

千面蔑视的眼神依旧犀利："我不需要也不屑于你的怜悯。"

奔雷激动得难以自抑："是不是你杀了汀月？"

千面讥笑着："汀月？我杀的人太多了，记不清了，哦，是不是姚莫婉身边那个丫环，那天本该杀的是姚莫婉，只是她做了替死鬼，要怪就怪她命不好，跟错了人，不过能让你们这般痛苦，也达到目的了，算她死得其所了吧，哈哈哈！"

奔雷怒吼道："你！我要杀了你！"

奔雷愤怒地拍案拔剑冲向千面，夜君清及时出现，喊住了他：“住手！他这是一心求死使的激将法，莫要中计！”

奔雷喘着粗气掐住千面脖子怒视着他，眼神已将他碎尸万段。

奔雷恨恨不已：“杀妻之仇，我定会相报，暂且留你这条狗命。”说完用力甩开千面。

千面突然问道：“现在是什么时辰了？”

夜君清答道：“子时了。”

千面笑了笑道：“时候差不多了。”

夜君清皱了皱眉，如坠云雾中：“什么时候差不多了。”

一个士兵走了进来，献给夜君清一封文书。

“王爷，在他们的藏身之处发现了这份文书。”

夜君清接过文书一看，大惊失色：“这是……这是夜鸿弈的笔迹，看这墨迹尚新，应当是刚写成不久。”

寒锦衣夺过文书，嘟囔道：“什么？这么说，夜鸿弈没死？”

夜君清脑中闪过一个可怕的念头，他惊惶大叫道：“我们中计了，他的任务不是杀我，而是以命拖延，如果夜鸿弈还活着，那……快，快去找莫婉！”

寒锦衣也慌了：“莫婉在皇后宫中。”

夜君清、寒锦衣和奔雷相继离开。

千面仰天长啸：“皇上，我的任务已完成，先走一步了！”随即咬舌自尽，结束了悲催的一生。

姚莫婉带着夜君清来到地宫，看到了躺在水晶棺中的姚莫心。

姚莫婉说道：“其实我的身体在此的事，自从入了皇宫，我便知道了，只是一直没有告诉你。”

夜君清疑惑地问道：“你的身体？”

姚莫婉说道：“自从那日我与莫婉互换了记忆，莫婉便进入我的身体长眠于此。之所以未说，是因为担心你若知道，情急之下莽撞行事，况且锦衣对莫婉用情颇深，定会想方设法营救，会令你们陷入险境，但现在情况不同了。”

夜君清面色凝重地听着姚莫婉的话，神色复杂。

姚莫婉继续说道：“眼下大局已定，这个秘密也便可以说了，我准备将此事告知锦衣，让他带着莫婉远走高飞。”

夜君清奇道：“你……你是说，你就是莫心？”

姚莫婉感到非常奇怪：“你不是早就知道我是莫心了吗？君清，你今日怎么了，奇奇怪怪的。”

夜君清怨恨地看着姚莫婉，脸上慢慢浮现狰狞的表情，攥紧拳头，慢慢地逼近她：“你为什么要欺骗我，你知不知道这么久以来，我日日忏悔，忏悔我对你做的错事，活在失去你的痛苦和愧疚中，而你却利用我对你的感情，狠狠地从背后捅了我一刀，你怎能这样对我！”

姚莫婉大惊：“你不是君清，难道你……你是夜鸿弈，可你不是已经……”

夜君清阴恻恻地笑了起来，他的脑海里浮现一幅画面：

黑暗幽微的环境里，夜鸿弈的脸上忽明忽暗，他的面前跪着一个暗卫。那名暗卫抬起脸来，竟和夜鸿弈长得一模一样。

夜鸿弈冷冷一笑，手持一把匕首，掀起那人的衣袖，亲手在他左臂上胎记位置剜下了一块肉。暗卫也是条硬汉子，听着匕首剜肉的声音，连眉头都没有皱一下。

姚莫婉被逼到墙角无路可退，夜君清从容地褪去人皮面具，现出夜鸿弈的真容。

夜鸿弈带着无比的恨意说道：“你就这么希望我死，我死了好让你和夜君清厮守相伴是吗？或许这一切从最开始就是假的，你根本就没爱过我。”

姚莫婉辩解道：“从前我对你的爱，早就被你消磨殆尽，剩下的只有恨，这一切都是你一手造成的！”

夜鸿弈阴沉沉地说道：“是……是我，我后悔过，但是我现在后悔当初没有看透你，没有杀了你，至少我不会失去一切，我要让你付出代价！你这个不择手段、人尽可夫的女人！”

夜鸿弈冲上去死死地扼住姚莫婉，他本可以一刀轻松了结了她，但是，他故意不这样做。他要看着她慢慢地死去，让她尽可能地延长死亡的痛苦，方才解他心头之恨。姚莫婉拼命挣扎着，随后手摸到一旁水晶棺周围的烛台，拿起来砸倒夜鸿弈，伺机挣脱开来。

姚莫婉跌跌撞撞地跑到门前，而夜鸿弈也缓过神来，起身快步走向姚莫婉。

姚莫婉伸手去拉门，门开的一瞬间，一名暗卫挡在面前，用刀把打晕了姚

莫婉。姚莫婉只觉得天旋地转，像摊烂泥一般倒在地上

暗卫行礼道："皇上，夜君清带人赶来了。"

夜鸿弈面色痛苦地摸着头，走向倒在门口的姚莫婉。

夜鸿弈道："把姚莫婉带走。"

暗卫看向姚莫心说道："那……皇后，要不要……"

夜鸿弈道："她不是皇后，于朕也无用，走。"

"是。"

暗卫背起姚莫婉，夜鸿弈将一封信放在水晶棺上随后离开。

在他们离开后不久，夜君清、寒锦衣和奔雷赶来，看到打开的地宫，马上冲了进去。

夜君清撕心裂肺地大喊，其他人在狭小的空间里被震得耳膜发痛，只是碍于他是王爷，才没有和他计较。

"莫婉！莫婉！"夜君清最后竟然带着哭腔了。

地宫里，只有姚莫心孤独地躺在那里。

夜君清大喜，冲上前去："莫婉！莫婉！"但是姚莫婉却早已经不在这里。

这时，夜君清才看到水晶棺上的信，马上打开，一目十行地看了起来。

寒锦衣愣愣地看着水晶棺里的姚莫心，电光石火之间，他回想起姚莫婉的话："锦衣，并非莫婉不爱你，而是你爱错了人，我是姚莫心，天意弄人，当年晗月公主在我体内施下了被奉为南疆秘宝的上古灵虫，此物集万物精气，用奇巧之法，让我和莫婉互换了记忆。"

寒锦衣一把拽住夜君清的衣服，盯着他说道："你告诉我，现在的莫婉到底是谁？！她是姚莫心，是不是？你说啊！告诉我！"

夜君清也不知道该怎么解释："是，如今的婉儿其实是莫心。"

寒锦衣如遭雷击，他崩溃似的退后了几步，又哭又笑："原来她说的都是真的，她不是我的婉儿！"寒锦衣看向姚莫心，痴痴地说道："原来婉儿一直都在这里！对不起婉儿，我来晚了，让你久等了。你知不知道，没有你的日子，我活得有多痛苦！以前我没能保护好你，既然上天垂怜于我，让我失而复得，以后不怕了，我定会守着你，想方设法让你醒过来！"

寒锦衣冲到姚莫心身旁小心地抱起她。

夜君清眉头紧锁："没时间了，夜鸿弈劫持了莫婉，让我独自去紫金顶与

他会面，否则便杀了她。”

寒锦衣大吼：“那还等什么，还不快去救人！”

夜君清说道：“夜鸿弈指明要我独自前去，无论如何我定会救下她，若有个万一，我死了，你替我照顾好她。”

寒锦衣抱着姚莫心不愿意放下，嘴里却说道：“君清，这……”

夜君清示意不要多言：“就这样决定了。”

寒锦衣悠悠地叹了口气，夜君清则凝重地看着前方，谁也不知道他究竟在想些什么。

姚莫婉悠悠醒来，耳旁传来夜鸿弈的声音，姚莫婉循声望去，夜鸿弈背身独自坐在悬崖边。

姚莫婉起身，不解地说道：“夜鸿弈，你要杀便杀，将我抓来此处又是何意？”

夜鸿弈叹了口气，以剑撑地站了起来，冷笑不已：“就这样杀了你，怎能解我心头之恨呢。更何况，三弟这么爱你，这最后一面都见不到，那不是显得我太过无情。”

姚莫婉说道：“你我之间的恩怨，何必扯上旁人，只要能放过君清，你就算要千刀万剐了我，我也心甘情愿。”

夜鸿弈暴怒，一把扼住姚莫婉的脖子：“你现在还有什么资格和我谈条件，我最恨的就是你每次对我说话，都这般不知轻重，一副高傲的样子，不识抬举。”

夜鸿弈嫌弃地将姚莫婉一把推开。

“我想了很久，终于明白了我为何对你如此痴迷，因为你和我很像，都想要实现抱负，想要为人敬仰，不甘于平庸，更不愿受人制衡，难道不是吗？”

姚莫婉却马上和他划清界限：“可我不会像你，为了这些不择手段，甚至失去心性，以旁人的性命和痛苦为代价，实现自己的目的，你根本不配被爱，甚至不配做一个人。”

夜鸿弈以剑指着姚莫婉：“你给我住口！好，既然我不配为人，那今日便做那恶鬼，索了你们的命！”

夜鸿弈缓缓地走向姚莫婉，他有无数次的机会杀掉姚莫婉，可他就是不动手，左等右等，仿佛就在等夜君清的到来。如他所愿，夜君清总算是赶到了。

夜君清展示了自己修炼境界最高的音波功："莫婉！"天地间虽然无风，但强烈的音波使得树木摇晃，野草倒伏。

夜鸿弈不用看就知道是夜君清来了，立刻用剑抵住姚莫婉的脖子。

"原来是我三弟来了，看来他对你真是情深意重啊！"

夜君清恳求道："夜鸿弈，你放了莫婉，要什么我都给你，哪怕用我的命换。"

夜鸿弈早就看穿了夜君清玩的把戏："真是感人啊，不过我可没工夫看你们这些依依不舍的把戏，刚才你说愿意拿命换，好啊，那就从这悬崖上跳下去。"

姚莫婉急忙喊道："不要啊君清，要死一起死，他就是个卑鄙小人，就算你死了，也不会留我性命。"

夜鸿弈气极，用力掐住姚莫婉的脖子，让她几乎窒息。她的眼白已经完全翻转了过来，漆黑的瞳仁早已消失不见。

夜鸿弈邪魅地笑着："不跳，那我现在就在你面前杀了她。"他的手上再度用力。

夜君清无可奈何地说道："好，我答应你。"

夜鸿弈松开手，姚莫婉不住地咳嗽，由于窒息太久，使得她涕泪横流。

姚莫婉柔声叫道："君清！"

夜君清依依不舍地说道："我能得你，此生无憾，能为你死，我心甘情愿，只求皇兄可以留莫婉一命，她毕竟是你我今生至爱的人，何必如此绝情。"

夜鸿弈催促道："我有多恨她便有多爱她，你安心去吧，我会信守承诺。"

夜君清缓缓地走向悬崖，夜鸿弈推倒姚莫婉，手再度摸上了腰间的宝剑，突然大叫道："我要亲手杀了你！"

姚莫婉大喊："君清，小心！"

姚莫婉来不及思考，起身扑向夜鸿弈，两人一同落入悬崖。

夜君清站在悬崖边上再度发起了音波功："莫婉！"凄凄切切，听者肠断，闻者心惊。

姚莫婉和夜鸿弈在空中坠落的时候终究还是抱在了一起，这一刻的夜鸿弈不再有仇恨，他只是将姚莫婉抱得很紧，像是从来都没有抱得这么紧过。姚莫婉开始还有些抗拒，但终究还是顺从了，她将头靠在夜鸿弈的胸膛上，听着他强有力的心跳声，感受着他的温暖。

姚莫婉在心里默默说道：我的一生如此的短暂，如同焰火绽放，绚烂过却不能永挂天际；我的一生也是漫长的，经历过两度生死，尝尽人间极致的甘苦，但我从未后悔，相反，我很幸福，遇见了愿用一生钟情于我的人，只恨未能与你海枯石烂，君清，下一世一定要找到我。

姚莫婉闭上眼睛向下坠去，一滴眼泪滑出眼眶，眼看就要坠地摔成一摊肉泥，天空中却突然红光大放，比极光艳，比霞光美，在空中盘旋成一个漩涡，最后凝聚成一团透明的火，射出两道凡人看不见的光柱，一道包裹住姚莫婉，另一道射向大楚皇宫。

悬崖上，夜君清悲痛欲绝地跪在崖边，涕泪横流，泣不成声："莫婉！莫婉！老天爷，为什么要这样对我？为什么？"

哭泣声在山间久久地回荡。

一道红光照过，大楚皇宫里，姚莫心猛地睁开了眼。

（完）